Der Insel Verlag legt das unsterbliche Lederstrumpf-Epos nun in geschlossener Form als Kassette vor. Der Romanzyklus des ersten bedeutenden amerikanischen Autors James Fenimore Cooper wird in der von Rudolf Drescher überarbeiteten Kolbschen Übersetzung vollständig und ungekürzt wiedergegeben.

Es ist ein gewaltiges Prosa-Epos, die immer wieder fesselnde Saga aus der frühen amerikanischen Pionierzeit mit dem Helden Nathaniel Bumppo im Mittelpunkt der Handlung, die von der Kolonisierung des amerikanischen Kontinents erzählt: *Der Wildtöter* (The Deerslayer – 1841), *Der letzte Mohikaner* (The Last of the Mohicans – 1826), *Der Pfadfinder* (The Pathfinder – 1840), *Die Ansiedler oder Die Quellen des Susquehanna* (The Pioneers or the Sources of Susquehanna – 1823) und *Die Prärie* (The Prairie – 1827). In dieser Reihenfolge sind die Romane nach Inhalt und Zeitangabe zu ordnen. Entstanden sind sie allerdings, wie die Daten der Erstausgabe zeigen, in einer anderen Reihenfolge. Mit den Lederstrumpferzählungen führt uns Cooper 60 Jahre der amerikanischen Gründerperiode vor Augen, den Zeitraum von den 40er Jahren des 18. Jahrhunderts bis hin zum beginnenden 19. Jahrhundert.

»Keine literarische Gestalt begleitet mich so lange wie *Natty Bumppo*. Mit acht Jahren vernarrte ich mich in ihn, lief ihm nach in Landschaften, deren Weite und Unberührtheit für mich bis heute den Anschein von Utopie bewahren.« *Peter Härtling* insel taschenbuch 760

Cooper

Der Lederstrumpf

James Fenimore Cooper

DER LEDER-STRUMPF

In der Bearbeitung der
Übersetzung von C. Kolb u. a.
durch Rudolf Drescher
Mit Illustrationen von
O. C. Darley
Vollständige Ausgabe
Mit einer Nachbemerkung
von Peter Härtling

Erster Band

James Fenimore Cooper

DER WILD-TÖTER

Insel Verlag

insel taschenbuch 760
Erste Auflage 1983
Lizenzausgabe mit freundlicher Genehmigung
des F. W. Hendel Verlages, Meersburg am Bodensee
Vertrieb durch den Suhrkamp Taschenbuch Verlag
Umschlag nach Entwürfen von Willy Fleckhaus
Druck: Nomos Verlagsgesellschaft, Baden-Baden
Printed in Germany

3 4 5 6 7 – 94 93 92 91 90

Der Wildtöter

Erstes Kapitel

Oh, welche Lust im Wald, pfadlos, verschlungen!
Oh, welch Entzücken am entleg'nen Strand!
Dort ist Gesellschaft, die nicht aufgedrungen,
Am Meer, in dessen Sturm Musik ich fand!
Den Menschen lieb' ich, doch noch mehr verstand
Ich die Natur; mit ihr, will ich nicht fragen,
Was ich wohl könnte sein, einst war! Verwandt
Durch sie dem All, fühl' ich, was auszusagen
Ich nicht vermag, noch ganz mit Schweigen kann ertragen.
Childe Harold

Ereignisse haben für die menschliche Vorstellung die Wirkungen der Zeit. So kann sich, wer weit gereist ist und viel gesehen hat, leicht einbilden, lange gelebt zu haben, und diejenige Geschichte, welche am reichsten ist an wichtigen Begebenheiten, nimmt am frühesten den Charakter und Schein eines weit zurückreichenden Alters an. Auf keine andere Weise vermögen wir uns das Gepräge von Ehrwürdigkeit zu erklären, das schon den Annalen Amerikas anhaftet. Wenn der Geist in die frühesten Tage der Geschichte der Kolonien zurückschaut, so scheint jene Periode fern und dunkel, da die tausend Wechselfälle, welche sich an die Kettenglieder der Erinnerung herandrängen, den Ursprung der Nation in eine Ferne rückwärts schieben, die scheinbar im Nebel unvordenklicher Zeit liegt, und doch würden vier Menschenalter von gewöhnlicher Lebensdauer hinreichen, um von Mund zu Mund, in der Gestalt der Tradition, alles zu überliefern, was zivilisierte Menschen im Bereich der Republik geleistet haben. Obgleich Neuyork allein eine Bevölkerung besitzt, größer in Wahrheit als die der vier kleinsten Königreiche Europas oder auch als die der gesamten Schweizerischen Eidgenossenschaft, ist es doch erst wenig mehr als zwei Jahrhunderte her, seit die Holländer ihre Niederlassungen begannen und das Land aus dem wilden Zustand emporhoben. So wird, was durch die Häufung von wechselnden Ereignissen den ehrwürdigen Schein des Alters annimmt, zu vertrauterer Gewöhnlichkeit zurückgeführt, wenn wir es ernst und nüchtern nur in seinem Zeitverhältnis ins Auge fassen.

Dieser Blick auf die Perspektive der Vergangenheit wird den Leser vorbereiten, daß er die Gemälde, die wir zu entwerfen im Begriffe stehen, mit weniger Überraschung betrachtet, als er vielleicht sonst empfunden hätte, und einige weitere Erläuterungen führen vielleicht seine Einbildungskraft zurück zur genaueren und deutlichern Anschauung desjenigen Gesellschaftszustandes, den wir zu schildern wünschen. Es ist eine geschichtliche Tatsache, daß die Niederlassungen an den östlichen Ufern des Hudson, wie Claverack, Kinderhook und selbst Poughkeepsie vor hundert Jahren als nicht sicher vor Einfällen der Indianer galten, und noch steht an den Uferhöhen des genannten Flusses, nur einen Musketenschuß weit von den Kajen von Albany, ein Schloß eines jüngern Zweiges der Van Rensselaers mit Schießscharten zur Verteidigung gegen ebenjenen schlauen Feind, obgleich es aus einer kaum so fernen Zeit stammt. Andere ähnliche Erinnerungen und Urkunden von der großen Jugend des Landes findet man hin und wieder selbst in den Gegenden, die als der eigentliche Mittelpunkt amerikanischer Zivilisation betrachtet werden – zum klarsten Beweise, daß alle unsere Sicherheit vor Einfällen und feindlicher Gewalttat die Frucht einer nicht viel längern Zeit ist, als welche nicht selten *ein* Menschenleben umfaßt.

Die Begebenheiten dieser Erzählung fallen zwischen die Jahre 1740 und 1745, wo die mit Niederlassungen besetzten Striche der Kolonie Neuyork sich auf die vier atlantischen Bezirke, einen schmalen Landgürtel auf jeder Seite des Hudson, von dessen Mündung bis zu den Fällen in der Nähe seines Ursprungs, und auf einige wenige vorgeschobne, »Nachbarschaften« am Mohawk und Schoharie beschränkten. Breite Gürtel der Urwildnis reichten nicht nur bis an die Ufer des ersten Stromes, sondern kreuzten ihn sogar, indem sie sich nach Neu-England hin fortsetzten und mit ihren Wäldern Schutz und Versteck dem geräuschlosen Mokassin des eingebornen Kriegers boten, wenn er auf dem verborgnen und blutigen Kriegspfad daherschlich. Ein Blick aus der Vogelperspektive auf die ganze Gegend östlich vom Mississippi mußte damals eine unermeßliche Ausdehnung von Wäldern zeigen, abwechselnd mit einem vergleichungsweise schmalen Saum angebauten Landes der See entlang, punktiert gleichsam durch die schimmernden Spiegel der Seen und durchschnitten von den bewegten Linien der

Ströme. In einem so ungeheuern Bilde feierlich ernster Einsamkeit verliert sich der Landstrich, dessen Schilderung wir beabsichtigen, fast in Unbedeutendheit, doch fühlen wir uns ermutigt, zur Ausführung zu schreiten, durch die Überzeugung, daß, leichte und unwesentliche Unterschiede abgerechnet, derjenige, dem es gelingt, eine genaue Anschauung eines Teils dieser wilden Gegend zu verschaffen, notwendig dem Leser auch einen ziemlich richtigen Begriff vom Ganzen geben muß.

Welche Veränderungen und Verwandlungen auch durch die Menschenhand bewirkt worden sein mögen, der ewige Kreis der Jahreszeiten ist nicht zerrissen worden. Sommer und Winter, Saat- und Erntezeit kehren mit erhabener Genauigkeit immer wieder in der ihnen gesetzten Ordnung und bieten dem Menschen eine der alleredelsten und genußreichsten Gelegenheiten, die hohe Macht seines weitreichenden Geistes zu bestätigen, indem er die Gesetze erfaßt, welche ihre strenge Gleichförmigkeit beherrschen, und ihre nie endenden Umkreisungen berechnet. Hunderte von Sommersonnen hatten die Wipfel der edlen Eichen und Fichten erwärmt und ihre Glut selbst bis in die zähen Wurzeln hinabgesendet, als man Stimmen einander rufen hörte in den Tiefen eines Waldes, dessen laubreiche Höhe in dem glänzenden Licht eines wolkenlosen Junitages schwamm, während sich die Stämme der Bäume in dem Schatten unten in düstrer Größe erhoben. Die Anrufe waren von verschiedenem Ton und rührten unverkennbar von zwei Männern her, die den Weg verloren hatten und jetzt in verschiedenen Richtungen den rechten Pfad wieder suchten. Endlich zeugte ein jauchzender Schrei von glücklichem Erfolg, und im Augenblick darauf brach ein Riese aus dem verworrenen Labyrinth eines kleinen Sumpfes hervor und trat in eine Lichtung, welche teils durch die Verheerungen des Windes, teils durch die des Feuers entstanden zu sein schien. Dieser kleine, offene Platz, der eine freie Ansicht des Himmels gestattete, obgleich er ziemlich mit gefallnen Bäumen angefüllt war, lag neben einem der hohen Hügel oder niedern Berge, aus welchen beinahe die ganze Oberfläche der benachbarten Gegend bestand.

»Hier ist ein Platz zum Atemschöpfen!« rief der befreite Waldmann, sobald er sich unter blauem Himmel befand, und schüttelte seinen gewaltigen Körper wie ein Spürhund, der eben einer Schneewehe entronnen ist: »Hurra! Wildtöter, hier ist wenigstens Tageslicht und dort der See!«

Diese Worte waren kaum gesprochen, als der zweite Waldmann bei dem Buschwerke des Sumpfes hervortauchte und auf dem freien Platze erschien. Nachdem er in der Eile seine Waffen und seine in Unordnung geratene Kleidung wieder zurechtgemacht, kam er zu seinem Genossen heran, der schon Anstalten zu einem Aufenthalt machte.

»Kennt Ihr diese Stelle?« fragte der als ›Wildtöter‹ Angerufene, »oder habt Ihr so gejauchzt bei dem Anblick der Sonne?«

»Beides, Junge, beides: ich kenne die Stelle, und es tut mir nicht leid, einen so nützlichen Freund zu erblicken, als die Sonne ist. Jetzt haben wir doch wieder die Richtungen des Kompasses im Kopf, und es ist jetzt unser eigner Fehler, wenn wir sie uns wieder durch irgend etwas kunterbunt durcheinanderwerfen lassen, wie uns vorhin geschah. Mein Name ist nicht Hurry Harry, wenn dies nicht der Platz ist, wo die Landjäger im letzten Sommer lagerten und eine Woche zubrachten. Seht, dort sind die abgestorbenen Büsche von ihrem Zelt, und hier ist die Quelle. Sosehr ich die Sonne liebe, Junge, so brauche ich mir doch jetzt nicht von ihr sagen zu lassen, daß es Mittag ist; dieser mein Magen ist ein so guter Zeitmesser, als es nur immer in der Kolonie gibt, und er weist schon auf halb ein Uhr. So öffnet denn den Quersack, damit wir uns wieder aufziehen, um weitere sechs Stunden zu gehen.«

Auf diesen Vorschlag machten sich beide daran, die nötigen Vorbereitungen zu ihrem gewöhnlichen frugalen, aber herzhaften Mahle zu machen. Wir wollen diese Unterbrechung des Gesprächs benutzen, dem Leser einen Begriff von der äußern Erscheinung der Männer zu geben, welche beide bestimmt sind, eine nicht unbedeutende Rolle in unserer Erzählung zu spielen. Es wäre nicht leicht gewesen, ein edleres Bild kraftvoller Männlichkeit zu finden als das, welches in der Person desjeni-

gen sich darbot, der sich selbst Hurry Harry nannte. Sein wahrer Name war Henry March, aber die Grenzmänner haben von den Indianern die Sitte angenommen, sobriquets (Spitznamen) zu geben, und so wurde die Bezeichnung: »Hurry« weit öfter gebraucht als sein eigentlicher Name, und nicht selten wurde er Hurry Skurry[1] genannt, ein Spitzname, den er wegen seines fahrigen, rücksichtslosen, kurz angebundenen Wesens und wegen einer physischen Rastlosigkeit bekommen hatte, die ihn in so beständiger Bewegung erhielt, daß er auf der ganzen Linie der zwischen der Provinz und den Kanadas zerstreuten Wohnungen bekannt war. Die Statur Hurry Harrys betrug über sechs Fuß einen Zoll, und da er ungemein wohlgebaut war, entsprach seine Stärke vollkommen den Begriffen, die sein riesenhafter Körper erweckte. Das Gesicht paßte gar nicht übel zu dem übrigen Manne; denn es war gutmütig und hübsch. Sein Wesen war frei und offen, und obgleich sein Benehmen und seine Art notwendig von der Roheit des Grenzerlebens etwas annehmen mußten, verhütete doch die einer so edeln Natur angeborene Großartigkeit, daß er je ganz gemein werden konnte.

Wildtöter, wie Hurry seinen Begleiter nannte, war seinem Äußern wie seinem Charakter nach ein ganz andrer Mensch. Was den Wuchs betrifft, so maß er wohl gegen sechs Fuß in seinen Mokassins, aber sein Körper war vergleichsweise leicht und schlank, zeigte jedoch Muskeln, die, wo nicht ungewöhnliche Stärke, doch ungewöhnliche Gewandtheit verrieten. Sein Antlitz hätte wenig Empfehlendes gehabt außer der Jugendlichkeit, wäre nicht darin ein Ausdruck gewesen, der selten seines gewinnenden Eindrucks bei allen verfehlte, die Gelegenheit hatten, es genauer zu prüfen und dem Gefühle des Vertrauens, das es einflößte, sich zu überlassen. Dieser Ausdruck war einfach der argloser Wahrhaftigkeit, gepaart mit einem Ernst des Willens und einer Lauterkeit des Gefühls, die man sonst nicht leicht sah. Zuzeiten erschien dies Gepräge von aufrichtiger Redlichkeit in solcher Einfalt, daß es auf den Verdacht bringen konnte, es fehle ihm an der Fähigkeit, zwischen Trug und Wahrheit zu unterscheiden; aber wenige kamen in nähere, innigere Berührung mit dem Manne, ohne dies Mißtrauen gegen seine Einsichten und Beweggründe zu verlieren.

Beide Grenzmänner waren noch jung; denn Hurry Harry hatte erst das sechs- oder achtundzwanzigste Jahr erreicht, und

Wildtöter zählte noch einige Jahre weniger. Ihr Anzug bedarf keiner genauen Beschreibung, nur so viel mag erwähnt werden, daß er zu einem nicht kleinen Teile aus zugerichteten Hirschhäuten bestand und die gewöhnlichen Spuren an sich trug, welche verrieten, daß er Männern gehörte, die ihr Leben auf der Grenze zwischen der zivilisierten Gesellschaft und den endlosen Wäldern zubrachten. Dennoch bemerkte man einige Aufmerksamkeit und ein Bestreben, sich proper und malerisch zu zeigen, in Wildtöters Anzug und ganz besonders im Punkt seiner Waffen und seines Jagdzeuges. Seine Büchse war im vollkommensten Stand, der Handgriff seines Weidmessers war zierlich geschnitzt, sein Pulverhorn mit passenden Sinnbildern, leicht eingeschnitten in den Stoff, woraus es bestand, verziert und seine Jagdtasche mit Wampum geschmückt. Dagegen trug Hurry Harry, sei es nun aus natürlicher Gleichgültigkeit oder im geheimen Bewußtsein, wie wenig seine äußere Erscheinung einer künstlichen Nachhilfe bedurfte, alles in nachlässiger, liederlicher Weise an sich, als fühle er eine edle Verachtung gegen die ärmlichen Nebendinge wie Kleidung und Schmuck. Vielleicht wurde der eigentümliche Eindruck, den sein hoher Wuchs und seine schöne Gestalt machten, durch diese unstudierte, hochmütige Gleichgültigkeit in seiner äußeren Erscheinung eher verstärkt als vermindert.

»Kommt, Wildtöter, haut ein und beweist, daß Ihr einen Delawaren-Magen habt, wie Ihr nach Eurer Behauptung eine Delawaren-Erziehung gehabt!« rief Hurry, der mit gutem Beispiel voranging, und den Mund aufriß, um ein Stück kalten Wildbrets aufzunehmen, das für einen europäischen Bauern eine ganze Mahlzeit gewesen wäre, »haut ein, Bursche, und zeigt Eure Mannhaftigkeit an diesem armen Teufel von Damtier mit Euern Zähnen, wie Ihr es schon getan mit Eurer Büchse.«

»Nein, nein, Hurry, daran ist nicht viel Mannhaftigkeit, ein armes Tier zu töten, und dazu noch außer der rechten Zeit, wohl aber mag es eine sein, eine Unze oder einen Panther zu fällen«, versetzte der andere, sich anschickend, der Aufforderung zu folgen. »Die Delawaren haben mir meinen Namen gegeben nicht sowohl in Betracht eines kühnen Herzens als vielmehr eines scharfen Auges und eines flinken Fußes. Es mag nichts Feiges daran sein, ein Tier zu fällen, aber gewiß ist es keine große Tapferkeit.«

»Die Delawaren sind selbst keine Helden«, murmelte Hurry zwischen den Zähnen, da er den Mund zu voll hatte, um ihn ganz auftun zu können, »sonst hätten sie sich nimmermehr von den lumpigen Vagabunden, den Mingos, zu Weibern machen lassen.«

»Die Sache ist nicht recht bekannt – ist nie recht erklärt worden«, versetzte Wildtöter ernst; denn er war ein ebenso eifriger Freund, wie sein Begleiter als Feind gefährlich war, »die Mingos füllen die Wälder mit ihren Lügen und mißdeuten Worte und Verträge. Ich lebe jetzt zehn Jahre unter den Delawaren und kenne sie als so mannhaft wie jede andre Nation, wenn die rechte Zeit zum Schlagen kommt.«

»Hört, Meister Wildtöter, weil wir einmal bei dem Gegenstand sind, können wir wohl unser Herz gegeneinander öffnen, wie es sich unter Männern ziemt; antwortet mir auf *eine* Frage: Ihr habt soviel Glück gehabt mit dem Wild, daß Ihr davon einen Ehrentitel führt, wie es scheint, aber habt Ihr je eine menschliche oder vernünftige Kreatur getroffen? – habt Ihr je auf einen Feind abgedrückt, der imstande war, auch auf Euch abzudrükken?«

Diese Frage erzeugte in der Brust des Jünglings eine eigentümliche Kollision zwischen Kränkung und richtigem Gefühl, die sich leicht im Mienenspiel seines redlichen Gesichts lesen ließ. Der Kampf war jedoch kurz: die Aufrichtigkeit des Herzens gewann bald die Oberhand über falschen Stolz und die Prahlsucht des Grenzmanns.

»Die Wahrheit zu gestehen, niemals«, antwortete Wildtöter, »aus dem Grunde, weil sich nie eine geeignete Gelegenheit zeigte. Die Delawaren sind friedlich gewesen die ganze Zeit meines Aufenthaltes unter ihnen, und ich halte es für unrecht, einem Menschen das Leben zu nehmen anders als in offenem, ehrlichem Kriege.«

»Was! Habt Ihr nie einen Kerl betroffen, der diebisch unter Euren Fallen und Häuten herumschlich, und habt an ihm mit eigner Hand das Gesetz exequiert, um den Behörden in den Ansiedlungen die Mühe und dem Burschen selbst die Kosten des Prozesses zu ersparen?«

»Ich bin kein Fallenjäger, Hurry«, erwiderte der junge Mann stolz, »ich lebe von der Büchse, einer Waffe, in deren Handhabung ich keinem Manne von meinen Jahren nachstehen will zwischen dem Hudson und dem St. Lorenz. Ich biete nie eine Haut zum Verkauf, die nicht ein Loch am Kopf hat neben denen, welche die Natur dort gemacht hat zum Sehen und zum Atmen.«

»Ja, ja, das ist alles recht gut mit den Tieren, aber es macht doch eine armselige Figur neben Skalpen und Hinterhalten. Einen Indianer aus einem Hinterhalt niederschießen heißt nur nach seinen eignen Grundsätzen handeln, und jetzt, da wir einen rechtmäßigen Krieg haben, wie Ihr es nennt, wird, je eher Ihr diese Schmach von Eurem Gewissen wischt, um so gesünder Euer Schlaf sein, wenn auch nur dadurch, daß Ihr wißt, es schleicht und heult *ein* Feind weniger in den Wäldern. Ich werde nicht lange Eure Gesellschaft suchen und hegen, Freund Natty, wenn Ihr den Sinn nicht höher tragt, als Eure Büchse gegen vierfüßige Kreaturen zu gebrauchen.«

»Unsre Reise ist beinahe zu Ende, wie Ihr sagt, Meister March, und wir können uns heute nacht trennen, wenn es Euch gelegen scheint. Ich habe einen Freund, der auf mich wartet und der es für keine Schande halten wird, mit einem Mitmenschen umzugehen, der noch keinen seiner Gattung erschlagen hat.«

»Ich möchte wohl wissen, was den schleichenden Delawaren in diese Gegend des Landes geführt hat, so früh in der Jahreszeit«, murmelte Hurry vor sich hin in einer Weise, die ebensosehr Mißtrauen zeigte als auch Gleichgültigkeit dagegen, ob er es verrate. »Wo sagt Ihr, daß sich der junge Häuptling, Euch zu treffen, verabredet habe?«

»Auf einem kleinen runden Felsen unten am See, wo, wie man mir sagt, die Stämme ihre Verträge zu machen und ihre Streitäxte zu begraben pflegen. Diesen Felsen habe ich oft von den Delawaren nennen hören, obgleich See und Fels mir gleich unbekannt sind. Der Landstrich wird von den Mingos und von den Mohikans in Anspruch genommen und ist in Friedenszeit eine Art von gemeinsamem Grund und Boden zum Fischen und Jagen; was es aber in Kriegszeiten werden mag, weiß der Himmel allein!«

»Gemeinsamer Grund und Boden!« rief Hurry, laut lachend. »Ich möchte wohl wissen, was Floating Tom Hutter dazu sagen würde. Er spricht den See als sein Eigentum an, in Kraft fünfzehnjährigen Besitzes, und wird ihn schwerlich weder den Mingos noch den Delawaren abtreten, ohne darum zu kämpfen.«

»Und was wird die Kolonie sagen zu einem solchen Streit? Diese ganze Gegend muß einen Eigentümer haben, da die Herrenleute ihre Begehrlichkeit selbst bis in die Wildnis ausdehnen, auch da, wo sie nicht das Herz haben, in eigner Person sich darin umzusehen.«

»Das mag in andern Teilen der Kolonie angehen, Wildtöter, aber hier nicht. Kein menschliches Wesen, den Herrn ausgenommen, hat einen Fußbreit Boden in dieser Gegend des Landes als sein anzusprechen. Nie ward eine Feder eingetaucht, etwas in betreff des Hügels oder des Tales hierherum zu Papier zu bringen, wie ich den alten Tom oft und viel habe sagen hören, und so hat er den besten Anspruch darauf unter allen Menschen, die atmen, und was Tom anspricht, das wird er wohl auch behaupten.«

»Nach dem, was ich von Euch gehört habe, Hurry, muß dieser Floating Tom ein außergewöhnlicher Sterblicher sein: weder Mingo noch Delaware noch Bleichgesicht. Auch sein Besitz wäre, nach Eurem Sagen, schon alt und weit älter als die Grenzansiedlungen. Was ist des Mannes Geschichte und Wesen?«

»Ha, was des alten Toms menschliche Natur anlangt, so gleicht die wenig anderer Leute menschlicher Natur, sondern mehr der menschlichen Natur einer Bisamratze, angesehen, daß er mehr die Art dieses Tieres als die Art anderer Mitgeschöpfe hat. Einige glauben, er sei in seiner Jugend Freibeuter auf dem Salzwasser gewesen und der Genosse eines gewissen Kidd, der wegen Seeräuberei gehängt wurde, lange ehe Ihr und ich geboren oder bekannt wurden, und er sei in diese Gegend in der Hoffnung gekommen, des Königs Kreuzer würden nie über die Berge herüberkommen, und er könne sich in den Wäldern im Frieden des Raubes erfreuen.«

»Dann war er im Irrtum, Hurry, sehr im Irrtum. Des Raubes kann sich ein Mensch nirgends *im Frieden* erfreuen.«

»Das ist, je nachdem er eine Gemütsart hat. Ich habe solche gekannt, die sich dessen gar nicht anders erfreuen konnten als in wilder Lustbarkeit, und wieder andre, die ihn am besten genossen in einem einsamen Winkel. Manche Menschen haben keinen Frieden und keine Ruhe, wenn sie keinen Raub finden, und andre nicht, wenn es ihnen gelingt. Die menschliche Natur ist kurios in diesen Dingen. Der alte Tom scheint zu keiner von beiden Arten zu gehören; denn er genießt seinen Raub, wenn er das Seinige wirklich so erworben, sehr ruhig und behaglich mit seinen Töchtern und wünscht nicht mehr.«

»Ach ja, er hat auch Töchter; ich habe die Delawaren, die in der Gegend herumjagten, ihre Geschichten von jungen Weibern erzählen hören. Ist keine Mutter da, Hurry?«

»Es *war* eine da, wie natürlich, aber sie ist jetzt gute zwei Jahre tot und versenkt.«

»Ha, wie!« sagte Wildtöter, seinen Begleiter mit einigem Erstaunen anschauend.

»Tot und versenkt, sag' ich, und ich denke, das ist gut und klar gesagt. Der alte Kerl versenkte sein Weib in den See, als er von ihr scheiden mußte, wie ich als Augenzeuge der Zeremonie versichern kann; aber ob Tom dies getan, um sich das Graben zu ersparen, was kein Spaß ist unter Wurzeln, oder in der Einbildung, daß Wasser die Sünde eher abwasche als Erde, ist mehr, als ich sagen kann.«

»War das arme Weib eine ungewöhnliche Sünderin, daß sich ihr Gatte soviel Mühe mit ihrem Leichnam gab?«

»Keine außergewöhnliche, obgleich sie wohl ihre Fehler hatte. Ich denke, daß Judith Hutter ein so christliches und eines guten Endes so würdiges Weib war als nur irgendeine, die so lange außer dem Bereich des Läutens von Kirchenglocken lebte, und ich meine, der alte Tom versenkte sie wohl eher, um sich Mühe zu ersparen, als daß er sich welche gemacht hätte. Es war freilich ein wenig Stahl in ihrem Temperament, und da der alte Hutter ein ziemlicher Flintenstein ist, so gab es wohl hin und wieder Funken zwischen ihnen, aber im ganzen konnte man sagen, daß sie sich freundschaftlich vertrugen. Wenn sie Feuer fingen, so wurden den Zuhörern solche Blicke in ihr früheres Leben zuteil, wie man sie etwa in den dunkleren Teilen der Wälder bekommt, wenn ein verirrter Sonnenstrahl bis herab zu den Wurzeln der Bäume dringt. Aber ich werde Judith immer wertschätzen, da es immer Lob und Empfehlung genug für ein Weib ist, die Mutter eines solchen Geschöpfes wie ihrer Tochter, Judith Hutter, zu sein.«

»Ja, Judith war der Name, den die Delawaren nannten, obgleich sie ihn auf ihre Weise aussprachen. Nach ihren Gesprächen sollte ich nicht meinen, daß das Mädchen sehr nach meinem Geschmack wäre.«

»Nach deinem Geschmack!« rief March, ebenso über die Gleichgültigkeit als über die Anmaßung seines Genossen Feuer fangend; »was Teufels habt Ihr da von Eurem Geschmack zu schwatzen, und dazu noch, wenn es ein Weib, wie Judith, betrifft? Ihr seid nur erst ein Knabe – ein Schößling, der kaum Wurzeln geschlagen, Judith hat *Männer* unter ihren Anbetern gezählt, seit sie ihr fünfzehntes Jahr zurückgelegt hat, was jetzt beinahe fünf Jahre her ist, und wird wohl nicht Lust haben, auch nur einen Blick auf ein halbgewachsenes Bürschchen zu werfen, wie Ihr seid.«

»Es ist Juni und kein Wölkchen zwischen uns und der Sonne, Hurry, und somit braucht es all diese Hitze nicht«, versetzte der andere, im mindesten nicht aus der Fassung gebracht; »und jeder darf seinen Geschmack haben, und ein Eichhörnchen hat das Recht, sich sein Urteil über einen Panther zu bilden.«

»Ja, aber es möchte nicht immer klug sein, es den Panther wissen zu lassen«, brummte March. »Aber Ihr seid jung und gedankenlos, und ich will Eure Unwissenheit übersehen. Kommt, Wildtöter«, fuhr er mit gutmütigem Lachen fort, nachdem er eine Weile nachdenklich geschwiegen, »kommt, Wildtöter, wir sind geschworene Freunde und wollen nicht um ein leichtsinniges, gefallsüchtiges Weibsbild hadern, weil es zufällig schön ist, – zumal da Ihr sie noch gar nie gesehen. Judith ist nur für einen Mann, der vollkommen abgezahnt hat, und es ist töricht, einen Knaben zu fürchten. Was haben denn die Delawaren von der Hexe gesagt? Denn ein Indianer hat am Ende doch auch seine Begriffe vom Weibsvolk, so gut als ein weißer Mann.«

»Sie sagten, sie sei schön anzusehen und gefällig im Gespräch, aber zu sehr Bewunderern sich hingebend und leichtsinnig.«

»Das sind eingefleischte Teufel! Welcher Schulmeister und Gelehrte ist am Ende einem Indianer gewachsen, was den Blick in die Natur betrifft? Manche Leute meinen, sie seien nur gut auf der Fährte des Wildes oder auf dem Kriegspfad, aber ich sage: es sind Philosophen, und sie verstehen sich auf einen Mann so gut wie auf einen Biber und auf ein Weib so gut wie auf beide. Nun, das ist wirklich Judiths Charakter auf ein Tüpfelchen! Euch die Wahrheit zu gestehen, Wildtöter, ich hätte das Mädchen schon vor zwei Jahren geheiratet, wären nicht zwei ganz besondere Umstände, – und der eine ist eben ihr Leichtsinn.«

»Und was mag der andere sein?« fragte der Jäger, der weiteraß wie einer, der sich eben nicht sehr für den Gegenstand interessierte.

»Der andre Umstand war die Ungewißheit, ob sie *mich* nähme. Das Mädel ist schön, und das weiß sie. Knabe, kein Baum, der auf diesen Hügeln wächst, ist gerader oder schwankt mit leichterer Beugung im Winde, und nie habt Ihr das hüpfende Reh in natürlicherer Beweglichkeit gesehen. Wenn das alles wäre, würde jede Zunge ihr Lob verkündigen; aber sie hat solche Mängel, daß ich es schwierig finde, sie zu übersehen, und manchmal schwöre ich, nie wieder den See zu besuchen.«

»Und was ist der Grund, daß Ihr immer wieder kommt? Nichts wurde je dadurch sicherer, daß man darüber schwur.«

»Ach, Wildtöter, Ihr seid in diesen Angelegenheiten ein Neuling; Ihr klebt so an Eurer frühern Erziehung, als hättet Ihr nie die Ansiedlungen verlassen. Bei mir ist es ein andrer Fall, und nie empfinde ich das Bedürfnis, eine Idee festzuhalten, daß ich nicht auch Lust fühle, darüber zu schwören. Wenn Ihr in betreff Judiths alles wüßtet, was ich weiß, würdet Ihr ein wenig Verfluchen wohl gerechtfertigt finden. Nun, die Offiziere streifen manchmal hinüber an den See, von den Forts am Mohawk, um zu fischen und zu jagen und dann scheint die Kreatur ganz außer sich! Ihr könnt das sehen an der Art, wie sie ihre Schmucksachen trägt, und dem vornehmen Wesen, das sie bei den galanten Herrn annimmt.«

»Das ist unpassend bei eines armen Mannes Tochter«, versetzte Wildtöter ernst, »die Offiziere sind alle vornehme Leute, und können ein Mädchen wie Judith nur mit bösen Absichten ansehen.«

»Das ist die Ungewißheit und der Dämpfer! Ich habe meine Besorgnisse wegen eines gewissen Kapitäns, und Judith hat nur ihre eigne Torheit anzuklagen, wenn ich unrecht habe. Überhaupt wünschte ich, sie als sittsam und anständig ansehen zu dürfen, und doch sind die Wolken, die an diesen Bergen herumtreiben, nicht unsicherer und unzuverlässiger. Nicht ein Dutzend Weiße haben seit ihrer Kindheit sie mit Augen angesehen, und doch: das Benehmen, das sie gegen zwei oder drei dieser Offiziere zeigt, löscht meine Flammen!«

»Ich würde nicht mehr an ein solches Weib denken, sondern meinen Sinn ganz dem Walde zuwenden; *der* wird Euch nie täuschen, beherrscht und bemeistert von einer Hand, die nie bebt.«

»Wenn Ihr Judith kenntet, würdet Ihr sehen, wieviel leichter dies zu sagen als zu tun ist. Könnte ich mein Gemüt wegen der Offiziere beruhigen, so würde ich das Mädchen mit Gewalt an den Mohawk entführen, sie zwingen, mich zu heiraten, trotz ihrem flatterhaften Geiste, und den alten Tom der Sorge Hettys, seiner andern Tochter, überlassen, die, wenn nicht so schön, noch von so schnellem Witz wie ihre Schwester, doch bei weitem die pflichtgetreuere ist.«

»Ist denn noch ein Vogel in demselben Nest?« fragte Wildtöter, sein Auge mit einer Art halberwachter Neugier emporhebend, – »die Delawaren sprachen mir nur von einer!«

»Das ist ganz natürlich, wenn es sich um Judith Hutter und Hetty Hutter handelt. Hetty ist nur hübsch, während ihre Schwester, das sag' ich dir, Knabe, ein Geschöpf ist, wie man es nicht mehr zwischen hier und der See findet; Judith ist so voll Witz, Beredsamkeit und Schlauheit wie ein alter indianischer Redner, während die arme Hetty nur einen schwachen Kompaß hat.«

»Nun?« fragte darauf Wildtöter.

»Ja, was die Offiziere so ›schwachen Kompaß‹ nennen[2], soll, denke ich, bedeuten, daß sie immer in der rechten Richtung gehen will, aber oft nicht weiß, wie sie das anfangen soll. Der Kompaß ist schon da, aber das Einhalten der Richtung ist bei ihr schwach. Die arme Hetty steht, möchte ich sagen, auf der Grenzscheide der Unwissenheit, und manchmal taumelt sie auf die eine, manchmal auf die andere Seite hinüber.«

»Das sind Geschöpfe, die Gott in seine besondere Obhut nimmt«, sagte Wildtöter feierlich; »denn er sieht mit Sorgfalt auf alle herab, die um ihr bescheiden Teil Vernunft zu kurz kommen. Die Rothäute ehren und achten die so beschränkt Begabten, weil sie wissen, daß der schlimme Geist es mehr liebt, in einem schlauen Wesen zu wohnen als in einem, das keinen tiefen Verstand hat, auf den er wirken kann.«

»Dann will ich dafür bürgen, daß er nicht lange bei der armen Hetty hausen wird; denn das Kind ist, wie gesagt, gar einfältigen Geistes. Der alte Tom hat ein Gefühl für das Mädchen, und so auch Judith, so prächtig und raschen Witzes sie auch selbst ist; sonst möchte ich nicht dafür stehen, daß sie unter der Art von Männern, wie sie manchmal an das Ufer des Sees kommen, ganz sicher wäre.«

»Ich dachte, das Wasser sei ein unbekannter und wenig besuchter Platz«, bemerkte der Wildtöter, dem es beim Gedanken, der Welt zu nahe zu sein, sichtlich unbehaglich ward.

»So ist es auch ganz, mein Junge, nicht die Augen von zwanzig weißen Männern haben ihn erblickt; aber doch können zwanzig Grenzmänner von echtem Schrot und Korn – Jäger und Fallensteller und Kundschafter und dergleichen – genug Unheil anrichten, wenn sie den Versuch machen. Es wäre mir etwas Entsetzliches, Wildtöter, wenn ich nach einer Abwesenheit von sechs Monaten Judith verheiratet fände!«

»Habt Ihr des Mädchens Wort und Zusage, die Euch zu besserer Hoffnung berechtigen?«

»Ganz und gar nicht. Ich weiß nicht, was es ist. Ich sehe gut genug aus, Junge! So viel kann ich in jeder Quelle sehen, worauf die Sonne scheint, – und doch konnte ich die kleine Hexe nie zu einer Zusage oder auch nur zu einem herzlich gemeinten Lächeln bringen, obgleich sie oft stundenlang lacht. Wenn sie gewagt hat, in meiner Abwesenheit zu heiraten, wird sie wohl die Süßigkeit des Witwenstandes zu kosten bekommen, noch ehe sie zwanzig Jahre alt ist!«

»Ihr werdet doch dem Mann, den sie gewählt, nichts zuleide tun, Hurry, bloß darum, weil sie ihn mehr nach ihrem Geschmack gefunden als Euch?«

»Warum nicht? Wenn ein Feind meinen Weg durchkreuzt, sollte ich ihn nicht hinausschlagen? Seht mich an – bin ich ein Mann, dem es gleichsieht, daß er von irgendeinem kriechenden, schleichenden Hautkrämer sich den Rang in einer Sache ablaufen ließe, die mich so nahe angeht als die Zärtlichkeit der Judith Hutter? Zudem, wenn wir außer dem Bereich des Gesetzes leben, müssen wir uns selbst Richter und Vollstrecker sein. Und wenn auch ein Mann in den Wäldern tot aufgefunden würde: wer sollte auftreten und sagen, wer ihn erschlagen, selbst den Fall gesetzt, daß die Kolonie die Sache aufnähme und Lärm darüber schlüge?«

»Wenn der Mann der Judith Hutter Gatte sein sollte, so

könnte ich nach dem, was vorangegangen, wenigstens genug sagen, um die Kolonie auf die Spur zu leiten.«

»Ihr! – ein halbgewachsener Wildbretschütz und junger Laffe! Ihr wagt es, daran zu denken, als Ankläger gegen Hurry Harry aufzutreten, und wenn es auch nur eine Waldtaube beträfe oder einen Iltis?«

»Ich würde wagen, die Wahrheit zu reden, Hurry, beträfe es Euch oder irgendeinen Sterblichen.«

March starrte einen Augenblick seinen Begleiter in stummem Staunen an, dann faßte er ihn mit beiden Händen an der Kehle und schüttelte den vergleichsweise Zartgebauten mit einer Heftigkeit, die einige Knochen zu verrenken drohte. Auch geschah dies nicht im Scherz; denn Zorn flammte aus den Augen des Riesen, und gewisse Zeichen schienen weit mehr Ernst anzukündigen, als der vorliegende Fall dem Anschein nach erheischte oder rechtfertigte. Was immer Marchs eigentliche Absicht sein mochte – und wahrscheinlich hatte er selbst keine bestimmte und klarbewußte –, gewiß ist, daß er ungewöhnlich aufgebracht war, und wohl die meisten, die sich von einem solchen Giganten, in solcher Gemütsaufregung und in einer so tiefen, hilflosen Einsamkeit so gewürgt gesehen hätten, würden eingeschüchtert und versucht worden sein, selbst in gerechter Sache nachzugeben. Nicht so Wildtöter. Sein Gesicht blieb unbewegt, seine Hand zitterte nicht, und er gab seine Antwort in einem Tone, der nicht einmal zu dem künstlichen Mittel einer erhöhten, lautern Stimme griff, um wenigstens die Entschlossenheit der Seele kundzugeben.

»Ihr könnt mich schütteln, Hurry, bis Ihr den Berg einfallen macht«, sagte er ruhig, »aber nichts als die Wahrheit werdet Ihr aus mir herausschütteln. Wahrscheinlich hat Judith Hutter keinen Gatten zum Erschlagen und Ihr keinen Anlaß, einem aufzupassen, sonst würde ich ihm von Eurer Drohung sagen in der ersten Unterredung, die ich mit dem Mädchen habe.«

March ließ seine Hände los und saß da, den andern mit schweigendem Staunen betrachtend.

»Ich dachte, wir seien Freunde«, sagte er endlich, »aber Ihr habt das letzte Geheimnis von mir gehört, das in Euer Ohr kommen soll.«

»Ich verlange auch keine mehr, wenn sie diesem gleichen sollten. Ich weiß, wir leben in den Wäldern, Hurry, und man nimmt an, daß wir außer dem Bereich menschlicher Gesetze seien – und vielleicht sind wir es wirklich der Tat nach, wenn es auch dem Rechte nach anders sich verhält –, aber es gibt ein Gesetz und einen Gesetzgeber, die über den ganzen Kontinent walten und herrschen. Wer jenes oder diesen ins Angesicht schlägt, darf mich nicht seinen Freund nennen.«

»Ich will verdammt sein, Wildtöter, wenn ich nicht glaube, daß Ihr im Herzen ein Mährischer Bruder seid und kein wohlgesinnter, treuherziger Jäger, wie Ihr zu sein vorgegeben.«

»Wohlgesinnt oder nicht, Hurry, Ihr werdet mich so treuherzig und gerade in Werken finden wie in Worten. Aber dies Auflodern in plötzlichem Zorne ist töricht und zeigt, wie wenig Ihr mit den roten Männern gelebt. Judith Hutter ist ohne Zweifel noch ledig, und Ihr schwatztet nur, wie die Zunge lief, nicht wie das Herz empfand. Hier ist meine Hand, und wir wollen nicht mehr davon sprechen und daran denken.«

Hurry schien noch verblüffter als je zuvor, dann brach er in ein lautes, gutmütiges Lachen aus, das ihm die Tränen in die Augen trieb. Darauf ergriff er die dargebotene Hand, und die Freunde versöhnten sich.

»Es wäre närrisch gewesen, um eine bloße Idee zu hadern«, rief March, indem er wieder zu essen anfing, »und ziemte eher den Rechtsmännern in den Städten als vernünftigen Menschen in den Wäldern. Man sagt mir, Wildtöter, viel böses Blut komme von Vorstellungen und Ideen unter den Leuten in den untern Bezirken, und sie erhitzten sich darüber manchmal bis zum äußersten.«

»Das tun sie – das tun sie, und über andere Dinge, die man besser sich selbst überließe. Ich habe von den Mährischen Brüdern sagen hören, es gebe Länder, wo die Menschen sogar über ihre Religion hadern, und wenn sie sich über einen solchen Gegenstand erhitzen können, Hurry, so habe der Herr Erbarmen mit ihnen! Wir jedoch haben keinen Anlaß, ihrem Beispiel zu folgen, zumal nicht über einen Gatten, den diese Judith Hutter vielleicht nie sieht oder zu sehen wünscht. Ich meinesteils fühle mehr Neugierde hinsichtlich der schwachsinnigen Schwester als Eurer gepriesenen Schönheit. Es ist etwas, das die Gefühle eines Mannes anspricht und rührt, wenn er einem Mitgeschöpf begegnet, das ganz das äußere Wesen eines zurechnungsfähigen Sterblichen hat, und das doch nicht ist, was es scheint, nur wegen eines Mangels an Vernunft. Das ist schlimm genug bei einem Manne, aber wenn es einem Weibe geschieht, und es ist ein junges und vielleicht einnehmendes Geschöpf, so regt es alle Gefühle von Barmherzigkeit und Mitleid auf, die in seiner Natur liegen. Gott weiß, Hurry, solche arme Wesen sind schutzlos genug mitsamt all ihrem Witz; aber ein grausames Geschick ist es, wenn dieser große Beschützer und Führer ihnen fehlt.«

»Hört, Wildtöter – Ihr wißt, was die Jäger und Fallensteller und Pelzwerkleute überhaupt für Menschen sind, und ihre besten Freunde werden nicht leugnen, daß es hitzige und eigenwillige Menschen sind, die nicht viel nach andrer Rechten und Gefühlen fragen – und doch, glaub' ich, fände sich in dieser ganzen Gegend kein Mann, der Hetty Hutter ein Leid täte, wenn er auch könnte: nein, nicht einmal eine Rothaut!«

»Hierin, Freund Hurry, laßt Ihr den Delawaren wenigstens und all den ihnen verbündeten Stämmen nur Gerechtigkeit widerfahren; denn eine Rothaut sieht ein so von Gottes Macht heimgesuchtes Wesen als Gegenstand seiner besonderen Obhut an. Ich freue mich indessen zu hören, was Ihr sagt, ich freue mich, es zu hören, aber da die Sonne jetzt gegen den Nachmittagshimmel hin sich wendet, täten wir nicht besser, die Fährte wieder zu verfolgen und weiterzuziehen, damit wir Gelegenheit bekommen, diese wunderbaren Schwestern zu sehen?«

Hurry March gab freudig seine Zustimmung, die Überbleibsel der Mahlzeit waren bald gesammelt; dann schulterten die Wanderer ihre Taschen, nahmen ihre Waffen auf, verließen die kleine Lichtung und begruben sich wieder in den tiefen Schatten des Waldes.

Zweites Kapitel

> Weg mußt vom See, dem grünen, du ziehn,
> Und weg von des Jägers Herd;
> Den Sommer hindurch, wo die Blumen glühn,
> Ist zu bleiben dir, Tochter, verwehrt.
>
> *Erinnerungen des Weibes*

Unsre zwei Abenteurer hatten nicht weit zu gehen. Hurry wußte die Richtung, sobald er den offnen Platz und die Quelle gefunden hatte, und ging jetzt mit dem zuversichtlichen Schritt eines Mannes, der seiner Sache gewiß ist, voran. Der Wald war, wie natürlich, dunkel, aber nicht mehr durch Buschwerk unwegsam, und der Boden war fest und trocken. Nachdem sie etwa eine Meile zurückgelegt, blieb March stehen und begann forschende Blicke um sich zu werfen, indem er die verschiednen Gegenstände sorgfältig prüfte und gelegentlich sein Auge auf die Stämme der gefallnen Bäume richtete, mit welchen der Boden ziemlich besät war, wie dies gewöhnlich in einem amerikanischen Wald der Fall ist, zumal in den Gegenden des Landes, wo das Bauholz noch keinen Wert hat.

»*Das* muß der Platz sein, Wildtöter«, bemerkte endlich March, »hier ist eine Buche neben einer Schierlingstanne und drei Fichten in der Nähe, und dort ist eine weiße Birke mit gebrochenem Wipfel, und doch sehe ich keinen Felsen und keine herabgebogenen Zweige, wie ich Euch gesagt, daß wir sie finden würden.«

»Gebrochene Zweige sind ungeschickte Merkzeichen, da der Unerfahrenste weiß, daß Zweige nicht oft von selbst brechen«, versetzte der andere, »und sie führen auch leicht zu Argwohn und Entdeckung. Die Delawaren verlassen sich nie auf geknickte Zweige, außer in Friedenszeiten und auf offener Fährte. Was die Buchen und Fichten und Schierlingstannen betrifft, ha, die sind auf allen Seiten um uns her zu sehen, nicht bloß zu zweien oder dreien, sondern zu vierzigen, fünfzigen und Hunderten.«

»Sehr wahr, Wildtöter, aber Ihr erwägt nicht die Stellung. Hier ist eine Buche und eine Schierlingstanne –«

»Ja, und dort ist wieder eine Buche und eine Schierlingstanne, so liebevoll wie zwei Brüder, oder, was das betrifft, liebevoller als manche Brüder, und dort sind wieder welche; denn beide Bäume sind in diesen Wäldern keine Seltenheit. Ich fürchte, Hurry, Ihr versteht Euch besser darauf, Biber zu fangen und Bären zu schießen, als eine schwierige Fährte aufzuspüren. Ha! Dort ist aber nun doch, was Ihr zu finden wünscht!«

»Ei, Wildtöter, das ist eine von Euren delawarischen Anmaßungen; denn ich will mich hängen lassen, wenn ich etwas anderes sehe als diese Bäume, welche in der unerklärlichsten und verwirrendsten Weise um uns her emporragen.«

»Schaut dorthin, Hurry – so, in einer Linie mit der schwarzen Eiche –, seht Ihr nicht das gekrümmte Bäumchen, das heraufgezogen ist zu den Zweigen der Linde daneben? Nun, dies Bäumchen war einmal von Schnee bedeckt und wurde von dessen Wucht niedergedrückt, aber es hat sich nicht selbst wiederaufgerichtet und so, wie Ihr es jetzt seht, an die Lindenzweige angelehnt. Die Hand eines Menschen hat ihm diesen Liebesdienst geleistet.«

»Das war meine Hand!« rief Hurry: »Ich fand das schwache, junge Ding auf die Erde gedrückt, wie ein unglückliches Geschöpf vom Mißgeschick niedergebeugt, und richtete es so auf, wie Ihr seht. Am Ende, Wildtöter, muß ich doch gestehen, daß Ihr nachgerade ein ungemein gutes Auge für die Wälder bekommt.«

»Es bessert sich, Hurry – es bessert sich, muß ich gestehen; aber es ist erst das Auge eines Kindes, verglichen mit dem von andern, die ich kenne. Da ist jetzt Tamenund, obwohl ein Mann, so alt, daß wenige sich seiner kräftigen Jahre erinnern. Tamenund läßt nichts seiner Beobachtung entgehen, die mehr der Witterung eines Hundes als dem Blick eines Auges gleicht. Dann Unkas, der Vater von Chingachgook und der rechtmäßige Häuptling der Mohikans, ist auch einer, dessen Blick beinahe unmöglich etwas entgehen kann. Ich komme weiter, ich will es gestehen, ich komme weiter, aber bin bis jetzt noch weit von der Vollkommenheit entfernt.«

»Und wer ist denn dieser Chingachgook, von dem Ihr soviel schwatzt, Wildtöter?« fragte Hurry, indem er in der Richtung auf das aufgerichtete Bäumchen zu weiterschritt, »eine schleichende Rothaut, im besten Fall, nach der ich nichts frage.«

»Nicht so, Hurry, sondern der Beste unter den schleichenden Rothäuten, wie Ihr sie nennt. Wenn er seine Rechte hätte, so wäre er ein großer Häuptling, aber so ist er nur ein mutiger und redlicher Delaware, geachtet zwar, und dem man auch in manchen Dingen gehorcht, aber von einem gefallnen Geschlecht und einem gefallenen Volke angehörend. Ach, Hurry March, es würde Euch das Herz im Leibe warm machen, in ihren Hütten zu sitzen in einer Winternacht und den Erzählungen und Überlieferungen von der alten Größe und Macht der Mohikans zuzuhören.«

»Hört, Freund Nathaniel«, sagte Hurry, indem er stehenblieb und seinem Begleiter ins Gesicht schaute, um seinen Worten destomehr Nachdruck zu geben, »wenn ein Mann alles glaubte, was andern Leuten zu ihren Gunsten zu sagen beliebt, so würde er wohl eine zu große Meinung von ihnen und eine zu kleine Meinung von sich selbst bekommen. Diese Rothäute sind merkwürdige Prahler, und ich behaupte, mehr als die Hälfte ihrer Überlieferungen sind reine Erdichtungen.«

»Es ist etwas Wahres in dem, was Ihr sagt, Hurry, ich will es nicht leugnen; denn ich habe es gesehen und glaube es. Ja, sie prahlen, aber das ist eben eine Gabe der Natur, und es ist sündhaft, natürliche Gaben zu unterdrücken. Seht, das ist der Platz, den Ihr gesucht.«

Diese Bemerkung schnitt das Gespräch ab, und beide Männer richteten jetzt ihre ganze Aufmerksamkeit auf das unmittelbar vor ihnen Liegende. Wildtöter deutete seinem Begleiter auf den Stamm einer ungeheuern Linde, welche ihre Zeit erfüllt hatte und unter ihrer eignen Wucht niedergestürzt war. Dieser Baum lag wie Millionen seiner Brüder, wo er gefallen, und vermoderte unter dem langsam, aber sicher wirkenden Einfluß der Jahreszeiten. Der Verfall hatte jedoch seinen Mittelpunkt angegriffen, als er noch aufrecht in der Pracht seiner Vegetation dastand, und sein Herz ausgehöhlt, wie oft Krankheit die edelsten Organe des tierischen Lebens zerstört, während den Beobachter eine blühende Außenseite täuscht. Wie der Stamm so in einer Länge von etwa hundert Fuß am Boden lag, entdeckte das rasche Auge des Jägers diese Eigentümlichkeit, und aus diesem und andern Umständen schloß er, daß es der Baum sei, den March suche.

»Ja, hier haben wir, was wir brauchen«, rief Hurry, an dem

dickeren Ende der Linde hineinschauend: »Alles ist so säuberlich, als wäre es in eines alten Weibes Wandschrank aufbewahrt gewesen. Kommt, geht mir an die Hand, Wildtöter, und wir sind in einer halben Stunde auf dem Wasser.«

Auf diese Aufforderung kam der Jäger zu seinem Begleiter heran, und beide machten sich mit gutem Bedacht und nach allen Regeln ans Werk, als Männer, welche an diese Art von Treiben und Geschäft gewöhnt waren. Zuerst entfernte Hurry einige Stücke Rinde, welche vor der großen Öffnung an dem Baum lagen, und von welchen der andere behauptete, sie seien so gelegt, daß sie eher die Aufmerksamkeit auf sich gezogen als die Höhlung versteckt hätten, wenn ein Wanderer des Weges gekommen wäre. Dann zogen die beiden ein Kanu heraus mit seinen Sitzen, Rudern und anderm Zubehör, bis auf Angelschnüre und Ruten hinaus. Dies Fahrzeug war gar nicht klein, aber so groß war seine verhältnismäßige Leichtigkeit und so riesenhaft Hurrys Stärke, daß dieser es anscheinend ohne alle Mühe auf die Schulter nahm und allen Beistand ablehnte, selbst während er es in die schwierige Lage, in welcher er es zu tragen genötigt war, emporhob.

»Geht voran, Wildtöter«, sagte March, »und öffnet das Gebüsch, das übrige kann ich allein tun.« Der andre gehorchte, und die Männer verließen den Platz, indem Wildtöter den Weg für seinen Begleiter lichtete und sich je nach dessen Anweisung bald rechts, bald links wandte. Nach ungefähr zehn Minuten traten sie beide plötzlich in das glänzende Licht der Sonne, auf einen niedern Kiesplatz, der wohl zur Hälfte seines Saumes vom Wasser bespült wurde.

Ein Ausruf des Erstaunens entfuhr den Lippen Wildtöters – ein Ausruf, der jedoch leise und vorsichtig war; denn seine Weise war viel besonnener und geregelter als die des rücksichtslosen Hurry – als er, den Rand des Sees erreichend, das Schauspiel sah, das sich ganz unerwartet seinen Blicken darbot. Es war in der Tat so ergreifend, daß es wohl eine kurze Beschreibung verdient. In gleicher Linie mit dem Kiesplatz lag ein breiter Wasserspiegel, so friedlich und durchsichtig, daß er wie ein Bett der reinen Gebirgsatmosphäre aussah, eingefügt zwischen einer Einfassung von Hügeln und Wäldern. Seine Länge betrug etwa drei Stunden, in der Breite war er unregelmäßig; denn er erweiterte sich dem Platze gegenüber bis zu einer halben Meile oder mehr und zog sich mehr südlich bis zur Hälfte dieser Ausdehnung und noch enger zusammen. Die Küste war natürlich unregelmäßig, unterbrochen durch Buchten und durch vorspringende niedere Landausläufer. Am nördlichen, nächsten Ende war er begrenzt durch einen einzelnen Berg, während östlich und westlich das Land minder steil abfiel in gefällig abwechselndem Schwunge der Linien. Doch war der Charakter der Gegend gebirgig; hohe Hügel oder niedere Berge stiegen auf neun Zehnteln des Umkreises steil am Wasser hinan. Die Ausnahmen dienten in der Tat nur, der Szene einige Abwechslung zu geben, und auch über die vergleichungsweise niedrigen Teile des Ufers hinaus war der Hintergrund hoch, wenn auch entfernter.

Die auffallendsten Eigentümlichkeiten dieser Szene aber waren die feierliche Einsamkeit und die süße Ruhe. Nach allen Seiten, wohin das Auge sich wandte, fiel es auf nichts als auf die spiegelgleiche Fläche des Sees, die friedvolle Wölbung des Himmels und den dichten Kranz der Wälder. So reich und üppig waren die Umrisse des Waldes, daß man kaum eine Öffnung gewahrte, und alles sichtbare Land von dem runden Berggipfel bis an den Saum des Wassers bot *eine* sich gleichbleibende Farbe ununterbrochenen Grüns dar. Als wäre die Vegetation noch nicht zufrieden mit einem so vollständigen Triumph, bedeckten die Bäume auch noch den See selbst und rangen sich von unten gegen das Licht hinaus, und meilenlange Strecken waren an seinem östlichen Ufer, wo ein Boot unter den Zweigen dunkler, an Rembrandt erinnernder Schierlingstannen, zitternder Espen und schwermütiger Fichten hätte hingleiten können. Mit einem Wort, die Hand des Menschen hatte noch nie irgend etwas entstellt oder verunstaltet an dieser Urszene, die im Sonnenlicht schwamm, ein prachtvolles Bild überschwenglich großartiger Waldherrlichkeit, gedämpft durch den weichen Hauch des Juni und gehoben durch die schöne Abwechslung vermöge der Nähe einer so weitgedehnten Wassermasse.

»Das ist groß! – das ist erhebend! – das ist eine Bildung der Seele, wenn man nur hinsieht!« rief Wildtöter, wie er auf seine Büchse gelehnt dastand und rechts und links, nach Norden und Süden, aufwärts und abwärts schaute, in welcher Richtung nur immer sein Auge zu schweifen vermochte, »kein Baum zerstört auch nur durch eine Rothauthand, soviel ich entdecken kann, sondern alles treu geblieben der Ordnung des Herrn, um zu leben und zu sterben nach seinem Willen und Gesetz! Hurry, Eure Judith muß ein sittliches und wohlgeartetes junges Weib sein, wenn sie nur die Hälfte der von Euch angegebenen Zeit im Mittelpunkt eines so begünstigten Platzes verlebt hat.«

»Das ist eine nackte Wahrheit, und doch hat das Mädchen so unstete Gedanken und Grillen. *All* ihre Zeit hat sie jedoch nicht hier verlebt; denn der alte Tom hatte, eh' ich ihn kannte, die Gewohnheit, die Winter in der Nachbarschaft der Ansiedler oder unter den Kanonen der Forts zuzubringen. Nein, nein, Judith hat mehr, als ihr gut ist, von den Ansiedlern angenommen und besonders von den galanten Offizieren.«

»Wenn auch, wenn auch, Hurry, dies ist eine Schule, ihr den Kopf wieder zurechtzusetzen. Aber was ist denn das, was ich dort gerade uns gegenüber sehe, was zu klein scheint für eine Insel und zu groß für ein Boot, obgleich es mitten im Wasser steht?«

»Ha, das ist das, was die tapferen und galanten Herren von den Forts Muskrat[3]-Kastell nennen, und der alte Tom selbst pflegt zu grinsen bei dem Namen, obgleich er seine Art und seinen Charakter hart antastet. Es ist das feststehende Haus; denn es sind zwei: dieses, das nicht von der Stelle rückt, und das andere, welches schwimmt und bald in diesem, bald in jenem Teile des Sees sich befindet. Das letzte ist bekannt unter dem Namen der Arche, obgleich es über mein Vermögen geht zu sagen, was die Bedeutung des Wortes ist.«

»Es muß von den Missionaren herkommen, Hurry, die ich von einem solchen Ding habe reden und lesen hören. Sie sagen, die Erde sei einmal mit Wasser bedeckt gewesen, und Noah sei mit seinen Kindern vom Ertrinken dadurch gerettet worden, daß er ein Fahrzeug erbaute, das man Arche hieß, worin er sich zu rechter Zeit einschiffte. Manche von den Delawaren glauben diese Überlieferung, und manche leugnen sie, aber Euch und mir, als geborenen weißen Männern, ziemt es, an ihre Wahrheit zu glauben. Seht Ihr etwas von dieser Arche?«

»Sie ist weiter südlich, ohne Zweifel, oder liegt in einer der Buchten vor Anker. Aber das Kanu ist bereit, und fünfzehn Minuten werden genügen, zwei solche Ruderer wie Euch und mich nach dem Kastell zu bringen.«

Auf diese Aufforderung half Wildtöter seinem Genossen, die verschiedenen Sachen in das Kanu zu bringen, das schon auf dem Wasser schwamm. Sobald dies geschehen, schifften sich die beiden Grenzmänner ein und trieben mit einem kraftvollen Stoß die leichte Barke acht oder zehn Ruten weit von der Küste weg. Jetzt nahm Hurry den Sitz im Hinterteil ein, während Wildtöter sich vorn hinpflanzte, und unter gemächlichen, aber stetigen Ruderschlägen glitt das Kanu über den friedlichen Wasserspiegel hin, dem ganz seltsam aussehenden Bau zu, welchen der erstere Muskrat-Kastell genannt hatte. Manchmal hielten die Männer im Rudern inne und beschauten sich die Szene, wenn sich auf den entfernteren Punkten neue Aussichten eröffneten, die sie weiter den See hinabschauen ließen oder einen umfassenderen Anblick der bewaldeten Berge gewährten. Die einzigen Abwechslungen jedoch bestanden in neuen Formationen der Hügel, mannigfaltigen Krümmungen der Buchten und weiterer Ausdehnung des Tales nach Süden; alles Land war dem Anschein nach in höchste Laubgala gekleidet.

»Das ist ein Anblick, der das Herz erwärmt!« rief Wildtöter, als sie so zum vierten oder fünften Male hielten, »der See scheint ganz gemacht, um uns recht in das Innere der edlen Waldungen hineinsehen zu lassen, und Land und Wasser stehen gleich herrlich da in der Schönheit der Vorsehung Gottes! Ihr behauptet, Hurry, es gebe keinen Mann, der sich rechtmäßigen Eigentümer all dieser Herrlichkeit nenne?«

»Keinen als den König, mein Junge. Er mag einiges Recht auf diese Natur geltend machen, aber er ist so weit entfernt, daß seine Ansprüche den alten Tom Hutter nie anfechten werden, der einmal Besitz genommen hat und diesen wohl auch behaupten wird, solange sein Leben dauert. Tom ist kein Squatter, da er nicht auf dem Land lebt, aber ich nenne ihn einen *Floater*[4].«

»Ich beneide diesen Mann! – Ich weiß, es ist unrecht, und ich kämpfe gegen dies Gefühl, aber ich beneide diesen Mann! Denkt nicht, Hurry, ich brüte über einem Plan, mich in seine Schuhe zu stellen; denn ein solcher Gedanke hat keinen Raum in meiner Seele, aber ein wenig Neid kann ich nicht unterdrükken! Es ist ein natürliches Gefühl, und die Besten unter uns sind eben doch am Ende natürliche Menschen und geben zuzeiten solchen Empfindungen Raum.«

»Ihr dürft nur Hetty heiraten, um das halbe Besitztum zu erben«, rief Hurry lachend, »das Mädchen ist hübsch; ja, wenn nicht ihrer Schwester Schönheit wäre, so wäre sie sogar schön, und dann ist ihr Witz so klein, daß Ihr sie leicht zu Eurer Denkweise in allen Dingen bekehren könnt. Nehmt Ihr Hetty aus des alten Burschen Händen, und ich stehe Euch dafür, er gibt Euch ein Recht auf jedes Tier, das Ihr auf fünf Meilen im Umkreis von seinem See fällen könnt.«

»Ist viel Wild da?« fragte plötzlich der andere, der nur wenig auf Marchs Scherz achtete.

»Es hat die ganze Gegend für sich. Kaum wird je ein Gewehr darauf abgedrückt, und was die Fallensteller betrifft, so ist das keine Gegend, die sie stark besuchen. Ich selbst sollte nicht so viel hier sein, aber Judith zieht mich hierhin, während der Biber dorthin zieht. Mehr als hundert spanische Dollar hat mich die Kreatur die beiden letzten Jahre gekostet, und doch konnte ich dem Wunsch nicht entsagen, ihr Angesicht wiederzusehen.«

»Besuchen die roten Männer oft diesen See, Hurry?« fragte Wildtöter weiter, seine eigne Gedankenreihe verfolgend.

»Ha, sie kommen und gehen manchmal in Trupps und manchmal einzeln. Der Strich scheint keinem eingeborenen Stamm insbesondere zu gehören, und so ist er in die Hände des Hutterstammes gefallen. Der alte Mann erzählte mir, einige Schlauköpfe hätten den Mohawks eine indianische Urkunde abzuschwatzen und abzuschmeicheln gesucht, um bei der Kolonie einen Besitztitel auszuwirken; aber es ist nicht erfolgt, weil noch keiner, der einem solchen Handel gewachsen wäre, sich mit der Sache befaßt hat. Die Jäger haben zur Zeit noch ein gutes Freilehen an dieser Wildnis.«

»Um so besser – um so besser, Hurry. Wenn ich König von England wäre, der Mann, der einen von diesen Bäumen fällte, ohne eine gute Gelegenheit zur Benutzung des Holzes, müßte mir in ein ödes und unwirtbares Land verbannt werden, das nie ein vierfüßiges Tier betrat. Recht froh bin ich, daß Chingachgook den Ort unsres Zusammentreffens bei diesem See bestimmte; denn bisher hat mein Auge noch kein so herrliches Schauspiel gesehen.«

»Und das deswegen, weil Ihr Euch soviel unter den Delawaren umgetrieben, in deren Land es keine Seen gibt. Weiter nördlich und weiter westlich gibt es solche kleine Wasser genug, und Ihr seid jung und erlebt es wohl noch, sie zu sehen. Aber wenn es auch andre Seen gibt, Wildtöter, so gibt es doch keine andre Judith Hutter!«

Auf diese Bemerkung lächelte sein Begleiter, und dann senkte er seine Ruderschaufel ins Wasser, als berücksichtige er die Hast eines Liebenden. Beide ruderten jetzt kräftig, bis sie sich auf hundert Schritte dem »Kastell« näherten, wie Hurry vertraulich das Haus Hutters nannte, wo sie wieder mit Rudern innehielten, und der Anbeter Judiths zügelte seine Ungeduld um so leichter, als er bemerkte, daß das Gebäude im Augenblick von Bewohnern leer war. Diese neue Pause sollte Wildtöter instand setzen, das sonderbare Gebäude zu betrachten, dessen Bauart so neu war, daß sie eine eigene Beschreibung verdient.

Muskrat-Kastell, wie das Haus witzig von einem mutwilligen Offizier benannt worden war, stand im offnen See, eine volle Viertelmeile vom nächsten Punkt des Ufers entfernt. Auf den beiden andern Seiten erstreckte sich das Wasser viel weiter; denn die Entfernung von dem nördlichen Ende des Sees betrug etwa zwei Meilen, von dem östlichen Ufer beinahe, wo nicht ganz, eine Meile. Da nicht das mindeste von einer Insel zu sehen war, sondern das Haus auf Pfeilern stand, das Wasser darunter durchfloß und Wildtöter schon entdeckt hatte, daß die Tiefe des Sees beträchtlich war, fragte er begierig nach einer Erklärung dieses sonderbaren Umstandes. Hurry löste ihm das Rätsel, indem er ihn belehrte, daß auf dieser Stelle allein eine lange schmale Sandbank, die sich nördlich und südlich einige hundert Schritte weit erstreckte, sich bis auf sechs oder acht Fuß unter dem Spiegel des Sees erhebe, und daß Hutter hier Pfähle eingeschlagen und darauf, der Sicherheit wegen, seine Wohnung sich erbaut habe.

»Der alte Bursche wurde dreimal durch Feuersbrünste im Kampf zwischen den Indianern und den Jägern verjagt, in einem Gefecht mit den Rothäuten verlor er seinen einzigen Sohn, und seit dieser Zeit hat er seine Sicherheit auf dem Wasser gesucht. Hier kann ihn niemand angreifen, ohne in einem Boot zu kommen, und der Raub und die Skalpe verlohnten sich kaum der Mühe, Kanus auszuhöhlen. Und dann ist es in keiner Weise gewiß, wer bei einem solchen Strauß dem andern heimleuchten würde; denn der alte Tom ist mit Waffen und Munition wohl versehen, und das Kastell ist, wie Ihr wohl seht, eine feste Brustwehr gegen leichte Schüsse.«

Wildtöter hatte einige theoretische Kenntnis vom Kriegführen der Grenzmänner, obgleich er noch nie in den Fall gekommen war, seine Hand im Zorn gegen einen Mitmenschen erheben zu müssen. Er sah, daß Hurry die Stärke dieser Position vom militärischen Gesichtspunkt nicht überschätzte, da es nicht leicht gewesen wäre, sie anzugreifen, ohne daß die Bestürmer dem Feuer der Belagerten bloßgestellt gewesen wären. Nicht wenig Kunst war sichtlich aufgeboten bei der Zusammenfügung des Holzes, woraus das Gebäude bestand, das weit mehr Schutz versprach, als das bei den gewöhnlichen Blockhäusern der Grenzmänner der Fall war. Die Seiten und Ecken waren zusammengefügt aus den Stämmen großer Fichten, etwa neun Fuß lang gehauen und aufrecht gestellt statt horizontal gelegt, wie es der Gebrauch der Gegend war. Diese Klötze waren auf den Seiten nach dem Winkelmaß behauen und hatten an jedem Ende große Zapfen. Massive Schwellen waren oben an den Grundpfählen angebracht und entsprechende Zangen an ihren obern Flächen eingeschnitten, die zu dem Behuf rechtwinklig behauen waren, und in diese Zangen waren die untern Zapfen der aufrechtstehenden Klötze eingefügt, wodurch sie unten einen sichern Halt hatten. An den obern Enden der aufrechtstehenden Klötze waren Platten angebracht und durch ähnliche Mittel befestigt; die verschiedenen Winkel des Gebäudes waren wohl zusammengehalten durch tüchtige Verbindung und Versplissung der Schwellen und Platten. Die Böden bestanden aus kleinen ebenso bearbeiteten Stämmen und das Dach aus leichten, fest verbundenen und mit Rinde wohlbedeckten Pfählen. Der Zweck dieser sinnreichen Einrichtung war, dem Besitzer ein Haus zu verschaffen, dem man nur auf dem Wasser beikommen konnte, dessen Seiten aus Blöcken bestanden, die dicht aneinandergefügt, am dünnsten Teile zwei Fuß dick, nur durch die überlegte Arbeit von Menschenhänden oder durch den langsamen Einfluß der Zeit getrennt werden konnten. Die Außenseite des Gebäudes war roh und uneben, da die Holzblöcke von ungleicher Größe waren, aber die glattbehauenen Flächen nach innen gaben den Wänden und dem Boden ein so gleichförmiges Ansehen, als man nur zur Bequemlichkeit oder zur Befriedigung des Auges wünschen mochte. Der Kamin war nicht die geringste Eigentümlichkeit des Kastells, wie Hurry seinem Begleiter bemerklich machte, indem er ihm den Prozeß seiner Verfertigung erklärte. Das Material war ein zäher Lehm, gehörig verarbeitet, der in einer Form aus Knütteln aufgesetzt worden war, und den man, je einen oder zwei Fuß auf einmal, von unten angefangen, hart werden ließ. Als so der ganze Kamin aufgesetzt und von außen gehörig mit Stützen und Halten versehen war, wurde ein gewaltiges Feuer angezündet und so lange unterhalten, bis er zu einer Art von rotem Backstein gebrannt war. Es war dies keine leichte Operation gewesen und auch nicht vollständig gelungen, aber indem man die Spalten wieder mit frischem Lehm ausfüllte, hatte man am Ende doch einen sichern Feuerplatz und Kamin erhalten. Dieser Teil des Gebäudes stand auf dem Scheiterboden und war unten durch einen besondern Pfeiler gestützt. Noch einige andre Eigentümlichkeiten hatte dies Haus, welche sich im Verlauf der Erzählung deutlicher zeigen werden.

»Der alte Tom ist voll von Auskunftsmitteln«, fuhr Hurry fort, »er hing sein Herz an das Gelingen dieses Kamins, der mehr als einmal ganz zusammenzubrechen drohte, aber Beharrlichkeit überwindet auch den Rauch, und jetzt hat er ein behagliches Stübchen, obgleich es einmal ein gar spaltiger Rauchfang zu werden drohte, wenig geeignet, Flammen und Rauch abzuführen.«

»Ihr scheint die ganze Geschichte des Kastells zu kennen, Hurry, Kamin und Wände«, sagte Wildtöter lächelnd, »ist die Liebe so gewaltig und zwingend, daß sie einen Mann dahin bringt, die Geschichte von seines Liebchens Haus zu studieren?«

»Teils das, Junge, und teils eigne Anschauung«, versetzte lachend der gutmütige Riese, »es war eine starke Bande von uns am See, als der alte Kerl baute, und da halfen wir ihm bei der Arbeit. Ich habe keinen kleinen Teil der aufrechtstehenden Blöcke auf meinen Schultern hinaufgeschleppt und gehoben, und die Äxte flogen, das kann ich Euch sagen, Meister Natty, solange wir da bauten, unter den Bäumen an der Küste. Der alte Teufelskerl ist nicht geizig mit Essen und Trinken, und da wir oft an seinem Herde gegessen, dachten wir, wir wollten ihm doch ein behagliches Haus herrichten, ehe wir mit unsern Häuten nach Albany gingen. Ja, gar manche Mahlzeit habe ich in

Tom Hutters Stuben verzehrt, und Hetty, so schwach sie an Witz ist, hatte eine wundersame Geschicklichkeit, mit Pfannen, Kacheln und Rosten umzugehen.«

Während sich die beiden so besprachen, schwamm das Kanu allmählich dem Kastell immer näher und war jetzt so nahe daran, daß ein Ruderschlag hinreichte, den Landungsplatz zu erreichen. Dies war eine gedielte Plattform am Eingang, die einige zwanzig Quadratschuhe halten mochte.

»Der alte Tom nennt diese Art Kai seinen Torhof«, bemerkte Hurry, indem er das Kanu anband, nachdem er es mit seinem Begleiter verlassen, »und die tapfern Herrn von den Forts haben es den Kastellhof genannt, wiewohl ich nicht einsehen kann, was ein Hof hier zu schaffen hat, da es kein Gesetz und Recht gibt. Es ist, wie ich mir gedacht: keine Seele drinnen, sondern die ganze Familie auf einer Entdeckungsreise fort.«

Während Hurry sich auf dem Torhof zu schaffen machte, die Fischerspieße, Ruten, Netze und andern ähnlichen Geräte eines Grenzmannhauses musterte, trat Wildtöter, dessen Art im ganzen weit gesetzter und ruhiger war, in das Haus mit einer Neugier hinein, die man bei einem so lange an indianische Sitten gewöhnten Manne nur selten bemerkte. Das Innere des »Kastells« war ebenso tadellos sauber als das Äußere neu und überraschend. Der ganze Raum, etwa vierzig Fuß lang und zwanzig tief, war in verschiedene kleine Schlafzimmer geteilt; das Gemach, das er zuerst betrat, diente für die gewöhnlichen Beschäftigungen der Bewohner und zugleich als Küche. Die Einrichtung zeigte jene seltsame Mischung, die man nicht selten in den abgelegenen Blockhäusern des innern Landes findet. Das meiste war roh und im höchsten Grade ländlich, aber in einer Ecke fanden sich eine Uhr mit einem schönen Gehäuse von dunklem Holz und zwei oder drei Sessel, samt Tisch und Schreibtisch, die offenbar aus einem Hause von höhern Ansprüchen stammten. Die Uhr pickte fleißig und emsig, aber die bleiern aussehenden Zeiger entsprachen insofern ihrem schwerfälligen Aussehen, als sie auf elf Uhr wiesen, obwohl die Sonne deutlich zeigte, daß der Mittag schon lange vorüber war. Auch war da ein dunkler massiver Schrank. Die Küchengeräte waren von der einfachsten Art und keineswegs zahlreich, aber jedes Stück war an seinem Platz und zeigte in seiner Beschaffenheit alle mögliche Sauberkeit und Sorgfalt.

Nachdem Wildtöter in dem äußern Zimmer sich umgesehen, drückte er eine hölzerne Klinke auf und trat in einen schmalen Gang, welcher das Innere des Hauses in zwei gleiche Hälften teilte. Da die Sitten der Grenzmänner keineswegs ängstlich und bedenklich sind und seine Neugier lebhaft erregt war, öffnete der junge Mann jetzt eine Türe und befand sich in einem Schlafzimmer. Ein Blick genügte, ihn zu belehren, daß es ein Gemach für Frauen war. Das Bett bestand aus den Federn von wilden Gänsen und war fast zum Platzen gefüllt, aber es lag auf einem rohen Gestell, nur etwa einen Fuß über dem Boden erhaben. Auf der einen Seite desselben hingen an Pflöcken verschiedene Kleidungsstücke von einer weit bessern Beschaffenheit, als man an einem solchen Ort hätte erwarten sollen, mit Bändern und andern entsprechenden Artikeln. Zierliche Schuhe mit hübschen silbernen Schnallen, wie sie damals wohlhabende Frauen trugen, fehlten auch nicht, und nicht weniger als sechs Fächer von lebhaften Farben waren halb geöffnet, so daß sie durch ihre Figuren und Malereien das Auge auf sich zogen. Selbst das Kissen auf dieser Seite des Bettes war mit feinerem Linnen überzogen als das entsprechende auf der andern Seite und mit schmalen Spitzen besetzt. Eine Haube, mit Bändern kokett verziert, hing darüber, und ein paar lange Handschuhe, wie sie in jenen Zeiten Personen aus den arbeitenden Klassen selten trugen, waren prahlerisch daran geheftet, wie in der ausdrücklichen Absicht, sie hier zur Schau zu stellen, wenn sie nicht an den Armen der Besitzerin prangen könnten.

Alles dies sah und merkte sich Wildtöter mit einer Genauigkeit, welche der zur andern Natur gewordenen Beobachtungsgabe seiner Freunde, der Delawaren, Ehre gemacht haben würde. Auch entging ihm nicht der Unterschied zwischen den beiden Seiten des Bettes, dessen oberes Ende an der Wand stand. Auf der noch nicht beschriebenen Seite nämlich war alles gering und wenig einladend, abgesehen von der vollkommenen Sauberkeit. Die wenigen an den Pflöcken hängenden Kleidungsstücke waren von den gröbsten Stoffen und vom gemeinsten Schnitte, während nichts auf Schaustellung berechnet schien. Kein einziges Band war zu sehen, auch keine Haube und kein Tuch, außer solchen, wie sie Hutters Töchter ihrem Stande gemäß zu tragen befugt waren.

Es waren mehrere Jahre verflossen, seit Wildtöter nicht mehr in einem Gemache gewesen war, welches eigens zum Aufenthalt von weiblichen Wesen seines Stammes und seiner Farbe diente. Der Anblick weckte in seiner Seele eine Aufwallung von Erinnerungen aus der Kindheit, und er verweilte in dem Gemach mit einer Art Rührung, die ihm lange fremd geblieben. Er dachte an seine Mutter, deren geringe Kleider er sich erinnerte an Pflöcken hängen gesehen zu haben, wie die, welche nach seiner unmittelbaren Überzeugung der Hetty Hutter gehörten, und dachte an eine Schwester, deren natürlicher und sich entwickelnder Geschmack für Putz sich ungefähr in ähnlicher Weise wie der Judiths, obwohl natürlich in geringerem Grade, kundgegeben hatte. Diese kleinen Ähnlichkeiten öffneten eine lang verschlossene Quelle von Empfindungen, und als er das Gemach verließ, war seine Miene trüb. Er sah sich nicht weiter um, sondern kehrte langsam und nachdenklich nach dem Torhof zurück.

»Der alte Tom hat einen neuen Beruf ergriffen und seine Hand im Fallenstellen versucht«, rief Hurry, der die Habseligkeiten des Grenzers kaltblütig untersucht hatte. »Wenn das jetzt seine Laune ist und Ihr geneigt seid, in diesen Gegenden zu bleiben, können wir uns eine ungemein behagliche Sommerszeit bereiten; denn während der alte Mann und ich die Biber überlisten, könnt Ihr fischen und das Wild zusammenschießen, um Leib und Seele zusammenzuhalten. Wir geben immer den armseligen Jägern einen halben Anteil, aber ein so tüchtiger und sichrer Schütze wie Ihr darf wohl auf einen vollen rechnen.«

»Dank' Euch, Hurry, dank' Euch von ganzem Herzen, aber ich treibe auch das Biberfangen ein wenig, wenn die Gelegenheit sich darbietet. Es ist wahr, die Delawaren nennen mich Wildtöter, aber nicht sowohl, weil ich dem Wild ziemlich gefährlich bin, als weil ich, der ich so viele Böcke und Tiere töte, noch keinem Mitmenschen das Leben genommen habe. Sie sagen, ihre Überlieferungen wüßten von keinem andern, der soviel Blut von Tieren und doch noch nicht das Blut eines Menschen vergossen.«

»Ich will hoffen, sie halten Euch doch nicht für taubenherzig, Junge? Ein weichherziger Mann ist wie ein ungeschwänzter Biber.«

»Ich glaube nicht, Hurry, daß sie mich für außerordentlich

furchtsam halten, obwohl sie mich wohl auch nicht für außerordentlich mutig halten mögen. Aber ich bin nicht streitsüchtig, und das trägt viel dazu bei, daß man die Hände von Blut rein erhält unter den Jägern und Rothäuten, und dann, Harry March, erhält es auch das Gewissen rein von Blut!«

»Gut, ich für meinen Teil achte Wild, eine Rothaut und einen Franzmann für ungefähr das gleiche: obgleich auch ich so wenig streitsüchtig bin als nur irgendein Mann in den Kolonien. Ich verachte einen Zänker wie einen kläffenden Hund, aber man braucht nicht übergewissenhaft zu sein, wenn es die rechte Zeit ist, den Feuerstein zu zeigen.«

»Ich sehe den als den echtesten und besten Mann an, der sich am meisten an das Recht hält, Hurry. Aber das ist ein herrlicher Platz, und mein Auge wird des Sehens nicht satt!«

»Das ist Eure erste Bekanntschaft mit einem See, und solche Ideen kommen in solchem Fall über uns alle. Die Seen haben einen allgemeinen Charakter, wie ich sage, und sind eben recht viel Wasser und Land und Vorsprünge und Buchten.«

Da diese Definition keineswegs mit den Gefühlen zusammenstimmte, welche die Seele des jungen Jägers bewegten, so erwiderte er zunächst nichts, sondern starrte in schweigendem Genusse nach den dunklen Hügeln und dem kristallnen Wasser.

»Haben des Gouverneurs oder des Königs Leute diesem See einen Namen gegeben?« fragte er plötzlich, als ginge ihm auf einmal eine neue Idee auf. »Wenn sie nicht angefangen haben, ihre Stangen auszustrecken und ihre Kompasse aufzupflanzen und ihre Karten aufzuziehen, so haben sie wohl auch nicht daran gedacht, die Natur mit einem Namen zu belästigen.«

»Sie sind noch nicht so weit gekommen, und das letztemal, als ich mit Fellen hineinkam, fragte mich einer von des Königs Feldmessern über alles in der Gegend hier herum aus. Er hatte gehört, daß in der Gegend ein See sei, und hatte einige allgemeine Begriffe davon, z. B. daß Wasser und Hügel da seien; aber wieviel von beiden, davon wußte er nicht mehr als Ihr von der Mohawk-Sprache. Ich öffnete die Falle nicht weiter, als nötig war, und gab ihm gar wenig Aufmunterung und Hoffnung, was Pachthöfe und Lichtungen betrifft. Kurz, ich ließ in seinem Geist eine solche Ansicht von dieser Gegend zurück, wie ein Mann sie von einer Quelle schmutzigen Wassers bekommt, zu der ein so kotiger Pfad führt, daß man voll Kot ist, ehe man recht aufbricht. Er sagte mir, sie hätten den Platz noch nicht auf ihren Karten, aber ich vermute, es ist ein Mißverständnis; denn er zeigte mir sein Pergament, und darauf ist ein See, wo in der Natur keiner ist, ungefähr fünfzig Meilen von dem Ort, wo er sein sollte, wenn sie diesen meinten. Ich glaube nicht, daß ihn mein Bericht ermutigen wird, einen andern zur Verbesserung anzumerken.«

Hier lachte Hurry herzlich, da solche Streiche ein ganz besonderes Ergötzen für eine Klasse von Menschen waren, welche die Annäherung der Zivilisation als eine Schmälerung ihrer eignen gesetzlosen Herrschaft fürchteten. Die prächtigen Verstöße auf den damaligen Landkarten, die alle in Europa gefertigt wurden, waren überdies ein stehender Gegenstand des Spottes unter ihnen; denn wenn sie auch selbst nicht so viel Wissen besaßen, um bessere zu machen, so hatten sie doch Lokalkenntnis genug, um die plumpen Irrtümer auf den vorhandenen zu entdecken. Jeder, der sich die Mühe nehmen will, diese unwiderleglichen Zeugnisse von der topographischen Geschicklichkeit unsrer Väter vor hundert Jahren mit den genauen Zeichnungen unsrer Tage zu vergleichen, wird sogleich bemerken, daß die Männer der Wälder hinreichend Grund zu allen ihren Kritiken über diesen Zweig der Einsicht und Geschicklichkeit der Kolonialregierung hatten, welche sich nicht besann, einen Strom oder einen See um ein paar Grade zu versetzen, wenn sie auch nur einen Tagemarsch von den bewohnten Teilen des Landes entfernt waren.

»Ich bin froh, daß er keinen Namen hat«, begann Wildtöter wieder, »oder wenigstens keinen Bleichgesichtsnamen; denn ihre Taufen weissagen immer Verwüstung und Verderben. Ohne Zweifel jedoch haben die Rothäute ihre Art, ihn zu bezeichnen, und die Jäger und Fallensteller auch; vermutlich benennen sie den Platz nach etwas Vernünftigem, nach einer Ähnlichkeit.«

»Was die Stämme betrifft, so hat jeder seine eigne Sprache und seine eigne Weise, die Dinge zu benennen, und sie behandeln diesen Teil der Welt eben wie alles andre. Unter uns sind wir übereingekommen, den Platz *Glimmerglas* zu nennen, in Betracht, daß das ganze Becken so reichlich mit Fichten besetzt ist, die aus seinem Spiegel emporstreben, gerade als wollte es die Berge zurückwerfen, die darüber herhangen.«

»Es muß ein Abfluß da sein, ich weiß, denn alle Seen haben Abflüsse, und der Fels, wo ich Chingachgook treffen soll, steht nahe bei einem Abfluß. Hat auch der noch keinen Kolonienamen?«

»In diesem Punkte stehen sie im Vorteil gegen uns, da sie das eine Ende, und zwar das breiteste, in ihrem Besitz haben; sie haben ihm einen Namen gegeben, der sich bis zur Quelle Bahn gebrochen; denn Namen dringen natürlich flußaufwärts. Ihr habt ohne Zweifel schon den Susquehanna drunten im Land der Delawaren gesehen?«

»Das hab' ich und hundertmal gejagt an seinen Ufern.«

»Nun, beide sind in der Tat dieselben und, glaub' ich, auch dieselben im Namen. Es freut mich, daß sie genötigt gewesen sind, den Namen der roten Männer beizubehalten; denn es wäre zu hart, sie des Lands und des Namens dazu zu berauben.«

Wildtöter antwortete nichts, er stand auf seine Büchse gelehnt, in den Anblick versunken, der ihn so sehr entzückte. Der Leser darf jedoch nicht glauben, daß es das Malerische allein gewesen, was seine Aufmerksamkeit so lebhaft auf sich zog. Die Gegend war in Wahrheit höchst lieblich und stellte sich ebenjetzt in einem der günstigsten Augenblicke dar; die Oberfläche des Sees war glatt wie Glas und durchsichtig wie reine Luft; er warf auf seinem ganzen östlichen Saume das Bild der mit dunklen Fichten bekleideten Berge zurück; die vorgeschobnen Punkte reihten ihre Bäume in beinahe horizontalen Linien aneinander, während man die Buchten gelegentlich durch einen Bogen durchschimmern sah, welchen ein Gewölbe von Ästen und Laub bildete. Es war der Stempel tiefer Ruhe – die Einsamkeit, die von Landschaften und Forsten zeugte, welche nie von der Hand des Menschen berührt worden waren – das Walten der herrschenden Natur mit einem Wort, was einem Manne von seiner Lebensweise und Gemütsart so viel reines Entzükken gewährte. Doch fühlte er auch, wenn schon unbewußt, als Dichter. Wenn er ein Vergnügen darin fand, diesen umfassenden und ihm ungewohnten Einblick in die Geheimnisse und Gestalten der Berge, der sich hier eröffnete, zu studieren, wie jeder sich freut, wenn ihm größere Ansichten über einen Gegenstand aufgehen, der die Gedanken oft und viel beschäftigt hat, so war er doch auch nicht unempfindlich gegen die innerliche Lieblichkeit einer solchen Landschaft, sondern fühlte zum Teil jenen Frieden des Geistes, der einem gewöhnlich bei dem Genuß einer so ganz von der heiligen Ruhe und Stille der Natur durchdrungenen Szene aufgeht.

Drittes Kapitel

Kommt, solln wir gehen und uns Wildbret töten?
Doch reut mich's, daß wir den gefleckten Narrn,
Die Bürger sind in dieser öden Stadt,
Auf eignem Grund mit hack'gen Spitzen blutig
Die runden Hüften reißen.

Shakespeare

Hurry Harry dachte mehr an die Schönheiten der Judith Hutter als an die des Glimmerglas und der umgebenden Landschaft. Sobald er daher Floating Toms Habseligkeiten und Gerätschaften genau genug durchmustert, lud er seinen Begleiter wieder in das Kanu, um den See hinabzufahren und die Familie aufzusuchen. Ehe sie sich jedoch einschifften, durchspähte Hurry sorgfältig die ganze nördliche Seite des Sees mit einem mittelmäßigen Schiffsfernrohr, das sich unter Hutters Sachen befand. Bei dieser Forschung ward kein Teil des Ufers übersehen, die Buchten und vorspringenden Punkte besonders wurden einer genauern Untersuchung unterworfen als die übrige waldbewachsene Küste.

»Es ist, wie ich gedacht«, sagte Hurry, das Glas weglegend, »der alte Kerl zieht bei diesem schönen Wetter auf dem südlichen Teil herum und läßt das Kastell sich selbst verteidigen. Nun jetzt, da wir wissen, daß er nicht dorthinaus zu ist, ist es ein kleines, abwärts zu rudern und ihn in seinem Versteck aufzustöbern.«

»Hält es der Meister Hutter für nötig, sich zu verstecken auf diesem See?« fragte Wildtöter, indem er seinem Genossen in das Kanu folgte. »Nach meiner Ansicht ist hier eine solche Einsamkeit, daß man seine ganze Seele aufschließen könnte und nicht zu fürchten hätte, es möchte uns jemand in unsern Gedanken oder unsrer Anbetung stören.«

»Dann vergeßt Ihr Eure Freunde, die Mingos, und all die französischen Wilden. Gibt es eine Stelle auf Erden, Wildtöter, wohin die unruhigen Spitzbuben nicht kämen? Wo ist der See oder auch nur der Hirschteich, den die Lumpenhunde nicht aufspüren, und sobald sie ihn gefunden, so färben sie auch ganz gewiß früher oder später sein Wasser mit Blut.«

»Ich höre allerdings nirgends ihr gutes Lob, Freund Hurry, obgleich es bis jetzt noch nie mein Schicksal war, ihnen oder irgendeinem andern Sterblichen auf dem Kriegspfad zu begegnen. Ich glaube gern, daß ein so anmutiger Platz wie dieser von solchen Plünderern schwerlich würde übersehen werden; denn obschon ich selbst noch nicht im Falle gewesen, mit diesen Stämmen Streit zu haben, geben mir doch die Delawaren solche Berichte über sie, daß ich sie bei mir selbst so ziemlich als Nichtswürdige durch und durch ansehe.«

»Das könnt Ihr mit gutem Gewissen tun oder, was das betrifft, jeden andern Wilden, dem Ihr etwa begegnet.«

Hiergegen verwahrte sich Wildtöter, und während sie den See entlang ruderten, entspann sich eine hitzige Erörterung über die beiderseitigen Verdienste der Bleichgesichter und der Rothäute. Hurry hatte alle Vorurteile und Antipathien eines weißen Jägers, der in der Regel den Indianer als eine Art von natürlichem Nebenbuhler und nicht selten als einen natürlichen Feind betrachtet. Wie sich von selbst versteht, war er laut, schreiend, keck behauptend, ohne sich viel auf Beweise einzulassen. Wildtöter dagegen zeigte eine ganz andere Sinnes- und Gemütsart; er bewies durch seine gemäßigte Sprache die Redlichkeit seiner Gesinnung und zeigte durch die Einfachheit seiner Unterscheidungen, daß er alle Geneigtheit besaß, Vernunft zu hören und anzunehmen, ein lebhaftes angeborenes Verlangen, gerecht zu sein, und eine aufrichtige Redlichkeit, die es gänzlich verschmähte, zu Sophismen zu greifen, um eine Behauptung oder ein Vorurteil zu verteidigen. Doch war er nicht gänzlich frei von der Herrschaft des letztern. Dieser Tyrann des menschlichen Geistes, der auf tausend Zugängen sich auf seine Beute stürzt, beinahe sobald der Mensch zu fühlen und zu denken anfängt, und selten seinem eisernen Zepter entsagt, ehe beides bei ihm aufhört, hatte sich einigen Einfluß selbst über den Rechtlichkeitssinn dieses Mannes erobert, der doch sonst in diesen Punkten als ein schönes Muster dafür gelten konnte, wozu Entfernung von bösem Beispiel, Mangel an Versuchung zum Fehltritt und natürliche Gutartigkeit einen Jüngling zu machen vermögen.

»Ihr werdet zugeben, Wildtöter, daß ein Mingo mehr als ein halber Teufel ist«, schrie Hurry, die Erörterung mit einer Lebhaftigkeit verfolgend, die nahe an Wildheit grenzte – »obgleich Ihr mich gern überreden möchtet, daß der Delawarenstamm nahezu aus Engeln besteht. Nun widerspreche ich diesem Satz sogar in Beziehung auf weiße Männer. Nicht alle weißen Menschen sind fehlerfrei, und daher können nicht alle Indianer fehlerfrei sein. Und so ist Eure Behauptung nackt und lahm. Aber was ich Beweis nenne, ist dies: drei Farben gibt es auf der Erde, Weiß, Schwarz und Rot. Weiß ist die vornehmste Farbe und daher der Weiße der beste Mann; dann kommt Schwarz, und die Schwarzen sind bestimmt, in der Nähe der Weißen zu leben, als erträglich und tauglich zu Dienst und Gebrauch; Rot kommt zuletzt, was zeigt, daß derjenige, der sie geschaffen, nie erwartete, daß ein Indianer für mehr als halb menschlich gelten sollte.«

»Gott hat alle drei gleich erschaffen, Hurry.«

»Gleich! Sagt Ihr, ein Neger sei einem Weißen oder ich einem Indianer gleich?«

»Ihr geht immer zu früh los und hört mich nie aus. Gott hat uns alle geschaffen, Weiße, Schwarze und Rote, und ohne Zweifel hatte er seine weisen Absichten, daß er uns verschieden färbte. Doch hat er uns in der Hauptsache ziemlich mit den gleichen Gefühlen geschaffen, obgleich ich nicht leugnen will, daß er jeder Rasse ihre eignen Gaben verliehen. Eines weißen Mannes Gaben sind christlich eingerichtet, während die einer Rothaut mehr für die Wildnis sind. So wäre es für einen Weißen eine große Sünde, einen Toten zu skalpieren, während es bei einem Indianer eine hohe Tugend ist. Ferner, ein weißer Mann darf nicht Weiber und Kinder im Krieg meuchlings niedermachen, während eine Rothaut es darf. Es ist grausame Arbeit, das geb' ich zu: aber für sie ist es eine erlaubte Tat, während es für uns eine schmähliche Tat wäre.«

»Das hängt von Eurem Feind ab. Was das betrifft, einen Wilden zu skalpieren oder ihm selbst die Haut abzuziehen, so sehe ich das ungefähr ebenso an, wie wenn man einem Wolf die Ohren wegen des ausgesetzten Preises abschneidet oder einem Bären die Haut abstreift. Und dann seid Ihr mächtig auf dem Holzweg, daß Ihr Euch der Rothäute so annehmt, da doch die Kolonie selbst einen Preis für den Handel geboten hat, ebenso wie sie für Wolfsohren und Krähenköpfe einen zahlt.«

»Ja, und eine schlechte Sache ist das, Hurry! Die Indianer

selbst schreien Pfui darüber, weil es gegen der Weißen Gaben ist. Ich behaupte nicht, daß alles, was weiße Männer tun, eigentlich christlich ist und dem ihnen verliehenen Lichte gemäß; denn dann wären sie, was sie sein sollten, was sie, wie wir wissen, nicht sind, aber ich will behaupten, daß Überlieferung und Gebräuche und Farbe und Gesetze solch einen Unterschied bei den Rassen machen, daß es auf die Gaben einwirkt. Ich leugne nicht, daß unter den Indianern Stämme sind, von Natur schon verkehrt und ruchlos, wie es solche Nationen gibt unter den Weißen. Die Mingos nun rechne ich zu jenen und die Franzmänner in den Kanadas zu diesen. In einem rechtmäßigen Kriegszustand, wie wir seit kurzem haben, ist es Pflicht, alle mitleidigen Gefühle niederzuhalten gegen beide, was Leben und Tod betrifft; aber wenn es sich um Skalpieren handelt, ist es eine ganz andre Sache.«

»Nehmt doch nur Vernunft an, wenn's Euch beliebt, Wildtöter, und sagt mir, ob die Kolonie ein ungesetzliches Gesetz machen kann? Ist nicht ein ungesetzliches Gesetz mehr gegen die Natur als das Skalpieren eines Wilden? Ein Gesetz kann so wenig ungesetzlich sein, als Wahrheit Lüge sein kann.«

»Das klingt vernünftig, aber ist höchst unbegründet, Hurry. Die Gesetze kommen nicht alle aus derselben Quelle. Gott hat uns das seinige gegeben, und einige gehen von der Kolonie aus und andre vom König und Parlament. Wenn die Gesetze der Kolonie oder auch die des Königs den Gesetzen Gottes zuwiderlaufen, so werden sie ungesetzlich und soll man ihnen nicht gehorchen. Ich halte daran fest, daß ein weißer Mann die weißen Gesetze achten soll, solange sie nicht einem Gesetz in die Quere kommen, das von einer höhern Autorität ausgeht, und daß ein roter Mann den Gebräuchen der Rothäute folge unter derselben Einschränkung. Aber es ist unnütz, hierüber zu schwatzen, da jeder Mensch für sich selbst denken kann und seinen Gedanken gemäß spricht. Laßt uns tüchtig umschauen nach Eurem Freund, Floating Tom, damit wir nicht an ihm vorbeirudern, während er unter dieser buschigen Küste verborgen liegt.«

Wildtöter hatte die Ufer nicht unrichtig bezeichnet. Ihrer ganzen Ausdehnung entlang hingen die kleinen Bäume über das Wasser her, mit ihren Zweigen oft in das durchsichtige Element eintauchend. Die Ufer waren steil, weil der Strand so schmal war, und da die Pflanzenwelt unabänderlich dem Lichte zustrebt, war die Wirkung gerade die, nach welcher ein Liebhaber des Malerischen gestrebt haben würde, wenn man die Anordnung dieser prachtvollen Waldeinfassung seinem Geschmack überlassen hätte. Auch die Vorsprünge und Buchten waren zahlreich genug, um den Umrissen eine wechselnde Mannigfaltigkeit zu verleihen. Da das Kanu dicht an der westlichen Seite des Sees hinfuhr, zu dem Zweck, wie dies Hurry seinem Genossen erklärt hatte, die etwaige Nähe von Feinden zu rekognoszieren, ehe er sich ganz dem offenen Blick bloßstellte, wurde die Aufmerksamkeit der beiden Abenteurer beständig in Spannung erhalten, da keiner vorhersagen konnte, was die nächste Biegung eines Landvorsprungs offenbaren würde. Ihre Fahrt war rasch, da die gigantische Kraft Hurrys ihn instand setzte, mit der leichten Barke wie mit einer Feder zu spielen, während die Geschicklichkeit seines Genossen trotz der Ungleichheit seiner Körperstärke beinahe ebenso nützlich war.

Jedesmal wenn das Kanu an einem Punkt des Landes vorbeikam, warf Hurry einen Blick hinter sich, in Erwartung, die »Arche« vor Anker liegend oder in die Bucht eingelaufen zu sehen. Es war jedoch sein Schicksal, seine Erwartung getäuscht zu sehen, und sie waren dem südlichen Ende des Sees bis auf eine Meile nahe gekommen und volle zwei Stunden von dem »Kastell« entfernt, das nunmehr durch ein halbes Dutzend Landvorsprünge dem Blick entzogen war, als er plötzlich zu rudern aufhörte, wie unsicher, in welcher Richtung zunächst weiterzusteuern sei.

»Es ist möglich, daß der alte Kauz in den Strom hinabgeschwommen ist«, sagte Hurry, nachdem er sorgfältig die ganze östliche Küste durchspäht hatte, die etwa eine halbe Meile entfernt und in mehr als ihrer halben Länge seinem forschenden Blick offenlag, »denn er hat sich in neuester Zeit tüchtig aufs Fallenstellen gelegt, und wenn das Floßholz nicht im Wege liegt, könnte er wohl eine Meile oder so hinabgleiten, obgleich er saure Stunden haben würde, wieder heraufzukommen!«

»Wo ist der Ausfluß?« fragte Wildtöter, »ich sehe keine Öffnung an der Küste und den Bäumen, die so aussähe, als wollte sie einen Strom wie den Susquehanna durchlassen.«

»Ja, Wildtöter, die Flüsse sind wie menschliche Wesen, fangen klein und schmal an und endigen mit breiten Schultern und weiter Mündung. Ihr seht den Ausfluß nicht, weil er zwischen hohen steilen Höhen hingeht und die Fichten und Schierlingstannen und Linden darüberhängen wie ein Dach über ein Haus. Wenn der alte Tom nicht in dem ›Rattenloch‹ ist, so muß er in den Strom geschwommen sein: wir wollen ihn zuerst in dem Loch suchen und dann nach dem Ausfluß hinfahren.«

Im Weiterrudern erklärte Hurry, es sei hier eine seichte Bucht, gebildet durch einen langen niedrigen Vorsprung, die den Namen Rattenloch bekommen, von dem Umstand, weil sie ein Lieblingsaufenthalt der Bisamratze war; sie bot eine so genügende Zuflucht für die Arche dar, daß ihr Besitzer gar gern daselbst lag, sooft er es passend fand.

»Da ein Mann in diesem Teile des Landes nie weiß, was er für Besuche bekommen kann«, fuhr Hurry fort, »so ist es ein großer Vorteil, wenn man sie recht besehen kann, ehe sie zu nahe kommen. Jetzt, da Krieg ist, ist eine solche Vorsicht noch nützlicher als in gewöhnlichen Zeiten, da ein Kanadier oder ein Mingo in seine Hütte kommen könnte, ehe er sie einlüde. Aber Hutter ist ein ausbündiger Späher und wittert Gefahren so prächtig wie nur immer ein Hund das Wild.«

»Ich meine, das Kastell ist so offen, daß es gewiß Feinde anlocken müßte, wenn einmal solche den See auffänden, was freilich, wie ich zugebe, unwahrscheinlich genug ist, da er außer der Fährte des Forts und der Ansiedlungen liegt.«

»Ha, Wildtöter, ich bin auf die Ansicht gekommen, daß ein Mann leichter Feinden begegnet als Freunden. Es ist wunderlich zu denken, aus wie manchen Gründen man den Feind von einem werden kann, und aus wie wenigen sein Freund. Manche heben die Streitaxt auf, weil Ihr nicht geradeso denkt wie sie, andere, weil Ihr ihnen in denselben Ideen voranlauft, und ich kannte einmal einen Vagabunden, der mit einem Freunde Händel anfing, weil dieser ihn nicht für schön hielt. Nun, Ihr seid auch kein Wunderwerk, was die Schönheit anbetrifft, Wildtöter, aber doch würdet Ihr nicht so unvernünftig sein und mein Feind werden, weil ich Euch das geradeheraus sage.«

»Ich bin, wie mich Gott geschaffen hat, und ich wünsche nicht, für besser noch für schlechter zu gelten. Ein schönes Aussehen mag mir fehlen, das heißt in dem Maße, wie es die Leichtsinnigen und Eiteln verlangen, aber ich hoffe, es fehlt mir nicht an Lob und Empfehlung, was guten Wandel betrifft. Es gibt wenig Männer, die stattlicher aussehen als Ihr, Hurry, und ich weiß, daß ich mir nicht Rechnung machen darf, es werde jemand das Auge auf mich richten, wenn einer wie Ihr daneben steht; aber ich wüßte nicht, daß ein Jäger darum weniger erfahren sein sollte mit der Büchse oder weniger zuverlässig in Herbeischaffung der Nahrung, weil er nicht bei jeder hellen Quelle, auf die er stößt, haltzumachen verlangt, um sein Antlitz im Wasser zu studieren.«

Hier brach Hurry plötzlich in ein lautes Gelächter aus; denn während er zu gleichgültig war, um sich viel um seine offenbaren körperlichen Vorzüge zu bekümmern, war er sich ihrer doch wohl bewußt, und dachte, wie die meisten Menschen, welche durch den Zufall der Geburt oder der Natur begünstigt sind, mit Wohlgefallen und Behagen daran, sooft ihm der Gegenstand vor die Seele trat.

»Nein, nein, Wildtöter, Ihr seid keine Schönheit, wie Ihr selbst bekennen werdet, wenn Ihr über das Kanu hinausschauen wollt«, rief er. »Judith wird Euch das ins Gesicht sagen, wenn Ihr sie aufbringt; denn eine losere Zunge ist in einem Mädchenkopf innerhalb oder außerhalb der Ansiedlungen nicht zu finden, wenn Ihr sie reizt, sie zu brauchen. Mein Rat an Euch ist, Judith nie zu belästigen; aber der Hetty könnt Ihr alles sagen, und sie wird es so sanft wie ein Lamm aufnehmen. Nein, Judith wird Euch vermutlich ihre Meinung von Eurem Aussehen gar nicht sagen.«

»Und wenn sie es tut, Hurry, wird sie mir nicht mehr sagen, als Ihr mir schon gesagt –«

»Ihr werdet doch nicht über eine kleine Bemerkung warm werden, Wildtöter, hoffe ich, wo gar keine Absicht war zu kränken. Ihr seid keine Schönheit, wie Ihr selbst wissen müßt, und warum sollten Freunde einander solche Kleinigkeiten nicht sagen? Wenn Ihr schön wäret oder es zu werden Aussicht hättet, so wäre ich einer der ersten, der es Euch sagte, und das sollte Euch zufriedenstellen. Wenn nun Judith mir sagte, ich sei so häßlich wie die Sünde, ich würde es als eine Art Kompliment nehmen und mich bestreben, ihr nicht zu glauben.«

»Es ist für solche, welche die Natur begünstigt hat, leicht, über solche Dinge zu spaßen, Hurry, aber manchmal hart für andere. Ich will nicht leugnen, daß ich auch den Wunsch gehabt habe, gut auszusehen, ja das habe ich; aber ich habe doch immer vermocht, den Wunsch zu unterdrücken durch die Erwägung, wie viele ich gekannt habe mit schönen Außenseiten, die innerlich nichts hatten, sich dessen zu rühmen. Ich will nicht leugnen, Hurry, daß ich oft wünsche, ich wäre ansprechender geschaffen für das Auge, mehr wie einer Euresgleichen in diesen Punkten; aber dann überwinde ich diese Gefühle durch den Gedanken, wieviel besser ich dran bin in gar vielen Hinsichten als manche meiner Mitgeschöpfe. Ich hätte ja können lahm geboren werden und untüchtig selbst zur Eichhornjagd oder blind, was mich mir selbst wie meinen Freunden zu einer Last gemacht hätte, oder des Gehörs entbehrend, was mich ganz unfähig gemacht haben würde, ins Feld und auf Kundschaft zu ziehen, worauf ich doch rechne, als einen Teil von des Mannes Pflichten in unruhigen Zeiten. Ja, ja, es ist nicht angenehm, ich will es gestehen, Leute zu sehen, die hübscher und mehr gesucht und geehrt sind, als man selbst ist, aber es läßt sich alles ertragen, wenn ein Mann dem Übel ins Gesicht schaut und seine Gaben und Verpflichtungen nicht mißkennt.«

Hurry war im wesentlichen ein herzguter wie ein gutmütiger Gesell, und die Selbsterniedrigung seines Genossen trug den vollständigen Sieg über das flüchtige Gefühl persönlicher Eitelkeit davon. Ihn reute die Anspielung, die er auf das Äußere seines Freundes gemacht, und er suchte dies auch auszusprechen, obwohl in der derben Weise, welche den Gewohnheiten und Ansichten des Grenzers entsprach.

»Ich wollte Euch nicht beleidigen, Wildtöter«, erwiderte er in begütigendem Tone, »und ich hoffe, Ihr werdet vergessen, was ich gesagt habe. Wenn Ihr nicht gerade schön seid, so habt Ihr doch einen gewissen Zug, der deutlicher sagt als Worte, daß innen alles richtig ist. Dann legt Ihr auch keinen Wert auf äußeres Aussehen und werdet um so eher eine kleine Bemerkung über Eure leibliche Erscheinung vergeben. Ich will nicht sagen, daß Judith Euch sehr bewundern werde; denn das könnte Hoffnungen in Euch erwecken, die in getäuschter Erwartung endigen müßten; aber da ist Hetty, die Euch wahrscheinlich mit ebenso großer Genugtuung sehen würde wie irgendeinen andern Mann. Und dann seid Ihr auch zu ernst und bedächtig, um Euch viel um Judith zu kümmern; denn, obgleich das Mädchen wirklich ganz besonders ist, ist sie doch so allgemein in ihrer Bewunderung, daß ein Mann sich nichts darauf einbilden darf, wenn sie zufällig gegen ihn lächelt. Ich denke manchmal, die Hexe liebt sich selbst mehr als irgendeine andre Kreatur.«

»Wenn sie das tut, Hurry, würde sie nicht mehr tun, besorg' ich, als die meisten Königinnen auf ihren Thronen und Damen in den Städten«, erwiderte Wildtöter lächelnd und wandte sich um gegen seinen Begleiter: jede Spur von Empfindlichkeit war aus seinem ehrlichen und offenen Gesicht verschwunden. »Ich habe noch nie jemand selbst unter den Delawaren kennengelernt, von dem Ihr nicht das gleiche sagen könntet. Aber hier ist das Ende des langen Vorsprungs, wovon Ihr spracht, und das ›Rattenloch‹ kann nicht weit entfernt sein.«

Diese Landspitze lief, statt sich wie alle anderen hervorzuschieben, in einer Linie hin mit dem Hauptufer des Sees, der hier in eine tiefe Bucht zurücktrat, südlich sich wieder umbiegend in der Entfernung einer Viertelmeile, und durchschnitt das Tal, die südliche Grenze des Wassers bildend. In dieser Bucht war Hurry beinahe gewiß, die Arche zu finden, weil sie, hinter den Bäumen ankernd, welche den schmalen Streifen der Landspitze bedeckten, hier einen ganzen Sommer, allen Späheraugen verborgen liegen konnte. So vollständig war in der Tat dies Versteck, daß ein Boot, dicht am Gestade, innerhalb der Landzunge und nahe am Busen der Bai hinfahrend, nur in *einer* Richtung gesehen werden konnte, nämlich von einem Punkt des dichtbewaldeten Ufers, der vom Wasser bespült wurde, wohin Fremde nicht leicht kommen konnten.

»Wir werden bald die Arche sehen«, sagte Hurry, als das Kanu um die äußerste Spitze des Landes herumfuhr, wo das Wasser so tief war, daß es wirklich schwarz schien. »Er liebt es, sich im Buschwerk und Rohr zu verkriechen, und wir werden binnen fünf Minuten in seinem Nest sein, obwohl der alte Kerl selbst vielleicht fort und bei den Fallen ist.«

Marchs Prophezeiung ging nicht in Erfüllung. Das Kanu umfuhr die Landzunge ganz, so daß die beiden Reisenden imstande waren, die ganze Bucht oder Bai, denn das war es eigentlich, zu übersehen, aber kein Gegenstand außer solchen, welche von Natur da waren, wurde sichtbar. Das friedliche Wasser dehnte sich in einer anmutigen Krümmung, die Binsen beugten sich leise auf seinem Spiegel herab, und die Bäume hingen darüber hin wie gewöhnlich, aber alles lag da in der wohltuenden, erhabnen Einsamkeit einer Wildnis. Die Szene war so, daß ein Dichter oder Künstler darüber in Entzücken geraten wäre, aber sie hatte keinen Reiz für Hurry Harry, der vor Ungeduld brannte, seiner leichtsinnigen Schönheit ansichtig zu werden.

Die Bewegung des Kanus hatte wenig oder kein Geräusch verursacht, da die Grenzmänner überhaupt die Gewohnheit annahmen, bei allem ihrem Tun und Treiben die größte Behutsamkeit zu beachten, und es lag jetzt auf dem spiegelklaren Wasser, wie in Luft schwebend, und nahm teil an der atmenden Stille, welche die ganze Szene zu durchdringen schien. In diesem Augenblick hörte man einen Ton wie das Krachen eines dürren Steckens auf dem dünnen Strich Land, welcher die Bucht von dem offenen See versteckend schied. Beide Abenteurer fuhren auf, und jeder streckte die Hand nach der Büchse aus; denn diese Waffe mußte immer in nächster Nähe zur Hand liegen.

»Es war zu schwer für eine leichte Kreatur«, flüsterte Hurry, »und es tönte wie der Tritt eines Mannes.«

»Nicht so, nicht so«, versetzte Wildtöter, »es war, wie Ihr sagt, zu schwer für das eine, aber zu leicht für den andern. Aber senkt Eure Schaufel ins Wasser und treibt das Kanu hinein in das Loch; ich will landen und der Kreatur den Rückweg auf der Landzunge abschneiden, sei es nun ein Mingo oder nur eine Bisamratze.«

Da Hurry einwilligte, war Wildtöter bald am Land und drang in das Dickicht vor mit den Mokassins an den Füßen und mit einer Vorsicht, die jedes Geräusch verhütete. In einer Minute war er in der Mitte des schmalen Landstreifens, und langsam schritt er dem Ende desselben zu, da die Gebüsche die äußerste Wachsamkeit notwendig machten. Gerade als er die Mitte des Dickichts erreichte, krachten wieder dürre Zweige, und es wiederholte sich in kurzen Zwischenräumen das Geräusch, wie wenn eine lebendige Kreatur langsam der äußersten Spitze zuwandelte. Hurry hörte diese Töne auch, und das Kanu in die Bai treibend, ergriff er seine Büchse, um die Folgen abzuwarten. Eine Minute atemloser Stille folgte, worauf ein prächtiger Damhirsch aus dem Dickicht herausschritt, mit stattlichen Schritten bis an das sandige Ende der Landzunge hinwandelte und seinen Durst in dem Wasser des Sees zu löschen anfing. Hurry besann sich einen Augenblick, dann nahm er rasch seine

Büchse auf die Schulter, zielte und feuerte. Die Wirkung dieser plötzlichen Unterbrechung der feierlichen Stille einer solchen Szene gehörte mit zu deren auffallendsten Eigentümlichkeiten. Der Knall der Feuerwaffe war das gewöhnliche, scharfe, kurze Krachen einer Büchse; aber als einige Augenblicke der Stille nach diesem plötzlichen Knall eingetreten waren, während welcher der Hall in der Luft über das Wasser hin sich fortbewegte, erreichte er die Felsen der gegenüberstehenden Berge, wo die Schwingungen sich häuften, von Höhle zu Höhle meilenweit an den Hügeln fortrollten und die schlafenden Donner der Wälder zu wecken schienen. Der Damhirsch schüttelte aber den Kopf bei dem Knall der Büchse und dem Pfeifen der Kugel; denn er war noch nie in Berührung mit Menschen gekommen: bloß das Echo der Berge machte sein Mißtrauen rege, und, seine vier Füße unter dem Leib zusammengezogen, stürzte er mit einem Sprung vorwärts auf einmal ins tiefe Wasser und fing an, dem Ende des Sees zuzuschwimmen. Hurry jauchzte auf und eilte ihm nach, vorwärts, und ein paar Minuten schäumte das Wasser auf um den Verfolger und den Verfolgten. Jener stürmte eben an der Spitze vorbei, als Wildtöter auf dem Sand erschien und ihm winkte umzukehren.

»Es war unbesonnen, einen Schuß abzufeuern, ehe wir die Küste ausgekundschaftet und die Gewißheit hatten, daß kein Feind sich dort aufhalte«, sagte der letztere, während sein Genosse langsam und widerstrebend seinem Rat folgte. »So viel hab' ich schon von den Delawaren gelernt, durch Unterricht und Überlieferungen, obgleich ich noch nie auf dem Kriegspfad gewesen. Und zudem kann man jetzt kaum sagen, daß die Zeit fürs Wildbret da sei, und es mangelt uns nicht an Nahrung. Man nennt mich Wildtöter, ich gesteh' es, und vielleicht verdien' ich auch den Namen, sofern ich die Lebensweise und Art der Tiere kenne, ebensosehr als wegen der Sicherheit meines Zielens; aber man kann mir nicht nachsagen, daß ich ein Tier töte, wenn es nicht wegen einer Mahlzeit oder wegen der Haut ist. Ich bin wohl vielleicht ein Töter, aber kein Schlächter.«

»Es war ein greulicher Streich, daß ich den Damhirsch fehlte!« rief Hurry, indem er seine Mütze abnahm und sich mit den Fingern durch seine schönen, aber verwirrten Locken fuhr, als wollte er durch diese Manipulation seine verworrenen Gedanken schlichten, »es ist mir nichts so Ungeschicktes seit meinem fünfzehnten Jahre geschehen.«

»Beklagt Euch nicht darüber; des Tieres Tod hätte keinem von uns einen Vorteil, wohl aber leicht Schaden gebracht. Die Echos da sind entsetzlicher für mein Ohr als Euer Mißgeschick; denn sie tönen mir wie die Stimme der Natur, die empört aufschreit über eine mörderische, unbesonnene Tat.«

»Ihr könnt genug solcher Schreie hören, wenn Ihr lange in dieser Gegend verweilt, Junge«, versetzte der andere lachend. »Die Echos wiederholen bei diesem heitern Sommerwetter so ziemlich alles, was man auf dem Glimmerglas sagt oder tut. Wenn nur ein Ruder fällt, so hört Ihr es manchmal wider- und widerhallen, wie wenn die Berge Eures täppischen Wesens spotteten, und ein Gelächter oder ein Pfeifen tönt von den Fichten dort, wenn sie gerade in der Laune sind zu schwatzen, dergestalt zurück, daß Ihr glauben solltet, sie könnten wirklich plaudern.«

»Um so mehr Grund, vorsichtig und still zu sein! Ich glaube nicht, daß bis jetzt die Feinde den Weg in diese Berge gefunden haben können; denn ich wüßte nicht, was sie dabei zu gewinnen hätten, aber alle Delawaren sagen mir, wie Mut die erste Tugend eines Kriegers, so sei Klugheit seine zweite. Ein solcher Ruf, von den Bergen widerhallend, ist genug, einen ganzen Stamm in das Geheimnis unsers Hierseins einzuweihen.«

»Wenn es auch sonst keinen Nutzen hat, so wird es doch den alten Tom mahnen, den Topf übers Feuer zu setzen, und ihm zu wissen tun, daß Besuch in der Nähe ist. Kommt, Junge, kommt in das Kanu, und wir wollen die Arche aufspüren, solange es noch Tag ist.«

Wildtöter gehorchte, und das Kanu verließ den Platz. Seine Spitze war in der Diagonale über den See hin gerichtet und wies nach der südöstlichen Krümmung des Wassers hin. In dieser Richtung war die Entfernung bis an die Küste oder bis an das Ende des Sees in der Linie, wie die beiden jetzt steuerten, nicht ganz eine Meile, und da ihre Fahrt immer rasch ging, minderte sich diese Entfernung schnell unter den geschickten, aber gemächlichen Ruderschlägen. Ungefähr auf der Hälfte des Weges zog ein leichtes Geräusch die Blicke der Männer nach dem nächstliegenden Land, und sie sahen, wie der Damhirsch eben aus dem See emportauchte und dem Gestade zuwatete. Nach einer Minute schüttelte sich das edle Tier das Wasser von den Seiten, schaute empor nach dem schützenden Dach der Bäume und stürzte sich, die Uferhöhe hinan springend, in den Wald.

»Dieses Geschöpf geht dahin voll Dankbarkeit in seinem Herzen«, sagte Wildtöter, »denn die Natur sagt ihm, daß es einer großen Gefahr entronnen ist. Ihr solltet auch etwas von demselben Gefühl haben, Hurry, bei dem Gedanken, daß Euer Auge nicht sichrer, daß Eure Hand nicht fest genug war, da doch nichts Gutes herauskommen konnte bei einem Schuß, der mehr in Unbesonnenheit als mit gutem Bedacht abgefeuert wurde.«

»Ich leugne, daß Auge und Hand fehlten«, schrie March mit einiger Hitze. »Ihr habt einigen Ruf erlangt unter den Delawaren drunten wegen Eurer Geschicklichkeit und Sicherheit bei der Jagd, aber ich möchte Euch wohl sehen hinter einer von den Fichten dort und einen ganz übermalten Mingo hinter einer andern, jeder mit gespanntem Hahn an der Büchse und um Euer Leben wettend! Das sind Lagen, Nathaniel, das Auge und die Hand zu erproben; denn sie fangen damit an, die Nerven zu erproben. Ich sehe das Töten eines Tiers nie als eine Tat an, aber einen Wilden töten – das ist eine. Die Zeit wird kommen, wo Ihr Eure Hand erproben könnt, jetzt, da es wieder blutige Köpfe gegeben, und wir werden bald sehen, was eine Wildbretberühmtheit im Feld ausrichtet. Ich leugne, daß Hand oder Auge unsicher gewesen; es war nur eine falsche Berechnung der Bewegungen des Hirsches, der stillestand, als er sich noch hätte bewegen sollen, und so schoß ich über ihn weg.«

»Erklärt es, wie Ihr wollt, Hurry, ich behaupte weiter nichts, als daß es ein Glück gewesen. Ich glaube gern, daß ich auf einen sterblichen Menschen nicht so stet, noch mit so leichtem Herzen abdrücken werde wie auf ein Wild.«

»Wer spricht denn auch von Sterblichen oder von menschlichen Wesen, Wildtöter? Ich setze bei Euch ja den Fall mit einem Indianer! Ich glaube gern, jeder Mann hätte wohl seine besondern Gefühle, wenn es Leben oder Tod gälte, einem andern menschlichen Geschöpf gegenüber; aber solche Bedenklichkeiten würden wegfallen bei einem Indianer: weiter nichts als die gefährliche Wette, ob er Euch trifft oder Ihr ihn.«

»Ich halte dafür, daß die roten Männer vollkommen ebenso

Menschen sind wie wir, Hurry. Sie haben ihre eignen Gaben und ihre eigne Religion, das ist wahr; aber das macht am Ende keinen Unterschied, wo jeder wird gerichtet werden nach seinem Tun und nicht nach seiner Haut.«

»Das ist gesprochen wie ein Missionar und wird wenig Gunst finden in dieser Gegend, wo die Mährischen Brüder keine Gemeinden haben. Die Haut macht einmal den Menschen. Das ist nach Wahrheit und Vernunft gesprochen; denn wie sollten sonst die Leute einander beurteilen? Die Haut wird über alles angezogen, damit man, wenn man eine Kreatur oder einen Sterblichen recht und gehörig sieht, sogleich weiß, was man aus ihm zu machen hat; Ihr unterscheidet einen Bären von einem Schwein nach seiner Haut und ein graues Eichhorn von einem schwarzen.«

»Wahr, Hurry«, sagte der andere zurückschauend und lächelnd, »aber doch sind beides Eichhörnchen.«

»Wer leugnet das? Aber Ihr werdet doch nicht behaupten wollen, ein roter Mann und ein weißer Mann seien beide Indianer?«

»Nein, aber ich behaupte, beide sind Menschen. Menschen von verschiedener Rasse und Farbe und mit verschiedenen Gaben und Überlieferungen, aber in den Hauptsachen von einer und derselben Natur. Beide haben Seelen, und beide sind verantwortlich für ihre Taten in diesem Leben.«

Hurry war einer jener Theoretiker, die an die geringere Natur aller menschlichen Stämme, die nicht weiß sind, glauben. Seine Begriffe von der Sache waren nicht sehr klar und seine Definitionen auch nicht sehr feststehend, aber seine Ansichten waren darum nicht minder positiv und heftig. Sein Gewissen bezichtigte ihn verschiedentlicher gesetzwidriger Taten gegen die Indianer, und er hatte eine ausnehmend bequeme Auskunft zur Beruhigung desselben darin gefunden, daß er die gesamte Familie der roten Männer rücksichtslos außerhalb der Kategorie der Menschenrechte setzte. Nichts erbitterte ihn leichter, als wenn man seinen Satz leugnete, zumal wenn die Leugnung von einem Aufgebot einleuchtender Gründe unterstützt war, und so hörte er denn die Bemerkungen seines Genossen mit wenig innerer und äußerer Ruhe und Fassung an.

»Ihr seid ein Kind, Wildtöter, irregeführt und berückt durch die List der Delawaren und durch die Unwissenheit der Missionare«, rief er aus, mit seiner gewöhnlichen Gleichgültigkeit gegen die Formen des Gesprächs, wenn er einmal aufgeregt war. »*Ihr* mögt Euch immer als Bruder einer Rothaut betrachten, aber *ich* halte sie alle für Tiere, die nichts Menschliches an sich haben als Schlauheit; *die* haben sie, das gebe ich zu, aber die hat auch der Fuchs und sogar der Bär. Ich bin älter als Ihr und habe länger in den Wäldern gelebt – oder vielmehr: ich habe immer darin gelebt und brauche mir nicht erst sagen zu lassen, was ein Indianer ist, oder was er nicht ist. Wenn Ihr für einen Wilden zu gelten wünscht, so dürft Ihr es nur sagen, so will ich Euch der Judith und dem alten Mann als einen solchen vorstellen, und dann wollen wir sehen, wie Euch der Willkomm behagt.«

Hier leistete Hurrys Einbildungskraft seiner Aufregung einen nützlichen Dienst; denn infolge davon, daß er sich den Empfang ausmalte, welcher seinem so eingeführten Freunde bei seinen halb im Wasser lebenden Bekannten zuteil werden würde, brach er in ein herzliches Gelächter aus. Auch wußte Wildtöter zu gut, wie nutzlos der Versuch sein würde, ein solches Wesen von irgend etwas zu überzeugen, das seinen Vorurteilen zuwider lief, als daß er Lust getragen hätte, den Versuch zu wagen, und es tat ihm nicht leid, daß die Annäherung des Kanus an die südöstliche Krümmung des Sees seinen Ideen eine neue Richtung gab. Sie waren jetzt wirklich dem Ort ganz nahe, den March als die Gegend des Ausflusses bezeichnet hatte, und beide begannen, sich darnach umzusehen mit einer Neugierde, die noch durch die Erwartung, die Arche zu finden, gesteigert ward.

Vielleicht überrascht es den Leser als etwas Seltsames, daß der Ort, wo ein Fluß von einiger Größe zwischen Ufern hinströmte, die zwanzig und einige Fuß hoch waren, Männern zweifelhaft sein konnte, die nicht mehr als nur noch zweihundert Schritte von dieser Stelle entfernt waren. Man wird sich aber erinnern, daß die Bäume und Gebüsche hier, wie überall, das Wasser ganz überhingen und einen solchen Saum um den See zogen, daß alle kleinen Abweichungen oder Unterbrechungen seiner Linie sich dem Auge entzogen.

»Ich bin seit zwei Sommern nicht an diesem Ende des Sees gewesen«, sagte Hurry, indem er sich im Kanu aufrichtete, um sich besser umsehen zu können. »Ja, das ist der Fels, er zeigt sein Kinn über dem Wasser, und ich weiß, daß in seiner Nähe der Fluß anfängt.«

Die Männer handhabten jetzt wieder die Ruder und hatten sich bald dem Felsen bis auf wenige Schritte genähert; sie schwammen darauf zu, obgleich sie ihre Arbeit eingestellt hatten. Dieser Fels war nicht groß, nur etwa fünf oder sechs Fuß hoch, und nur etwa halb so viel erhob er sich über den See. Die unablässige Bespülung des Wassers seit Jahrhunderten hatte seinen Gipfel so abgerundet, daß er seiner Gestalt nach, die ungewöhnlich regel- und ebenmäßig war, einem großen Bienenkorb glich. Hurry bemerkte, während sie langsam dahinglitten, daß dieser Fels allen Indianern in der Gegend wohl bekannt sei, und daß sie ihn als Merkzeichen gebrauchten, um den Sammelplatz zu bestimmen, wenn sie auf ihren Jagden und Märschen sich trennten.

»Und hier ist der Fluß, Wildtöter«, fuhr er fort, »obwohl so eingeschlossen von Bäumen und Büschen, daß er mehr einem Hinterhalt gleichsieht als der Ausströmung eines solchen Sees wie der Glimmerglas.«

Hurry hatte die Szene nicht übel geschildert; denn in der Tat schien es ein Fluß, der im Hinterhalt liegt. Die hohen Ufer mochten etwa hundert Fuß auseinander liegen, aber auf der westlichen Seite dehnte sich ein kleines Stück Land so weit hervor, daß dadurch die Breite des Flusses um die Hälfte vermindert wurde. Da die Büsche in das Wasser herabhingen und Fichten von der Höhe von Kirchtürmen in riesigen Säulen emporragten, sämtlich dem Licht sich zusenkend, bis ihre Zweige sich vermengten, konnte das Auge selbst in einer kleinen Entfernung nicht leicht eine Lücke an der Küste entdecken, welche den Ausfluß des Wassers verraten hätte. Im Wald oben sah man vom See aus keine Spuren von dieser Öffnung; denn alles bot den Anblick derselben zusammenhängenden und dem Anschein nach endlosen Laubtapete. Wie das Kanu langsam weiterglitt, von der Strömung eingesogen, kam es unter eine Wölbung von Bäumen, durch welche das Licht vom Himmel sich in einigen zufälligen Öffnungen durchkämpfte, das Dunkel unten nur schwach unterbrechend.

»Das ist ein natürlicher Hinterhalt«, flüsterte halb Hurry, als fühlte er, daß der Ort dem Geheimnis und der Wachsamkeit geweiht sei, »verlaßt Euch darauf, der alte Tom ist mit der Arche irgendwo hier untergekrochen. Wir wollen mit der Strömung noch eine kleine Strecke hinabtreiben und ihn aufstöbern.«

»Das scheint aber kein Wasser für ein Fahrzeug von einiger Größe«, versetzte der andere, »mich dünkt, wir haben kaum Platz genug für das Kanu.«

Hurry lachte über diese Äußerung und, wie sich bald zeigte, mit Grund; denn nicht so bald war man an dem Saum von Buschwerk unmittelbar an dem Ufer des Sees vorüber, als die zwei Abenteurer sich auf einem schmalen Fluß mit hinreichend tiefem und sehr klarem Wasser, dabei von starkem Fall, und unter einem Laubdach befanden, von Bogen emporgehalten, die aus den Stämmen uralter Bäume bestanden. Buschwerk faßte, wie überall, die Küsten ein, aber es ließ Raum genug zwischen sich frei, um alles durchpassieren lassen zu können, was nicht über zwanzig Schuh breit war, und einen Durchblick zu gestatten, der acht- oder zehnmal soviel betrug.

Keiner unsrer beiden Abenteurer bediente sich des Ruders, außer um die leichte Barke in der Mitte der Strömung zu erhalten, aber beide beobachteten jede Windung des Flusses, deren auf einer Strecke von hundert Schritten zwei oder drei vorkamen, mit eifersüchtiger Wachsamkeit. Windung um Windung war jedoch zurückgelegt, und das Kanu war mit der Strömung eine Strecke hinabgeglitten, als Hurry ein Gebüsch erfaßte und dadurch seine Bewegung hemmte, – und das so plötzlich und still, daß man einen ganz besonderen Beweggrund dieses Vornehmens vermuten mußte. Wildtöter legte die Hand an den Kolben seiner Büchse, sobald er diese Bewegung sah, aber er tat dies eher nach alter Jägergewohnheit als aus einer Anwandlung von Besorgnis.

»Dort ist der alte Kerl!« flüsterte Hurry, mit einem Finger deutend und herzlich lachend, obgleich er sich sorgfältig hütete, ein Geräusch zu machen, »ist auf den Fang aus, wie ich mir gedacht; steht bis an die Knie im Kot und Wasser, um nach den Fallen und dem Köder zu sehen. Aber ich kann ums Leben nichts von der Arche sehen, und doch will ich jedes Fell, das ich dies Jahr erbeute, wetten: Judith traut sich mit ihren hübschen Füßchen nicht in die Nähe dieses schwarzen Kotes. Wahrscheinlich strählt sich das Mädchen die Haare vor einer Quelle, wo sie ihre eigene Schönheit betrachten und hochmütige Gesinnungen gegen uns Männer sammeln kann.«

»Ihr urteilt zu hart von jungen Weibern, ja, das tut Ihr, Hurry; denn sie denken ebensooft an ihre Fehler als an ihre Vollkommenheiten. Ich denke fast, diese Judith ist keine so arge Bewunderin von sich selbst, noch eine so arge Verächterin unseres Geschlechts, als Ihr zu glauben scheint, und es ist ebenso wahrscheinlich, daß sie für ihren Vater arbeitet und sorgt im Hause, wo dies nun auch sein mag, wie er bei den Fallen für sie arbeitet.«

»Es ist eine Lust, die Wahrheit aus dem Munde eines Mannes zu hören, wenn es auch nur einmal im Leben eines Mädchens der Fall ist«, rief eine angenehme, volle und doch sanfte weibliche Stimme, dem Kanu so nahe, daß beide Hörer auffuhren. »Was Euch betrifft, Meister Hurry, rechtliche Worte ersticken Euch so leicht, daß ich sie nicht mehr aus Eurem Munde erwarte; das letzte, das Ihr spracht, blieb Euch in der Kehle stekken und brachte Euch dem Tode nahe. Aber es freut mich zu sehen, daß Ihr bessere Gesellschaft habt als früher und daß solche, welche Frauen zu achten und zu behandeln wissen, sich nicht schämen, in Eurer Begleitung zu reisen.«

Als dies gesprochen war, ward ein ausnehmend hübsches jugendliches Mädchengesicht durch eine Öffnung im Laub hervorgestreckt, im Bereich von Wildtöters Ruder. Die Eigentümerin desselben lächelte den jungen Mann freundlich an, und der schmollende, finstre Blick, den sie Hurry zuwarf, obwohl nur erheuchelt und schelmisch, diente, ihre Schönheit noch mehr herauszuheben, indem er das Spiel einer ausdrucksvollen,

aber launenhaften Miene zeigte, eines Gesichts, das mit Leichtigkeit und ohne Anstrengung vom Sanften ins Ernste, vom Fröhlichen ins Zurückstoßende überzugehen schien.

Ein zweiter Blick erklärte die ganze Überraschung. Ohne es zu wissen, hatten die Männer neben der Arche haltgemacht, welche mit gutem Bedacht in den zu diesem Behufe zurechtgeschnittenen und geordneten Gebüschen versteckt war; Judith Hutter hatte nur das Laub, das ein Fenster bedeckte, weggeschoben, um ihr Gesicht zu zeigen und mit ihnen zu sprechen.

Viertes Kapitel

> Und nicht scheut in Furcht das schüchterne Reh,
> Wenn zu seinem Gemach ich mich stehle;
> Und teu'r ist die Maiviole mir,
> Und den Bach besuch' ich, der rieselt hier,
> Daß die Blume mir labe die Seele.
>
> *Bryant*

Die Arche, wie man die schwimmende Behausung der Hutters gemeinhin nannte, war ein sehr einfaches Werk. Eine große Fläche oder Fähre bildete den schwimmenden Teil des Fahrzeugs, und in dessen Mitte, die ganze Breite und etwa zwei Drittel der Länge einnehmend, stand ein niedriges Gerüst, in seinem Bau dem Kastell ähnlich, obwohl von so leichtem Material, daß es kaum einer Flintenkugel widerstand. Da die Seiten des platten Fahrzeuges etwas höher waren als gewöhnlich und das Innere der Kajüte oder der Hütte nicht höher war, als die Bequemlichkeit durchaus erforderte, so nahm sich der ungewöhnliche Aufsatz weder sehr plump aus, noch fiel er sehr ins Auge. Kurz, das Ganze war nicht viel verschieden von einem modernen Kanalboot, obwohl roher gebaut, von größerer Breite als gewöhnlich und an den mit Borke bedeckten Balken doch die Spuren der Wildnis an sich tragend. Die Fähre war jedoch mit einiger Geschicklichkeit zusammengesetzt, für ihre Stärke verhältnismäßig leicht und gut zu handhaben. Die Kajüte war in zwei Gemächer geteilt, deren eines als Wohnzimmer und Schlafstätte für den Vater diente, das andere aber den Töchtern zur Benutzung überlassen war. Eine sehr einfache Einrichtung diente als die Küche, die auf dem einen Ende der Fähre angebracht war und, von der Kajüte entfernt, frei und offen dastand; denn die Arche war überhaupt eine Sommerwohnung.

Das Versteck, in dem sie lag, läßt sich ebensoleicht erklären. An manchen Stellen des Sees und Flusses, wo die Ufer steil und hoch waren, überhingen die kleineren Bäume und die größeren Gebüsche, wie schon erwähnt, das Wasser gänzlich, und ihre Zweige tauchten sich nicht selten ganz darein. Hin und wieder wuchsen sie in beinahe horizontalen Linien dreißig bis vierzig Fuß seitlich herein. Da das Wasser durchgehend am tiefsten war an den Küsten, wo die Ufer am höchsten waren und sich am meisten dem Senkrechten näherten, war es Hutter nicht schwergefallen, die Arche unter ein solches verstecktes Obdach zu lenken, wo sie vor Anker lag, und wo man sie nicht bemerken können sollte; denn nach seiner Ansicht erforderte die Sicherheit solche Vorsichtsmaßregeln. Nachdem sie einmal unter den Bäumen und Gebüschen war, bewirkten einige an den Enden der Zweige befestigte Steine, daß sie sich tief genug in den Fluß hinunterbogen, und einige abgehauene Büsche, gehörig verteilt, taten das übrige. Der Leser hat schon gesehen, daß dies Versteck vollständig genug war, um zwei an die Wälder gewöhnte Männer zu täuschen, die doch gerade auf die Entdekkung der verborgenen Arche aus waren, und dies werden solche leicht begreifen, welche bekannt sind mit der wuchernden Üppigkeit und Dichtheit eines jungfräulichen amerikanischen Waldes, zumal auf reichem und gutem Boden.

Die Entdeckung der Arche machte sehr verschiedene Eindrücke auf unsre beiden Abenteurer. Sobald das Kanu an die geeignete Öffnung hingebracht werden konnte, sprang Hurry an Bord, und war nach einer Minute schon tief in ein munteres, gewissermaßen scheltendes Gespräch mit Judith verwickelt, allem Anschein nach das Dasein der ganzen übrigen Welt vergessend. Nicht so Wildtöter! Er betrat die Arche mit langsamem, vorsichtigem Schritt und prüfte jede Einrichtung des Verstecks mit neugierigem, forschendem Auge. Allerdings warf er einen bewundernden Blick auf Judith, den ihm ihre glänzende und eigentümliche Schönheit abgewann; aber selbst diese konnte ihn nur einen Augenblick abhalten, dem Interesse, das ihm Hutters schlaue Einrichtungen einflößten, nachzugeben. Schritt für Schritt besichtigte er die Konstruktion der eigentümlichen Behausung, erforschte die Stärke und Festigkeit derselben, versicherte sich der Verteidigungsmittel und stellte alle die Untersuchungen an, die sich von selbst einem Mann darboten, dessen Gedanken sich hauptsächlich mit solchen Kunstgriffen und Hilfsmitteln beschäftigten. Auch das versteckende Obdach ward nicht außer acht gelassen. Er untersuchte es genau nach seiner ganzen Beschaffenheit, und mehr als einmal wurde sein Beifall in hörbaren Lobsprüchen laut. Da die Sitten der Grenzmänner eine solche Ungezwungenheit gestatteten, schritt er durch die Gemächer wie früher im Kastell, öffnete eine Türe und trat auf das Ende der Fähre, entgegengesetzt dem, wo er Hurry und Judith verlassen hatte. Hier traf er die andere Schwester, mit einer groben Nadelarbeit beschäftigt, unter dem belaubten Baldachin des Schutzdaches sitzend.

Da Wildtöters Besichtigung und Prüfung nunmehr beendet war, ließ er den Kolben seiner Büchse sinken und wandte sich, sich mit beiden Händen auf den Lauf stützend, zu dem Mädchen mit einem Interesse, welches die ausgezeichnete Schönheit ihrer Schwester nicht in ihm geweckt hatte. Er hatte aus Hurrys Äußerungen so viel entnommen, daß Hetty dafür galt, weniger Einsicht zu besitzen, als gewöhnlich menschlichen Wesen zugeteilt ist, und seine indianische Bildung hatte ihn gelehrt, diejenigen, die so von der Vorsehung heimgesucht waren, mit ungewöhnlicher Zartheit zu behandeln. Auch lag in der äußeren Erscheinung der Hetty Hutter nichts, was, wie so oft der Fall ist, das Interesse hätte schwächen können, das ihr Zustand erregte. Blödsinnig konnte man sie nicht eigentlich nennen; denn ihr Geist war nur gerade so weit schwach, daß er die meisten jener Züge verlor, welche mit den Eigenschaften der berechnenden Schlauheit zusammenhängen, dagegen seine Aufrichtigkeit und Liebe zur Wahrheit behielt. Es war öfters in bezug auf dies Mädchen von den wenigen, die sie gesehen und genugsame Einsicht zum richtigen Unterscheiden besaßen, bemerkt worden, daß ihr Erkennen des Rechten beinahe instinktmäßig und intuitiv schien, während ihr Widerwille gegen das Unrecht einen so auszeichnenden Zug ihres Gemüts ausmachte, daß sie gleichsam in einer Atmosphäre reiner Sittlichkeit sich bewegte; diese Eigentümlichkeiten trifft man nicht selten bei schwachsinnig genannten Menschen, gleich als hätte Gott den bösen Geistern gewehrt, in ein so schutzloses Gebiet einzudringen, mit der gnädigen Absicht, einen unmittelbaren Schutz denjenigen angedeihen zu lassen, welche ohne die gewöhnlichen Kräfte und Hilfsmittel der menschlichen Natur geblieben waren. Auch ihre Person war angenehm, da sie ihrer Schwester stark glich, von welcher sie ein gedämpftes und bescheidnes Nachbild zu sein schien. Wenn sie nichts von Judiths Glanz besaß, so verfehlte doch der ruhige, friedliche, beinahe heilige Ausdruck ihres sanften Gesichts selten, den Betrachter für sie einzunehmen, und wenige sahen sie länger, ohne eine tiefere und bleibende Teilnahme für das Mädchen zu fühlen. Sie hatte für gewöhnlich keine Farbe, auch war ihr einfacher Geist nicht imstande, Bilder aufzurufen, die ihre Wange hätten aufleuchten machen; aber sie behauptete eine ihr so angeborene Sittsamkeit, daß sie dadurch beinahe zu der arglosen Reinheit eines für menschliche Schwächen unzugänglichen Gemütes erhoben wurde. Harmlos, unschuldig, ohne Mißtrauen sowohl von Natur als vermöge ihrer Lebensweise, hatte die Vorsehung sie dennoch gegen Anfechtungen beschirmt durch eine Art von sittlichem Heiligenschein, »den Wind zu sänftigen dem geschorenen Lamme«, wie das Sprichwort sagt.

»Ihr seid Hetty Hutter«, sagte Wildtöter in der Art, wie man sich selbst unbewußt eine Frage stellt, und zwar mit einer sanften Güte in Ton und Wesen, die ganz geeignet war, ihm das Vertrauen der so Angeredeten zu gewinnen – »Hurry Harry hat mir von Euch gesagt, und ich weiß, Ihr müßt das Kind sein.«

»Ja, ich bin Hetty Hutter«, versetzte das Mädchen mit leiser, süßer Stimme, welche durch die Natur und einige dazugekommene Erziehung vor Gemeinheit des Tons und des Ausdrucks bewahrt geblieben war, »ich bin Hetty, der Judith Hutter Schwester und Thomas Hutters jüngste Tochter.«

»So weiß ich denn Eure Geschichte; denn Hurry Harry plaudert tüchtig und geht frei heraus mit seinen Reden, wenn er auf andrer Leute Angelegenheiten zu sprechen kommt. Ihr bringt den größten Teil Eures Lebens auf dem See zu, Hetty?«

»Jawohl, Mutter ist tot; Vater ist aus aufs Fallenstellen, und Judith und ich bleiben zu Hause. Was ist *Euer* Name?«

»Das ist eine Frage, die sich leichter tun als beantworten läßt, junges Weib, in Betracht, daß ich noch so jung bin und doch schon mehr Namen getragen habe als manche der größten Häuptlinge in ganz Amerika.«

»Aber Ihr *habt* doch einen Namen? Ihr werft doch nicht einen Namen weg, bevor Ihr auf ehrliche Weise zu einem andern gekommen?«

»Ich hoffe so, Mädchen, ich hoffe so. Meine Namen sind mir natürlich gekommen, und ich denke, derjenige, den ich jetzt trage, wird nicht von langer Dauer sein; denn die Delawaren bestimmen selten den wahren Namen und Titel eines Mannes fest bis zu der Zeit, wo er Gelegenheit gehabt, sein wahres Wesen im Rat oder auf dem Kriegspfad zu zeigen, was mir noch nie zuteil geworden ist; angesehen erstlich, daß ich, nicht als Rothaut geboren, kein Recht habe, in ihren Versammlungen zu sitzen, und viel zu niedrig bin, als daß ich von den Vornehmen meiner Farbe sollte um meine Meinung befragt werden; und fürs zweite, weil dies der erste Krieg ist, der in meine Zeit gefallen, und noch kein Feind weit genug in die Kolonie eingebrochen, der durch einen auch längeren Arm als der meinige zu erreichen gewesen wäre.«

»Sagt mir Eure Namen«, erwiderte Hetty, ihn arglos anschauend, »und vielleicht sage ich Euch dann Euren Charakter.«

»Darin liegt einige Wahrheit, ich will es nicht leugnen, obgleich es oft fehltrifft. Die Menschen täuschen sich im Charakter andrer und geben ihnen häufig Namen, die sie in keiner Weise verdienen. Die Wahrheit hievon könnt Ihr sehen an den Mingo-Namen, die in ihrer Sprache dieselben Dinge bezeichnen wie die Delawaren-Namen – so sagt man mir wenigstens; denn ich weiß wenig von diesem Stamm außer durchs Gerücht – und niemand kann sagen, daß sie eine ebenso redliche und gerade Nation sind. Ich lege daher kein sehr großes Gewicht auf Namen.«

»Sagt mir *alle* Eure Namen«, wiederholte das Mädchen ernst; denn ihr Gemüt war zu einfältig, um die Dinge von den Namen zu scheiden, die sie tragen, und *sie* legte einem Namen große Wichtigkeit bei. »Ich möchte wissen, was ich von Euch zu denken habe.«

»Nun, gewiß, ich habe nichts dagegen, und Ihr sollt sie alle erfahren. Fürs erste denn bin ich ein Christ und weiß geboren wie Ihr, und meine Eltern hatten einen Namen, der sich vom Vater auf den Sohn vererbte, als ein Teil ihrer Gaben und Ausstattung. Mein Vater hieß Bumppo, und ich ward natürlich genannt wie er, und der mir gegebene Name war Nathaniel, oder Natty, wie die meisten Leute ihn abzukürzen beliebten.«

»Ja, ja – Natty – und Hetty –« unterbrach ihn rasch das Mädchen und schaute wieder mit einem Lächeln von ihrer Arbeit auf, »Ihr seid Natty, und ich bin Hetty – obgleich Ihr Bumppo heißt und ich Hutter. Bumppo ist nicht so hübsch wie Hutter oder doch?«

»Nun, das kommt auf der Leute Geschmack an. Bumppo

klingt nicht erhaben, ich geb' es zu, und doch haben sich Menschen damit durch die Welt geschlagen. Ich lief jedoch nicht sehr lange unter diesem Namen; denn die Delawaren entdeckten bald oder glaubten zu entdecken, daß ich dem Lügen nicht ergeben war, und sie nannten mich zuerst ›Geradzunge‹.«

»Das ist ein *guter* Name«, unterbrach ihn Hetty ernst und in bestimmtem Tone, »sagt mir doch nicht, es wohne in den Namen keine Kraft und Tugend!«

»Ich sage das *nicht;* denn vielleicht verdiente ich den Namen, da Lügen bei mir nicht wie bei manchen in Gunst sind. Nach einiger Zeit entdeckten sie, daß ich rasch zu Fuß war, und da nannten sie mich ›die Taube‹; denn dieser Vogel hat, wie Ihr wißt, eine schnelle Schwinge und fliegt in gerader Richtung.«

»Das war ein *hübscher* Name!« rief Hetty: »Tauben sind hübsche Vögel.«

»Die meisten Dinge, die Gott geschaffen, sind hübsch in ihrer Art, mein gutes Mädchen, obgleich sie dann von den Menschen entstellt und verkehrt werden, so daß sie ihre Natur wie ihre äußere Erscheinung ändern. Vom Botschafttragen und vom Aufspüren blinder Fährten brachte ich es endlich dahin, den Jägern folgen zu dürfen, da man glaubte, ich sei rascher und sichrer in Auffindung des Wildes als die meisten jungen Burschen, und da nannten sie mich ›Schlappohr‹, weil ich, wie sie sagten, die Spürkraft eines Hundes besäße.«

»Der Name ist nicht so hübsch«, bemerkte Hetty. »Ich hoffe, den behieltet Ihr nicht lange.«

»Nicht länger, als bis ich reich genug war, eine Büchse zu kaufen«, erwiderte der andere, und sein sonst so gelassenes und ruhiges Wesen verriet doch einigen Stolz, »da zeigte sich's, daß ich einen Wigwam mit Wildbret zu versehen vermochte, und bald bekam ich den Namen ›Wildtöter‹, den ich jetzt noch trage; – ein niedriger Name nach der Ansicht von manchen, die mehr Wert in den Skalp eines Mitmenschen setzen als in das Geweih eines Hirsches.«

»Nun, Wildtöter, zu diesen gehöre ich nicht«, versetzte Hetty arglos. »Judith liebt Soldaten und schimmernde Kleider und schöne Federn, aber mir gelten alle die *nichts. Sie* sagt, die Offiziere seien vornehm und munter und führten eine so sanfte Sprache, aber mich machen sie schaudern; denn ihr Beruf ist, ihre Mitmenschen zu töten. Euer Beruf gefällt mir besser, und Euer letzter Name ist ein recht guter, – besser als Natty Bumppo.«

»Das ist ganz Eurer Gemütsart gemäß und natürlich, Hetty, und geradeso, wie ich es erwartet. Man sagt mir, Eure Schwester sei schön – ungemein schön für eine Sterbliche, und die Schönheit macht geneigt, Bewunderung zu suchen.«

»Habt Ihr Judith nie gesehen?« fragte das Mädchen mit raschem Ernst, »wenn dies ist, so geht sogleich und beschaut sie! Selbst Hurry Harry ist nicht hübscher anzusehen, obgleich sie ein Weib ist und er ein Mann.«

Wildtöter betrachtete das Mädchen einen Augenblick mit Teilnahme. Ihr blasses Gesicht hatte sich ein wenig gerötet und ihr gewöhnlich so mildes und sanftes Auge geflammt bei jenen Worten, die ihre innern Regungen verrieten.

»Ja, Hurry Harry«, murmelte er vor sich hin, indem er durch die Kajüte nach dem andern Ende der Arche schritt, »das kommt vom guten Aussehen, wenn nicht auch eine leichtfertige Zunge ihren Anteil daran hat. Es ist leicht zu sehen, wohin sich die Gefühle des armen Geschöpfes neigen, wie es nun auch mit der Judith stehen mag.«

Aber eine Unterbrechung erlitten die Galanterie Hurrys – die Koketterie seiner Geliebten – das Nachdenken Wildtöters und die zärtlichen Gefühle Hettys durch das plötzliche Erscheinen des Kanus, das den Besitzer der Arche brachte, in der schmalen Öffnung zwischen den Gebüschen, die als eine Art Wassergraben seiner festen Stellung diente. Es schien, daß Hutter oder Floating Tom, wie ihn alle Jäger vertraulich nannten, welche mit seiner Lebensart bekannt waren, das Kanu Hurrys erkannt hatte; denn er zeigte durchaus kein Erstaunen, ihn auf der Fähre zu finden. Im Gegenteil war seine Begrüßung derart, daß sie nicht nur Zufriedenheit, sondern selbst Freude verriet, gemischt mit etwas Verdruß darüber, daß er nicht einige Tage früher gekommen.

»Ich erwartete Euch vorige Woche«, sagte er in halb brummendem, halb freundlich begrüßendem Tone, »und war ungemein verdrießlich, daß Ihr nicht kamet. Es kam ein eilender Bote durch, um die Jäger aller Gattungen zu benachrichtigen, daß die Kolonie und die Kanadas wieder in Unruhe und Hader seien, und ich fühlte mich gar einsam in diesen Gebirgen mit drei Skalpen, die ich zu bewachen habe, und nur zwei Armen, sie zu schützen.«

»Das ist natürlich«, versetzte March, »und dies hieß nur als Vater fühlen. Ohne Zweifel wüßte ich, wenn ich zwei Töchter hätte wie Judith und Hetty, aus eigner Erfahrung dieselbe Geschichte zu erzählen, obwohl ich in der Regel ebenso zufrieden bin, wenn der nächste Nachbar fünfzig Meilen weit von mir entfernt, als wenn er innerhalb Rufesweite in meiner Nähe ist.«

»Trotzdem mochtet Ihr nicht allein in die Wildnis kommen, nachdem Ihr wußtet, daß die Wilden in Kanada sich wahrscheinlich regen würden«, versetzte Hutter, einen halb mißtrauischen und zugleich forschenden Blick auf Wildtöter werfend.

»Warum sollte ich auch? Man sagt: ein schlechter Begleiter auf einer Reise hilft doch den Weg verkürzen, und diesen jungen Mann rechne ich für einen recht guten. Es ist Wildtöter, alter Tom, ein berufener Jäger unter den Delawaren, dazu als Christ geboren und erzogen wie Ihr und ich. Der Junge ist vielleicht nicht vollkommen, aber es gibt schlechtere Männer im Land, wo er herkommt, und wahrscheinlich findet er in dieser Gegend der Welt manchen, der nicht besser ist. Sollten wir in den Fall kommen, unsre Fallen und unser Gebiet verteidigen zu müssen, so wird er uns Dienste leisten und Nahrung beschaffen; denn er ist ein ganzer Wildbretschütze.«

»Junger Mann, Ihr seid willkommen«, brummte Tom, eine harte knöcherne Hand dem Jüngling zum Pfand seiner Aufrichtigkeit hinstreckend, »in solchen Zeiten ist ein Bleichgesicht das Gesicht eines Freundes, und ich zähle auf Euren Beistand. Kinder machen manchmal ein männliches Herz schwach, und diese meine zwei Töchter machen mir mehr Unruhe als alle meine Fallen, Häute und Rechte im Land.«

»Das ist natürlich!« rief Hurry. »Ja, Wildtöter, Ihr und ich wissen das noch nicht aus Erfahrung; aber, alles zusammengenommen, sehe ich das als natürlich an. Wenn wir Töchter hätten, ist es mehr als wahrscheinlich, daß wir auch solche Gefühle hätten, und ich schätze den Mann, der sie bekennt. Was Judith betrifft, Alter, so schreibe ich mich sofort als ihr Soldat ein, und hier ist Wildtöter, um Euch Hetty beschützen zu helfen.«

»Großen Dank Euch, Meister March«, versetzte die Schöne mit einer vollen, metallreichen Stimme und mit einer Richtigkeit des Ausdrucks und der Betonung, die sie überhaupt mit ihrer Schwester teilte, und welche bewies, daß sie mehr Unterricht genossen, als ihres Vaters Lebensweise und äußere Erscheinung eigentlich vermuten ließen: »Großen Dank Euch, aber Judith Hutter besitzt so viel Einsicht und Erfahrung, daß sie sich mehr auf sich selbst als auf gut aussehende Landstreicher wie Euch verläßt. Sollte es nötig werden, den Wilden entgegenzutreten, so landet Ihr mit meinem Vater, statt Euch in Hütten zu verkriechen unter dem Vorwand, uns Weiber zu verteidigen, und –«

»Mädchen, Mädchen«, fiel ihr der Vater ins Wort, »zügle deine glatte, kecke Zunge und höre die Wahrheit an! Schon sind Wilde am Ufer des Sees, und niemand kann sagen, wie nahe sie uns in diesem Augenblick sein mögen, oder wann wir mehr von ihnen zu hören bekommen!«

»Wenn dies wahr ist, Meister Hutter«, sagte Hurry, in dessen Mienen ein Wechsel eintrat, der verriet, wie ernst er die Nachricht nahm, obgleich nichts von unmännlicher Unruhe zeugte, »wenn dies wahr ist, so befindet sich Eure Arche in der ungünstigsten Stellung; denn obschon das Schutzdach Wildtöter und mich täuschte, würde sie doch kaum von einem Vollblut-Indianer übersehen werden, der ernstlich auf die Jagd nach Skalpen ausginge.«

»Ich denke wie Ihr, Hurry, und wünsche von ganzem Herzen, wir lägen in diesem Augenblicke anderswo als in diesem engen, krummen Fluß, der viele Vorteile für ein Versteck darbietet, aber den Entdeckten beinahe sicheres Verderben bringt. Zudem sind uns die Wilden nahe, und die Schwierigkeit ist, aus dem Fluß herauszukommen, ohne wie Wild, das am Trinkplatz steht, zusammengeschossen zu werden!«

»Seid Ihr gewiß, Meister Hutter, daß die Rothäute, die Ihr fürchtet, wirkliche Kanadier sind?« fragte Wildtöter mit bescheidenem, aber ernstem Wesen. »Habt Ihr einen gesehen und könnt Ihr ihre Bemalung beschreiben?«

»Ich bin auf Anzeichen gestoßen, daß sie in der Nähe sind, habe aber keinen gesehen. Ich war eine Meile oder so stromabwärts, um nach meinen Fallen zu sehen, als ich auf eine frische Spur stieß, welche über das Ende eines Morastes ging und nach Norden zu wies. Der Mann war noch nicht eine Stunde des Weges gekommen, und ich erkannte die Fußtapfen als die eines

Indianers an der Gestalt des Fußes und der Zehen, selbst noch ehe ich einen vertragenen Mokassin fand, den der Eigentümer als unbrauchbar weggeworfen. Und dann fand ich die Stelle, wo er haltmachte, um sich einen neuen zu verfertigen, nur ein paar Schritte von der entfernt, wo er den alten weggeworfen.«

»Das sieht einer Rothaut auf dem Kriegspfad nicht sonderlich gleich!« versetzte der andere mit Kopfschütteln. »Ein erfahrner Krieger wenigstens hätte solche Anzeichen seiner Wanderung verbrannt oder begraben oder im Fluß versenkt, und Eure Fährte ist höchstwahrscheinlich eine ganz friedliche. Aber der Mokassin dürfte mich vielleicht sehr beruhigen, wenn Ihr daran gedacht habt, ihn mitzunehmen. Ich bin selbst hierhergekommen, um einen jungen Häuptling zu treffen, und sein Weg läge so ziemlich in der von Euch bezeichneten Richtung. Vielleicht waren die Fußtapfen von ihm.«

»Hurry Harry, Ihr seid, hoff' ich, genau bekannt mit diesem jungen Manne, der Zusammenkünfte mit Wilden in einer Gegend des Landes hat, wo er nie früher gewesen?« fragte Hutter in einem Ton und mit einer Art, welche den Beweggrund seiner Frage deutlich verrieten, da solche rohe Menschen sich selten aus Zartgefühl bedenken, ihre Gedanken und Gefühle zu verraten. »Verrat ist eine indianische Tugend, und die Weißen, die viel unter ihren Stämmen leben, nehmen bald ihre Gewohnheiten und Kniffe an.«

»Wahr – wahr wie das Evangelium, alter Tom, aber nicht anwendbar auf Wildtöter, der ein junger Mann voll Wahrhaftigkeit ist, wenn er auch sonst keine Empfehlung hätte. Ich will für seine *Redlichkeit* bürgen, wenn ich auch von seiner Herzhaftigkeit im Gefecht nichts sagen kann.«

»Ich möchte wohl wissen, was er in dieser abgelegenen Gegend zu schaffen und zu bestellen hat?«

»Das ist bald erzählt, Meister Hutter«, sagte der junge Mann mit der ruhigen Fassung dessen, der ein reines Gewissen hat, »ich glaube auch selbst, daß Ihr das Recht habt, darnach zu fragen. Der Vater von zwei solchen Töchtern, der einen See innehat, so wie Ihr, hat das gleiche Recht, nach dem Tun und Treiben eines Fremden in seiner Nähe sich zu erkundigen, wie die Kolonie befugt wäre, nach dem Grund zu fragen, warum die Franzmänner mehr Regimenter als gewöhnlich an den Grenzen aufstellten. Nein, nein, ich bestreite Euch das Recht nicht zu wissen, warum ein Fremder in Eure Behausung oder in Eure Gegend kommt, in so ernsten Zeiten, wie die jetzigen sind.«

»Wenn dies Eure Gesinnung ist, Freund, so laßt mich Eure Geschichte hören ohne weitere Worte.«

»Sie ist bald erzählt, wie ich schon gesagt, und treulich werde ich sie Euch erzählen. Ich bin ein junger Mann und bis jetzt noch nie auf dem Kriegspfad gewesen, aber sobald die Nachricht bei den Delawaren eintraf, daß Wampum und eine Streitaxt dem Stamme übersandt werden würden, so wünschten sie, daß ich unter die Leute meiner Farbe ginge und mich für sie genau nach dem Stand der Sachen erkundigte. Das tat ich, und als ich nach meiner Rückkehr meinen Bericht den Häuptlingen abgestattet, traf ich einen Offizier der Krone am Schoharie, der an einige der befreundeten Stämme, die weiter westlich wohnen, Geld zu übermachen hatte. Dies schien Chingachgook, einem jungen Häuptling, der noch nie einen Feind getroffen, und mir, eine gute Gelegenheit, in Gesellschaft auf unsern ersten Kriegspfad zu gehen, und ein alter Delaware gab uns an, daß wir uns am Felsen in der Nähe des Ausgangs von diesem See treffen sollten. Ich will nicht leugnen, daß Chingachgook noch einen *andern* Zweck hatte, aber dieser betrifft keinen der hier Anwesenden, und ist sein Geheimnis, nicht das meinige; daher sage ich hierüber nichts weiter.«

»Es betrifft ein junges Weib«, fiel ihm Judith hastig ins Wort; dann lachte sie über ihr eignes Ungestüm und hatte sogar soviel Grazie, ein wenig über die Art zu erröten, wie sie ihre Geneigtheit, ein solches Motiv zu vermuten, verraten hatte. »Wenn es weder Krieg noch Jagd ist, so muß es Liebe sein.«

»Ja, es kommt den Jungen und Schönen, die so viel von diesen Gefühlen hören, leicht in den Sinn, zu glauben, sie müßten den meisten Handlungen und Schritten zugrunde liegen, aber ich sage über diesen Punkt nichts. Chingachgook soll mich an diesem Felsen treffen, morgen abend, eine Stunde vor Sonnenuntergang, worauf wir unsern Weg zusammen fortsetzen wollen, niemand störend als des Königs Feinde, die nach Recht und Gesetz auch die unsrigen sind. Da ich Hurry seit langem kannte, da er einst in unsern Jagdgebieten Fallen stellte, und ihm nun am Schoharie begegnete, als er gerade im Begriff war, auf seine Sommerzüge aufzubrechen, verabredeten wir, miteinander zu reisen, nicht sowohl aus Furcht vor den Mingos als aus guter Kameradschaft, und um uns, wie er sagt, den langen Weg zu verkürzen.«

»Und Ihr meint, die Spur, die ich gesehen, sei vielleicht die Eures Freundes gewesen, der vor seiner Zeit eingetroffen?« sagte Hutter.

»Das ist mein Gedanke, der irrig, aber auch richtig sein kann. Wenn ich aber den Mokassin sähe, so wollte ich in einer Minute entscheiden, ob er nach der Art der Delawaren gefertigt ist oder nicht.«

»Nun, da ist er«, sagte die schnell besonnene Judith, die schon nach dem Kanu gegangen war, ihn zu holen, »gebt uns an, was er sagt: Freund oder Feind. Ihr seht ehrlich aus, und *ich* glaube alles, was Ihr sagt, was auch Vater davon denken mag.«

»Das ist deine Art, Judith, immer Freunde da aufzufinden, wo ich Feinde argwohne«, brummte Tom, »aber sprecht nur, junger Mann, und sagt uns, was Ihr von dem Mokassin denkt.«

»Der ist kein Delawaren-Machwerk«, versetzte Wildtöter, indem er mit umsichtigem Auge die abgetragene und weggeworfene Fußbedeckung prüfte, »ich bin zu jung auf dem Kriegspfade, um meine Ansicht ganz bestimmt auszusprechen, aber ich würde sagen: dieser Mokassin sieht nördlich aus und kommt von jenseits der großen Seen.«

»Wenn dies der Fall ist, sollten wir keine Minute länger, als notwendig ist, hier liegenbleiben«, sagte Hutter, indem er einen Blick durch das Laub des Schutzdaches warf, als besorgte er schon die Anwesenheit eines Feindes auf der andern Küste des engen und krumm fließenden Stromes. »Es fehlt nur noch eine Stunde oder so bis Nacht, und im Dunkel ohne ein Geräusch, das uns verraten müßte, Bewegungen zu machen, wäre unmöglich. Habt Ihr nicht das Echo einer Feuerwaffe in den Bergen gehört, vor einer halben Stunde?«

»Ja, Alter, und die Feuerwaffe selbst«, versetzte Hurry, der jetzt die Unbesonnenheit fühlte, deren er sich schuldig gemacht, »diese ward auf meiner eignen Schulter abgefeuert.«

»Ich besorgte, es komme von den französischen Indianern her; immerhin kann es sie aufmerksam machen und ein Mittel für sie sein, uns zu entdecken. Ihr tatet übel, in Kriegszeiten zu feuern, wenn der Fall nicht dringend war.«

»So fange ich an selbst zu denken, Oheim Tom, und doch,

wenn einer sich nicht getrauen darf, seine Büchse abzuschießen in einer Wildnis von tausend Geviertmeilen, damit nicht irgendein Feind es höre: was nützt es, eine zu tragen?«

Hutter hielt jetzt eine lange Beratung mit seinen beiden Gästen, worin die Beteiligten zu einem richtigen Begriff von ihrer Lage gelangten. Er erklärte, welche Schwierigkeit der Versuch haben würde, die Arche im Dunkel aus einem so engen und raschen Fluß ohne ein Geräusch herauszubringen, das unfehlbar das Ohr der Indianer erreichen und sie aufmerksam machen müßte. Die etwa in der Nachbarschaft Herumstreifenden würden sich in der Nähe des Flusses oder des Sees halten; aber jener hatte an vielen Stellen des Ufers morastige Stellen und war so gekrümmt und so von Buschwerk eingefaßt, daß es bei Tage ganz wohl möglich war, ohne viel Gefahr, gesehen zu werden, Bewegungen darauf zu machen. Mehr war vielleicht vom Ohr zu besorgen als vom Auge, zumal solange sie sich in den kurzen, engen, überdachten Strecken des Flusses befanden.

»Ich begebe mich nie in dieses Versteck, das für meine Fallen sehr günstig gelegen und vor neugierigen Augen sicherer als der See ist, ohne für Mittel zu sorgen, auch wieder herauszukommen«, fuhr der seltsame Mann in seiner Auseinandersetzung fort, »und das geschieht leichter durch Ziehen und Zucken als durch Rudern und Rucken. Mein Anker liegt oberhalb der Ausströmung im offnen See, und hier ist, wie Ihr seht, ein Seil, uns dorthinauf zu ziehen. Ohne ein solches Mittel wäre es für ein Paar Hände ein schweres Stück Arbeit, ein Fahrzeug wie dieses stromaufwärts zu bringen. Auch habe ich eine Art Hebebock, der gelegentlich das Ziehen erleichtert. Judith kann das Ruder am Hinterteil so gut handhaben wie ich selbst, und wenn wir keinen Feind fürchten, macht es uns wenig Mühe und Sorge, aus dem Fluß herauszukommen.«

»Was würden wir gewinnen, Meister Hutter, durch eine Änderung unserer Stellung?« fragte Wildtöter mit größtem Ernst. »Dies hier ist ein sichres Versteck, und vom Innern dieser Kajüte aus ließe sich eine tüchtige Verteidigung bewerkstelligen. Ich habe noch nie an einem Gefecht teilgenommen außer in Überlieferungen, aber mir scheint, wir könnten, mit solchen Palisaden wie diese vor uns, zwanzig Mingos zurückschlagen.«

»Ja, ja, Ihr habt nie an Gefechten teilgenommen, außer in Überlieferungen, das ist klar genug, junger Mann! Habt Ihr je eine so breite Wasserfläche wie die dort oben gesehen, ehe Ihr mit Hurry hierher kamet?«

»Das kann ich allerdings nicht behaupten«, antwortete Wildtöter bescheiden. »Die Jugend ist die Zeit zu lernen, und ich bin weit entfernt von dem Wunsche, meine Stimme im Rat zu erheben, ehe sie durch Erfahrung dazu berechtigt ist.«

»Gut denn, ich will Euch die Nachteile des Fechtens in dieser Stellung und den Vorteil, den offnen See zu gewinnen, erklären. Hier, könnt Ihr sehen, wüßten die Wilden, wohin sie mit jedem Schusse zu zielen hätten, und es wäre eine zu verwegene Hoffnung, daß nicht einige ihren Weg durch die Lücken der Dielen finden sollten. Und wir hätten dagegen auf nichts zu zielen als auf einen Wald. Dann sind wir auch hier nicht sicher vorm Feuer, und die Borke dieses Dachs ist nicht viel besser als ebensoviel Kienholz. Auch könnte man in meiner Abwesenheit in das Kastell eindringen und es plündern und alle meine Besitztümer überfallen und zerstören. Einmal auf dem See, können wir nur in Booten oder auf Flößen angegriffen werden – haben alle Vorteile über den Feind – und können das Kastell mit der Arche schützen. Versteht Ihr diese Gründe, mein Junge?«

»Es klingt gut, ja, es klingt vernünftig, und ich will nicht widersprechen.«

»Nun gut, alter Tom«, schrie Hurry, »wenn wir einmal von der Stelle wollen, je eher wir den Anfang machen, desto eher werden wir wissen, ob wir unsre Skalpe als Nachtmützen behalten oder nicht.«

Da dieser Vorschlag für sich deutlich war, bestritt niemand seine Richtigkeit. Nach einer kurzen vorgängigen Erörterung trafen jetzt die drei Männer allen Ernstes ihre Vorbereitungen, die Arche in Bewegung zu setzen. Die leichten Befestigungen waren rasch gelöst, und durch Ziehen an dem Tau ward die schwerfällige Masse langsam aus dem Versteck herausgewunden. Sobald sie von den Hemmungen durch die Zweige frei war, glitt sie in den Fluß, ganz dicht an dem westlichen Ufer vermöge der Gewalt der Strömung hinstreifend. Keine Seele an Bord hörte das Prasseln der Zweige, als die Kajüte an den Büschen und Bäumen des westlichen Ufers anstieß, ohne ein Gefühl von Unbehagen; denn niemand wußte, in welchem Augenblick oder an welcher Stelle ein versteckter, mörderischer Feind sich zeigen könnte. Vielleicht trug das dämmernde Licht, das sich noch durch das Laubdach oben durchkämpfte oder seinen Weg durch die schmale, bandartige Öffnung fand, welche in der Luft oben den Lauf des unten strömenden Flusses zu bezeichnen schien, dazu bei, den Anschein von Gefahr zu vermehren; denn es war fast nur eben noch hinreichend, die Gegenstände sichtbar zu machen, ohne auf *einen* Blick ihre Umrisse erkennen zu lassen. Obgleich die Sonne noch nicht ganz untergegangen war, hatte sie doch ihre unmittelbaren Strahlen vom Tal zurückgezogen, und die Tinten des Abends begannen schon, die unbedeckt liegenden Gegenstände zu überschweben, während, was im Schatten der Wälder lag, dadurch noch trüber und düsterer wurde.

Keine Unterbrechung störte jedoch die Bewegung der Arche, und während die Männer fortwährend an dem Tau zogen, rückte sie stetig aufwärts; die große Breite der Fähre ließ sie nicht tief ins Wasser einsinken und machte, daß sie der Strömung des raschen Elements, das unter ihr hinfloß, keinen großen Widerstand entgegensetzte. Auch hatte Hutter eine Vorsichtsmaßregel angewendet, die ihn die Erfahrung gelehrt. Sie hätte einem Seemann Ehre gemacht und beseitigte gänzlich die Hindernisse und Widerwärtigkeiten, welche ihnen sonst aus den kurzen Windungen des Flusses entstanden wären. Beim Hinabfahren der Arche wurden große Steine, an das Tau befestigt, mitten im Fluß versenkt und bildeten Lokalanker, deren jeder vor dem Schleppen mittelst der weiter oben befindlichen geschützt wurde, bis der alleroberste erreicht war, der seinen Halt an dem eigentlichen Anker hatte, welcher recht im See lag. Mittelst dieser Auskunft bewegte sich die Arche aufwärts, frei und unbelästigt von den Hemmnissen des Ufers, gegen das sie sonst bei jeder Windung unvermeidlich hingetrieben wäre und dadurch Verlegenheiten verursacht haben würde, die Hutter allein nur mit größter Mühe oder gar nicht hätte überwinden können.

Gefördert durch diese Vorsicht und gespornt durch die Furcht, entdeckt zu werden, zogen Floating Tom und seine beiden athletischen Genossen die Arche mit so großer Geschwindigkeit, als nur immer die Stärke des Taues zuließ, stromaufwärts. Bei jeder Krümmung des Flusses wurde ein Stein aus der Tiefe emporgehoben, so daß sich die Richtung der Fähre dem weiter oben liegenden Steine zu änderte. In solcher Weise, mit diesem eigens eingerichteten Fahrwasser oder Kanal, wie ein Matrose es hätte nennen können, fuhr Hutter stromaufwärts, gelegentlich mit leiser und vorsichtiger Stimme seine Freunde ermahnend, ihre Anstrengung zu verdoppeln, und dann wieder im geeigneten Falle sie vor Kraftäußerungen warnend, welche in gewissen Augenblicken durch Übermaß des Eifers alles gefährden konnten. Trotz ihrer langen, vertrauten Bekanntschaft mit den Wäldern fühlten doch alle durch den düstern Charakter des verschatteten Flusses ihr Unbehagen vermehrt, und als die Arche die erste Windung im Susquehanna erreichte und das Auge der breiteren Ausdehnung des Sees ansichtig wurde, fühlten alle eine Herzenserleichterung, die vielleicht keiner gerne gestanden hätte. Hier ward der letzte Stein aus der Tiefe gehoben, und das Tau führte jetzt gerade auf den Anker zu, der, wie Hutter angegeben, über der Ausmündung des Flusses ausgeworfen worden war.

»Gott sei Dank!« rief Hurry, »*hier* ist doch Tageslicht, und wir werden bald im Fall sein, unsre Feinde zu *sehen*, wenn wir etwas von ihnen *spüren* sollten.«

»Das ist mehr, als Ihr oder irgendein Mensch sagen kann«, brummte Hutter. »Es gibt keinen Platz, so geeignet, eine Truppe zu verstecken, wie das Ufer um die Mündung, und der Augenblick, wo wir an jenen Bäumen vorbeifahren und ins offene Wasser gelangen, wird der gefahrdrohendste Zeitpunkt sein, weil da der Feind noch ein Versteck hat, während wir es verlieren. Judith, Mädchen, und Hetty, überlaßt jetzt das Ruder sich selbst, geht in die Kajüte hinein und hütet euch, eure Gesichter an einem Fenster zu zeigen; denn diejenigen, die sie erblickten, würden sich nicht dabei aufhalten, ihre Schönheit zu rühmen. Und jetzt, Hurry, wollen wir selbst in dies äußere Gemach treten und durch die Türe an dem Tau ziehen, wo wir alle wenigstens vor einem ersten Überfall sicher sein werden. Freund Wildtöter, da die Strömung jetzt gelinder ist und das Tau den erforderlichen Zug hat, soviel die Vorsicht gestattet: geht Ihr beständig von Fenster zu Fenster herum, hütet Euch aber, Euren Kopf sehen zu lassen, wenn Euch Euer Leben lieb ist. Niemand weiß, wann oder wo wir von unsern Nachbarn hören werden.«

Wildtöter gehorchte mit einer Empfindung, die nichts von

Furcht, wohl aber das ganze Interesse einer neuen und höchst aufregenden Situation an sich hatte. Zum erstenmal in seinem Leben war er in der Nähe von Feinden oder hatte doch guten Grund, dies zu glauben, und dazu noch unter Umständen, wo das Schauderhafte indianischer Überfälle und Listen ihm nahegerückt war. Als er seine Stellung an einem Fenster einnahm, fuhr die Arche gerade durch die schmalste Stelle des Flusses – den Punkt, wo das Wasser sich erst in das eigentliche Strombett ergoß, und wo die oben dicht verschlungenen Bäume das Wasser in einen Bogen von Grün sich ergießen machten, – ein diesem Lande vielleicht so eigentümlicher, auszeichnender Zug als in der Schweiz der Umstand, daß die Flüsse im buchstäblichen Sinne aus Kammern von Eis hervorbrechen.

Die Arche ging eben an der letzten Krümmung dieser belaubten Pforte vorbei, als Wildtöter, nachdem er alles untersucht, was vom östlichen Ufer des Flusses zu sehen war, durch das Gemach schritt, um vom gegenüberliegenden Fenster aus nach dem westlichen zu schauen. Seine Ankunft bei dieser Öffnung war sehr zur rechten Zeit, denn kaum hatte er sein Auge einer Spalte genähert, als sich ihm ein Anblick darbot, der eine so junge und unerfahrene Schildwache wohl bestürzen konnte. Über das Wasser beugte sich beinah in einem Halbzirkel ein junger Baum, der, zuerst zum Licht emporgewachsen, dann von der Wucht des Schnees diese gedrückte Stellung angenommen hatte, – ein Umstand, den man in den amerikanischen Wäldern häufig findet. Auf diesem Baum waren bereits nicht weniger als sechs Indianer erschienen, und andere standen bereit, ihnen zu folgen, sobald Raum würde; alle waren sichtlich willens, auf dem Stamm herauszulaufen und auf das Dach der Arche zu springen, sowie diese unten vorbeiführe. Dies wäre nicht schwierig auszuführen gewesen, da die Beugung des Baumes das Schreiten darauf erleichterte, die Äste in der Nähe den Händen Halt genug gaben und der Fall zu unbedeutend war, um Besorgnis einzuflößen. Als Wildtöter zuerst diese Truppe erblickte, trat sie gerade aus dem Versteck hervor und stieg an dem Baum empor, da, wo er der Erde am nächsten und bei weitem am schwierigsten zu übersteigen war; seine Bekanntschaft mit den Sitten der Indianer zeigte ihm auf *einen* Blick, daß sie alle in ihrer Kriegsbemalung waren und einem feindlichen Stamm angehörten.

»Zieht, Hurry«, schrie er, »zieht, so lieb Euch Euer Leben und Judith Hutter ist! Zieht, Mann! zieht!«

Dieser Aufruf erging an einen Mann, der, wie Wildtöter wußte, Riesenkräfte besaß. Er war so ernst und feierlich, daß Hutter und March wohl fühlten, er sei nicht umsonst ergangen, und sie strengten in einem Augenblick zugleich alle ihre Kräfte an dem Tau an und das in einem höchst kritischen Zeitpunkt: die Fähre verdoppelte ihre Bewegung und schien unter dem Baum wegzugleiten, als wüßte sie, welche Gefahr über ihr schwebte. Die Indianer bemerkten, daß sie entdeckt waren, stießen ihr fürchterliches Kriegsgeheul aus, eilten auf dem Baume vorwärts und sprangen verzweifelten Mutes auf ihre sicher geglaubte Beute los. Es waren ihrer sechs auf dem Baum, und alle machten den Versuch. Alle außer dem Anführer fielen in den Fluß, mehr oder minder entfernt von der Arche, je nachdem sie früher oder später an den Platz des Absprungs kamen. Der Häuptling, der den gefährlichen ersten Posten eingenommen hatte und so früher zum Sprung kam als die übrigen, erreichte die Fähre noch gerade am Hinterteil. Der Sprung wurde so viel höher, als er vermutet hatte, er ward leicht betäubt und blieb einen Augenblick halb gebeugt und seiner Lage nicht recht bewußt. In diesem Augenblick stürzte Judith aus der Kajüte hervor, ihre Schönheit war noch erhöht durch die Aufregung dieses kecken Beginnens, wodurch ihre Wange von hohem Purpur überzogen wurde: all ihre Kraft mit gewaltiger Anstrengung zusammenraffend, stieß sie den Eindringling über den Rand der Fähre hinaus, kopfüber in den Fluß. Nicht so bald hatte sie diese entschlossene Tat ausgeführt, als das *Weib* wieder sein Recht behauptete; Judith schaute über den Spiegel hinaus, um zu sehen, was aus dem Manne geworden, und der Ausdruck ihrer Augen milderte sich zur Teilnahme; dann flammte ihre Wange, halb vor Scham, halb vor Überraschung über ihre eigne Verwegenheit, und dann lachte sie in ihrer lustigen und holdseligen Art. Alles dies ging in weniger als einer Minute vor, als sich der Arm Wildtöters um ihren Leib schlang und sie sich rasch unter den Schutz der Kajüte zurückgezogen sah. Dieser Rückzug geschah nicht zu bald. Kaum waren beide in Sicherheit, als der Wald sich mit gellendem Geschrei erfüllte und Kugeln an die Planken zu schlagen anfingen.

Da die Arche diese ganze Weile sich rasch bewegt hatte, war

sie, nachdem diese Ereignisse vorüber, schon der Gefahr der Verfolgung entgangen; die Wilden hörten, sobald der erste Ausbruch ihres Zorns vorüber, auf zu feuern, in der Überzeugung, daß sie ihre Munition vergeblich verschwendeten. Als die Arche an ihren Anker herankam, lichtete Hutter diesen so, daß er den Gang von jener nicht störte, und da sie jetzt außer dem Bereich der Strömung sich befanden, setzte das Fahrzeug seine Richtung fort, bis sie ganz im offenen See waren, obwohl noch dem Lande so nahe, daß es gefährlich gewesen wäre, sich einer Büchsenkugel bloßzustellen. Hutter und March holten zwei kleine Ruderschaufeln hervor und drängten unter dem Schutz der Kajüte bald die Arche weit genug von dem Ufer weg, um ihren Feinden alle Lust zu einem weitern Versuch, ihnen ein Leid zuzufügen, zu benehmen.

Fünftes Kapitel

Laßt weinen das Tier, vom Pfeile wund,
Frischem Hirsch sei's Spiel nicht vergällt;
Einer schläft, einer wacht zur selben Stund'
Das ist der Lauf der Welt.

Shakespeare

Wieder fand eine Beratung auf dem Vorderteil der Fähre statt, bei welcher Judith und Hetty anwesend waren. Da jetzt keinerlei Gefahr sich ungesehen nähern konnte, hatte die augenblickliche Unruhe der Besorgnis Platz gemacht, welche die Überzeugung begleitete, daß Feinde in ansehnlicher Anzahl sich am Ufer des Sees befanden, und daß sie darauf zählen konnten, es werde kein irgend tunliches Mittel, ihren Untergang herbeizuführen, von den Feinden außer acht gelassen werden. Natürlich empfand Hutter diese Umstände am tiefsten, da seine Töchter gewöhnt waren, sich immer unbedingt auf seine Klugheit und seine Maßregeln zu verlassen, und zu wenig Einsicht besaßen, um alle ihnen drohenden Gefahren in ihrem ganzen Umfang zu würdigen; während es seinen männlichen Genossen freistand, ihn jeden Augenblick zu verlassen, wo es ihnen dienlich schien. Seine erste Äußerung zeigte, daß er den letztern Umstand wohl ins Auge faßte, und hätte einem scharfen Beobachter leicht verraten, welche Besorgnis ebenjetzt in seiner Seele die überwiegende war.

»Wir haben einen großen Vorteil über die Irokesen, oder wer immer unsre Feinde sind, darin, daß wir uns auf dem See befinden«, sagte er. »Es ist kein Kanu um den See herum, von dem ich nicht wüßte, wo es verborgen ist, und nachdem das Eurige hier ist, Hurry, sind nur noch drei auf dem Land, und sie sind so hübsch versteckt in hohlen Stämmen, daß ich nicht glauben kann, die Indianer würden sie finden, versuchten sie es auch noch so lange.«

»Das läßt sich nicht ausmachen – niemand kann das sagen«, versetzte Wildtöter, »ein Hund ist nicht sichrer auf der Spur einer Witterung als eine Rothaut, wenn er etwas dadurch zu erhaschen denkt. Laßt die Leute nur Skalpe vor sich sehen oder

Plünderung oder Ehre, nach ihren Ideen von dem, was Ehre ist, so müßte das ein dicker Baumstamm sein, der ein Kanu ihren Augen verbärge.«

»Ihr habt recht, Wildtöter«, rief Harry March, »Ihr sprecht wie ein Evangelium in dieser Sache, und ich bin froh, daß meine Nußschale von Barke hier, im Bereich meines Armes, sicher genug ist. Ich kalkuliere, sie werden alle übrigen Kanus noch vor morgen nacht aufspüren, wenn es ihnen ein rechter Ernst ist, Euch fortzuräuchern, alter Tom, und wir dürfen wohl unsre Ruder recht brauchen, um vorwärts zu kommen.«

Hutter antwortete im Augenblicke nicht. Er sah sich eine Minute stillschweigend um; er betrachtete genau den Himmel, den See und den Gürtel Wald, der ihn gleichsam hermetisch einschloß, als zöge er ihre Zeichen zu Rate. Auch fand er keine beunruhigenden Symptome. Die grenzenlosen Wälder schlummerten in der tiefen Ruhe der Natur, der Himmel war heiter, aber noch hell und glänzend von dem Licht der scheidenden Sonne, während der See lieblicher und freundlicher aussah als den ganzen Tag über. Es war eine wahrhaft beruhigende Szene, geeignet, die leidenschaftlichen Gefühle in eine Art heiligen Friedens einzulullen. Inwieweit sie jedoch diese Wirkung auf die Gesellschaft in der Arche ausübte, muß aus dem weitern Verlauf unserer Erzählung erhellen.

»Judith«, rief der Vater, nachdem er diesen kurzen, aber genau prüfenden Blick auf die Vorbedeutungen der Umgebung geworfen, »die Nacht steht vor der Türe, schaffe Speise für unsere Freunde her, ein weiter Marsch schärft den Hunger.«

»Wir sterben nicht Hungers, Meister Hutter«, bemerkte March, »denn wir haben uns gesättigt, gerade wie wir den See erreichten, und ich meinesteils ziehe die Gesellschaft Judiths selbst ihrem Abendbrot vor. Dieser ruhige Abend ist ganz lieblich, an ihrer Seite zu sitzen.«

»Natur ist Natur«, bemerkte dagegen Hutter, »und muß ihre Nahrung haben. Judith, besorge die Mahlzeit, und nimm deine Schwester mit, dir zu helfen! Ich habe noch ein wenig mit euch zu sprechen, Freunde«, fuhr er fort, sobald seine Töchter außer Gehörweite waren, »und wünschte, die Mädchen wegzuhaben. Ihr seht meine Lage, und ich möchte gern eure Ansichten hören, was ihr zu tun fürs beste haltet. Dreimal habe ich schon mein Haus niederbrennen sehen, aber das war auf dem Land, und ich habe mich ziemlich sicher geglaubt, seit ich das Kastell gebaut und die Arche auf dem Wasser hatte. Meine anderen Unfälle jedoch trugen sich in friedlichen Zeiten zu und waren nichts weiter als solche Ungelegenheiten, wie sie wohl einen Mann in den Wäldern von Zeit zu Zeit überraschen; aber diese Sache sieht ernst aus, und eure Ideen würden meinem Gemüt eine große Last abnehmen.«

»Nach meinem Begriff von der Sache, alter Tom, seid Ihr und Eure Hütten und Eure Fallen und alle Eure Besitztümer hier herum in verzweifelter Gefahr«, versetzte der derbe Hurry, der Verheimlichung seiner Gedanken für unnötig hielt. »Nach meinen Ideen von Wert sind sie heute nicht halb so viel wert, als sie gestern waren, auch gäbe ich nicht mehr dafür, die Bezahlung in Häuten geleistet.«

»Und dann habe ich Kinder!« fuhr der Vater fort und brachte diese Erwähnung in einem Tone vor, welcher selbst einen unbefangenen Beobachter in Verlegenheit gesetzt haben würde, wenn er hätte sagen sollen, ob sie als Lockspeise gemeint oder nur ein Ausruf natürlicher Besorgnis war: »Töchter, wie Ihr wißt, Hurry, und gute Mädchen dazu, wie ich wohl sagen darf, obgleich ich ihr Vater bin.«

»Ein Mann darf alles sagen, Meister Hutter, zumal wenn er von Zeit und Umständen gedrängt ist. Ihr habt Töchter, wie Ihr sagt, und eine davon hat nicht ihresgleichen auf den Grenzen, was das gute Aussehen betrifft, mag sie auch welche haben, was das gute Betragen anlangt. Und die arme Hetty – die ist eben Hetty Hutter; das ist alles, was sich von dem armen Ding sagen läßt. Ich lobe mir Judith, wenn nur ihre Aufführung ihrem Aussehen gleichkäme!«

»Ich sehe, Harry March, ich kann auf Euch nur als Schönwetterfreund zählen, und ich denke, Euer Begleiter hat dieselbe Denkweise«, versetzte der andere mit einem leichten Anflug von Stolz, der nicht ohne Würde war. »Nun gut, ich muß mich auf die Vorsehung verlassen, die vielleicht kein taubes Ohr für das Gebet eines Vaters haben wird.«

»Wenn Ihr den Hurry da so verstanden habt, als sei er gewillt, Euch im Stich zu lassen«, sagte Wildtöter mit ernster Einfachheit, welche doppelt für seine Wahrhaftigkeit bürgte, »so tut Ihr ihm, *glaube* ich, unrecht; so wie ich *weiß*, daß Ihr mir unrecht tut, wenn Ihr voraussetzt, ich würde ihm folgen, hätte er ein so treuloses Herz, daß er eine Familie von seiner eignen Farbe in einer solchen Bedrängnis verließe. Ich bin an diesen See gekommen, Meister Hutter, um nach einer Verabredung einen Freund zu treffen, und ich wünschte nur, er wäre selbst hier, wie er denn ohne allen Zweifel morgen um Sonnenuntergang hier sein wird, in welchem Fall Ihr dann eine weitere Büchse zu Eurer Verteidigung hättet: eine noch nicht erprobte, ich gesteh' es, wie auch meine eigene, aber eine, die sich so oft schon am Wild, großem und kleinem, bewährt hat, daß ich für ihre Dienste gegen Menschen bürgen will.«

»Kann ich also auf *Euch* zählen, Wildtöter, daß Ihr mir und meinen Töchtern beistehen wollt?« fragte der Alte mit der Besorgnis eines Vaters in seinen Gesichtszügen.

»Das könnt Ihr, Floating Tom, wenn das Euer Name ist, und wie ein Bruder seiner Schwester, ein Gatte seinem Weib oder ein Freier seiner Geliebten beistehen würde. In dieser Bedrängnis könnt Ihr auf mich zählen unter allen Widerwärtigkeiten, und ich denke, Hurry müßte seine Natur und seine Wünsche verleugnen, wenn Ihr nicht auf ihn zählen könntet.«

»O nein!« rief Judith, ihr schönes Gesicht zur Türe herausstreckend, »seine Natur ist hastig und eilfertig, wie sein Name anzeigt, und er wird davoneilen, sobald er sein sauberes Gesicht in Gefahr glaubt. Weder der ›alte Tom‹ noch seine ›Mädels‹ werden sich stark auf Meister March verlassen, nunmehr sie ihn kennen, aber auf Euch werden sie bauen, Wildtöter; denn Euer ehrliches Gesicht und ehrliches Herz bürgen dafür, daß Ihr leisten werdet, was Ihr versprecht.«

Sie sagte dies vielleicht ebensosehr in erheuchelter Verachtung gegen Hurry als im Ernst. Jedenfalls aber sprach sie nicht ohne Empfindung. Diesen Umstand bewies hinlänglich Judiths schönes Gesicht, und wenn der schuldbewußte March glaubte, nie einen lebhafteren Ausdruck von Hohn und Verachtung darauf gesehen zu haben, – Gefühle, denen sich die Schöne gern hingab, – als während sie ihn anschaute, so hatte es gewiß auch selten mehr weibliche Sanftmut und Rührung gezeigt, als da ihre sprechenden blauen Augen auf seinen Reisegenossen geheftet waren.

»Verlaß uns, Judith«, gebot Hutter streng, ehe noch einer der jungen Männer antworten konnte, »laß uns und kehre nicht eher zurück, als bis du mit dem Wildbret und Fisch kommst. Das Mädchen ist verderbt worden durch die Schmeichelei der Offiziere, die manchmal ihren Weg hierher finden, Meister March, und Ihr werdet ihr einfältiges Geschwätz Euch nicht kränken lassen.«

»Ihr habt nie ein wahreres Wort geredet, alter Tom«, erwiderte Hurry, dem es bei Judiths Äußerungen siedendheiß ward, »die teufelszüngigen Laffen von der Garnison haben sie ganz verderbt! Ich kenne Judith kaum mehr und werde mich bald entschließen, ihre Schwester zu bewundern, die nachgerade viel mehr nach meinem Geschmack ist.«

»Es freut mich, das zu hören, Harry, ich sehe es als ein Zeichen an, daß Ihr allmählich zur rechten Besinnung kommt. Hetty würde eine viel zuverlässigere und vernünftigere Lebensgenossin abgeben als Judith und würde auch höchstwahrscheinlich am meisten Eurer Bewerbung Gehör geben, da die Offiziere, wie ich sehr fürchte, ihrer Schwester den Kopf verrückt haben.«

»Niemand kann sich ein zuverlässigeres Weib wünschen als Hetty«, sagte Hurry lachend, »obgleich ich nicht dafür stehen möchte, daß sie das vernünftigste wäre. Aber das tut nichts; Wildtöter hat mich nicht falsch verstanden, wenn er gesagt, ich würde mich auf meinem Posten finden lassen. Ich werde *Euch* nicht verlassen, Oheim Tom, im jetzigen Augenblick, was auch meine Gefühle und Absichten in betreff Eurer ältesten Tochter sein mögen.«

Hurry besaß unter seinen Genossen einen ansehnlichen Ruf wegen seiner Tapferkeit, und Hutter vernahm seine Versicherung mit unverhohlener Zufriedenheit. Schon die große körperliche Stärke eines solchen Bundesgenossen war von Wichtigkeit bei den Bewegungen der Arche, sowie bei der Art von Handgemenge, wie es nicht selten in den Wäldern vorkam, und kein hartbedrängter Feldherr konnte eine lebhaftere Freude bei der Nachricht von eingetroffnen Verstärkungen empfinden, als der Grenzmann bei der Versicherung dieses wichtigen Beistands, ihn nicht verlassen zu wollen, fühlte. Eine Minute vorher wäre Hutter sehr wohl zufrieden gewesen, ein Abkommen mit seiner Gefahr in der Art zu treffen, daß er sich verbindlich gemacht hätte, sich in der Defensive zu halten; aber sobald er sich über jenen Punkt beruhigt fühlte, verlockte ihn auch schon die natürliche Rastlosigkeit des Menschen, auf Mittel zu denken, den Krieg ins Land des Feindes zu tragen.

»Hohe Preise sind auf beiden Seiten auf Skalpe gesetzt«, bemerkte er mit grimmigem Lächeln, als fühlte er die Gewalt der Versuchung, während er doch zugleich die Miene anzunehmen suchte, als dünke er sich zu vornehm, Geld zu erwerben auf eine Weise, die das gewöhnliche Gefühl derer mißbilligte, welche auf den Namen zivilisierter Menschen Anspruch machten, während man sich doch dazu entschloß. »Es ist vielleicht nicht recht, Gold für Menschenblut zu nehmen, und doch ist es, wenn Menschen einmal darauf aus sind, einander zu töten, wohl kein so arges Unrecht, wenn ein Stückchen Haut bei der Plünderung mit dreingeht. Was sind Eure Ansichten, Hurry, über diese Punkte?«

»Da habt Ihr einen ungeheuern Fehler begangen, Alter, daß Ihr das Blut von Wilden überhaupt Menschenblut genannt habt. Ich mache mir so wenig aus dem Skalp einer Rothaut als aus einem Paar Wolfsohren und würde ebensogern Geld für jenen als für diese einstreichen. Bei weißen *Menschen* ist es ein anderes; denn die haben eine natürliche Aversion davor, skalpiert zu werden, während ein Indianer sich den Kopf abrasiert, damit das Messer bequem dazu kann, und einen Busch Haar stehen läßt, noch obendrein, zur Prahlerei, daran man ihn fassen kann.«

»Nun, das ist männlich, und ich fühlte von Anfang an, daß wir Euch nur an unsrer Seite zu haben brauchten, um Euch zu haben mit Herz und Hand«, erwiderte Tom, der alle Zurückhaltung fahrenließ, da er jetzt erneutes Vertrauen zu der Gesinnung seines Genossen faßte. »Es kann etwas mehr und anderes herauskommen bei diesem Einfall der Rothäute, als sie gerechnet haben. Wildtöter, ich bilde mir ein, Ihr seid auch der Ansicht Hurrys und betrachtet Geld, das auf diese Weise gewonnen wird, als ebenso vollgültig wie solches, das man mit Fallenstellen und Jagen erwirbt.«

»Ich habe keine solche Gesinnungen, wünsche mir auch keine, für meinen Teil«, erwiderte dieser. »Meine Gaben sind nicht die Gaben eines Skalpierers, sondern so, wie sie sich für meine Religion und Farbe gehören. Ich will bei Euch stehen, alter Mann, in der Arche oder im Kastell, im Kanu oder in den Wäldern, aber ich will nicht meine Natur entmenschlichen, indem ich auf Sitten und Bräuche verfiele, die Gott für eine andere Rasse bestimmt hat. Wenn Ihr und Hurry Gedanken gefaßt habt, die sich nach dem Gold der Kolonie hinneigen, so geht ihr allein eurem Gewerbe nach und überlaßt die Weiber meiner Obhut. Sosehr ich in meiner Ansicht von euch beiden abweichen muß in betreff aller Gaben, die nicht eigentlich einem weißen Mann gehören, werden wir doch darin gleich denken, daß es Pflicht des Starken ist, sich der Schwachen anzunehmen, zumal wenn die letztern zu denen gehören, welche der Mann nach dem Willen der Natur schützen und trösten soll durch seinen Edelmut und seine Stärke.«

»Hurry Harry, das ist eine Lehre, die Ihr Euch merken und mit Vorteil ausüben dürftet«, sagte die süße, aber lebhafte Stimme Judiths aus der Kajüte – ein Beweis, daß sie alles bisher Gesprochene gehört hatte.

»Nichts mehr davon, Judith!« rief der Vater zornig. »Geh weiter weg; wir haben von Sachen zu reden, die Weiber nicht hören dürfen.«

Hutter tat jedoch keine Schritte, um sich zu vergewissern, ob ihm gehorcht werde oder nicht; er ließ nur seine Stimme etwas sinken und fuhr in seiner Unterredung fort.

»Der junge Mann hat recht, Hurry«, sagte er, »und wir können die Kinder seiner Obhut überlassen. Meine Idee nun ist diese, und ich denke, Ihr werdet sie auch für vernünftig und richtig erklären. Es ist eine große Truppe dieser Wilden am Ufer, und, obgleich ich es nicht vor den Mädchen sagen mochte; denn sie sind weibermäßig und werden leicht unruhig und überlästig, wenn einmal rechte Arbeit zu tun ist – es sind Weiber darunter. Ich weiß das aus Mokassin-Spuren, und vermutlich sind es am Ende eben Jäger, die so lange aus gewesen sind, daß sie noch nichts von dem Kriege noch von den ausgesetzten Preisen wissen.«

»Aber in diesem Fall, alter Tom, warum bestand denn ihr erster Gruß in dem Versuch, uns allen die Kehlen abzuschneiden?«

»Wir wissen nicht, ob ihr Vorhaben wirklich so blutdürstig war. Es ist bei einem Indianer eine leichte und natürliche Sache, Hinterhalte und Überfälle zu machen; ohne Zweifel war ihr Wunsch, erst an Bord der Arche zu kommen und dann erst ihre Bedingungen zu machen. Daß ein in seiner Absicht getäuschter

Wilder auf uns feuert, ist in der Ordnung, und ich denke daran gar nicht. Zudem, wie oft haben sie mir das Haus niedergebrannt und meine Fallen geplündert – ja, und auf mich geschossen, während der allerfriedlichsten Zeiten?«

»Die Lumpenkerls tun wohl solche Dinge, ich muß gestehen, und wir bezahlen sie hübsch in ihrer eignen Münze. Weiber würden nicht auf dem Kriegspfad mitziehen, das ist gewiß, und insoweit hat Eure Idee wohl Grund.«

»Aber ein Jäger würde nicht in seiner Kriegsbemalung erscheinen«, versetzte Wildtöter. »Ich habe die Mingos gesehen und weiß, daß sie auf der Fährte von sterblichen Menschen sind und nicht von Bibern oder Wildbret.«

»Da habt Ihr's wieder, alter Gesell«, sagte Hurry. »Ja, was das Auge betrifft, da würde ich mich auf diesen jungen Mann so gut verlassen wie auf den ältesten Ansiedler in der Kolonie; wenn er sagt: bemalt, so war es auch bemalt.«

»Dann sind eine Jagdgesellschaft und eine Kriegstruppe zusammengestoßen; denn Weiber müssen dabeigewesen sein. Es ist erst wenige Tage her, daß der Eilbote durchkam mit der Zeitung von den Unruhen, und vielleicht sind diese Krieger gekommen, um ihre Weiber und Kinder nach Hause zu rufen und rasch einen Streich zu führen.«

»Das wird wohl die Probe bestehen und ist gewiß die Wahrheit«, rief Hurry, »jetzt habt Ihr es getroffen, alter Tom, und ich möchte gern wissen, was Ihr nun dabei im Sinn habt?«

»Den Preis«, versetzte der andere, seinen aufmerksamen Genossen mit kühler, trotziger Miene betrachtend, worin jedoch herzlose Habsucht und Gleichgültigkeit gegen jedes Mittel weit mehr sich aussprachen als irgendein Gefühl von Erbitterung oder Rachsucht. »Wenn Weiber dabei sind, so sind auch Kinder da; und groß und klein haben Skalpe; die Kolonie zahlt für alle gleich.«

»Um so schmählicher für sie, daß sie es tut«, unterbrach ihn Wildtöter, »um so schmählicher für sie, daß sie ihre Gaben nicht versteht und nicht besser auf den Willen Gottes achtet.«

»Nehmt Vernunft an, Junge, und schreit nicht so laut, ehe Ihr einen Fall versteht«, erwiderte der unerschütterliche Hurry. »Die Wilden skalpieren Eure Freunde, die Delawaren oder Mohikans, was sie nun seien, mit den übrigen: warum sollten wir nicht skalpieren? Ich gesteh' es, es wäre gegen das Recht für Euch und für mich, jetzt hinzugehen in die Ansiedlungen und dort Skalpe zu holen, aber es ist ein ganz anderes Ding mit Indianern. Ein Mann sollte keine Skalpe machen, wenn er nicht darauf gefaßt ist, selbst auch skalpiert zu werden bei vorkommender Gelegenheit. Ein guter Dienst ist den anderen wert in der ganzen Welt. Das heißt Vernunft, und ich glaube: es ist gute Religion.«

»Ja, Meister Hurry«, unterbrach wieder die klangreiche Stimme Judiths, »es ist auch Religion, zu sagen: ein *böser* Dienst ist den andern wert?«

»Ich will nimmermehr mit Euch streiten, Judith, denn Ihr schlagt mich mit Schönheit, wenn Ihr es mit Verstand nicht könnt. Da sind die Kanadas, die bezahlen ihren Indianern die Skalpe, und warum sollten nicht wir bezahlen –«

»*Unsre* Indianer!« rief das Mädchen und lachte in einer Art von melancholischer Lustigkeit. »Vater, Vater, denkt nicht mehr an diesen und hört auf den Rat Wildtöters, der ein Gewissen hat, und das ist mehr, als ich von Harry March sagen oder glauben kann.«

Jetzt stand Hutter auf, trat in die Kajüte und nötigte seine Töchter, in das anstoßende Gemach zu gehen, wo er beide Türen zuriegelte und dann zurückkam. Dann erörterten er und Hurry den Gegenstand noch weiter; aber da das Wesentliche des Inhalts dieser Besprechung im Verlauf der Erzählung an den Tag kommen wird, braucht sie hier nicht ausführlich berichtet zu werden. Der Leser jedoch wird sich ohne Schwierigkeit denken können, welche Art von Sittlichkeit bei dieser Unterredung den Vorsitz führte. Es war in der Tat diejenige, die in einer oder der andern Gestalt die meisten Handlungen der Menschen beherrscht und bei welcher der maßgebende Grundsatz der ist: ein Unrecht rechtfertige das andere. Ihre Feinde bezahlten für Skalpe, und das genügte, die Kolonie zu rechtfertigen, wenn sie Gleiches mit Gleichem vergalt. Allerdings führten die Franzosen dasselbe Argument für sich an, ein Umstand, der, wie Hurry gegen eine Einwendung Wildtöters zu bemerken die Gelegenheit ergriff, dessen Wahrheit bewies, da Todfeinde wohl schwerlich auf denselben Grund sich berufen würden, wenn es nicht ein triftiger und guter wäre. Aber weder Hutter noch Harry waren Männer, die sich so leicht durch Kleinigkeiten irremachen ließen in Sachen, welche die Rechte der Ureinwohner betrafen; denn es ist einmal eine der Folgen des ungerechten Angriffs, daß er das Gewissen verhärtet – das einzige Mittel, es zu beschwichtigen. In dem friedlichsten Zustand des Landes hatte eine Art von Krieg fortgedauert zwischen den Indianern, besonders denen von Kanada, und Leuten von ihrem Stamme, und sobald der wirkliche, anerkannte Krieg erklärt war, galt er auch als ein gesetzlich erlaubtes Mittel, tausend wirkliche oder eingebildete Unbilden zu rächen. Dann lag auch einige Wahrheit und sehr viel Bequemlichkeit in dem Grundsatz der Wiedervergeltung, auf den sich beide ganz besonders beriefen, um die Einwürfe ihres rechtlicheren und gewissenhafteren Genossen zu beantworten.

»Ihr müßt einen Mann mit seinen eignen Waffen bekämpfen, Wildtöter«, schrie Hurry in seiner rauhen Sprache und in der absprechenden Art, womit er alle moralischen Sätze behandelte. »Wenn er wild ist, müßt Ihr noch wilder sein; ist er von mannhaftem Herzen, müßt Ihr noch mannhafter sein. Das ist die Art, Christen oder Wilde unterzukriegen; wenn Ihr dieser Fährte folgt, werdet Ihr am ehesten zum Ziel Eurer Reise gelangen.«

»Das ist nicht die Lehre der Mährischen Brüder, welche vielmehr sagt, daß alle Menschen zu beurteilen sind nach ihren Talenten oder ihren Einsichten: der Indianer als Indianer – der weiße Mann als Weißer. Einige ihrer Lehrer sagen, wenn man auf den rechten Backen geschlagen werde, so sei es Pflicht, den andern auch hinzubieten und noch einen Schlag zu dulden, statt daß man Rache suche, was ich so verstehe –«

»Das ist genug!« brüllte Hurry, »das ist alles, was ich verlange, um eines Mannes Lehre zu schätzen! Wieviel Zeit würde es erfordern, einen Mann mit Fußtritten durch die Kolonie zu befördern – am einen Ende hinein, am andern hinaus – nach diesem Grundsatz?«

»Mißversteht mich nicht, March«, erwiderte der junge Jäger mit Würde. »Ich verstehe dies nicht anders als so, es sei dies das beste, wenn immer *möglich.* Rachsucht ist eine indianische Eigenschaft und Versöhnlichkeit die eines Weißen. Das ist alles. Übersieh alles, was du *kannst,* das ist gemeint, und *räche nicht* alles, was du kannst. Was die Fußtritte betrifft, Meister Hurry«, und Wildtöters sonnverbrannte Wange flammte, wie er fortfuhr, »womit man einen in die Kolonie hinein- oder aus ihr herausfördern sollte, so liegt das weder hier noch dort, da ja niemand es in Vorschlag bringt und vermutlich niemand sich damit würde befassen wollen. Was ich sagen wollte, ist: daß die Rothäute skalpieren, rechtfertigt es nicht, daß auch die Bleichgesichter skalpieren.«

»Tut, was man Euch tut, Wildtöter, das ist immer des christlichen Pfaffen Lehre.«

»Nein, Hurry, ich habe darüber die Mährischen Brüder befragt, und es lautet ganz anders; ›tut, was Ihr *wünscht,* daß die Leute Euch tun!‹ sagen sie mir, sei die *rechte* Lehre, während die Menschen nach der *falschen* handeln. Sie halten es für ein Unrecht bei allen Kolonien, welche Preise für Skalpe anbieten, und meinen, es werde kein Segen herauskommen bei diesen Maßregeln. Vor allem verbieten sie die Rachsucht!«

»Geht mir mit Euren Mährischen Brüdern!« schrie March und schnippte mit den Fingern, »sie sind die nächsten an den Quäkern, und wenn Ihr alles glauben wolltet, was sie Euch sagen, so dürfte man aus Barmherzigkeit keiner Ratte das Fell abziehen. Wer hat je von Barmherzigkeit gehört gegen eine Bisamratte?«

Der verächtliche Ton Hurrys schnitt eine Erwiderung ab, und er und der Alte fuhren in der Besprechung ihrer Pläne fort in leiserem und vertraulicherem Tone. Diese Beratung dauerte, bis Judith erschien und das einfache, aber wohlschmeckende Abendessen brachte. March bemerkte mit einiger Überraschung, daß sie Wildtöter die leckersten Bissen vorlegte, und daß sie durch die kleinen, namenlosen Aufmerksamkeiten, welche sie zu erweisen wohl verstand, ganz deutlich zu erkennen zu geben die Absicht hatte, daß sie ihn als den vorzugsweise geehrten Gast betrachtete. Gewöhnt jedoch an den Eigensinn und die Koketterie der Schönen, erfüllte ihn diese Entdeckung mit keiner sonderlichen Unruhe, und er aß mit einem Appetit, der sich keineswegs durch gemütliche Rücksichten stören ließ. Da die leichtverdaute Nahrung der Wälder der Befriedigung des großen physischen Genusses gar wenig Hindernisse in den Weg legte, blieb Wildtöter trotz der herzhaften Mahlzeit, welche beide in den Wäldern gehalten, in keiner Weise hinter seinem Genossen zurück in tätlicher Anerkennung der Güte der Speisen.

Eine Stunde später war die ganze Szene sehr verändert. Der

See war noch friedlich und spiegelklar, aber die Dämmerung des spätern Abends war auf das sanfte Zwielicht eines Sommerabends gefolgt, und alles innerhalb der dunkeln Einfassung der Wälder lag in der stillen Ruhe der Nacht. Die Forsten ließen keinen Gesang, keinen Schrei, nicht einmal ein Flüstern hören, sondern schauten von den Bergen auf das schöne Becken, das sie umgaben, in feierlicher Stille herunter; der einzige Laut, den man hörte, war das regelmäßige Klatschen der Ruder, welche Hurry und Wildtöter bequem handhabten, die Arche nach dem Kastell hinlenkend. Hutter hatte sich auf das Hinterteil der Fähre zurückgezogen, um zu steuern, aber da er fand, daß die jungen Männer ganz im Takt ruderten und durch ihre eigene Geschicklichkeit ganz in der gewünschten Richtung blieben, hatte er das Steuerruder im Wasser nachschleppen lassen, sich einen Sitz am Ende der Fähre genommen und seine Pfeife angezündet. Er saß so erst wenige Minuten, als Hetty verstohlen aus der Kajüte oder dem Haus, wie sie gewöhnlich diesen Teil der Arche nannten, heranschlich und sich auf einer kleinen Bank, die sie mitbrachte, zu seinen Füßen setzte. Da dies Beginnen eben nichts Ungewöhnliches bei dem schwachsinnigen Kind war, beachtete es der Alte nicht weiter; er legte nur seine Hand in liebevoller, beifallgebender Weise auf ihr Haupt, eine Liebkosung, die das Mädchen in stummer Sanftmut hinnahm.

Nach einer Pause von einigen Minuten fing Hetty an zu singen. Ihre Stimme war schwach und zitternd, aber ernst und feierlich. Die Worte und die Weise waren von der einfachsten Art; es war eine Hymne, die ihre Mutter sie gelehrt hatte, und eine jener natürlichen Melodien, die bei allen Klassen, zu allen Zeiten Beifall und Gunst finden, weil sie vom Herzen kommen und ans Herz sprechen. Hutter horchte nie diesem einfachen Gesang, ohne daß sein Herz und sein Benehmen milder wurde; dies wußte seine Tochter wohl, und sie hatte es sich schon oft zunutze gemacht vermöge jenes geheimen, heiligen Instinkts, der oft die Geistesschwachen erleuchtet, zumal bei ihren guten Absichten und Bestrebungen.

Hettys leise, süße Töne drangen nur erst einige Augenblicke durch die Lüfte, als das Klatschen der Ruder aufhörte und der heilige Gesang allein in der atmenden Stille der Wildnis zum Himmel emporstieg. Wie wenn sie im Verfolg der Hymne Mut gewänne, schien ihre Kraft, wie sie weitersang, zu wachsen, und obgleich nichts Gemeines oder Schreiendes sich in ihre Melodie mischte, schwoll doch ihre Stärke und schwermütige Zartheit hörbar an, bis die Luft erfüllt war von dieser einfachen Huldigung einer Seele, die beinahe fleckenlos erschien. Daß die Männer vorn nicht gleichgültig blieben gegen diese rührende Unterbrechung, ging aus ihrer Untätigkeit deutlich hervor; auch klatschten nicht eher wieder ihre Ruder, als bis der letzte der süßen Töne wirklich erstorben war an den merkwürdigen Ufern, die in dieser bezaubernden Stunde selbst die leisesten Modulationen der menschlichen Stimme weiter als eine Meile fortpflanzten. Hutter selbst war gerührt; denn so roh er war vermöge seiner früh angenommenen Lebensweise und so hartherzig sogar er geworden war durch seine lange Bekanntschaft mit den Sitten und Bräuchen der Wildnis, bestand doch seine Natur aus jener furchtbaren Mischung von Gut und Böse, welche man überhaupt bei der moralischen Organisation der Menschen so vielfach findet.

»Du bist heute nacht traurig, Kind«, sagte der Vater, dessen Benehmen und Sprache gewöhnlich etwas von der Feinheit und Erhebung des zivilisierten Lebens annahm, das er in seiner Jugend geführt hatte, wenn er so mit diesem seltsamen Kind sich unterhielt, »wir sind eben erst Feinden glücklich entgangen und sollten uns vielmehr freuen!«

»Ihr könnt es nimmermehr tun, Vater!« sagte Hetty im leisen Ton flehentlicher, abmahnender Bitte, indem sie mit ihren beiden Händen seine harte, rauhe Hand ergriff. »Ihr habt lang mit Harry March gesprochen, aber keiner von Euch wird das Herz haben, es zu tun.«

»Das geht über deinen Kreis, närrisches Kind! Du bist wohl so garstig gewesen und hast gehorcht, sonst könntest du nichts wissen von unserem Gespräche.«

»Warum wolltet denn Ihr und Hurry Leute töten – und gar Weiber und Kinder?«

»Still, Mädchen, still! Wir leben im Krieg und müssen unsern Feinden tun, was sie uns tun möchten.«

»Das ist nicht so, Vater! Ich habe Wildtöter sagen hören, wie es ist. Ihr sollt Euren Feinden tun, was Ihr *wünscht,* daß Eure Feinde Euch tun! Niemand wünscht, daß seine Feinde ihn töten!«

»Wir töten unsre Feinde im Krieg, Mädchen, damit sie nicht

uns töten. Eine Seite oder die andere muß anfangen, und die zuerst anfangen, tragen am ehesten den Sieg davon. Du verstehst nichts von diesen Dingen, arme Hetty, und solltest am liebsten davon schweigen.«

»*Judith* sagt, es sei unrecht, Vater, und Judith hat Verstand, wenn ich auch keinen habe.«

»Judith versteht es besser, als daß sie mir von diesen Dingen spräche; denn sie hat Verstand, wie du sagst, und weiß, daß ich es nicht dulden würde. Was würdest du vorziehen, Hetty: daß man dir deinen Skalp nähme und an die Franzosen verkaufte oder daß wir unsre Feinde töteten und sie hinderten, uns ein Leid zu tun?«

»Das ist es nicht, Vater! Tötet sie nicht und laßt auch uns nicht von ihnen töten. Verkauft Eure Häute und schafft neue herbei, wenn Ihr könnt; aber verkauft nicht Blut!«

»Komm, komm, Kind, reden wir von Dingen, die du verstehst. Freut es dich, unsern alten Freund March wieder zurückgekommen zu sehen? Du magst Hurry wohl leiden und mußt wissen, daß er wohl eines Tages dein Bruder werden kann – wo nicht noch etwas Näheres.«

»Das kann nicht sein, Vater«, erwiderte das Mädchen nach einer langen Pause. »Hurry hat einen Vater und eine Mutter gehabt, und die Leute haben nie zwei.«

»Da sieht man deinen schwachen Geist, Hetty. Wenn Judith heiratet, so wird ihres Mannes Vater ihr Vater und ihres Mannes Schwester ihre Schwester. Wenn sie Hurry heiraten sollte, wird er dein Bruder.«

»Judith wird nie den Hurry nehmen«, versetzte das Mädchen mild, aber bestimmt. »Judith mag den Hurry nicht.«

»Das ist mehr, als du wissen kannst, Hetty. Harry March ist der schönste und der stärkste und der kühnste junge Mann, der je den See besucht, und da Judith die größte Schönheit ist, sehe ich nicht ein, warum sie nicht zusammenkommen sollten. Er hat so gut als versprochen, daß er mit mir diesen Handel eingehen will, wenn ich meine Zustimmung gebe.«

Hetty fing an, sich unruhig hin und her zu bewegen und sonst auch ihre geistige Unruhe und Aufregung auszudrücken, aber länger als eine Minute antwortete sie nicht. Ihr Vater, an ihr Wesen gewöhnt und keine besondere Ursache ihrer Aufregung ahnend, fuhr fort zu rauchen mit jenem in die Augen fallenden

Phlegma, welches gerade dieser Art von Genuß eigen zu sein scheint.

»Hurry ist schön, Vater«, sagte Hetty mit einfacher Emphase, welche in ihren Ton zu legen sie sich wohl würde bedacht haben, wäre ihr Geist aufmerksamer gewesen auf die Gedanken und Beweggründe anderer.

»Das habe ich dir gesagt, Kind«, brummte der alte Hutter, ohne die Pfeife aus den Zähnen zu nehmen, »er ist der hübscheste Junge in dieser Gegend, und Judith ist das hübscheste junge Weibsbild, das mir vorgekommen, seit den besten Zeiten ihrer armen Mutter.«

»Ist es schlimm, häßlich zu sein, Vater?«

»Man kann sich Schlimmeres vorzuwerfen haben – aber du bist keineswegs häßlich, obwohl nicht so hübsch wie Judith.«

»Ist Judith deswegen glücklicher, weil sie so schön ist?«

»Das kann sein, Kind, aber vielleicht auch nicht. Reden wir aber jetzt von andern Dingen; denn das verstehst du schwerlich recht, arme Hetty. Wie gefällt dir unser neuer Bekannter, Wildtöter?«

»Er ist nicht schön, Vater. Hurry ist viel schöner als Wildtöter.«

»Das ist wahr, aber es heißt, er sei ein ausgezeichneter Jäger. Sein Ruf drang zu meinem Ohre, noch eh' ich ihn sah, und ich hoffte, er werde sich als ebenso herzhafter Krieger bewähren, wie er ein geschickter Wildbretschütz ist. Aber nicht alle Männer sind gleich, Kind, und es braucht Zeit, das weiß ich aus Erfahrung, einem Mann ein echtes Wildnisherz zu geben.«

»Hab' ich schon ein Wildnisherz, Vater – und Hurry – ist sein Herz ein echtes Wildnisherz?«

»Du machst manchmal sonderbare Fragen, Hetty! Dein Herz ist gut, Kind, und geeigneter für die Ansiedlungen als für die Wälder, während dein Verstand geeigneter ist für die Wälder als für die Ansiedlungen.«

»Warum hat Judith mehr Verstand als ich, Vater?«

»Der Himmel steh' dir bei, Kind! das ist mehr, als ich beantworten kann. Gott gibt Verstand und Aussehen und all diese Dinge, und er teilt sie aus, wie es ihm gut dünkt. Wünschest du dir mehr Verstand?«

»Nein, das wenige, was ich habe, macht mir Unruhe; denn wenn ich am ärgsten denke, fühle ich mich am unglücklichsten.

Ich glaube nicht, daß das Denken gut ist für mich, aber ich wünschte, ich wäre so schön wie Judith.«

»Warum das, armes Kind? Deiner Schwester Schönheit kann ihr auch Unruhe machen wie einst ihrer armen Mutter. Es ist kein Vorteil, Hetty, in irgend etwas so ausgezeichnet zu sein, daß man ein Gegenstand des Neids ist, oder vor andern aufgesucht wird.«

»Mutter war gut, wenn sie schön war«, versetzte das Mädchen, und die Tränen schossen ihr in die Augen, wie gewöhnlich geschah, wenn sie der Verstorbenen gedachte.

Der alte Hutter war, wenn auch nicht ebenso ergriffen, doch nachdenklich und stumm bei dieser Erinnerung an sein Weib. Er rauchte fort, ohne daß er eine Geneigtheit zeigte zu antworten, bis seine schwachsinnige Tochter ihre Bemerkung in einer Art wiederholte, welche verriet, daß sie ein Unbehagen fühlte, er möchte geneigt sein, ihre Behauptung zu leugnen. Dann klopfte er die Asche aus seiner Pfeife, legte mit einer Art derber Freundlichkeit seine Hand auf des Mädchens Kopf und versetzte:

»Deine Mutter war zu gut für diese Welt, obgleich andere vielleicht nicht so dachten. Ihr gutes Aussehen war für sie kein Heil und Schutz, und du hast keinen Grund zu bedauern, daß du ihr nicht so gleichst wie deine Schwester; denke weniger an Schönheit, Kind, und desto mehr an deine Pflicht, und du wirst so glücklich leben auf diesem See, als du nur immer in des Königs Palast sein könntest.«

»Ich weiß es, Vater; aber Hurry sagt: Schönheit sei bei einem jungen Weib alles!«

Hutter tat einen Ausruf, der seine Unzufriedenheit ausdrückte, und ging nach dem Vorderteil; dabei schritt er durch das Haus – Hettys unbefangene Kundgebung ihrer Schwachheit in bezug auf March machte ihm Unruhe über einen Gegenstand, der ihn früher nie angefochten hatte, und er beschloß, sofort mit seinem Gaste sich klar auseinanderzusetzen; denn Geradheit in seinen Worten und Entschiedenheit in seiner Handlungsweise waren zwei der vorzüglichsten Eigenschaften dieses rauhen Mannes, in welchem der Same einer besseren Erziehung beständig sich emporzuringen schien, um dann wieder erstickt zu werden durch die Frucht eines Lebens, wo harte Kämpfe um Unterhalt und Sicherheit seine Gefühle gestählt, seine Natur verhärtet hatten. Als er das vordere Ende der Fähre erreicht, gab er seine Absicht zu erkennen, Wildtöter am Ruder abzulösen, und hieß ihn dafür seinen Platz am Hinterteil einnehmen. Infolge dieses Tausches waren der alte Mann und Hurry wieder allein, während der junge Jäger ans entgegengesetzte Ende der Arche entfernt wurde.

Hetty war verschwunden, als Wildtöter seinen neuen Posten erreichte, und eine kurze Zeit blieb er allein, während er den Lauf des langsam sich bewegenden Fahrzeugs lenkte. Nicht lange jedoch dauerte es, bis Judith aus der Kajüte heraustrat, wie es schien, die Honneurs des Fahrzeugs zu machen gegenüber einem Fremden, der sich dem Dienst ihrer Familie widmete. Das Sternenlicht war hell genug, um die Gegenstände in der Nähe deutlich unterscheiden zu lassen, und die glänzenden Augen des Mädchens hatten einen Ausdruck von Freundlichkeit, als sie denen des Jünglings begegneten, welchen dieser leicht wahrzunehmen vermochte. Ihr reiches Haar beschattete ihr lebhaftes und doch sanftes Gesicht und erhöhte dadurch selbst in dieser Stunde dessen Schönheit, – wie die Rose am lieblichsten ist, wenn sie zwischen den Schatten und Kontrasten ihres eignen Laubes ruht. Bei dem Verkehr der Wälder herrscht wenig Förmlichkeit, und Judith hatte sich infolge der Bewunderung, welche sie so allgemein erregte, eine Zuversicht und Bequemlichkeit des Benehmens erworben, die, wenn sie auch nicht bis zur Keckheit ging, doch in keiner Weise ihren Reizen die Zutat jener scheuen, zurückhaltenden Sittsamkeit verlieh, welche von Dichtern so gepriesen wird.

»Ich glaubte, ich müßte vor Lachen sterben, Wildtöter«, begann die Schöne plötzlich, aber in koketter Art, »als ich den Indianer so in den Fluß tauchen sah! Es war dazu ein ganz hübsch aussehender Wilder«, – das Mädchen hob immer körperliche Schönheit als eine Art von Verdienst hervor, – »und doch konnte man nicht verweilen, um zu sehen, ob seine Bemalung im Wasser die Farbe halte.«

»Und ich glaubte, sie würden Euch töten mit ihren Waffen, Judith«, versetzte Wildtöter. »Es war ein arges Wagestück für ein Weib, sich so einem Dutzend Mingos auszusetzen.«

»Bewog Euch *das,* aus der Kajüte hervorzueilen trotz ihren Büchsen?« fragte das Mädchen mit mehr wirklichem Interesse, als sie vielleicht zu verraten wünschte, obwohl mit einem gleichgültigen Wesen, welches die Frucht von vieler Übung, verbunden mit natürlicher Geistesgewandtheit, war.

»Männer können nicht zusehen, wenn Frauen in Gefahr sind, ohne ihnen zu Hilfe zu eilen. Selbst ein Mingo weiß das.«

Diese Worte sprach er mit ebensoviel Unbefangenheit des Benehmens als einfacher Treuherzigkeit des Gefühls, und Judith belohnte sie mit einem so süßen Lächeln, daß selbst Wildtöter, der ein Vorurteil gegen das Mädchen gefaßt hatte infolge von Hurrys argwöhnischen Äußerungen über ihren Leichtsinn, seinen Zauber empfand, obwohl die Hälfte von seiner gewinnenden Macht in der schwachen Beleuchtung verlorenging. Es erzeugte sofort eine Art von Vertraulichkeit zwischen ihnen, und die Unterredung ward von seiten des Jägers fortgesetzt ohne das lebhafte Bewußtsein von dem eigentümlichen Charakter dieser Kokette der Wildnis, womit sie allerdings begonnen hatte.

»Ihr seid ein Mann der Taten, nicht der Worte, das sehe ich deutlich, Wildtöter«, fuhr die Schöne fort, nahe bei der Stelle sich setzend, wo der andere stand, »und ich sehe voraus, wir werden recht gute Freunde werden. Hurry Harry hat eine Zunge, und sosehr er ein Riese ist, er schwatzt mehr, als er vollbringt.«

»March ist Euer Freund, Judith, und Freunde sollten gut voneinander reden, wenn sie getrennt sind.«

»Wir wissen alle, auf was Hurrys Freundschaft hinausläuft! Laßt ihm in allen Dingen seinen Willen, so ist er der beste Geselle in der ganzen Kolonie, aber ›bringt ihn auf‹, wie Ihr vom Wild sagt, so ist er Herr und Meister aller Dinge um ihn her, nur nicht seiner selbst. Hurry gehört nicht zu meinen Lieblingen, Wildtöter, und ich glaube fast, wenn die Wahrheit bekannt und sein Geschwätz über mich wiederholt würde, es würde sich zeigen, daß er nicht besser von mir denkt als ich allerdings von ihm.«

Die letzten Worte wurden nicht ohne einige Unbehaglichkeit ausgesprochen. Wäre der Gesellschafter des Mädchens schlauer gewesen, so hätte er wohl das abgewendete Gesicht bemerkt, die Art, wie das hübsche Füßchen sich hin- und herbewegte, und noch andre Anzeichen davon, daß aus irgendeinem unerklärten Grunde die gute oder schlimme Meinung Marchs ihr nicht so ganz gleichgültig war, als sie zu behaupten für gut fand. Ob dies nun nichts weiter war als eine gewöhnliche Folge weiblicher Eitelkeit – eines Gefühls, das auch dann noch lebendig und empfindlich ist, wenn jeder Schein der Empfindlichkeit vermieden werden will, oder ob es hervorging aus jenem tiefliegenden Bewußtsein von Recht und Unrecht, das Gott selbst in unsere Brust gepflanzt, damit wir Gutes und Böses unterscheiden, wird dem Leser im Verlauf unsrer Erzählung deutlicher werden. Wildtöter empfand einige Verlegenheit. Er erinnerte sich wohl der grausamen Anschuldigungen aus dem Munde des mißtrauischen March, und während er der Bewerbung seines Genossen keine Hindernisse in den Weg legen wollte durch Erregung bitterer Gefühle gegen ihn, war seine Zunge im buchstäblichen Sinn eine solche, die nichts von Lug und Falsch wußte. Antworten, ohne mehr oder weniger zu sagen, als er wünschte, war daher eine delikate Sache.

»March spricht auf seine Art von allen Dingen der Welt, von Freund und Feind«, versetzte langsam und vorsichtig der Jäger. »Er ist einer von den Menschen, die sprechen, wie sie empfinden, solang die Zunge eben im Gang ist, und das ist manchmal anders, als sie sprechen würden, wenn sie sich Zeit zum Überlegen nähmen. Da lob' ich mir einen Delawaren, Judith, der denkt über seine Ideen nach und käut sie wieder! Feindschaft hat sie nachdenklich gemacht, und eine lose Zunge ist keine Empfehlung bei ihren Beratungsfeuern.«

»Ich glaube fast, Marchs Zunge läuft frei genug, wenn sie auf Judith Hutter und ihre Schwester zu reden kommt«, sagte das Mädchen, aufstehend, wie in verachtender Gleichgültigkeit. »Der gute Name junger Frauenspersonen ist gar ein angenehmer Gegenstand für manche, die den Mund nicht so weit aufzutun wagen würden, wenn ein Bruder um den Weg wäre. Meister March mag es lustig finden, uns zu verschwätzen, aber früher oder später wird er es bereuen!«

»Nein, Judith, das heißt die Sache zu ernst nehmen. Hurry hat nie auch nur das leiseste Wort geredet gegen den guten Namen Hettys, um den Anfang zu machen mit –«

»Ich sehe, wie es ist – ich sehe, wie es ist« – unterbrach ihn Judith heftig. »Ich allein bin es, die er mit seiner giftigen Zunge zu brandmarken beliebt! – Hetty, wahrhaftig! – die arme Hetty!« fuhr sie fort, und ihre Stimme sank zu einem leisen, dumpfen Ton herab, der beinahe in ihrem Munde zu erstarren schien – »*sie* steht außer und über dem Bereich seiner verleumderischen Bosheit! Die arme Hetty! Wenn Gott sie schwachsinnig geschaffen hat, so liegt die Schwäche ganz auf der Seite der Irrtümer, von welchen sie gar nichts zu wissen scheint. Die Erde trug nie ein reineres Wesen als Hetty Hutter, Wildtöter!«

»Ich kann es glauben, – ja, ich kann das glauben, Judith, und ich hoffe, dasselbe kann auch gesagt werden von ihrer schönen Schwester.«

Es lag eine ansprechende und gutherzige Aufrichtigkeit in Wildtöters Ton, welche die Seele des Mädchens rührte: auch schwächte die Anspielung auf ihre Schönheit die Wirkung davon nicht bei ihr, welche die Macht ihrer persönlichen Reize nur zu gut kannte. Dennoch ward die leise, dünne Stimme des Gewissens nicht ganz zum Schweigen gebracht, und sie diktierte die Antwort, die sie nach einigem Nachdenken gab:

»Ich glaube, Hurry hat wieder etwas von seinen elenden Anspielungen und Winken gegen die Leute von den Garnisonen fallenlassen«, sagte sie. »Er weiß, es sind Gentlemen, und kann nie einem verzeihen, daß er ist, was er selbst, wie er wohl fühlt, nie werden kann.«

»Nicht in der Bedeutung eines Offiziers des Königs, Judith, allerdings; denn dazu hat March gar keine Lust, aber in der wirklichen Bedeutung des Wortes – warum sollte nicht ein Biberjäger so achtbar sein als ein Gouverneur? Da Ihr selbst davon anfangt, so will ich nicht leugnen, daß er darüber klagte, daß ein Mädchen von Eurem bescheidenen Stande so viel in Gesellschaft von Scharlachröcken und seidenen Schärpen lebe. Aber es war Eifersucht, die da aus ihm sprach, und ich glaube, daß er über seine eignen Gedanken trauerte, wie eine Mutter trauern würde um ihr Kind.«

Vielleicht war sich Wildtöter nicht des ganzen, vollen Sinnes bewußt, den seine ernste Rede in sich schloß. Gewiß ist, daß er die Röte nicht sah, welche Judiths ganzes schönes Antlitz flammend überzog, noch auch die unbezwingliche Bestürzung und Beängstigung, welche unmittelbar darauf die Röte in Todesblässe verwandelte. Ein paar Minuten verstrichen in tiefer Stille; das Plätschern des Wassers schien gänzlich alle Zugänge des Ohres eingenommen zu haben, und dann stand Judith auf und faßte die Hand des Jägers beinahe krampfhaft mit einer der ihrigen.

»Wildtöter«, sagte sie hastig, »ich bin froh, daß das Eis zwischen uns gebrochen ist. Man sagt, plötzliche Freundschaften führen zu langen Feindschaften; aber ich glaube nicht, daß es bei uns so gehen wird. Ich weiß nicht, wie es kommt – aber Ihr seid der erste Mann, den ich kennengelernt, der nicht beflissen scheint zu schmeicheln – nicht mein Verderben zu wünschen – kein Feind in einer Maske zu sein scheint; – laßt es gut sein, sagt Hurry nichts davon, und ein andermal wollen wir wieder miteinander sprechen.«

Dann ließ das Mädchen seine Hand fahren, verschwand in dem Hause und ließ den erstaunten und verblüfften jungen Mann allein, der so bewegungslos an dem Steuerruder stand wie eine der Tannen auf den Bergen. So sehr hatte er sich in seinen Gedanken vertieft und verloren, daß ihm Hutter zurufen mußte, er solle der Fähre die rechte Richtung geben, ehe er sich seiner gegenwärtigen Lage wieder bewußt wurde.

Sechstes Kapitel

So sprach der abgefallne Engel, Pein
Litt er, und prahlte laut doch, aber tief
In seinem Innern foltert' ihn Verzweiflung.
Milton

Bald nach Judiths Entfernung erhob sich ein leiser Südwind, und Hutter zog ein großes Rahsegel auf, das einst das flatternde Toppsegel an einer Schlup von Albany gewesen, aber, mürbe geworden im Auffangen der Winde von Tappan, ausgemustert und verkauft worden war. Er hatte eine leichte, zähe Tamarindenstange, die er im geeigneten Falle aufrichten konnte, und mit geringer Arbeit ward sein Segel in ziemlich kunstgerechter Weise ausgebreitet und schwoll vom Winde. Die Wirkung auf die Bewegung der Arche war von der Art, daß das Rudern nunmehr entbehrlich wurde, und nach etwa zwei Stunden sah man das Kastell in der Finsternis aus dem Wasser emporragen, in einer Entfernung von etwa hundert Schritten. Jetzt ward das Segel herabgelassen, und langsam schwamm die Fähre dem Bau zu und ward angebunden.

Niemand hatte das Haus besucht, seit Hurry und sein Begleiter es verlassen. Man traf alles in der Ruhe und Stille der Mitternacht, eine Art Typus von der Einsamkeit einer Wildnis. Da man Feinde in der Nähe wußte, wies Hutter seine Töchter an, sich keiner Lichter zu bedienen; diesen Luxusartikel versagten sie sich meist während der warmen Monate, damit sie nicht als Leuchtfeuer ihren Feinden ihren Aufenthaltsort verrieten.

»Bei klarem Tageslicht würde ich ein Heer von Wilden nicht fürchten hinter diesen stämmigen Blöcken, wenn sie kein Schutzmittel hätten, sich dahinter zu verkriechen«, setzte Hutter hinzu, nachdem er seinen Gästen die Gründe auseinandergesetzt, warum er den Gebrauch von Lichtern verbot, »denn ich habe drei oder vier zuverlässige Gewehre jederzeit geladen, und Killdeer namentlich ist eines, das nie versagt. Aber bei Nacht ist es eine andere Sache. Ein Kanu könnte im Dunkel ungesehen uns auf den Leib rücken, und die Wilden haben so viele Listen und Kniffe bei ihren Angriffen, daß ich es für schlimm genug halte, wenn ich auch beim hellsten Sonnenschein mit ihnen zu tun bekomme. Ich habe dies Haus gebaut, um sie mir in einiger Entfernung vom Leibe zu halten, im Fall es je wieder zu Schlägen käme. Manche meinen, es sei zu offen und ausgesetzt, aber ich bin dafür, fern vom Gebüsch und Dickicht zu ankern, weil ich dies für die sicherste Art halte.«

»Ihr seid einst Matrose gewesen, sagt man mir, alter Tom?« sagte Hurry in seiner raschen Art, da ihm einige Ausdrücke des andern aufgefallen waren, »und manche Leute glauben, Ihr könntet merkwürdige Dinge erzählen von Feinden und Schiffbrüchen, wenn Ihr mit allem herausrücken wolltet, was Ihr wißt.«

»Es gibt Leute in dieser Welt, Hurry«, erwiderte der andere ausweichend, »welche von andrer Menschen Gedanken leben, und dergleichen finden oft auch ihren Weg in die Wälder. Was ich in meiner Jugend gewesen bin, oder was ich gesehen habe, das ist jetzt weniger wichtig, als was die Wilden sind. Es ist von größerer Bedeutung, herauszubringen, was in den nächsten vierundzwanzig Stunden sich ereignen wird, als von dem zu plaudern, was sich vor vierundzwanzig Jahren begeben hat.«

»Das heißt Urteil, Wildtöter, ja, das heißt gesundes Urteil! Da sind Judith und Hetty, für welche zu sorgen ist, zu schweigen von unsern eignen Kopfschleifen, und was mich betrifft: ich kann so gut im Dunkeln schlafen, als ich es könnte bei der hellsten Mittagssonne. Mir macht es wenig aus, ob Licht da ist oder nicht, und ob ich es sehe, wenn ich meine Augen schließe.«

Da Wildtöter es selten nötig fand, auf seines Begleiters eigentümliche humoristische Äußerungen zu antworten, und Hutter sichtlich abgeneigt war, weiter über die Sache zu sprechen, hatte die Erörterung mit dieser Bemerkung ein Ende. Hutter hatte aber noch etwas mehr als nur Erinnerungen auf dem Herzen. Sobald seine Töchter sie verlassen hatten, in der ausgesprochenen Absicht, sich zur Ruhe zu begeben, lud er seine beiden Genossen ein, ihm wieder auf die Arche zu folgen. Hier eröffnete ihnen der alte Mann seinen Plan, verschwieg aber den Teil davon noch, dessen Ausführung er sich selbst und Hurry vorbehalten hatte.

»Das Hauptabsehen von Leuten in unsrer Lage ist, Herren des Wassers zu sein«, begann er. »Solange kein anderes Fahrzeug auf dem See ist, ist ein Kanu von Borke so gut als ein Linienschiff; denn mit Schwimmen kann das Kastell nicht wohl weggenommen werden. Nun sind nur noch fünf Kanus in dieser Gegend, von welchen zwei mir gehören und eines Hurry. Diese drei haben wir hier bei uns; eines in dem Kanu-Dock unter dem Hause befestigt, die beiden andern an der Fähre. Die andern Kanus sind am Land in hohlen Baumstämmen versteckt, und die Wilden, die so giftige Feinde sind, werden am nächsten Morgen keinen Ort, der irgend etwas verspricht, ununtersucht lassen, wenn es ihnen ernstlich um die ausgesetzten Preise zu tun ist –«

»Ha, Freund Hutter«, unterbrach ihn Hurry, »der Indianer lebt nicht auf Erden, der imstande ist, ein gehörig verstecktes Kanu aufzufinden. Ich habe früher schon etwas in dieser Art von Handel geleistet, und Wildtöter hier weiß es, daß ich imstande bin, ein Fahrzeug so zu verstecken, daß ich es selbst nicht mehr finden kann.«

»Sehr wahr, Hurry«, versetzte der zum Zeugnis Aufgerufene, »aber Ihr überseht den Umstand, daß, wenn auch Ihr die Spur des Mannes nicht entdecken konntet, der seine Sache so gut gemacht, dies doch *mir* gelang. Ich bin der Ansicht, Meister Hutter, daß es viel klüger ist, der Einfalt und Aufrichtigkeit eines Wilden zu mißtrauen, als große Hoffnungen zu bauen auf seinen Mangel an Scharfblick. Wenn daher die beiden Kanus in das Kastell gebracht werden können, so ist es um so besser, je eher es geschieht.«

»Wollt Ihr dabeisein, wenn es ausgeführt wird?« fragte Hutter in einem Tone, welcher zeigte, daß der Vorschlag ihn ebenso überraschte, als er ihm gefiel.

»Gewiß. Ich bin bereit, an jeder Unternehmung teilzunehmen, sofern sie nicht eines weißen Mannes rechtmäßigen Gaben zuwiderläuft. Die Natur gebietet uns, unser Leben zu verteidigen und auch das Leben andrer, wenn dazu Gelegenheit und Aufforderung vorhanden ist. Ich will Euch, Floating Tom, folgen in das Lager der Mingos bei jedem solchen Zug und will mich bestreben, meine Pflicht zu tun, sollte es zum Treffen kommen; obwohl ich, da ich nie in einer Schlacht gewesen bin, nicht gern mehr verspreche, als ich mir zu leisten getraue. Wir wissen alle, was wir wünschen, aber keiner weiß, was er zu leisten vermag, als bis er die Probe bestanden.«

»Das ist bescheiden und vernünftig gesprochen, Junge!« rief

Hurry. »Ihr habt noch nie den Knall einer feindlich gezielten Büchse gehört, und laßt mich Euch versichern, er ist so verschieden von den überredenden Tönen bei Euern Wildbretreden wie das Lachen von Judith Hutter in ihrer besten Laune von dem Schelten einer holländischen Haushälterin am Mohawk. Ich erwarte nicht, daß Ihr ein ausgezeichneter Krieger werdet, Wildtöter, obgleich es nicht Euresgleichen in diesen Gegenden gibt, was die Jagd auf Hirsche und Rehe betrifft. Aber im wirklichen Dienst, da werdet Ihr etwas weiter hinten zu stehen kommen nach meiner Meinung.«

»Wir wollen sehen, Hurry, wir wollen sehen«, erwiderte der andre sanft und ganz und gar nicht, soviel ein menschliches Auge bemerken konnte, verletzt und irregemacht durch die soeben ausgedrückten Zweifel hinsichtlich seiner Tüchtigkeit in einem Punkte, wo die Männer sonst sehr empfindlich sind, und zwar oft genau in dem Maß, als sie sich ihrer Schwächen bewußt sind. »Da ich noch nie eine Probe bestanden, will ich diese abwarten, ehe ich mir selbst eine Meinung bilde, und dann hat man Gewißheit statt unbestimmter Vermutungen. Ich habe von solchen gehört, die vor der Schlacht herzhaft waren und darin wenig leisteten, und auch von solchen, die zuwarteten, um ihren Mut kennenzulernen, und die bei der Probe fanden, daß sie nicht so übel waren, als manche erwarteten.«

»In jedem Fall wissen wir, daß Ihr ein Ruder zu handhaben versteht, junger Mann«, sagte Hutter, »und das ist alles, war wir heute nacht von Euch verlangen. Laßt uns keine Zeit mehr verlieren, sondern in das Kanu treten und handeln, statt zu schwatzen.«

Hutter ging nun rasch daran, seinen Plan auszuführen, und bald war das Boot bereit und Hurry und Wildtöter an den Rudern. Ehe jedoch der alte Mann selbst sich einschiffte, hielt er eine Besprechung von einigen Minuten mit Judith, zu welchem Behuf er in das Haus ging; dann zurückgekehrt, nahm er seinen Platz in dem Kanu ein, das im nächsten Augenblick von der Arche abstieß.

Wäre in der einsamen Wildnis ein Gott errichteter Tempel gewesen, so hätte seine Uhr die Mitternachtsstunde geschlagen, als die kleine Gesellschaft ihren Zug antrat. Das Dunkel hatte zugenommen, obwohl die Nacht noch klar war und das Licht der Sterne hinreichte für alle Absichten der Abenteurer. Hutter allein wußte die Orte, wo die zwei Kanus versteckt waren, und er lenkte die Richtung des Bootes, während seine beiden athletischen Genossen ihre Ruderschaufeln mit gehöriger Vorsicht eintauchten und emporhoben, damit nicht die dadurch verursachten Laute in der Stille der tiefen Nacht über den friedlichen Wasserspiegel hin das Ohr ihrer Feinde erreichten. Aber die Barke war so leicht, daß keine außerordentlichen Anstrengungen nötig waren, und da Geschicklichkeit die Stelle des Kraftaufwandes vertrat, näherten sie sich nach einer halben Stunde etwa der Küste auf einem vorspringenden Punkte, beinahe eine Stunde von dem Kastell entfernt.

»Laßt Eure Ruder ruhen, Freunde«, sagte Hutter mit leiser Stimme, »und sehen wir uns einen Augenblick um! Wir müssen jetzt ganz Aug und Ohr sein; denn diese Schlangen haben Nasen wie Bluthunde.«

Die Ufer des Sees wurden genau geprüft, um irgendeinen Funken Licht zu entdecken, der etwa in einem Lager möchte zurückgeblieben sein, und die Männer strengten ihre Augen in der Dunkelheit an, um zu sehen, ob nicht vielleicht eine Zeile Rauch am Berg hinziehe, aus der ersterbenden Asche eines Feuers emporsteigend. Nichts Ungewöhnliches war zu erspähen, und da der Platz in einiger Entfernung von dem Ausfluß des Sees oder dem Orte war, wo sie auf die Wilden gestoßen, hielt man es für gefahrlos, zu landen. Die Ruder wurden wieder in Bewegung gesetzt, und der Bug des Kanus schob sich auf dem kiesigen Ufer mit leiser Bewegung und einem kaum hörbaren Geräusch vor. Hutter und Hurry sprangen ohne Verzug ans Land, der erstere seine und seines Begleiters Büchse tragend, und ließen Wildtöter zur Bewachung des Kanus zurück. Der hohle Baumstamm lag eine kleine Strecke entfernt bergaufwärts; der Alte ging dahin voran, mit solcher Vorsicht, daß er alle drei oder vier Schritte stehenblieb, um zu horchen, ob nicht ein Schritt die Nähe eines Feindes verrate. Aber die gleiche totenähnliche Stille herrschte in der ganzen mitternächtlichen Szene, und der gesuchte Platz ward ohne einen beunruhigenden Vorfall erreicht.

»Hier ist es«, flüsterte Hutter, den Fuß auf einen umgestürzten Lindenstamm setzend, »reicht mir zuerst die Ruder und zieht dann das Boot vorsichtig heraus, denn die Elenden haben es am Ende doch vielleicht nur als Köder dagelassen.«

»Haltet mir meine Büchse bereit, den Kolben gegen mich gekehrt, alter Gesell«, antwortete March. »Wenn sie mich unter meiner Bürde angreifen, so will ich doch wenigstens das Gewehr auf sie abfeuern – und untersucht, ob Pulver auf der Pfanne ist!«

»Alles ist in Ordnung«, murmelte der andere, »geht nur langsam, wenn Ihr Eure Last aufgepackt habt, und laßt mich vorangehen!«

Das Kanu ward mit der äußersten Behutsamkeit aus dem Stamm hervorgezogen, von Hurry auf die Schulter geladen, und beide traten ihren Rückweg an das Ufer an, nur Schritt für Schritt gehend, um nicht den steilen Abhang hinunterzustraucheln. Die Entfernung war nicht groß, aber der Weg abwärts äußerst schwierig, und gegen das Ende ihres kleinen Marsches mußte Wildtöter landen und zu ihnen stoßen, um ihnen zu helfen, das Kanu durch das Buschwerk zu schleppen. Mit seinem Beistand ward die Aufgabe glücklich gelöst, und das leichte Fahrzeug schwamm bald neben dem andern Kanu. Sobald dies geschehen, wandten sich alle drei ängstlich gegen den Wald und den Berg hin, in der Erwartung, einen Feind aus jenem hervorbrechen oder von diesem herabeilen zu sehen. Aber die Stille wurde nicht unterbrochen, und alle schifften sich mit derselben Vorsicht ein, mit welcher sie gelandet waren.

Jetzt steuerte Hutter gerade auf die Mitte des Sees zu. Nachdem er eine hinreichende Strecke vom Ufer entfernt war, band er seine Beute los und überließ sie frei dem Wasser, wohl wissend, daß sie bei dem leisen Südwind langsam den See hinauftreiben werde, und in der Absicht, bei der Rückkehr sie wieder zu treffen. So seines Taues entledigt, fuhr der Alte den See hinab und steuerte dem vorspringenden Punkt zu, wo Hurry seinen vergeblichen Versuch gegen das Leben des Hirsches gemacht hatte. Da die Entfernung dieses Punktes bis zu der Ausströmung weniger als eine Meile betrug, hieß dies gleichsam, das Land des Feindes betreten, und verdoppelte Vorsicht wurde notwendig. Sie erreichten indessen die äußerste Spitze und landeten ungestört auf dem schon erwähnten kleinen Kiesplatz am Ufer. Ganz anders als an dem Ort, wo sie zuvor gelandet, war hier keine Anhöhe zu erklimmen; die Berge waren in der Dunkelheit erst in der Entfernung einer vollen Viertelmeile weiter westlich sichtbar und ließen zwischen sich und dem

Strand einen Strich ebenen Grundes frei. Der vorlaufende Punkt selbst, obgleich lang und mit hohen Bäumen bedeckt, war beinahe flach und hatte eine Strecke weit eine Breite von nur wenigen Schritten; Hutter und Hurry landeten wie zuvor und ließen wieder ihren Begleiter zur Bewachung des Bootes zurück.

Hier lag der abgestorbene Baum, in dem das Kanu versteckt war, das sie zu suchen kamen, etwa halbwegs zwischen dem äußersten Ende der schmalen Landzunge und dem Punkt, wo sie an die eigentliche Küste sich anschloß, und der Alte, der sich hier das Wasser links so nahe wußte, schlug den Weg auf der östlichen Seite des Landstreifens mit ziemlicher Zuversicht ein und schritt keck, obwohl mit Vorsicht, dahin. Er hatte absichtlich an der Landzunge angelegt, um einen Blick in die Bucht werfen und sich versichern zu können, daß die Küste frei sei, sonst würde er gerade dem hohlen Baum gegenüber gelandet sein. Diesen zu finden, hatte keine Schwierigkeit; das Kanu wurde herausgezogen, wie zuvor, und statt es dahin zu schleppen, wo Wildtöter mit dem Boote sich befand, wurde es am ersten günstigen Platz ins Wasser gelassen. Sobald es darin war, trat Hurry hinein und ruderte zu der Spitze der Landzunge, wohin auch Hutter auf dem kiesigen Uferweg sich begab. Nachdem jetzt die drei Männer alle Boote des Sees in ihrem Besitz hatten, war ihre Zuversicht nicht wenig erhöht, und es war jetzt nicht mehr die vorige fieberhafte Ungeduld, die Küste zu verlassen, noch dieselbe Notwendigkeit äußerster Vorsicht vorhanden. Ihre Lage am äußersten Ende der langen, schmalen Landzunge vermehrte noch ihr Gefühl von Sicherheit, da sie einem Feind nur in *einer* Richtung, sich ihnen zu nähern, gestattete, von vorn nämlich und unter Umständen, die ihnen bei ihrer gewohnten Wachsamkeit die Wahrnehmung seiner Annäherung beinahe mit Gewißheit verbürgten. Jetzt traten alle drei miteinander ans Land und standen in beratender Gruppe auf dem Kiesplatz der Landspitze.

»Wir haben die Kerls hübsch aufs Trockne gesetzt!« sagte Hurry, vor Freude über den gelungenen Anschlag lachend. »Wenn sie einen Besuch auf dem Kastell machen wollen, mögen sie waten oder schwimmen! Alter Tom, diese Eure Idee, ein Versteck draußen auf dem See anzulegen, ist extrafein und von erster Sorte. Es gibt Leute, die das Land für sichrer halten würden als das Wasser, aber am Ende zeigt die Vernunft, daß dem nicht so ist; denn der Biber und die Ratten und andre kluge Kreaturen halten sich ans letztere, wenn sie hart bedrängt sind. Ich nenne jetzt unsre Stellung eine wohl verschanzte und biete den Kanadas Trotz!«

»Laßt uns an dieser Südküste hinrudern«, sagte Hutter, »und sehen, ob sich keine Spur eines Lagers zeigt, – aber zuerst laßt mich noch einen genauern Blick in die Bai werfen; denn keiner von uns ist noch weit genug auf der innern Seite der Landzunge vorgedrungen, um hinlänglich beruhigt zu sein von dieser Seite her.«

Nachdem Hutter dies gesagt, schritten alle drei in der von ihm bezeichneten Richtung vor. Kaum waren sie bis zu dem Punkte gekommen, wo sich die Bai recht ihrem Blick eröffnete, als ihr gleichzeitiges stutzendes Haltmachen zeigte, daß ihre Blicke in demselben Moment auf einen und denselben Gegenstand gefallen waren. Dies war nichts weiter als ein erlöschender Feuerbrand mit seinem hin und her zuckenden, ausgehenden Licht; aber zu dieser Stunde und an diesem Ort war er dem Auge so auffallend, wie »eine gute Tat in einer häßlichen Welt«. Es war nicht der Schatten eines Zweifels daran übrig, daß dies Feuer bei einem Lager der Indianer angezündet worden war. Die Lage, der Beobachtung von allen Seiten außer von einer entzogen, und auch von dieser her nur in einer ganz geringen Entfernung sichtbar, zeigte, daß man größere Sorge getragen, einen verborgenen Ort zu wählen, als man ohne besondere Zwecke getan haben würde, und Hutter, der wußte, daß eine Quelle sowie einer der günstigsten Fischplätze des Sees in der Nähe war, vermutete sogleich, daß dies Lager wohl die Weiber und Kinder der Truppe enthalten werde.

»Das ist kein Kriegslager«, brummte er Hurry zu, »und es schläft da gute Beute genug um das Feuer herum, so daß wir eine tüchtige Teilung von Kopfgeld werden zu machen haben. Schickt den Jungen zu den Kanus; denn hier nützt er uns nichts, bei einem solchen Unternehmen, und greifen wir sofort die Sache tüchtig an als Männer.«

»Es ist Einsicht in Euern Gedanken, alter Tom, und sie gefallen mir durch und durch. Wildtöter, geht Ihr an das Kanu zurück, Junge, und rudert in den See hinaus mit dem kleinen und laßt es frei treiben, wie wir mit dem andern getan; dann könnt

Ihr an die Küste hinrudern, so nah Ihr dem Anfang der Bai zu kommen vermögt, jedoch außerhalb der Landzunge und auch außerhalb der Gebüsche. Ihr könnt uns hören, wenn wir Eurer bedürfen, und wenn ein Verzug eintritt, so will ich schreien wie ein Lomme; – da, das ist gut – das Schreien einer Lomme soll das Signal sein. Wenn Ihr Büchsen knallen hört, und daß es so kriegerisch hergeht, nun dann könnt Ihr herbeikommen und sehen, ob Ihr mit den Wilden auch so fertig werdet wie mit dem Wild.«

»Wenn man meinen Wünschen folgen wollte, so unterbliebe diese Sache, Hurry –«

»Ganz wahr – niemand leugnet das, Junge, aber Euren Wünschen kann man nicht folgen, und damit ist die Sache aus. So rudert denn nur mitten in den See hinaus, und bis Ihr zurückkommt, wird es in diesem Lager lebhaft werden!«

Der junge Mann schickte sich mit großem Widerstreben und mit schwerem Herzen an zu gehorchen. Er kannte jedoch die Vorurteile der Grenzmänner zu gut, um Gegenvorstellungen zu versuchen. Unter den gegenwärtigen Umständen konnte dies allerdings gefährlich werden, wie es ganz gewiß nutzlos war. Er ruderte daher das Kanu still und mit der Vorsicht, wie früher, nach einem Punkt nahe der Mitte des friedlichen Wasserspiegels und ließ dann das soeben wiedererlangte Boot in dem leisen Südwind gegen das Kastell hin treiben. Zu diesem Verfahren hatte man sich in beiden Fällen entschlossen, in der sicheren Voraussetzung, daß die leichten Barken nicht mehr als eine oder zwei Stunden weit treiben würden vor Anbruch des Tages, wo man sie dann leicht wieder würde einholen können. Um zu verhüten, daß nicht ein herumschweifender Wilder sich ihrer bediene, der sich durch Schwimmen in Besitz setzte, ein möglicher, aber kaum zu vermutender Fall – hatte man alle Ruder zurückbehalten.

Sobald Wildtöter das wiedererlangte Kanu auf dem See hatte forttreiben lassen, richtete er den Bug des seinigen nach dem Punkt der Küste zurück, welche ihm Hurry bezeichnet hatte. So leicht war die Bewegung des kleinen Fahrzeugs und so stetig der Arm des es in Bewegung setzenden Fährmanns, daß kaum zehn Minuten verflossen, bis es sich wieder dem Land näherte, und in dieser kurzen Zeit hatte es eine Entfernung von einer vollen halben Meile zurückgelegt. Sobald Wildtöters Auge der Büsche ansichtig wurde, von denen manche wohl hundert Fuß weit von der Küste ins Wasser hinausreichten, hemmte er die Bewegung des Kanus und ließ sein Boot ankern, indem er den dünnen, aber zähen Stamm eines der herabhängenden Schilfbüsche mit fester Hand packte. So blieb er mit einer Spannung, die man sich leicht vorstellen kann, das Ergebnis des gewagten Unternehmens abwartend.

Es wäre schwer, dem Geist derjenigen, welche nicht selbst die Erfahrung gemacht haben, einen Begriff zu geben von der Erhabenheit der Stille in einer so tiefen Einsamkeit, wie sie jetzt über dem Glimmerglas herrschte. Im jetzigen Augenblick ward diese Erhabenheit noch gesteigert durch das Düster der Nacht, die ihre schattenhaften, phantastischen Formen ringsumher auf See, Wald und Berge warf. Es läßt sich in der Tat nicht leicht ein Ort denken, der geeigneter wäre, diese natürlichen Eindrücke zu erhöhen, als ebender war, wo sich Wildtöter jetzt befand. Der Umfang des Sees faßte alles im Bereich der menschlichen Sinne zusammen, während er zugleich auf *einem* Punkte so viel Imposantes von der umgebenden Szene enthüllte, daß jeder Blick genügte, die tiefsten Eindrücke der Seele zuzuführen. Wie schon gesagt, war dies der erste See, den Wildtöter sah. Bisher hatte sich seine Erfahrung auf den Lauf von Flüssen und kleinen Strömen beschränkt, und noch nie zuvor hatte er eine solche Fülle der ihm so werten Wildnis vor seinen Augen ausgebreitet gesehen. Gewöhnt jedoch an den Wald, war seine Seele imstande, sich alle seine verborgenen Heimlichkeiten auszumalen, indem er seinen Blick auf dessen äußere Laubhülle richtete. Es war dies auch das erstemal, daß er sich auf einem Streifzug befand, wo Menschenleben von dem Ausgang abhingen. Sein Ohr hatte sich oft berauscht in den Überlieferungen von Kriegführung der Grenzmänner, aber noch nie hatte er einem Feinde Stirn gegen Stirn gegenübergestanden.

Der Leser wird daher leicht begreifen, wie gespannt die Erwartung des jungen Mannes sein mußte, als er in seinem einsamen Kanu dasaß, bestrebt, den geringsten Laut zu erlauschen, der den Verlauf der Dinge am Ufer andeuten möchte. Seine Bildung in diesem Stück war, soweit die Theorie reichen konnte, vollendet, und seine Selbstbeherrschung und Fassung, trotz der großen Aufregung, der natürlichen Folge von der Neuheit der Sache für ihn – würde einem Veteranen Ehre gemacht haben. Die sichtbaren Zeugnisse vom Vorhandensein des Lagers oder des Feuers waren von der Stelle aus, wo das Kanu lag, nicht wahrzunehmen, und er sah sich in die Lage versetzt, sich einzig auf seinen Gehörsinn zu verlassen. Er gab keiner Ungeduld Raum; denn die Lehren, die man ihm eingeschärft, hatten ihn die Tugend der Geduld gelehrt und ihm besonders die Notwendigkeit der Schlauheit bei irgendeinem verdeckten Angriff auf die Indianer eingeprägt. Einmal meinte er das Krachen eines dürren Zweiges zu hören, aber seine Erwartung und Aufmerksamkeit war so lebhaft, daß sie ihn getäuscht haben mochte. In solcher Weise verstrich Minute auf Minute, bis die gesamte Zeit seit seiner Trennung von seinen Begleitern eine volle Stunde betrug. Wildtöter wußte nicht, ob er sich über diese vorsichtige Zögerung freuen oder betrüben sollte; denn wenn sie ihn das Beste für seine Genossen hoffen ließ, so verkündigte sie auch das drohende Verderben der Schwachen und Unschuldigen.

Anderthalb Stunden mochten jetzt seit der Trennung von seinen Gesellen verflossen sein, als Wildtöter aufmerksam gemacht wurde durch einen Ton, der ihn ebenso überraschte als mit lebhafter Unruhe erfüllte: der zitternde Schrei einer Lomme erhob sich von der gegenüberliegenden Seite des Sees, allem Anschein nach nicht weit entfernt von seiner Ausströmung. Er täuschte sich nicht über die Töne dieses Vogels, die allen so bekannt sind, welche die verschiedenen Töne in der Nähe der amerikanischen Seen kennen. Schrillend, tremulierend, laut und langgehalten scheinen sie der eigentliche Warnruf zu sein. Man hört sie auch oft bei Nacht – eine Ausnahme von der Weise der meisten gefiederten Bewohner der Wildnis und ein Umstand, welcher Hurry bewogen, gerade diesen Ruf zum Signal zu wählen. Allerdings hatten die beiden Abenteurer Zeit gehabt, zu Lande von dem Punkt, wo sie sich getrennt hatten, bis dahin zu gelangen, woher der Ruf kam, aber doch war es nicht wahrscheinlich, daß sie einen solchen Weg sollten eingeschlagen haben. Wäre das Lager leer gewesen, so hätten sie wohl Wildtöter an die Küste gerufen, fanden sich aber Bewohner darin, so ließ sich kein befriedigender Grund denken, warum sie es umgangen haben sollten, um in so großer Entfernung sich wieder einzuschiffen. Gehorchte er dem Signal und ließ sich von dem Landungsplatz weglocken, so konnte das Leben der Männer, die sich auf ihn verließen, darüber verlorengehen; ließ er den Ruf ungeachtet, in der Annahme, daß er wirklich von einem Vogel herrühre, so konnten die Folgen ebenso unglücklich sein, obwohl aus anderen Ursachen. In dieser Ungewißheit wartete er ab, in der sichern Hoffnung, der Ruf, nachgemacht oder natürlich, werde bald wiederholt werden. Auch täuschte er sich nicht. Nur wenige Minuten verstrichen, bis derselbe schrille warnende Schrei wiederholt wurde, und zwar von derselben Seite des Sees. Diesmal, da er scharf aufmerkte, ließen sich seine Sinne nicht täuschen. Obgleich er oft schon bewundernswerte Nachahmungen des Rufs dieses Vogels gehört hatte und selbst keineswegs Meister der Kunst war, seine Noten nachzuahmen, fühlte er sich doch überzeugt, daß Hurry, dessen Versuchen in dieser Kunst er schon zugehört, nimmermehr der Natur in so völliger Treue nahekommen könnte. Er beschloß daher, auf diesen Schrei nicht zu achten und zu warten, bis ein minder vollkommner in größerer Nähe ertönte.

Kaum hatte Wildtöter diesen Entschluß gefaßt, als die tiefe Stille der Nacht und Einsamkeit unterbrochen ward durch einen so erschütternden Schrei, daß alle Erinnerung an den mehr schwermütigen Ruf der Lomme aus der Seele des Horchenden verdrängt ward. Es war ein Schrei des Entsetzens entweder aus dem Munde eines Weibes oder eines noch jungen Knaben, der noch nicht die männliche Stimme hatte. Dieser Schrei ließ sich nicht mißdeuten. Herzzerreißende Angst, wenn nicht zermalmende Todesangst, lag in den Tönen, und der Schrecken oder Schmerz, der sie hervorgerufen, mußte ebenso plötzlich als entsetzlich gewesen sein. Der junge Mann ließ das Schiff fahren und tauchte sein Ruder in das Wasser: aber was tun? er wußte es nicht; wohin steuern? er wußte es auch nicht. Wenige Augenblicke reichten hin, seiner Unentschiedenheit ein Ende zu machen. Das Brechen von Ästen, das Krachen dürrer Zweige und Fußtritte wurden ganz deutlich hörbar; die Töne schienen sich dem Wasser zu nähern, obwohl in einer Richtung, die sich der Küste schräg näherte, und etwas weiter nördlich als die Stelle, wo Wildtöter zu halten angewiesen worden war. Dieser Spur folgend, fuhr der junge Mann mit seinem Kanu dorthin, wenig darum bekümmert, ob und wie er seine Gegenwart verrate. Er hatte einen Punkt der Küste erreicht, wo das nächste

Ufer ziemlich hoch und sehr steil war. Es war unverkennbar, daß Männer durch die Gebüsche und Bäume auf dem Gipfel dieser Uferhöhe, dem Strand zu, sich hindurchschlugen, als ob die Fliehenden einen günstigen Ort zum Herabsteigen suchten. Gerade in diesem Augenblick blitzten fünf oder sechs Büchsen, und die Berge gegenüber wiederholten in langem, rollendem Echo, wie gewöhnlich, den Knall. Ein paar kreischende Ausrufe, denen ähnlich, wie sie auch den Mutigsten entschlüpfen, wenn sie plötzlich von unerwarteter Gefahr und Not überrascht werden, folgten, und dann begann wieder das Gewühle in den Gebüschen, wie wenn Mann mit Mann handgemein wäre.

»Glatter Teufel!« brüllte Hurry mit der Wut getäuschter Erwartung – »seine Haut ist eingeölt! Ich kann ihn nicht packen! Nimm das für deine List!«

Diesen Worten folgte der Fall eines schweren Körpers unter den kleinen Bäumen, welche die Uferhöhen einfaßten, und es kam Wildtöter vor, als habe sein gigantischer Genosse einen Feind in dieser unhöflichen Weise von sich weggeschleudert. Wieder begann die Flucht und die Verfolgung, und dann sah der junge Mann eine menschliche Gestalt die Anhöhe heruntereilen und einige Schritte weit sich ins Wasser stürzen. In diesem kritischen Augenblick war das Kanu dem Platz gerade nahe genug, daß dies Beginnen, das von einem nicht kleinen Geräusch begleitet war, gesehen werden konnte, und Wildtöter, erkennend, daß er hier, wenn immer, seine Genossen ins Schiff aufnehmen müsse, drängte das Kanu zu ihrer Rettung heran. Er hatte noch nicht zweimal sein Ruder erhoben, als man die Stimme Hurrys die Luft mit Flüchen und Verwünschungen erfüllen hörte und er auf dem schmalen Kiesufer niederrollte, im buchstäblichen Sinn von der Last seiner Feinde niedergezogen. Während er, beinahe erstickt von seinen Feinden, am Boden dalag, stieß der athletische Grenzmann seinen Lommenruf aus, in einer Weise, die unter minder furchtbaren Umständen Lachen hätte erregen müssen. Der Mann im Wasser schien plötzlich seine Flucht zu bereuen und eilte an die Küste, seinem Genossen zu Hilfe, ward aber augenblicklich aufgehalten und übermannt von einem Halbdutzend neuer Verfolger, die soeben von der Uferhöhe herabsprangen.

»Laßt los, ihr bemaltes Wurmgezüchte – laßt los!« schrie Hurry, zu hart gedrängt, um noch besonders wählerisch in seinen Ausdrücken zu sein, »ist es nicht genug, daß ich geklemmt bin wie ein Sägeklotz, daß Ihr mich auch noch erstickt?«

Diese Rede überzeugte Wildtöter, daß seine Freunde Gefangene waren, und daß Landen so viel wäre, als ihr Schicksal teilen. Er hatte sich dem Ufer schon auf hundert Schuhe genähert, als einige zeitgemäße Ruderschläge nicht nur das Kanu in seinem Lauf aufhielten, sondern ihn auch um das Sechs- oder Achtfache von seinen Feinden entfernten. Zum Glück für ihn hatten alle Indianer bei der Verfolgung ihre Büchsen weggeworfen, sonst hätte er diesen Rückzug schwerlich ungefährdet bewerkstelligt, obgleich in der ersten Verwirrung des Handgemenges keiner das Kanu bemerkt hatte.

»Bleibt weg vom Land, Junge!« schrie Hutter, »die Mädchen haben jetzt nur noch Euch zur Stütze; Ihr werdet all Eure Vorsicht brauchen können, diesen Wilden zu entgehen. Bleibt vom Lande weg, und Gott sei Euch gnädig, so wahr Ihr meinen Kindern beisteht!«

Es war im ganzen wenig Übereinstimmung der Gefühle zwischen Hutter und dem jungen Mann, aber die körperliche und Seelenpein, womit diese dringenden Worte gerufen wurden, machten für den Augenblick Wildtöter ganz die Fehler von jenem vergessen. Er sah nur den Vater in seiner Qual in ihm und beschloß sofort, die Versicherung der Treue gegen seine Interessen zu geben und sein Wort ehrlich zu halten.

»Beruhigt Euer Herz, Meister Hutter!« rief er, »für die Mädchen soll Sorge getragen werden, sowie für das Kastell. Der Feind hat die Küste in Besitz genommen, das kann man nicht leugnen, aber nicht das Wasser. Die Vorsehung hat alles in ihrer Obhut, und niemand kann sagen, was das Ende sein wird, aber wenn guter Wille Euch und den Eurigen dienen kann, so verlaßt Euch darauf. Meine Erfahrung ist klein, aber mein Wille ist gut.«

»Ja, ja, Wildtöter«, rief Hurry zurück mit seiner Stentorstimme, die aber doch etwas von ihrer Herzhaftigkeit verloren hatte. – »Ja, ja, Wildtöter, Ihr *meint* es gut in allem, aber was könnt Ihr *tun?* Ihr seid nichts Besonderes in den besten Zeiten, und eine solche Person wird schwerlich ein Wundertäter in den schlimmsten Zeiten! Für *einen* Wilden an der Küste dieses Sees sind hier ihrer vierzig, und das ist eine Armee, die zu überwältigen Ihr nicht der Mann seid. Das beste, nach meinem Urteil, wird sein, wenn Ihr Euch geraden Weges nach dem Kastell aufmacht; nehmt die Mädchen mit einigen Nahrungsmitteln in das Kanu; dann fahret nach der Seite des Sees, wo wir herkamen, und schlagt den nächsten Weg nach dem Mohawk ein. Diese Teufel werden in den nächsten paar Stunden nicht wissen, wo Euch aufsuchen, und wenn sie's auch wüßten und Euch hitzig nachsetzten, müßten sie entweder oben oder unten um den See herum, Euch einzuholen. Das ist meine Ansicht in der Sache, und wenn der alte Tom da seinen letzten Willen und Testament zugunsten seiner Töchter zu machen Lust hat, so wird er dasselbe sagen.«

»Es wird nichts helfen, junger Mann«, begann Hutter. – »Der Feind hat in diesem Augenblick schon Späher ausgesandt, die nach Kanus suchen, und man wird Euch sehen und einholen. Vertraut auf das Kastell, und vor allem: bleibt vom Lande weg! Haltet Euch eine Woche, so werden schon Truppen aus den Garnisonen die Wilden vertreiben.«

»Es wird nicht vierundzwanzig Stunden anstehen, alter Gesell, bis diese Füchse auf Flößen aufs Wasser gehen, Euer Kastell zu stürmen«, unterbrach ihn Hurry mit lebhafterer Streitlust, als man bei einem Mann hätte erwarten sollen, der gebunden und ein Gefangener war, und an dem man nichts frei nennen konnte als seine Meinung und seine Zunge. »Euer Rat klingt tüchtig, aber er wird ein übles Ende haben. Wäret Ihr oder wäre ich in dem Hause, so könnten wir wohl einige Tage uns halten; aber bedenkt, daß dieser Junge vor dieser Nacht noch nie einen Feind gesehen und das hat, was Ihr selbst ein Ansiedlergewissen nennt, obwohl ich für meinen Teil glaube, daß die Gewissen in den Ansiedlungen so ziemlich dieselben sind wie die hier in den Wäldern. Diese Wilden machen mir Zeichen, Wildtöter, Euch aufzufordern, daß Ihr mit dem Kanu landet, aber das werde ich nimmermehr tun, da es gegen Vernunft und Natur ist. Was den alten Tom und mich betrifft, ob sie uns heute nacht skalpieren, uns für die Tortur am Feuer aufbewahren oder uns nach Kanada führen werden, das ist mehr, als irgend jemand weiß, außer dem Teufel, der sie bei ihrem Tun leitet und beratet. Ich habe einen so großen und buschigen Kopf, daß es mir ganz wahrscheinlich ist: sie werden versuchen, zwei Skalpe daraus zu machen; denn der Preis ist eine verführerische Sache, sonst wären der alte Tom und ich nicht in dieser

Klemme. Ja – da machen sie immer wieder ihre Zeichen, aber wenn ich Euch rate, ans Land zu kommen, so mögen sie mich nicht nur rösten, sondern auch fressen. Nein, nein, Wildtöter, bleibt, wo Ihr seid, und nach Tagesanbruch nähert Euch in keinem Fall über zweihundert Schritte –«

Dieser Ermahnung Hurrys ward plötzlich ein Ende gemacht durch einen derben Schlag auf seinen Mund – ein zuverlässiger Beweis, daß einer in der Truppe genug Englisch verstand, um endlich die Absicht seiner Rede zu merken. Unmittelbar darauf verlor sich die ganze Gruppe in dem Wald, und allem Anschein nach sträubten sich Hutter und Hurry nicht gegen ihre Abführung. Eben jedoch, als das Geräusch der knisternden Büsche aufhörte, vernahm man noch einmal die Stimme des Vaters:

»Wie Ihr treu seid gegen meine Kinder, so helfe Euch Gott, junger Mann!« dies waren die Worte, welche Wildtöters Ohr erreichten; dann sah er sich ganz allein und den Eingebungen seiner eigenen Klugheit überlassen.

Einige Minuten verstrichen in Todesstille, nachdem die Bande an der Küste in den Wäldern verschwunden war. Vermöge der über zweihundert Schritte betragenden Entfernung und der Dunkelheit hatte Wildtöter nur die Gruppe unterscheiden und ihren Rückzug bemerken können, aber selbst diese dämmernde Berührung mit menschlichen Gestalten gab der Szene eine Belebtheit, welche einen starken Kontrast mit der jetzt wieder eintretenden Einsamkeit bildete. Obwohl sich der junge Mann horchend vorbeugte, den Atem anhielt und alle seine Kräfte in den einen Sinn des Hörens zu konzentrieren sich bestrebte, erreichte doch kein weiterer Laut sein Ohr, der die Nähe menschlicher Wesen verraten hätte. Es schien, als ob ein nie unterbrochnes Schweigen wieder über der Gegend waltete, und einen Augenblick wäre selbst der durchdringende Schrei, welcher vor kurzem die Stille des Waldes unterbrochen hatte, oder einer der Flüche Marchs eine Erleichterung gewesen bei dem Gefühl von Verlassenheit, das sich dabei der Seele aufdrängte.

Eine solche körperliche und geistige Lähmung konnte jedoch bei einem Manne von Wildtöters leiblicher und geistiger Organisation nicht lange währen. Sein Ruder ins Wasser senkend, wandte er das Kanu um und fuhr langsam, wie einer, der im Gehen denkt, dem Mittelpunkt des Sees zu. Als er glaubte, einen Punkt erreicht zu haben in einer Linie mit dem, wo er das letzte Kanu hatte hintreiben lassen, änderte er seine Richtung nördlich und behielt den leichten Luftzug möglichst im Rücken. Nachdem er eine Viertelmeile in dieser Richtung gerudert, wurde ein dunkler Gegenstand auf dem See sichtbar, ein wenig rechts, und zu dem Behufe sich seitwärts haltend, hatte er bald seine verlorene Prise an seinem Boot befestigt. Jetzt untersuchte Wildtöter den Himmel, den Strich des Windes und die Stellung der beiden Kanus. Da er nichts fand, was ihn zur Änderung seines Plans hätte veranlassen können, legte er sich nieder und schickte sich an, einige Stunden Schlafs zu genießen, damit ihn der morgige Tag tüchtig zur Erfüllung seiner Obliegenheiten finde.

Obwohl Abhärtung und Ermüdung auch in der Nähe der Gefahr gesunden Schlaf schaffen, dauerte es doch einige Zeit, bis Wildtöter seiner Erinnerungen los und ledig wurde. Sein Geist beschäftigte sich noch mit dem Vorgefallenen, und seine halbbewußten Geisteskräfte gestalteten immerfort die Ereignisse der Nacht zu einer Art von wachem Traum. Plötzlich war er aufgefahren und ganz munter; denn er hatte sich eingebildet, Hurrys verabredetes Signal zu hören, das ihn ans Ufer rief. Aber alles war wieder still wie das Grab, die Kanus trieben langsam nordwärts, die ersten Sterne schimmerten in ihrer milden Glorie über seinem Haupt, und der waldumschlossene Wasserspiegel lag zwischen seinen Bergen gebettet, so friedlich und melancholisch, als ob ihn nie Stürme aufstörten oder die Mittagssonne beglänzte. Noch einmal erhob die Lomme ihr zitterndes Geschrei, nahe am untern Ende des Sees, und das Geheimnis des beunruhigenden Tones war erkärt. Wildtöter machte sich sein hartes Kissen zurecht, streckte sich auf dem Boden des Kanus aus und schlief.

Siebentes Kapitel

Du Gegenbild der wilden Welt, die ich
Bewohnt, o Leman! Deine Wasser schwellen
In süßer Ruh! Zu tauschen mahnt sie mich
Der Erde trübe Flut für reinre Quellen.
Lautlos entführt der Kahn mich auf dem hellen,
Freundlichen See all meinem Leid! Wohl lang
Liebt' ich ein tobend Meer, doch deine Wellen,
Sie schmälen sanft wie Schwesterstimmen Klang,
Daß je so rauhe Lust so mächtig mich bezwang.

Byron

Der Tag war so ziemlich angebrochen, als der junge Mann, den wir in der im letzten Kapitel geschilderten Lage verließen, die Augen wieder öffnete. Sobald dies geschehen, sprang er auf und sah sich um mit der Lebhaftigkeit eines Mannes, der plötzlich fühlte, wie wichtig es für ihn sei, sich eine genaue Anschauung von seiner Stellung zu verschaffen. Sein Schlaf war tief und ungestört gewesen, und jetzt wachte er auf mit einer Klarheit des Geistes und einer Entschlossenheit und Energie, die er gerade in diesem Augenblick wohl brauchen konnte. Die Sonne war zwar noch nicht aufgegangen, aber das Gewölbe des Himmels prangte in jener herzerfreuenden sanften Röte, die »den Tag anführt und schließt«, während die ganze Luft erfüllt war von dem Gejauchze der Vögel, den Hymnen des gefiederten Geschlechts. Diese Töne verkündeten Wildtöter zuerst die Gefahren, denen er ausgesetzt war. Die Luft – denn Wind konnte man es kaum nennen – war zwar noch gelind, aber sie war doch im Laufe der Nacht etwas stärker geworden, und da die Kanus bloße Federn auf dem Wasser waren, waren sie doppelt so weit fortgetrieben worden, als man berechnet hatte, und was noch gefährlicher, sie hatten sich so sehr dem Fuß des Berges genähert, der hier steil von der östlichen Küste emporstieg, daß das Gejauchze und Schmettern der Vögel ganz deutlich gehört werden konnte. Und dies war noch nicht das Schlimmste. Das dritte Kanu hatte dieselbe Richtung genommen und trieb langsam einem vorspringenden Punkt zu, wo es unvermeidlich anstoßen mußte, wenn es nicht durch einen entgegengesetzten

Windstoß oder durch Menschenhände abgelenkt wurde. Sonst bot sich nichts dar, was die Aufmerksamkeit anziehen oder Unruhe erwecken konnte. Das Kastell stand auf seiner Untiefe, beinahe in gleicher Linie mit den Kanus, welche im Verlauf der Nacht meilenweit waren fortgetrieben worden, und die Arche war an dessen Pfeiler befestigt, gerade wie man beide vor vielen Stunden verlassen hatte.

Natürlich richtete Wildtöter sein Augenmerk zuerst auf das vorangeschwommene Kanu. Es war dem Landvorsprung schon ganz nahe, und ein paar Ruderschläge schon überzeugten ihn, daß es denselben berühren müsse, ehe es ihm möglich wäre, dasselbe einzuholen. Gerade in diesem Augenblicke wehte auch, sehr ungelegen, der Wind frischer und machte das Weitertreiben des leichten Fahrzeuges rascher und sicherer. Überzeugt von der Unmöglichkeit, die Berührung mit dem Lande zu hindern, entschloß sich der junge Mann klüglich, sich nicht durch unnötige Anstrengungen zu erhitzen; sondern zuerst nach der Pfanne seines Gewehrs sehend, ruderte er dann langsam und vorsichtig auf den Vorsprung zu und beschrieb absichtlich einen kleinen Bogen, um bei seiner Annäherung nur von *einer* Seite her sich auszusetzen.

Das treibende, von keiner solchen intelligenten Kraft gelenkte Kanu verfolgte seinen eignen Weg und fuhr auf einem kleinen versunknen Fels drei oder vier Schritte von der Küste auf. Gerade in diesem Augenblick kam Wildtöter in gleiche Linie mit dem Vorsprung und wandte den Bug seines eignen Bootes gegen das Land; zuerst machte er sein Tau los, damit seine Bewegungen nicht gehemmt würden. Das Boot hing einen Augenblick an dem Felsen; dann erhob es sich ein Haarbreit bei einem kaum merklichen Anschwellen des Wassers, drehte sich herum, wurde flott und erreichte den Strand. Alles dies bemerkte der junge Mann, aber es beschleunigte weder seinen Pulsschlag noch trieb es seine Hand zur Eile. Hätte jemand verborgen auf die Ankunft des führerlosen Fahrzeugs gewartet, so mußte er gesehen werden, und die äußerste Vorsicht bei der Annäherung ans Ufer war unerläßlich; lag aber niemand da auf der Lauer, so war Eile überflüssig. Da der Vorsprung dem indianischen Lager beinahe schräg gegenüber lag, hoffte er das letztere, obgleich das erste nicht nur möglich, sondern auch wahrscheinlich war; denn die Wilden waren gar rasch in Ergreifung aller ihrer eigentümlichen Weise der Kriegführung angehörigen Maßregeln, und sehr wahrscheinlich waren viele Späher von ihnen auf den Beinen, um die Küste nach Fahrzeugen zu durchsuchen, die sie nach dem Kastell bringen könnten. Da ein Blick auf den See von jeder Höhe und jedem Vorsprung aus die kleinsten Gegenstände auf seiner Fläche zeigte, war wenig Hoffnung, daß eines von den Kanus ungesehen bleiben würde, und indianischer Scharfsinn brauchte keine Belehrung darüber, in welcher Linie ein Boot oder ein Baumstamm treiben müsse, wenn die Richtung des Windes einmal bekannt war. Je näher Wildtöter dem Lande kam, um so langsamer erfolgten die Schläge seiner Ruderschaufel, um so wachsamer wurde sein Auge, und Ohr und Nase dehnten sich beinahe aus über dem angestrengten Bestreben, irgendeine lauernde Gefahr zu entdecken. Es war ein bedenklicher Augenblick für einen Neuling, auch fehlte die Aufmunterung, welche selbst Furchtsame manchmal in dem Bewußtsein finden, beobachtet und beurteilt zu werden. Er war ganz allein, ganz auf seine eigne Kraft und Eingebung angewiesen, von keinem Freundesauge angefeuert, von keinem ermutigenden Zuruf angespornt. Trotz all diesen Umständen hätte doch der im Grenzmännerkrieg erfahrenste Veteran seine Sache nicht besser machen können. Gleich weit entfernt von Tollkühnheit und Ängstlichkeit, bewerkstelligte er sein Vorrücken mit einer Art von philosophischer Klugheit, die ihn über alle andern Motive zu erheben schien, außer denjenigen, die zunächst die Ausführung seines Zweckes betrafen und förderten. Dies war der Anfang einer Laufbahn des Waldheldentums, die nachmals diesen Mann in seiner Art und innerhalb der Grenzen seiner Lebensart und seiner Tatensphäre so berühmt machte wie manchen Helden, dessen Name die Blätter von Werken geschmückt hat, berühmter als solche einfachen Erzählungen wie diese je werden können.

Etwa noch hundert Schritte weit vom Ufer entfernt, erhob sich Wildtöter im Kanu, führte drei oder vier kräftige Ruderschläge, welche hinreichten, die Barke vollends ans Land treiben zu machen, legte dann rasch das Schifferinstrument beiseite und ergriff das des Krieges. Eben war er im Begriff, seine Büchse aufzuheben, als auf einen starken Knall das Zischen einer Kugel folgte, welche so nahe an ihm vorbeiflog, daß er unwillkürlich zurückfuhr. Im nächsten Augenblick taumelte

Wildtöter und fiel seiner ganzen Länge nach auf den Boden des Kanus. Ein gellender Ruf – von einer einzelnen Stimme – folgte, und ein Indianer sprang aus dem Gebüsch auf den offenen Platz der Landspitze und dem Kanu zu. Das war der Augenblick, den der junge Mann gewünscht. Er erhob sich augenblicklich und legte seine Büchse auf seinen ungeschützten Feind an, aber sein Finger zögerte, abzudrücken auf einen Menschen, der in solchem Nachteil ihm gegenüberstand. Dieser kleine Verzug wahrscheinlich rettete dem Indianer das Leben, der so rasch wieder in das Versteck zurücksprang, als er herausgestürzt war. Inzwischen hatte sich Wildtöter rasch dem Lande genähert, und sein eigenes Kanu berührte den Vorsprung gerade in dem Augenblick, wo sein Feind verschwand. Da seine Bewegungen nicht gelenkt wurden, berührte es die Küste einige Schritte entfernt von dem andern Boot, und obgleich sein Feind erst eine Büchse zu laden hatte, hatte er doch keine Zeit, sich seiner Beute zu versichern und sie aus dem Bereich einer Gefahr wegzuführen, ohne sich noch einem Schuß auszusetzen. Unter solchen Umständen daher zögerte er nicht einen Augenblick, sondern stürzte sich in den Wald und suchte sich einen Schirm und Schild.

Gleich auf dem Vorsprung war ein kleiner offener Platz, teils mit Graswuchs bedeckt, teils Uferplatz, aber ein dichter Saum von Gebüsch umzog seine obere Seite. Wenn man an diesem schmalen Streif zwerghafter Vegetation vorüber war, gelangte man sogleich in die hohen düstern Gewölbe des Waldes. Das Land war einige hundert Fuß weit ziemlich eben, und dann stieg es steil bergan. Die Bäume waren hoch, groß und so frei von Unterholz, daß sie gewaltigen unregelmäßig zerstreuten Säulen glichen, die eine Kuppel von Laub trugen. Obwohl sie ziemlich dicht aneinander standen für ihr Alter und ihre Größe, konnte doch das Auge in ansehnliche Entfernung vordringen, und selbst Scharen von Männern hätten unter ihrem Schutz mit Einsicht und Einverständnis ein Gefecht liefern können.

Wildtöter wußte, daß sein Gegner mit dem Laden beschäftigt sein mußte, wenn er nicht geflohen war. Jenes war, wie sich zeigte, wirklich der Fall; denn kaum hatte sich der junge Mann hinter einen Baum gestellt, als der Arm eines Indianers ansichtig ward, dessen Körper hinter einer Eiche sich versteckte, wie er eben die lederumwickelte Kugel in den Lauf stieß. Nichts wäre leichter gewesen, als vorzuspringen und die Sache durch einen Angriff aus der Nähe auf seinen unvorbereiteten Feind zu entscheiden, aber jedes Gefühl Wildtöters empörte sich gegen einen solchen Schritt, obgleich eben erst sein Leben durch einen ähnlichen Angriff aus gedecktem Hinterhalt bedroht gewesen war. Er war noch nicht geübt in den mitleidslosen Maßregeln der Kriegführung der Wilden, wovon er wenig wußte, außer durch Überlieferung und Theorie, und es schien ihm als ein unwürdiger Vorteil, einen unbewaffneten Feind anzugreifen. Seine Farbe war dunkler geworden, sein Auge sprühte grimmig, sein Mund war zusammengezogen und alle seine Kräfte gesammelt und gespannt, aber statt vorwärts zu gehen und zu feuern, ließ er seine Büchse sinken in der Art, wie ein Weidmann tut, der im Begriff ist, seinen Zielpunkt ins Auge zu fassen, und murmelte vor sich hin, selbst nicht wissend, daß er sprach:

»Nein, nein – das mag Kriegführung der Rothäute sein, aber es ist gegen die Gaben eines Christen. Mag der Elende laden, und dann wollen wir es abmachen wie Männer; denn das Kanu *darf* er und *soll* er nicht haben. Nein, nein! Zeit soll er haben zum Laden, und Gott wird sich des Rechts annehmen!«

Während dieser ganzen Zeit war der Indianer so mit sich und seinen Bewegungen beschäftigt, daß er nicht einmal wußte, daß sein Feind sich im Wald befand. Seine einzige Befürchtung war die, das Kanu möchte in Besitz genommen und weggeführt werden, ehe er gefaßt wäre, dies zu verhindern. Er hatte instinktmäßig den Schutz des Baumes gesucht, befand sich aber nur wenige Schritte von dem Saum von Buschwerk entfernt und konnte in einem Augenblick am Rande des Waldes sein, bereit zu feuern. Der Abstand zwischen ihm und seinem Feind betrug etwa fünfzig Schritte, und die Bäume waren von der Natur so geordnet, daß der Blick durch kein Hindernis unterbrochen wurde, außer durch ebendie Bäume, hinter welchen die beiden Feinde sich bargen.

Sobald der Wilde seine Büchse geladen, sah er sich um und schritt vor, unvorsichtig, in Betracht der wirklichen Stellung seines Feindes, aber verstohlen und behutsam in bezug auf diejenige, worin er denselben fälschlich vermutete, bis er ganz frei und unbeschützt dastand. Jetzt trat Wildtöter hinter seinem Versteck hervor und rief ihn an.

»Hierher, Rothaut, hierher, wenn Ihr mich sucht«, rief er ihm zu. »Ich bin jung im Krieg, aber nicht so jung, daß ich auf einen freien, offenen Uferplatz träte, um mich wie eine Eule niederschießen zu lassen am hellen Tage. Es hängt von Euch ab, ob Friede oder Krieg zwischen uns ist; denn meine Gaben sind weiße Gaben, und ich gehöre nicht zu denen, die es für eine Heldentat halten, menschliche Sterbliche einzeln in den Wäldern zu erschlagen.«

Der Wilde war nicht wenig betroffen bei dieser plötzlichen Entdeckung der Gefahr, worin er schwebte. Er verstand jedoch ein wenig Englisch und merkte, wohin ungefähr des andern Rede zielte. Auch war er zu wohlgeübt und geschult, um Schrecken zu verraten, sondern ließ den Kolben seiner Büchse auf den Boden sinken und machte mit einem Wesen, das Zuversicht ausdrückte, eine Gebärde stolzer Höflichkeit. Alles das geschah mit der Selbstbeherrschung und Sicherheit eines Mannes, der keinen Menschen als über sich stehend anzuerkennen gewohnt ist. Aber während er seine Rolle mit so vollendeter Kunst spielte, machte doch der in ihm tobende Vulkan seine Augen sprühen und seine Nüstern sich dehnen, wie bei einem wilden Tier, das plötzlich gehindert wird, den todbringenden Sprung auszuführen.

»Zwei Kanu«, sagte er, in den tiefen Gutturaltönen seiner Rasse, die gleiche Zahl Finger emporhaltend, um Mißverständnisse zu verhüten, »eins für Euch, eins für mich.«

»Nein, nein, Mingo, so geht es nicht. Euch gehört keins, und Ihr sollt auch keines haben, solang ich es verhindern kann. Ich weiß, es ist Krieg zwischen Eurem Volk und dem meinigen, aber das ist kein Grund, warum menschliche Sterbliche einander umbringen sollten, wie wilde Kreaturen, die sich in den Wäldern begegnen; geht denn Eures Wegs und laßt mich den meinigen gehen. Die Welt ist groß genug für uns beide, und wenn wir uns in ehrlicher Schlacht begegnen, nun, dann wird der Herr über unser beider Schicksal verfügen!«

»Gut!« rief der Indianer; »mein Bruder ein Missionar – großer Redner, alles von Manitu.«

»Nicht so, nicht so, Krieger. Ich bin nicht gut genug für die Mährischen Brüder und zu gut für die meisten andern Vagabunden, die in den Wäldern herumpredigen. Nein, nein, ich bin nur ein Jäger, bis jetzt, obgleich es wohl möglich, ehe wieder

Frieden ist, daß ich Gelegenheit haben werde, einen Schlag gegen diesen und jenen von Euren Leuten zu führen. Doch wünsche ich, daß das in ehrlichem Gefecht geschehe und nicht bei einem Hader um den Besitz eines elenden Kanus.«

»Gut! – Mein Bruder sehr jung – aber sehr weise. Kleiner Krieger – großer Redner. Häuptling, manchmal im Rate.«

»Ich weiß das nicht, sage das auch nicht, Indianer«, versetzte Wildtöter, etwas errötend bei dem schlechtverhehlten Sarkasmus in dem Benehmen des andern, »ich sehe einem Leben in den Wäldern entgegen, und ich hoffe nur, es werde ein friedliches sein. Alle jungen Männer müssen den Kriegspfad betreten, wenn sich dazu Gelegenheit bietet, aber Krieg ist nicht notwendig Metzelei. Von dieser habe ich in der letzten Nacht genug gesehen, um zu wissen, daß die Vorsehung sie mit Mißfallen ansieht, und ich fordre Euch jetzt auf, Eurer Wege zu gehen, wie ich den meinigen gehen will, und hoffe, daß wir als Freunde scheiden.«

»Gut! Mein Bruder hat zwei Skalpe – graues Haar unter dem andern. Alte Weisheit – junge Zunge.«

Hier trat der Wilde zuversichtlich näher, die Hand ausstrekkend, sein Angesicht lächelnd, und seine ganze Haltung zeigte Freundschaft und Achtung. Wildtöter nahm die dargebotene Freundschaft in geeigneter Art an, und sie schüttelten sich herzlich die Hände, jeder bestrebt, den andern von seiner Aufrichtigkeit und Friedensliebe zu überzeugen.

»Jeder das Seinige haben!« sagte der Indianer, »mein Kanu mein; Euer Kanu Euer; geht zu sehen; wenn's Euer, behaltet's; wenn's mein, ich behalten.«

»Das ist billig, Rothaut, aber Ihr müßt im Irrtum sein, wenn Ihr das Kanu für Euer Eigentum haltet. Jedoch, Sehen ist Glauben, und wir wollen an den Strand hinuntergehen, wo Ihr mit eignen Augen schauen könnt; denn wahrscheinlich werdet Ihr Euch nicht entschließen, den meinigen nicht ganz zu vertrauen.«

Der Indianer ließ seinen Lieblingsausruf: »Gut!« vernehmen, und dann schritten sie nebeneinander der Küste zu. In dem Benehmen beider war kein Mißtrauen sichtbar; der Indianer ging voran, als wollte er seinem Begleiter zeigen, daß er sich nicht fürchte, ihn in seinem Rücken zu haben. Als sie den freien

Platz erreichten, deutete jener auf Wildtöters Boot und sagte mit Nachdruck:

»Das nicht mein – Bleichgesichts Kanu; *nicht* roten Mannes. Will nicht andrer Leute Kanu – will nur mein eignes.«

»Ihr seid im Irrtum, Rothaut, Ihr seid ganz im Irrtum. Dies Kanu war in des alten Hutters Verwahrung und ist sein, nach allen Gesetzen und Rechten, roten oder weißen, bis der Eigentümer kommt, es zu fordern. Da sind die Sitze und die Fugung der Barke, die für sich selbst sprechen. Kein Mensch hat je gesehen, daß ein Indianer solche Arbeit gemacht.«

»Gut. Mein Bruder wenig alt – dicke Weisheit. Indianer es nicht machen. Weißen Mannes Arbeit.«

»Ich bin froh, daß Ihr so denkt; die Behauptung des Gegenteils hätte böses Blut zwischen uns gemacht; denn freilich hat jeder das Recht, von dem Seinigen Besitz zu nehmen. Ich will nur gleich das Kanu hinausschieben aus dem Bereich des Streites, als der kürzeste Weg, Schwierigkeiten ins reine zu bringen.«

Unter diesen Worten setzte Wildtöter einen Fuß auf das Ende des leichten Bootes, gab ihm einen kräftigen Stoß und trieb es damit hundert Fuß weit oder mehr in den See hinein, wo es, in die rechte Richtung kommend, notwendig an dem Landvorsprung vorbeischwimmen mußte und nicht mehr in Gefahr kam, die Küste zu berühren. Der Wilde stutzte bei diesem entschiedenen und kurzangebundenen Verfahren, und sein Begleiter sah, daß er einen heftigen und trotzigen Blick auf sein eignes Kanu oder dasjenige warf, das die Ruder enthielt. Die Veränderung in seiner Miene jedoch währte nur einen Augenblick, und dann nahm der Irokese wieder sein freundliches Wesen an, mit einem Lächeln der Zufriedenheit.

»Gut!« wiederholte er mit stärkerem Nachdruck als je. »Junges Haupt – alter Verstand. Wißt, wie einen Hader abmachen. Lebt wohl, Bruder. Er nach Hause gehen zu Wasser – Bisamratten-Haus – Indianer ins Lager gehen; Häuptling sagen, kein Kanu gefunden.«

Wildtöter war es nicht leid, diesen Vorschlag zu hören; denn es verlangte ihn sehr, zu den Mädchen zu kommen, und er nahm die dargebotene Hand des Indianers sehr willig an. Die Abschiedsworte waren freundschaftlich, und während der rote Mann ruhig dem Walde zuschritt, mit der Büchse im hohlen Arm, ohne nur einmal unruhig und mißtrauisch sich umzusehen, wandte sich der Weiße zu dem zurückgebliebenen Kanu, sein Gewehr zwar in derselben friedlichen Weise tragend, aber sein Auge immer auf die Bewegungen des andern geheftet. Dies Mißtrauen jedoch schien ganz ungerechtfertigt, und als schäme er sich, es gehegt zu haben, wandte der junge Mann seine Blicke und schritt sorglos seinem Boote zu. Dann begann er, das Kanu von der Küste wegzustoßen, und machte seine übrigen Vorbereitungen zur Abfahrt. Er mochte etwa eine Minute so beschäftigt gewesen sein, als, bei einer zufälligen Wendung seines Gesichts nach der Landseite hin, sein rasches und sichres Auge ihn auf einen Blick von der dringenden Gefahr belehrte, worin sein Leben schwebte. Das schwarze, trotzige Auge des Wilden blitzte durch eine kleine Öffnung in den Büschen ihn an wie das eines zum Satz bereiten Tigers, und die Mündung seiner Büchse schien sich schon in einer Linie mit seinem Körper zu öffnen.

Da leistete wirklich seine lange Übung als Jäger dem Wildtöter gute Dienste. Gewohnt, auf das Wild im Satz zu feuern und oft, wenn die genaue Stellung des Körpers des Tiers gewissermaßen erst zu erraten war, benutzte er hier ebendiese Fertigkeit. Den Hahn spannen und seine Büchse anlegen, war das Werk eines Augenblicks und einer Bewegung; dann beinahe blindlings zielend feuerte er in die Gebüsche, worin er eine menschliche Gestalt verborgen wußte, welcher das allein sichtbare, entsetzliche Gesicht angehörte. Es war keine Zeit, das Gewehr höher zu halten oder mit mehr Überlegung zu zielen. So schnell waren seine Bewegungen, daß beide Gegner im gleichen Augenblick abfeuerten und der Knall beider Gewehre in eins sich vermischte. Die Berge warfen in der Tat *ein* Echo zurück. Wildtöter ließ seine Büchse sinken und stand mit aufgerichtetem Haupt, fest wie eine der Tannen in der Stille eines Juniusmorgens, das Ergebnis abwartend, während der Wilde den gellenden Schrei ausstieß, der wegen seines entsetzlichen Eindrucks historisch geworden ist, durch die Büsche sprang und, seinen Tomahawk schwingend, in Sätzen über den freien Platz daherkam. Noch immer rührte sich Wildtöter nicht, sondern stand da, seine entladene Büchse an seine Schulter gelehnt, während mit dem Instinkt des Jägers seine Hände mechanisch nach Pulverhorn und Ladestock griffen. Etwa vierzig Schritte von seinem Feinde entfernt, schleuderte der Wilde die gefährliche Waffe, aber mit so unsicherm Auge, mit so unsteter und schwacher Hand, daß der junge Mann sie an der Handhabe faßte, als sie an ihm vorbeiflog. In diesem Augenblick taumelte der Indianer und fiel der Länge nach zu Boden.

»Ich wußte es – ich wußte es!« rief Wildtöter, der sich schon anschickte, eine frische Kugel in seine Büchse zu zwängen, »ich wußte, es mußte dahin kommen, sobald ich die Augen der Kreatur zur Zielscheibe hatte. Ein Mann visiert plötzlich und feuert rasch, wenn sein eignes Leben in Gefahr ist; ja, ich wußte, es würde dazu kommen. Ich war etwa einen hundertsten Teil einer Sekunde zu rasch für ihn, sonst hätte es vielleicht mich getroffen! Die Kugel des Wurms hat mich gerade an der Seite gestreift – aber, man sage, was man will, für oder wider sie, eine Rothaut ist in keiner Weise so sicher mit Pulver und Kugel wie ein Weißer. Ihre Gaben scheinen nicht dahin zu liegen. Selbst Chingachgook, so groß er ist in andern Dingen, ist kein tödlicher Treffer mit der Büchse.«

Mittlerweile hatte er das Gewehr wieder geladen, und nachdem er den Tomahawk in das Kanu geworfen, trat er auf sein Opfer zu und stand, auf seine Büchse gelehnt, in schwermütiger Beobachtung vor ihm. Es war das erstemal, daß er einen Menschen im Kampf hatte fallen sehen – das erste Wesen seiner eignen Gattung, gegen das er je feindselig seine Hand erhoben. Diese Empfindungen waren ihm neu, und bedauernde Reue, frisch, wie unsere bessern Gefühle es im Anfang sind, mischte sich in seinen Triumph. Der Indianer war nicht tot, obwohl gerade durch den Leib geschossen. Er lag regungslos auf dem Rücken, aber seine Augen, jetzt voll Bewußtsein, bewachten jede Bewegung seines Siegers – wie der gefallene Vogel den Vogeljäger – eifersüchtig auf jeden seiner Schritte. Wahrscheinlich erwartete der Mann den tödlichen Streich, welcher dem Verlust seines Skalps vorangehen sollte, oder vielleicht vermutete er, daß diese grausame Operation seinem Tode vorangehen werde; Wildtöter erriet seine Gedanken, und es war ihm eine schwermütige Genugtuung, den hilflosen Wilden in bezug auf diese Besorgnis beruhigen und trösten zu können.

»Nein, nein, Rothaut«, sagte er, »Ihr habt nichts mehr von mir zu fürchten. Ich bin von christlichem Stamme, und Skalpieren liegt nicht in meinen Gaben. Ich will mich nur Eurer Büchse versichern und dann zurückkommen und Euch dienen, in was ich kann; obgleich ich mich nicht mehr lange aufhalten darf, da der Knall von drei Büchsen wohl einige von Euren Teufeln mir auf den Hals ziehen wird.«

Die letzten Worte redete der junge Mann halb im Selbstgespräch, während er ging, um die dem Wilden entfallene Büchse zu suchen. Diese fand sich da, wo ihr Eigentümer sie weggeworfen, und ward sogleich in das Kanu gelegt. Seine eigne Büchse legte Wildtöter daneben hin, kehrte dann zurück und stellte sich wieder vor den Indianer hin.

»Alle Feindschaft zwischen Euch und mir ist zu Ende, Rothaut«, sagte er, »und Ihr könnt Euer Herz beruhigen wegen des Skalps oder irgendeines weitern Leides. Meine Gaben sind die eines Weißen, wie ich Euch schon gesagt habe, und ich hoffe, meine Handlungsart wird auch weiß sein!«

Wenn Blicke und Mienen alles aussprächen, was sie bedeu-

ten sollen, so hätte wahrscheinlich Wildtöters unschuldige Eitelkeit auf seine Farbe eine kleine Zurechtweisung im Gesicht des Wilden gelesen, aber er verstand nur die Dankbarkeit, die sich in den Augen des Sterbenden aussprach, ohne im mindesten den bittern Hohn zu merken, der mit dem bessern Gefühl rang.

»Wasser!« stammelte das unglückliche, durstige Geschöpf, »gebt armem Indianer Wasser!«

»Ja, Wasser sollt Ihr haben, und wenn Ihr den See trocken trinkt. Ich will Euch nur hinuntertragen, damit Ihr Euren Durst recht löschen könnt, das ist so die Art, sagt man mir, bei allen Verwundeten – Wasser ist ihr größtes Labsal und Entzücken.«

Mit diesen Worten hob Wildtöter den Indianer in seinen Armen auf und trug ihn an den See. Hier half er ihm zuerst zu einer Lage, worin er seinen brennenden Durst stillen konnte; darauf setzte er ihn auf einen Stein, nahm das Haupt des verwundeten Gegners in seinen Schoß und suchte ihn in seinen Schmerzen, so gut er konnte, zu trösten.

»Es wäre sündhaft von mir, zu sagen, daß Eure Zeit nicht gekommen sei, Krieger«, begann er, »und deswegen will ich das nicht sagen. Ihr seid schon über das mittlere Alter hinaus, und in Betracht des Lebens, das Ihr führt, habt Ihr das Maß Eurer Tage so ziemlich erfüllt. Die Hauptsache ist jetzt, dem entgegenzusehen, was zunächst kommt. Weder Rothaut noch Bleichgesicht rechnen im ganzen genommen darauf, immerfort zu schlafen, sondern beide erwarten, in einer andern Welt fortzuleben. Jeder hat seine Gaben und wird darnach gerichtet werden, und ich hoffe, Ihr habt diese Dinge hinreichend überdacht, um keiner Predigten zu bedürfen, wenn es zum Spruch und Urteil kommt. Ihr werdet Eure glücklichen Jagdreviere finden, wenn Ihr ein gerechter Indianer gewesen seid; wenn aber ein ungerechter, erwarten Euch anderswo Eure Wüsten. Ich habe meine eignen Ideen über diese Sachen, aber Ihr seid zu alt und zu erfahren, um von einem so Jungen, wie ich, Belehrungen zu bedürfen.«

»Gut!« stammelte der Indianer, dessen Stimme ihre Tiefe behielt, als schon das Leben dahinschwand, »junges Haupt – alte Weisheit!«

»Es ist manchmal ein Trost, wenn das Ende kommt, zu wissen, daß diejenigen, denen wir ein Leid getan oder zu tun gesucht, uns vergeben. Ich bilde mir ein, die Natur sucht diese Erleichterung, um einer Verzeihung auf Erden teilhaft zu werden; da wir nie wissen können, ob Er verzeiht, der alles in allem ist, bis das Gericht selbst kommt. Es ist tröstlich zu solcher Zeit zu wissen, daß *jemand* verzeiht, und das, vermute ich, ist das Geheimnis. Nun, was mich betrifft, so übersehe ich ganz Eure Anschläge gegen mein Leben, erstlich weil kein Unheil daraus entsprang, sodann auch, weil Eure Gaben und Natur und Erziehung einmal so sind, und ich hätte Euch eben gar nicht trauen sollen; und endlich und hauptsächlich, weil ich keinen bösen Willen hegen kann gegen einen Sterbenden, sei er ein Heide oder ein Christ. So beruhigt Euch denn in Eurem Herzen, was mich anlangt; Ihr müßt am besten wissen, was für andre Dinge Euch beunruhigen oder was Euch zur Zufriedenheit gereichen würde in einem so wichtigen Augenblick.«

Vermutlich hatte der Indianer auch zum Teil jene erschütternden Ahnungen von dem unbekannten Zustand des Seins, welche Gott in seiner Barmherzigkeit zuzeiten dem ganzen menschlichen Geschlecht zu vergönnen scheint; aber notwendig standen sie im Einklang mit seinen Lebensgewohnheiten und Vorurteilen. Wie die meisten seines Volkes und nur zu viele unter uns, dachte er mehr daran, in einer Weise zu sterben, wodurch er sich Lob und Beifall bei den Zurückbleibenden gewann, als sich ein besseres Dasein in einer künftigen Welt zu sichern. Während Wildtöter redete, war sein Geist etwas verstört, obwohl er die gute Absicht merkte; als er fertig war, flog durch seine Seele ein Bedauern darüber, daß keine Genossen seines Stammes anwesend waren, um Zeuge zu sein von seinem Stoizismus bei den äußersten physischen Schmerzen und von der Festigkeit, womit er sein Ende erwartete. Vermöge der hochsinnigen, angebornen Höflichkeit, die so oft den indianischen Krieger auszeichnet, ehe er durch zu großen Verkehr mit der schlechtesten Klasse der Weißen verdorben wird, suchte er seine Dankbarkeit für die guten Absichten des andern auszudrücken und ihm zu verstehen zu geben, daß er sie zu schätzen wisse.

»Gut!« wiederholte er; denn dies Wort war bei den Wilden sehr gebräuchlich, – »gut, junges Haupt; auch junges *Herz*. Altes Herz zäh; keine Tränen vergießen. Indianer hören, wenn er stirbt, und nicht zu lügen braucht – wie sich nennt er?«

»Wildtöter ist der Name, den ich jetzt trage; doch haben die Delawaren gesagt, ich würde, wenn ich von diesem Kriegspfad zurückkäme, einen mannhaftern Titel bekommen, vorausgesetzt daß ich einen erwürbe.«

»Das guter Name für Knaben – armer Name für Krieger. Wird bald ein besserer werden. Keine Furcht *hier*«, – der Wilde besaß in seiner lebhaften Aufregung noch Kraft genug, eine Hand zu erheben und die Brust des jungen Mannes zu betasten – »Auge sicher, Finger ein Blick, – Ziel, Tod – großer Krieger bald. Kein Wildtöter – Falkenauge – Falkenauge – Falkenauge. Hände schütteln.«

Wildtöter – oder Falkenauge, wie der Jüngling jetzt zum ersten Male genannt wurde; denn in spätern Jahren trug er diesen Namen in der ganzen Gegend – Wildtöter ergriff die Hand des Wilden, der in dieser Lage seinen letzten Atemzug tat, und starrte mit Bewunderung das Gesicht eines Unbekannten an, der in so schweren und neuen Verhältnissen so viel Entschlossenheit, Gewandtheit und Festigkeit gezeigt hatte. Wenn der Leser sich erinnert, daß es die höchste Genugtuung für einen Indianer ist zu sehen, wie sein Feind Schwäche verrät, wird er noch richtiger die Handlungsweise würdigen, welche in einem solchen Augenblick ein solches Zugeständnis errungen hatte.

»Sein Geist ist entflohen!« sagte Wildtöter mit gedämpfter, melancholischer Stimme. »Ach, mir ist's leid! Nun, dahin müssen wir alle kommen, früher oder später, und der Glücklichste ist der, sei seine Haut, von welcher Farbe sie wolle, der am bereitesten ist, diesen Weg zu gehen. Da liegt der Leichnam von einem ohne Zweifel tapfern Krieger und die Seele fliegt schon ihrem Himmel oder ihrer Hölle zu, sei dies nun ein glückliches Jagdrevier oder eine Gegend ohne Wild; Gefilde der Herrlichkeit, nach der Mährischen Brüder Lehre, oder Feuerflammen! So trifft es sich auch oft in andern Dingen nach Zufall und wunderlich. Da haben der alte Hutter und Harry sich in große Nöte hineingerannt, wo nicht gar in Martern und Tod, und alles einem Preise zulieb, den mir das gute Glück darbietet in rechtmäßiger und anständiger Weise – wie es viele bedünken würde. Aber nicht ein Pfennig von solchem Geld soll durch meine Hand gehen. Weiß bin ich geboren, und weiß will ich sterben, an meiner Farbe festhalten bis ans Ende, wenn auch des Königs

Majestät, seine Gouverneure und alle seine Räte, im Mutterland und in den Kolonien vergessen, woher sie stammen, und wohin sie zu kommen hoffen, und alles einem kleinen Vorteil im Kriege zulieb. Nein, nein, Krieger! – meine Hand soll nie deinen Skalp gefährden, und so möge deine Seele im Frieden ruhen, was den Punkt betrifft, ob sie auch in geziemender Erscheinung sich darstellen kann, wenn der Körper wieder mit ihr sich vereinigt, in Eurem Lande der Geister!«

Nach diesen Worten stand Wildtöter sogleich auf. Dann brachte er den Leichnam des Toten in eine sitzende Stellung mit dem Rücken gegen den kleinen Fels und traf mit aller Sorgfalt Vorkehrungen, daß er nicht falle oder irgend in eine Lage gerate, welche nach den sehr empfindlichen, obwohl rohen, Begriffen eines Wilden unziemlich erscheinen könnte. Nach Erfüllung dieser Pflicht stand der junge Mann da, in einer Art schwermütiger Zerstreutheit das grimmige Antlitz seines gefallenen Feindes betrachtend. Aber wie es seine Gewohnheit war – eine Gewohnheit, die er dadurch angenommen, daß er so viel allein in den Wäldern lebte, begann er jetzt wieder, seine Gedanken und Empfindungen laut zu äußern.

»Ich wollte dein Leben nicht haben, Rothaut«, sagte er, »aber du ließest mir keine Wahl als töten oder mich töten lassen. Jeder Teil handelte nach seinen Gaben, denk' ich, und Tadel kann keinen treffen. Du warest verräterisch nach deiner Natur im Kriege, und ich war ein wenig zu nachsichtig, da ich andern zu leicht traue. Nun, das war mein erster Kampf mit einem menschlichen Sterblichen, obgleich er wohl nicht mein letzter gewesen sein wird. Ich habe mit den meisten Kreaturen des Waldes gekämpft, als da sind Wölfe, Bären, Unzen und Panther, aber das ist der Anfang mit den Rothäuten. Wäre ich nun ein geborener Indianer, so könnte ich davon erzählen oder den Skalp mitbringen und mich der Tat rühmen vor dem ganzen Stamme, und wenn nun mein Feind auch nur ein Bär gewesen, so wäre es natürlich und passend, jedermann das Vorgefallene wissen zu lassen; aber ich sehe nicht ab, wie ich auch nur Chingachgook dies Geheimnis mitteilen soll, solange dies nur dadurch möglich ist, daß ich mit einer weißen Zunge davon prahle. Und warum sollte ich eigentlich auch damit zu prahlen wünschen? Es ist eben Tötung eines Menschen, obgleich er ein Wilder war, und wie weiß ich, ob es ein gerechter Indianer gewesen und ob er nicht ganz woanders hin entrückt worden ist als in glückliche Jagdreviere? Wenn es ungewiß bleibt, ob etwas Gutes oder Schlimmes ausgeführt worden, ist das klügste, sich nicht zu rühmen – und doch wäre es mir lieb, Chingachgook wissen zu lassen, daß ich den Delawaren und meiner Erziehung keine Unehre gemacht habe!«

Dies war zum Teil laut gesprochen, zum Teil von dem Redenden nur zwischen den Zähnen gemurmelt; jenes war der Fall bei seinen zuversichtlicheren Gedanken, dies dagegen bei seinen Zweifeln und Bedenklichkeiten. Sein Selbstgespräch jedoch und seine Betrachtungen erlitten eine gewaltsame Störung durch das plötzliche Erscheinen eines zweiten Indianers an der Küste, wenige hundert Schritte von der Landspitze. Dieser Mann, unverkennbar ein zweiter Späher, der wahrscheinlich durch den Knall der Büchsen an diesen Ort gelockt worden war, trat mit so wenig Vorsicht aus dem Walde hervor, daß Wildtöter seiner früher ansichtig als selbst von jenem bemerkt wurde. Als auch dies letztere, und zwar gleich im nächsten Augenblick, geschah, stieß der Wilde einen lauten, gellenden Schrei aus, den ein Dutzend Stimmen von verschiedenen Seiten des Berges erwiderten. Jetzt war nicht länger zu zaudern, und nach einer Minute schon verließ das Boot die Küste unter langen und stetigen Ruderschlägen.

Sobald Wildtöter sich durch eine hinlängliche Entfernung gesichert glaubte, hielt er in seinem angestrengten Arbeiten ein und ließ die kleine Barke für sich forttreiben, während er sich gemächlich den Stand der Dinge betrachtete. Das zuerst dem Spiel der Wellen anvertraute Kanu schwamm, von dem leichten Wind getrieben, wohl eine Viertelmeile vor ihm her und dem Ufer etwas näher, als ihm jetzt lieb war, da er wußte, daß noch mehr Wilde in der Nähe waren. Das von dem Landvorsprung abgestoßene Kanu war nur einige Schritte von ihm entfernt, da er, vom Land abstoßend, sein Boot gerade darauf zugelenkt hatte. Der tote Indianer lag in finstrer Ruhe da, wo er ihn gelassen, der Krieger, der sich vor dem Walde gezeigt, war bereits verschwunden, und die Wälder selbst waren so still und dem Anschein nach so verödet wie an dem Tag, da sie frisch aus der Hand ihres großen Schöpfers kamen. Diese tiefe Stille jedoch währte nur einen Augenblick. Nachdem die Späher des Feindes sich Zeit genommen, ihre Rekognoszierung vorzunehmen, brachen sie aus dem Dickicht hervor auf die nackte Landspitze und erfüllten bei Entdeckung des Todes ihres Genossen die Luft mit ihrem Wutgeschrei. Auf dies Geschrei folgte sogleich ein Freudengejauchze, als sie den Leichnam erreichten und sich darum her scharten. Wildtöter war bekannt genug mit den Gebräuchen der Eingeborenen, um den Grund dieses Übergangs zu erraten. Der gellende Schrei war die übliche Klage beim Verlust eines Kriegers, das jauchzende Gebrülle ein Zeichen der Freude, daß der Sieger nicht imstande gewesen, sich in den Besitz des Skalpes zu setzten – der Trophäe, ohne die ein Sieg nie als vollständig betrachtet wurde. Die Entfernung des Kanus vom Ufer verhinderte wahrscheinlich jeden Versuch, dem Sieger etwas anzuhaben, da der amerikanische Indianer wie der Panther seiner Wälder selten einen Angriff gegen seinen Feind versucht, wenn nicht die Umstände so sind, daß er mit ziemlicher Sicherheit auf die Wirksamkeit desselben rechnen kann.

Da der junge Mann keine Veranlassung hatte, noch länger in der Nähe des Landvorsprunges zu verweilen, machte er Anstalt, seine Kanus zu sammeln, um sie dann am Tau nach dem Kastell zu schleppen. Das nächste war bald am Tau, worauf er weiterruderte, das andre einzuholen, das diese ganze Zeit her den See aufwärts trieb. Sobald Wildtöters Auge auf dies Boot sich heftete, fiel ihm sogleich auf, daß es der Küste näher sei, als es hätte sein müssen, wenn es bloß der Richtung des leichten Luftzuges folgte. Er begann die Wirkung einer unsichtbaren Strömung im Wasser zu vermuten und verdoppelte seine Anstrengungen, um in den Besitz desselben zu kommen, ehe es sich den Wäldern auf einen gefahrdrohenden Abstand nähere. Als er näher herankam, glaubte er eine auffallendere Bewegung des Kanus durch das Wasser zu bemerken, die es, da es nach seiner Breite dem Winde ausgesetzt war, dem Lande zutrieb. Einige tüchtige Ruderschläge brachten ihn noch näher, wo sich ihm denn das Geheimnis löste. Sichtlich war etwas in Bewegung auf der von ihm abgekehrten und fernsten Seite des Kanus, und schärfere Beobachtung zeigte, daß es ein nackter menschlicher Arm sei. Ein Indianer lag auf dem Boden des Kanus und trieb es langsam, aber sicher, seine Hand als Ruder brauchend, der Küste zu. Wildtöter verstand auf *einen* Blick die ganze List. Ein Wilder war nach dem Boot geschwommen, während er mit dem Feind auf der Landspitze beschäftigt gewesen, hatte davon Besitz genommen und suchte es auf obengenannte Weise an das Land zu fördern.

Überzeugt, daß der Mann in dem Kanu keine Waffen haben könne, bedachte sich Wildtöter nicht, dicht an das sich zurückziehende Boot hinanzufahren und anzulegen, ohne daß er für nötig erachtete, seine Büchse aufzuheben. Sobald das Rauschen des Wassers, das sein Boot im Herannahen verursachte, dem am Boden liegenden Wilden vernehmbar wurde, sprang er auf und stieß einen Schrei aus, welcher bewies, wie vollständig er überrascht worden war.

»Wenn Ihr Euch genug an diesem Kanu erlustigt habt, Rothaut«, bemerkte Wildtöter ganz kalt, indem er sein Boot noch frühe genug anhielt, um ein förmliches Zusammenstoßen der beiden Fahrzeuge zu verhüten, »wenn Ihr Euch genug an diesem Kanu erlustigt habt, werdet Ihr klug daran tun, Euch wieder in den See zu begeben. Ich bin vernünftig und billig in diesen Dingen und dürste nicht nach Eurem Blut, obgleich es Leute hier herum gibt, die Euch mehr wie einen Schein zu Erhebung des Preisgelds denn wie einen menschlichen Sterblichen betrachten würden. Macht Euch in den See, im Augenblick, eh' es zu hitzigen Worten kommt.«

Der Wilde war einer von denen, die nicht ein Wort Englisch verstanden, und es verdankte den Gebärden Wildtöters und dem Ausdruck eines selten täuschenden Auges das freilich unvollkommene Verständnis seiner Meinung. Vielleicht auch der Anblick der Büchse, die dem weißen Manne so nahe zur Hand lag, beschleunigte seinen Entschluß. Jedenfalls duckte er sich zusammen wie ein Tiger, der seinen Satz machen will, stieß einen gellenden Schrei aus, und im nächsten Augenblick war sein nackter Körper im Wasser verschwunden. Als er auftauchte, Atem zu schöpfen, befand er sich in einer Entfernung von mehreren Schritten von dem Kanu, und der hastige Blick, den er rückwärts warf, verriet, wie sehr er die Ankunft eines unheilvollen Boten aus der Büchse seines Feindes fürchtete. Der junge Mann aber gab durch kein Zeichen eine feindselige Absicht zu erkennen. Mit gutem Bedacht befestigte er das Kanu an dem andern und fing dann an, von der Küste wegzurudern; bis der Indianer das Land erreichte und sich wie ein Pudel schüttelte, als er das Wasser verließ, war sein gefürchteter Feind schon außer Schußweite auf seinem Weg dem Kastell zu. Nach seiner Lieblingsgewohnheit ermangelte Wildtöter nicht, auch über diesen Vorfall in einem Selbstgespräch sich zu äußern, während er stetig dem Orte seiner Bestimmung zuruderte.

»Gut, gut«, begann er, »es wäre unrecht gewesen, einen menschlichen Sterblichen zwecklos zu töten. Skalpe gelten mir nichts, und das Leben ist süß und soll keinem erbarmungslos geraubt werden von solchen, die weiße Gaben haben. Der Wilde war zwar ein Mingo, und ich zweifle nicht, er ist und wird sein, solange er lebt, ein rechtes Gewürm und ein Vagabund; aber das ist kein Grund, warum ich meine Gaben und Farbe vergessen sollte. Nein, nein, laß ihn gehen; wenn wir uns je wieder treffen, die Büchse in der Hand, nun dann wird man sehen, wer das mutigste Herz und das rascheste Auge hat. – Falkenauge! das ist kein übler Name für einen Krieger und klingt viel mannhafter und tapferer als Wildtöter! Es wäre kein übler Titel für den Anfang und ist ehrlich verdient worden! Wenn es Chingachgook begegnet wäre, so könnte der jetzt hingehen und sich seiner Taten rühmen, und die Häuptlinge würden ihn in der Minute Falkenauge nennen; aber weißem Blut ziemt es nicht zu prahlen, und es ist nicht leicht abzusehen, wie die Sache wird bekannt werden, wenn nicht durch mich. Nun gut, alle Dinge sind in den Händen der Vorsehung: diese Sache so gut wie andre; auf sie will ich vertrauen, daß mir nach meinem Verdienste zuteil wird.«

Nachdem der junge Mann so verraten, was man seine schwache Seite nennen könnte, fuhr er schweigend in seinem Rudern fort und fuhr rüstig, und so schnell ihm nur seine Taue erlaubten, dem Kastell zu. Mittlerweile war die Sonne nicht nur aufgegangen, sondern sie stand auch schon über den östlichen Bergen und goß eine Flut prächtigen Lichts auf den jetzt noch ungetrübten Wasserspiegel. Die Szene strahlte von Schönheit, und niemand, der mit der gewöhnlichen Geschichte der Wälder nicht bekannt gewesen, hätte geahnt, daß sie vor so kurzer Zeit erst Zeugin von so wildem und barbarischem Beginnen gewesen. Als Wildtöter sich dem Bau des alten Hutter näherte, dachte oder vielmehr *fühlte* er, daß dessen äußere Erscheinung in eigentümlichem Einklang mit der ganzen übrigen Szene stehe. Obgleich an nichts als an Stärke und Sicherheit gedacht worden war, trugen doch die rohen, massiven Baumstämme, mit ihrer rauhen Rinde bedeckt, das vorspringende Dach und die ganze Form dazu bei, das Gebäude zu einem beinahe unter allen Verhältnissen malerischen zu machen, während seine wirkliche Lage dem sonstigen Anziehenden noch den Reiz des Neuen und Seltsamen hinzufügte.

Als jedoch Wildtöter dem Kastell näher kam, drängten sich seiner Seele ernste Gedanken auf, die auf einmal alle Schönheiten, welche die Szenerie des Sees und die Lage dieses eigentümlichen Gebäudes auszeichneten, ganz verdrängten und schwinden machten. Judith und Hetty standen auf der Plattform vor der Türe, Hutters Torhof, mit sichtbarer Ängstlichkeit seiner Ankunft erwartend, die erstere von Zeit zu Zeit seine Person und die Kanus durch das schon erwähnte alte Schiffsfernglas beobachtend. Nie erschien wohl dies Mädchen in einem höhern Glanze der Schönheit als ebenjetzt: die Röte der Unruhe und des gespannten Interesses erhöhte ihre Gesichtsfarbe zu den herrlichsten Tinten, während die Sanftheit ihrer Augen, ein Reiz, den selbst die arme Hetty mit ihr teilte, durch die Ergriffenheit ihrer Empfindung noch einen tiefern Ausdruck erhielt. So war wenigstens die Meinung des jungen Mannes, der jedoch nicht innehielt, sich nicht einfallen ließ, die Motive zu analysieren oder irgendwelche spitzfindige Unterscheidungen zwischen Ursache und Wirkung zu machen, als er mit seinen Kanus die Arche erreichte, an deren Seite er alle drei sorgfältig befestigte, ehe er den Fuß auf die Plattform setzte.

Achtes Kapitel

Sein Wort ist Bürgschaft und sein Eid Orakel,
Treu seine Liebe, makellos sein Denken,
Des Herzens reine Boten seine Tränen,
Sein Herz so fern von Trug wie Himmel von Hölle.
Shakespeare

Keines der Mädchen sprach, als Wildtöter allein vor ihnen stand und sein Gesicht all die Besorgnisse verriet, die er wegen des Schicksals der zwei abwesenden Glieder ihrer Gesellschaft empfand.

»Vater!« rief endlich Judith, der durch eine verzweiflungsvolle Anstrengung das Vorbringen dieses einen Wortes zu gelingen schien.

»Es ist ihm ein Unfall zugestoßen, und es wäre nutzlos, es verhehlen zu wollen«, antwortete Wildtöter in seiner geraden und einfachen Art. »Er und Hurry sind in den Händen der Mingos, und nur der Himmel weiß, was der Ausgang sein wird. Ich habe die Kanus in Sicherheit gebracht, und das ist ein Trost, weil die Vagabunden jetzt schwimmen oder Flöße bauen müssen, um sich diesem Haus zu nähern. Bis Sonnenuntergang werden wir durch Chingachgook verstärkt werden, wenn es mir gelingt, ihn in ein Kanu zu schaffen, und dann, denk' ich, können wir zwei für die Arche und das Kastell stehen, bis einige von den Offizieren und den Garnisonen von diesem Kriegszug hören, was früher oder später der Fall sein muß, wo wir dann auf Hilfe von dieser Seite, wenn nicht von einer andern – rechnen dürfen.«

»Die Offiziere!« rief Judith ungeduldig, und ihre Farbe ward röter, und ihr Auge drückte eine lebhaftere, aber vorübergehende innere Bewegung aus. »Wer denkt jetzt an die herzlosen galanten Herrn, wer spricht von ihnen? – Wir sind allein genügend, das Kastell zu verteidigen, – aber was ist's mit meinem Vater und mit dem armen Hurry Harry?«

»Es ist natürlich, daß Ihr solche Sorge empfindet für Euren Vater, Judith, und ich denke, Ihr solltet ebenso gesinnt sein in betreff Hurry Harrys.«

Jetzt begann Wildtöter eine gedrängte, aber klare Erzählung alles dessen, was während der Nacht sich begeben hatte; keineswegs die Unfälle seiner beiden Begleiter verhehlend noch auch seine eigne Meinung, was die Folgen sein könnten. Die Mädchen hörten mit tiefer Aufmerksamkeit zu, aber keine verriet jene weibliche Ängstlichkeit und Bestürzung, welche bei einer derartigen Mitteilung unausbleiblich sich geäußert hätte bei solchen, die weniger an die Wechselfälle und Mißgeschicke eines Grenzerlebens gewöhnt gewesen wären. Zum Erstaunen Wildtöters schien Judith die mehr Niedergeschlagene; Hetty horchte aufmerksam zu, schien aber über die vernommenen Tatsachen mehr in melancholischem Schweigen zu brüten, als daß sie ihre Gefühle äußerlich verraten hätte. Die Unruhe der erstern ermangelte der junge Mann nicht, ihrem Interesse für Hurry ebensosehr als ihrer kindlichen Liebe zuzuschreiben, während er sich Hettys anscheinende Gleichgültigkeit aus der geistigen Finsternis erklärte, welche gewissermaßen ihren Verstand verdunkelte und sie vielleicht nicht alle Folgen voraussehen ließ. Beide jedoch sprachen wenig; Judith und ihre Schwester machten sich mit den Vorbereitungen zur Morgenmahlzeit zu schaffen, wie denn Leute, die regelmäßig mit solchen Dingen sich zu beschäftigen haben, selbst mitten unter Leiden und Kummer mechanisch darin fortarbeiten. Das einfache, aber nahrhafte Frühstück ward von allen dreien in düsterm Schweigen eingenommen. Die Mädchen aßen wenig, Wildtöter aber bewies, daß er eine wesentliche Eigenschaft eines guten Soldaten besaß, die, daß er unter den beunruhigendsten und peinlichsten Umständen seinen guten Appetit behielt. Das Mahl ging beinahe zu Ende, ehe nur eine Silbe gesprochen wurde; dann aber fing Judith an, in jener hastigen und krampfhaften Weise zu sprechen, in welche das Gefühl, den Zwang überwindend, ausbricht, nachdem dieser noch schmerzlicher und peinlicher geworden ist als selbst die Äußerung der innern Bewegung.

»Dem Vater würde dieser Fisch gemundet haben!« rief sie aus, »er sagte, der Salm der Seen sei beinahe so gut wie der des Meeres.«

»Euer Vater ist mit dem Meer bekannt gewesen, so höre ich, Judith«, versetzte der junge Mann, der sich nicht enthalten konnte, einen forschenden Blick auf das Mädchen zu werfen;

denn wie alle, die Hutter kennen lernten, empfand er einige Neugier, seine frühere Geschichte zu erfahren. »Hurry Harry sagt mir, er sei einmal Matrose gewesen.«

Judith schien zuerst in einige Verlegenheit zu geraten; dann, unter dem Einfluß von Gefühlen, die ihr in mehr als einer Hinsicht neu waren, wurde sie plötzlich mitteilsam und nahm, wie es schien, lebhaften Anteil an dem Gegenstand des Gesprächs.

»Wenn Hurry etwas von Vaters Geschichte weiß, so wollte ich, er hätte es mir erzählt!« rief sie aus. »Manchmal glaube auch ich, er sei einmal Matrose gewesen, und manchmal auch wieder nicht. Wenn dieser Schrank offen wäre oder wenn er sprechen könnte, könnte er uns in seine ganze Geschichte einweihen. Aber seine Schlösser und Riegel sind zu stark, um aufgebrochen zu werden wie Packschnüre.«

Wildtöter wandte sich zu dem fraglichen Schranke und besichtigte ihn zum erstenmal genau. Obgleich er entfärbt war und Spuren von häufiger übler Handhabung an sich trug, war er doch, wie er jetzt sah, von weit besserem Stoff und vorzüglicherer Arbeit als alles Ähnliche, was er früher gesehen. Das Holz war dunkel, edel und war einmal trefflich poliert gewesen, obgleich die Behandlung, die er erfahren haben mußte, wenig Glanz mehr übriggelassen und verschiedne Schrammen und Ritzen die herben Kollisionen verrieten, in welche er mit noch härteren Gegenständen geraten war. Die Ecken waren stark mit Stahl beschlagen, sorgfältig und reich gearbeitet, während die Schlösser, deren er nicht weniger als drei hatte, und die Bänder von einer Arbeit und Fasson waren, welche selbst in einem Magazin von ausgezeichneten Möbeln Aufmerksamkeit erregt haben würden. Der Schrank war auch groß, und als Wildtöter aufstand, und ihn von der einen Seite an seiner massiven Handhabe aufzuheben versuchte, fand er, daß die Schwere vollkommen der äußern Erscheinung entsprach.

»Habt Ihr je diesen Schrank geöffnet gesehen, Judith«, fragte der junge Mann mit der Freimütigkeit des Grenzers; denn von Zartgefühl in solchen Dingen wußten die Leute auf der äußersten Grenzmarke der Zivilisation in jenen Tagen wenig, wie vielleicht auch jetzt noch.

»Nie. Vater hat ihn nie in meiner Gegenwart geöffnet, wenn er ihn überhaupt je öffnet. Kein Mensch hier hat je seinen Dekkel gehoben gesehen, wenn nicht Vater, auch weiß ich von ihm nicht einmal, ob er ihn so gesehen.«

»Da irrst du dich, Judith«, versetzte Hetty ruhig. »Vater hat den Deckel aufgemacht, und ich habe es mitangesehen.«

Ein Gefühl männlichen Stolzes hielt Wildtöters Mund geschlossen; denn während er sich nicht bedacht hätte, in seinen Fragen an die ältere Schwester weit über die Grenzen der Schicklichkeit, nach *unsern* Begriffen, hinauszugehen, empfand er doch gerechte Bedenklichkeiten, den vielleicht nicht ganz ehrenhaften Vorteil zu benützen, welchen der schwache Verstand der jüngern ihm darbot. Judith indessen, die keine solche Rücksichten zu nehmen hatte, wandte sich rasch zu ihrer Schwester und verfolgte das Gespräch:

»Wann und wo hast du den Schrank offen gesehen, Hetty?«

»Hier – und zu wiederholten Malen; Vater öffnet ihn oft, wenn *du* weg bist, beachtet es aber gar nicht, wenn ich da bin und alles, was er tut, sehe und alles höre, was er sagt.«

»Und was tut er, und was sagt er?«

»Das kann ich *dir* nicht sagen, Judith«, versetzte die andere mit leiser, aber entschlossener Stimme. »*Vaters* Geheimnisse sind nicht *meine* Geheimnisse.«

»Geheimnisse! Das ist noch seltsamer, Wildtöter, daß Vater sie Hetty sagen sollte und mir nicht!«

»Dazu hat er guten Grund, Judith, obgleich du diesen nicht erfahren sollst. Vater ist nicht hier, um selbst zu antworten, und ich werde nicht mehr davon sagen.«

Judith und Wildtöter waren überrascht, und etwa eine Minute lang schien die erstere gekränkt und traurig. Plötzlich jedoch sich wieder fassend, wandte sie sich von ihrer Schwester weg, als fühlte sie Mitleid mit ihrer Schwäche, und sagte, zu den jungen Mann sich wendend:

»Ihr habt mir Eure Geschichte erst halb erzählt und da abgebrochen, wo Ihr in dem Kanu zu schlafen anfingt – oder vielmehr, wo Ihr aufstandet, um auf das Schreien des Wasservogels zu lauschen. Auch wir haben das Geschrei der Wasserhühner gehört und gedacht, es möge wohl einen Sturm bedeuten, obgleich wir auf diesem See und zu dieser Jahreszeit wenig Gewitter zu haben pflegen.«

»Die Winde blasen, und die Stürme heulen, wie es Gott gefällt, bald zu dieser, bald zu jener Jahreszeit«, versetzte Wildtöter, »und die Wasservögel lassen sich hören nach ihrer Natur. Besser wäre es, wenn die Menschen ebenso ehrlich und offen wären. Nachdem ich aufgestanden, um den Vögeln zu lauschen, und merkte, daß es nicht Hurrys Signal sein könne, legte ich mich nieder und schlief. Als der Tag anbrach war ich auf und munter wie gewöhnlich, und dann eilte ich den beiden Kanus nach, damit nicht die Mingos sich ihrer bemächtigen.«

»Ihr habt uns nicht alles erzählt, Wildtöter«, sagte Judith ernst. »Wir haben Büchsen knallen gehört unter dem östlichen Berge; die Echos waren voll und lang und folgten so bald auf den Knall, daß die Gewehre auf der Küste oder ganz nahe dabei abgefeuert worden sein müssen. Unser Ohr ist an diese Zeichen gewöhnt und läßt sich nicht täuschen.«

»Es hat seine Pflicht getan, Mädchen, diesmal; ja, es hat seine Pflicht getan. – Es sind diesen Morgen Büchsen angelegt worden, ja, und auch abgedrückt, obwohl nicht so oft, als hätte geschehen können. Ein Krieger ist nach seinen glücklichen Jagdrevieren gegangen, und das ist das Ganze. Von einem Mann von weißem Blut und weißen Gaben ist nicht zu erwarten, daß er sich seiner Taten rühme und mit Skalpen prange.«

Judith hörte beinahe atemlos zu, und als Wildtöter in seiner ruhigen, bescheidenen Weise geneigt schien, den Gegenstand zu verlassen, stand sie auf, schritt durch das Gemach, und setzte sich neben ihn. Das Benehmen des Mädchens hatte nichts Zudringliches und Keckes, obwohl es den lebhaften Instinkt weiblicher Neigung und das sympathisierende Wohlwollen weiblichen Interesses verriet. Sie ergriff sogar die harte Hand des Jägers und drückte sie mit ihren beiden Händen, vielleicht halb unbewußt, während sie ihm ernst und sogar vorwurfsvoll in sein sonnengebranntes Antlitz schaute.

»Ihr habt mit den Wilden gekämpft, Wildtöter, einzeln, ganz allein!« sagte sie. »Vom Wunsch beseelt, uns zu beschützen – Hetty – mich vielleicht, habt Ihr tapfer mit dem Feind gekämpft, ohne daß ein Auge nahe war, Euch zu Taten zu ermutigen oder Euren Fall mitanzusehen, hätte es der Vorsehung gefallen, ein so großes Unglück zuzugeben!«

»Ich habe gekämpft, Judith, ja, ich habe mit dem Feind gekämpft und das zum erstenmal in meinem Leben. Diese Sachen müssen sein, und sie geben einem ein gemischtes Gefühl von Kummer und Triumph. Menschliche Natur ist eine kampfsüchtige Natur, glaub' ich, da alle Nationen in der Schlacht töten, und wir müssen unsern Rechten und Gaben treu bleiben. Was bis jetzt geschehen, ist nicht viel; aber sollte Chingachgook diesen Abend bei dem Felsen eintreffen, wie zwischen uns verabredet ist, und ich ihn, ohne daß die Wilden es merken, dort wegholen können, oder, wenn sie es auch merken, ihren Wünschen und Absichten zum Trotz: dann dürfen wir alle wohl einer Art von Krieg entgegensehen, ehe die Mingos sich des Kastells, der Arche oder Eurer bemächtigen sollen.«

»Wer ist dieser Chingachgook? Woher kommt er, und *warum* kommt er *hierher?*«

»Diese Fragen sind natürlich und recht, denke ich, obgleich der Jüngling in seiner Gegend schon einen großen Namen hat. Chingachgook ist dem Blute nach ein Mohikan, nach aller Gewohnheit zu den Delawaren sich haltend, wie dies bei den meisten seines Stammes der Fall ist; denn dieser ist längst durch das Überhandnehmen unsrer Farbe gebrochen und zertrümmert worden. Er ist von der Familie der großen Häuptlinge; Unkas, sein Vater, ist der angesehenste Krieger und Ratgeber seines Volkes gewesen. Selbst der alte Tamenund ehrt Chingachgook, obgleich man ihn noch für zu jung hält, im Kriege anzuführen, und dann ist der Stamm so zerstreut und geschwächt, daß die Häuptlingschaft unter ihnen wenig mehr als ein bloßer Name ist. Nun, nachdem dieser Krieg ernstlich begonnen, verabredeten wir, ich und der Delaware, uns diesen Abend zur Stunde des Sonnenuntergangs an dem Bestellungsfelsen am Ende ebendieses Sees zu treffen, in der Absicht, unsern ersten Kriegszug gegen die Mingos zu unternehmen. *Warum* wir gerade diesen Weg eingeschlagen, ist unser Geheimnis; aber nachdenkliche junge Männer auf dem Kriegspfad tun, wie Ihr Euch wohl denken könnt, nichts ohne Berechnung und Absicht.«

»Ein Delaware kann keine feindseligen Absichten gegen uns haben«, sagte Judith nach augenblicklichem Bedenken, »und Euch kennen wir als einen Freund.«

»Verrat ist das letzte Verbrechen, hoffe ich, dessen man mich wird anklagen können«, versetzte Wildtöter, gekränkt durch den Schatten von Mißtrauen, der durch Judiths Seele geflogen war, »und am wenigsten Verrat gegen meine eigne Farbe!«

»Niemand hat Argwohn gegen *Euch,* Wildtöter«, rief das Mädchen mit Heftigkeit. »Nein – nein – Euer ehrliches Gesicht würde hinlängliche Bürgschaft für die Wahrheit von tausend Herzen sein! Wenn alle Männer so redliche Zungen hätten und nicht versprächen, was sie doch nicht zu erfüllen gemeint sind, würde weniger Unrecht in der Welt geschehen, und schöne Federn und Scharlachröcke würden nicht als Entschuldigung für Niederträchtigkeit und Betrug gelten.«

Das Mädchen sprach mit heftigem, sogar krampfhaftem Gefühl, und ihre schönen Augen, gewöhnlich so sanft und anlokkend, sprühten Feuer, als sie schloß. Wildtöter konnte nicht anders als diese außerordentliche Gemütsbewegung bemerken; aber mit dem Takt eines Hofmanns vermied er nicht bloß jede Anspielung darauf, sondern es gelang ihm auch, in seinem Benehmen den Eindruck, den jene Wahrnehmung auf ihn machte, zu verhehlen. Allmählich wurde Judith wieder ruhig, und da sie sich unverkennbar Mühe gab, sich dem Auge des jungen Mannes vorteilhaft darzustellen, war sie bald imstand, das Gespräch mit solcher Fassung wiederaufzunehmen, als wenn nichts Störendes dazwischengekommen wäre.

»Ich habe kein Recht, in Eure Geheimnisse oder in die Eures Freundes einzudringen, Wildtöter«, fuhr sie fort, »und bin bereit, alles, was Ihr sagt, aufs Wort anzunehmen. Wenn es uns wirklich gelingt, in diesem gefährlichen Augenblicke noch einen Mann zum Genossen zu gewinnen, so wird uns das viel nützen, und ich bin nicht ohne Hoffnung, daß die Wilden, wenn sie uns imstande sehen, den See zu behaupten, uns die Rückgabe der Gefangenen anbieten werden gegen Häute oder wenigstens gegen das Fäßchen Pulver, das wir im Hause haben.«

Der junge Mann hatte die Worte »Skalp» und »Preisgeld« auf der Zunge, aber ein Gefühl, das sich sträubte, die Töchter in größere Unruhe zu versetzen, hielt ihn zurück, die beabsichtigte Hindeutung auf das wahrscheinliche Schicksal ihres Vaters auszusprechen. Dennoch, so wenig war er erfahren in den Künsten der Täuschung, ward seine ausdrucksvolle Miene auch ohne Worte von der scharfblickenden Judith erraten, deren Verstand durch die Gewöhnungen und Gefahren ihrer Lebensweise noch geübt und geschärft worden war.

»Ich verstehe, was Ihr meint«, fuhr sie hastig fort, »und was Ihr ausgesprochen hättet ohne die Besorgnis, mir – ich will sagen uns – wehe zu tun; denn Hetty liebt ihren Vater ebensosehr als ich. Aber so denken wir nicht von den Indianern. Sie skalpieren nie einen unverletzten Gefangenen, sondern schleppen ihn lieber lebendig mit sich fort, wenn freilich nicht etwa das heftige Verlangen, ihn zu martern, sie übermannt. Ich fürchte nichts für meines Vaters Skalp und wenig für sein Leben. Könnten sie in der Nacht uns überfallen, so würde uns wahrscheinlich alle dies grausame Schicksal treffen; aber in offnem Kampf gefangnen Männern geschieht selten ein Leid, wenigstens nicht eher, als bis die Zeit des Marterns kommt.«

»Das ist Überlieferung, ich geb' es zu, und ist Brauch – aber, Judith, kennt Ihr das Vorhaben, mit welchem Euer Vater und Hutter gegen die Wilden auszogen?«

»Ja, und ein grausames Vorhaben war es! Aber was wollt Ihr? Menschen bleiben Menschen, und manche selbst, die in Gold und Silber einherstolzieren und des Königs Bestallung in der Tasche haben, sind nicht frei von der gleichen Grausamkeit.« Judiths Augen flammten wieder, aber mit gewaltsamer Anstrengung behauptete sie ihre Fassung. »Ich werde warm, wenn ich an all das Unrecht denke, das Menschen tun«, fuhr sie fort und bemühte sich zu lächeln, ein Versuch, der nur mittelmäßig gelang. »Alles das ist einfältiges Zeug. Was geschehen ist, ist geschehen und kann durch Klagen nicht gebessert werden. Aber die Indianer denken so wenig ans Blutvergießen und schätzen Männer so sehr wegen der Kühnheit ihrer Unternehmungen, daß, wüßten sie das Vorhaben, auf welches ihre Gefangenen ausgingen, sie sie eher deshalb ehren als ihnen ein Leid tun würden.«

»Eine Zeitlang, Judith, ja, ich gebe das zu, eine Zeitlang. Aber wenn dies Gefühl verschwindet, dann stellt sich die Rachsucht ein. Wir müssen versuchen, Chingachgook und ich, wir müssen versuchen und sehen, was wir tun können, Hurry und Euern Vater frei zu machen; denn die Mingos werden ohne Zweifel einige Tage um diesen See herumlungern, um soviel als möglich zu erreichen.«

»Ihr glaubt, man kann sich auf diesen Delawaren verlassen, Wildtöter?« fragte das Mädchen nachdenklich.

»So sicher wie auf mich selbst. Ihr sagt, Ihr mißtraut mir nicht, Judith?«

»Euch!« rief sie, ergriff wieder seine Hand und drückte sie zwischen ihren Händen mit einer Wärme, welche die Eitelkeit eines minder unbefangnen, einfachen, von seinen eignen guten

Eigenschaften mehr eingenommenen Mannes hätte entzünden müssen, »ebensogut könnte ich einem Bruder mißtrauen! Ich kenne Euch nur seit einem Tag, Wildtöter, aber dieser hat in mir das Vertrauen einer jahrelangen Bekanntschaft erzeugt. Euer Name jedoch ist mir nicht unbekannt; denn die tapfern und galanten Herren von den Garnisonen sprechen häufig von der Anleitung, die Ihr ihnen im Jagen gegeben, und alle rühmen Eure Redlichkeit.«

»Sprechen sie denn auch vom Schießen, Mädchen?« fragte der andere lebhaft, nachdem er still, aber doch von Herzen gelacht, »sprechen sie denn auch vom Schießen? Ich will nichts von dem meinigen hören; denn wenn dieses nicht bis jetzt in all diesen Gegenden anerkannt ist, so nützt es wenig, ein geschickter und sichrer Schütze zu sein; aber was sagen denn die Offiziere von ihrem – ja, was sagen sie von ihrem eignen Schießen? Waffen, wie sie es nennen, sind ihr Gewerbe, und doch gibt es Leute unter ihnen, die sich wenig auf ihren Gebrauch verstehen!«

»Das, hoffe ich, wird nicht der Fall sein bei Eurem Freund Chingachgook, wie Ihr ihn nennt – was ist die englische Bedeutung dieses indianischen Namens?«

»Große Schlange – so genannt wegen seiner Klugheit und List. Unkas ist sein wirklicher Name – seine ganze Familie heißt Unkas, bis sich jeder durch seine Taten einen Titel gewinnt.«

»Wenn er soviel Klugheit besitzt, können wir einen nützlichen Freund an ihm erwarten, falls nicht sein eignes Geschäft in dieser Gegend ihn hindert, uns zu dienen.«

»Ich sehe nicht, was es viel schaden könnte, wenn ich Euch sein Vorhaben sage, und da Ihr vielleicht Mittel findet, uns behilflich zu sein, will ich Euch und Hetty in die ganze Sache einweihen, im Vertrauen, daß Ihr das Geheimnis wie Euer eignes bewahren werdet. Ihr müßt wissen, daß Chingachgook ein hübscher Indianer ist, sehr gerne gesehen und bewundert von den jungen Weibern seines Stammes, sowohl wegen seiner Familie als wegen seiner selbst. Nun ist ein Häuptling, der eine Tochter hat, Wah-ta!-Wah genannt, was in unsrer Sprache Hist-oh!-Hist bedeutet, das rarste Mädchen unter den Delawaren, die von allen jungen Kriegern des Stammes am meisten zum Weib gewünscht und begehrt wird. Nun, unter den andern fand auch Chingachgook Geschmack an Wah-ta!-Wah, und Wah-ta!-

Wah fand Geschmack an ihm.« Hier hielt Wildtöter einen Augenblick inne; denn als er so weit in seiner Erzählung gekommen, stand Hetty Hutter auf, näherte sich ihm, und stellte sich aufmerksam an sein Knie hin, wie ein Kind näher rückt, um auf die Märchen seiner Mutter zu horchen. »Ja, er fand Gefallen an ihr, und sie an ihm«, begann Wildtöter wieder, nachdem er einen freundlichen beifälligen Blick auf das unschuldige hörbegierige Mädchen geworfen, »und wenn das einmal so ist, und alle Eltern sind einverstanden, so ist es nicht oft der Fall, daß das junge Paar so verborgen bleibt. Chingachgook konnte nicht wohl eine solche Beute davontragen, ohne sich Feinde zu machen unter denen, die sie ebenso begehrten wie er. Ein gewisser Briarthorn[5], wie wir ihn englisch nennen, oder Yokommen, wie er im Indianischen heißt, nahm es sich am meisten zu Herzen, und wir haben ihn im Verdacht, daß er bei allem, was nun folgte, eine Hand im Spiel hatte. Wah-ta!-Wah ging vor zwei Monaten mit Vater und Mutter nach den westlichen Flüssen, um Salme zu fischen; denn dort gibt es nach der Ansicht aller Leute in unsern Gegenden die meisten Fische, und während dieser Beschäftigung verschwand das Mädchen. Einige Wochen konnten wir keine Nachrichten von ihr erhalten, aber vor zehn Tagen brachte uns ein Eilbote, der durch das Delawarenland kam, eine Botschaft, woraus wir erfuhren, daß Wah-ta!-Wah den Ihrigen gestohlen worden – wir glauben, wissen es aber nicht – durch Briarthorns Ränke – und daß sie sich nunmehr bei dem Feinde befand, der sie adoptiert hatte und verlangte, sie solle einen jungen Mingo heiraten. Die Botschaft besagte, die Truppe beabsichtige in dieser Gegend zu jagen und Vorräte zu sammeln, einen Monat lang oder zwei, ehe sie nach Kanada zurückkehre, und wenn wir sie in dieser Gegend aufzuspüren vermöchten, könnte sich wohl etwas ereignen, was zur Befreiung des Mädchens verhelfen könnte.«

»Und wie betrifft das *Euch,* Wildtöter?« fragte Judith etwas lebhaft.

»Es betrifft mich wie alles, was einen Freund berührt, den Freund betrifft. Ich bin hier als Chingachgooks Beistand und Helfer, und wenn wir das junge Mädchen, das er liebt, wieder zurückbekommen, wird es mir beinahe soviel Freude machen, als hätte ich mein eignes Liebchen befreit.«

»Und wo ist denn Euer Liebchen, Wildtöter?«

»Sie ist im Walde, Judith – hängt an den Zweigen der Bäume in einem sanften Regen – im Tau auf dem offnen Gras – den Wolken, die am blauen Himmel schweben – den Vögeln, die in den Wäldern singen – den süßen Quellen, wo ich meinen Durst lösche – und in all den andern prächtigen Gaben, die von Gottes Vorsehung kommen!«

»Ihr wollt sagen, daß Ihr bis jetzt noch keine von meinem Geschlecht geliebt, sondern am meisten Euer Herumstreifen und Eure Lebensweise liebt?«

»Das ist's – genau das ist's. Ich bin weiß – habe ein weißes Herz, und kann billigerweise nicht ein rothäutiges Mädchen lieben, die einer Rothaut Herz und Gefühle haben muß. Nein, nein, ich bin vernünftig genug in diesen Punkten und hoffe, es zu bleiben, wenigstens bis dieser Krieg vorüber ist. Ich sehe meine Zeit zu sehr in Anspruch genommen durch Chingachgooks Angelegenheit, als daß ich wünschen sollte, ehe diese ins reine gebracht ist, selbst eine eigne auf dem Halse zu haben.«

»Das Mädchen, das Euch am Ende gewinnt, Wildtöter, gewinnt wenigstens ein redliches Herz, – eines ohne Verrat und Tücke, und das wird ein Sieg sein, den die meisten ihres Geschlechts beneiden müssen.«

Wie Judith dies sagte, schwebte ein schmerzlicher Unmut über ihr schönes Antlitz, während ein bittres Lächeln um einen Mund spielte, der durch keine Veränderung und Zuckung der Muskeln unschön werden konnte. Ihr Gesellschafter bemerkte diese Veränderung, und obgleich wenig vertraut mit den Regungen des weiblichen Herzens, besaß er doch natürliches Zartgefühl genug, um zu verstehen, daß es geraten sein möchte, diesen Gegenstand fallenzulassen.

Da die Stunde, wo Chingachgook erwartet wurde, noch nicht so nahe war, hatte Wildtöter Zeit genug, den Stand der Verteidigungsmittel genau zu besichtigen und solche weitere Einrichtungen zu treffen, wie sie ihm möglich waren und durch das Bedürfnis des Augenblicks geboten schienen. Die Erfahrung und Vorsicht Hutters hatten in diesen Punkten wenig zu tun übriggelassen, doch drängten sich noch einige Vorkehrungen dem Geist des jungen Mannes auf, von dem man sagen konnte, er habe die Kunst des Grenzerkriegs mittelst der Überlieferungen und Sagen des Volkes studiert, unter dem er so lange gelebt hatte. Die Entfernung zwischen dem Kastell und dem nächsten

Punkt der Küste beseitigte jede Besorgnis, es möchten etwa Büchsenkugeln vom Land herüberfliegen. Das Haus war zwar in gewissem Sinn im Bereich von Musketenschüssen, aber vom Zielen konnte gar keine Rede sein, und selbst Judith erklärte, daß sie sich von dieser Seite durchaus keiner Gefahr versehe. Solange also die Gesellschaft im Besitz des Forts blieb, war sie sicher, falls nicht die Angreifer Mittel fanden heranzukommen, mit Feuer oder mit Sturm es wegzunehmen oder durch irgendeine Erfindung indianischer Schlauheit und Verräterei. Gegen die erste Art der Gefahr hatte Hutter reichliche Vorsorge getroffen, und das Gebäude selbst, das Rindendach ausgenommen, war nicht sehr leicht in Flammen zu setzen; der Boden war an mehreren Orten durchlöchert, und mit Stricken versehene Eimer waren in täglichem Gebrauch und für jeden solchen Fall bereit. Eins der Mädchen konnte leicht jedes Feuer löschen, das etwa ausbrach, vorausgesetzt daß es nicht lange Zeit hatte, sich auszubreiten. Judith, welche alle Verteidigungspläne ihres Vaters zu verstehen schien und Geist und Mut genug hatte, an ihrer Ausführung einen nicht geringen Anteil zu nehmen, erklärte alle diese Einzelheiten dem jungen Manne, dem so bei seinen Besichtigungen viel Zeit und Mühe erspart blieb.

Den Tag über war wenig zu befürchten. Nachdem sie im Besitz der Arche und der Kanus waren, fand sich kein weiteres Fahrzeug auf dem See. Dennoch wußte Wildtöter wohl, daß ein Floß bald gemacht war, und da sich gefallene Bäume im Überfluß in der Nähe des Wassers fanden, war es, wenn die Wilden ernstlich daran dachten, der Gefahr eines Angriffs zu trotzen, keine sehr schwierige Sache, die erforderlichen Mittel aufzutreiben. Die berühmte amerikanische Axt, ein Werkzeug, dem in seiner Art nichts gleichkommt, war damals noch nicht in großem Umfange bekannt, und die Wilden waren keineswegs sehr erfahren in Handhabung des dessen Stelle vertretenden Werkzeugs; doch hatten sie Übung genug darin, über Ströme in dieser Art zu setzen, daß man sicher sein konnte, sie würden ein Floß bauen, falls sie es geraten fänden, sich den Gefahren eines Angriffs bloßzustellen. Der Tod ihres Kriegers konnte ein hinreichender Sporn, jedoch auch eine Warnung sein; Wildtöter aber hielt es für mehr als nur möglich, daß die nächste Nacht die Dinge, und zwar eben in solcher Weise, zur Entscheidung bringen würde. Diese Ahnung ließ ihn die Anwesenheit und den Beistand seines mohikanischen Freundes sehnlichst wünschen und war der Grund, daß er der Stunde des Sonnenuntergangs mit steigendem Verlangen entgegensah.

Als der Tag vorrückte, brachte die Gesellschaft im Kastell ihre Pläne zur Reife und traf ihre Vorkehrungen. Judith war sehr tätig und schien Freude daran zu finden, ihrem neuen Bekannten mit Rat und Auskunft an die Hand zu gehen; denn seine Gleichgültigkeit gegen Gefahr, seine männliche Hingebung für sie und ihre Schwester, sein redliches Wesen und seine innige Treuherzigkeit hatten schnell ihre Einbildungskraft und ihr Gemüt gewonnen. Obgleich die Stunden in gewisser Hinsicht Wildtöter lang vorkamen, fand sie doch Judith nicht so, und als die Sonne sich gegen die tannenbekleideten Spitzen der westlichen Berge zu senken begann, äußerte sie unverhohlen die Überraschung, die sie empfand, den Tag so bald zu Ende gehen zu sehen. Hetty dagegen war trübnachdenklich und schweigsam. Sie war nie sehr redselig, oder wenn sie gelegentlich mitteilsam wurde, so war dies nur die Folge einer vorübergehenden Aufregung, welche ihr argloses Gemüt in Spannung und Bewegung setzte; aber an diesem hochwichtigen Tage schien sie ganze Stunden lang den Gebrauch der Zunge gänzlich verloren zu haben. Besorgnis wegen ihres Vaters drückte sich im Wesen der beiden Töchter nicht auffallend aus. Keine schien ernstlich ein größeres Unheil zu befürchten als Gefangenschaft, und ein- oder zweimal ließ Hetty, wenn sie sprach, die Erwartung durchblicken, Hutter werde Mittel finden, sich selbst in die Freiheit zu setzen. Obgleich Judith in diesem Punkt weniger sanguinisch war, äußerte doch auch sie die Hoffnung, es würden Vorschläge wegen eines Lösegeldes kommen, wenn die Indianer entdeckten, daß das Kastell ihren Listen und Anschlägen trotze. Wildtöter jedoch behandelte diese flüchtigen Vermutungen als die unverdauten Einbildungen und Träume von Mädchen und traf seine Anordnungen so besonnen und brütete so ernst über der Zukunft, als wären sie nie über ihre Lippen gekommen.

Endlich kam die Stunde, wo es notwendig wurde, sich an den mit dem Mohikan verabredeten Ort zu begeben – oder mit dem Delawaren, wie Chingachgook häufig genannt wurde. Da der Plan von Wildtöter reiflich entworfen und seinen Gesellschafterinnen umständlich mitgeteilt worden war, machten sich alle drei mit Einsicht und Übereinstimmung an dessen Ausführung. Hetty trat in die Arche, band zwei von den Kanus zusammen, trat in eins und ruderte bis zu einer Art von Durchfahrt in den Palisaden, welche das Gebäude umgaben, durch welche sie beide führte; dann legte sie sie unter dem Hause an Ketten, welche innen im Gebäude befestigt waren. Diese Palisaden waren fest in den Schlamm getriebene Baumstämme und dienten dem gedoppelten Endzweck teils einer kleinen Einfriedung, die eben zu diesem Behufe benutzt wurde, teils dem Zwecke, Feinde, die sich etwa in Booten näherten, in einer kleinen Entfernung sich vom Leibe zu halten. Kanus in solchen *Docks* waren gewissermaßen dem Anblick entzogen, und da die Durchfahrt gehörig verrammelt und befestigt war, wäre es keine leichte Aufgabe gewesen, sie wegzubringen, wenn man sie auch gesehen hätte. Ehe jedoch die Durchfahrt geschlossen wurde, fuhr auch Judith mit dem dritten Boot in die Einfriedung, während Wildtöter innen über ihren Häuptern beschäftigt war, die Türe und die Fenster innen zu verriegeln. Da alles massiv und stark war und kleine Bäume als Riegel gebraucht wurden, hätte es, nachdem Wildtöter fertig war, eine oder zwei Stunden gefordert, in das Haus zu brechen, wenn sich auch die Angreifer aller Werkzeuge außer der Axt bedient und ihnen niemand Widerstand geleistet hätte. Diese Sorgfalt für Sicherstellung rührte daher, daß Hutter ein- oder zweimal von den gesetzlosen Weißen der Grenze während seiner häufigen Abwesenheit vom Hause war beraubt worden.

Sobald innen alles fest war im Hause, zeigte sich Wildtöter an einer Falltüre, von wo er in das Kanu Judiths hinabstieg. Hierauf verschloß er die Türe mit einer massiven Krampe und einem derben Vorhängeschloß. Dann ward Hetty in das Kanu aufgenommen, das vor die Palisaden hinausgeschoben wurde. Die nächste Vorsichtsmaßregel war, das Tor zu schließen, und die Schlüssel wurden in die Arche gebracht. Jetzt waren die drei von dem Hause ausgeschlossen, in das man nur mit Gewalt eindringen konnte, oder auf die Weise, die der junge Mann gewählt, als er es verließ.

Das Glas hatte man gleich zuerst mitherausgenommen, und Wildtöter besichtigte zunächst aufs sorgfältigste die ganze Küste des Sees, soweit seine Stellung es gestattete. Kein lebendiges Wesen war sichtbar, einige wenige Vögel ausgenommen, und auch diese flatterten in den Schatten der Bäume herum, als scheuten sie sich, der Hitze eines schwülen Nachmittags sich auszusetzen. Alle die nächsten Landvorsprünge insbesondere wurden einer scharfen Beobachtung unterworfen, um sich zu versichern, daß kein Floß angefertigt werde; das Ergebnis war überall dasselbe Bild ruhiger Einsamkeit. Wenige Worte werden die größte Verlegenheit in der Lage unserer Gesellschaft erklären. Selbst der Beobachtung jedes lauernden Auges ausgesetzt, sahen sie die Bewegungen ihrer Feinde durch den Schleier und Vorhang eines dichten Waldes entzogen. Während die Einbildungskraft sehr geneigt sein mußte, den letztern mit mehr Kriegern zu bevölkern, als er in der Tat enthielt, mußte ihre Schwäche allen, die etwa einen Blick in dieser Richtung auf den See warfen, zu sichtbar sein.

»Es rührt sich doch nichts!« rief Wildtöter, als er endlich das Fernglas senkte und sich anschickte, in die Arche zu treten. »Wenn die Vagabunden auf Unheil sinnen in ihren Gemütern, so sind sie zu listig, es merken zu lassen; zwar mag ein Floß in den Wäldern zugerüstet werden, aber es ist noch nicht zum See heruntergebracht. Sie können nicht erraten, daß wir im Begriff stehen, das Kastell zu verlassen, und wenn auch, so wissen sie doch nimmermehr, wohin wir wollen.«

»Das ist so wahr, Wildtöter«, erwiderte Judith, »daß jetzt, nachdem alles bereit ist, wir uns sofort keck und ohne Furcht, verfolgt zu werden, ans Werk machen dürfen – sonst versäumen wir unsre Zeit!«

»Nein, nein – die Sache will vorsichtig behandelt sein – denn obgleich die Wilden im dunkeln sind, was Chingachgook und den Felsen betrifft, so haben sie doch ihre Augen und Beine und sehen, in welche Richtung wir steuern, und werden uns gewiß folgen. Ich will sie jedoch irrezuführen suchen, indem ich das Vorderteil der Fähre nach allen Richtungen hin wende, bald dahin, bald dorthin, bis sie müde Füße bekommen und es satt haben, uns nachzutraben.«

Soweit es in seiner Macht stand, hielt Wildtöter getreulich Wort. In weniger als fünf Minuten nach jener Rede war die ganze Gesellschaft in der Arche und in Bewegung. Es wehte ein gelindes Lüftchen von Norden, und keck das Segel aufziehend, brachte der junge Mann die Spitze des ungefügen Fahrzeuges in eine solche Richtung, daß mit einer reichlichen, aber notwendigen Einrechnung des Abfalls es ein paar Meilen weiter unten am See auf dessen östlicher Seite an die Küste gelangen mußte. Das Segeln der Arche war nie sehr schnell, obgleich es bei ihrem geringen Tiefgang nicht schwer war, sie in Bewegung zu setzen oder mit ihr drei oder vier Meilen in der Stunde zu machen. Die Entfernung zwischen dem Kastell und dem Fels betrug wenig mehr als zwei Stunden. Bekannt mit der Pünktlichkeit der Indianer, hatte Wildtöter seine Berechnung genau gemacht und sich etwas mehr Zeit gegeben, als notwendig war, um den Ort der Verabredung zu erreichen, in der Absicht, seine Ankunft zu verzögern oder zu beschleunigen, wie es erforderlich wäre. Als er das Segel aufzog, stand die Sonne über den westlichen Bergen in einer Höhe, die noch etwas mehr als zwei Stunden Tag versprach, und wenige Minuten überzeugten ihn, daß die Bewegung der Fähre seinen Berechnungen und Erwartungen entspreche.

Es war ein prachtvoller Juniabend, und nie glich der einsame Wasserspiegel weniger einem Schauplatz von Kampf und Blutvergießen. Der leise Wind drang kaum herab bis zu dem Bette des Sees und schwebte nur darüber hin, als scheute er sich, seine tiefe Ruhe zu stören und seine spiegelglatte Fläche zu kräuseln. Selbst die Wälder erschienen wie schlummernd in der Sonne, und einige Lagen flockiger Wolken hatten stundenlang am nördlichen Horizont sich gelagert, wie haftend in der Atmosphäre, hier nur zur Verschönerung der Szene angebracht. Einige Wasserhühner streiften gelegentlich über das Wasser, und ein einziger Rabe war sichtbar, hoch über den Bäumen sich flügelnd, ein wachsames Auge auf den Wald unter ihm heftend, um jedes lebende Wesen zu entdecken, das ihm die geheimnisvollen Wälder als Beute darböten.

Der Leser hat wohl schon bemerkt, daß bei all der auffallenden Freimütigkeit und Ungebundenheit des Benehmens, das Judith bei ihrem Grenzleben sich angeeignet, doch ihre Sprache edler war als die, deren ihre männlichen Gesellschafter sich bedienten, ihren Vater miteingeschlossen. Dieser Unterschied erstreckte sich ebenso auf die Aussprache wie auf die Wahl der Worte und die Sätze. Nichts vielleicht verrät so bald die Erziehung und den Umgang als die Art zu sprechen, und wenige Vorzüge erhöhen so den Reiz weiblicher Schönheit wie eine anmutige und fließende Sprache, während nichts so bald jene

Entzauberung bewirkt, welche die notwendige Folge einer Nichtzusammenstimmung von Erscheinung und Benehmen ist, als eine gemeine Betonung der Stimme oder der Gebrauch unedler Worte. Judith und ihre Schwester waren auffallende Ausnahmen unter allen Mädchen ihrer Klasse, die ganze Grenze entlang; die Offiziere der nächsten Garnison hatten der erstern oft geschmeichelt mit der Versicherung, daß wenige Damen in den Städten sich besser als sie auf diesen wichtigen Punkt verständen. Dies war zwar längst nicht buchstäblich wahr, aber doch so weit, daß das Kompliment ihr füglicherweise konnte gemacht werden. Die Mädchen verdankten diesen Vorzug ihrer Mutter; denn sie hatten in der Kindheit schon von ihr diese vorteilhafte Eigenschaft angenommen, die kein späteres Studium und Arbeit ohne eine Schattenseite zu geben vermögen, wenn man nicht in der frühern Lebensperiode darauf geachtet hat. Wer diese Mutter war oder vielmehr gewesen war, wußte niemand als Hutter. Sie war jetzt zwei Sommer tot, und wie Hurry erzählte, war sie im See versenkt worden; ob aus einem gewissen Vorurteil oder aus Widerwillen gegen die Mühe, ihr ein Grab zu graben, war oft Gegenstand der Erörterung unter den rohen Wesen jener Gegend gewesen. Judith hatte die Stelle nie besucht, Hetty aber war bei der Bestattung zugegen gewesen, und sie ruderte oft um Sonnenuntergang oder beim Mondschein ein Kanu an die Stelle und starrte hinab in das durchsichtige Wasser, in der Hoffnung, doch einmal mit einem flüchtigen Blick die Gestalt erschauen zu können, die sie von Kindheit an bis zu der traurigen Stunde des Scheidens so zärtlich geliebt hatte.

»Müssen wir den Felsen genau in dem Augenblick erreichen, wo die Sonne untergeht?« fragte Judith den jungen Mann, wie sie nebeneinander standen, Wildtöter das Steuerruder haltend und sie mit der Nadel an einem feinen Kleidungsstücke arbeitend, das weit über ihrer Stellung im Leben und eine völlige Neuheit in den Wäldern war. »Werden einige Minuten früher oder später die Sache vereiteln? Es wird gefährlich sein, lange der Küste so nahe zu bleiben, wie der Fels ist.«

»Jawohl, Judith, das ist eben die Schwierigkeit. Der Fels ist nur einen Flintenschuß vom Ufer entfernt, und es geht nicht an, zu lange und zu nahe da herumzufahren. Wenn man mit einem Indianer zu tun hat, muß man rechnen und vorsichtig sein; denn eine rote Natur liebt sehr List und Tücke. Jetzt seht Ihr, Judith, daß ich gar nicht auf den Fels zu steure, sondern hier östlich davon, und jetzt werden die Wilden in dieser Richtung traben und sich müde Füße machen und alles für nichts.«

»Ihr glaubt also, sie sehen uns und beobachten unsre Bewegungen, Wildtöter? Ich hoffte, sie würden in die Wälder zurückgegangen sein und uns einige Stunden ungestört lassen.«

»Das ist ganz die Einbildung eines Weibes. Es gibt kein Nachlassen in der Wachsamkeit eines Indianers, wenn er auf dem Kriegspfad ist, und Augen sind in dieser Minute auf uns geheftet, obwohl der See uns schützt. Wir müssen dem Felsen mit Überlegung nahekommen und die Elenden auf eine falsche Spur zu bringen suchen. Die Mingos haben gute Nasen, höre ich; aber eines weißen Mannes Vernunft sollte es immer ihrem Instinkt gleichtun.«

Judith knüpfte jetzt ein rasch abwechselndes Gespräch mit Wildtöter an, worin das Mädchen ihr steigendes Interesse für den jungen Mann verriet, ein Interesse, das sie bei seiner ehrlichen Unbefangenheit und bei ihrer Charakterentschiedenheit, unterstützt durch das Selbstgefühl, welches die ihren persönlichen Reizen so allgemein gezollte Schätzung in ihr geweckt hatte, weniger zu verhehlen bestrebt war, als unter andern Umständen wohl der Fall gewesen wäre. Sie war nicht eigentlich aufdringlich und keck in ihrem Benehmen, obgleich in ihren Blicken oft etwas so Freies war, daß es den ganzen Beistand ihrer ausnehmenden Schönheit brauchte, um nicht einen Verdacht gegen ihre Klugheit, wo nicht gegen ihre Sittlichkeit, aufkommen zu lassen. Bei Wildtöter jedoch waren solche Blicke einer so ungünstigen Deutung weniger ausgesetzt; denn sie sah ihn selten an, ohne viel von der Aufrichtigkeit und Natur zu zeigen, welche die reinsten Gefühle des Weibes begleiten. Es war etwas auffallend, daß bei der längern Gefangenschaft ihres Vaters keines von den Mädchen eine große Unruhe um ihn an den Tag legte; aber, wie schon gesagt, ihre Lebenserfahrungen und Gewohnheiten machten sie zuversichtlich, und sie sahen seiner Befreiung mittelst eines Lösegelds mit einer Sicherheit entgegen, die großenteils ihre anscheinende Gleichgültigkeit erklären konnte. Schon früher einmal war Hutter in den Händen der Irokesen gewesen, und wenige Häute hatten leicht seine Befreiung erkauft. Dieser Vorfall jedoch hatte, was die Schwestern nicht wußten, zur Zeit des Friedens zwischen England und Frankreich stattgehabt, wo die Wilden durch die Politik der verschiedenen Kolonialregierungen im Zaum gehalten wurden, statt, wie jetzt, zu ihren Verbrechen und Grausamkeiten ermutigt zu werden.

Während Judith in ihrer Weise redselig und zutraulich war, blieb Hetty nachdenklich und schweigsam. Einmal trat sie nahe zu Wildtöter hin und befragte ihn etwas über seine Absichten, sowie über die Art, wie er seinen Plan auszuführen gedenke; aber weiter ging ihr Verlangen, sich mit ihm zu unterhalten, nicht. Sobald ihre einfachen Fragen beantwortet waren – und das wurden sie alle aufs befriedigendste und wohlwollendste –, entfernte sie sich wieder auf ihren Sitz und fuhr fort, an einem groben Kleidungsstück zu arbeiten, das sie für ihren Vater fertigte, manchmal leise eine schwermütige Weise vor sich hin summend und oft seufzend.

So verstrich die Zeit, und als die Sonne anfing, hinter dem Saum des Fichtenwaldes zu glühen, der den westlichen Berg begrenzte, oder etwa zwanzig Minuten vor ihrem wirklichen Untergang, befand sich die Arche beinahe ganz unten bei dem Landvorsprung, wo Hutter und Hurry waren zu Gefangenen gemacht worden. Wildtöter hatte, indem er zuerst auf die eine Seite des Sees, dann auf die andere zusteuerte, seine eigentliche Absicht zu erraten erschwert; ohne Zweifel kamen dadurch die Wilden, welche seine Bewegungen sicher beobachteten, auf den Glauben, sein Zweck sei, mit ihnen zu verkehren, an dieser Stelle oder in der Nähe derselben, und es war zu vermuten, daß sie nach dieser Richtung hineilten, um bereit zu sein, sich die Umstände zunutze zu machen. Diese List war wohl ausgesonnen; denn die Schwingung der Bai, die Krümmung des Sees und das zwischenliegende tiefe Marschland machten es, wie zu vermuten war, möglich, daß die Arche den Fels erreichte, ehe die Verfolger, falls sie sich wirklich in der Nähe des Vorsprungs gesammelt hatten, Zeit bekamen, den Bogen, den sie hier beschreiben mußten, zu Lande zu machen. Um diese Täuschung gelingen zu lassen, hielt sich Wildtöter so nahe ans westliche Ufer, als nur immer der Vorsicht gemäß war; dann hieß er Judith und Hetty in das Haus oder die Kajüte gehen, kauerte sich selbst zusammen, so daß seine Person durch den Rand der Fähre versteckt wurde, gab dieser plötzlich die entgegengesetzte Richtung und steuerte, so rasch er konnte, der Ausströmung zu. Begünstigt durch einen verstärkten Wind, bewegte sich die Arche dergestalt vorwärts, daß er sich das vollständige Gelingen seines Plans versprechen durfte, obwohl die krebsähnliche Bewegung des Fahrzeugs den Steuermann nötigte, die Spitze nach einer ganz andern Richtung schauen zu lassen, als diejenige war, in welcher es sich wirklich bewegte.

Neuntes Kapitel

> Verschwenderisch bist mit Lächeln du,
> Darob dein Zürnen man vergißt,
> Dir jubeln tausend Inseln zu,
> Wenn wieder du gekommen bist;
> Die Herrlichkeit, von dir entsandt,
> Badet in Wonne See und Land.
>
> *Der Himmel*

Es hilft vielleicht dem Leser zum bessern Verständnis der jetzt zu erzählenden Vorfälle, wenn er ein rasch skizziertes Bild der Szene auf einmal seinem Auge dargelegt sieht. Man erinnert sich, daß der See ein unregelmäßig geformtes Becken bildete, dessen Umriß, im ganzen betrachtet, oval war, aber mit Buchten und vorspringenden Punkten, welche die Gleichförmigkeit unterbrachen und seine Ufer zierten. Die Oberfläche dieses schönen Wasserspiegels glänzte jetzt wie ein Edelstein in den letzten Strahlen der Abendsonne, und die Einfassung des Ganzen – Hügel, mit dem üppigsten Waldgrün bekleidet – war von einer Art von strahlendem Lächeln verklärt, wie es in den schönen Zeilen, die wir diesem Kapitel vorangestellt, am besten geschildert ist. Da die Ufer mit wenigen Ausnahmen dicht am Wasser steil hinanstiegen, auch wo der Berg nicht unmittelbar die Aussicht begrenzte, hing über dem friedlichen See ein fast ununterbrochner Saum von Laub; denn die Bäume rangen sich von den steilen Anhöhen empor, neigten sich dem Licht zu, bis sie in manchen Fällen ihre langen Glieder und ihre geraden Stämme vierzig oder fünfzig Fuß weit von der perpendikularen Linie abweichend ausstreckten. Dies galt freilich nur von den Riesen des Forstes, von Tannen, die hundert bis hundertundfünfzig Fuß hoch waren; denn von den kleinern Bäumen neigten sich sehr viele so sehr, daß sie die untern Zweige ins Wasser tauchten.

In der Stellung, welche die Arche jetzt einnahm, war das Kastell durch einen vorspringenden Punkt dem Auge entzogen, sowie überhaupt das ganze nördliche Ende des Sees selbst. Ein ansehnlicher Berg, mit Wald bekleidet und rund wie alle übrigen, begrenzte in dieser Richtung die Aussicht und dehnte sich unmittelbar über die ganze schöne Szene aus, mit Ausnahme einer tiefen Bai, die an seinem westlichen Ende sich hinzog, das Becken um mehr als eine Meile verlängernd. Die Art und Weise, wie das Wasser aus dem See abfloß, unter den belaubten Bögen der Bäume, welche die beiden Seiten des Flusses einfaßten, ist schon geschildert, und es ist auch gesagt worden, daß der Fels, der in der ganzen Gegend ein Lieblingsplatz zur Verabredung von Zusammenkünften war, und wo Wildtöter jetzt seinen Freund zu treffen erwartete, dieser Ausströmung nahe und nicht sehr entfernt von der Küste stand. Es war ein großer einzelner Stein, der auf dem Grund des Sees ruhte, dem Anschein nach zurückgeblieben, als die Wasser die Erde um ihn her weggerissen, um sich einen Durchgang durch das Flußbett zu erzwingen; seine eigentümliche Gestalt hatte er wohl durch den Einfluß der Elemente während des langen Verlaufs von Jahrhunderten bekommen. Die Höhe dieses Felsens konnte kaum sechs Fuß betragen und, wie schon gesagt, seine Gestalt war nicht unähnlich der gewöhnlichen Form von Bienenstökken, oder einem Heuhaufen. Die letztere Vergleichung gibt in der Tat die beste Anschauung nicht nur von seiner Form, sondern auch von seinen Dimensionen. Er stand – und steht noch; denn wir schildern wirklich vorhandene Szenen – fünfzig Fuß vom Ufer entfernt und im Wasser, wo es nur zwei Fuß tief war, obwohl es auch Zeiten gab, wo sein abgerundeter Gipfel, wenn man diesen Ausdruck auf ihn anwenden darf, vom See ganz bedeckt war. Viele von den Bäumen dehnten sich so weit heraus, daß sie beinahe den Felsen mit der Küste vereinigten, wenn man beide in einiger Entfernung sah, und eine große Tanne insbesondere hing so darüber her, daß sie ein stolzes und passendes Dach bildete über einem Sitz, der manchen Häuptling des Waldes beherbergt haben mochte, während der langen Reihe unbekannter Jahrhunderte, wo Amerika mit allem, was es enthielt, abgeschlossen in geheimnisvoller Einsamkeit als eine Welt für sich bestanden hatte, ebenso ohne eine bekannte Geschichte wie einen für die menschlichen Annalen erreichbaren Ursprung.

Vom Ufer noch zwei- bis dreihundert Fuß entfernt, zog Wildtöter sein Segel ein und warf seinen Anker aus, sobald er fand, daß die Arche in einer Linie hintrieb, die gerade auf den

Felsen zustrebte. Die Bewegung des Fahrzeugs ward dann eingestellt, worauf es durch die Wirkung des Lüftchens mit dem Vorderteil dem Winde zugekehrt wurde. Sobald dies geschehen, gab Wildtöter Tau zu und ließ das Fahrzeug dem Felsen zutreiben, so rasch es der leise Luftzug vor sich her drängen mochte. Da es sehr wenig tief ging, war dies bald geschehen, und der junge Mann hemmte seine Bewegung, als er sah, daß das Hinterteil der Fähre auf fünfzehn oder achtzehn Fuß dem beabsichtigten Platze nahegekommen war.

Bei Ausführung dieses Manövers hatte sich Wildtöter sehr beeilt; denn während er nicht im mindesten daran zweifelte, daß er von dem Feinde beobachtet und verfolgt werde, glaubte er, ihn in seinen Bewegungen durch die anscheinende Unsicherheit seiner eigenen irregemacht zu haben, und er wußte, daß sie kein Mittel hatten zu erfahren, daß sein Absehen auf den Felsen gerichtet war, wenn nicht etwa einer der Gefangenen ihn verraten hatte, – ein an sich so unwahrscheinlicher Fall, daß er sich darüber keine unruhigen Gedanken machte. Trotz der Raschheit und Entschiedenheit seiner Bewegungen jedoch wagte er sich nicht so nahe an die Küste, ohne die gehörigen Vorsichtsmaßregeln zum Behuf eines Rückzugs zu treffen, falls dieser notwendig würde. Er selbst hielt das Tau in der Hand, und Judith war an einem Guckloch auf der dem Land zugekehrten Seite der Kajüte aufgestellt, wo sie die Küste und die Felsen beobachten und zeitig von dem Nahen eines Freundes oder Feindes Nachricht geben konnte. Hetty war auch auf einen Wachtposten gestellt, aber sie sollte nur auf die Bäume über ihnen achthaben, damit nicht ein Feind einen besteige und durch vollständige Beherrschung des Innern des Fahrzeugs die Verteidigung des Häuschens oder der Kajüte vereitle.

Die Sonne hatte sich von See und Tal zurückgezogen, als Wildtöter die Arche in der genannten Weise stillestehend machte. Doch fehlten noch einige Minuten bis zum eigentlichen Sonnenuntergang, und er kannte die indianische Pünktlichkeit zu gut, um eine unmännliche Hast bei seinem Freunde vorauszusetzen. Die große Frage war, ob er, umgeben von Feinden, wie man dies wußte, ihren Netzen zu entgehen vermocht habe. Die Vorfälle der letzten vierundzwanzig Stunden mußten ihm ein Geheimnis sein, und wie Wildtöter war auch Chingachgook noch jung auf dem Kriegspfade. Zwar kam er, gefaßt darauf, der Truppe zu begegnen, welche seine verlobte Braut festhielt, aber er hatte keine Mittel, sich über den Umfang der Gefahr, die er lief, zu vergewissern, noch auch über die eigentliche Stellung, welche Freunde und Feinde innehatten. Mit einem Wort, der geübte und ausgebildete Scharfblick und die unermüdliche Vorsicht eines Indianers waren alles, worauf er unter den bedenklichen Gefahren, denen er sich unvermeidlich aussetzte, angewiesen war.

»Ist der Fels leer, Judith?« fragte Wildtöter, sobald er die Bewegung der Arche gehemmt hatte, da er es für unklug hielt, ohne Not sich in die Nähe der Küste zu wagen. »Ist nichts zu sehen von dem delawarischen Häuptling?«

»Nichts, Wildtöter. Weder Fels, Küste, Baum noch See scheinen je eine menschliche Gestalt gekannt zu haben.«

»Nehmt Euch in acht, Judith, – nehmt Euch in acht, Hetty – eine Büchse hat ein spähendes Auge, einen raschen Fuß und eine verzweifelt unheilvolle Zunge. Nehmt Euch denn in acht, aber *gebt* auch recht acht und seid flink und rüstig! Es täte mir herzlich leid, wenn einer von euch ein Leid zustieße!«

»Und *Euch*, Wildtöter!« rief Judith, ihr schönes Gesicht von dem Guckloch wegwendend, um dem jungen Mann einen huldvollen und dankbaren Blick zuzuwerfen. »Nehmt *Ihr* Euch in acht und sorgt, daß die Wilden nicht Eurer ansichtig werden! Eine Kugel könnte Euch ebenso unheilvoll werden als einer von uns, und der Schlag, der Euch träfe, würde von allen empfunden.«

»Seid ohne Furcht um mich, Judith – seid ohne Furcht um mich, mein gutes Mädchen. Seht nicht hierher, obgleich Euer Blick recht freundlich und lieblich ist, sondern richtet Euer Auge auf den Felsen, und die Küste und den –«

Wildtöter ward unterbrochen durch einen leisen Ausruf des Mädchens, das, seinen dringenden und hastigen Gebärden ebenso wie seinen Worten gehorsam, sogleich wieder ihr Auge nach der entgegengesetzten Richtung gewendet hatte.

»Was ist's? – Was ist's, Judith?« fragte er hastig. »Ist etwas zu sehen?«

»Dort ist ein Mann auf dem Felsen! – ein indianischer Krieger in seiner Bemalung und bewaffnet!«

»Wo trägt er seine Falkenfeder?« fragte wieder Wildtöter lebhaft und ließ das Tau nach, um sich dem Ort der Zusammenkunft zu nähern. »Ist sie dicht an der Kriegslocke, oder trägt er sie über dem linken Ohr?«

»Wie Ihr sagt, über dem linken Ohr, er lächelt auch und flüstert das Wort: *Mohikan.*«

»Gott sei gelobt, es ist die Schlange, endlich!« rief der junge Mann und ließ das Tau durch seine Hände gleiten, bis er am andern Ende des Fahrzeugs einen leichten Sprung hörte, worauf er augenblicklich mit dem Nachgeben des Seils innehielt und wieder anfing, es einzuziehen, versichert, daß sein Zweck erfüllt war.

In diesem Augenblick ward die Türe der Kajüte hastig geöffnet, und ein Krieger, durch das kleine Gemach eilend, stand neben Wildtöter und ließ nur den einfachen Ausruf: »Hugh« hören. Im nächsten Augenblick kreischten Judith und Hetty auf, und die Luft ward erfüllt von dem gellenden Geschrei von zwanzig Wilden, welche durch die Zweige zum Ufer herabsprangen und von denen einige in ihrer Hast der Länge nach ins Wasser stürzten.

»Zieht, Wildtöter«, schrie Judith, hastig die Türe schließend, um ein Eindringen durch die Öffnung zu verhindern, welche soeben den Delawaren eingelassen hatte, »zieht, auf Leben und Tod – der See ist voll von Wilden, die uns nachwaten!«

Die jungen Männer – denn Chingachgook eilte sofort seinem Freunde beizustehen – erwarteten keine zweite Aufforderung, sondern sie erfüllten von selbst ihre Aufgabe mit einem Eifer, welcher zeigte, wie dringend ihnen die Gefahr erschien. Die große Schwierigkeit war, so plötzlich die *vis inertiae* einer so großen Masse zu überwinden; denn war die Fähre einmal in Bewegung, so war es leicht, sie das Wasser mit aller wünschenswerten Schnelligkeit durchschneiden zu machen.

»Zieht, Wildtöter, um Himmels willen!« schrie Judith wieder an ihrem Guckloch, »diese Elenden stürzen ins Wasser wie Hunde, die ihre Beute verfolgen! Ah! die Fähre bewegt sich! und jetzt wird das Wasser tiefer und geht dem Vordersten schon bis unter die Schulter – und doch eilen sie vorwärts und wollen die Arche packen!«

Ein leichtes Kreischen und dann ein fröhliches Gelächter des Mädchens folgte nun; die Ursache von jenem war ein verzweifelter Versuch ihrer Verfolger und von diesem dessen Mißlingen; die Fähre, welche jetzt tüchtig in Bewegung gesetzt war, glitt bald auf tieferem Wasser, das Vorderteil voran, mit einer Geschwindigkeit hin, welche die Anschläge der Feinde vereitelte. Da die beiden Männer durch die dazwischenliegende Kajüte verhindert waren zu sehen, was hinten vorging, mußten sie die Mädchen nach dem Stand der Jagd fragen.

»Was jetzt, Judith? Was dann? Verfolgen uns die Mingos noch, oder sind wir ihrer für den Augenblick entledigt?« fragte Wildtöter, wie er das Tau schlaff werden fühlte, als eilte nunmehr die Fähre rasch von selbst weiter, und das Kreischen und Lachen des Mädchens beinahe in *einem* Atem vernahm.

»Sie sind verschwunden! – Einer, der letzte, versteckt sich gerade in den Büschen des Ufers – dort ist er verschwunden in den Schatten der Bäume. Ihr habt nun Euren Freund, und wir sind alle sicher!«

Die beiden Männer machten jetzt wieder eine große Anstrengung, zogen die Arche schnell bis zu dem Anker hinauf, lichteten diesen, und als die Fähre noch eine Strecke Wegs zurückgelegt und ihre Bahn verloren hatte, warfen sie wieder den Anker aus, und jetzt zum erstenmal seit ihrem Wiedersehen hielten sie in ihrer schweren Arbeit inne. Nachdem das schwimmende Haus einige hundert Fuß von der Küste entfernt lag und vollkommnen Schutz gegen Kugeln bot, war weiter keine Gefahr und kein Grund zur Anstrengung ihrer Kräfte im Augenblick vorhanden.

Die Art, wie die beiden Freunde jetzt einander begrüßten, war höchst charakteristisch. Chingachgook, ein edler, großer, schöner und athletischer, junger, indianischer Krieger besichtigte zuerst sorgfältig seine Büchse, öffnete die Pfanne, um sich zu versichern, daß das Pulver darauf nicht naß geworden, warf, nachdem er sich dieses wichtigen Umstandes vergewissert, verstohlene, aber beobachtende Blicke um sich auf die seltsame Behausung und die beiden Mädchen: noch immer aber sprach er nicht, und besonders vermied er es, durch Fragen irgendeine weibische Neugierde an den Tag zu legen.

»Judith und Hetty«, sagte Wildtöter mit unangelernter, natürlicher Höflichkeit, »dies ist der mohikanische Häuptling, von welchem ich euch gesprochen, Chingachgook, wie er genannt ist, was ›große Schlange‹ bedeutet; so genannt wegen seiner Weisheit und Klugheit und List, und mein erster und letzter Freund. Ich wußte, daß er es sein müsse, durch die Falkenfeder über dem linken Ohr; denn die meisten andern Krieger tragen sie an der Kriegslocke.«

Nachdem Wildtöter so gesprochen, lachte er herzlich, mehr aufgeregt vielleicht durch die Freude, seinen Freund unter so drohenden Umständen nun doch wohlbehalten an seine Seite bekommen zu haben, als durch irgendeinen Einfall, der etwa zufällig ihm durch den Sinn fuhr; dieser Ausbruch seiner Empfindungen war etwas auffallend dadurch, daß er von gar keinem Geräusch begleitet war. Obgleich Chingachgook das Englische verstand und sprach, mochte er doch seine Gedanken nicht in dieser Sprache mitteilen, wie die meisten Indianer; nachdem er Judiths herzliches Händeschütteln und Hettys sanftere Begrüßung in der höflichen Weise aufgenommen, wie es einem Häuptling geziemte, wandte er sich weg, offenbar um den Augenblick zu erwarten, wo es seinem Freund belieben möchte, ihm seine weitern Absichten auseinanderzusetzen und ihm zu erzählen, was seit ihrer Trennung sich begeben hatte. Der andere verstand seinen Wunsch und offenbarte seine Denk- und Schlußweise in der Sache durch seine Anrede an die Mädchen.

»Dieser Wind wird bald sich ganz legen, nachdem die Sonne unter ist«, sagte er, »und es ist nicht nötig, dagegenzurudern. In etwa einer halben Stunde wird völlige Windstille sein, oder der Wind wird von der Südküste her wehen, wo wir dann unsern Rückweg zum Kastell antreten wollen; mittlerweile wollen der Delaware und ich über allerlei Sachen uns besprechen und jeder nach den Begriffen des andern seine Ansicht berichtigen über das Verfahren, das wir einzuschlagen haben.«

Niemand widersprach diesem Vorschlag, und die Mädchen entfernten sich in die Kajüte, um die Abendmahlzeit zu beschicken, während die beiden jungen Männer sich auf dem Vorderteil des Fahrzeugs setzten und ein Gespräch begannen. Die Unterredung ward in der Sprache der Delawaren geführt. Da jedoch dieser Dialekt selbst von Gelehrten wenig gekannt ist, wollen wir bei dieser wie bei allen künftigen Gelegenheiten solche Gespräche, die wir genauer mitzuteilen für nötig erachten, in unsre Sprache übertragen und die Idiome und Eigentümlichkeiten der Redenden insofern zu wahren suchen, daß wir die von ihnen gebrauchten Bilder und Redefiguren dem Geiste der Leser in der treuesten und anschaulichsten Weise nahebringen.

Es ist unnötig, auf die Einzelheiten einzugehen, welche Wildtöter zuerst berichtete, indem er eine kurze Erzählung der unsern Lesern schon bekannten Tatsachen gab. Erwähnt muß jedoch werden, daß der Erzähler hier nur die Umrisse berührte und namentlich sich enthielt, etwas von seinem Kampf mit dem Irokesen und seinem Siege sowie auch von seinen Bemühungen zugunsten der verlassenen Mädchen zu sagen. Als Wildtöter zu Ende war, begann auch der Delaware seine Erzählung und sprach in häufigen Sentenzen, mit viel Ernst und Würde. Sein Bericht war klar und kurz, auch mit kleinen Vorfällen ausgeschmückt, die nicht geradezu die Geschichte seiner Reise von den Ortschaften seines Volkes und seine Ankunft im Tal des Susquehanna betroffen hätten. Als er letzteres erreichte, und zwar an einem Punkt, der nur eine halbe Meile südlich von der Ausströmung lag, hatte er bald eine Spur aufgefunden, die ihm die zu vermutende Nähe von Feinden verriet. Da er auf ein solches Begebnis vorbereitet war und ihn ja der Zweck seines Zuges unmittelbar in die Nähe der Truppe von Irokesen rief, von welcher man wußte, daß sie umherstreife, betrachtete er die Entdeckung eher als ein Glück denn als das Gegenteil und traf die gewöhnlichen Vorsichtsmaßregeln, um daraus Nutzen zu ziehen. Zuerst folgte er dem Fluß bis zu seinem Ursprung, merkte sich die Lage des Felsens genauer, fand dann wieder eine Spur und war wirklich schon stundenlang um die Feinde von verschiedenen Seiten herumgestreift, gleicherweise eine Gelegenheit abwartend, seine Geliebte zu treffen und einen Skalp zu erbeuten, und es mag die Frage sein, was er am sehnlichsten wünschte. Er hielt sich in der Nähe des Sees und wagte sich gelegentlich an diesen oder jenen Ort, wo er übersehen konnte, was auf seinem Spiegel vorging. Die Arche war gesehen und beobachtet worden von dem Augenblick an, wo sie in den Bereich des Gesichts kam, obwohl der junge Häuptling natürlich nicht wußte, daß sie das Mittel werden sollte, seine gewünschte Vereinigung mit seinem Freund zu bewirken. Die Unsicherheit ihrer Bewegungen, und der Umstand, daß sie unstreitig von Weißen gelenkt wurde, führte ihn jedoch auf die Vermutung der Wahrheit, und er hielt sich gefaßt, an Bord derselben zu gehen, sobald sich eine geeignete Gelegenheit darböte. Als die Sonne sich zum Horizont herabsenkte, begab er sich auf den Felsen, wo er, als er aus dem Wald hervortauchte, zu seiner Freude die Arche liegen sah, offenbar bereit, ihn aufzunehmen. Die Art und Weise seines Erscheinens und seines Eintritts in das Fahrzeug ist schon bekannt.

Obgleich Chingachgook seine Feinde stundenlang genau beobachtet hatte, war doch ihre plötzliche und scharfe Verfolgung, als er die Fähre erreichte, ihm ebenso überraschend wie seinem Freunde. Er konnte sie sich nur erklären durch den Umstand, daß sie zahlreicher waren, als er zuerst geglaubt, und daß sie Trupps ausgestellt hatten, von deren Vorhandensein er nichts gewußt. Ihr regelmäßiges und bleibendes Lager, wenn das Wort bleibend gebraucht werden darf von dem Aufenthaltsort einer Bande, die aller Wahrscheinlichkeit nur ein paar Wochen aus zu sein beabsichtigte, war nicht fern von der Stelle, wo Hutter und Hurry in ihre Hände gefallen waren, und natürlich in der Nähe einer Quelle.

»Nun, Schlange«, fragte Wildtöter, als der andre seine kurze, aber lebendige Erzählung beendigt hatte, und zwar in der Delawarensprache, die wir nur zur Bequemlichkeit des Lesers nicht beibehalten haben – »nun, Schlange, da Ihr um diese Mingos herumspioniert habt: könnt Ihr uns etwas berichten von ihren Gefangenen, dem Vater dieser Mädchen und noch einem, der, wie ich vermute, der Liebhaber der einen von ihnen ist?«

»Chingachgook hat sie gesehen. Ein alter Mann und ein junger Krieger – die fallende Schierlingstanne und die hohe Tanne.«

»Ihr habt's nicht übel getroffen, Delaware, Ihr habt's nicht übel getroffen! Der alte Hutter ist wirklich halb zerfallen, obgleich manche tüchtige Klötze noch aus seinem Stamm gehauen werden könnten, und was Hurry Harry anlangt, nach Höhe, Stärke und hübschem Aussehen könnte er wohl der Stolz des menschlichen Waldes genannt werden. Waren die Männer gebunden, oder erlitten sie in irgendeiner Weise Martern? Ich frage wegen der jungen Weiber, die, glaub' ich, sehr verlangend sind, etwas zu erfahren.«

»Nicht so, Wildtöter. Die Mingos sind so viel, daß sie ihr Wild nicht in einen Käfig zu sperren brauchen. Einige wachen, einige schlafen, einige lauern, andere jagen. – Die Bleichgesichter werden heute wie Brüder behandelt: morgen werden sie ihre Skalpe verlieren.«

»Ja, das ist rote Natur, und darin muß man sich schicken! Judith und Hetty, da ist tröstliche Botschaft für Euch! Der Delaware erzählt mir, daß weder Euer Vater noch Hurry Harry Martern zu leiden haben; daß sie, abgerechnet den Verlust der Freiheit, sich so wohl befinden wie wir. Natürlich werden sie im Lager gehalten; im übrigen tun sie, was ihnen beliebt.«

»Das freut mich zu hören, Wildtöter«, versetzte Judith, »und jetzt, nachdem Euer Freund bei uns ist, zweifle ich nicht im mindesten daran, daß wir Gelegenheit finden werden, die Gefangenen auszulösen. Wenn Weiber im Lager sind, so habe ich schon Kleidungsstücke, die ihr Auge blenden sollen, und wenn es zum Schlimmsten käme, könnten wir den guten Schrank öffnen, der, so glaube ich, Sachen in seinem Inneren enthalten und offenbaren dürfte, welche die Häuptlinge wohl locken werden.«

»Judith«, sagte der junge Mann, sie mit einem Lächeln und einem Ausdruck ernster Neugier anblickend, der trotz der wachsenden Dunkelheit dem beobachtenden Blicke des Mädchens nicht entging, »könnt Ihr es übers Herz bringen, Euch von Euren schönen Sachen zu trennen, um Gefangene zu befreien, von denen freilich der eine Euer eigner Vater, der andre Euer geschworner Liebhaber und Freier ist?«

Die Röte, die sich über das Antlitz des Mädchens ergoß, hatte ihren Grund teils in Verdruß und Unmut, vielleicht aber noch mehr in einem edlern, neuen Gefühle, das in Verbindung mit dem launenhaften Eigensinn ihres Geschmacks sie binnen kurzer Zeit empfindlicher für die gute Meinung des ihr jene Frage vorlegenden Jünglings gemacht hatte, als sie gegen das Urteil jedes andern war. Mit instinktartiger Raschheit die Anwandlung von Ärger unterdrückend, antwortete sie mit einer Geradheit und Wahrheit, welche ihre Schwester herbeizogen, um auch zuzuhören, obgleich der stumpfe Geist Hettys keineswegs die Bewegungen eines Herzens zu verstehen vermochte, das so verräterisch, so unzuverlässig und so ungestüm in seinen Gefühlen war wie das der verwöhnten und vielumschmeichelten Schönen.

»Wildtöter«, antwortete Judith nach einer augenblicklichen Pause, »ich will ehrlich sein gegen *Euch*. Ich gestehe, es war eine Zeit, wo das, was Ihr schöne Sachen nennt, mir das Liebste auf Erden war; aber ich fange an, anders zu denken und zu fühlen. Obgleich Hurry Harry mir nichts ist, nichts werden kann, würde ich doch alles, was ich besitze, hingeben, ihn frei zu machen. Wenn ich dies täte für den tobenden, tollen, geschwätzigen Hurry, der nichts Empfehlendes hat als sein gutes Aussehen, könnt Ihr darnach schließen, was ich für meinen Vater täte.«

»Das klingt gut und ist gemäß eines Weibes Gaben. Ach ja, freilich! dasselbe Gefühl findet sich auch wohl bei den jungen Weibern der Delawaren. Ich habe sie oft und viel ihre Eitelkeit ihrem Herzen opfern sehen. Es ist, wie es sein soll – es ist, wie es sich nach meiner Ansicht gebührt für beide Farben. Das Weib ward geschaffen zum Gefühl und wird meist auch beherrscht vom Gefühl.«

»Würden die Wilden Vater gehen lassen, wenn Judith und ich ihnen alle unsre besten Sachen gäben?« fragte Hetty in ihrer unschuldigen sanften Weise.

»Ihre Weiber würden sich dreinlegen, gute Hetty, ja, ihre Weiber würden sich wohl dreinlegen, wenn sie so etwas in Aussicht hätten. Aber sagt mir, Schlange, wie ist es mit Weibern unter den Schurken, haben sie viele von ihren eignen Frauen im Lager?«

Der Delaware hörte und verstand alles, was vorging; obgleich er mit indianischem Ernst und Feinheit, abgekehrten Gesichts, dagesessen hatte, anscheinend nicht achtend auf ein Gespräch, das ihn nicht unmittelbar anging. Jetzt aber, wo er angeredet und befragt wurde, antwortete er seinem Freund in seiner gewöhnlichen kurzen und sentenziösen Weise.

»Sechs!« sagte er, alle Finger der einen Hand und den Daumen der anderen emporhaltend, »außer *dieser!*« Die *diese* bedeutete seine Verlobte, und mit der Poesie und Wahrheit der Natur bezeichnete er sie dadurch, daß er seine Hand aufs Herz legte.

»Habt Ihr sie gesehen, Häuptling – seid Ihr ihres lieblichen Antlitzes ansichtig geworden oder ihrem Ohr nahe genug gekommen, um darein das Lied zu singen, das sie so liebt?«

»Nein, Wildtöter – die Bäume waren zu viele, und Laub bedeckte ihre Äste wie Wolken den Himmel bei Gewittern. Aber«, und der junge Krieger wandte sein dunkles Angesicht gegen seinen Freund mit einem Lächeln darauf, das seine trotzig aussehende Bemalung seine von Natur finstern Züge mit einem lichten Strahl menschlichen Gefühls verklärte, »Chingachgook hat das Lachen von Wah-ta!-Wah gehört; er unterschied es von dem Lachen der Weiber der Irokesen. Es klang in sein Ohr wie das Zwitschern des Zaunkönigs.«

»Ja, darin kann man sich auf eines Liebhabers Ohr verlassen und auf das eines Delawaren in betreff aller Töne, die man je in den Wäldern hört. Ich weiß nicht, wie es kommt, Judith, aber wenn junge Männer – und ich glaube fast, es ist ganz ebenso auch bei jungen Weibern –, nun, wenn sie zärtliche Gefühle gegeneinander bekommen, so ist es wunderbar, wie lieblich das Lachen oder das Sprechen des einen dem andern zu tönen anfängt. Ich habe grimmige Krieger dem Plaudern und Lachen junger Mädchen lauschen sehen, als wäre es Kirchenmusik, – so wie man hört, in der alten holländischen Kirche, die in der großen Straße von Albany steht, wo ich mehr als einmal mit Pelzwerk und Wildbret gewesen bin.«

»Und Ihr, Wildtöter«, sagte Judith rasch und mit mehr Empfindung, als man sonst in ihrem gewöhnlich so leichten und gleichgültigen Wesen bemerkte, »habt *Ihr* nie empfunden, wie angenehm es ist, dem Lachen eines geliebten Mädchens zu lauschen?«

»Gott tröste Euch, Mädchen! – ha, ich habe nie lang genug unter meiner eignen Farbe gelebt, um in diese Gattung von Gefühlen zu verfallen – nein, nie! Ich glaube wohl, sie sind natürlich und recht, aber für mich ist keine Musik so schön als das Pfeifen des Windes in den Wipfeln der Bäume und das Rauschen eines Baches aus seiner vollen, blitzenden heimatlichen Quelle reinen frischen Wassers; außer etwa«, fuhr er fort und senkte einen Augenblick nachdenklich den Kopf, »außer etwa, ja, der offene Rachen eines zuverlässigen Hundes, wenn ich einem fetten Bock auf der Fährte bin. Was unzuverlässige Hunde sind, nach deren Gebell frage ich wenig, in Betracht, daß sie ebensooft anfangen zu bellen, wenn das Wild nicht zu sehen, als wenn dies der Fall ist.«

Judith schritt langsam und nachdenklich weg, auch lag nichts von ihrer gewöhnlichen berechnenden Koketterie in dem leisen, bebenden Seufzer, der, ihr selbst unbewußt, ihrem Munde entschwebte. Andernteils horchte Hetty mit argloser Aufmerksamkeit, obgleich es ihrem einfachen Geist als sonderbar auffiel, daß der junge Mann die Melodie der Wälder den Gesängen von Mädchen oder gar dem Lachen der Unschuld und

Freude vorziehen sollte. Gewohnt jedoch, in den meisten Dingen sich nach ihrer Schwester zu bequemen, folgte sie bald Judith in die Kajüte, wo sie einen Sitz nahm und längere Zeit tief brütete über einen Vorfall oder einen Entschluß oder eine Meinung, wovon außer ihr kein Mensch wußte. Wildtöter und sein Freund, jetzt allein, setzten nun ihr Gespräch fort.

»Ist der junge Bleichgesicht-Jäger schon lange an diesem See?« fragte der Delaware, nachdem er höflich abgewartet, ob nicht der andere zuerst sprechen werde.

»Erst seit gestern mittag, Schlange, und doch war dies lange genug, um viel zu erleben und zu tun.« Der Blick, den der Indianer auf seinen Genossen heftete, war so scharf, daß er der wachsenden Dunkelheit der Nacht zu spotten schien. Als der andere verstohlen seinen Blick erwiderte, sah er die zwei scharfen Augen sich anblitzen wie die Augäpfel des Panthers oder des hungrigen Wolfs. Er verstand den Sinn dieser glühenden Augen und antwortete ausweichend, wie es nach seiner Meinung sich am besten schickte für die Bescheidenheit eines Mannes mit weißen Gaben.

»Es ist, wie Ihr vermutet, Schlange; ja, es ist etwas der Art. Ich bin auf einen Feind gestoßen, und ich denke, man kann auch sagen, ich habe mit ihm gekämpft.«

Ein Ausruf der Freude und des Jubels entfuhr dem Indianer; dann mit der Hand lebhaft den Arm seines Freundes fassend, fragte er ihn, ob auch Skalpe erbeutet worden seien.

»Das ist, will ich gegen den ganzen Stamm der Delawaren, gegen den alten Tamenund und Euern Vater, den großen Unkas, wie gegen alle übrigen keck behaupten, das ist gegen die Gaben eines Weißen! *Mein* Skalp ist auf meinem Kopf, wie Ihr seht, Schlange, und das war der einzige Skalp, der in Gefahr war, da die eine Partei ganz christlich und weiß war.«

»Fiel kein Krieger? – Wildtöter bekam seinen Namen nicht dadurch, daß er von schläfrigem Auge oder ungeschickt mit der Büchse war!«

»In diesem Punkt, Häuptling, sprecht Ihr vernünftiger und kommt daher der Wahrheit näher. Ich darf sagen, ein Mingo ist gefallen.«

»Ein Häuptling?« fragte der andere mit ungestümer Heftigkeit.

»Nein, das ist mehr, als ich weiß oder sagen kann. Er war

schlau und verräterisch und herzhaft und mag wohl Beifall genug unter seinem Volke sich erworben haben, um zu dieser Würde erhoben zu werden. Der Mann kämpfte gut, obgleich sein Auge nicht schnell genug war für einen Mann, der seine Schule in Eurer Gesellschaft gemacht, Delaware!«

»Mein Bruder und Freund schlug den Mann doch nieder?«

»Ich brauchte das nicht, sintemal der Mingo in meinen Armen starb. Ich kann wohl die Wahrheit geradeheraus sagen; er kämpfte wie ein Mann mit roten Gaben und ich wie ein Mann mit Gaben von meiner Farbe. Gott gab mir den Sieg, ich konnte nicht seine Vorsehung ins Angesicht schlagen, indem ich meine Geburt und Natur vergessen hätte. Weiß schuf er mich, und weiß will ich leben und sterben.«

»Gut! Wildtöter ist ein Bleichgesicht und hat Hände eines Bleichgesichts. Ein Delaware wird nach dem Skalp sehen und ihn auf einen Pfahl hängen und ein Lied zu seiner Ehre singen, wenn wir zurückgehen zu unserm Volke. Die Ehre gehört dem Stamm, sie darf nicht verlorengehen.«

»Das ist leicht gesagt, aber nicht so leicht getan. Des Mingos Leichnam ist in den Händen seiner Freunde und ohne Zweifel in einer Höhle verborgen, wo Delawarenlist dem Skalp nie beikommen wird.«

Der junge Mann gab dann seinem Freunde einen kurzen, aber klaren Bericht von dem Ereignis des Morgens, nichts von irgendeinigem Belang verhehlend und doch alles bescheiden und mit sorgfältiger Aufmerksamkeit, und indianische Prahlerei zu vermeiden, berührend. Chingachgook drückte wieder seine Freude aus über die von seinem Freunde gewonnene Ehre, und dann standen beide auf, da die Stunde gekommen war, wo die Klugheit riet, die Arche weiter vom Lande zu entfernen.

Es war jetzt ganz dunkel, der Himmel umwölkt und die Sterne verdeckt. Der Nordwind hatte aufgehört wie gewöhnlich bei Sonnenuntergang, und ein leiser Luftzug erhob sich von Süden. Da dies Umschlagen die Absichten Wildtöters begünstigte, lichtete er seinen Anker, und das Fahrzeug fing sogleich und ganz merklich an, weiter in den See hinein zu treiben. Das Segel ward aufgezogen, wodurch die Bewegung des Fahrzeugs zu einer Schnelligkeit von nicht viel weniger als zwei Meilen in der Stunde stieg. Da dies das Rudern entbehrlich machte – eine

Arbeit, nach welcher ein Indianer selten lüstern war – setzten sich Wildtöter, Chingachgook und Judith auf das Hinterteil der Fähre, wo der erstere mit dem Steuerruder ihre Bewegungen lenkte. Hier besprachen sie ihre künftigen Maßregeln und die Mittel, deren man sich bedienen müsse, um die Befreiung ihrer Freunde zu bewirken.

Zu diesem Gespräch trug Judith das Wesentlichste bei; der Delaware verstand ohne Mühe alles, was sie sagte, seine Antworten und Bemerkungen aber, welche beide selten und kurz waren, wurden gelegentlich von seinem Freund ins Englische übertragen. Judith stieg in der nächsten halben Stunde bedeutend in der Achtung ihres Genossen. Rasch im Entschluß und fest in ihren Absichten, zeugten ihre Vorschläge und Auskunftsmittel von ihrem Mut und ihrem Scharfblick, und beide waren von der Art, daß sie wohl bei Grenzmännern Gunst finden mochten. Die seit ihrer Bekanntschaft vorgefallenen Ereignisse sowie ihre vereinzelte und abhängige Lage flößten dem Mädchen ein Gefühl gegen Wildtöter ein, als wäre es eine jahrelange Freundschaft und nicht die Bekanntschaft eines Tages, was sie verband, und so gänzlich war sie gewonnen durch die arglose Wahrhaftigkeit seines Charakters und Gemüts – für sie, soweit ihre Erfahrung reichte, völlige Neuheiten an unsrem Geschlecht – daß seine Eigentümlichkeiten ihre Neugierde rege gemacht und ein Zutrauen in ihr erweckt hatten, das sie noch nie gegen einen andern Mann empfunden hatte. Bisher hatte sie sich genötigt gesehen, bei ihrem Verkehr mit Männern sich verteidigungsweise zu verhalten – mit welchem Erfolg, wußte sie selbst am besten; aber jetzt sah sie sich plötzlich in die Gesellschaft und unter den Schutz eines Jünglings versetzt, der offenbar so wenig Arges gegen sie im Sinne hatte, als wäre er ihr Bruder gewesen. Die Frische seiner Unschuld und Rechtlichkeit, die Poesie und Wahrheit seiner Gefühle und selbst die Eigenheit seiner Redeweise – alles äußerte einen Einfluß auf sie und trug dazu bei, ein Interesse in ihr zu erwecken, das, wie sie fand, ebenso rein und plötzlich und tief war. Hurrys hübsches Gesicht und männliche Gestalt hatten ihr nie sein lärmendes und gemeines Wesen vergütet, und ihr Verkehr mit den Offizieren hatte sie Vergleichungen anstellen gelehrt, bei welchen selbst seine großen natürlichen Vorzüge zu kurz kamen. Aber ebendieser Verkehr mit den Offizieren, welche gelegentlich an den

See kamen, um zu fischen und zu jagen, wirkte auch mit auf ihre jetzigen Gesinnungen und Empfindungen gegenüber dem jungen Fremden. Die Bekanntschaft mit ihnen hatte sie, während ihre Eitelkeit dadurch geschmeichelt und ihre Eigenliebe geweckt worden war, vielen Grund, tief zu bereuen – wenn nicht gar, in geheimem Kummer darüber zu trauern – denn es hatte ihr bei ihrem lebhaften, raschen Verstand die Beobachtung unmöglich entgehen können, wie hohl der Umgang und Verkehr zwischen Höhern und Geringern sei, und daß sie selbst von den bestgesinnten und am wenigsten berechnenden und listigen unter ihren scharlachröckigen Bewunderern mehr als das kurzweilige Spielzeug einer müßigen Stunde denn als Gleichgestellte und Freundin betrachtet wurde. Wildtöter dagegen hatte ein Fenster vor seiner Brust, durch welches das Licht seiner Ehrlichkeit immer leuchtete, und selbst seine Gleichgültigkeit gegen Reize, die so selten verfehlten, einen lebhaften Eindruck zu machen, spannte den Stolz des Mädchens und verlieh ihm in ihren Augen ein Interesse, das ein anderer, anscheinend mehr von der Natur begünstigt, nicht leicht erregt hätte.

In dieser Weise verstrich eine halbe Stunde, während welcher die Arche langsam über das Wasser hinglitt, indes das Dunkel umher immer dichter wurde; obgleich man noch wohl bemerkte, daß der schwarze Wald am südlichen Ende des Sees ferner rückte, während die Berge, welche die Seiten des schönen Beckens einfaßten, ihn beinahe von einer Seite zur andern überschatteten. Doch war noch ein schmaler Streif Wasser in der Mitte des Sees, wo das dämmernde Licht, das noch vom Himmel sich ergoß, auf seinen Spiegel in einer nördlich und südlich sich ausdehnenden Linie fiel. Entlang diesem schwachen Streifen – einer Art umgekehrter Milchstraße, wo die Dunkelheit nicht so dicht war als an andern Stellen – verfolgte die Fähre ihren Lauf, da ihr Steuermann wohl wußte, daß dies die gewünschte Richtung sei. Der Leser darf jedoch nicht glauben, es habe irgendeine Schwierigkeit, die einzuhaltende Richtung betreffend, gewaltet. Diese wäre bestimmt worden durch die Strömung des Windes, hätte man auch nicht mehr die Berge unterscheiden können, sowie auch durch die dämmernde Lichtung nach Süden zu, welche die Lage des Tals nach dieser Seite auf der Ebene von großen Bäumen durch eine etwas verminderte Dunkelheit bezeichnete – der Unterschied zwischen dem

Dunkel des Waldes und dem Dunkel der nur als Luft gesehenen Nacht. Diese Eigentümlichkeiten nahmen endlich die Aufmerksamkeit Judiths und Wildtöters in Anspruch, und das Gespräch hörte auf, wodurch jedes Muße erhielt, die feierliche Stille und tiefe Ruhe der Natur zu betrachten.

»Es ist eine finstre Nacht«, bemerkte das Mädchen nach einer Pause von einigen Minuten. »Ich hoffe, wir werden doch das Kastell finden können.«

»Daß wir das verfehlen, ist wenig zu besorgen, wenn wir nur diese Richtung in der Mitte des Sees behalten«, versetzte der junge Mann. »Die Natur hat uns hier eine Bahn gemacht, und so finster es ist, wird es doch wenig Schwierigkeit haben, sie zu verfolgen.«

»Hört Ihr nichts, Wildtöter? Es war, als ob das Wasser ganz in unsrer Nähe rauschte.«

»Gewiß hat etwas das Wasser in Bewegung gebracht, auf eine ungewöhnliche Art; es muß ein Fisch gewesen sein. Diese Kreaturen machen aufeinander Jagd wie Menschen und Tiere auf dem Land; einer ist in die Luft gesprungen und ist schwerfällig wieder heruntergesunken in sein Element. Es nützt ihnen wenig, Judith, aus ihrem Element herauszustreben, da es einmal ihre Natur ist, darin zu bleiben, und die Natur muß ihren Willen haben. Ha! *das* tönt wie ein Ruder, das mit ungewöhnlicher Vorsicht gehandhabt wird!«

In diesem Augenblick beugte sich der Delaware vor und wies bedeutsam nach dem finstern Horizont, als ob plötzlich seinem Auge etwas aufgestoßen sei, Wildtöter und Judith folgten der Richtung seiner Gebärde, und beide wurden in demselben Augenblick eines Kanus ansichtig. Die Wahrnehmung dieses beunruhigenden Nachbars war dämmernd und trüb, und ein minder geübtes Auge hätte darüber in Ungewißheit sein können, aber die auf der Arche Befindlichen erkannten deutlich ein Kanu mit einer Person darin, welche aufrecht stand und ruderte. Wie viele im untern Raume versteckt lagen, konnte man natürlich nicht wissen. Einer von starken und geübten Händen gelenkten Barke mittelst Ruderns zu entfliehen, war ganz untunlich, und beide Männer ergriffen, eines Kampfes gewärtig, ihre Büchsen.

»Ich kann den Rudrer leicht zu Boden fällen«, flüsterte Wildtöter, »aber wir wollen ihn zuerst anrufen und um sein

Vorhaben fragen.« Dann erhob er seine Stimme und rief ernst und feierlich: »Halt! Wenn Ihr näher kommt, muß ich feuern, sowenig ich es wünsche, und dann ist sicherer Tod die Folge. Stellt das Rudern ein und antwortet!«

»Feuert und tötet ein armes, wehrloses Mädchen«, erwiderte eine sanfte, zitternde weibliche Stimme, »aber Gott wird Euch das nie vergeben! Geht Eures Weges, Wildtöter, und laßt mich den meinigen gehen!«

»Hetty!« riefen der junge Mann und Judith in einem Atem, und der erstere sprang sogleich nach der Stelle, wo er das am Tau mitgeführte Kanu gelassen hatte. Es war weg, und nun verstand er die ganze Sache. Die Entflohene, erschrocken über die Drohung, hörte zu rudern auf und blieb, nur dämmernd sichtbar, einem gespenstischen Umriß einer menschlichen Gestalt ähnlich, über dem Wasser stehen. Im nächsten Augenblick ward das Segel herabgelassen, damit die Arche nicht an der Stelle, wo das Kanu sich befand, vorübergleite. Diese letzte Maßregel jedoch ward nicht mehr zu rechter Zeit getroffen; denn das Gewicht eines so schweren Fahrzeugs und der Anstoß des freilich schwachen Windes trieben es bald daran vorüber und bewirkten, daß Hetty gerade hinter dem Winde sich befand, obwohl noch sichtbar, da der Wechsel in der Stellung der beiden Fahrzeuge sie in jene obenerwähnte Art von Milchstraße brachte.

»Was kann dies bedeuten, Judith?« fragte Wildtöter. »Warum hat Eure Schwester das Kanu genommen und uns verlassen?«

»Ihr wißt, sie ist schwachsinnig, das arme Mädchen! Sie hat ihre eignen Ideen darüber, was zu tun sei. Sie liebt ihren Vater mehr, als die meisten Kinder ihre Eltern lieben – und dann –«

»Dann was, Mädchen? Dies ist ein bedenklicher Augenblick, und wo man die Wahrheit reden muß.«

Judith empfand eine edelmütige und weibliche Scheu, ihre Schwester zu verraten, und sie zögerte, ehe sie fortfuhr. Aber noch einmal von Wildtöter dringend aufgefordert und selbst die Gefahren alle erkennend, welchen die Gesellschaft durch Hettys Unklugheit ausgesetzt wurde, konnte sie nicht länger an sich halten.

»Dann fürchte ich auch, die arme schwachsinnige Hetty hat nicht recht die Eitelkeit, die Narrheit und die Tollheit zu sehen vermocht, die hinter dem schönen Gesicht und der stattlichen Gestalt Hurry Harrys liegen. Sie spricht im Schlaf von ihm und verrät manchmal ihre Neigung auch in ihren wachen Augenblicken.«

»Ihr meint, Judith, Eure Schwester gehe jetzt mit irgendeinem tollen Plan um, ihrem Vater und Hurry zu dienen, der aller Wahrscheinlichkeit nach die Gewürme, die Mingos, in den Besitz eines Kanus setzen wird!«

»So wird es sich, fürchte ich, verhalten, Wildtöter. Die arme Hetty hat schwerlich Schlauheit genug, einen Wilden zu überlisten.«

Die ganze Zeit her war das Kanu, Hetty in aufrechter Stellung am einen Ende desselben stehend, dämmernd sichtbar gewesen, obgleich es bei der raschen Bewegung der Arche mit jedem Augenblick weniger deutlich wurde. Es war offenbar keine Zeit zu verlieren, wenn es nicht ganz verschwinden sollte. Die Büchsen wurden jetzt als überflüssig beiseite gelegt; dann ergriffen die beiden Männer die Ruder und fingen an, das Vorderteil der Fähre gegen das Kanu hin umzuwenden. Judith, an den Dienst gewöhnt, eilte nach dem andern Ende der Arche und stellte sich an den *Helm* – wenn man so sagen konnte. Hetty erschrak bei diesen Vorkehrungen, die nicht ohne Geräusch getroffen werden konnten, und fuhr auf wie ein Vogel, der plötzlich durch das Herannahen einer nicht erwarteten Gefahr gescheucht wird.

Da Wildtöter und sein Genosse mit der Anstrengung von Männern ruderten, welche die Notwendigkeit fühlten, jeden Nerv anzuspannen, und Hettys Kräfte geschwächt wurden durch ein ängstliches, krampfartiges Bestreben zu entfliehen, würde die Jagd bald mit der Einholung der Flüchtigen geendet haben, hätte nicht das Mädchen einige rasche und unvorhergesehene Abweichungen von der geraden Bahn gemacht. Diese Wendungen gewannen ihr Zeit, und sie hatten auch die Wirkung das Kanu und die Arche allmählich in das dichte Dunkel hineinzuführen, das die Schatten von den Bergen erzeugten. Auch vergrößerten sie allmählich den Abstand zwischen der Fliehenden und ihren Verfolgern, bis Judith ihren Genossen zurief, sie sollten zu rudern aufhören, weil sie das Kanu gänzlich aus dem Gesicht verloren habe.

Als diese leidige Benachrichtigung erfolgte, war Hetty in der

Tat so nahe, daß sie jede Silbe verstand, die ihre Schwester sprach, obgleich letztere die Vorsicht gebraucht hatte, so leise zu sprechen, als nur immer die Umstände gestatteten, falls sie gehört werden wollte. Hetty hörte in demselben Augenblick zu rudern auf und wartete das weitere Ergebnis mit einer Ungeduld ab, die ebensosehr infolge ihrer bisherigen Anstrengung wie ihres Wunsches, ans Land zu kommen, eine wahrhaft atemlose zu nennen war. Eine Totenstille senkte sich inzwischen auf den See, während welcher die drei in der Arche ihre Sinne aufs mannigfachste anstrengten, um die Stellung des Kanus zu entdecken. Judith beugte sich vor, um zu horchen, in der Hoffnung, einen Ton zu erlauschen, der verriete, in welcher Richtung ihre Schwester sich davonstehle, während ihre beiden Genossen die Augen so nahe als möglich hinab ans Wasser hielten, um jeden Gegenstand zu entdecken, der etwa auf seiner Oberfläche schwimme. Alles jedoch war umsonst; denn weder ein erlauschter Ton noch das Sichtbarwerden eines Gegenstandes belohnte ihre Anstrengungen. Diese ganze Zeit über stand Hetty, welche nicht soviel Schlauheit besaß, sich im Boot niederzulegen, aufgerichtet da, einen Finger auf ihren Mund gedrückt, in der Richtung hinausstarrend, von welcher her sie die Stimmen gehört hatte, einer Bildsäule schweigender und scheuer Erwartung ähnlich. Ihre List war nur so weit gegangen, daß sie in der erzählten Weise, ohne Geräusch des Kanus sich zu bemächtigen und die Arche zu verlassen, imstande gewesen war; dann schien sie für den Augenblick gänzlich erschöpft. Selbst die Abweichungen des Kanus waren ebensosehr die Folgen einer unsichern Hand und einer Nervenaufregung als einer schlauen Berechnung gewesen.

Diese Pause währte einige Minuten, während welcher Wildtöter und der Delaware in der Sprache des letztern sich berieten. Dann tauchten die Ruder wieder ins Wasser, und die Arche bewegte sich, aber mit so wenig Geräusch als nur möglich. Sie steuerte westlich, etwas südlich oder in der Richtung auf das Lager des Feindes zu. Nachdem sie einen vorliegenden Punkt, nicht weit von der Küste entfernt, erreicht hatte, wo wegen der Nähe des Landes die Finsternis sehr dicht war, blieb sie hier beinahe eine Stunde liegen, das gehoffte Herankommen Hettys zu erwarten, die, so dachte man, diesem Punkt nach Kräften zueilen würde, sobald sie sich der Gefahr der Verfolgung entledigt glauben würde. Aber diese kleine Blockade wurde von keinem Erfolg gekrönt, weder der Gesichtssinn noch der Gehörsinn konnten das Vorbeifahren eines Kanus entdecken. Verdrießlich über dies Mißlingen und erkennend, wie wichtig es sei, von dem Kastell Besitz zu ergreifen, ehe der Feind sich seiner bemächtigte, schlug jetzt Wildtöter die Bahn dahin ein, mit der Befürchtung, daß alle seine Vorsicht, als er die Kanus in Sicherheit gebracht, vereitelt sein werde durch diesen unbewachten und beunruhigenden Schritt von seiten der schwachsinnigen Hetty.

Zehntes Kapitel

> Aber wer in diesem wilden Wald
> Mag Glauben schenken seinem Aug' und Ohr,
> Wo von dem Felsabhang, aus hohler Schlucht
> Ein wirr und bunt Getön von dürrem Laub,
> Von Zweigeknistern und Nachtvögelkrächzen
> Antwort zu geben scheint!
>
> *Jahanna Baillie*

Furcht ebensosehr als Berechnung hatte Hetty veranlaßt, das Rudern einzustellen, als sie entdeckte, daß ihre Verfolger nicht wüßten, in welcher Richtung sie weitersteuern sollten. Sie blieb ruhig, bis die Arche in die Nähe des Lagers sich gewendet hatte, wie im vorigen Kapitel erzählt worden; da ergriff sie wieder das Ruder, und mit vorsichtigen Schlägen strebte sie der westlichen Küste zu. Um jedoch ihren Verfolgern auszuweichen, die, wie sie richtig vermutete, bald auch diese Küste entlang rudern würden, richtete sie das Vorderteil ihres Kanus so weit nördlich, daß sie ans Land an einem vorspringenden Punkt kam, welcher, etwa eine Stunde von der Ausströmung entfernt, in den See auslief. Auch war dies nicht ganz nur das Ergebnis ihres Wunsches zu entkommen; denn Hetty Hutter, so schwachsinnig sie war, besaß doch genug von jener instinktartigen Vorsicht, welche oft die von Gott so Heimgesuchten vor Unheil bewahrt. Sie erkannte vollkommen, wie wichtig es sei, die Kanus nicht in die Hände der Irokesen fallen zu lassen, und lange, vertraute Bekanntschaft mit dem See hatte ihr eines der einfachsten Auskunftsmittel an die Hand gegeben, wodurch dieser wichtige Gesichtspunkt mit ihrem eignen Plan in Einklang gebracht wurde.

Der fragliche Punkt war der erste Landvorsprung auf dieser Seite des Sees, wo ein Kanu, wenn man es bei Südwind forttreiben ließ, vom Land wegschwimmen mußte und sogar, wie man ohne große Verletzung der Wahrscheinlichkeit annehmen durfte, das Kastell erreichen konnte; denn dieses lag über ihm, beinahe in gerader Linie mit dem Wind. Dies war denn Hettys

Absicht, und sie landete auf der äußersten Spitze des sandigen, vorspringenden Punktes unter einer überhangenden Eiche, mit dem ausdrücklichen Vorhaben, das Kanu von der Küste wegzustoßen, damit es ihres Vaters insularischer Behausung zuschwimme. Auch wußte sie von den Stämmen her, die gelegentlich auf dem See herumschwammen, daß, wenn es auch das Kastell und Zubehör verfehlte, der Wind wahrscheinlich umschlagen würde, ehe es das nördliche Ende des Sees erreichte, und hoffte, Wildtöter würde wohl Gelegenheit haben, es am Morgen wieder aufzufangen, wenn er, wie kaum zu bezweifeln, die Oberfläche des Wassers und seine gesamten umwaldeten Küsten mit dem Fernglas ernstlich durchmustern würde. Auch in diesem allen ward Hetty weniger von einer eigentlichen Schlußkette als von ihrem gewohnheitsmäßigen dunkeln Bewußtsein geleitet, und dies letztere ersetzt oft bei menschlichen Wesen die Schwäche des Geistes, wie ja auch es oder ein Analogon davon bei Tieren der niedern Gattung denselben Dienst leistet.

Das Mädchen brauchte eine volle Stunde, bis es zu dem Landvorsprung gelangte; denn die Entfernung und die Dunkelheit hielten es lange auf. Sobald Hetty aber den Kiesstrand erreicht hatte, schickte sie sich auch an, das Kanu in der angegebenen Weise dem Spiel des Wassers anzuvertrauen. Während sie es zurückdrängte, hörte sie leise Stimmen, die von den Bäumen hinter ihr herzukommen schienen. Erschrocken über diese unerwartete Gefahr, stand Hetty schon auf dem Punkt, wieder in das Kanu zu springen, um ihr Heil in der Flucht zu suchen, als sie die Töne von Judiths melodischer Stimme zu erkennen glaubte. Sie beugte sich vor, um die Töne unmittelbar aufzufassen, und erkannte deutlich, daß sie vom Wasser herkamen; jetzt begriff sie, daß die Arche sich von Süden her nähere, und zwar so nahe an der westlichen Küste, daß sie notwendig an dem Landvorsprung auf zwanzig Schritte von dem Ort, wo sie stand, vorbeikommen mußte. Hier hatte sie denn alles, was sie wünschen konnte: sie schob das Kanu zurück in den See, und die bisherige Fergin blieb allein auf dem schmalen Strande zurück.

Nach Vollbringung dieser Handlung der Selbstaufopferung zog sich Hetty nicht zurück. Das Laub der überhängenden Bäume und Gebüsche würde sie beinahe ganz versteckt haben, wenn es auch licht gewesen wäre, aber in dieser Finsternis war es ganz unmöglich, einen so beschatteten Gegenstand auch nur auf einige Schritte zu entdecken. Auch war die Flucht ganz leicht, da sie mit zwanzig Schritten sich im Schoß des Waldes begraben konnte. Sie blieb daher, mit heftiger Spannung das Ergebnis ihrer Maßregel abwartend, mit dem Vorsatz, die Aufmerksamkeit der andern durch Rufen auf das Kanu zu lenken, sollte es den Anschein haben, als führen sie, ohne es zu beachten, vorüber. Die Arche näherte sich wieder unter Segel: Wildtöter stand auf dem Bug, Judith neben ihm und der Delaware am Helm. Es schien beinahe, als habe die Arche in der Bai unten sich zu nahe an die Küste gewagt, in der immer noch nicht aufgegebenen Hoffnung, Hetty abzuschneiden; denn wie sie näher kam, hörte die letztere deutlich, wie der junge Mann vorn seinem Genossen Weisungen gab, um an dem Landvorsprung vorbeizukommen.

»Lenkt die Spitze mehr ab von der Küste, Delaware«, sagte Wildtöter zum dritten Male auf englisch, damit seine schöne Genossin seine Worte verstehe, »lenkt die Spitze recht ab von der Küste. Wir sind hier zu weit hereingekommen und müssen mit dem Mast aus den Bäumen heraus. Judith, hier ist ein Kanu!«

Die letzten Worte wurden mit großem Ernst gesprochen, und Wildtöters Hand hatte seine Büchse gefaßt, ehe sie ganz über seine Lippen waren. Aber die Wahrheit ging sogleich wie ein Licht dem raschen Geiste des Mädchens auf, und sie sagte sogleich ihrem Begleiter, das Boot *müsse* dasjenige sein, worin ihre Schwester entflohen.

»Lenkt die Fähre geradeaus, Delaware! steuert so schnurgerade zu, wie Eure Kugel fliegt, wenn einem Bock in das Herz geschickt, – so, ich habe es!«

Das Kanu ward ergriffen und sogleich wieder an der Seite der Arche befestigt; im nächsten Augenblick war das Segel eingezogen und die Bewegung der Arche mittels der Ruder gehemmt.

»Hetty!« rief Judith, und Teilnahme, selbst Zärtlichkeit sprach sich in ihrem Tone aus, »wenn du mich hörst, Schwester, um Gottes willen, antworte und laß mich wieder den Ton deiner Stimme hören! Hetty! – liebe Hetty!«

»Ich bin hier, Judith, hier, auf der Küste, wo es vergeblich wäre, mich zu verfolgen; denn ich will mich in den Wäldern verstecken.«

»Oh, Hetty! was machst du! Bedenke, es ist bald Mitternacht, und die Wälder sind voll von Wilden und von wilden Tieren!«

»Beide werden einem armen, nur halb klugen Mädchen kein Leid tun, Judith. Gott ist hier so gut bei mir, als er in der Arche oder in der Hütte sein würde. Ich bin im Begriff, meinem Vater und dem armen Hurry Harry zu Hilfe zu eilen, welche gemartert werden, wenn sich nicht jemand ihrer annimmt.«

»Wir alle nehmen uns ihrer an und beabsichtigen, ihnen morgen eine Friedensfahne zu schicken, um ihre Loslassung zu erkaufen. Komm daher zurück, Schwester, vertraue uns, die wir stärkere Köpfe haben als du und alles, was wir können, für Vater tun werden.«

»Ich weiß: dein Kopf ist stärker als der meinige, Judith, denn der meinige ist freilich sehr schwach, aber ich muß zu Vater und zu dem armen Hurry. Behauptet ihr, du und Wildtöter das Kastell, mich laßt in der Hand Gottes.«

»Gott ist bei uns allen, Hetty – im Kastell oder auf der Küste – beim Vater so gut wie bei uns; es ist Sünde, nicht auf seine Güte zu vertrauen. Du kannst nichts tun in der Finsternis, wirst dich im Walde verirren und durch Mangel an Nahrung umkommen.«

»Gott wird das einem armen Mädchen nicht geschehen lassen, das geht, seinem Vater zu dienen, Schwester. Ich muß es versuchen und die Wilden aufsuchen.«

»Komm zurück, nur für diese Nacht, am Morgen wollen wir dich ans Land setzen und dich handeln lassen nach deinem Gutdünken.«

»Du *sagst* so und *denkst* so, aber du würdest es nicht tun. Dein Herz würde weich werden, und du würdest Tomahawks und Skalpiermesser in der Luft sehen. Zudem habe ich mir vorgenommen, dem indianischen Häuptling etwas zu sagen, was allen unsern Wünschen entsprechen wird, und ich fürchte, es zu vergessen, wenn ich es ihm nicht sofort sage. Ihr werdet sehen, er läßt den Vater frei, sobald er es hört.«

»Arme Hetty! Was kannst du einem trotzigen Wilden sagen, wodurch irgend seine blutdürstigen Anschläge umgewandelt werden sollten?«

»Etwas, das ihn erschrecken und ihn bewegen wird, Vater gehen zu lassen«, versetzte das einfältige Mädchen in bestimmtem Tone. »Du wirst es sehen, Schwester, wie bald es ihn dazu bringen wird wie ein folgsames Kind!«

»Wollt Ihr *mir* sagen, was Ihr ihm zu sagen beabsichtigt?« fragte Wildtöter. »Ich kenne die Wilden gut und kann mit einiger Wahrscheinlichkeit berechnen, inwieweit gute Worte auf ihre blutdürstigen Gemüter wirken werden oder nicht. Wenn es nicht den Gaben einer Rothaut gemäß ist, so wird es nichts helfen; denn Vernunft geht nach Gaben wie die Handlungsweise.«

»Gut denn«, antwortete Hetty, ihre Stimme zu leisem, vertraulichem Tone sinken lassend; denn die Stille der Nacht und die Nähe der Arche gestatteten ihr, dies zu tun und doch gehört zu werden.

»Gut denn, Wildtöter, da Ihr ein guter und redlicher junger Mann scheint, will ich es *Euch* sagen. Ich habe im Sinne, keinem der Wilden ein Wort zu sagen, bis ich Angesicht gegen Angesicht ihrem obersten Häuptling gegenüberstehe, mögen sie mich plagen mit so vielen Fragen, als sie wollen; nein – ich will ihnen keine beantworten, als daß ich ihnen sage, sie sollen mich zu ihrem weisesten Manne führen. Dann, Wildtöter, will ich ihm sagen, daß Gott Mord und Raub nicht verzeihen wird, und daß, wenn Vater und Hurry auf die Skalpe der Irokesen ausgingen, er Böses mit Gutem vergelten müsse; denn so gebeut die Bibel, sonst werde er eingehen zur ewigen Strafe. Wenn er das hört, und fühlt, daß es wahr ist – wie er das muß; wie lange wird es dann anstehen, bis er Vater und Hurry und mich an die Küste schickt, gegenüber dem Kastell, und uns alle drei unsers Weges im Frieden gehen heißt?«

Die letzte Frage sprach sie in triumphierendem Tone, und dann lachte das einfältige Mädchen über den Eindruck, den, wie sie keinen Augenblick zweifelte, ihr Plan auf ihre Zuhörer gemacht. Wildtöter war stumm vor Erstaunen über diesen Beweis von argloser Geistesschwäche; Judith aber hatte sich rasch auf ein Mittel besonnen, diesem unsinnigen Anschlag dadurch entgegenzuwirken, daß sie eben auf die Gefühle zu wirken suchte, aus welchen er entsprungen war. Ohne daher die letzte Frage oder das Lachen zu beachten, rief sie hastig ihre Schwester beim Namen, wie wenn sie plötzlich vom Bewußtsein der

Wichtigkeit dessen ergriffen würde, was sie zu sagen hatte. Aber keine Antwort erfolgte auf den Ruf.

Aus dem Krachen von Zweigen und Rauschen von Blättern erhellte deutlich, daß Hetty die Küste verlassen hatte und sich schon in das Dickicht des Waldes begrub. Ihr zu folgen wäre zwecklos gewesen, da die Dunkelheit sowie auch der Schutz und das Versteck, das die Wälder überall boten, es so gut als unmöglich machten, sich ihrer wieder zu bemächtigen, und dann bestand auch die nie aufhörende Gefahr, ihren Feinden in die Hände zu fallen. Nach einer kurzen und traurigen Beratung ward daher das Segel wieder aufgezogen, und die Arche verfolgte ihren Lauf ihrem gewöhnlichen Ankerplatz zu, während Wildtöter sich schweigend Glück wünschte zur Wiedererlangung des Kanus und über seinen Plan für den nächsten Tag brütete. Der Wind erhob sich, als die Gesellschaft den Vorsprung verließ, und in weniger als einer Stunde erreichten sie das Kastell. Hier fand man alles, wie man es verlassen, und man hatte nun die Maßregeln und Zeremonien, die man vorgenommen, als man das Gebäude verlassen hatte, in umgekehrter Ordnung durchzumachen, da man wieder zurückkam. Judith nahm in dieser Nacht ein einsames Bett ein, dessen Kissen sie mit ihren Tränen befeuchtete, wenn sie an das unschuldige, bisher vernachlässigte Geschöpf dachte, das von Kindheit an ihre Genossin gewesen; bittre Gefühle der Trauer und Reue, aus mehr als einer Quelle entspringend, kamen über ihr Gemüt, wie die Stunden träg dahinschlichen, und es wurde beinahe Morgen, ehe sich ihr Bewußtsein in Schlaf verlor. Wildtöter und der Delaware legten sich in der Arche zur Ruhe, wo wir sie dem süßen, tiefen Schlaf der Redlichkeit, der Gesundheit und Furchtlosigkeit überlassen und zu dem Mädchen zurückkehren wollen, das wir zuletzt im Dickicht des Waldes gesehen.

Als Hetty die Küste verließ, schlug sie ohne Bedenken den Weg in die Wälder ein, in fast krampfartiger Angst, verfolgt zu werden. Zum Glück war dieser Weg der beste, den sie zur Erreichung ihres Vorhabens einschlagen konnte; denn es war der einzige, der sie von dem Landvorsprung nach innen führte. Die Nacht war so stockdunkel unter den Zweigen der Bäume, daß sie nur sehr langsam weiterkommen konnte und nach den ersten paar Schritten die Richtung, die sie wählte, ganz Sache des Zufalls war. Die Formation des Bodens jedoch erlaubte ihr nicht, bedeutend von der Linie abzuweichen, in welcher sie sich zu halten wünschte. Auf der einen Seite war er bald begrenzt durch den steil ansteigenden Hügel, während auf der andern der See als Führer diente. Zwei Stunden lang arbeitete sich dies auf sich allein angewiesene blöde Mädchen durch die Irrpfade des Forstes; manchmal fand sie sich auf dem Rand der an den See grenzenden Uferhöhen, und dann wieder rang sie sich eine Erhöhung hinan, die sie warnte, in dieser Richtung nicht weiterzugehen, da sie notwendig in einem rechten Winkel die Bahn durchschneiden mußte, auf der sie vorwärts wollte. Oft glitten ihre Füße aus, und manchen Fall tat sie, wiewohl keinen, wobei sie sich beschädigte; aber nach Ablauf der genannten Zeit war sie so müde geworden, daß ihr die Kräfte fehlten weiterzuwandern. Ruhe war ihr unentbehrlich, und sie machte sich daran, sich ein Lager zu bereiten, mit der Unbedenklichkeit und Kaltblütigkeit eines Gemüts, das die Wildnis mit keinen unnötigen Ängsten erfüllte. Sie wußte, daß wilde Tiere in dem ganzen benachbarten Wald herumstreiften, aber solche Bestien, die dem Menschen nachstellen, selten – und gefährliche Schlangen im buchstäblichen Sinne keine da waren. Diese Umstände waren ihr von ihrem Vater bekannt, und was einmal ihr schwacher Geist aufnahm, das nahm er so vertrauend auf, daß ihr gar keine Unbehaglichkeit verursachende Zweifel und Bedenklichkeiten übrigblieben. Ihr war die Erhabenheit der Einsamkeit, in die sie sich versetzt sah, eher tröstlich als entsetzlich, und sie raffte ein Bett von Laub zusammen mit solcher Gleichgültigkeit gegen die Umstände, welche aus der Seele der meisten ihres Geschlechts jeden Gedanken an Schlaf verscheucht haben würden, als rüstete sie ihre allnächtliche Schlafstätte unter dem väterlichen Dache zu.

Sobald Hetty eine hinlängliche Menge trocknen Laubs gesammelt hatte, um sich gegen die feuchte Ausdünstung des Bodens zu schützen, kniete sie neben dem niedrigen Haufen, faltete ihre erhobenen Hände in einer Stellung inniger Frömmigkeit und sagte mit sanfter, leiser, aber vernehmlicher Stimme das Gebet des Herrn her. Darauf folgten jene einfachen und frommen Verse, den Kindern so bekannt, worin sie ihre Seele Gott empfahl, falls sie vor der Wiederkehr des Morgens in ein andres Dasein abgerufen werden sollte. Nach Erfüllung dieser Pflicht legte sie sich nieder und schickte sich zum

Schlummer an. Die Kleidung des Mädchens war, obgleich der Jahreszeit entsprechend, für alle gewöhnlichen Vorkommnisse warm genug; aber der Wald ist immer kühl und die Nächte in diesem höher gelegenen Landstrich waren immer von einer Frische, welche die Kleidung notwendiger machte, als gewöhnlich in dem Sommer eines tiefen Breitengrades der Fall ist. Dies war von Hetty vorausgesehen worden, und sie hatte einen groben, schweren Mantel mitgenommen, der, auf den Körper gebreitet, alle nützlichen Dienste eines Teppichs leistete. So geschützt, sank sie in wenigen Minuten in einen Schlaf, so ruhig, als würde sie von dem sorglichen Schutzgeist der Mutter bewacht, die erst so kurz auf immer von ihr genommen worden war, und es war in diesem Punkte ein höchst ergreifender Kontrast zwischen ihrem armen Lager und dem von Schlummer geflohenen Kissen ihrer Schwester.

Stunde auf Stunde verstrich da in so ungestörter Ruhe und so süßem Schlaf, als ob eigens damit beauftragte Engel um das Lager der Hetty Hutter wachten. Nicht einmal öffneten sich ihre sanften Augen, bis die grauende Dämmerung kämpfend durch die Wipfel der Bäume brach, auf ihre Augenlider fiel und, vereint mit der Kühle eines Sommermorgens, die gewöhnliche Anmahnung zum Erwachen gab. In der Regel war Hetty auf, ehe die Strahlen der Sonne die Gipfel der Berge berührten, aber diesmal war ihre Erschöpfung so groß und ihr Schlaf so tief gewesen, daß die gewohnten Anforderungen und Zeichen ihre Wirkung nicht taten. Das Mädchen murmelte in ihrem Schlaf, streckte einen Arm aus, lächelte so sanft wie ein Kind in der Wiege, schlummerte aber fort. Bei dieser unbewußten Bewegung fiel ihre Hand auf einen warmen Gegenstand, und in dem halbbewußten Zustand, worin sie sich befand, brachte sie diesen Umstand mit ihrem gewohnten Leben in Verbindung. Im nächsten Augenblick ward sie derb von der Seite angegriffen und gestoßen, wie wenn ein wühlendes Tier seine Schnauze unter ihr einschöbe, um sie aus ihrer Stellung zu verdrängen, und jetzt wachte sie auf mit dem Ruf: »Judith!« Als das aufgeschreckte Mädchen sich in eine sitzende Stellung erhob, bemerkte sie, daß etwas Dunkles von ihr wegspringe, das in seiner Hast das Laub zerstreute und die gefallnen Zweige knickte. Die Augen öffnend und von der ersten Verwirrung und Bestürzung über ihre Lage sich erholend, bemerkte Hetty einen jungen Bären von der gemeinen amerikanischen braunen Gattung, der sich auf seinen Hinterpfoten wiegte und sich noch nach ihr umschaute, als zweifelte er, ob es sicher wäre, sich ihrer Person wieder zu nähern. Der erste Gedanke Hettys, die schon mehrere solche jungen Bären besessen hatte, war, hinzulaufen und das kleine Geschöpf als ihre Beute in Besitz zu nehmen, aber ein lautes Gebrumme warnte sie vor der Gefahr eines solchen Beginnens. Einige Schritte zurücktretend, sah sich das Mädchen hastig um und ward jetzt der Bärenmutter gewahr, die in nicht großer Entfernung ihre Bewegungen mit feurigen Augen beobachtete. Ein hohler Baum, früher die Behausung von Bienen, war kürzlich gefallen, und die Mutter mit zwei weitern Jungen erlabte sich an der leckern Speise, welche der Zufall ihnen geboten, wobei die erstere jedoch mit eifersüchtigem Auge das Tun und Treiben ihres sorglosen, davonlaufenden Kindes beobachtete.

Es überschritte alle Mittel menschlicher Erkenntnis, wollte man sich anmaßen, die Einflüsse zu erklären, welche das Tun der niedern Tiere beherrschen. In dem vorliegenden Fall legte die Bärin, obgleich ihre Wildheit in dem Falle, wo sie ihre Jungen gefährdet glaubt, sprichwörtlich geworden ist, keine Absicht an den Tag, das Mädchen anzugreifen. Sie verließ den Honig und begab sich an eine Stelle, zwanzig Fuß von ihr entfernt, wo sie sich auch auf ihren Hinterpfoten erhob und ihren Körper mit einer Art zornigen und brummenden Mißbehagens hin und her wiegte, aber nicht näherkam. Zum Glück floh Hetty nicht. Im Gegenteil: obgleich nicht frei von Angst, kniete sie, das Angesicht gegen das Tier gekehrt, nieder, und mit gefalteten Händen und himmelwärts gerichtetem Auge sagte sie wieder das Gebet der vorigen Nacht her. Diese fromme Handlung war nicht die Wirkung der Furcht, sondern es war eine Pflicht, deren Erfüllung sie nie vor dem Einschlafen versäumte, und wenn die Rückkehr des Bewußtseins sie zu der Arbeit des Tages weckte. Wie das Mädchen vom Knien sich erhob, ließ sich die Bärin wieder auf ihre Füße nieder, sammelte ihre Jungen um sich her und ließ sie ihre natürliche Nahrung saugen. Hetty freute sich über diesen Beweis von Zärtlichkeit bei einem Tier, das in betreff der edleren Gefühle nur einen sehr zweideutigen Ruf hat; als ein Junges seine Mutter zu verlassen beliebte und mutwillig sich umwälzte und sprang, empfand sie wieder ein lebhaftes

Verlangen, es in ihre Arme zu nehmen und damit zu spielen. Aber durch das Brummen gewarnt, besaß sie Selbstbeherrschung genug, diesen gefährlichen Vorsatz nicht in Ausführung zu bringen, und ihres Vorhabens sich erinnernd, das ihrer in den Bergen wartete, riß sie sich von der Gruppe los und setzte ihre Wanderung fort am Saum des Sees, dessen sie jetzt wieder durch die Bäume ansichtig wurde. Zu ihrer Verwunderung, die jedoch frei von Unruhe war, erhob sich die Bärenfamilie und folgte ihren Schritten, in kleiner Entfernung von ihr sich haltend; dem Anschein nach jede ihrer Bewegungen beobachtend, als ob sie ein lebhaftes Interesse an allem hätte, was sie tat.

In dieser Weise, begleitet von der Bärin und den Jungen, wanderte das Mädchen beinahe eine Meile weit, dreimal die Entfernung, die sie in der Dunkelheit während derselben Zeit hatte zurücklegen können. Dann gelangte sie an einen Bach, der sich selbst ein Bett in die Erde gewühlt hatte und sprudelnd zwischen steilen und hohen Abhängen, mit Bäumen bedeckt, in den See eilte. Hier verrichtete Hetty ihre Waschungen; dann trank sie von dem reinen Bergwasser und setzte ihren Weg fort, erfrischt und leichtern Herzens, immer noch gefolgt von ihren seltsamen Begleitern. Ihr Weg führte sie jetzt eine breite und beinahe ebene Terrasse entlang, die sich von dem Gipfel der das Wasser begrenzenden Uferhöhen zu einem sanften Abhang erstreckte, welcher oben zu einer zweiten, unregelmäßigen Plattform anstieg. Dies war in einem Teile des Tals, wo die Berge quer hinliefen, den Anfang einer Ebene bildend, welche zwischen den Hügeln sich ausbreitete, südlich von dem Wasserspiegel. Hetty erkannte aus diesem Umstand, daß sie sich dem Lager näherte, und wäre dies nicht gewesen, so hätten sie die Bären von der Nähe menschlicher Wesen in Kenntnis gesetzt. In die Luft hinausschnüffelnd, bezeigte die Bärin keine Lust, ihr weiter zu folgen, obgleich das Mädchen sich umsah und sie mit kindischen Zeichen und selbst mit förmlichen Aufforderungen in dem ihr eignen süßen Tone herbeilockte. Während sie so langsam durch Buschwerk weiterschritt, das Angesicht abgewendet und die Augen auf die unbeweglichen Tiere geheftet, fühlte das Mädchen ihre Schritte plötzlich gehemmt durch eine menschliche Hand, die sie leicht an der Schulter faßte.

»Wohin gehen?« fragte eine sanfte weibliche Stimme, hastig

und teilnehmend sprechend: »Indianer – Rotmann – Wilder – arger Krieger – dorthinzu!«

Dieser unerwartete Gruß erschreckte das Mädchen so wenig als die Erscheinung der wilden Bewohner des Waldes. Zwar überraschte er sie ein wenig, aber sie war gewissermaßen auf solche Begegnungen gefaßt, und das Wesen, das sie anhielt, war so wenig gemacht, Schrecken einzuflößen, als irgendeines, das je in indianischer Gestalt erschien. Es war ein Mädchen, nicht viel älter als sie selbst, dessen Lächeln so sonnig wie das Judiths in ihren glänzendsten Augenblicken war, dessen Stimme Wohllaut war, und dessen Worte und Benehmen all die schüchterne Sanftheit besaßen, die das andere Geschlecht charakterisiert unter einem Volke, das seine Weiber wie Dienerinnen und Sklavinnen der Krieger behandelt. Schönheit ist bei den Frauen der amerikanischen Urbewohner, ehe sie die Mühsale von Weibern und Müttern durchzumachen haben, keineswegs ungewöhnlich. In diesem Punkt waren die ursprünglichen Inhaber des Landes ihren zivilisierten Nachfolgern nicht unähnlich; die *Natur* schien ihnen die Zartheit der Züge und Umrisse verliehen zu haben, welche einen so großen Reiz des jugendlichen Weibes ausmacht, aber deren sie so früh verlustig werden, und zwar ebensosehr infolge der Einrichtungen und Verhältnisse des häuslichen Lebens als aus andern Ursachen.

Das Mädchen, welches Hetty so plötzlich angehalten hatte, war bekleidet mit einem Kalikomantel, welcher den ganzen obern Teil ihres Körpers recht gut schützte, während ein kurzer Unterrock von blauem Tuch, mit goldnen Borten gesäumt, der nur bis ans Knie reichte, gleiche Beinkleider und Mokassins von Hirschleder ihren Anzug vollendeten. Ihr Haar fiel in langen dunkeln Flechten über Schultern und Rücken und war über einer niedern, glatten Stirne in einer Art gescheitelt, daß dadurch der Ausdruck von Augen voll Schlauheit und natürlichem Gefühl gemildert wurde. Ihr Gesicht war oval, von feinen Zügen; die Zähne waren gleich und weiß, während der Mund eine schwermütige Weichheit aussprach, als trüge er diesen eigentümlichen Ausdruck vermöge instinktmäßigen Bewußtseins des Schicksals eines Geschöpfs, das von der Geburt an dazu verurteilt war, die Mühsale des Weibes, erhöht noch durch die Gefühle und die Zärtlichkeit ihres Geschlechts zu erdulden. Ihre Stimme, wie schon angedeutet, war sanft wie das Seufzen der Nachtluft, eine bezeichnende Eigentümlichkeit der Weiber ihrer Rasse, an ihr selbst aber so auffallend, daß sie daher den Namen Wah-ta!-Wah bekommen hatte, – europäisch etwa mit Hist-oh!-Hist[6] auszudrücken.

Mit einem Wort: es war dies die Verlobte Chingachgooks, der man, nachdem es ihr gelungen war, jeden Verdacht einzuschläfern, erlaubt hatte, um das Lager derer, die sie gefangenhielten, herumzustreifen. Diese Nachsicht war im Einklang mit der allgemeinen Politik der roten Männer, die zudem wohl wußten, daß man im Falle der Flucht ihre Spur verfolgen könnte. Man wird auch nicht außer acht lassen, daß die Irokesen oder Huronen, wie man sie vielleicht besser nennen würde, durchaus nichts von der Nähe ihres Liebhabers wußten, ein Umstand, der ihr freilich selbst auch unbekannt war.

Es wäre nicht leicht zu sagen, welches von beiden bei dieser unerwarteten Begegnung am meisten Selbstbeherrschung zeigte, das weiße oder das rote Mädchen. Aber Wah-ta!-Wah, obgleich ein wenig überrascht, war die zum Sprechen Aufgelegtere und bei weitem rascheren Geistes, Folgen vorauszusehen sowie Mittel zu ersinnen, um jenen zu begegnen. Ihr Vater war während ihrer Kindheit vielfach von den Behörden der Kolonie als Krieger verwendet und benutzt worden, und bei einem mehrjährigen Aufenthalt in der Nähe der Forts hatte sie einige Bekanntschaft mit dem Englischen sich erworben, das sie in der gewöhnlichen abkürzenden Weise der Indianer, aber geläufig und ohne den gewöhnlichen Widerwillen ihres Volkes, sprach.

»Wohin gehen?« fragte wieder Wah-ta!-Wah, das Lächeln Hettys in der ihr eigenen anmutigen Weise erwidernd, *»schlimmer* Krieger dort – *guter* Krieger – fern weg!«

»Was ist Euer Name?« fragte Hetty mit der Einfalt eines Kindes. »Wah-ta!-Wah. Ich keine Mingo – gute Delawarin – Yengeeses Freundin. Mingo sehr grausam und Skalpe lieben um des Blutes willen – Delawaren sie lieben der Ehre willen. Kommt hierher, wo keine Augen.«

Wah-ta!-Wah führte jetzt ihre Genossin dem See zu, die Anhöhe so weit hinabsteigend, daß deren überhängende Bäume und Gebüsche zwischen ihnen und etwaigen Lauschern standen; sie machte nicht eher halt, als bis sie nebeneinander auf einem gefallenen Baumstamm saßen, dessen eines Ende wirklich im Wasser lag.

»*Warum* kommt Ihr?« fragte die junge Indianerin lebhaft, *woher* kommt Ihr?«

Hetty erzählte ihre Geschichte in ihrer einfachen, treuherzigen Weise. Sie erklärte das Unglück ihres Vaters und sprach ihren Wunsch aus, ihm zu dienen und womöglich seine Befreiung zu bewirken.

»Warum Euer Vater zu Mingolager kommen bei Nacht?« fragte das indianische Mädchen mit einer Geradheit, die, wenn nicht von der andern entlehnt, viel von ihrer Offenherzigkeit hatte. »Er wissen, daß Krieg ist – und er kein Knabe mehr – er wohl einen Bart haben – ihm nicht zu sagen nötig, daß Irokesen Tomahawk und Messer und Büchse führen. Warum er kommen zur Nachtzeit, mich beim Haare packen und delawarisches Mädchen skalpieren wollen?«

»Euch!« sagte Hetty, vor Entsetzen fast umsinkend, »Euch hat er gepackt – *Euch* wollte er skalpieren?«

»Warum nicht? Delawarenskalpe soviel gelten als Mingoskalpe. Gouverneur keinen Unterschied machen. Ruchlos für Bleichgesicht, skalpieren. Nicht seine Gaben, wie der gute Wildtöter mir immer sagen.«

»Und Ihr kennt den Wildtöter?« fragte Hetty, errötend vor Freude und Überraschung, unter dem Einfluß dieses neuen Gefühls für den Augenblick ihren Jammer vergessend. »Ich kenn' ihn auch. Er ist jetzt auf der Arche mit Judith und einem Delawaren, der die Große Schlange heißt. Ein kühner und schöner Krieger ist er auch, die Schlange!«

Trotz der reichen, tiefdunkeln Farbe, welche die Natur der indianischen Schönheit zugeteilt, stieg ihr doch das beredte und verräterische Blut noch lebhafter ins Gesicht, so daß die Röte ihren kohlschwarzen Augen noch mehr Leben und Feuer des Geistes verlieh. Einen Finger aufhebend wie mit warnender Gebärde, ließ sie ihre schon so sanfte und süße Stimme zu einem Flüstern herabsinken, als sie das Gespräch fortsetzte.

»Chingachgook!« versetzte das delawarische Mädchen, den harten Namen in so sanften Gutturaltönen seufzend oder hauchend, daß er das Ohr ganz melodisch berührte. »Sein Vater, Unkas – großer Häuptling der Mohikans – der nächste nach altem Tamenund! Mehr als Krieger, nicht so viel graues Haar, und weniger beim Ratsfeuer. *Ihr* Schlange kennen?«

»Er stieß gestern abend zu uns und war in der Arche mit mir

zwei oder drei Stunden lang, ehe ich sie verließ. Ich fürchte, Hist–« Hetty konnte den indianischen Namen ihrer neuen Freundin nicht aussprechen, aber da sie von Wildtöter diese vertrauliche Benennung gehört hatte, bediente sie sich derselben ohne irgendeine der Bedenklichkeiten des zivilisierten Lebens – »ich fürchte, Hist, er ist auf Skalpe ausgegangen, ebenso wie mein armer Vater und Hurry Harry!«

»Warum er denn nicht sollen, he? Chingachgook roter Krieger, sehr rot – Skalpe seine Ehre sein – er gewiß gemacht!«

»Dann«, versetzte Hetty ernst, »wird es von ihm so ruchlos sein wie bei einem anderen. Gott wird einem roten Mann nicht verzeihen, was er einem Weißen nicht verzeiht.«

»Nicht wahr!« versetzte das delawarische Mädchen mit einer Wärme, die beinahe an Leidenschaftlichkeit grenzte. »Nicht wahr! sag' ich Euch! Der Manitu lächeln und Wohlgefallen haben, wenn er sieht jungen Krieger heimkehren vom Kriegspfad mit zwei, zehn, hundert Skalpen auf einem Pfahle! Chingachgooks Vater Skalpe erbeutet – Großvater Skalpe erbeutet – alle alten Häuptlinge Skalpe nehmen, und Chingachgook selbst so viele Skalpe nehmen, als er tragen kann!«

»Dann, Hist, muß sein Schlaf bei Nacht entsetzlich sein, wenn er daran denkt. Niemand kann grausam sein und auf Vergebung hoffen!«

»Nicht grausam – Vergebung genug«, erwiderte Wah-ta!-Wah, mit ihrem kleinen Fuß auf den steinigen Strand stampfend und den Kopf in einer Weise schüttelnd, welche zeigte, wie gänzlich weibliches Gefühl in einer seiner Gestaltungen das weibliche Gefühl in einer anderen überwältigt hatte. »Ich sagen Euch, Schlange tapfer, er heimkommen mit vier, ja, *zwei* Skalpen.«

»Und ist das sein Vorhaben hier? Ist er in der Tat so weit hergekommen, über Berg und Tal, Flüsse und Ströme, seine Mitgeschöpfe zu martern und etwas so Ruchloses zu tun?«

Diese Frage beschwichtigte auf einmal den anwachsenden Zorn der halbbeleidigten indianischen Schönheit. Sie besiegte gänzlich die Vorurteile der Erziehung und leitete alle ihre Gedanken in ein sanfteres und mehr weibliches Bette. Zuerst schaute sie sich argwöhnisch um, als scheute sie Lauscher, dann starrte sie ihrer aufmerksamen Gesellschafterin nachdenklich ins Gesicht, und dann endete dies Stückchen von mädchenhafter Koketterie und weiblichem Gefühl damit, daß sie sich das Gesicht mit beiden Händen bedeckte und in einer Art lachte, daß man dies wohl die Melodie der Wälder nennen konnte. Die Furcht vor Entdeckung machte jedoch bald dieser naiven Kundgebung ihrer Empfindungen ein Ende, und ihre Hände wegziehend, starrte dies ganz vom augenblicklichen Impuls beherrschte Geschöpf wieder ihrer Genossin nachdenklich ins Gesicht, gleichsam forschend, wieweit sie einer Fremden ihr Geheimnis anvertrauen könne. Obgleich Hetty nicht auf die außerordentliche Schönheit ihrer Schwester Anspruch machen konnte, hielten doch manche ihr Gesicht für das einnehmendere. Es sprach all die tückelose Aufrichtigkeit ihres Charakters aus, und es war gänzlich frei von allen den störenden, begleitenden und verratenden physischen Zeichen, die so oft im Gefolge der Geistesschwäche sind. Zwar hätte ein ungewöhnlich scharfer Beobachter die Anzeichen ihrer Geistesschwäche in der Sprache ihrer manchmal leeren und irren Augen entdecken können; aber es waren Zeichen, welche eher das Mitgefühl anzogen durch ihre gänzliche Arglosigkeit und Treuherzigkeit, als irgendeine andre Empfindung erweckten. Der Eindruck, den sie auf Hist machte – um uns dieser Verdolmetschung des Namens zu bedienen – war günstig, und einer Aufwallung von Zärtlichkeit folgend, schlang sie ihre Arme um Hetty und drückte sie an sich mit einer gewaltsamen Rührung, die so natürlich als warm war.

»Du gut«, flüsterte die junge Indianerin. »Du gut, ich wissen; es so lange, daß Wah-ta!-Wah keine Freundin gehabt – keine Schwester – niemand, ihr Herz auszusprechen; du Hists Freundin, ich nicht Wahrheit sagen?«

»Ich habe nie eine Freundin gehabt«, antwortete Hetty, die warme Umarmung mit ungeheucheltem Ernst erwidernd. »Ich habe eine Schwester, aber keine Freundin. Judith liebt mich, und ich liebe Judith, aber das ist natürlich, und wie es uns die Bibel lehrt; aber ich hätte *gern* eine *Freundin!* Ich will Eure Freundin sein von ganzem Herzen; denn ich liebe Eure Stimme und Euer Lächeln und Eure Denkweise in allen Dingen, ausgenommen, was die Skalpe –«

»Nicht mehr daran denken – nichts mehr von Skalpen sagen«, unterbrach sie begütigend Hist, »Ihr Bleichgesicht, ich Rothaut; wir nach verschiedener Art erzogen. Wildtöter und

Chingachgook große Freunde und nicht von derselben Farbe; Hist und – was Euer Name, hübsches Bleichgesicht?«

»Ich bin Hetty genannt, obwohl, wenn sie den Namen in der Bibel buchstabieren, so sprechen sie ihn immer Esther.«

»Was das machen? – Nichts nützen und nichts schaden. Gar nicht nötig, Namen zu buchstabieren. Mährischer Bruder versucht, Wah-ta!-Wah buchstabieren zu lehren, aber es nicht zugelassen. Nicht gut für delawarisches Mädchen, zuviel zu wissen – mehr wissen als Krieger manchmal – das große Schande. Mein Name Wah-ta!-Wah – das heißt Hist in Eurer Sprache. Ihr ihn aussprechen Hist, ich sagen Hetty.«

Nachdem diese Präliminarien zu beiderseitiger Zufriedenheit ins reine gebracht waren, begannen die Mädchen, sich von ihren beiderseitigen Hoffnungen und Plänen zu unterhalten. Hetty machte ihre neue Freundin noch genauer mit ihren Absichten in betreff ihres Vaters bekannt, und Hist würde einer Freundin, die nur im mindesten geneigt und fähig gewesen, die Angelegenheiten andrer mit forschendem Blicke zu durchschauen, ihre Gefühle und Hoffnungen, die sich an den jungen Kriegern von ihrem Stamme knüpften, genugsam verraten haben. Genug ward indessen von beiden Seiten geoffenbart, um beiden Teilen eine ziemliche Einsicht in die Pläne des andern zu verschaffen, obwohl noch genug zurückbehalten und verschwiegen wurde, um zu folgenden Fragen und Antworten Gelegenheit zu geben, womit diese Unterredung schloß. Als die schärfer Blickende begann Hist zuerst ihre Fragen. Einen Arm um Hettys Leib schlingend, beugte sie sich mit dem Kopfe vor, so daß sie der andern munter ins Gesicht schaute, und lachend, als ob ihre Meinung ihr aus den Mienen gelesen werden solle, sprach sie dann offener:

»Hetty einen Bruder haben und einen Vater?« sagte sie, »warum nicht auch vom Bruder sprechen, so wie vom Vater?«

»Ich habe keinen Bruder, Hist. Ich hatte einmal einen, sagt man mir; aber er ist tot seit vielen Jahren und liegt im See versenkt neben der Mutter.«

»Keinen Bruder haben – einen jungen Krieger haben, ihn lieben, beinahe so sehr als Vater, he? Recht schön und tapfer aussehend; tüchtig zum Häuptling, wenn so gut *sein* als *scheinen*.«

»Es ist sündhaft, einen Mann so zu lieben, wie ich meinen

Vater liebe, und so bestrebe ich mich, es nicht zu tun, Hist«, erwiderte die gewissenhafte Hetty, die nicht wußte, wie sie eine innere Bewegung durch eine so verzeihliche Annäherung an Unwahrheit, als eine ausweichende Antwort ist, verhehlen sollte, obwohl durch weibliche Scham mächtig zu diesem Fehltritt versucht, »obwohl ich manchmal denke, die Sünde werde mich am Ende besiegen, wenn Hurry so oft an den See kommt. Ich *muß* Euch die Wahrheit sagen, liebe Hist, weil Ihr mich fragt, aber ich würde zu Boden fallen und sterben in den Wäldern, wenn er es wüßte!«

»Warum er nicht selbst Euch fragen? Tapfer aussehen – warum nicht keck sprechen? Junger Krieger fragen müssen junges Mädchen; niemand junges Mädchen zuerst reden machen. Mingo-Mädchen selbst sich *dessen* schämen.«

Sie sprach dies mit Entrüstung und mit der edlen Wärme, die ein junges Weib von lebhaftem Geist empfinden mag, wenn sie das teuerste Vorrecht ihres Geschlechts bedroht und gefährdet glaubt. Dies Gefühl hatte aber wenig Einfluß auf die blöde, aber doch rechtlich gesinnte Hetty, die, obwohl wesentlich weiblich in allen ihren Empfindungen, doch weit mehr auf die Bewegungen ihres eignen Herzens achtete, als daß sie sich um die Gebräuche bekümmert hätte, womit das Herkommen das Zartgefühl ihres Geschlechts geschützt hat.

»Mich fragen? Was?« fragte das erschrockene Mädchen mit einer Hast, welche zeigte, wie sehr ihre Furcht rege geworden war. »Mich fragen, ob ich ihn so gern habe als meinen Vater! Oh! Ich hoffe, er wird nie eine solche Frage an *mich* richten, denn ich müßte antworten, und das würde mich töten.«

»Nein – nein – nicht töten, nur *beinahe«,* versetzte die andere, unwillkürlich lächelnd. »Erröten kommen machen – Scham auch kommen machen; aber es nicht so gar lange bleiben, dann sich glücklicher fühlen als je. Junger Krieger muß jungem Mädchen sagen, er sie zum Weibe machen wollen, sonst nie kann wohnen in seinem Wigwam.«

»Hurry will mich nicht heiraten – niemand wird mich je heiraten wollen, Hist.«

»Wie Ihr das wissen können? Vielleicht jedermann Euch heiraten wollen, und bei Gelegenheit Zunge sagen, was Herz fühlen. Warum niemand Euch heiraten wollen?«

»Ich bin nicht ganz klug, sagen sie. Vater sagt mir das oft und auch Judith manchmal, wenn sie ärgerlich ist; aber ich würde auf sie nicht so viel geben als auf Mutter. *Sie* hat es auch *einmal* gesagt, und dann weinte und schluchzte sie, als ob ihr das Herz brechen wollte, und so weiß ich, ich bin nicht ganz klug.«

Hist starrte das sanfte, einfältige Mädchen eine volle Minute an, ohne zu sprechen, und dann schien die ganze Wahrheit auf einmal dem Geiste der jungen Indianerin hell aufzugehen. Mitleid, Ehrfurcht und Zärtlichkeit schienen in ihrer Brust zu kämpfen; dann plötzlich aufstehend, bezeugte sie gegen ihre Genossin den Wunsch, sie möchte sie in das nicht entfernt liegende Lager begleiten. Dieser unerwartete Übergang von der Vorsicht, welche Hist zuvor anzuwenden sich beflissen gezeigt hatte, um nicht gesehen zu werden, zu dem Entschluß, ihre Freundin ganz offen zu den Indianern zu führen, entsprang aus der sichern Überzeugung, daß kein Indianer ein Geschöpf kränken und beschädigen würde, das der Große Geist entwaffnet, indem er es des stärksten Verteidigungsmittels, der Vernunft, beraubte. In dieser Hinsicht gleichen sich alle Nationen von unverdorbnem Gefühl: sie scheinen solchen Geschöpfen freiwillig, infolge eines der menschlichen Natur Ehre machenden Gefühls, durch ihre Nachsicht den Schutz angedeihen zu lassen, welcher durch die unerforschliche Weisheit der Vorsehung ihnen versagt ist. Wah-ta!-Wah wußte in der Tat, daß bei manchen Stämmen die Geistesschwachen und die Verrückten eine Art religiöser Verehrung genossen; daß sie von den ungebildeten Bewohnern des Waldes Achtung und Ehren statt der Schmach und Vernachlässigung empfingen, die unter den anmaßenderen und verdorbeneren Nationen ihr Los und ihr Teil ist!

Hetty folgte ihrer neuen Freundin ohne Furcht und Widerstreben. Es war ihr Wunsch, das Lager zu erreichen; gestärkt durch ihre Beweggründe, hegte sie so wenig Unruhe wegen der Folgen als ihre Begleiterin selbst, nachdem diese einmal wußte, welchen schützenden Talisman das Bleichgesichtmädchen mit sich führte. Noch immer, während sie langsam fortschritten einer Küste entlang, die von überhängenden Gebüschen bedeckt war, setzte Hetty das Gespräch fort, und jetzt übernahm sie die Rolle des Fragens, welche die andere sogleich fallengelassen, sobald sie erfahren, an was für ein Gemüt sie ihre Fragen gerichtet hatte.

»Aber *Ihr* seid ja eben nicht halb klug«, sagte Hetty, »und es ist kein Grund da, warum die Schlange Euch nicht heiraten sollte.«

»Hist Gefangene, und Mingos große Ohren haben. Nicht von Chingachgook reden, wenn sie dabei. Versprecht das Hist, gute Hetty.«

Ich weiß, – ich weiß«, erwiderte Hetty, halb flüsternd in ihrer Begierde, der andern zu zeigen, daß sie die Notwendigkeit der Vorsicht begreife. »Ich weiß – Wildtöter und die Schlange gedenken, Euch aus der Hand der Irokesen zu befreien, und Ihr wünscht, daß ich das Geheimnis nicht verrate.«

»Wie Ihr wissen das?« fragte Hist hastig, in diesem Augenblick ärgerlich, daß die andere nicht noch blödsinniger war, als wirklich der Fall war. – »Wie Ihr das wissen? Besser von niemand sprechen als von Vater und Hurry – Mingos das verstehen, das andere nicht. Versprecht mir, von nichts zu sprechen, was Ihr nicht versteht.«

»Aber ich verstehe das, Hist, und so darf und muß ich davon sprechen. Wildtöter hat in meiner Anwesenheit dem Vater alles so gut als erzählt, und da mir niemand verbot zuzuhören, habe ich alles gehört, wie auch Hurrys und Vaters Unterredung von den Skalpen.«

»Sehr schlimm von Bleichgesichtern, von Skalpen sprechen, und sehr schlimm von jungen Mädchen zu horchen! Nun, Ihr Hist lieben, ich weiß, Hetty, und so unter Indianern, wenn am besten lieben, am wenigsten schwatzen!«

»Das ist nicht die Art bei den weißen Leuten, die am meisten von solchen reden, die sie am besten lieben. Ich glaube, weil ich nur halb klug bin, sehe ich den Grund nicht ein, warum es so verschieden sein soll bei den roten Leuten.«

»Das sein, was Wildtöter ihre Gaben nennt. Die einen die Gabe zu sprechen, die andern die Gabe, den Mund zu halten. Den Mund zu halten – Eure Gabe unter Mingos. Wenn Schlange Hist sehen möchte, so Hetty verlangen, Hurry zu sehen. Ein gutes Mädchen nie Geheimnisse verraten von Freunden.«

Hetty verstand diese Aufforderung, und sie versprach dem delawarischen Mädchen, nichts von der Anwesenheit Chingachgooks oder von dem Beweggrund seines Besuches am See zu erwähnen.

»Vielleicht er Hurry und Vater ebenso loskriegen wie Hist, wenn man ihn machen lassen«, flüsterte Wah-ta!-Wah ihrer Begleiterin in vertraulichem, schmeichelndem Tone zu, als sie eben dem Lager nahe genug kamen, um die Stimmen von einigen ihres Geschlechts zu hören, welche dem Anschein nach mit den gewöhnlichen Arbeiten der Weiber ihrer Klasse beschäftigt waren. »Bedenkt das, Hetty, und legt zwei, zwanzig Finger auf den Mund. Niemand Freunde frei machen, wenn nicht Schlange es tun.«

Ein besseres Mittel konnte sie nicht ersinnen, um sich Hettys Verschwiegenheit und Vorsicht zu sichern, als dasjenige, das sich hierin ihrem Geist darbot. Da die Befreiung ihres Vaters und des jungen Grenzers der große Zweck ihres Abenteuers war, so empfand sie klar den Zusammenhang desselben mit den Diensten, die ihr die Delawarin leisten konnte; mit einem unschuldigen Lachen nickte sie Zustimmung und in derselben stummen Weise versprach sie, die Wünsche ihrer Freundin gebührend zu achten. So ihrer Sache sicher, zögerte Hist nicht länger, sondern trat sofort unverhohlen mit ihrer Freundin in das Lager der sie gefangenhaltenden Mingos.

Elftes Kapitel

Der große König aller Könige
Gebot in seiner Tafel der Gesetze:
Daß du nicht töten sollst und Mord begehn.
Gib acht! denn in der Hand hat er die Rache,
Des Haupt zu treffen, der bricht sein Gesetz.
Shakespeare

Daß die Truppe, der Hist im Augenblick wider ihren Willen angehörte, keine solche war, die einen regelmäßigen Kriegszug unternommen, erhellte deutlich aus der Anwesenheit von Weibern. Es war ein kleiner Teil eines Stammes, der innerhalb der englischen Grenzen gejagt und gefischt hatte, wo er von dem Anfang der Feindseligkeiten überrascht wurde; nachdem er den Winter und Frühling über von dem gelebt, was strenggenommen das Eigentum seiner Feinde war, beschloß er, vor dem Rückzug noch einen feindlichen Streich zu führen. Es lag auch tiefer amerikanischer Scharfblick und Schlauheit in dem Manöver, das sie so weit in das Territorium ihrer Feinde hineingeführt. Als der Eilbote ankam, der den Ausbruch von Feindseligkeiten zwischen den Engländern und Franzosen meldete – ein Kampf, in den unfehlbar alle unter dem Einfluß der kriegführenden Parteien stehenden Stämme verwickelt werden mußten – war gerade diese Truppe der Irokesen an den Küsten des Oneida postiert, eines Sees, der ihrer eignen Grenze etwa fünfzig Meilen näher liegt als derjenige, welcher den Schauplatz unsrer Erzählung bildet. In gerader Linie nach Kanada fliehen – dies würde sie den Gefahren einer unmittelbaren Verfolgung ausgesetzt haben; die Häuptlinge hatten beschlossen, die Kriegslist zu brauchen, tiefer in eine Gegend einzudringen, die jetzt gefährlich geworden war, in der Hoffnung, imstande zu sein, sich im Rücken ihrer Feinde zurückzuziehen, statt sie auf der Ferse zu haben. Die Anwesenheit der Weiber hatte sie veranlaßt, diese List zu versuchen, da die Kraft dieser schwächeren Glieder der Truppe den Anstrengungen einer Flucht vor verfolgenden Kriegern nicht gewachsen war. Wenn der Leser die ungeheure Ausdehnung der amerikanischen Wildnis in jenen frühen Zeiten bedenkt, wird er einsehen, daß es selbst für einen Stamm möglich war, monatelang unentdeckt in einzelnen Teilen derselben zu bleiben; auch war bei Beobachtung der üblichen Vorsichtsmaßregeln die Gefahr, auf einen Feind zu stoßen, in den Wäldern nicht so groß, als sie es auf der See zur Zeit eines lebhaft geführten Krieges ist.

Da das Lager nur für einige Zeit dienen sollte, bot es dem Auge nichts weiter als den rohen Schutz eines Biwaks, einigermaßen noch unterstützt durch die sinnreichen Auskunftsmittel, welche sich dem Scharfsinn von solchen aufdrängten, die ihr Leben unter derlei Szenen hinbrachten. Ein Feuer, das an den Wurzeln einer frisch grünenden Eiche angezündet war, genügte für die ganze Truppe, da das Wetter so mild war, daß man seiner zu nichts als zum Kochen bedurfte. Um diesen Mittelpunkt der Anziehung herum zerstreut lagen etwa fünfzehn bis zwanzig niedrige Hütten – vielleicht glichen sie mehr Hundelöchern – in welche die verschiednen Eigner bei Nacht krochen, und die auch bei Gewittern den nötigen Schutz und Schirm gewähren sollten. Diese kleinen Hütten waren aus Baumzweigen gemacht, auf sinnreiche Art zusammengesetzt und geflochten, und sie waren gleichförmig bedeckt mit Rinde, die von gefallenen Bäumen geschält war; denn von solchen besitzt jeder jungfräuliche Wald Hunderte in allen Stadien des Zerfalls und Verwitterns. Möbel hatten sie so gut wie keine. Küchengerätschaften der einfachsten Art lagen in der Nähe des Feuers; wenige Kleidungsstücke waren in den Hütten oder darum her zu sehen; Büchsen, Hörner und Taschen lehnten an den Bäumen oder hingen an den niedrigsten Zweigen, und die Leichname von zwei oder drei Hirschen lagen ausgestreckt auf ebenso kunstlosen Fleischbänken.

Da das Lager sich mitten in einem dichten Wald befand, konnte das Auge es nicht auf *einen* Blick ganz übersehen, sondern Hütte um Hütte trat aus dem düstern Gemälde hervor, sowie man sich nach Gegenständen umsah. Es war da kein Mittelpunkt, wenn man nicht das Feuer dafür ansprechen wollte, kein freier Platz, wo die Besitzer dieses rohen Dorfes sich versammeln konnten; sondern alles war dunkel, versteckt und voll schlauer Heimlichkeit wie die Eigner selbst. Einige wenige Kinder strichen von Hütte zu Hütte und gaben dem Platz einigen Anstrich von häuslichem Leben, und das gedämpfte Lachen und die leisen Stimmen der Weiber unterbrachen zuzeiten die tiefe Stille des düsteren Forstes. Die Männer aßen entweder oder schliefen oder prüften ihre Waffen. Sie besprachen sich nur wenig und dann gewöhnlich beiseite oder in Gruppen, von den Weibern gesondert; ein Anstrich unermüdeter, angeborner Lauersamkeit und Gefahrsahnung schien selbst ihrem Schlummer nicht zu fehlen.

Als die zwei Mädchen sich dem Lager näherten, stieß Hetty einen leisen Schrei aus, sobald sie ihres Vaters ansichtig ward. Er saß auf der Erde, den Rücken an einen Baum gelehnt, und Hurry stand neben ihm, in gedankenloser Muße an einem Zweig schnitzelnd. Dem Anschein nach waren sie so frei wie jeder andre im Lager oder darum her, und wer nicht mit indianischem Brauch bekannt gewesen, hätte sie wohl fälschlich für Gäste, statt für Gefangene, angesehen. Wah-ta!-Wah führte ihre neue Freundin ganz nahe zu ihnen hin und zog sich dann bescheiden zurück, damit ihre Gegenwart den Gefühlen jener keinen Zwang auferlege. Aber Hetty war nicht so vertraut mit Liebkosungen oder äußern Kundgebungen der Zärtlichkeit, daß sie sich irgendeinem Ausbruch ihres Gefühls hätte hingeben sollen. Sie näherte sich nur und trat neben ihren Vater hin, ohne zu sprechen, einer stummen Statue töchterlicher Liebe ähnlich. Der alte Mann legte weder Unruhe noch Staunen über ihr plötzliches Erscheinen an den Tag. In diesen Punkten hatte er den Stoizismus der Indianer angenommen, wohl wissend, daß er durch nichts sichrer ihre Achtung sich erwerben könne als durch Nachahmung ihrer Selbstbeherrschung. Auch verrieten die Wilden selbst nicht durch das geringste Zeichen eine Aufregung über dies plötzliche Erscheinen einer Fremden unter ihnen. Mit einem Worte: die Ankunft Hettys verursachte, obgleich sie unter so eigentümlichen Umständen erfolgte, weit weniger sichtbares Aufsehen, als in einem Dorf von viel höhern Ansprüchen auf Gesittung der Fall sein würde, wenn ein gewöhnlicher Fremder vor der Türe des Hauptgasthofs anführe. Doch sammelten sich einige wenige Krieger, und aus der Art, wie sie während ihrer Unterredung auf Hetty blickten, erhellte deutlich, daß sie der Gegenstand ihres Gesprächs war und vermutlich die Ursachen ihres unerwarteten Erscheinens vor ihnen erörtert wurden. Dies phlegmatische Wesen ist charakteristisch bei dem nordamerikanischen Indianer – manche behaupten:

auch bei seinem weißen Nachfolger –, aber in diesem Falle mußte viel auf Rechnung der eigentümlichen Lage geschrieben werden, worin die Truppe sich befand. Die Streitmacht auf der Arche, ausgenommen die Anwesenheit Chingachgooks, war wohlbekannt; kein Stamm, keine Truppenabteilung war, wie man glaubte, in der Nähe, und wachsame Augen waren rings um den ganzen See aufgestellt, welche Tag und Nacht die leiseste Bewegung der Belagerten – denn so darf man sie jetzt ohne Übertreibung nennen – beobachteten.

Hutter war innerlich sehr bewegt über Hettys Tun, soviel Gleichgültigkeit er äußerlich erheuchelte. Er erinnerte sich ihrer sanften Warnung an ihn, ehe er die Arche verließ, und das Unglück machte gewichtig, was im Triumph eines glücklichen Ausgangs wohl vergessen worden wäre. Dann kannte er die einfältige, rücksichtslose Treue dieses Kindes und verstand, warum sie gekommen, und die gänzliche Selbstvergessenheit, die in allem ihrem Tun waltete.

»Das ist nicht wohlgetan, Hetty«, sagte er, mehr die Folgen für das Mädchen selbst als irgendein andres Unheil besorgend. »Das sind trotzige Irokesen, und so wenig geneigt, eine erfahrene Unbill, als eine Gunst zu vergessen.«

»Sagt mir, Vater«, erwiderte das Mädchen, sich verstohlen umschauend, als fürchte sie belauscht zu werden, »hat Euch Gott das grausame Vorhaben zugelassen, dessentwegen Ihr hierherkamet? Ich muß dies durchaus wissen, damit ich mit den Indianern frei sprechen kann, wenn er es nicht getan.«

»Du hättest nicht hierherkommen sollen, Hetty, diese Bestien werden dein Wesen und deine Absichten nicht verstehen.«

»Wie war es, Vater? Weder Ihr noch Hurry scheint etwas zu haben, das wie Skalpe aussieht?«

»Wenn dich das beruhigen kann, Kind, so kann ich dir antworten: Nein! Ich hatte die junge Kreatur gefaßt, die mit dir hierherkam, aber ihr Gekreisch zog mir alsbald einen Schwarm jener wilden Katzen auf den Hals, dem zu widerstehen für einen einzelnen Christenmenschen zuviel war. Wenn dir das etwas helfen kann, so wisse, wir sind so unschuldig in der Beziehung, diesmal einen Skalp erbeutet zu haben, als, wie ich nicht zweifle, unsre Hand rein bleiben wird von dem Preisgeld.«

»Dank Euch für dies, Vater! Jetzt kann ich kühnlich mit den

Irokesen sprechen, und mit leichtem Gewissen. Ich hoffe, auch Harry ist nicht imstande gewesen, jemand von den Indianern ein Leid zu tun?«

»Nun, was das betrifft, Hetty«, versetzte das fragliche Individuum, »Ihr habt die Sache gar trefflich mit dem rechten Namen genannt. Hurry war nicht imstande, und das ist das Ende vom Liede. Ich habe manchen Sturm und Strudel erlebt, alter Gesell, zu Lande und zu Wasser, aber nie sah ich einen so gewaltsamen und unwirschen, wie der war, der in der vorletzten Nacht in Gestalt indianischer Hurrabuben uns überfiel. Ha! Hetty, Ihr seid nicht viel nutz für ein Argument oder eine Idee, die etwas tiefer liegen als der gemeine Verstand: aber Ihr seid menschlich und habt einige menschliche Begriffe; – nun will ich Euch nur bitten, diese Umstände Euch recht zu besehen. Da war der alte Tom, Euer Vater, und ich in einem rechtmäßigen Unternehmen begriffen, wie aus den Worten des Gesetzes und der Proklamation zu ersehen, an nichts Arges denkend, als wir überfallen wurden von Kreaturen, die mehr hungrigen Wölfen als selbst sterblichen Wilden glichen, und da hatten sie uns wie zwei Schafe gebunden in weniger Zeit, als ich brauchte, Euch die Geschichte zu erzählen.«

»Ihr seid jetzt frei, Hurry«, versetzte Hetty mit schüchternem Blick auf die stattlichen ungefesselten Glieder des jungen Riesen. »Eure Arme und Beine werden von keinen Stricken oder Weiden gepeinigt.«

»Nein, Hetty. Natur ist Natur, und Freiheit ist auch Natur. Meine Glieder sehen aus wie frei, aber das ist auch so ziemlich alles; denn ich kann sie nicht gebrauchen in der Art, wie ich möchte. Selbst diese Bäume haben Augen, ja, und auch Zungen; denn wollte der alte Mann hier oder ich nur eine Rute weit über unsere Kerkergrenzen hinausschreiten, so würde man von uns Bürgschaft verlangen, ehe wir unsre Lenden gürten könnten zu einem Wettrennen, und zehn gegen eins; würden vier oder fünf Büchsenkugeln uns nachreisen als ebenso viele Einladungen, unsre Ungeduld zu zügeln. Es ist kein Gefängnis in der Kolonie so fest als das, worin wir jetzt sind; denn ich habe die Tugend von zwei oder drei davon erprobt und kenne das Material, woraus sie gemacht sind, so gut wie die Männer, die sie gemacht haben, selbst, da Abbrechen der nächste Schritt ist zum Erlernen des Aufbauens bei allen solchen Gebäuden.«

Damit der Leser nicht eine übertriebene Vorstellung von Hurrys schlimmen Streichen aus dieser prahlerischen und unklugen Offenbarung sich bilde, ist zu sagen, daß seine Frevel sich auf tätliche Injurien und Schlägereien beschränkten, deren einige ihm Gefangenschaft zugezogen, wo er denn, wie er eben gesagt, mehrmals entkam und die Gebrechlichkeit der Bauten, in welchen er in Gewahrsam gebracht worden, dadurch zeigte, daß er sich selbst Türen öffnete an Stellen, wo die Baumeister solche anzubringen außer acht gelassen hatten. Aber Hetty wußte gar nichts von Gefängnissen und wenig von dem Wesen des Verbrechens, außer was ihre unverfälschten, beinahe instinktmäßigen Begriffe von Recht und Unrecht ihr sagten, und der Witz des rohen Menschen, der so zu ihr gesprochen, war daher für sie verloren. Sie verstand jedoch in der Hauptsache seine Meinung, und nur darauf antwortete sie ihm.

»Es ist am besten so, Hurry«, sagte sie. »Es ist das beste, wenn Vater und Ihr ruhig und im Frieden verharret, bis ich mit den Irokesen geredet, wo dann alles gut und glücklich ablaufen wird. Ich wünsche nicht, daß mir einer von euch folgt, sondern daß ihr mich allein gehen laßt. Sobald alles ins reine gebracht ist und ihr Freiheit habt, in das Kastell zurückzukehren, werde ich kommen und es euch zu wissen tun.«

Hetty sprach mit so unbefangenem Ernst, schien ihres Erfolgs so sicher und hatte in ihrem Wesen so sehr das Gepräge des sittlichen Gefühls und der Wahrheit, daß die beiden, die sie gehört, sich geneigter fühlten, ihrer Vermittlung einiges Gewicht beizulegen, als sonst wohl der Fall gewesen wäre. Als sie daher die Absicht zeigte, sie zu verlassen, legten sie ihr nichts in den Weg, obgleich sie sie im Begriff sahen, sich der Gruppe von Häuptlingen zu nähern, welche sich beiseite und, wie es schien, über die Art und den Beweggrund ihres plötzlichen Erscheinens besprachen.

Als Hist – denn so wollen wir sie nennen – ihre Begleiterin allein gelassen, schlenderte sie in die Nähe von ein paar älteren Kriegern, die ihr während ihrer Gefangenschaft am meisten Wohlwollen bezeigt, und von welchen der Angesehenere ihr sogar angeboten, sie an Kindes Statt anzunehmen, falls sie einwilligte, eine Huronin zu werden. Diese Richtung schlug das schlaue Mädchen ausdrücklich in der Absicht ein, zu Fragen herauszufordern. Sie war mit den Gewohnheiten ihres Volkes zu gut bekannt, als daß sie mit den Ansichten und Meinungen ihres Geschlechts und ihrer Jahre sich Männern und Kriegern aufzudrängen hätte versuchen mögen; aber die Natur hatte sie mit einem Takt und einer Einsicht begabt, welche sie instand setzten, die gewünschte Aufmerksamkeit rege zu machen, ohne den Stolz derer zu verletzen, welchen Unterwürfigkeit und Ehrfurcht zu bezeigen, ihre Pflicht war. Selbst die von ihr angenommene Gleichgültigkeit spornte die Neugier, und Hetty war kaum an der Seite ihres Vaters angelangt, als das delawarische Mädchen durch eine geheime, aber bedeutsame Gebärde in den Kreis der Krieger gerufen ward. Hier ward sie befragt über die Anwesenheit ihrer Begleiterin und die Beweggründe, die sie in das Lager geführt. Das war es eben, was Hist wünschte. Sie erzählte die Art und Weise, wie sie die Geistesschwäche Hettys entdeckt, wobei sie die Mangelhaftigkeit ihres Verstandes eher übertrieb als verkleinerte; dann berichtete sie in allgemeinen Ausdrücken die Absicht des Mädchens, warum sie sich unter ihre Feinde gewagt. Die Wirkung war ganz die, welche die Erzählerin erwartete; ihre Nachrichten verliehen der Person und dem Charakter des Gastes eine Art ehrfurchtgebietender Weihe, die, wie sie wohl wußte, ihr als Schutz dienen mußte. Sobald ihr Zweck erreicht war, zog sich Hist in eine Entfernung zurück, wo sie mit weiblicher Aufmerksamkeit und schwesterlicher Zärtlichkeit sich daranmachte, ein Mahl zu bereiten, welches ihrer neuen Freundin geboten werden sollte, sobald es ihr gestattet wäre, daran teilzunehmen. Während dieser Beschäftigung jedoch ließ das verständige Mädchen in seiner Wachsamkeit nicht nach; es bemerkte jeden Wechsel in den Gesichtern der Häuptlinge, jede Bewegung Hettys und alle die kleinen Vorfälle, welche möglicherweise auf seine oder seiner neuen Freundin Interessen Einfluß haben konnten.

Als Hetty sich den Häuptlingen näherte, öffneten sie ihren kleinen Kreis mit einer entgegenkommenden Achtung, welche Männern von mehr höfischer Herkunft Ehre gemacht hätte. Ein gefallener Baum lag in der Nähe, der älteste der Krieger bedeutete dem Mädchen mit einem stummen Zeichen, sich darauf zu setzen, und setzte sich selbst neben sie mit der Milde und Freundlichkeit eines Vaters. Die anderen gruppierten sich mit ernster Würde um die beiden her; dann begann das Mädchen, das genug Beobachtungsgabe besaß, um zu merken, daß man dies von ihm erwarte, den Zweck seines Besuchs kundzutun. Im Augenblick jedoch, wo es den Mund zum Sprechen öffnete, gab ihm der alte Häuptling einen leisen Wink, sich noch zu gedulden, sagte einem jüngeren Krieger einige Worte und wartete dann in schweigender Geduld, bis dieser Hist zu der Versammlung gefordert hatte. Diese Unterbrechung rührte daher, daß der Häuptling bemerkt hatte, man bedürfe durchaus eines Dolmetschers; denn wenige von den anwesenden Huronen, und auch sie nur mangelhaft, verstanden Englisch.

Wah-ta!-Wah war es nicht leid, auch zu der Besprechung berufen zu werden, zumal in der Eigenschaft, in der man sie jetzt verlangte. Sie wußte wohl, welche Gefahren sie lief, wenn sie einen oder zwei von der Gesellschaft zu täuschen suchte; aber sie war nichtsdestoweniger entschlossen, sich aller ihr zu Gebote stehenden Mittel zu bedienen und alle Listen in Anwendung zu bringen, welche eine indianische Erziehung ihr an die Hand gab, um sowohl die Nähe ihres Verlobten als auch das Vorhaben, dessenthalben er gekommen, zu verhehlen. Wer nicht bekannt gewesen mit den Hilfsmitteln und Ansichten des Lebens der Wilden, hätte schwerlich die Raschheit der Erfindung, die Schlauheit im Handeln, die hohe Entschlossenheit, die edlen Gefühle, die tiefe Selbstaufopferung und die weibliche Selbstvergessenheit da, wo die Liebe ins Spiel kam, geahnt, welche unter der sanftmütigen Miene, dem milden Auge und dem sonnigen Lächeln dieser jungen indianischen Schönheit verborgen lagen. Als sie sich näherte, betrachteten sie die grimmig aussehenden alten Krieger mit Wohlgefallen; sie fühlten einen geheimen Stolz bei der Hoffnung, einen so herrlichen Schößling dem Stamm ihres Volkes aufzupfropfen; denn die Adoption ward so regelmäßig in Anwendung gebracht und so ausdrücklich anerkannt unter den Stämmen Amerikas als nur je unter den Nationen, welche dem Zepter des Zivilgesetzes huldigen.

Sobald Hist neben Hetty saß, hieß sie der alte Häuptling »das schöne junge Bleichgesicht« fragen, was es unter die Irokesen geführt und was sie ihm zu Gefallen tun könnten.

»Sagt ihnen, Hist, wer ich bin – Thomas Hutters jüngste Tochter; Thomas Hutters, des älteren von ihren zwei Gefangenen; dessen, dem das Kastell und die Arche gehören, und der das beste Recht hat, als Eigentümer dieser Berge und dieses

Sees zu gelten, dieweil er so lange Zeit da gewohnt und Fallen gestellt und gefischt hat. Sie werden wissen, wen Ihr unter Thomas Hutter versteht, wenn Ihr ihnen das sagt. Und dann sagt ihnen, ich sei hierhergekommen, sie zu bereden, daß sie Vater und Hurry kein Leid tun, sondern sie im Frieden ziehen lassen und sie eher als Brüder denn als Feinde behandeln. Jetzt sagt ihnen das alles geradezu, Hist, und fürchtet nichts für Euch oder für mich: Gott wird uns schützen.«

Wah-ta!-Wah tat, wie die andere verlangte, und bestrebte sich, die Worte ihrer Freundin so buchstäblich als möglich ins Irokesische zu übersetzen, eine Sprache, die sie beinahe mit gleicher Geläufigkeit wie ihre eigne sprach. Die Häuptlinge hörten diese eröffnende Mitteilung mit ernstem Anstand an; die zwei, welche ein wenig Englisch verstanden, deuteten ihre Zufriedenheit mit der Dolmetscherin durch heimliches, aber ausdrucksvolles Winken mit den Augen an.

»Und jetzt, Hist«, fuhr Hetty fort, sobald man ihr andeutete, dies zu tun, »und jetzt, Hist, wünsche ich daß Ihr diesen roten Männern Wort für Wort dolmetscht, was ich sagen will. Sagt ihnen zuerst, daß Vater und Hurry hierherkamen mit der Absicht, so viele Skalpe als möglich zu erbeuten; denn der sündhafte Gouverneur und die Provinz haben Geld für Skalpe geboten von Kriegern oder Weibern, von Männern oder Kindern, und die Liebe zum Gold war ihrem Herzen zu stark, um zu widerstehen. Sagt ihnen dies, liebe Hist, geradeso, wie Ihr es von mir gehört, Wort für Wort.«

Wah-ta!-Wah zauderte, diese Rede so buchstäblich, wie jene verlangt, wiederzugeben; aber da sie das Verständnis derer, die etwas Englisch wußten, bemerkt hatte und selbst eine genauere Kenntnis dieser Sprache, als sie wirklich besaßen, bei ihnen als möglich voraussetzte, sah sie sich genötigt zu gehorchen. Im Widerspruch mit dem, was ein Zivilisierter als Folge hiervon hätte erwarten mögen, brachte das Zugeständnis der Beweggründe und des Vorhabens der Gefangnen keinen sichtbaren Eindruck auf die Mienen noch auch auf die Gefühle der Zuhörer hervor. Vermutlich sahen sie die Tat als einträglich an, und was keiner von ihnen selbst auszuüben irgend Anstand genommen hätte, das war er auch nicht gemeint, an einem andern zu tadeln.

»Und jetzt, Hist«, begann Hetty von neuem, sobald sie bemerkte, daß ihre bisherigen Reden von den Häuptlingen begriffen worden, »könnt Ihr ihnen mehr sagen. Sie wissen, daß Vater und Hurry nicht glücklich waren, und daher können sie ihnen nicht grollen wegen eines ihnen widerfahrenen Leides. Wenn sie ihre Weiber und Kinder erschlagen hätten, so würde das an der Sache nichts ändern, und ich weiß nicht, ob das, was ich ihnen zu sagen im Begriff stehe, nicht noch mehr Gewicht hätte, wenn das Unheil wirklich geschehen wäre. Aber fragt sie zuerst, Hist, ob sie wissen, daß ein Gott ist, der über die ganze Erde regiert und Herr und Häuptling aller ist, die da leben, seien sie rot oder weiß, oder von welcher Farbe sie wollen?«

Wah-ta!-Wah schien etwas erstaunt über diese Frage; denn der Begriff des Großen Geistes bleibt selten dem Gemüt eines indianischen Mädchens lange fremd. Sie stellte jedoch die Frage, so buchstäblich als möglich übersetzt, und erhielt eine ernste, bejahende Antwort.

»Das ist recht«, fuhr Hetty fort, »und meine Pflicht wird jetzt leicht zu erfüllen sein. Dieser Große Geist, wie Ihr unsern Gott nennt, hat ein Buch schreiben lassen, das wir die Bibel nennen, und in diesem Buch sind alle seine Gebote aufgezeichnet und sein heiliger Wille und Wohlgefallen und die Vorschriften, nach welchen alle Menschen leben sollen, und Anweisungen, wie man selbst die Gedanken beherrschen soll und die Wünsche und den Willen. Hier, dies ist eines von jenen heiligen Büchern, und Ihr müßt den Häuptlingen erklären, was ich ihnen aus seinen heiligen Blättern lesen will.«

Nachdem Hetty dies gesprochen, zog sie eine kleine englische Bibel aus einem Futteral von grobem Kaliko und handhabte das Buch mit jener Art von äußerlicher Ehrfurchtsbezeigung, die etwa ein Römisch-Katholischer einer Reliquie erweisen könnte. Während sie langsam in ihrem Beginnen fortfuhr, beobachteten die grimmig aussehenden Krieger jede ihrer Bewegungen mit unverwandten Augen, und als sie das kleine Buch erscheinen sahen, entschlüpfte einem oder zweien von ihnen ein leiser Ausruf des Erstaunens. Aber Hetty hielt es ihnen im Triumph entgegen, als erwartete sie, daß schon der Anblick ein sichtbares Wunder tun solle; dann, ohne Überraschung oder Kränkung bei dem Stoizismus der Indianer blicken zu lassen, wandte sie sich lebhaft zu ihrer neuen Freundin, um ihre Rede fortzusetzen.

»Dies ist das heilige Buch, Hist«, sagte sie, »und diese Worte und Zeilen und Verse und Kapitel kommen alle von Gott!«

»Warum der Große Geist nicht auch den Indianern Buch schicken?« fragte Hist mit der Unbefangenheit eines gänzlich unverfälschten Gemütes.

»Warum nicht?« erwiderte Hetty, ein wenig betroffen über diese so unerwartete Frage. »Warum nicht? Ha! Ihr wißt ja, die Indianer können nicht lesen.«

Wenn auch Hist mit dieser Erklärung nicht ganz befriedigt war, hielt sie doch den Gegenstand nicht für erheblich genug, ihn weiter zu verfolgen. *Sie* neigte nur ihren Leib einfach vor, bescheiden und sanft die Wahrheit des Vernommenen gelten lassend, und saß da, geduldig die weiteren Argumente der Bleichgesichtschwärmerin erwartend.

»Ihr könnt diesen Häuptlingen sagen, daß überall in diesem Buche den Menschen geboten ist, ihren Feinden zu verzeihen, sie wie Brüder zu behandeln und nie ihren Mitmenschen ein Leid zuzufügen, namentlich auch nicht aus Rachsucht oder sonst einer bösen Leidenschaft. Meint Ihr, ihnen dies so sagen zu können, daß sie es wohl verstehen werden, Hist?«

»Es ihnen sagen können wohl, aber sie es nicht leicht verstehen werden.«

Dann erklärte Hist die Ideen Hettys, so gut und deutlich sie nur immer konnte, den aufmerksamen Indianern, welche ihre Worte ungefähr mit dem Erstaunen vernahmen, wie es etwa ein Amerikaner unsrer Zeiten an den Tag legen würde bei der Behauptung, daß die große, aber schwankende Beherrscherin der menschlichen Dinge der modernen Zeit, die öffentliche Meinung, unrecht haben könnte. Ein paar von ihnen jedoch, die schon mit Missionaren zusammengetroffen, sagten einige erläuternde Worte, und jetzt widmete die Gruppe alle Aufmerksamkeit den Mitteilungen, die nun folgen sollten. Ehe Hetty wieder begann, erkundigte sie sich ernstlich bei Hist, ob die Häuptlinge sie verstanden, und war mit einer ausweichenden Antwort leicht zu befriedigen.

»Jetzt will ich den Kriegern einige von den Versen lesen, welche kennenzulernen, ihnen gut ist«, fuhr das Mädchen fort, dessen Benehmen im weitern Verlauf immer ernster und feierlicher wurde. »Sie werden bedenken, daß es die eignen Worte des Großen Geistes sind. Fürs erste denn wird Euch geboten:

›*Liebe deinen Nächsten wie dich selbst!*‹ Erklärt ihnen das, liebe Hist!«

»Nächster für Indianer kein Bleichgesicht«, antwortete das delawarische Mädchen mit größerer Bestimmtheit, als sie bisher zu zeigen für gut befunden. »Nächster heißt Irokese für Irokesen, Mohikan für Mohikan, Bleichgesicht für Bleichgesicht. Häuptlinge sonst nichts nötig zu sagen.«

»Ihr vergeßt, Hist, das sind die Worte des Großen Geistes, und die Häuptlinge müssen ihnen gehorchen so gut als andere. Hier ist ein andres Gebot: ›*So dich jemand schlägt auf den rechten Backen, dem biete den andern auch dar.*‹«

»Was das bedeuten?« fragte Hist mit Blitzesschnelle.

Hetty erklärte, daß es ein Gebot sei, Beleidigungen nicht zu rächen, sondern lieber der Erduldung neuer Unbilden von dem Beleidiger sich auszusetzen.

»Und höre auch dies, Hist«, fuhr sie fort: ›*Liebet Eure Feinde, segnet, die Euch fluchen, tut wohl denen, die Euch hassen, und betet für die, so Euch verachten und verfolgen.*‹« Jetzt war Hetty ganz aufgeregt worden: ihre Augen leuchteten vermöge der Lebhaftigkeit ihrer Gefühle, ihre Wangen flammten, und ihre Stimme, gewöhnlich so leise und zitternd, wurde stärker und nachdrücklicher. Mit der Bibel war sie frühe schon durch ihre Mutter bekannt gemacht worden, und sie ging jetzt von Stelle zu Stelle über mit überraschender Schnelligkeit und las sorgfältig solche Verse heraus, welche die erhabnen Lehren christlicher Liebe und Versöhnlichkeit predigen. Auch nur die Hälfte dessen, was sie in ihrem frommen Ernst vorbrachte, zu übersetzen, würde Wah-ta!-Wah unmöglich gefunden haben, hätte sie auch den Versuch gemacht; aber Staunen hielt ihre Zunge gebunden wie die der Häuptlinge, und die junge treuherzige Schwärmerin war durch ihre Anstrengung ganz erschöpft worden, ehe die andre nur den Mund öffnete, um eine Silbe vorzubringen. Und dann gab wirklich das delawarische Mädchen eine kurze Übersetzung von dem Wesentlichen des Gesprochenen und Gelesenen, beschränkte sich aber auf ein paar der ergreifendsten von den Versen, diejenigen, die ihrer Einbildungskraft als die paradoxesten aufgefallen waren, und die auf den Fall freilich am anwendbarsten gewesen wären, hätten die ungebildeten Gemüter der Zuhörer die großen moralischen Wahrheiten fassen können, die sie enthielten.

Es wird kaum nötig sein, unsern Lesern die Wirkung zu schildern, die eine solche neue Pflichtenlehre aller Wahrscheinlichkeit nach unter einer Gruppe indianischer Krieger hervorbringen mußte, bei denen es eine Art von religiösem Grundsatz war, nie eine Wohltat zu vergessen und nie ein Unrecht zu verzeihen. Zum Glück hatten die vorangegangenen Erklärungen Hists die Gemüter der Huronen auf etwas Absonderliches vorbereitet, und das meiste von dem, was ihnen unvernünftig und paradox erschien, ward durch den Umstand erklärt, daß die Sprecherin einen an den meisten andern Sterblichen ganz abweichend organisierten Geist besitze. Doch waren ein paar alte Männer da, welche ähnliche Lehren schon von den Missionaren gehört hatten, und sie fühlten ein Verlangen, einen müßigen Augenblick mit weiterer Verfolgung eines Gegenstandes, den sie so merkwürdig fanden, auszufüllen.

»Das ist das Gute Buch der Bleichgesichter«, bemerkte einer von diesen Häuptlingen, das Buch aus der Hand der keinen Widerstand leistenden Hetty nehmend, welche ihm ängstlich gespannt ins Gesicht starrte, während er die Blätter umwandte, als erwartete sie von dieser Tatsache sichtbare Ergebnisse. »Das ist das Gesetz, wonach meine weißen Brüder zu leben behaupten?«

Hist, an welche diese Frage gerichtet war, wenn man überhaupt sagen kann, daß sie an eine bestimmte Person gerichtet gewesen, antwortete einfach bejahend und fügte bei, daß sowohl die Franzosen der Kanadas als die Yengeese der britischen Provinzen sein Ansehen gleichermaßen anerkennten und seine Grundsätze zu ehren behaupteten.

»Erklärt meiner jungen Schwester«, sagte der Hurone, Hist scharf anblickend, »daß ich meinen Mund öffnen, und einige wenige Worte sprechen will.«

»Der Irokesenhäuptling sprechen wollen – meine Bleichgesichtfreundin zuhören«, dolmetschte Hist.

»Ich freue mich, das zu hören!« rief Hetty. »Gott hat sein Herz gerührt, und er wird jetzt Vater und Hurry ziehen lassen.«

»Das ist des Bleichgesichts Gesetz«, begann der Häuptling. »Es gebietet ihm, Gutes zu tun dem, der ihn verletzt, und wenn sein Bruder von ihm seine Büchse verlangt, ihm das Pulverhorn dazu zu geben. Das ist das Bleichgesichtsgesetz?«

»Nicht so – nicht so«, antwortete Hetty ernst, nachdem diese

Worte waren gedolmetscht worden. »Es steht kein Wort von Büchsen in dem ganzen Buch, und Pulver und Kugeln sind dem Heiligen Geist ein Ärgernis.«

»Nun dann, warum gebraucht sie denn das Bleichgesicht? Wenn ihm geboten ist, dem doppelt zu *geben*, der nur eines verlangt, warum *nimmt* er doppelt den armen Indianern, die *nichts* verlangen? Er kommt vom Lande der aufgehenden Sonne mit seinem Buch in der Hand und lehrt den Rotmann es lesen; aber warum vergißt er selbst alles, was es sagt? Wenn der Indianer gibt, ist er nie zufrieden, und jetzt bietet er Gold für die Skalpe unsrer Weiber und Kinder, obgleich er uns Bestien nennt, wenn wir den Skalp eines Kriegers nehmen, der im offenen Krieg getötet worden. Mein Name ist Rivenoak[7].«

Als Hetty diese furchtbare Frage ihrer Seele in der Übersetzung recht veranschaulicht hatte – und Hist tat bei dieser Gelegenheit ihre Pflicht mit ungewöhnlicher Bereitwilligkeit –, war sie, wie kaum zu sagen nötig, in bittrer Verlegenheit. Gescheitere Köpfe als der dieses armen Mädchens sind häufig durch Fragen von ähnlicher Richtung in Verwirrung gebracht worden, und es kann nicht befremden, daß sie mit all ihrem Ernst und ihrer Aufrichtigkeit nicht wußte, welche Antwort geben.

»Was soll ich ihnen sagen, Hist?« fragte sie flehentlich. »Ich *weiß*, daß alles, was ich aus dem Buche gelesen, wahr ist, und doch könnte es als nicht wahr erscheinen nach der Handlungsweise derer, denen dies Buch gegeben ist, oder nicht?«

»Gebt ihnen Bleichgesichtsgründe«, versetzte Hist ironisch, »die immer gut für eine Seite, obgleich schlecht für die andere.«

»Nein, nein, Hist, es gibt keine zwei Seiten für die Wahrheit – und doch erscheint es so seltsam! Gewiß habe ich die Verse recht gelesen, und niemand würde so ruchlos sein, das Wort Gottes falsch zu drucken. *Das* kann nie sein, Hist.«

»Nun, armem, indianischem Mädchen scheinen, es kann alles sein bei Bleichgesichtern«, versetzte die andere kühl. »Einmal sagen sie weiß und das andremal schwarz. Warum denn es nie sein kann?«

Hetty wurde immer verwirrter, bis sie endlich, überwältigt von der Angst, sie habe ihren Zweck verfehlt, und das Leben ihres Vaters und Hurrys werde durch einen Mißgriff von ihrer Seite aufgeopfert werden, in Tränen ausbrach. Von diesem Augenblick an verschwand im Benehmen Hists alle Ironie und kühle Gleichgültigkeit, und sie wurde wieder die zärtliche, liebkosende Freundin. Ihre Arme um das betrübte Mädchen schlingend, suchte sie ihren Kummer zu beschwichtigen durch das kaum je seine Wirkung verfehlende Mittel weiblichen Mitgefühls.

»Aufhören weinen – nicht weinen!« sagte sie, die Tränen aus Hettys Angesicht wischend, wie sie denselben Dienst einem Kinde würde geleistet haben, und beugte sich herab, um sie gelegentlich mit der Zärtlichkeit einer Schwester an ihr warmes Herz zu drücken. »Warum Euch so beunruhigen? Ihr nicht das Buch machen, wenn es falsch sein, und Ihr nicht Bleichgesicht machen, wenn es ruchlos. Es böse rote Männer geben und böse weiße Männer – keine Farbe ganz gut – keine Farbe ganz böse. Häuptlinge das gut genug wissen.«

Hetty erholte sich bald von diesem plötzlichen Ausbruch des Jammers, und dann wendete sich ihr Gemüt wieder mit all seinem treuherzigen Ernst zu dem Zweck ihres Besuchs. Sie bemerkte, daß die grimmig aussehenden Häuptlinge noch in ernster Aufmerksamkeit um sie her standen, und hoffte, ein neuer Versuch, sie vom Rechten zu überzeugen, werde besser gelingen.

»Hört, Hist«, sagte sie ringend, ihr Schluchzen zu unterdrükken und vernehmlich zu sprechen, »sagt den Häuptlingen, es frage sich nicht, was die Ruchlosen tun – Recht ist Recht – die Worte des Großen Geistes sind die Worte des Großen Geistes – und niemand kann ungestraft eine böse Tat tun, weil ein andrer vor ihm sie getan hat! *Vergeltet Böses mit Gutem!* sagt dies Buch, und das ist das Gesetz für die roten Männer wie für die Weißen.«

»Nie hören von solchem Gesetz unter Delawaren oder Irokesen«, antwortete Hist begütigend. »Nicht gut, den Häuptlingen von *solchem* Gesetz sagen. Sagt ihnen etwas, das sie glauben.«

Hist wollte demungeachtet in ihrem Dolmetschen fortfahren, als eine Berührung von dem Finger des ältesten Häuptlings auf ihrer Schulter sie aufschauen machte; da bemerkte sie, daß einer von den Kriegern die Gruppe verlassen hatte und schon mit Hutter und Hurry wieder zurückkam. Begreifend, daß die beiden letztern auch in die Untersuchung hineingezogen werden sollten, verstummte sie mit dem nie zögernden Gehorsam eines indianischen Weibes. Nach wenigen Sekunden standen die Gefangenen den Vornehmsten der sie gefangenhaltenden Truppe Angesicht gegen Angesicht gegenüber.

»Tochter«, sagte der älteste Häuptling zu der jungen Delawarin, »fragt diesen Graubart, warum er in unser Lager gekommen?«

Die Frage ward von Hist in ihrem unvollkommnen Englisch gestellt, aber in einer Art, die nicht schwer zu verstehen war. Hutter war von Natur zu trotzig und verstockt, um vor den Folgen irgendeiner seiner Handlungen zurückzubeben, und er war auch zu genau vertraut mit Ansichten der Wilden, um nicht einzusehen, daß nichts zu gewinnen stehe durch Zweideutigkeiten oder eine unmännliche Scheu vor ihrem Zorn. Ohne Bedenken gestand er daher die Absicht, in welcher er gelandet, und rechtfertigte sie nur mit der Umstand, daß die Regierung der Provinz hohe Preise für Skalpe geboten. Dies offene Geständnis ward von den Irokesen mit sichtlicher Zufriedenheit aufgenommen, nicht sowohl jedoch in Betracht des Vorteils, den es ihnen, vom moralischen Gesichtspunkt angesehen, gewährte, als sofern es ein Beweis war, daß sie einen Mann gefangen, wert, ihre Gedanken zu beschäftigen und Gegenstand ihrer Rache zu werden. Hurry, befragt, gestand ebenfalls die Wahrheit, obwohl er zur Verheimlichung geneigter als sein trotziger Genosse gewesen wäre, hätten die Umstände diese Handlungsweise besser begünstigt. Aber er besaß Takt genug, um einzusehen, daß Zweizüngelei in diesem Augenblick nutzlos sein würde, und er machte aus der Not eine Tugend, indem er eine Freimütigkeit nachahmte, die bei Hutter das Ergebnis einer ihm zur andern Natur gewordnen Gleichgültigkeit war, indem er nur einer jederzeit rauhen, schroffen und um Folgen für seine Person unbekümmerten Gemütsart folgte.

Sobald die Häuptlinge die Antworten auf ihre Fragen erhalten, schritten sie schweigend weg wie Männer, die die Sache als abgetan betrachteten, und alle Dogmen Hettys waren weggeworfen bei Wesen, die von der Kindheit bis zum Mannesalter in der Schule der Gewalttat herangewachsen waren. Hetty und Hist blieben jetzt allein mit Hutter und Hurry, und den Schritten und Bewegungen von keinem schien irgendein Zwang auferlegt, obwohl in der Tat alle vier unablässig und aufmerksam bewacht wurden. Was die Männer betrifft, so ward sorgfältig darauf geachtet, sie zu verhindern, von einer der Büchsen Besitz zu ergreifen, welche ringsum zerstreut lagen, ihre eigenen miteingeschlossen; hierauf war alle offenkundige Bewachung beschränkt. Aber sie, die so erfahren waren in indianischen Bräuchen und Listen, wußten zu gut, wie groß der Abstand zwischen Schein und Wirklichkeit war, um sich durch diese anscheinende Sorglosigkeit täuschen zu lassen. Obgleich beide unaufhörlich auf Mittel zur Flucht dachten, und zwar ohne Verabredung, erkannte doch jeder die Fruchtlosigkeit, einen Plan der Art zu versuchen, der nicht tief angelegt und rasch ausgeführt würde. Sie waren lang genug in dem Lager und hinlänglich scharfe Beobachter, um sich vergewissert zu haben, daß auch Hist eine Art Gefangene war; auf diesen Umstand bauend, sprach Hutter in ihrer Gegenwart offener, als er es vielleicht sonst rätlich gefunden hätte, und veranlaßte durch sein Beispiel Hurry zu gleicher Sorglosigkeit.

»Ich will dich nicht tadeln, Hetty, daß du mit diesem Vorhaben hierherkamst, das gut gemeint, wenn auch nicht sehr klug angelegt war«, begann der Vater, indem er sich neben seine Tochter setzte und ihre Hand ergriff, ein Zeichen der Zärtlichkeit, das dieser rauhe Mann gerade diesem Kind zu geben pflegte, – »aber Predigen und die Bibel sind nicht die Mittel, einen Indianer von seinem Wege abzubringen. Hat Wildtöter eine Botschaft geschickt oder hat er einen Anschlag, durch den er uns in Freiheit zu setzen denkt?«

»Ja, das ist die Hauptsache vom Ganzen«, fiel Hurry ein. »Wenn Ihr uns zu einer halben Meile Freiheit verhelfen könnt, Mädchen, oder auch nur zu einem guten Vorsprung von einer Viertelmeile, so will ich für das übrige stehen. Vielleicht darf der alte Mann etwas mehr, aber für einen von meiner Größe und meinen Jahren würde *das* alle Anstände beseitigen.«

Hetty sah bekümmert aus und wandte ihre Augen von einem zum andern, aber sie hatte keine Antwort auf die Frage des brutalen Hurry zu geben.

»Vater«, sagte sie, »weder Wildtöter noch Judith wußten von meinem Plan zu gehen, bis ich die Arche verlassen hatte. Sie fürchten, die Irokesen möchten ein Floß machen und versuchen, sich der Hütte zu bemächtigen, und denken mehr daran, *die* zu verteidigen, als Euch zu Hilfe zu kommen.«

»Nein – nein – nein«, sagte Hist hastig, obwohl mit leiser

Stimme und das Angesicht zu Boden gesenkt, um diejenigen, von denen sie sich wohl bewacht wußte, gar nicht sehen zu lassen, daß sie überhaupt sprach. »Nein, nein, nein, Wildtöter ganz andrer Mann. Er nicht daran denken, sich selbst zu verteidigen, wenn ein Freund in Gefahr. Einer dem andern helfen, und alle zur Hütte gelangen.«

»Das klingt gut, alter Tom«, sagte Hurry winkend und lachend, – obgleich auch er die Vorsicht gebrauchte, leise zu sprechen. »Gebt mir nur eine Indianerin von schnellem Witz zur Freundin, und ich will, denke ich, den Teufel zuschanden machen, wenn auch nicht gerade einen Irokesen.«

»Sprecht nicht laut«, sagte Hist, »einige Irokesen die Yengeesesprache gelernt und alle Yengeeseohr haben.« –

»Haben wir eine Freundin an Euch, junges Weib?« fragte Hutter mit steigendem Interesse an der Unterredung. »Wenn dies, so könnt Ihr auf eine tüchtige Belohnung rechnen, und nichts wird leichter sein, als Euch zu Eurem eignen Stamme zu senden, wenn wir Euch nur einmal mit uns sicher ins Kastell gebracht haben. Gebt uns die Arche und die Kanus, so beherrschen wir den See, trotz allen Wilden in den Kanadas. Nur Artillerie könnte uns aus dem Kastell vertreiben, wären wir nur einmal wieder darin.«

»Gesetzt, sie ans Land kommen, Skalpe zu holen?« versetzte Hist mit kühler Ironie, worin das Mädchen erfahrener schien, als bei ihrem Geschlecht gewöhnlich ist.

»Ja, ja – das war ein Mißgriff, aber Wehklagen helfen wenig und noch weniger, junges Weib, Stichelreden!«

»Vater«, sagte Hetty, »Judith denkt daran, den großen Schrank aufzubrechen, in der Hoffnung, darin etwas zu finden, womit sie Eure Freiheit von den Wilden erkaufen könnte.«

Eine finstre Wolke überzog Hutters Gesicht bei der Nachricht von diesem Umstand, und er murmelte seine Mißbilligung so laut, daß alle Anwesenden es hörten.

»Warum nicht aufbrechen großen Schrank?« warf Hist ein. »Leben lieber als alter Schrank. Skalp lieber als alter Schrank. Wenn nicht Tochter erlauben, ihn aufzubrechen, Wah-ta!-Wah ihm nicht helfen davonzulaufen!«

»Ihr wißt nicht, was Ihr verlangt – Ihr seid einfältige Mädchen, und das Klügste für Euch beide ist, von dem zu sprechen, was Ihr versteht, und sonst von nichts. Diese kalte Vernachlässigung der Wilden gefällt mir nicht sehr, Hurry, es ist ein Beweis, daß sie an etwas Ernstes denken, und wenn wir etwas tun wollen, müssen wir es bald tun. Können wir auf dies junge Weib zählen, meint Ihr?«

»Hört«, sagte Hist rasch und mit einem Ernst, der bewies, wie lebhaft ihr Gefühl beteiligt war – »Wah-ta!-Wah keine Irokesin – ganz und gar Delawarin – Delawarenherz – Delawarengefühl haben. Sie auch Gefangene. Ein Gefangener andern Gefangenen helfen. Nicht gut jetzt mehr schwatzen. Tochter bei Vater bleiben – Wah-ta!-Wah kommen und Freund sehen – alles gut aussehen – *dann* sagen, was tun.«

Dies ward mit leiser Stimme, aber deutlich, gesprochen und in einer Art, um Eindruck zu machen. Sobald sie sich so geäußert, stand das Mädchen auf und verließ die Gruppe, langsam nach der Hütte zurückkehrend, die sie bewohnte, als nähme sie kein weiteres Interesse an dem, was zwischen den drei Bleichgesichtern verhandelt werden mochte.

Zwölftes Kapitel

Sie spricht von ihrem Vater, sagt, sie höre,
Die Welt sei schlimm, und ächzt und schlägt die Brust;
Ein Strohhalm ärgert sie, sie spricht verworren:
Mit halbem Sinn nur; ihre Red' ist nichts,
Doch leitet ihre ungestalte Art
Die Hörenden auf Schlüsse; –

Shakespeare

Wir verließen die Inhaber des Kastells und der Arche in Schlaf versunken. Ein paarmal zwar im Laufe der Nacht standen Wildtöter oder der Delaware auf, um auf den ruhigen See hinauszuschauen, und kehrten, wenn sie alles sicher fanden, zu ihren Lagerstätten zurück und schliefen, wie Leute, die sich ihre natürliche Ruhe nicht leicht nehmen oder stören lassen. Bei dem ersten Anzeichen der Morgendämmerung jedoch stand der erstere auf und traf die ihn selbst zunächst angehenden Vorkehrungen für den Tag, sein Genosse aber, der in den letzten Zeiten keine ruhigen oder ungestörten Nächte gehabt hatte, blieb auf seiner Pritsche liegen, bis die Sonne ganz aufgegangen war. Auch Judith war an diesem Morgen später auf als gewöhnlich; denn die frühern Stunden der Nacht hatten ihr wenig Erquickung oder Schlaf gebracht. Aber ehe die Sonne sich über den östlichen Hügeln gezeigt, waren doch alle auf und auf den Beinen; denn in jener Gegend bleiben selbst die Faulen selten nach dem Erscheinen des großen Himmelslichts noch auf ihren Polstern liegen.

Chingachgook war eben mit seiner Waldtoilette beschäftigt, als Wildtöter in die Kajüte der Arche trat und ihm ein paar grobe, aber leichte Sommerkleidungsstücke hinwarf, welche Hutter gehörten.

»Judith hat mir das für Euch gegeben, Häuptling«, sagte der letztere, indem er die Jacke und die Beinkleider zu den Füßen des Indianers hinwarf, »denn es ist gegen alle Klugheit und Vorsicht, daß Ihr Euch in Eurer Kriegstracht und Bemalung blicken lasset. Wascht all die feurigen Streifen von Eurer Wange ab, legt diese Kleider an, und hier ist ein Hut, so wie er nun eben ist, der Euch einen schauerlich unzivilisierten Anstrich von Zivilisation, wie die Missionare sagen, geben wird. Vergeßt nicht, daß Hist in der Nähe ist, und was wir für das Mädchen tun, geschehen muß, indem wir für andere handeln. Ich weiß, es ist gegen Eure Gaben und Natur, Kleider zu tragen, wenn sie nicht nach eines roten Mannes Schnitt und Tracht sind, aber macht jetzt aus der Not eine Tugend und legt diese sofort an, wenn sie Euch auch etwas wider den Magen sind.«

Chingachgook oder die Schlange betrachtete die Kleider mit starkem Mißfallen, aber er erkannte den Nutzen der Vermummung, wenn auch nicht ihre absolute Notwendigkeit. Entdeckten die Irokesen einen roten Mann in dem oder um das Kastell, so konnte sie dies gar leicht behutsamer machen und ihrem Argwohn die Richtung auf ihre Gefangne geben. Alles war besser als ein Fehlschlagen seiner Absicht, seine Verlobte betreffend, und nachdem er die verschiednen Kleidungsstücke nach allen Seiten gedreht, sie mit einer Art ernster Ironie geprüft, sie in einer Weise anzuziehen versucht, die sich von selbst verbot, und auch sonst den Widerwillen eines jungen Wilden an den Tag gelegt hatte, seine Glieder in die herkömmlichen Fesseln und Bande des zivilisierten Lebens zu schnüren, unterwarf sich der Häuptling den Anweisungen seines Freundes und stand am Ende als ein roter Mann nur noch der Farbe nach da, – soweit nämlich das Auge darüber urteilen konnte. Von dieser ihm einzig noch gebliebenen Eigenschaft jedoch war wenig zu befürchten, da die Entfernung von der Küste und der Mangel von Ferngläsern jede genauere Prüfung abschnitten, und Wildtöter selbst, obgleich von einem hellern und frischern Teint, hatte doch ein Gesicht, dem die Sonne eine Farbe aufgebrannt, kaum minder rot als die seines mohikanischen Genossen. Das linkische, verlegene Wesen des Delawaren in seiner neuen Tracht machte an diesem Tage seinen Freund mehr als einmal lächeln, aber er enthielt sich geflissentlich aller jener Scherze, die bei einer solchen Gelegenheit unter Weißen aufs Tapet gekommen wären, da die Lebensgewohnheiten eines Häuptlings, die Würde eines Kriegers auf seinem ersten Kriegspfad und der Ernst der Umstände, worin sie sich befanden, zusammengenommen eine solche Leichtfertigkeit gleich unzeitgemäß erscheinen ließen.

Die Begegnung der drei Insulaner, wenn wir diesen Ausdruck gebrauchen dürfen, beim Morgenimbiß war stumm, ernst und nachdenklich. Judiths Aussehen zeigte, daß sie eine unruhige Nacht gehabt, während den beiden Männern die Zukunft mit ihren unsichtbaren und unbekannten Ereignissen vor der Seele stand. Wenige Worte der Höflichkeit wurden zwischen Wildtöter und dem Mädchen im Verlauf des Frühstücks gewechselt, aber ihre Lage mit keiner Silbe besprochen. Endlich brachte Judith, deren Herz voll war und deren neue Gefühle sie zu ungewöhnlich weichen und sanften Empfindungen stimmten, diesen Gegenstand auf die Bahn und das in einer Art, welche zeigte, wie sehr er im Lauf der letzten schlaflosen Nacht ihre Gedanken mußte beschäftigt haben.

»Es wäre schrecklich, Wildtöter«, rief das Mädchen plötzlich aus, »wenn meinem Vater und Hetty etwas Ernsthaftes zustieße! Wir dürfen hier nicht ruhig sitzen und sie in den Händen der Irokesen lassen, ohne auf Mittel zu denken, ihnen zu dienen.«

»Ich bin bereit, Judith, ihnen zu dienen, und allen andern, die in Nöten sind, könnte man mir nur die Art und Weise zeigen, es zu tun. Es ist keine Kleinigkeit, in die Hände von Rothäuten zu fallen, wenn Leute auf ein Vorhaben ausziehen, wie das war, welches Hutter und Hurry ans Land lockte; das weiß ich so gut wie ein andrer, und ich wünschte meinem schlimmsten Feind nicht, daß er in eine solche Klemme käme, viel weniger solchen, mit denen ich gereist bin, gegessen und geschlafen habe. Habt Ihr irgendeinen Plan, dessen Ausführung Ihr von der Schlange und mir versucht wünschtet?«

»Ich kenne kein anderes Mittel, die Gefangnen frei zu machen, als Bestechung der Irokesen. Sie sind Geschenken nicht unzugänglich, und wir könnten ihnen vielleicht genug bieten, um sie auf den Gedanken zu bringen, es sei besser, reiche Gaben, nach ihrer Schätzung, mit fortzunehmen als arme Gefangene, – wenn sie sie wirklich überhaupt wegführen sollten!«

»Das ist ganz gut, Judith, ja es ist ganz gut, wenn der Feind sich erkaufen läßt, und wir Artikel finden können, um damit den Kauf zu zahlen. Euer Vater hat eine bequeme Wohnung, und sie ist sehr schlau gewählt und angelegt, aber sie scheint nicht übermäßig versehen mit Reichtümern, welche seine Freilassung erkaufen dürften. Da das Gewehr, das er Killdeer[8] nennt, möchte etwas gelten, und ich höre, es sei ein Pulverfäßchen da, welches allerdings in die Waagschale fiele; aber zwei tüchtige Männer sind doch nicht mit einer Kleinigkeit loszukaufen – zudem –«

»Zudem was?« fragte Judith ungeduldig, da sie bemerkte, daß der andere zauderte fortzufahren, vermutlich weil er sich scheute, sie zu beunruhigen.

»Ha, Judith, die Franzmänner bieten Preise, ebenso wie unsre Partei, und der Preis für zwei Skalpe würde hinreichen, ein Pulverfäßchen und eine Büchse zu kaufen, obwohl ich nicht sagen will, daß eine solche Büchse ganz so gut sein würde wie Wildtöter hier, den Euer Vater als ungemein und unerreichbar rühmt. Aber gutes Pulver und eine recht sichre Büchse, und dann sind die roten Männer nicht die Erfahrensten in Feuerwaffen und wissen nicht immer den Unterschied zwischen dem zu erkennen, was wirklich und was Schein ist.«

»Das ist gräßlich«, murmelte das Mädchen, betroffen durch die unbefangene Art, in welcher ihr Genosse seine Tatsachen vorzutragen pflegte. »Aber Ihr vergeßt meine Kleider, Wildtöter, und die, glaube ich, könnten bei den Weibern der Irokesen viel ausrichten.«

»Ohne Zweifel könnten sie, ohne Zweifel könnten sie das, Judith«, versetzte der andere, sie scharf anblickend, als wollte er sich vergewissern, ob sie wirklich ein solches Opfer zu bringen imstande sein würde. »Aber wißt Ihr gewiß, Mädchen, daß Ihr es übers Herz bringen könntet, Euch von Euren schönen Sachen einem solchen Zweck zulieb zu trennen? Mancher Mann hat sich mutig geglaubt, bis die Gefahr ihm entgegenstarrte; ich habe auch solche gekannt, die sich einbildeten, gutmütig zu sein, und bereit, alles, was sie hatten, den Armen zu schenken, wenn sie von andrer Leute Hartherzigkeit hörten, aber deren Hände sich so fest und zäh zusammenballten wie die gespaltene Hagebuche, wenn es darauf und dran kam, von ihrem Eignen wirkliche Opfer zu bringen. Zudem, Judith, Ihr seid schön – außerordentlich, dürfte man sagen, ohne der Wahrheit zu nahe zu treten – und die, so Schönheit besitzen, hängen auch an dem, was sie zu schmücken dient. Seid Ihr gewiß, daß Ihr's übers Herz bringen könntet, Euch von Euren schönen Sachen zu trennen?«

Die begütigende Anspielung auf die persönlichen Reize des Mädchens war wohlangebracht als Gegengewicht gegen die

Wirkung des Mißtrauens, das der junge Mann gegen Judiths Eifer in Erfüllung ihrer kindlichen Pflichten blicken ließ. Hätte ein anderer dasselbe gesagt wie Wildtöter, – das Kompliment wäre vermutlich ganz übersehen worden in der durch jene Zweifel hervorgerufenen Entrüstung; aber eben die ungeschliffene Aufrichtigkeit, die so oft diesen einfachen Jäger seine innersten Gedanken enthüllen ließ, hatte einen Reiz für das Mädchen, und obgleich sie errötete und einen Augenblick ihre Augen Flammen sprühten, konnte sie es doch nicht übers Herz bringen, einem Menschen wirklich zu zürnen, dessen Seele ganz Wahrheit und männliches Wohlwollen schien. Ihre Mienen sprachen allerdings Vorwürfe aus, aber sie unterdrückte die Lust, sie ihn auch in Worten fühlen zu lassen, und zwang sich glücklich, mild und freundlich zu antworten.

»Ihr müßt alle Eure günstigen Ansichten für die delawarischen Mädchen aufsparen, Wildtöter, wenn Ihr im Ernst so von denen Eurer eignen Farbe denkt«, sagte sie, sich zum Lachen zwingend. »Aber stellt mich auf die Probe! Wenn Ihr findet, daß es mir um Band oder Feder, um Seide oder Musseline leid tut, dann mögt Ihr von meinem Herzen denken, was Ihr wollt, und sagen, was Ihr denkt!«

»Das ist gerecht! das Seltenste auf Erden zu finden, ist ein wahrhaft gerechter Mensch. So sagt Tamenund, der weiseste Prophet der Delawaren, und so müssen alle denken, die Gelegenheit haben, die Menschen zu sehen, mit ihnen zu sprechen und unter ihnen zu handeln. Ich liebe einen gerechten Mann, Schlange, seine Augen sind nie mit Dunkel bedeckt gegen seine Feinde, während sie ganz Sonnenschein und Glanz sind gegen seine Freunde. Er gebraucht die Vernunft, die ihm Gott gegeben, und er gebraucht sie mit dem Gefühl, daß er dazu bestimmt und verpflichtet ist, die Dinge so anzusehen und zu erwägen, wie sie *sind*, und nicht, wie er sie haben *möchte*. Es ist leicht genug, Menschen zu finden, die sich selbst gerecht nennen; aber es ist außerordentlich selten, solche zu finden, die es in der Tat und Wahrheit sind. Wie oft habe ich Indianer gesehen, Mädchen, die da glaubten, sie hätten etwas ganz dem Willen des Großen Geistes Angenehmes im Auge, wenn sie in Wahrheit nur beflissen waren, nach ihrem eignen Willen und Vergnügen zu handeln, und das gar oft bei einer Versuchung zum Fehltritt, die sie selbst so wenig sehen konnten, als wir durch den Berg dort hindurch den Fluß im nächsten Tal sehen können, obgleich ein von oben Herabschauender es so gut hätte sehen können wie wir die Barse, die um diese Hütte herumschwimmen.«

»Sehr wahr, Wildtöter«, versetzte Judith, bei der jede Spur von Mißfallen sich in einem strahlenden Lächeln verlor, »sehr wahr, und ich hoffe Euch dieser Liebe zur Gerechtigkeit gemäß handeln zu sehen in allen Dingen, wobei ich beteiligt bin. Vor allem hoffe ich: Ihr werdet selbst urteilen, und nicht jede arge Geschichte glauben, die ein geschwätziger Müßiggänger wie Hurry Harry erzählen mag, der darauf ausgeht, den Namen jedes jungen Weibes anzutasten, das vielleicht nicht dieselbe Meinung von seinem Gesicht und seiner Person haben mag wie der eigenliebige Prahler selbst.«

»Hurry Harrys Ideen gelten bei mir nicht für ein Evangelium, Judith, aber auch Schlimmere als er haben Augen und Ohren«, erwiderte der andere ernst.

»Genug hiervon!« rief Judith mit flammendem Auge, und die Röte stieg ihr bis zu den Schläfen, »und jetzt von meinem Vater und seiner Lösung! Es ist, wie Ihr sagt, Wildtöter: die Indianer werden schwerlich ihre Gefangenen herausgeben ohne ein gewichtigeres Lösegeld, als meine Kleider und Vaters Büchse und Pulver betragen. Da ist der Schrank.« –

»Ja, da ist der Schrank, wie Ihr sagt, Judith, und wenn es sich handelt um ein Geheimnis und einen Skalp, so würden, glaube ich, die meisten Menschen lieber den letztern für sich behalten. Hat Euch je Euer Vater ein bestimmtes Gebot, diesen Schrank betreffend, gegeben?«

»Nie. Er schien immer der Ansicht, seine Schlösser und seine stählernen Bänder und seine Stärke seien sein bester Schutz.«

»Es ist ein rarer Schrank und von ganz merkwürdiger Arbeit«, versetzte Wildtöter, aufstehend und dem fraglichen Gegenstande nähertretend, auf den er sich setzte, um ihn mit größerer Bequemlichkeit zu besichtigen. »Chingachgook, das ist kein Holz aus irgendeinem Walde, den Ihr oder ich je durchstreift! Es ist nicht vom schwarzen Walnußbaum, und doch ist es ganz so hübsch, wo nicht noch hübscher, wäre es nicht von Rauch und schlechter Behandlung entstellt.«

Der Delaware trat näher, befühlte das Holz, prüfte seine Textur, suchte die Oberfläche mit einem Nagel zu ritzen und fuhr neugierig mit der Hand über die stählernen Schlösser und die andern ihm neuen Eigentümlichkeiten des seltsamen Möbelstücks.

»Nein – nichts wie dieses wächst in diesen Gegenden«, fuhr Wildtöter fort, »ich habe alle Eichen gesehen, beide Ahornarten, die Ulmen, die Linden, alle Walnußbäume, die Butternußbäume und jeden Baum, der Holz und Farbe hat, in einer oder der andern Gestalt verarbeitet: aber nie früher habe ich ein Holz wie dieses gesehen. Judith, der Schrank selbst würde Eures Vaters Freiheit erkaufen, oder die Neugier der Irokesen ist nicht so groß wie die der Rothäute überhaupt, namentlich in Holzsachen.«

»Der Handel ließe sich vielleicht wohlfeiler schließen, Wildtöter. Der Schrank ist voll, und es wäre doch besser, nur die Hälfte, als alles hinzugeben. Zudem, Vater – ich weiß nicht, warum – aber Vater schätzt den Schrank sehr hoch.«

»Es scheint fast, er schätzt den Inhalt höher als den Schrank selbst, nach der Art zu urteilen, wie er das Äußere behandelt und das Innere verwahrt. Es sind drei Schlösser, Judith, ist kein Schlüssel da?«

»Ich habe nie einen gesehen, und doch müssen Schlüssel da sein, da Hetty uns gesagt hat, *sie* habe den Schrank oft geöffnet gesehen.«

»Schlüssel liegen so wenig in der Luft oder schwimmen im Wasser als Menschen, Mädchen; wenn ein Schlüssel da ist, so muß auch ein Platz sein, wo er aufbewahrt ist.«

»Das ist wahr, und es würde nicht schwerhalten, ihn zu finden, wenn wir suchen dürften.«

»Das ist Eure Sache, Judith, das ist ganz Eure Sache. Der Schrank ist Euer oder Eures Vaters, und Hutter ist Euer Vater, nicht der meine. Neugier ist der Weiber, nicht der Männer Schwäche, und hier habt Ihr alle Gründe vor Euch. Wenn der Schrank Artikel enthält, welche zum Lösegeld sich eignen, so würden sie, scheint mir, klüglich dazu verwendet, ihres Besitzers Leben zu erkaufen oder auch seinen Skalp zu retten; aber das zu beurteilen, ist Eure, nicht meine Sache. Wenn der rechtmäßige Eigentümer einer Falle oder eines Hirsches oder eines Kanus nicht anwesend ist, so wird, wer ihm am nächsten steht, sein Stellvertreter, nach allen Gesetzen der Wälder. Daher überlassen wir Euch die Entscheidung, ob der Schrank geöffnet werden soll oder nicht.«

»Ihr glaubt doch hoffentlich nicht, ich könnte mich bedenken, wenn meines Vaters Leben in Gefahr schwebt, Wildtöter?«

»Nun, es läßt sich mit ziemlicher Wahrscheinlichkeit ein tüchtiges Schelten gegen Tränen und Trauern setzen. Es ist nicht ohne Grund zu vermuten, daß der alte Tom unzufrieden sein werde mit dem, was Ihr getan, wenn er sich wieder selbst in seiner Hütte hier sieht; aber es ist nichts Ungewöhnliches, daß die Menschen mit dem nicht einverstanden sind, was zu ihrem eignen Besten geschehen ist; ich glaube fast, der Mond selbst würde sich ganz anders ausnehmen als jetzt, wenn wir ihn von der andern Seite sehen könnten.«

»Wildtöter, wenn ich den Schlüssel finden kann, will ich Euch ermächtigen, den Schrank zu öffnen und herauszunehmen, was Ihr zu Vaters Loskaufung dienlich glaubt.«

»Sucht zuerst den Schlüssel, Mädchen, von dem übrigen wollen wir nachher reden. Schlange, Ihr habt Augen wie eine Fliege und ein Urteil, das selten irrt; könnt Ihr uns ersinnen helfen, wo der alte Tom wohl den Schlüssel zu einem Schranke verwahrt halten dürfte, mit dem er so geheim tut?«

Der Delaware hatte an dem Gespräch keinen Anteil genommen, bis er so geradezu aufgefordert wurde; jetzt trat er von dem Schranke weg, welcher fortwährend seine Aufmerksamkeit in Anspruch genommen, und sah sich um nach dem Orte, wo unter den vorliegenden Verhältnissen denkbarerweise der Schlüssel verwahrt sein dürfte. Judith und Wildtöter waren inzwischen auch nicht müßig, und so waren bald alle drei mit lebhaftem und ängstlichem Suchen beschäftigt. Da es gewiß war, daß der gewünschte Schlüssel nicht in einer der gewöhnlichen Schubladen oder Fächer, deren mehrere in dem Gebäude waren, sich finden würde, sah in diesen niemand nach, sondern alle wandten sich solchen Orten zu, die ihnen als sinnreiche Versteckplätze auffielen, deren man sich zu solchem Behufe leicht bedienen könnte. So ward das äußere Gemach sorgfältig, aber fruchtlos durchsucht, worauf sie sich in Hutters Schlafzimmer begaben. Dieser Teil des rohen Gebäudes war besser eingerichtet als das übrige; er enthielt manche Artikel, welche besonders zum Gebrauch der verstorbenen Frau des Besitzers gedient hatten; aber da Judith alle übrigen Schlüssel hatte, war er auch bald durchstöbert, ohne daß der gewünschte Schlüssel ans Licht gekommen wäre.

Jetzt traten sie in das Schlafgemach der Töchter. Chingachgook fiel sogleich der Kontrast zwischen den Artikeln und der Anordnung auf der Seite des Gemaches, die man die Judiths nennen konnte, und auf der Hetty angehörigen auf. Ein leiser Ausruf entschlüpfte ihm, und nach den verschiedenen Richtungen hin deutend, machte er mit leiser Stimme auf diesen Umstand aufmerksam, zu seinem Freunde in der Delawarensprache redend.

»Wie Ihr denkt, Schlange«, antwortete Wildtöter, bei dessen in der Delawarensprache geäußerten Bemerkungen wir soviel als möglich die eigentümliche Ausdrucksweise des Mannes beizubehalten suchen. »Es ist richtig so, wie jeder sehen kann, und das ist alles in der Natur gegründet. Eine Schwester liebt schöne Sachen – übermäßig, wie manche behaupten; während die andere so sanft und demütig ist, wie Gott nur je die Güte und Wahrheit selbst erschuf. Doch glaube ich am Ende, daß auch Judith ihre Tugenden und Hetty ihre Fehler hat.«

»Und die ›Geistschwache‹ hat den Schrank offen gesehen?« erkundigte sich Chingachgook, forschende Neugier in seinen Blicken.

»Gewiß, das hab' ich aus ihrem eignen Munde gehört und Ihr auch. Es scheint, ihr Vater mißtraut ihrer Verschwiegenheit nicht, obschon vielleicht der seiner ältern Tochter.«

»Dann ist wohl der Schlüssel nur vor der Wilden Rose versteckt?« Denn so hatte der galante Chingachgook Judith in seinen Gesprächen mit seinem Freund allein zu nennen angefangen.

»Das ist's. Das ist's gerade! Der einen traut er, und der andern nicht. Da ist weiß und rot, Schlange, alle Stämme und Nationen kommen darin überein, daß sie manchen trauen und manchen ihr Vertrauen versagen. Es kommt auf Charakter und Urteil an.«

»Wo könnte ein Schlüssel versteckt werden, daß die Wilde Rose ihn gewiß nicht fände, wo eher als unter groben Kleidern?«

Wildtöter stutzte, wandte sich gegen seinen Freund, voll Bewunderung in jedem Zuge seines Gesichts, und lachte recht in seiner stillen, aber herzlichen Weise über das Sinnreiche und Rasche dieser Vermutung.

»Euer Name ist wohl angelegt, Schlange – ja, er ist wohl angelegt! Ganz gewiß! Wo sollte eine Liebhaberin von schönen Putzsachen so wenig nachsuchen als unter so groben und unscheinbaren Kleidern, wie die der armen Hetty sind? Ich glaube, Judiths zarte Finger haben nie ein Fleckchen so grobes und unschönes Tuch angerührt wie das an diesem Unterrock, seit sie zuerst mit den Offizieren Bekanntschaft machte! Ja, wer weiß? Der Schlüssel dürfte ebensogut gerade an diesem Pflock zu finden sein als sonst an einem Platze. Nehmt das Kleidungsstück weg, Delaware, und laßt uns sehen, ob Ihr wirklich ein Prophet seid.«

Chingachgook tat, wie er geheißen ward, aber kein Schlüssel fand sich. Eine plumpe dem Anschein nach leere Tasche hing an dem nächsten Pflocke und ward sofort untersucht. Mittlerweile war auch Judiths Aufmerksamkeit nach dieser Richtung gezogen worden, und sie ließ sich mit Hast vernehmen, als wünschte sie unnötige Mühe zu ersparen.

»Das sind nur die Kleider Hettys, des guten, einfältigen Mädchens!« sagte sie. »Was wir suchen, ist wohl schwerlich hier zu finden!«

Kaum waren diese Worte über den schönen Mund der Sprecherin gekommen, als Chingachgook den gewünschten Schlüssel aus der Tasche zog. Judith besaß einen zu schnellen Verstand, um nicht sogleich den Grund zu erraten, warum ein so einfaches und leicht zu findendes Versteck gewählt worden war. Das Blut schoß ihr ins Gesicht, vielleicht ebensosehr aus Verdruß als aus Scham, und sie biß sich in die Lippe, blieb aber stumm. Wildtöter und sein Freund bewährten jetzt das Zartgefühl von Männern von natürlich feinem Sinn, indem sie weder lächelten noch auch nur durch einen Blick verrieten, wie gut sie die Beweggründe und das Schlaue dieser sinnreichen List verstanden. Der erstere, der dem Indianer den Schlüssel abgenommen, trat jetzt in das anstoßende Gemach, versuchte ihn an einem Schloß und versicherte sich, daß wirklich das rechte Instrument gefunden sei. Es waren drei Vorlegeschlösser, die aber alle drei leicht mit dem einen Schlüssel geöffnet wurden. Wildtöter nahm sie alle ab, machte die Haspen los, hob den Deckel ein wenig auf, um sich zu versichern, daß der Schrank aufgehe, und trat dann einige Schritte davon zurück, seinem Freunde winkend, ihm zu folgen.

»Das ist ein Familienschrank, Judith«, sagte er, »und enthält vermutlich Familiengeheimnisse. Die Schlange und ich wollen in die Arche gehen und nach den Kanus, den Rudern und Schaufeln sehen, während Ihr ihn allein untersucht, und zuseht, ob unter den Artikeln darin sich etwas findet, was bei einem Lösegeld von Gewicht sein kann, oder nicht. Wenn Ihr fertig seid, ruft uns, und dann wollen wir in einem Rat zusammensitzen über den Wert der Artikel.«

»Halt, Wildtöter!« rief das Mädchen, als er im Begriffe war, sich zu entfernen; »nicht *einen* Gegenstand rühre ich an – nicht einmal den Deckel hebe ich auf – wenn Ihr nicht dabei gegenwärtig seid. Vater und Hetty haben für gut befunden, aus dem Inhalt dieses Schrankes mir ein Geheimnis zu machen, und ich bin viel zu stolz, ihre geheimen Schätze erspähen und durchsuchen zu wollen, wenn es nicht um ihres eignen Besten willen wäre. Aber in keinem Falle will ich den Schrank allein öffnen. So bleibt denn bei mir: ich will Zeugen haben bei dem, was ich tue.«

»Ich denke fast, Schlange, das Mädchen hat recht. Vertrauen und guter Glaube erzeugen Sicherheit, aber Argwohn macht uns leicht alle tückisch. Judith hat das Recht, unsre Gegenwart zu verlangen, und sollte der Schrank Geheimnisse von Meister Hutter enthalten, so kommen die in der Besitz von zwei jungen Männern von so verschlossenem Munde, als nur in der Welt zu finden sind. Wir wollen bei Euch bleiben, Judith, aber zuerst laßt uns einen Blick auf den See und die Küste werfen; denn dieser Schrank ist wohl nicht in einer Minute geleert!«

Die beiden Männer begaben sich jetzt auf die Plattform, und Wildtöter durchmusterte die Küste mit dem Fernglas, während der Indianer sein Auge ernst auf den Wassern und Wäldern umherschweifen ließ, um ein Zeichen zu suchen, das ihm die Anschläge ihrer Feinde verriete. Nichts war zu sehen, und beruhigt für den Augenblick wegen ihrer Sicherheit, versammelten sich die drei wieder um den Schrank mit der erklärten Absicht, ihn zu öffnen.

Judith hatte, so weit sie zurückdenken konnte, vor diesem Schrank und seinem Inhalt eine Art Ehrfurcht gehabt. Weder ihr Vater noch ihre Mutter redeten je in ihrer Anwesenheit davon, und es schien eine Art stillschweigender Verabredung zu sein, daß bei Bezeichnung der verschiednen Gegenstände, die gelegentlich in seiner Nähe standen oder selbst auf seinem Dekkel lagen, jede Nennung des Schrankes selbst sorgfältig vermieden werde. Durch Gewohnheit war dies so leicht und so geläufig und natürlich geworden, daß erst in ganz neuester Zeit das Mädchen über diesen seltsamen Umstand nachzudenken angefangen hatte. Aber es hatte nie zwischen Hutter und seiner ältern Tochter ein so inniges Verhältnis bestanden, daß dadurch Vertrauen geweckt worden wäre. Zuzeiten war er freundlich, aber in der Regel, gegen sie besonders, finster und mürrisch. Am allerwenigsten hatte er seine Autorität in solcher Art geübt, daß sein Kind den Mut gehabt hätte, sich die Freiheit, zu der sie jetzt entschlossen war, ohne große Besorgnis wegen der Folgen herauszunehmen, obgleich sie den kecken Entschluß nur in Kraft des Wunsches, ihm zu dienen, faßte. Und dann war Judith auch nicht frei von einem kleinen Aberglauben in betreff dieses Schrankes, der von Kindheit an bis auf diese Stunde als eine Art Reliquie vor ihren Augen gestanden. Dennoch war die Zeit gekommen, wo, so schien es, dies Mysterium sich aufklären sollte, und das unter Umständen, die ihr in der Sache sehr wenig Wahl ließen.

Da Judith sah, daß ihre beiden Genossen ihre Bewegungen in ernstem Schweigen beobachteten, legte sie Hand an den Deckel und suchte ihn aufzuheben. Ihre Kraft reichte jedoch nicht zu, und es dünkte das Mädchen, das wohl wußte, daß alle Schlösser und Bande weg waren, als widersetzte sich ihr eine übernatürliche Macht bei einem unheiligen Beginnen.

»Ich kann den Deckel nicht aufheben, Wildtöter«, sagte sie. »Täten wir nicht besser, den Versuch aufzugeben und auf andre Mittel zur Befreiung der Gefangenen zu denken?«

»Nicht so, Judith, nicht so, Mädchen. Kein Mittel ist so sicher und leicht als eine gute Bestechung«, versetzte der andere. »Was den Deckel betrifft, so wird der von nichts gehalten als von seiner eignen Schwere, die wunderbar ist für ein so kleines, allerdings stark mit Eisen beschlagenes Stück Holz.«

Mit diesen Worten versuchte Wildtöter auch seine Kraft an der Aufgabe, und es gelang ihm, den Deckel gegen das Gebälke des Hauses aufzuheben, wo er ihn mittels einer hinlänglichen Stütze sorgfältig befestigte. Judith zitterte ordentlich, als sie den ersten Blick auf das Innere warf, und sie empfand für den Augenblick einige Beruhigung, als sie sah, daß ein am Rande sorgfältig hineingestopftes Stück Leinwand alles, was darunter war, gänzlich verbarg. Der Schrank war indessen allem Anschein nach wohlangefüllt; denn die Leinwand war kaum einen Zoll vom Deckel entfernt.

»Hier ist eine volle Ladung«, sagte Wildtöter, den wohlgepackten Schrank betrachtend, »und wir tun wohl, gemächlich und ordentlich zu Werke zu gehen. Schlange, bringt einige Stühle, während ich dies Tuch auf den Boden breite, und dann wollen wir das Werk ordentlich und behaglich angreifen.«

Der Delaware gehorchte, Wildtöter stellte höflich Judith einen Stuhl hin, nahm selbst einen und fing an, die verhüllende Leinwand zu entfernen. Er tat dies mit gutem Bedacht und mit solcher Vorsicht, als ob man Gegenstände von zerbrechlichster Art und feinster Arbeit darunter verborgen geglaubt hätte. Als die Leinwand weggenommen war, waren die ersten Gegenstände, die sich zeigten, einige männliche Kleidungsstücke. Diese waren von feinen Stoffen und nach der Mode jener Zeiten von lebhaften Farben und mit reichen Verzierungen. Ein Rock insbesondere war von Scharlach und hatte mit Goldfaden genähte Knopflöcher. Doch war er nicht militärisch, sondern gehörte zum Anzug eines höhern Zivilisten in einer Periode, wo der Rang in der Gesellschaft noch streng auch in der Kleidung beachtet wurde. Chingachgook konnte einen Ausruf des Wohlgefallens nicht unterdrücken, als Wildtöter diesen Rock auseinanderlegte und ihn zum Anschauen emporhob; denn trotz seiner anerzogenen Selbstbeherrschung war doch der Glanz dieses Kleidungsstückes zuviel für die Philosophie eines Indianers. Wildtöter wandte sich rasch um und sah seinen Freund mit einem vorübergehenden Mißfallen an, als dieser Ausbruch von Schwäche ihm entschlüpfte; dann sprach er vor sich hin, wie seine Gewohnheit war, sooft ein lebhaftes Gefühl sich seiner plötzlich bemächtigte.

»Es ist seine Gabe so! – ja, es ist die Gabe einer Rothaut, schöne Putzsachen zu lieben, und er ist darum nicht zu tadeln. Es ist auch ein außerordentliches Kleidungsstück, und außerordentliche Sachen erzeugen außerordentliche Gefühle. Ich denke, das wird's tun, Judith; denn das indianische Herz ist schwerlich zu finden in ganz Amerika, das Farben wie diesen und einem Schimmer wie diesem widersteht. Wenn dieser Rock je für Euren Vater gemacht wurde, so habt Ihr Euren Geschmack an schönen Putzsachen redlich und ehrlich überkommen – ja, das habt Ihr!«

»Dieser Rock ist nie für Vater gemacht worden«, antwortete das Mädchen rasch, »er ist viel zu lang; denn mein Vater ist klein und vierschrötig.«

»Tuch war genug da, wenn es so war, und Flitterstaat wohlfeil«, antwortete Wildtöter mit seinem stillen fröhlichen Lachen. »Schlange, dies Kleid ward gemacht für einen Mann von Eurem Wuchs, und ich möchte es wohl auf Euren Schultern sehen.«

Chingachgook, nicht faul, willigte in die Probe; er warf die grobe, fadenscheinige Jacke Hutters weg, um seine Person mit einem Rock zu schmücken, der ursprünglich für einen Gentleman bestimmt war. Die Verwandlung war komisch, aber wie den Menschen selten Lächerlichkeiten in ihrer eignen äußern Erscheinung auffallen, so wenig als in ihrer Handlungsweise, beschaute der Delaware diese seine Metamorphose in einem gemeinen Spiegel, vor welchem Hutter sich zu rasieren pflegte, mit ernstem Interesse. In diesem Augenblick dachte er an Hist, und wir sind der Wahrheit schuldig zu gestehen, obgleich es ein wenig mit dem strengen Charakter des Kriegers streiten mag, daß er wünschte, von ihr in seiner jetzigen, so vorteilhaften Gestalt gesehen werden zu können.

»Herunter damit, Schlange – herunter damit«, begann jetzt der unbeugsame Wildtöter, »solche Kleider stehen Euch so wenig an, als sie mir anstehen würden; Eure Gaben sind für Bemalung und Falkenfedern und wollene Decken und Wampume, und die meinigen sind für Wämser von Häuten, zähe Beinkleider und tüchtige Mokassins. Ich sage Mokassins, Judith; denn, obgleich weiß, muß ich doch, in den Wäldern lebend, wie ich pflege, notwendig um der Bequemlichkeit und Wohlfeilheit willen einige Gebräuche der Wälder annehmen.«

»Ich sehe keinen Grund, Wildtöter, warum ein Mann nicht so gut einen Scharlachrock tragen sollte als der andre«, versetzte das Mädchen. »Ich wollte, ich könnte *Euch* in diesem schönen Kleid sehen!«

»Mich in einem Rock sehen, der für einen Lord recht wäre! Nun, Judith, wenn Ihr diesen Tag abwarten wollt, so müßt Ihr warten, bis Ihr mich des Verstandes und des Gedächtnisses ledig seht. Nein – nein – Mädchen, meine Gaben sind meine Gaben, und ich will bei ihnen leben und sterben, sollte ich auch nie wieder ein Wild fällen oder einen Salm spießen. Was habe ich getan, daß Ihr wünscht, *mich* in einem so flunkernden Rock zu sehen, Judith?«

»Ich meine eben, Wildtöter, die falschzüngigen und falschherzigen jungen galanten Herren von der Garnison sollten nicht allein in schönen Federn stolzieren, sondern Wahrheit und Redlichkeit hätten auch *ihre* Ansprüche auf Ehre und Auszeichnung.«

»Und welche Auszeichnung würde es für mich sein, Judith, geschniegelt und bescharlacht zu werden wie ein Mingohäuptling, der eben seine Präsente von Quebeck erhalten hat? Nein – nein – ich bin wohl, wie ich bin, und wenn nicht, so kann ich nicht besser werden. Legt den Rock auf die Decke, Schlange, und laßt uns weiter im Schranke nachsehen!«

Das verlockende Kleidungsstück – das sicherlich nie für Hutter gefertigt ward – wurde beiseite gelegt und die Untersuchung fortgesetzt. Der männliche Anzug, dessen einzelne Bestandteile sämtlich in ihrer Beschaffenheit dem Rocke entsprachen, war bald erschöpft, und dann folgten weibliche. Ein schöner Anzug von Brokat, der durch nachlässige Behandlung etwas gelitten, folgte, und diesmal entschlüpften offene Ausrufe des Entzückens Judiths Munde. Sosehr das Mädchen auf schönen Anzug hielt und so günstige Gelegenheit sie gehabt hatte, manche kleinen Ansprüche auf diesem Felde zu sehen bei den Frauen der verschiedenen Kommandanten und andern Damen der Forts, so hatte sie doch noch nie zuvor ein Gewebe oder Farben geschaut; welche sich mit dem messen konnten, was jetzt so unerwartet ihrem Auge sich darbot. Ihr Entzücken war beinahe kindisch; auch wollte sie die Untersuchung nicht fortsetzen lassen, ehe sie sich mit einem Gewande bekleidet hätte, das so wenig mit ihren Lebensgewohnheiten und ihrem Aufenthaltsort zusammenstimmte. Zu diesem Behufe begab sie sich in ihr eignes Gemach, wo sie mit ihren in solchem Geschäft geübten Händen bald ihren saubern Linnenrock ablegte und in den buntern und prächtigen Farben des Brokäts dastand. Der Anzug paßte zufällig für die schöne, volle Person Judiths, und gewiß hatte er nie ein Wesen geschmückt, das durch natürliche

Gaben mehr geeignet gewesen wäre, seinen wahrhaft prächtigen Farben und der schönen Weberei Ehre zu machen. Als sie zurückkam, standen Wildtöter und Chingachgook, welche die kurze Zeit ihrer Abwesenheit benutzt hatten, die männlichen Kleidungsstücke nochmals zu beschauen, mit Erstaunen auf, und beide machten ihrer Bewunderung und ihrem Wohlgefallen in Ausrufungen von so unzweideutiger Art Luft, daß dadurch die Augen Judiths neuen Glanz gewannen, indem ihre Wangen von der Glut des Triumphs flammten. Sich jedoch die Miene gebend, den Eindruck, den sie gemacht, nicht zu bemerken, setzte sich das Mädchen mit dem stattlichen Anstand einer Königin nieder und verlangte, daß man den Inhalt des Schrankes weiter untersuche.

»Ich weiß kein besseres Mittel, mit den Mingos zu unterhandeln, Mädchen«, rief Wildtöter, »als Euch, wie Ihr seid, ans Land zu schicken und ihnen zu sagen, eine Königin sei unter ihnen angekommen! Bei einem solchen Schauspiel werden sie den alten Hutter und Hurry und Hetty dazu ausliefern!«

»Ich glaubte Eure Zunge zu ehrlich zum Schmeicheln, Wildtöter«, versetzte das Mädchen, dem diese Bewunderung größere Freude machte, als es hätte gestehen mögen. »Einer der Hauptgründe meiner Achtung für Euch war Eure Liebe zur Wahrheit!«

»Und es ist Wahrheit und ernste Wahrheit, Judith, und nichts anderes. Nie schauten meine Augen ein so prächtig aussehendes Geschöpf, als Ihr in diesem Augenblick seid! Ich habe zu meiner Zeit auch Schönheiten gesehen, beides, weiße und rote, und sie waren besprochen und gepriesen nah und fern; aber nie habe ich eine gesehen, die irgend den Vergleich aushalten konnte mit dem, was Ihr in diesem gesegneten Augenblick seid, Judith, nie!«

Der Blick des Entzückens, den das Mädchen dem freimütigen Jäger zuwarf, verminderte in keiner Weise den Eindruck ihrer Reize; da die feuchten Augen dazu noch einen Ausdruck von Rührbarkeit und Gefühl gesellten, erschien vielleicht Judith nie wahrhaft liebenswürdiger als in diesem »gesegneten Augenblicke«, wie der junge Mann sich ausgedrückt hatte. Er schüttelte den Kopf, hielt ihn einen Augenblick über den offenen Schrank hingebeugt wie einer, der im Zweifel ist, und fuhr dann mit der Untersuchung fort.

Einige kleinere Bestandteile des weiblichen Anzuges kamen jetzt, alle von einer Beschaffenheit, die dem Kleide entsprach. Diese wurden stillschweigend Judith zu Füßen gelegt, als hätte sie ein natürliches Recht auf ihren Besitz. Ein paar davor, wie Handschuhe oder Spitzen, nahm das Mädchen auf und fügte sie ihrem schon so prächtiger Anzug bei, anscheinend nur wie zum Spiel, in der Tat aber in der Absicht, ihre Person so herauszuputzen, wie es nur immer die Umstände erlaubten. Nachdem diese beiden auffallenden Anzüge, »ein Männlein und ein Fräulein« sozusagen, weggenommen waren, trennte wieder eine Leinwanddecke die übrigen Artikel von dem Teil des Schrankes, den jene eingenommen. Sobald Wildtöter diese Einrichtung bemerkte, hielt er inne, zweifelnd, ob es angemessen sei, weiter fortzufahren.

»Jeder Mensch hat seine Geheimnisse, glaube ich«, sagte er, »und alle Menschen haben ein Recht, sich des ihrigen zu erfreuen; wir sind weit genug in diesem Schrank hinabgekommen, um meiner Ansicht nach unsern Wünschen und Bedürfnissen Genüge zu leisten, und es scheint mir, wir täten gut, nicht weiterzugehen und dem Meister Hutter allein und seinen Gefühlen alles unter dieser Decke zu überlassen.«

»Ihr meint also, Wildtöter, man solle den Irokesen diese Kleider anbieten als Lösegeld?« fragte Judith rasch.

»Gewiß, warum sonst durchstöbern wir eines andern Schrank, als um dem Eigentümer die besten Dienste nach unsern Kräften zu leisten? Dieser Rock allein würde ganz geeignet sein, den Häuptling der Gewürme zu gewinnen! Und wenn zufällig sein Weib oder seine Tochter mit ihm ausgezogen sein sollte, würde dies Kleid das Herz jedes Weibes zwischen Albany und Montreal erweichen. Ich sehe nicht, wozu wir eines weitern Handelsvorrats bedürfen als dieser zwei Artikel.«

»Euch mag es so erscheinen, Wildtöter«, erwiderte das betroffene Mädchen, »aber von welchem Nutzen wäre ein Anzug wie dieser für eine Indianerin? Sie könnte ihn nicht tragen unter den Zweigen der Bäume; der Schmutz und Rauch des Wigwams würde ihn bald verderben; und wie würde sich ein Paar roter Arme ausnehmen, durch diese kurzen, spitzenbesetzten Ärmel geschoben!«

»Alles ganz wahr, Mädchen, und Ihr könntet fortfahren und sagen, er sei ganz außer Zeit und Ort und Klima in dieser Gegend überhaupt. Was geht es uns an, wie mit den schönen Sachen umgegangen wird, wenn sie nur unsern Wünschen zur Erfüllung verhelfen? Ich sehe nicht ein, welchen Gebrauch Euer Vater von solchen Kleidern machen will, und es ist ein Glück, daß er Sachen hat, die für ihn wertlos, für andere einen hohen Preis haben. Wir können keinen bessern Handel für ihn schließen, als diesen Tand für seine Freiheit zu bieten. Wir werfen das leichte Flitterzeug dazu und bekommen dann Hurry in Kauf.«

»So denkt Ihr also nicht, Wildtöter, daß Thomas Hutter jemand in seiner Familie habe – ein Kind – eine Tochter, der dieser Anzug nach billigem Ermessen wohl ansteht, und die darin dann und wann, wäre es auch nur nach langen Zwischenzeiten und nur zum Scherz, zu sehen, Ihr selbst wünschen könntet?«

»Ich verstehe Euch, Judith – ja, jetzt verstehe ich Eure Meinung, und ich glaube, ich darf auch sagen: Eure Wünsche. Daß Ihr in diesem Anzug so prächtig seid wie die auf- oder untergehende Sonne an einem Oktobertag, gebe ich gerne zu; und daß Ihr ihm herrlich ansteht, ist um ein gut Teil gewisser, als daß er Euch an- und zusteht. Es sind Gaben in den Kleidern wie in andern Dingen. Nun glaube ich nicht, daß ein Krieger auf seinem ersten Kriegspfad dieselben entsetzlichen Bemalungen annehmen darf wie ein Häuptling, dessen Tugend erprobt ist, und der aus Erfahrung weiß, daß er seinen Ansprüchen keine Schande machen wird. So ist es mit uns allen, Roten oder Weißen. Ihr seid Thomas Hutters Tochter, und dies Weiberkleid ward gemacht für das Kind irgendeines Gouverneurs oder für eine Dame von hohem Stand, und es sollte getragen werden in Häusern mit schöner Einrichtung und in vornehmer Gesellschaft. In meinen Augen, Judith, steht einem sittsamen Mädchen nichts besser, als wenn es anständig gekleidet ist, und nichts ist passend, was dem ganzen Wesen und Charakter widerspricht. Zudem, Mädchen, wenn ein Geschöpf in der Kolonie ist, das ganz der schönen Sachen entbehren und auf sein gutes Aussehen und holdes Gesicht vertrauen kann, so seid Ihr es.«

»Ich will den Plunder im Augenblick ausziehen, Wildtöter«, rief das Mädchen und sprang auf, um das Zimmer zu verlassen, »und nie wünsche ich ihn wieder an einem menschlichen Wesen zu sehen.«

»So ist es bei ihnen allen, Schlange«, sagte der andere, sich zu seinem Freunde kehrend und lachend, sobald die Schöne verschwunden war. »Sie haben eine Freude an Putzsachen, aber an ihren angebornen Reizen die größte. Ich bin jedoch froh, daß das Mädchen eingewilligt, seinen Staat wieder abzulegen; denn es ist gegen die Vernunft für eine von ihrer Klasse, ihn zu tragen; und dann ist sie hübsch genug, wie ich es nenne, um so herumzulaufen. Hist würde sich auch ganz absonderlich ausnehmen in einem solchen Weiberrock, Delaware!«

»Wah-ta!-Wah ist ein Rothautmädchen, Wildtöter«, versetzte der Indianer, »wie die Jungen der Taube erkennt man sie an ihren eignen Federn. Ich würde an ihr, ohne sie zu kennen, vorbeigehen, wäre sie in eine solche Haut gekleidet. Es ist immer das Weiseste, so gekleidet zu sein, daß unsre Freunde uns nicht nach unserm Namen zu fragen brauchen. Die Wilde Rose ist sehr stattlich, aber sie ist nicht holdseliger mit diesen vielen Farben.«

»Das ist's! Das ist Natur und die wahre Grundlage für Liebe und Schutz. Wenn ein Mann anhält, um eine wilde Stachelbeere zu pflücken, so erwartet er nicht, eine Melone zu finden, und wenn er eine Melone brechen möchte, so verdrießt es ihn, wenn es ein Kürbis ist, obwohl Kürbisse oft für das Auge herrlicher sind als Melonen. Das ist es, und es bedeutet: bleibt bei Euren Gaben, und Eure Gaben werden bei Euch bleiben!«

Die beiden Männer hatten jetzt eine kleine Erörterung miteinander, ob es geeignet sei, noch tiefer in den Schrank Hutters einzudringen, als Judith, ihres Prachtgewandes entkleidet, in ihrem einfachen Linnenkleide wieder erschien.

»Dank Euch, Judith«, sagte Wildtöter, sie freundlich bei der Hand fassend, »denn ich weiß, es ging ein wenig gegen die natürlichen Wünsche des Weibes, soviel schöne Sachen gleichsam wie einen Haufen Plunder wegzuwerfen. Aber Ihr seid dem Auge lieblicher, wie Ihr da steht, ja gewiß, als wenn Ihr eine Krone auf dem Haupt und Juwelen ums Haar bammeln hättet. Die Frage ist jetzt, ob man diese Decke aufheben soll, um zu sehen, was in der Tat der beste Handel wäre, den wir für Meister Hutter machen könnten; denn wir müssen so handeln, wie wir denken, daß er handeln würde, stände er an unsrer Stelle.«

Judith sah sehr vergnügt aus. Gewohnt an Schmeichelei, wie sie war, hatte ihr die bescheidene Huldigung Wildtöters mehr wahre Genugtuung und Freude gewährt, als sie noch je bei den Worten aus dem Munde eines Mannes empfunden hatte. Es waren nicht die Ausdrücke, worein die Bewunderung gekleidet war; denn diese waren einfach genug, – was einen so lebhaften Eindruck machte; auch nicht ihre Neuheit oder Wärme, noch sonst eine der Eigentümlichkeiten, welche einer Lobpreisung gewöhnlich Wert verleihen, sondern die unbeirrte Wahrhaftigkeit des Redenden, die seine Worte so unmittelbar ans Herz der Hörenden dringen machte. Dies ist einer der großen Vorteile der Geradheit und Freimütigkeit. Der schlaue gewohnheitsmäßige Schmeichler mag seine Absichten so lange erreichen, bis seine Künste gegen ihn selbst zurückspringen und wie andre Süßigkeiten die von ihm gebotene Nahrung durch Übermaß anekelt; aber wer ehrlich und offen handelt, wenn er auch oft anstößt, besitzt eine Macht zu loben, die keine andre Eigenschaft als die Aufrichtigkeit gewährt, weil seine Worte geradezu ans Herz dringen und ihre Unterstützung im Verstande finden. So war es bei Wildtöter und Judith: so bald und so tief erfüllte dieser einfache Jäger alle, die ihn kannten, mit der Überzeugung von seiner unbeugsamen Redlichkeit, daß alles, was er lobend äußerte, ebenso gewiß Freude machte als alles, was er tadelnd und als Vorwurf äußerte, gewiß da tief einschneiden und Feindschaft erwecken mußte, wo sein Charakter nicht schon Achtung und Neigung ihm gewonnen hatte, die seinen Tadel in anderem Sinne schmerzhaft und empfindlich machten. Im spätern Leben, als die Laufbahn dieses ungebildeten und unverkünstelten Menschen ihn in Berührung brachte mit Offizieren von hohem Rang und andern, die mit der Sorge für die Interessen des Staats betraut waren, übte er denselben Einfluß auf einem weiteren Feld; selbst Generale hörten seine Lobsprüche mit einem Anflug von hoher Freude, welche in ihnen hervorzurufen, nicht immer in der Macht ihrer offiziellen Obern stand. Vielleicht war Judith das erste Individuum von seiner Farbe, das sich diesen natürlichen Folgen der Wahrheitsliebe und Geradheit von seiten Wildtöters entschieden unterwarf. Sie hatte wirklich nach seinem Lobe geschmachtet, und jetzt hatte sie es geerntet, und das in der Form, wie es ihrer Schwäche und ihrer Denkart am angenehmsten war. Das Ergebnis davon wird sich im Laufe dieser Erzählung zeigen.

»Wenn wir wüßten, was alles dieser Schrank enthält, Wildtöter«, versetzte das Mädchen, als sie sich ein wenig von der augenblicklichen Wirkung seiner Lobsprüche auf ihre persönliche

Erscheinung erholt hatte, »könnten wir besser entscheiden, welches Verfahren wir einschlagen sollen.«

»Das ist nicht ohne Grund, Mädchen, obgleich es mehr eine Bleichgesichts- als eine Rothautsgabe ist, andrer Leute Geheimnisse zu durchspähen.«

»Neugier ist natürlich, und es läßt sich erwarten, daß alle menschlichen Wesen menschliche Fehler haben. Sooft ich bei den Garnisonen gewesen bin, habe ich gefunden, daß die meisten dort und ringsherum Verlangen trugen, ihres Nächsten Geheimnisse zu erspähen.«

»Ja, und manchmal sie zu erraten oder zu erdichten, wenn sie sie nicht entdecken konnten. Das ist der Unterschied zwischen einem indianischen und einem weißen Gentleman. Die Schlange hier würde den Kopf auf die Seite wenden, wenn sie bemerkte, daß sie unabsichtlich in eines andern Häuptlings Wigwam hineinsehe; während in den Ansiedlungen, wo alle vornehme Leute sein wollen, die meisten beweisen, daß sie besser als andre seien, durch die Art, wie sie über diese und ihre Angelegenheiten schwatzen. Ich stehe dafür, Judith, Ihr brächtet die Schlange hier nicht dahin zu gestehen, es sei ein andrer in ihrem Stamme um so viel größer als sie, daß er der Gegenstand ihrer Gedanken würde, und sie ihre Zunge gebrauchte zu Gesprächen über sein Tun und Treiben, sein Gehen und Stehen, sein Essen und Trinken und all die andern kleinen Sachen, die einen Menschen beschäftigen, wenn er nicht mit seinen größeren Pflichten zu tun hat. Wer das tut, ist nicht viel besser als ein ausgemachter Spitzbube, und wer einen dazu aufmuntert, ist so ziemlich von derselben Gattung, trage er so schöne Röcke, als er will, und von Farben, wie sie ihm gefallen.«

»Aber das ist keines andern Mannes Wigwam, es gehört meinem Vater; es sind seine Sachen, die man zu seinem Besten verwendet und bedarf.«

»Das ist wahr, Mädchen, das ist wahr, und es ist nicht ohne Gewicht. Nun gut, wenn alles vor uns liegt, können wir in der Tat am besten entscheiden, was wir als Lösegeld anbieten, was zurückbehalten sollen.«

Judith war in ihren Gefühlen nicht ganz so uneigennützig, als sie sich die Miene gab. Sie erinnerte sich, daß die Neugierde Hettys in bezug auf diesen Schrank war befriedigt worden, während die ihrige unberücksichtigt blieb; es war ihr nicht leid, eine Gelegenheit zu bekommen, in diesem einen Punkt sich ihrer minderbegabten Schwester gleichzustellen. Da es schien, als seien alle darüber einverstanden, die Untersuchung des Inhalts des Schrankes solle weiter fortgesetzt werden, machte sich Wildtöter daran, die zweite Leinwanddecke zu entfernen.

Die zuoberst liegenden Artikel, nachdem wieder der Vorhang von den Geheimnissen des Schrankes weggezogen war, waren ein Paar Pistolen, sehr schön mit Silber eingelegt. Ihr Wert würde in einer der Städte ansehnlich gewesen sein, obgleich sie für die Wälder eine Art selten gebrauchter Waffen waren; ja, nie wurden sie eigentlich gebraucht, außer etwa von einem Offizier aus Europa, der die Kolonien besuchte, wie damals manche zu tun pflegten, und der so erfüllt war von der Vortrefflichkeit der Sitten und Gebräuche von London, daß er meinte, er dürfe sie auch auf der Grenze Amerikas nicht beiseitelegen. Was bei der Auffindung dieser Waffen sich zutrug, wird im nächsten Kapitel kundwerden.

Dreizehntes Kapitel

Ein Eichenlehnstuhl, zerbrochen gar,
Ein Leuchter, seiner Handhabe bar;
Ein eschenes Bett aus der Rumpelkammer;
Ein Koffer ohne Schloß und Klammer;
Eine Beißzange, die nicht mehr packt;
Ein Degen, die Spitze abgehackt;
Eine Schüssel, wohl lecker gefüllt, als noch ganz;
Ein Ovid, samt alter Konkordanz.

Swifts Inventar

Sobald Wildtöter die Pistolen aufgehoben, wandte er sich gegen den Delawaren und hielt sie ihm hin, sie zu bewundern.

»Kinds Gewehr«, sagte die Schlange lächelnd, indem er eine der Waffen wie ein Spielzeug handhabte.

»Nicht so, Schlange, nicht so. Es ist für einen Mann gemacht und würde einen Riesen zufriedenstellen, recht gebraucht. Aber halt! Weiße Männer zeichnen sich aus durch die Sorglosigkeit, womit sie Feuerwaffen in Schränken und Winkeln auf die Seite legen. Laßt mich sehen, ob diese Waffen sorglich behandelt worden sind!«

Mit diesen Worten nahm Wildtöter die Waffe seinem Freund aus der Hand und öffnete die Pfanne. Diese war mit Pulver gefüllt, das durch Zeit, Feuchtigkeit und Druck wie in ein Stückchen Kohle zusammengebacken war. Ein Versuch mit dem Ladestock zeigte, daß beide Pistolen geladen waren, obwohl Judith bezeugen konnte, daß sie vielleicht jahrelang in dem Schranke gelegen. Es wäre schwer, das Erstaunen des Indianers bei dieser Entdeckung zu schildern; denn er war gewöhnt, das Pulver auf seiner Pfanne täglich zu erneuern und in andern kurzen Zwischenzeiten nach der Ladung seines Gewehrs zu sehen.

»Das ist weiße Nachlässigkeit«, sagte Wildtöter, den Kopf schüttelnd, »und kaum eine Jagdjahreszeit geht vorüber, ohne daß jemand in den Ansiedlungen dadurch zu Schaden kommt. Es ist auch außerordentlich, Judith – ja, es ist geradezu außerordentlich, daß der Eigentümer sein Gewehr auf einen Hirsch oder ein andres Wild oder vielleicht auf einen Feind abfeuern und dann zweimal unter dreien fehlen soll; aber es stoße ihm ein Unfall zu mit einer solchen vergessenen Ladung – und sie bringt sichern Tod einem Kind, einem Bruder oder Freund! Nun, wir werden dem Eigentümer einen Dienst erweisen, wenn wir an seiner Statt diese Pistolen abfeuern, und da sie für Euch und für mich etwas Neues sind, wollen wir unsre stete Hand an einem Ziele versuchen. Erneuert dies Pulver auf der Pfanne, und ich will es bei dieser tun, dann wollen wir sehen, wer der beste Schütze ist mit einer Pistole; was die Büchse betrifft, so ist das längst unter uns ausgemacht!«

Wildtöter lachte herzlich über seinen eignen Einfall, und nach ein paar Minuten standen sie beide auf der Plattform, sich einen Gegenstand in der Arche zur Zielscheibe zu wählen. Judith führte die Neugier auch herbei.

»Tretet zurück, Mädchen, tretet ein wenig zurück! Diese Waffen sind schon lange geladen«, sagte Wildtöter, »und es könnte bei dem Abfeuern ein Unfall sich ereignen.«

»Dann sollt Ihr sie nicht abfeuern! Gebt sie beide dem Delawaren, oder es wäre besser, die Ladung herauszuziehen, statt sie abzufeuern.«

»Das ist gegen den Gebrauch – und manche Leute meinen: gegen die Mannhaftigkeit, obgleich ich solche einfältige Lehren nicht annehme. Wir müssen sie abfeuern, Judith, ja, wir müssen sie abfeuern: obgleich ich voraussehe, daß keiner Ursache haben wird, sich seiner Geschicklichkeit groß zu rühmen.«

Judith war im ganzen ein Mädchen von vielem persönlichen Mut, und ihre Lebensweise machte, daß sie nichts von der Angst fühlte, welche beim Knall von Feuerwaffen leicht ihr Geschlecht überfällt. Sie hatte manche Büchse abgefeuert, und man wußte sogar, daß sie unter Umständen, die den Erfolg begünstigten, ein Wild erlegt hatte. Sie ergab sich daher, trat ein wenig zurück, neben Wildtöter, und überließ dem Indianer die Front der Plattform allein. Chingachgook erhob die Waffe mehrere Male, suchte sie mit Anwendung beider Hände in eine stete Lage zu bringen, wechselte seine Stellung, die ihm unbequem schien, und nahm eine noch unbequemere an, und endlich drückte er ab, mit einer Art verzweifelter Gleichgültigkeit, ohne in der Tat irgendein Ziel fest ins Auge gefaßt zu haben. Die Folge war, daß er, statt den Knoten zu treffen, der zur Zielscheibe bestimmt worden war, die Arche ganz und gar fehlte und die Kugel auf dem Wasser dahintanzte wie ein mit der Hand geworfner Stein.

»Gut gemacht, Schlange – gut gemacht!« rief Wildtöter, und lachte in seiner geräuschlosen Munterkeit. »Ihr habt den See getroffen, und das ist eine Großtat für manche Männer. Ich wußte es und sagte es auch der Judith hier; denn diese kurzen Waffen eignen sich nicht für Rothautsgaben. Ihr habt den See getroffen, und das ist besser, als nur die Luft zu treffen! Jetzt tretet zurück und laßt uns sehen, was weiße Gaben vermögen mit einer weißen Waffe. Eine Pistole ist keine Büchse, aber Farbe ist Farbe.«

Wildtöter zielte ebenso rasch als stet, und der Knall erfolgte beinah in dem Augenblick, wo er die Waffe erhob. Aber die Pistole zersprang, und Bruchstücke davon flogen nach allen Richtungen; einige fielen auf das Dach des Kastells, andere in die Arche und noch andre ins Wasser. Judith kreischte laut auf, und als die beiden Männer sich ängstlich zu dem Mädchen wandten, war sie bleich wie der Tod und zitterte an allen Gliedern.

»Sie ist verwundet – ja, das arme Mädchen ist verwundet, Schlange, obgleich man es nicht hätte vermuten sollen, da wo sie stand. Wir wollen sie auf einen Sitz führen und müssen alles mögliche für sie tun, soweit unsre Einsicht und Geschicklichkeit reicht.«

Judith ließ sich zu dem Sitz hinführen, schluckte einen Mundvoll von dem Wasser, das ihr der Delaware in einer Lederflasche bot, und nach einem heftigen Anfall von Zittern, das ihre schöne Gestalt bis zur Auflösung schien schütteln zu wollen, brach sie in Tränen aus.

»Der Schmerz muß ertragen sein, arme Judith – ja, er muß ertragen sein«, sagte Wildtöter ihr zusprechend, »obwohl ich weit entfernt bin zu verlangen, daß Ihr nicht weinen sollt; denn Weinen erleichtert oft mädchenhafte Gefühle. Wo kann sie denn verletzt sein, Schlange? Ich sehe keine Spuren von Blut, auch keine Risse in Haut oder Kleidern.«

»Ich bin nicht beschädigt, Wildtöter«, stammelte das Mädchen unter ihren Tränen. »Es ist Schrecken – nichts weiter, ich versichere Euch, und Gott sei gepriesen, ich sehe, niemand ist durch den Zufall beschädigt.«

»Das ist außerordentlich!« rief der arglose und treuherzige

Jäger. »Ich dachte, Judith, Ihr wäret hinaus über die Schwächen der Leute in den Ansiedlungen und nicht ein Mädchen, das sich durch den Knall einer zerspringenden Waffe in Schrecken setzen ließe. Nein, ich hätte Euch nicht für so schüchtern gehalten! Hetty hätte wohl darüber in Angst geraten dürfen, aber Ihr habt zuviel Vernunft und Einsicht, um zu erschrecken, nachdem die ganze Gefahr vorüber! Sie sind dem Auge wohlgefällig, Häuptling, und abwechselnd, aber sehr unzuverlässig in ihren Gefühlen.«

Scham hielt Judiths Mund verschlossen. Es war keine Schauspielkunst in ihrer Aufregung, sondern alles war die natürliche Folge plötzlicher, unüberwindlicher Besorgnis und Angst, die ihr selbst beinah ebenso unerklärlich vorkam, wie sie es ihren Genossen war. Sie wischte sich jedoch die Spuren der Tränen ab, lächelte wieder und war bald imstande, in das Lachen über ihre eigne Torheit einzustimmen.

»Und Ihr, Wildtöter«, dies brachte sie am Ende über die Lippen, »seid Ihr wirklich ganz unverletzt? Es erscheint beinahe wie ein Wunder, daß eine Pistole Euch in der Hand zerspringen mußte, und Ihr ohne den Verlust eines Glieds, wo nicht gar des Lebens davonkamet!«

»Solche Wunder sind gar nicht ungewöhnlich bei alten, verbrauchten Waffen. Die erste Büchse, die sie mir gaben, spielte mir denselben Streich, und doch kam ich lebend davon, obwohl nicht so ohne Schaden wie diesmal. Thomas Hutter besitzt eine Pistole weniger, als er diesen Morgen besaß, aber da der Zufall sich ereignete bei einem Versuch, ihm zu dienen, hat er keinen Grund, sich zu beklagen. Jetzt kommt herbei und laßt uns weiter nach dem Inhalt des Schrankes sehen!«

Judith war mittlerweile ihrer Bewegung so weit Meister geworden, daß sie ihren Sitz wieder einnehmen konnte, und die Untersuchung nahm ihren Fortgang. Der nächste Artikel, der sich fand, war in Tuch eingewickelt, und als man dies öffnete, zeigte sich, daß es eines der mathematischen Instrumente war, wie sie damals die Seeleute hatten, mit den gewöhnlichen Zieraten und Bändern von Metall. Wildtöter und Chingachgook legten ihre Bewunderung und Überraschung bei Auffindung des ihnen unbekannten Instruments an den Tag, welches glänzte und glitzerte und allem Anschein nach sorglich behandelt war.

»Das geht über die Feldmesser hinaus, Judith«, rief Wildtöter, nachdem er das Instrument mehrmals in seinen Händen herumgedreht. »Ich habe alle ihre Werkzeuge oft gesehen, und ruchlos und herzlos genug sind sie; denn sie kommen nie in den Wald, als nur um der Verwüstung und Zerstörung Bahn zu machen, aber keines von ihnen hat ein so kluges Aussehen wie dieses! Ich fürchte am Ende doch, Thomas Hutter hat sich in die Wildnis begeben, nicht mit den besten Absichten gegen ihr Glück. Habt Ihr je schon das Tun und Treiben eines Feldmessers an Eurem Vater gesehen, Mädchen?«

»Er ist kein Feldmesser, Wildtöter, kennt auch nicht den Gebrauch dieses Instruments, obgleich er dessen Besitzer zu sein scheint. Meint Ihr, Thomas Hutter habe je diesen Rock getragen? Er ist ebenso viel zu groß für ihn, als dies Instrument über seine Kenntnisse ist.«

»Das ist's – das muß sein, Schlange, und der alte Kamerad ist auf irgendeine unbekannte Weise der Erbe von eines andern Habe geworden! Sie sagen, er sei ein Seemann gewesen, und ohne Zweifel – dieser Schrank und alles, was er enthält – Ha! was kommt da! Das geht noch weit über das Metall und das schwarze Holz des Instruments!«

Wildtöter hatte einen kleinen Sack geöffnet, aus dem er nacheinander die Figuren eines Schachspiels herausholte. Sie waren von Elfenbein, weit größer als gewöhnlich, und köstlich gearbeitet. Jedes Stück stellte den Charakter oder die Sache dar, wonach es genannt ist: die Ritter (Springer) waren zu Pferde, die Türme standen auf Elefanten, und selbst die Bauern hatten Köpfe und Büsten von Männern. Das Spiel war nicht vollständig, und einige Beschädigungen zeugten von unsorgfältiger Behandlung, aber alles, was noch übrig, war sorgfältig zurückgelegt und aufbewahrt. Selbst Judith drückte ihre Verwunderung aus, als man ihr diese neuen Gegenstände vorwies, und Chingachgook vergaß in seinem bewundernden Entzücken gänzlich seine indianische Würde. Er hob jedes Stück auf, prüfte es genau mit nimmer ermüdender Zufriedenheit und machte das Mädchen auf die sinnreichsten und auffallendsten Teile der Arbeit aufmerksam. Die Elefanten aber machten ihm das größte Vergnügen. Die »Hughs!«, die er hören ließ, als er mit den Fingern über ihre Rüssel und Ohren und Schwänze fuhr, waren sehr vernehmlich; auch entgingen seiner Aufmerksamkeit die als Bogenschützen bewaffneten Bauern nicht. Dies Auskramen dauerte einige Minuten, während welcher Zeit Judith und der Indianer sich miteinander ganz in ihr Entzücken vertieften. Wildtöter saß schweigend, nachdenklich, und sogar düster da, obgleich seine Augen jede Bewegung der zwei Personen verfolgten, die hier die Hauptrolle spielten, und jede neue Eigentümlichkeit an den einzelnen Stücken, sowie sie aufgehoben und vorgezeigt wurden, sich merkten. Kein Ausruf des Wohlgefallens, kein Wort des Beifalls kam über seine Lippen. Endlich bemerkten seine Genossen sein Schweigen, und jetzt zum erstenmal, seit der Auffindung der Schachfiguren, sprach er.

»Judith«, fragte er ernst, aber mit einer Teilnahme, die beinahe an Weichheit und Zärtlichkeit grenzte, »sprachen Eure Eltern je mit Euch von Religion?«

Das Mädchen errötete, und die Purpurflammen, die über ihr schönes Angesicht liefen, glichen den seltsamen Tinten eines neapolitanischen Himmels im November. Wildtöter hatte ihr jedoch ein solches Wohlgefallen an der Wahrheit beigebracht, daß sie in ihrer Antwort nicht schwankte, sondern einfach und aufrichtig erwiderte:

»Meine *Mutter,* ja oft«, sagte sie, »mein *Vater* nie. Es kam mir vor, es mache meine Mutter bekümmert, von unsern Gebeten und Pflichten zu sprechen; aber mein Vater hat nie den Mund über solche Dinge aufgetan vor oder seit ihrem Tode.«

»Das kann ich glauben – das kann ich glauben. Er hat keinen Gott – keinen solchen Gott, wie es einem Menschen von weißer Haut zu verehren geziemt, oder auch einer Rothaut. Die Dinge da sind Götzen!«

Judith fuhr auf, und einen Augenblick schien sie ernstlich gekränkt. Dann besann sie sich, und am Ende lachte sie.

»Und Ihr meint also, Wildtöter, diese elfenbeinernen Spielsachen seien meines Vaters Götter? Ich habe schon von Götzen gehört und weiß, was sie sind.«

»Es sind Götzen!« wiederholte der andere mit Bestimmtheit. »Warum sollte sie Euer Vater aufbewahren, wenn er sie nicht anbetet?«

»Würde er seine Götter in einem Sack haben und in einem Schrank eingeschlossen? Nein, nein, Wildtöter, mein armer Vater hat seinen Gott bei sich, wohin er geht, und das ist seine eigene Sache. Diese Dinge da mögen wirklich Götzen sein – ich glaube selbst, das sind sie, nach dem, was ich von Götzendienerei gehört und gelesen habe, aber sie kommen aus einem fernen Lande wie alle die andern Gegenstände und sind in Thomas Hutters Hände gekommen, als er Matrose war.«

»Das freut mich – das freut mich wahrhaft zu hören, Judith; denn ich glaube, ich hätte den Entschluß nicht aufgebracht, einem weißen Götzendiener aus seiner Not zu helfen! Der alte Mann ist von meiner Farbe und Nation, und ich wünschte, ihm zu dienen, aber verleugnete er alle seine Gaben im Punkte der Religion, so würde mich's hart ankommen, das zu tun. Das Tier da scheint Euch große Freude zu machen, Schlange, obgleich es im besten Fall ein abgöttisches Haupt ist.«

»Es ist ein Elefant«, unterbrach ihn Judith. »Ich habe oft Abbildungen von solchen Tieren in der Garnison gesehen, und Mutter hatte ein Buch, worin Nachrichten von dem Geschöpfe gedruckt sind. Vater verbrannte das samt allen andern Büchern; denn er sagte, Mutter lese zu gern. Das war nicht lange, ehe die Mutter starb, und ich habe manchmal gedacht, der Verlust habe ihr Ende beschleunigt.«

Sie sagte dies ebenso einerseits ohne Leichtsinn als andrerseits ohne tieferes Gefühl. Ohne Leichtsinn; denn Judith war trüb gestimmt durch ihre Erinnerungen, und doch war sie zu sehr gewöhnt gewesen, für sich allein und für die Befriedigung ihrer eiteln Neigungen zu leben, um ihrer Mutter Leiden sehr tief zu fühlen. Es bedurfte außerordentlicher Umstände, um ein geeignetes Bewußtsein ihrer Lage zu erwecken und die bessern Gefühle dieses schönen, aber mißleiteten Mädchens anzuspornen; diese Umstände waren in ihrem kurzen Dasein noch nicht eingetreten.

»Elefant oder nicht Elefant, es ist ein Götzenbild«, versetzte der Jäger, »und nicht geeignet, in christlichen Händen zu bleiben.«

»Gut für Irokesen!« sagte Chingachgook, mit Widerstreben sich von einem der Türme trennend, als sein Freund ihn ihm abnahm, um ihn wieder in den Sack zu schieben. »Elefon einen ganzen Stamm erkaufen – beinahe Delawaren erkaufen!«

»Ja, das würde er, wie jeder wissen muß, der die Natur der Rothäute kennt«, versetzte Wildtöter; »aber der Mann, der falsches Geld in Umlauf setzt, Schlange, ist so schlimm als der, der es münzt. Habt Ihr je von einem rechten Indianer gehört, der es nicht verschmähen würde, einen Iltis für einen echten Marder zu verkaufen oder ein Stinktier für einen Biber auszugeben? Ich weiß, daß wenige von diesen Götzenbildern, vielleicht *einer* von diesen Elefanten viel ausrichten würde, dem armen Thomas Hutter die Freiheit zu erkaufen, aber es läuft gegen das Gewissen, solches falsche Geld in Umlauf zu bringen. Vielleicht kein indianischer Stamm hierherum ist eigentlich götzendienerisch, aber einige kommen dem so nahe, daß weiße Gaben sich wohl hüten müssen, sie in ihrem Irrtum zu ermutigen.«

»Wenn Götzendienerei eine *Gabe* ist, Wildtöter, und *Gaben* das sind, wofür Ihr sie zu halten scheint, so kann Götzendienerei bei solchen Leuten schwerlich Sünde sein«, sagte Judith mit mehr Keckheit als Unterscheidungskraft.

»Gott verleiht keinen von seinen Geschöpfen solche Gaben«, versetzte der Jäger ernsthaft. »*Er* muß angebetet werden unter einem oder dem andern Namen, und nicht Kreaturen von Metall oder Elfenbein. Es ist gleichgültig, ob der Vater von allen Gott genannt wird oder Manitu, Gottheit oder Großer Geist, er ist nichtsdestoweniger unser gemeinsamer Herr und Schöpfer; auch trägt es nicht viel aus, ob die Seelen der Gerechten ins Paradies kommen oder in die glücklichen Jagdreviere, da Er ja jeden seinen Weg schicken kann, wie es seiner Gnade und Weisheit beliebt; aber es empört mein Blut, wenn ich menschliche Sterbliche so in Finsternis und Wahn befangen sehe, daß sie Erde oder Holz oder Knochen – Dinge, von ihren eignen Händen geformt – zu bewegungslosen, sinnlosen Bildern gestalten und dann vor ihnen niederfallen und sie wie eine Gottheit anbeten!«

»Am Ende, Wildtöter, sind alle diese elfenbeinernen Figuren gar keine Götzenbilder. Ich erinnere mich jetzt, einen der Offiziere der Garnison gesehen zu haben mit einem Spiel: Fuchs und Gänse, in ähnlicher Weise verfertigt wie diese, und da ist etwas Hartes, in Tuch eingewickelt, das vielleicht zu den Götzenbildern gehört.«

Wildtöter nahm das Päckchen, das ihm das Mädchen reichte, machte es auf und fand darin das Schachbrett. Wie die Figuren war es groß, prächtig, und mit Ebenholz und Elfenbein eingelegt. Nachdem dies alles in Verbindung gebracht wurde, trat der Jäger, obwohl nicht ohne viele Bedenklichkeiten, allmählich Judiths Ansicht bei und gab am Ende zu, die vermeintlichen Götzenbilder müßten wohl nur die seltsam geschnitzten Figuren eines unbekannten Spieles sein. Judith besaß so viel Takt, ihren Sieg mit großer Mäßigung zu benutzen; auch spielte sie nie auch nur aufs entfernteste auf den komischen Irrtum ihres Freundes an.

Diese Entdeckung der Bestimmung der so seltsam aussehenden kleinen Figuren brachte die Angelegenheit des zu bietenden Lösegeldes ins reine. Es ward allgemein anerkannt – und alle waren mit dem Geschmack und den Schwächen der Indianer vertraut – daß nichts ohne Zweifel die Habsucht der Irokesen mehr reizen würde als namentlich die Elefanten. Zum

Glück waren alle vier Türme unter den vorhandenen Stücken, und es ward endlich beschlossen, diese vier türmetragenden Tiere sollten das anzubietende Lösegeld ausmachen. Die übrigen Figuren, sowie auch alle andern Artikel in dem Schranke sollten versteckt gehalten und nur im äußersten Notfall zu Hilfe genommen werden. Sobald diese Präliminarien ins reine gebracht waren, wurde alles, außer den zum Lösegeld bestimmten Artikeln, sorgfältig wieder in den Schrank gepackt, und alle Bedeckungen wurden wieder hineingestopft, wie man sie gefunden. So war es ganz wohl möglich, daß Hutter, wenn er wieder in den Besitz des Kastells gesetzt werden konnte, darin den übrigen Rest seiner Tage verlebte, ohne auch nur den Eingriff zu argwohnen, den man sich an dem Geheimnis des Schrankes erlaubt hatte. Die zersprungene Pistole hätte am ehesten das Geheimnis verraten können, aber diese ward neben die ihr entsprechende hingelegt, und alles ward zusammengedrückt, wie es zuvor gewesen, ein halb Dutzend Päcke unten auf dem Boden des Schranks waren gar nicht geöffnet worden. Nachdem dies geschehen, wurde der Deckel herabgesenkt, die Schlösser wieder vorgelegt und der Schlüssel umgedreht. Dieser wurde dann wieder in die Tasche gesteckt, aus der man ihn herausgenommen.

Mehr als eine Stunde verging, bis man sich über das nun einzuschlagende Verfahren geeinigt und alles wieder an seinen Ort gebracht hatte. Die Pausen, während deren man sich besprach, waren häufig; Judith, die ein lebhaftes Wohlgefallen an der offenen, unverhehlten Bewunderung hatte, womit Wildtöters ehrliches Auge in ihr schönes Antlitz schaute, fand mit einer Gewandtheit, die der weiblichen Koketterie angeboren scheint, Mittel, die Unterhaltung zu verlängern. Wildtöter schien in der Tat der erste zu sein, dem es einfiel, wieviel Zeit man so vergeude, und der die Aufmerksamkeit seiner Genossen auf die Notwendigkeit hinlenkte, etwas zu tun, um den Auslösungsplan in Ausführung zu bringen. Chingachgook war in Hutters Schlafzimmer geblieben, wohin man die Elefanten gebracht hatte, um sein Auge an den Bildern so wunderbarer und so neuer Tiere zu weiden. Vielleicht sagte ihm ein instinktmäßiges Gefühl, seine Gegenwart würde seinen Genossen nicht so erwünscht sein, als wenn er sich entfernt halte; denn Judith beobachtete nicht viel Zurückhaltung in der Kundgebung ihrer Vorliebe, und der Delaware hatte es auch nicht bis zur Verlobung gebracht, ohne sich einige Kenntnisse der Symptome der »großen Leidenschaft« zu erwerben.

»Nun, Judith«, sagte Wildtöter aufstehend, nachdem die Besprechung weit länger gedauert hatte, als er selbst ahnte, »es ist angenehm, mit Euch zu plaudern und alle diese Dinge ins reine zu bringen, aber die Pflicht ruft uns anderswohin. Diese ganze Zeit her sind Hurry und Euer Vater, nichts zu sagen von Hetty–«

Dies Wort ward dem Redenden im Mund abgeschnitten, denn in diesem entscheidenden Augenblick hörte man einen leichten Schritt auf der Plattform oder dem Torhof, eine menschliche Gestalt beschattete die Türe, – und die zuletzt genannte Person stand vor ihm. Der leise Ausruf, welcher Wildtötern entschlüpfte, und Judiths schwaches Kreischen waren kaum über ihre Lippen, als ein indianischer Jüngling, zwischen fünfzehn und siebzehn Jahren, neben ihr stand. Das Eintreten dieser beiden war, da sie Mokassins an den Füßen hatten, fast ohne alles Geräusch erfolgt; aber so unerwartet und verstohlen sie sich jetzt näherten, vermochten sie doch Wildtöters Selbstbeherrschung nicht zu erschüttern. Sein erstes war, daß er schnell auf delawarisch zu seinem Freunde sprach und ihn warnte, sich versteckt zu halten und auf der Hut zu sein; das nächste, daß er an die Tür trat, um sich von dem Umfang der Gefahr zu vergewissern. Niemand sonst war jedoch gekommen, und ein einfaches Fahrzeug in Gestalt eines Floßes, das neben der Arche schwamm, erklärte sofort, auf welche Art Hetty herangekommen. Zwei gefallene und trockne und daher schwimmende Tannenstämme waren zusammengebunden mit Pflökken und Weiden, und eine kleine Plattform von Flußkastanienholz war kunstlos darauf angebracht. Hier hatte Hetty auf einem Holzscheit gesessen, während der junge Irokese das rohe und schwerbewegliche, aber vollkommen sichere Fahrzeug von der Küste hierher ruderte. Sobald Wildtöter dieses Floß genau ins Auge gefaßt und sich versichert hatte, daß sonst nichts in der Nähe war, schüttelte er den Kopf und murmelte in seiner Art, mit sich selbst zu reden:

»Das kommt dabei heraus, wenn man in andrer Leute Schränken wühlt! Wären wir aufmerksam und wachsam gewesen, so hätte nie eine solche Überraschung stattfinden können, und daß uns diesen Streich ein Knabe spielt, zeigt uns, was wir zu erwarten haben, wenn die alten Krieger selbst sich recht daranmachen, ihre Tücken auszuführen. Indes, es bahnt uns den Weg zu einer Unterhandlung über das Lösegeld, und ich will hören, was Hetty zu sagen hat.«

Judith zeigte, sobald ihre Überraschung und ihr Schrecken sich ein wenig gelegt hatten, eine geziemende zärtliche Freude über die Rückkunft ihrer Schwester. Sie drückte sie an ihre Brust und küßte sie, wie ihre Gewohnheit in den Tagen ihrer Kindheit und Unschuld gewesen. Hetty selbst war weniger ergriffen; denn für sie gab es keine Überraschung, und ihre Nerven waren gestählt durch die Reinheit und Heiligkeit ihres Bestrebens. Auf ihrer Schwester Bitte setzte sie sich und begann eine Erzählung ihrer Abenteuer, seit sie sich getrennt hatten. Ihre Erzählung fing gerade an, als Wildtöter zurückkehrte, und auch er wurde ein aufmerksamer Zuhörer, während der junge Irokese nahe an der Türe stand, anscheinend so gleichgültig gegen alles, was vorging, wie einer ihrer Pfosten.

Die Erzählung des Mädchens war klar genug, bis sie zu dem Zeitpunkt gelangte, wo wir sie in dem Lager verließen, nach der Besprechung mit den Häuptlingen und bis zu dem Augenblick, wo Hist sie so plötzlich verließ, wie oben angegeben. Die weitere Geschichte mag in ihren eignen Worten folgen:

»Als ich den Häuptlingen die Texte las, Judith, da hättest du wohl nicht bemerkt, daß sie irgendeine Veränderung in ihren Gemütern hervorbrachten«, sagte sie, »aber wenn der Same ausgestreut ist, so wird er auch wachsen. Gott hat den Samen aller Bäume gepflanzt–«

»Ja, das hat er, das hat er«, murmelte Wildtöter, »und ein schöner Ertrag ist gefolgt.«

»Gott hat den Samen aller Bäume gepflanzt«, fuhr Hetty nach einer augenblicklichen Pause fort, »und Ihr seht, zu welcher Höhe, zu welchem Schatten sie emporgewachsen sind! So ist es mit der Bibel. Ihr könnt dies Jahr einen Vers lesen und ihn vergessen, und ein Jahr später kommt er Euch wieder in den Sinn, wenn Ihr am wenigsten daran denkt, Euch seiner wieder zu erinnern.«

»Und hast du etwas der Art unter den Wilden gefunden, arme Hetty?«

»Ja, Judith, und eher und reichlicher, als ich je gehofft hätte.

Ich blieb nicht lange bei Vater und Hurry, sondern ging, mit Hist mein Frühstück einzunehmen. Sobald wir damit fertig waren, kamen die Häuptlinge zu uns, und *da* erkannten wir die Früchte des ausgestreuten Samens. Sie sagten, was ich aus dem guten Buche gelesen, sei recht – es *müsse* recht sein – es laute recht wie ein holder Vogel, der ihnen ins Ohr singe. Sie hießen mich zurückkehren und dies dem großen Krieger sagen, der einen ihrer Tapfern getötet, und es dir erzählen und auch sagen, wie glücklich sie sich schätzen würden, hier im Kastell zur Kirche zu kommen oder auch draußen in der Sonne und mich mehr lesen zu hören aus dem heiligen Buche – und hießen mich Euch sagen, sie wünschten, daß Ihr ihnen einige Kanus leihet, damit sie Vater und Hurry und auch ihre Weiber zu dem Kastell herüberführen könnten, daß wir alle dort auf der Plattform säßen und horchten dem Gesange des Manitu der Bleichgesichter. Nun, Judith, hast du je etwas gehört, was so offenkundig die Macht der Bibel zeigt wie dies?«

»Wenn es wahr wäre, so wäre es allerdings ein Wunder, Hetty. Aber dies alles ist nichts als indianische Schlauheit und Verräterei, die uns durch List zu überwinden suchen, wenn sie finden, daß es mit Gewalt nicht geht.«

»Zweifelst du an der Bibel, Schwester, daß du die Wilden so hart beurteilst?«

»Ich zweifle nicht an der Bibel, arme Hetty, aber ich zweifle sehr an einem Indianer und einem Irokesen. Was sagt Ihr zu diesem Besuch, Wildtöter?«

»Erst laßt mich ein wenig mit Hetty sprechen«, versetzte der Befragte, »ward dieses Floß gefertigt, nachdem Ihr Euer Frühstück eingenommen, Mädchen, und begabet Ihr Euch von dem Lager nach der uns gegenüberliegenden Küste hier?«

»Oh! nein, Wildtöter. Das Floß war bereit und im Wasser – konnte das durch ein Wunder geschehen sein, Judith?«

»Ja – ja – ein indianisches Wunder«, versetzte der Jäger. »Sie sind erfahren genug in dieser Art von Wundern. Und Ihr fandet das Floß ganz bereit vor Euch und im Wasser und Eurer wartend als seiner Ladung?«

»Alles so, wie Ihr sagt. Das Floß war nahe beim Lager, und die Indianer setzten mich darauf und hatten Schiffstaue und zogen mich an den Platz gegenüber dem Kastell, und dann hießen sie diesen jungen Mann mich herüberrudern.«

»Und die Wälder sind voll von den Vagabunden, die nur warten, um zu erfahren, was das Ende von dem Mirakel sein werde. Wir begreifen jetzt diesen Handel, Judith, und ich will nur erst diesen jungen kanadischen Blutsauger abfertigen, dann wollen wir über unser Verfahren uns besprechen. Laßt Ihr und Hetty uns allein miteinander, zuvor aber bringt mir die Elefanten, welche Schlange bewundert; denn es wird nicht guttun, diesen lauernden Burschen nur eine Minute allein zu lassen, oder er entlehnt ein Kanu, ohne zu fragen.«

Judith tat nach seinem Verlangen, brachte zuerst die Figuren und entfernte sich dann mit ihrer Schwester in ihr Gemach. Wildtöter hatte sich einige Bekanntschaft mit den meisten indianischen Dialekten der Gegend erworben und verstand Irokesisch genug, um ein Gespräch in dieser Sprache zu führen. Er winkte daher dem Burschen und hieß ihn, sich auf den Schrank setzen, worauf er plötzlich zwei von den Türmen vor ihn hinstellte. Bis zu diesem Augenblick hatte der junge Wilde durch keine Miene eine innere Bewegung oder ein Wohlgefallen verraten. Es waren viele Sachen in dem Gemach und draußen, die ihm neu sein mußten, aber er hatte seine Selbstbeherrschung mit stoischer Fassung behauptet. Zwar hatte Wildtöter bemerkt, wie sein dunkles Auge die Verteidigungsanstalten und Waffen musterte, aber diese Musterung war mit so unschuldiger Miene in einer so kindischen, faulen, gaffenden Art angestellt worden, daß niemand als ein Mann, der selbst eine ähnliche Schule durchlaufen, seine Absicht auch nur von ferne hätte argwöhnen können. In dem Augenblick aber, wo das Auge des Wilden auf das schöngearbeitete Elfenbein und auf die Figuren der wunderbaren unbekannten Tiere fiel, überwältigten ihn Überraschung und Bewunderung. Das Benehmen der Bewohner der Südseeinseln, als sie zuerst die Spielereien des zivilisierten Lebens erblickten, ist oft geschildert worden, aber der Leser darf dies nicht verwechseln mit dem Benehmen eines amerikanischen Indianers unter denselben Verhältnissen. Im vorliegenden Falle entfuhr dem jungen Irokesen oder Huronen ein Ausruf des Entzückens; dann aber nahm er sich sogleich zusammen wie einer, der sich einer Verletzung der Schicklichkeit schuldig gemacht. Dann hörten seine Augen auf umherzuschweifen und hefteten sich auf die Elefanten, von denen er nach kurzem Bedenken sogar einen mit der Hand zu betasten wagte. Wildtöter störte ihn volle zehn Minuten lang gar nicht, wohl wissend, daß der Junge die Merkwürdigkeiten sich so genau merken würde, daß er bei seiner Rückkehr den ältern Indianern die genaueste und ins einzelnste gehende Beschreibung davon würde machen können. Nachdem der Jäger dachte, er habe ihm jetzt Zeit genug gelassen, sich alles so genau einzuprägen, berührte er mit dem Finger das nackte Knie des Jünglings und nahm selbst dessen Aufmerksamkeit in Anspruch.

»Hört mich«, sagte er, »ich möchte mit meinem jungen Freund aus den Kanadas sprechen. Vergesse er seine Verwunderung für eine Minute!«

»Wo ist der andere weiße Bruder?« fragte der Junge aufschauend, und unwillkürlich entschlüpfte so seinem Munde der Gedanke, der am meisten seine Seele vor der Vorzeigung der Schachfiguren beschäftigt hatte.

»Er schläft – oder wenn er nicht eigentlich schläft, so ist er doch in dem Gemach, wo die Männer schlafen«, antwortete Wildtöter. »Woher weiß mein junger Freund, daß noch einer da ist?«

»Ihn gesehen von der Küste aus. Irokesen lange Augen haben – über die Wolken hinaussehen – den Grund der großen Quelle sehen!«

»Gut, die Irokesen sind willkommen. Zwei Bleichgesichter sind Gefangene im Lager Eurer Väter, Knabe.«

Der Bursche nickte und behandelte den Umstand anscheinend mit großer Gleichgültigkeit, obwohl er einen Augenblick darauf lachte, wie über die überlegene Gewandtheit seines Stammes frohlockend.

»Könnt Ihr mir sagen, Knabe, was Eure Häuptlinge mit diesen Gefangenen zu tun beabsichtigen? Oder sind sie deshalb noch nicht entschlossen?«

Der Bursche schaute einen Augenblick den Jäger mit einiger Überraschung an, dann setzte er kaltblütig die Spitze seines Zeigefingers an seinen Kopf, gerade über dem linken Ohr, und fuhr damit rund um den Schädel, mit einer Sicherheit und Genauigkeit, welche zeigte, wie gut er in der eigentümlichen Kunst seines Volkes geschult sein müsse.

»Wann?« fragte Wildtöter, dessen Galle bei dieser kaltblütig zur Schau gestellten Gleichgültigkeit gegen Menschenleben schwoll. »Und warum nicht sie in Eure Wigwams mitnehmen?«

»Weg zu weit und voll von Bleichgesichtern. Wigwam voll und Skalpe teuer zu verkaufen, kleiner Skalp, viel Gold.«

»Gut, das erklärt es – ja, das erklärt es. Es ist nicht nötig, deutlicher zu sprechen. Nun wißt Ihr, Bursche, daß der ältere von Euren Gefangenen der Vater von diesen zwei jungen Mädchen ist, und der andere ist der Liebhaber der einen. Die Mädchen wünschen natürlich, die Skalpe von so nahen Freunden zu retten, und sie wollen ihnen zwei elfenbeinerne Kreaturen als Lösegeld geben, eine für jeden Skalp. Geht zurück und sagt das Euern Häuptlingen und bringt mir die Antwort, ehe die Sonne untergeht!«

Der Knabe ging mit Eifer in diesen Vorschlag ein und mit einer Aufrichtigkeit, die keinen Zweifel übrigließ, daß er seinen Auftrag mit Einsicht und rasch ausführen werde. Einen Augenblick vergaß er seine Ehrliebe und alle seine Stammesfeindseligkeit gegen die Briten und ihre Indianer in seinem Wunsche, einen solchen Schatz im Besitz seines Volkes zu wissen, und Wildtöter war mit dem Eindruck, den die Sache auf den Knaben gemacht, zufrieden. Zwar schlug der Junge vor, er wolle einen der Elefanten mit sich nehmen als Probe vom andern, aber darein zu willigen, war sein Bruder Unterhändler zu scharfblikkend, da er wohl wußte, daß derselbe, solchen Händen anvertraut, nie an den Ort seiner Bestimmung gelangen würde. Diese kleine Schwierigkeit war bald ausgeglichen, und dann schickte sich der Knabe zur Abfahrt an. Als er auf der Plattform stand, bereit auf das Floß zu steigen, besann er sich und kehrte sich plötzlich um, mit dem Vorschlag, man möchte ihm ein Kanu leihen, als ein Mittel, die Unterhandlung voraussichtlich bedeutend abzukürzen. Wildtöter schlug das Verlangen ruhig ab, und nach einigem weitern Zögern ruderte der Knabe langsam von dem Kastell weg, seine Richtung nach einem Dickicht an der Küste zu nehmend, das weniger als eine halbe Meile entfernt war. Wildtöter setzte sich auf einen Stuhl und beobachtete die Fahrt des Botschafters, manchmal genau die ganze Linie der Küste, soweit das Auge reichte, musternd, und dann einen Ellbogen auf ein Knie stemmend, das Kinn auf die Hand gestützt, blieb er so lange Zeit sitzen.

Während der Unterredung zwischen Wildtöter und dem

Jungen fiel im anstoßenden Gemach eine Szene anderer Art vor. Hetty hatte nach dem Delawaren gefragt, und als sie erfahren, warum und wo er sich verborgen halte, begab sie sich zu ihm. Der Empfang, welchen dieser Besuch bei Chingachgook fand, war freundlich und achtungsvoll. Er verstand ihren Charakter und ihr Wesen, und ohne Zweifel ward seine Geneigtheit, einem solchen Geschöpf freundlich zu begegnen, noch durch die Hoffnung gesteigert, Nachrichten von seiner Verlobten zu erhalten. Sobald das Mädchen eingetreten war, nahm es einen Sitz und lud den Indianer ein, sich neben es zu setzen, blieb aber dann stumm, als hielte es für schicklich, daß er es befrage, ehe es sich entschlösse, von dem Gegenstande zu sprechen, den es auf dem Herzen hatte. Aber da Chingachgook dies Gefühl nicht verstand, erwartete er in achtungsvoller Aufmerksamkeit und schweigend, was es ihm mitzuteilen belieben möchte.

»Ihr seid Chingachgook, die Große Schlange der Delawaren, nicht so?« begann endlich das Mädchen in seiner einfachen Weise, seine Selbstbeherrschung verlierend über dem Verlangen weiterzukommen, aber ängstlich bedacht, sich doch zuvor der Person recht zu versichern.

»Chingachgook«, versetzte der Delaware mit ernster Würde. »Das bedeuten Große Schlange in Wildtöters Sprache.«

»Gut, das ist meine Sprache. Wildtöter und Vater und Judith und ich und der arme Hurry Harry – kennt Ihr Henry March, Große Schlange? – Doch ich weiß, Ihr kennt ihn nicht, sonst hätte auch er schon von *Euch* gesprochen.«

»Hat eine Zunge Chingachgook genannt, schmachtende Lilie?« denn so hatte der Häuptling die arme Hetty benamst. »Ward sein Name gesungen von einem kleinen Vogel unter den Irokesen?«

Hetty antwortete zuerst nicht, aber mit jenem nicht zu beschreibenden Gefühl, welches Sympathie und Verständnis unter den Jugendlichen und in der Welt Unerfahrenen ihres Geschlechts erweckt, ließ sie ihr Haupt hängen, und das Blut schoß ihr in die Wangen, ehe sie die Sprache wiederfand. Es würde über ihren Anteil von Verstand hinausgegangen sein, diese Verlegenheit zu erklären, aber obwohl die arme Hetty nicht bei jedem vorkommenden Fall geordnet denken konnte, konnte sie doch immer fühlen. Die Röte trat allmählich wieder aus ihren

Wangen zurück, und das Mädchen schaute den Indianer schelmisch an, lächelnd mit der Unschuld eines Kindes, worein sich denn doch das Interesse des Weibes mischte.

»Meine Schwester, die schmachtende Lilie, solchen Vogel hören!« fuhr Chingachgook fort und das mit einer milden Freundlichkeit in Ton und Benehmen, die solche in Erstaunen gesetzt haben würde, welche manchmal die unharmonischen, oft aus derselben Kehle kommenden schreienden Töne gehört hätten; aber solche Übergänge von dem rauhen und Gurgel-Ton zum sanften und melodischen sind nicht selten auch bei gewöhnlichen Gesprächen von Indianern: »Meiner Schwester Ohr offen gewesen – hat sie ihre Zunge verloren?«

»Ihr *seid* Chingachgook – Ihr *müßt* es sein; denn es ist kein andrer roter Mann da, und sie erwartete, daß Chingachgook kommen würde.«

»Chin-gach-gook«; sprach er den Namen langsam aus und verweilte bei jeder Silbe. »Große Schlange, Yengeese Sprache.«

»Chin-gach-gook«, wiederholte Hetty ebenso langsam und bedächtig. »Ja, so nannte ihn Hist, und Ihr *müßt* der Häuptling sein.«

»Wah-ta!-Wah«, rief der Delaware.

»Wah-ta!-Wah oder Hist-oh!-Hist! Mir klingt Hist hübscher als Wah, und so nenne ich sie Hist.«

»Wah! sehr süß in Delawaren-Ohren!«

»Ihr sprecht es aus, daß es anders klingt als bei mir. Aber einerlei, ich habe den Vogel singen hören, von dem Ihr sprecht, Große Schlange!«

»Will meine Schwester sagen Worte des Gesangs? – Was sie am meisten singen? – wie aussehen – sie oft lachen?«

»Sie sang Chin-gach-gook öfter als irgend sonst etwas, und sie lachte herzlich, als ich ihr erzählte, wie die Irokesen uns im Wasser nachwateten und uns nicht erreichen konnten. Ich hoffe, diese Stämme haben keine Ohren, Schlange!«

»Fürchtet die Stämme nicht, fürchtet Schwester nächstes Gemach. Nicht fürchten Irokesen, Wildtöter ihm Augen und Ohren stopfen mit seltsamem Getier.«

»Ich verstehe Euch, Schlange, und ich verstand Hist. Manchmal meine ich, ich sei nicht halb so schwachsinnig, als sie sagen, daß ich bin. Jetzt schaut hinauf zur Decke, so will ich Euch alles sagen. Aber Ihr macht mir bange, Ihr schaut mich so wild an, wenn ich von Hist spreche.«

Der Indianer suchte seinen Mienen und Blicken einen sanftern Ausdruck zu geben, um des Mädchens treuherzigem Verlangen zu genügen.

»Hist trug mir auf, in sehr leisem Tone Euch zu sagen, Ihr dürfet den Irokesen in nichts trauen. Sie sind tückischer als alle Indianer, die sie kennt. Dann sagt sie, es sei ein großer, glänzender Stern, der über den Hügel hervortritt etwa eine Stunde nach Anbruch des Dunkels – (Hist hatte den Planeten Venus bezeichnet, ohne es zu wissen) –, und genau, wann dieser Stern sichtbar wird, will sie auf dem Landvorsprung sein, wo ich gestern nacht gelandet bin, und Ihr sollt sie in einem Kanu abholen.«

»Gut – Chingachgook jetzt gut genug verstehen, aber er versteht noch besser, wenn meine Schwester ihm noch einmal singt.«

Hetty wiederholte ihre Worte, erklärte noch umständlicher, welcher Stern gemeint sei, und bezeichnete den Punkt des Vorsprungs, wo er ans Land kommen sollte. Jetzt erzählte sie weiter in ihrer ungekünstelten, arglosen Art ihre Begegnung mit dem indianischen Mädchen und wiederholte mehrere seiner Ausdrücke und Meinungen, welche das Herz seines Verlobten sehr entzückten. Besonders schärfte sie wiederholt ihre Warnungen ein, vor Verräterei auf der Hut zu sein: Warnungen, die jedoch kaum nötig waren bei Männern, die so schlau wie die, welchen sie galten. Auch setzte sie mit genügender Klarheit – denn bei allen solchen Gegenständen versagte der Verstand des Mädchens selten – die gegenwärtige Stellung des Feindes und seine Bewegungen seit dem Morgen auseinander. Hist war mit ihr auf dem Floß gewesen, bis es von der Küste abstieß; sie befand sich jetzt irgendwo in den Wäldern gegenüber dem Kastell und gedachte, nicht in das Lager zurückzukehren als gegen Nacht; dann hoffte sie imstande zu sein, sich von ihren Genossinnen wegzustehlen, während sie der Küste entlang heimzögen, und sich auf dem Landvorsprung zu verbergen. Niemand schien die Anwesenheit Chingachgooks zu ahnen, obgleich man notwendig wußte, daß in der vorigen Nacht ein Indianer in die Arche aufgenommen worden war, und man Verdacht hegte, er habe sich seither in und außer der Arche in der Tracht eines Bleichgesichtes gezeigt. Doch herrschte in betreff des letztern Punktes noch einiger Zweifel; denn da dies die Jahreszeit war, wo man die Ankunft weißer Männer erwarten konnte, herrschte einige Besorgnis, die Besatzung des Kastells möchte sich auf diesem ordentlichen Wege verstärken. All dies hatte Hist der Hetty mitgeteilt, während die Indianer sie an der Küste hinzogen, und die über sechs Meilen betragende Entfernung hatte dazu Zeit genug vergönnt.

»Hist weiß selbst nicht, ob sie gegen sie Verdacht haben oder nicht, oder ob sie gegen Euch Verdacht haben; aber sie hofft, daß keines von beiden der Fall ist. Und jetzt, Schlange, nachdem ich Euch soviel von Eurer Verlobten gesagt«, fuhr Hetty fort, halb unbewußt eine Hand des Indianers ergreifend, und mit den Fingern spielend, wie oft ein Kind bei seinen Eltern tut, »müßt Ihr Euch etwas von uns selbst sagen lassen. Wenn Ihr Hist heiratet, müßt Ihr gütig und freundlich gegen sie sein und gegen sie lächeln, wie Ihr jetzt gegen mich tut, und nicht sauer und finster sehen, wie einige Häuptlinge mit ihren Weibern tun. Wollt Ihr mir das versprechen?«

»Immer gut mit Wah! – zu zart, um hart zu zwirnen – sonst sie brechen.«

»Ja, und auch lächeln! Ihr wißt nicht, wie sehr ein Mädchen nach Lächeln schmachtet von denen, die sie lieb hat. Vater lächelte mir kaum einmal zu, wie ich dort bei ihm war – und Hurry – ja – Hurry schwatzte laut und lachte; aber ich glaube, *er* lächelte nicht *einmal*. Ihr kennt den Unterschied zwischen Lächeln und Lachen?«

»Lachen das Beste! Hört Wah! lachen; denkt, Vogel singe.«

»Ich weiß das, ihr Lachen ist lieblich; aber Ihr müßt lächeln. Und dann, Schlange, müßt Ihr sie nicht Lasten schleppen und schwer auf dem Feld mit der Hacke arbeiten lassen, wie so viele Indianer tun, sondern sie mehr so wie die Bleichgesichter ihre Weiber behandeln.«

»Wah-ta!-Wah nicht Bleichgesicht – hat rote Haut, rotes Herz, rote Gefühle. Alles rot; kein Bleichgesicht. *Muß* kleine Schreier tragen.«

»Jedes Weib trägt gern ihr Kind«, sagte Hetty lächelnd, »und das ist nichts Arges. Aber Ihr müßt Hist lieben und sanft und gut gegen sie sein; denn sie ist selbst sanft und gut.«

Chingachgook neigte sich ernst, und dann schien er der Meinung, dieser Gegenstand könne nunmehr verlassen werden. Ehe Hetty Zeit hatte, ihre Mitteilungen noch einmal zusammenzufassen, hörte man im äußern Gemach Wildtöters Stimme, der seinen Freund rief. Der Indianer stand auf, dieser Aufforderung Folge zu leisten, und Hetty begab sich zu ihrer Schwester.

Vierzehntes Kapitel

»Solch seltsam Tier«, der eine schrie –
»Lebte noch unter der Sonne nie;
Eidechsenleib, so schmal und lang,
Fischkopf, die Zunge von der Schlang',
Der Fuß mit drei gespaltnen Klau'n,
Und welch ein Schwanz ist hinten zu schaun!«
Merrick

Das erste, was der Delaware tat, als er bei seinem Freunde angekommen, war, daß er sich ganz ernsthaft daranmachte, seines zivilisierten Anzugs sich zu entledigen, um wieder als indianischer Krieger dazustehen. Auf die Vorstellungen Wildtöters dagegen teilte er ihm den Umstand mit, daß die Anwesenheit eines Indianers in der Hütte den Irokesen bekannt sei und daß seine Beibehaltung der Vermummung wohl eher Verdacht in bezug auf seine wirkliche Absicht erwecken würde, als wenn er offen als Glied eines feindlichen Stammes auftrete. Als Wildtöter den Sachverhalt erfuhr und vernahm, er habe sich getäuscht in der Voraussetzung, daß der Häuptling wirklich ganz unbemerkt in die Arche sei aufgenommen worden, willigte er mit Freuden in die Umwandlung, da weitere Versuche, die Sache zu verheimlichen, fruchtlos waren. Ein anderer Beweggrund jedoch, als er vorgab, ein gemütlicher, hatte den Wunsch des Indianers veranlaßt, sich als Sohn des Waldes zu zeigen. Er hatte gehört, daß Hist auf der gegenüberliegenden Küste weile, und die Natur triumphierte so weit über alle Unterschiede der Sitten, des Stammes und Volkes, daß sie diesem jungen Krieger ganz dasselbe Gefühl einflößte, das man unter ähnlichen Verhältnissen bei dem verfeinerten Stadtbewohner gefunden haben würde. Er fand eine milde Genugtuung in dem Bewußtsein, daß die Geliebte ihn sehen könne, und wie er auf die Plattform hinausschritt in seiner ärmlichen Landestracht, ein Apollo der Wildnis, da erfüllten hundert jener zärtlichen Phantasien, welche Liebenden durch den Kopf gehen, seine Einbildungskraft und stimmten sein Herz weich.

Alles dies war an Wildtöter verloren, der kein großer Adept

in den Mysterien Kupidos war und dessen Seele sich weit mehr mit den Sorgen beschäftigte, die sich seiner Beachtung aufdrangen, als mit eiteln, müßigen Liebesphantasien. Er rief daher seinen Genossen bald zur Erwägung ihrer dermaligen Lage zurück, indem er ihn zu einer Art von Kriegsrat lud, worin sie ihr künftiges Verfahren festsetzen wollten. In der nun folgenden Unterredung teilten beide einander mit, was jeder bei seiner Besprechung erfahren hatte. Chingachgook erfuhr die Geschichte der Unterhandlung über das Lösegeld, und Wildtöter vernahm alle Eröffnungen Hettys. Der letztere hörte mit großmütiger Teilnahme von seines Freundes Hoffnungen und versprach mit Freuden, ihm nach Kräften seinen Beistand zu leihen.

»Es ist unser Hauptvorhaben, Schlange, wie Ihr wißt; diese Schlägerei um das Kastell und des alten Hutters Töchter ist nur so zufällig dazwischengekommen. Ja – ja – ich will mich tätig zeigen, der kleinen Hist zu helfen, die nicht nur eines der besten und schönsten Mädchen des Stammes ist, sondern wirklich das allerbeste und schönste. Ich habe Euch immer ermutigt, Häuptling, bei dieser Neigung; und es ist auch geziemend, daß ein großer und alter Stamm wie der Eurige nicht aussterbe. Wenn ein Mädchen von roter Haut und roten Gaben mir so nahekommen könnte, daß ich sie mir zum Weib wünschte, so würde ich mir eben eine solche suchen; aber das kann *nie* sein – nein, das kann nie sein. Ich bin jedoch froh, daß Hetty auf Hist gestoßen ist; denn wenn die erstere etwas zu wenig Witz und Verstand besitzt, so hat die letztere genug für beide. Ja, Schlange«, und er lachte herzlich, »nehmt sie zusammen, und zwei flottere Mädchen sind nicht zu finden in der ganzen Kolonie York.«

»Ich will ins Lager der Irokesen gehen«, versetzte der Delaware ernst. »Niemand kennt Chingachgook außer Wah! und ein Vertrag um Leben und Skalpe sollte von einem Häuptling abgeschlossen werden. Gebt mir die fremden Bestien und laßt mich ein Kanu nehmen.«

Wildtöter senkte den Kopf und spielte mit dem Ende einer Fischstange im Wasser, während er dasaß und seine Füße über den Rand der Plattform hinaus baumeln ließ wie einer, der durch eine plötzlich gekommene neue Idee in Gedanken versunken ist. Statt geradezu auf den Vorschlag seines Freundes zu antworten, begann er, mit sich selbst zu sprechen, wodurch jedoch seine Worte in keiner Weise an Wahrheit gewinnen konnten, da er sich dadurch auszeichnete, daß er immer sagte, was er dachte, mochte er nun seine Rede an sich selbst oder an einen andern richten.

»Ja – ja«, sagte er, »das muß sein, was man Liebe nennt! Ich habe manchmal gehört, daß sie die Vernunft ganz umwirft und einen jungen Mann, was Berechnung und Vorsicht anlangt, so hilflos macht wie ein sinnloses Tier. Denken müssen, daß Schlange so ganz Vernunft, Schlauheit und Weisheit verloren! Sicherlich müssen wir es zustande bringen, daß Hist frei wird, und sie verheiraten, sobald wir zu dem Stamme zurück sind, sonst wird dieser Krieg dem Häuptling so wenig nützen als eine etwas ungewöhnliche und außerordentliche Jagd. Ja – ja – er wird nie wieder der Mann sein, der er war, bis er diese Sache aus dem Kopfe hat und er wieder zu seinen Sinnen kommt wie alle übrigen Menschenkinder. Schlange, es kann Euch nicht Ernst sein, und daher will ich nur wenig auf Euer Anerbieten sagen. Aber Ihr seid ein Häuptling und werdet bald auf den Kriegspfad gesendet werden an der Spitze von Truppen, und ich will Euch nur die Frage vorlegen, ob Ihr gesonnen seid, Eure Mannschaft dem Feind in die Hände zu liefern, ehe die Schlacht gekämpft ist?«

»Wah!« rief der Indianer hastig.

»Ja – Wah! ich weiß ganz gut, es ist Wah! und ganz und gar Wah! In der Tat, Schlange, ich bin um Euch besorgt und betrübt! Ich hörte nie einen so schwachen Gedanken aus dem Mund eines Häuptlings und dazu eines, der schon einen Namen wegen seiner Weisheit hat, so jung und unerfahren er ist. Ein Kanu bekommt Ihr nicht, solange die Stimme der Freundschaft und Warnung noch etwas gilt.«

»Mein Bleichgesichtfreund hat recht. Eine Wolke kam über Chingachgooks Angesicht, und Schwäche schlich sich in seine Seele, während sein Auge trüb war. Mein Bruder hat ein gutes Gedächtnis für gute Taten und ein schlechtes für schlechte. Er wird vergessen.«

»Ja, das ist leicht getan. Sagt nichts weiter davon, Häuptling, aber wenn wieder eine von diesen Wolken Euch nahekommen will, tut Euer möglichstes, ihr aus dem Wege zu gehen. Wolken sind schlimm genug bei der Witterung, aber wenn sie über die

Vernunft herziehen, dann wird die Sache ernsthaft. Jetzt setzt Euch zu mir her, und laßt uns ein wenig unser Verfahren überlegen; denn wir müssen bald einen Waffenstillstand oder Frieden haben, sonst kommt es zu einem wirklichen, blutigen Krieg. Ihr seht, die Vagabunden wissen Baumstämme zu benutzen, so gut wie die besten Flößer auf den Flüssen, und es wäre für sie ein kleines, uns mit hellen Haufen anzugreifen. Ich denke nach, ob es klug getan wäre, alle Habe des alten Toms in die Arche zu bringen, das Kastell zu verschließen und zu verrammeln und uns ganz auf die Arche zu begeben. Die ist beweglich, und wenn wir das Segel aufsetzten und den Platz wechselten, könnten wir uns viele Nächte hindurch halten, ohne daß die Wölfe aus den Kanadas den Weg in unsere Hürde fänden.«

Chingachgook hörte diesen Plan mit Beifall an. Schlug die Unterhandlung fehl, so war jetzt wenig Hoffnung, daß die Nacht ohne einen Angriff vorübergehen würde, und der Feind besaß Scharfblick genug, um einzusehen, daß er, wenn er das Kastell einnähme, ohne Zweifel Herr alles dessen werden würde, was es enthielt, das angebotene Lösegeld miteingeschlossen, und dazu noch im Besitz der schon gewonnenen Vorteile bleiben. Eine Vorsichtsmaßregel der Art schien durchaus notwendig; denn jetzt, nachdem man die große Anzahl der Irokesen kannte, durfte man kaum hoffen, einem nächtlichen Angriff mit Erfolg zu widerstehen. Es erschien als unmöglich, den Feind zu verhindern, sich der Kanus und der Arche zu bemächtigen, und die letztere selbst gab dann schon den Angreifern einen Anhalt, wo sie gegen Kugeln so gut geschützt waren wie die im Gebäude befindlichen Personen. Einige Minuten dachten beide Männer daran, die Arche in dem seichten Wasser zu versenken oder die Kanus in das Haus zu bringen und sich ganz auf den Schutz, den das Kastell biete, zu verlassen. Aber nähere Erwägung überzeugte sie, daß am Ende dies Auskunftsmittel fehlschlagen würde. Es war so leicht, auf dem Lande Baumstämme zu sammeln, und ein Floß von beinahe jeder beliebigen Größe zu bauen, daß es als gewiß erschien, die Irokesen würden, nachdem sie einmal an solche Mittel gedacht, mit allem Ernste sich darauf legen, solange sie die sichre Aussicht hatten, durch Beharrlichkeit ihren Zweck zu erreichen. Nach reiflicher Überlegung und Erwägung aller Rücksichten vereinigten sich die zwei jungen Anfänger in der

Kriegskunst der Wälder in der Ansicht, daß die Arche das einzige brauchbare Mittel zur Rettung darbiete. Sobald diese Entscheidung gefaßt war, wurde sie Judith mitgeteilt. Das Mädchen hatte keine ernstliche Einwendung dagegen zu machen, und dann beeilten sich alle vier, die zur Ausführung des Planes nötigen Maßregeln zu ergreifen.

Der Leser wird leicht ermessen, daß Floating Toms weltliche Güter von keinem großen Wert waren. Ein paar Betten, einige Kleidungsstücke, die Waffen und Munition, einiges Küchengeräte, nebst dem geheimnisvollen, nur erst halb untersuchten Schranke, – das machte die wichtigsten Artikel aus. Dies alles ward bald ausgeräumt, nachdem man die Arche an die östliche Seite des Hauses gezogen, so daß man den Transport bewerkstelligen konnte, ohne von der Küste aus gesehen zu werden. Man erachtete es für unnötig, die schwereren und gröberen Stücke des Haushaltes zu verrücken, da man ihrer auf der Arche nicht bedurfte und sie an sich wenig Wert hatten. Da große Vorsicht erforderlich war bei der Hinüberschaffung der verschiednen Gegenstände, von denen die meisten durch ein Fenster den Weg nehmen mußten, weil man dies Vornehmen geheimhalten wollte, brauchte es zwei oder drei Stunden, bis alles ins Werk gesetzt war. Nach Ablauf dieser Zeit erschien auch wieder das Floß, wie es von der Küste abstieß. Wildtöter griff augenblicklich nach dem Fernglas, mittelst dessen er wahrnahm, daß zwei Krieger, die jedoch unbewaffnet schienen, sich darauf befanden. Die Bewegung des Floßes war langsam, und hierin lag einer der großen Vorteile für die Inhaber der Arche bei einem etwaigen künftigen Zusammenstoß, denn die Bewegungen von dieser waren vergleichungsweise leicht und schnell. Da man Zeit hatte, die Vorkehrungen zum Empfang der zwei gefährlichen Gäste zu treffen, wurde alles dazu in Bereitschaft gesetzt, lang ehe sie nahe genug herankamen, um angerufen zu werden. Schlange und die Mädchen zogen sich in das Gebäude zurück, wo sich jener in der Nähe der Türe, wohl mit Büchsen versehen, aufstellte, während Judith durch eine Scharte den weiteren Verlauf beobachtete. Wildtöter aber hatte einen Stuhl an den Rand der Plattform auf den Punkt gestellt, gegen welchen das Floß zusteuerte, und hatte sich daraufgesetzt, die Büchse nachlässig zwischen die Beine gelehnt.

Als das Floß näherkam, wurden alle der Gesellschaft im Kastell zur Verfügung stehenden Mittel aufgeboten, um sich zu vergewissern, ob die nahenden Gäste Feuerwaffen hätten. Weder Wildtöter noch Chingachgook konnten solche entdecken; Judith aber, die dem bloßen Auge nicht trauen wollte, schob das Fernglas durch die Scharte und richtete es gegen die Schierlingstannenzweige, die zwischen den zwei Baumstämmen des Floßes lagen, eine Art Fußboden, sowie einen Sitz für die Ruderer bildend. Als das schwerfällige Floß auf fünfzig Fuß sich genähert, rief Wildtöter die Huronen an, hieß sie das Rudern einstellen, da er nicht gesonnen sei, sie landen zu lassen. Natürlich mußten sie sich darein ergeben, und die beiden grimmig aussehenden Krieger verließen ihre Sitze, obgleich das Floß noch immer weiter rückte, bis es der Plattform noch viel näher gekommen war.

»Seid Ihr Häuptlinge?« fragte Wildtöter mit Würde. »Seid Ihr Häuptlinge? Oder haben mir die Mingos Krieger ohne Namen geschickt bei einer solchen Sendung? Wenn dies ist, dann kann, je eher Ihr umkehrt, desto eher ein solcher kommen, mit dem ein Krieger unterhandeln kann.«

»Hugh!« rief der ältere von den beiden Männern auf dem Floße und ließ seine glühenden Augen über die verschiednen Gegenstände hinrollen, die man im Kastell und ringsumher sah, mit einer Lebhaftigkeit, welche bewies, wie wenig ihm entging. »Mein Bruder ist sehr stolz, aber Rivenoak (gespaltene Eiche) ist ein Name, der einen Delawaren erblassen macht.«

»Das ist wahr, oder es ist eine Lüge, Rivenoak, wie es sich trifft; aber ich werde schwerlich bleich werden, sintemal ich bleich geboren bin. Was ist Eure Sendung, und warum kommt Ihr unter leichte Rindenkanus auf Stämmen, die nicht einmal ausgehöhlt sind?«

»Die Irokesen sind keine Enten, daß sie auf dem Wasser schreiten könnten. Mögen die Bleichgesichter ihnen ein Kanu geben, dann werden sie in einem Kanu kommen.«

»Das ist wohl vernünftig, wird aber schwerlich geschehen. Wir haben nur vier Kanus, und da wir unser vier sind, kommt auf jeden nur eines. Wir danken Euch indessen für den Antrag, obschon wir so frei sind, ihn nicht anzunehmen. Ihr seid willkommen, Irokese, auf Euren Baumstämmen.«

»Danke Euch – mein junger Bleichgesichtkrieger – er hat

schon einen Namen gewonnen – wie nennen ihn die Häuptlinge?«

Wildtöter besann sich einen Augenblick, und ein Anflug von Stolz und menschlicher Schwäche zuckte durch seine Seele. Er lächelte, murmelte zwischen den Zähnen, schaute dann stolz auf, und sagte:

»Mingo, wie alle, die jung und tüchtig sind, bin ich zu verschiednen Zeiten unter verschiednen Namen bekannt gewesen. Einer Eurer Krieger, dessen Geist aufflog zu den glücklichen Jagdrevieren Eures Volkes erst gestern morgen, meinte, ich verdiente, unter dem Namen Falkenauge bekannt zu werden, und das, weil mein Gesicht zufällig rascher war als das seinige, als es Leben und Tod zwischen uns galt.«

Chingachgook, der auf alles, was vorging, aufmerksam lauschte, hörte und verstand diesen Beweis einer vorübergehenden Schwäche seines Freundes, und bei einer spätern Gelegenheit fragte er ihn genauer aus über den ganzen Hergang auf der Küste, wo Wildtöter zuerst einem Menschen das Leben genommen. Nachdem er die ganze Wahrheit herausbekommen, ermangelte er nicht, alles dem Stamme mitzuteilen, und von dieser Zeit an war der junge Jäger allgemein bekannt bei den Delawaren unter einem so ehrenvoll erworbenen Namen. Da dies jedoch später fällt als alle Begebenheiten dieser Erzählung, werden wir den jungen Jäger fortwährend mit dem Namen bezeichnen, unter welchem wir ihn zuerst dem Leser vorgeführt haben. Der Irokese war nicht weniger betroffen über die prahlende Aussage des weißen Mannes. Er wußte von dem Tod seines Kameraden und verstand die Anspielung ohne Schwierigkeit; denn die Begegnung des Siegers und seines Opfers bei dieser Gelegenheit war von mehreren Wilden auf der Küste des Sees gesehen worden, welche an verschiednen Punkten dicht am Saum der Gebüsche ausgestellt gewesen waren, um die auf dem See treibenden Kanus zu beobachten, aber nicht Zeit gehabt hatten, die Szene des Kampfes zu erreichen, ehe der Sieger sich zurückgezogen. Die Wirkung war bei diesem rohen Wesen des Waldes ein Ausruf der Überraschung; dann folgte ein Lächeln der Höflichkeit und ein Winken mit der Hand, wie es asiatischer Diplomatie Ehre gemacht haben würde. Die beiden Irokesen besprachen sich miteinander in leisem Tone, und beide traten auf das der Plattform nächstgelegene Ende des Floßes.

»Mein Bruder Falkenauge hat eine Botschaft zu den Huronen gesandt«, begann wieder Rivenoak, »und sie hat ihre Herzen sehr froh gemacht. Sie hören, er hat Bilder von Tieren mit zwei Schwänzen! Will er sie seinen Freunden zeigen?«

»*Feinden,* wäre wahrer«, versetzte Wildtöter, »aber das Wort ist nicht die Sache und schadet wenig. Hier ist eines von den Bildern; ich werfe es Euch hinunter auf Treu und Glauben des Vertrags. Wird es nicht zurückgegeben, so wird die Büchse die Sache zwischen uns ins reine bringen.«

Die Irokesen schienen mit den Bedingungen zufrieden, und Wildtöter stand auf und schickte sich an, einen der Elefanten auf das Floß zu werfen, wobei beide Teile alle erforderliche Vorsicht anwandten, um dessen Verlust zu verhüten. Da Übung die Menschen in solchen Dingen geschickt macht, war die kleine Figur von Elfenbein bald aus einer Hand in die andere glücklich überliefert, und dann folgte auf dem Floß eine Szene, wo Erstaunen und Entzücken die Oberhand gewannen über indianischen Stoizismus. Die beiden grimmigen alten Krieger zeigten sogar bei Besichtigung der seltsam gearbeiteten Schachfigur noch größere Aufregung, als der Knabe verraten hatte; denn bei dem letzteren wirkte noch der frische Einfluß der durchgemachten Schule und Zucht, während die Männer wie alle, die sich auf ihren begründeten Ruf verlassen, sich nicht schämten, ihre Empfindungen zum Teil kundzugeben. Einige Minuten lang hatten sie dem Anschein nach ganz das Bewußtsein ihrer Lage verloren über der genauen und lebhaften Prüfung, mit der sie bei einem so kostbaren Material, einer so schönen Arbeit und einem so außerordentlichen Tiere verweilten. Das Maul des Elentiers hat vielleicht noch am meisten Ähnlichkeit mit dem Rüssel des Elefanten unter den Tieren der amerikanischen Wälder, aber diese Ähnlichkeit war bei weitem nicht auffallend genug, um die ihnen neue Kreatur in den Kreis ihrer Vorstellungen und des ihnen Gewohnten hineinzuziehen, und je länger sie daran studierten, um so größer ward ihr Staunen. Auch nahmen diese Kinder des Waldes keineswegs das Gebäude auf dem Rücken des Elefanten irrigerweise für einen Teil des Tieres selbst. Sie waren mit Pferden und Ochsen bekannt, hatten in den Kanadas Türme gesehen und fanden nichts Befremdendes an Lasttieren. Doch aber meinten sie vermöge einer sehr naheliegenden Vorstellung, das Schnitzwerk bedeute so viel, daß das Tier, welches sie sahen, Stärke genug besitze, um auf seinem Rücken ein Fort zu tragen, – ein Umstand, der ihre Verwunderung nicht verminderte.

»Hat mein Bleichgesichtsbruder noch mehr solche Tiere?« fragte endlich der ältere der Irokesen in halb bittendem Tone.

»Es sind da, woher sie kommen, noch mehrere, Mingo«, war die Antwort, »aber eines ist genug, um fünfzig Skalpe abzukaufen.«

»Einer meiner Gefangenen ist ein großer Krieger – hoch wie eine Tanne – stark wie das Elentier – schnell wie der Hirsch – trotzig wie der Panther! Er wird einmal ein großer Häuptling werden und das Heer des Königs anführen.«

»Still! still! Mingo, Harry Hurry ist Harry Hurry, und Ihr werdet nie mehr als einen Korporal aus ihm machen und das kaum. Allerdings ist er hoch, aber das nützt nichts; denn er stößt da nur seinen Kopf an die Zweige, wenn er durch den Wald geht. Auch ist er stark, aber ein starker Leib ist nicht ein starker Kopf, und die Generale des Königs werden nicht nach ihren Sehnen gewählt. Er ist schnell, wenn Ihr wollt, aber eine Büchsenkugel ist schneller, und was den Trotz betrifft, so ist das keine große Empfehlung für einen Soldaten: solche, die da sich am mannhaftesten dünken, werden oft in einer Klemme sogleich verzagt. Nein – nein – Ihr werdet nie Hurrys Skalp für mehr ausgeben können als für einen guten Kopf voll krauser Haare mit einer klappernden Hirnschale darunter!«

»Mein alter Gefangner sehr weise – König des Sees – großer Krieger, weiser Ratgeber!«

»Nun, es gibt Leute, die dem allen widersprechen könnten, Mingo. Ein sehr weiser Mann würde sich nicht da so närrischerweise fangen lassen, wie dies Meister Hutter begegnete, und wenn er guten Rat gibt, muß er doch auf schlechten gehorcht haben in dieser ganzen Sache. Es gibt nur *einen* König dieses Sees, und der ist weit weg und wird ihn schwerlich je sehen. Floating Tom ist ungefähr so ein König dieser Gegend, wie der Wolf, der durch die Wälder streift, König des Forstes ist. Ein Tier mit zwei Schwänzen ist wohl zwei solche Skalpe wert.«

»Aber mein Bruder hat noch ein Tier? – Er wird zwei geben«, und er hielt zwei Finger in die Höhe, »für alten Vater?«

»Floating Tom ist nicht mein Vater, aber darum soll er nicht schlimmer fahren. Zwei Tiere für seinen Skalp zu geben und jedes Tier mit zwei Schwänzen, ist ganz über alles Maß der Vernunft. Ihr habt von Gewinn zu sagen, Mingo, wenn Ihr einen viel schlechtern Handel macht.«

Mittlerweile hatte die Selbstbeherrschung Rivenoaks die Oberhand über seine Verwunderung gewonnen, und er begann, wieder auf seine gewohnte List und Schlauheit zu verfallen, um den möglichst vorteilhaften Handel zu schließen. Es wäre überflüssig, mehr als den wesentlichen Inhalt des nun folgenden, rasch abspringenden Gesprächs zu erzählen, worin der Indianer nicht wenig Verschlagenheit zeigte bei seinem Bestreben, den unter dem Einfluß der Überraschung verlorenen Boden wiederzugewinnen. Er gab sich sogar die Miene zu zweifeln, ob das Original von dem Bilde des Tieres existiere, und versicherte, der älteste Indianer habe nie eine Sage von einem solchen Tiere gehört. Schwerlich dachte einer von beiden damals daran, daß lange vor Ablauf eines Jahrhunderts der Fortschritt der Zivilisation noch viel außerordentlichere und seltenere Tiere in diese Gegend bringen würde, als Merkwürdigkeiten zum Begaffen für die Neugier, und daß namentlich das Tier, über welches die Parteien stritten, in ebendem See, wo sie sich getroffen, zu sehen sein würde, wie es darin seine Seiten wüsche und herumschwämme. Wie es nicht selten geschieht in solchen Fällen, eine der Parteien wurde im Verlauf der Erörterung etwas warm; denn Wildtöter begegnete allen Gründen und Vorspiegelungen seines schlauen und gewandten Gegners mit der ihm eignen kaltblütigen Geradheit und unerschütterlichen Wahrheitsliebe. Was ein Elefant war, wußte er wenig besser als der Wilde; aber er wußte vollkommen gut, daß die geschnitzten Figuren von Elfenbein in den Augen eines Irokesen einen Wert haben müßten wie ein Sack voll Gold oder ein Haufen Biberfelle in denen eines Kaufmanns. Unter solchen Umständen fand er es daher klug, anfänglich nicht zuviel zuzugestehen, da ein beinahe unüberwindliches Hindernis in der Bewerkstelligung des Austausches vorlag, selbst nachdem die unterhandelnden Parteien über die Bedingungen einig geworden wären. Diese Schwierigkeit im Auge, behielt er die übrigen Schachfiguren in Reserve, als Mittel, um im Augenblick der Not alle Schwierigkeiten zu beseitigen.

Endlich behauptete der Wilde, weitere Unterhandlung sei fruchtlos, da er gegen seinen Stamm nicht so ungerecht sein könne, die Ehre und den Gewinn von zwei trefflichen, ausgewachsenen, männlichen Skalpen hinzugeben für einen so ärmlichen Wert wie die zwei gesehenen Spielzeuge – und schickte sich zum Aufbruch an. Beiden Teilen war jetzt zumute wie gewöhnlich Leuten, wenn ein Handel, den zu schließen jeder den lebhaften Wunsch hat, auf dem Punkt steht, infolge zu großer Hartnäckigkeit bei der Unterhandlung abgebrochen zu werden. Die Wirkung der getäuschten Hoffnung jedoch war bei den beiden Individuen sehr verschieden. Wildtöter war betroffen und von schmerzlichem Bedauern erfüllt; denn er hatte nicht bloß mit den Gefangenen, sondern auch mit den beiden Mädchen tiefes Mitleid. Das Abbrechen der Unterhandlung erfüllte ihn daher mit Trauer und Leidwesen. Bei dem Wilden erweckte seine Niederlage wilde Rachsucht. In einem Augenblick der Aufregung hatte er laut seinen Entschluß ausgesprochen, nichts weiter zu sagen; er war gleich wütend über sich wie über seinen kaltblütigen Gegner, daß er einem Bleichgesicht in der Kundgebung von Gleichgültigkeit und Selbstbeherrschung den Sieg über einen indianischen Häuptling überlassen hatte. Als er anfing, sein Floß von der Plattform wegzurudern, wurde sein Gesicht finster, und seine Augen glühten, während er dennoch ein freundliches Lächeln und eine Gebärde der Höflichkeit zum Abschied erzwang.

Es bedurfte eine kleine Weile, die *vis inertiae* der Baumstämme zu überwinden, und während dies der Indianer zustande brachte, der eine stumme Rolle gespielt, schritt Rivenoak über die Tannenzweige, welche zwischen den Stämmen lagen, in schweigendem Ingrimm hin und betrachtete mit scharfem Auge währenddem das Kastell, die Plattform und die Person seines unterhandelnden Gegners. Einmal sprach er in leisem Tone, aber rasch, mit seinem Begleiter und scharrte mit den Füßen in den Zweigen wie ein ungeduldiges, störrisches Tier. In diesem Augenblick war die Wachsamkeit Wildtöters etwas erlahmt; denn er saß da, nachsinnend über die Art und Weise, die Unterhandlung wieder zu erneuen, ohne der andern Partei zu viel Vorteil einzuräumen. Vielleicht war es ein Glück für ihn, daß das lebhafte und glänzende Auge Judiths so wachsam war wie immer. In dem Augenblick, wo der junge Mann am wenigsten auf seiner Hut und sein Feind am wachsamsten und lauerndsten war, rief sie jenem mit warnender Stimme, sehr zur rechten Zeit Lärm machend, zu:

»Seid auf Eurer Hut, Wildtöter. Ich sehe durch das Fernglas Büchsen über den Tannenzweigen, und der Irokese macht sie mit dem Fuße los!«

Es schien fast, als hätte der Feind seine List so weit getrieben, sich eines Unterhändlers zu bedienen, der Englisch verstand. Die bisherige Besprechung hatte in seiner Sprache stattgefunden, aber aus der Art, wie seine Füße plötzlich in ihrer verräterischen Beschäftigung innehielten, während zugleich auf dem Gesicht Rivenoaks der trotzige Grimm in ein Lächeln der Höflichkeit sich verwandelte, erhellte deutlich, daß er den Zuruf des Mädchens verstanden hatte. Er winkte seinem Begleiter, der die Stämme in Bewegung zu bringen sich bestrebte, in seinen Bemühungen innezuhalten, trat an das Ende des Floßes zunächst der Plattform und begann zu sprechen.

»Warum sollten Rivenoak und sein Bruder eine Wolke zwischen sich lassen?« sagte er. »Sie sind beide weise, beide tapfer und beide großmütig; sie sollten als Freunde scheiden. Ein Tier soll der Preis für je einen Gefangenen sein.«

»Und, Mingo«, versetzte der andere, hocherfreut, die Unterhandlungen erneut zu sehen, auf beinah jede Bedingung hin, und entschlossen, den Handel womöglich durch eine kleine Extrafreigebigkeit zu befestigen – »Ihr sollt sehen, daß ein Bleichgesicht wohl den vollen Preis zu bezahlen weiß, wenn er mit einer offnen Hand und einem offnen Herzen zu tun hat. Behaltet das Tier, das Ihr mir zurückzugeben vergessen, als Ihr im Begriff waret abzustoßen, und das ich vergaß zurückzufordern aus Kummer darüber, daß wir im Zorn scheiden sollten. Zeigt es Euren Häuptlingen! Wenn Ihr uns unsre Freunde zurückbringt, sollen zwei weitere dazukommen – und –« er zauderte einen Augenblick im Zweifel an der Ratsamkeit eines so großen Zugeständnisses, für das er sich jedoch am Ende entschied – »und wenn wir sie hier sehen, ehe die Sonne untergeht, so findet sich vielleicht auch das vierte, um die Zahl gerade zu machen.«

Dies brachte die Sache ins reine. Jeder Schatten von Mißvergnügen verschwand aus dem dunkeln Angesicht des Irokesen, und er lächelte so huldvoll, wenn auch nicht so holdselig, wie Judith Hutter selbst. Die schon in seinem Besitz befindliche Figur ward von neuem besichtigt, und ein Ausruf der Freude zeigte, wie sehr er mit diesem unerwarteten Ausgang der Sache zufrieden war. In der Tat hatten er und Wildtöter für den Augenblick in der Wärme ihres Affekts vergessen, was aus dem Gegenstand ihres Streites selbst geworden; dies war jedoch nicht der Fall bei Rivenoaks Begleiter. Dieser hielt die Figur in Händen und war fest entschlossen, wenn sie unter solchen Umständen zurückverlangt würde, welche die Zurückgabe notwendig machten, sie in den See fallen zu lassen, wo er sie künftig einmal wiederzufinden zuversichtlich hoffte. Dies verzweifelte Auskunftsmittel jedoch war jetzt nicht mehr nötig, und nachdem die Bedingungen der Übereinkunft wiederholt worden waren und die Indianer versichert hatten, daß sie sie wohl gefaßt, brachen sie endlich auf und ruderten langsam der Küste zu.

»Kann man irgend auf solche Elende Vertrauen setzen?« fragte Judith, als sie mit Hetty auf die Plattform herausgetreten war und neben Wildtöter stand, die schwerfällige Bewegung des Floßes beobachtend: »Werden sie nicht am Ende das Spielzeug, das sie haben, behalten und uns irgendein blutiges Zeichen schicken, prahlend, daß sie uns überlistet? Ich habe wohl schon von so schlimmen Taten gehört!«

»Ohne Zweifel, Judith, gar kein Zweifel, wäre nicht die indianische Natur. Aber ich verstehe mich nicht auf die Rothäute, wenn diese zweischwänzige Bestie nicht den ganzen Stamm in eine Aufregung bringt wie etwa ein Stecken einen Bienenkorb! Nun, da ist Schlange, ein Mann mit Nerven wie Flintenstein und von nicht mehr Neugier in alltäglichen Dingen, als mit der Klugheit sich verträgt. Nun, und der war so überwältigt von dem Anblick der Kreatur, wie sie aus Bein geschnitzt ist, daß ich mich selbst für ihn schämte. Aber das sind eben gerade ihre Gaben, und man kann nicht wohl mit einem streiten und zanken wegen seiner Gaben, wenn sie rechtmäßig sind. Chingachgook wird bald seine Schwäche überwinden und bedenken, daß er ein Häuptling ist und daß er von einem großen Geschlecht abstammt und einen berühmten Namen aufrecht und in Ehren zu halten hat; aber was jene Schufte betrifft, unter denen wird kein Friede sein, bis sie glauben, im Besitz von allem von der Gattung dieser Figur aus geschnitztem Bein zu sein, was sich unter Thomas Hutters Habe findet.«

»Sie wissen nur von den Elefanten und können auf das andere keine Hoffnung haben.«

»Das ist wahr, Judith, aber Habsucht ist ein nagendes, begehrliches Gefühl. Sie werden sagen: wenn die Bleichgesichter diese seltsamen Bestien mit zwei Schwänzen haben, wer weiß, ob sie nicht auch solche mit drei oder dann auch wohl gar mit vier haben! Das ist, was die Schulmeister natürliche Arithmetik nennen, und gewiß wird das den Wilden in den Sinn kommen. Sie werden sich nicht beruhigen, bis die Wahrheit bekannt ist.«

»Meint Ihr, Wildtöter«, fragte Hetty in ihrer einfachen und unschuldigen Art, »daß die Irokesen Vater und Hurry nicht werden gehen lassen? – Ich las ihnen einige der allerbesten Verse aus der Bibel vor, und Ihr seht, was sie schon getan haben.«

Der Jäger hörte, wie er immer tat, freundlich und sogar liebevoll Hettys Worte an; dann sann er einen Augenblick stillschweigend nach. Es war etwas wie eine Röte auf seiner Wange, als er, nach Verfluß einer vollen Minute, antwortete:

»Ich weiß nicht, ob ein weißer Mann sich schämen soll oder nicht, zu gestehen, daß er nicht lesen kann; aber bei mir ist das der Fall, Judith. Ihr seid geschickt, finde ich, in allen solchen Dingen, während ich nur die Hand Gottes studiert habe, so wie man sie sieht in Hügeln und Tälern, Bergspitzen, Strömen, in Wäldern und Quellen. Viel kann man auf diese Art lernen, so gut wie aus Büchern, und doch denke ich manchmal, es gehöre zu eines weißen Mannes Gaben zu lesen! Wenn ich aus dem Munde der Mährischen Brüder die Worte höre, von welchen Hetty spricht, so erwecken sie ein Verlangen in meinem Gemüt, und ich denke, ich wolle selbst auch sie lesen lernen; aber das Wild im Sommer und die Überlieferungen und der Unterricht im Krieg und andre Sachen haben mich noch immer daran verhindert.«

»Soll ich's Euch lehren, Wildtöter?« fragte Hetty ernst. »Ich bin schwachsinnig, so sagen sie, aber lesen kann ich so gut wie Judith. Es kann Euch das Leben retten, wenn Ihr den Wilden die Bibel vorzulesen versteht, und gewiß wird es Eure Seele retten; denn das hat mir Mutter gar oft gesagt.«

»Dank Euch, Hetty, Dank Euch von ganzem Herzen! Jetzt werden wohl zu unruhige Zeiten kommen, um viel Muße zu haben; aber wenn's Friede ist und ich wieder an diesen See komme, Euch zu besuchen, dann will ich mich dazu hergeben, und es wird mir eine Lust und ein Gewinn zugleich sein. Vielleicht sollte ich mich schämen, Judith, daß es so ist; aber Wahrheit ist Wahrheit. Was diese Irokesen belangt, so ist nicht sehr wahrscheinlich, daß sie eine Bestie mit zwei Schwänzen vergessen über einem oder zwei Versen aus der Bibel. Ich vermute eher, sie werden die Gefangnen ausliefern und auf die eine oder andre List und Tücke sich verlassen, sie wieder in ihre Gewalt zu bekommen und uns alle im Kastell, samt der Arche in den Kauf. Indes, wir müssen die Vagabunden bei guter Laune erhalten, erstlich, um Euern Vater und Hurry aus ihren Händen loszukommen, und dann um den Frieden zwischen uns zu erhalten bis zu der Zeit, wo Schlange es dahin bringen kann, seine Verlobte frei zu machen. Wenn es plötzlich zu einem Ausbruch von Zorn und Wildheit kommt, werden die Indianer alle ihre Weiber und Kinder sofort ins Lager schicken; während wir, wenn wir sie ruhig und zutrauensvoll erhalten, es so werden richten können, daß wir Hist an dem von ihr bezeichneten Ort treffen. Ehe ich jetzt den Handel abbräche, würde ich wohl noch ein Halbdutzend von jenen Bogenundpfeilmännerfiguren dreingeben, deren wir genug in dem Schranke haben.«

Judith stimmte mit Freuden bei; denn sie hätte selbst den geblümten Brokat aufgeopfert, um nur ihren Vater zu befreien und Wildtöter zu gefallen.

Die Aussichten auf einen glücklichen Erfolg waren jetzt so ermutigend, daß alle im Kastell sich erleichtert fühlten, obwohl man die gebührende wachsame Beobachtung aller Bewegungen des Feindes nicht vernachlässigte. Stunde jedoch um Stunde verstrich, und die Sonne hatte schon angefangen, sich wieder zu den westlichen Hügeln herabzusenken, und noch sah man keine Spur von einem zurückkehrenden Floße. Endlich entdeckte Wildtöter, der die Küste mit dem Fernglas genau musterte, einen Platz in den dunkeln dichten Wäldern, wo die Irokesen, wie er unzweifelhaft dafürhielt, in ansehnlicher Zahl versammelt waren. Es war in der Nähe des Dickichts, von wo das Floß abgegangen war, und ein kleiner Bach, der in den See rieselte, verkündete die Nähe einer Quelle. Hier also hielten vermutlich die Wilden ihre Beratung und sollte der Beschluß gefaßt werden, der die Frage über Leben und Tod der Gefangenen entschied. Ein Grund zur Hoffnung jedoch war vorhanden, trotz der Verzögerung, den Wildtöter nicht ermangelte, seinen ängstlich harrenden Freunden mitzuteilen. Es war weit wahrscheinlicher, daß die Indianer ihre Gefangenen im Lager gelassen, als daß sie sich mit ihnen belastet hatten, indem sie sie einer Truppe durch die Wälder hätten folgen lassen, die nur auf einen zeitweiligen Streifzug aus war. Verhielt sich dies so, dann bedurfte es einer ziemlichen Zeit, um einen Boten nach jenem entfernten Ort zu schicken und die zwei weißen Männer an den Platz zu bringen, wo sie sich einschiffen sollten. Ermutigt durch diese Gedanken, sammelten sie einen neuen Vorrat von Geduld, und das Hinabgleiten der Sonne ward mit weniger Unruhe betrachtet.

Der Erfolg rechtfertigte Wildtöters Vermutung. Nicht lang, ehe die Sonne ganz verschwand, sah man die zwei Stämme aus dem Dickicht wieder hervorkommen, und als das Floß näherkam, verkündigte Judith, ihr Vater und Hurry, beide gebunden, lägen auf den Büschen in der Mitte. Wie zuvor ruderten die Indianer. Die letztern schienen zu fühlen, daß die späte Tageszeit ungewöhnliche Kraftanstrengung erforderte, und ganz entgegen der Gewohnheit ihres Volkes, das immer die Mühe scheut, arbeiteten sie rüstig an den Surrogaten der Ruder. Infolge dieses Eifers nahm das Floß seine frühere Stellung schon in etwa der Hälfte der Zeit ein, die sie bei den früheren Fahrten gebraucht hatten.

Selbst nachdem die Bedingungen so deutlich festgesetzt und die Sachen so weit gediehen waren, blieb die wirkliche Übergabe der Gefangenen eine nicht ohne Schwierigkeit zu erfüllende Obliegenheit. Die Irokesen sahen sich genötigt, großes Vertrauen in den guten Glauben und Willen ihrer Feinde zu setzen, obgleich sie es mit Widerstreben und mehr infolge der Notwendigkeit als mit freiem Willen und mit Zuversicht taten. Sobald Hutter und Hurry freigelassen waren, zählte die Truppe im Kastell, denen auf dem Floß gegenüber, zwei gegen einen, und von Flucht konnte keine Rede sein, da jene drei Kanus besaßen, nichts zu sagen von den Verteidigungsanstalten des Hauses und der Arche. Alles dies ward von beiden Parteien wohl begriffen, und vermutlich wäre die Übereinkunft nie ganz ins reine gebracht worden, hätten nicht Wildtöters ehrliches Gesicht und Wesen seine gewöhnliche Wirkung auch bei Rivenoak getan.

»Mein Bruder weiß, ich setze Vertrauen in *ihn*«, sagte der letztere, indem er mit Hutter nähertrat, dessen Beine losgebunden waren, damit der alte Mann die Plattform hinansteigen konnte. »Ein Skalp – ein Tier mehr!«

»Ha, Mingo«, unterbrach in der Jäger, »behaltet Euern Gefangenen noch einen Augenblick. Ich muß gehen und die Mittel der Zahlung suchen.«

Diese Entschuldigung jedoch, obwohl zum Teil wahr, war doch hauptsächlich eine List. Wildtöter verließ die Plattform, trat in das Haus und wies Judith an, alle Waffen zusammenzutragen und in ihrem Gemache zu verbergen. Dann sprach er ernstlich mit dem Delawaren, der wie früher nahe am Eingang des Gebäudes Wache hielt, steckte die drei Türme in die Tasche und kehrte zurück.

»Seid willkommen, zurück in Euerer alten Wohnung, Meister Hutter«, sagte Wildtöter, indem er ihm auf die Plattform heraufhalf, zu gleicher Zeit schlau wieder einen Turm in die Hand Rivenoaks schiebend. »Ihr findet Eure Töchter hocherfreut, Euch wiederzusehen, und da kommt Hetty selbst, um Euch dies von sich zu versichern.«

Hier hielt der Jäger von selbst im Reden inne und brach in sein eigentümliches stilles, aber herzliches Lachen aus. Hurrys Beine waren eben losgebunden und er auf die Füße gestellt worden. So eng hatte man die Bande angezogen, daß die Gebundenen nicht sogleich wieder den Gebrauch ihrer Glieder erlangten, und der junge Riese machte in allem Ernst eine sehr hilflose und einigermaßen komische Figur. Es war dies ungewohnte Schauspiel, besonders das verdutzte Gesicht, was Wildtöters Fröhlichkeit erregte.

»Ihr seht aus wie eine geringelte Tanne auf einer Lichtung, Hurry Harry, die sich in einem Sturme wiegt«, sagte Wildtöter, seine unzeitgemäße Lustigkeit zügelnd, mehr aus Zartgefühl gegen die andern als aus Achtung vor dem befreiten Gefangenen. »Es freut mich jedoch zu sehen, daß Euch nicht Euer Haar von einem der irokesischen Barbiere bei Eurem letzten Besuch in ihrem Lager ist frisiert worden.«

»Hört, Wildtöter«, versetzte der andere etwas trotzig, »es wäre klug von Euch, bei dieser Gelegenheit weniger der Lustigkeit zu pflegen und mehr der Freundschaft. Handelt einmal wie ein Christ und nicht wie ein lachsüchtiges Mädchen in einer

Landschule, wenn der Lehrer den Rücken kehrt, und sagt mir nur, ob da am Ende von meinen Beinen Füße sind oder nicht? Ich glaube, sie doch zu sehen, aber was das Fühlen betrifft, so könnten sie ebensogut drunten an den Ufern des Mohawks sein, als wo sie mir zu sein scheinen.«

»Ihr seid ganz davongekommen, Hurry, und das will viel sagen«, versetzte der andere, heimlich dem Indianer den Rest des bedungenen Lösegeldes zusteckend, und zugleich gab er ihm einen ernsten Wink, seinen Rückzug anzutreten. »Ihr seid ganz davon gekommen, mit Füßen und allem, und seid jetzt nur ein wenig starr, infolge des scharfen Anziehens der Weiden. Die Natur wird schon das Blut in Bewegung setzen, und dann könnt Ihr anfangen zu tanzen, um Eure, wie ich sagen möchte, höchst wundervolle und unerwartete Befreiung aus der Höhle der Wölfe zu feiern.«

Wildtöter löste die Arme seiner Freunde von den Banden, so wie beide heraufstiegen, und sie stampften und hinkten jetzt auf der Plattform herum, brummend und Verwünschungen ausstoßend, indem sie dem wiederkehrenden Blutumlauf nachzuhelfen suchten. Sie waren jedoch zu lange gebunden gewesen, um in einem Augenblick wieder den Gebrauch ihrer Glieder zu erlangen, und da die Indianer auf dem Rückweg ebenso fleißig arbeiteten als auf dem Herweg, war das Floß volle hundert Schritte von dem Kastell entfernt, als Hurry, zufällig nach jener Richtung gewandt, entdeckte, wie schnell dasselbe dem Bereich seiner Rache sich entziehe. Er konnte sich jetzt mit erträglicher Leichtigkeit bewegen, obwohl noch starr und steif. Ohne jedoch seinen Zustand zu erwägen, ergriff er die Büchse, die an Wildtöters Schulter gelehnt war, und suchte sie zu spannen und anzulegen, der junge Jäger war ihm aber zu schnell. Er faßte das Gewehr und entrang es den Händen des Riesen, doch nicht ohne daß es in dem Kampfe losging, als gerade die Mündung nach oben gerichtet war. Wahrscheinlich hätte Wildtöter in diesem Ringen wegen des Zustands von Hurrys Gliedmaßen siegen können; aber im Augenblick, wo das Gewehr losging, ließ es der letztere fahren und trollte dem Hause zu, die Beine bei jedem Schritt einen vollen Fuß über den Boden erhebend, weil er gar nicht recht spürte, wie er die Füße setzte. Aber Judith war ihm zuvorgekommen. Der ganze Vorrat von Hutters Waffen, der in dem Gebäude als ein Hilfsmittel für den Fall eines plötzlichen Ausbruchs von Feindseligkeiten verwahrt war, war nach Wildtöters Anweisungen entfernt und versteckt worden. Infolge dieser Vorsichtsmaßregel fehlten March alle Mittel zur Ausführung seiner Rachepläne.

Getäuscht in seinem rachgierigen Bestreben, setzte sich Hurry nieder. Wie Hutter war er eine halbe Stunde lang zu sehr damit beschäftigt, den Blutumlauf wiederherzustellen und im freien Gebrauch seiner Glieder sich wieder zu üben, um andern Gedanken nachzuhängen. Nach Verlauf dieser Zeit war das Floß verschwunden, und die Nacht begann ihre Schatten wieder über die ganze Waldszene zu werfen. Ehe die Dunkelheit völlig eingebrochen war, und während die Mädchen die Abendmahlzeit bereiteten, berichtete Wildtöter in skizziertem Umriß die Ereignisse, welche stattgehabt, und erzählte ihm, welche Mittel er zur Sicherung seiner Kinder und seines Eigentums ergriffen habe.

Fünfzehntes Kapitel

»So lange Edward herrscht im Land,
Hier nie der Kriegsgott ruht.
Es fallen Söhn' und Gatten Euch,
Und Eure Ström' füllt Blut.«

»Oh, Ihr verließt den rechten Herrn,
Als er im Mißgeschick; –
Sterbt für die gute Sach', gleich mir, –
Oh, kehrt zu ihm zurück!«

Chatterton

Die Ruhe des Abends stand wieder in eigentümlichem Kontrast mit den Leidenschaften der Menschen, während sein düster anwachsendes Dunkel in ebenso eigentümlichem Einklang damit stand. Die Sonne war herunter, und die Strahlen des geschiedenen Gestirns hatten aufgehört, die Ränder der wenigen Wolken zu vergolden, welche hinlängliche Risse hatten, um sein erbleichendes Licht durchzulassen. Der Wolkenbaldachin oben am Himmel war schwer und dicht und verhieß wieder eine dunkle Nacht, aber die Fläche des Sees war kaum von einem Wellchen gekräuselt. Es wehte ein kleiner Luftzug – Wind konnte man es eigentlich nicht nennen. Doch hatte er, da er schwül und feucht war, eine gewisse Kraft. Die Gesellschaft im Kastell war so trüb und schweigsam wie die Szene. Die beiden ausgelösten Gefangenen fühlen sich gedemütigt und entehrt, aber ihre Beschämung hatte etwas von der Erbitterung und Tücke der Rachsucht. Sie waren weit mehr geneigt, der Unwürdigkeit zu gedenken, mit der sie während der letzten paar Stunden ihrer Gefangenschaft behandelt worden waren, als Dankbarkeit zu fühlen für die vorhergegangene Milde. Und dann stachelte sie der scharfäugige Mahner, das Gewissen, indem er ihnen alles, was sie erduldet, als verhängt von einer vergeltenden Gerechtigkeit darstellte, dennoch vielmehr ihren Grimm ihre Feinde entgelten zu lassen, als sich selbst anzuklagen. Die übrigen waren nachdenklich, halb aus Leid, halb aus Freude. Wildtöter und Judith hatten mehr die erstgenannte Empfindung, während Hetty für den Augenblick vollkommen glücklich war. Dem Delawaren gewährte ebenfalls die Aussicht, so bald seine Verlobte wiederzugewinnen, lachende Bilder des Glückes. Unter solchen Umständen und in solcher Stimmung nahmen alle das Abendbrot ein.

»Alter Tom!« rief Hurry, in ein krampfhaftes, lärmendes Gelächter ausbrechend, »Ihr saht zum Erstaunen einem gebundenen Bären gleich, wie Ihr auf den Tannenzweigen ausgestreckt dalaget, und ich wundre mich nur, daß Ihr nicht ärger brummtet. Nun, es ist vorüber, und Seufzen und Wehklagen bessern die Sache nicht mehr! Da ist der Spitzbube Rivenoak, der uns hierherbrachte, der hat einen außerordentlichen Skalp, für den ich selbst soviel gebe wie die Kolonie. Ja, es ist mir jetzt, als wäre ich so reich wie der Gouverneur, was diese Sachen betrifft, und ich will Dublone gegen Dublone setzen. Judith, Schätzchen, habt Ihr recht um mich getrauert, als ich in den Händen dieser Philipsteiner war?«

Dieser Name bezeichnete eine Familie von deutscher Abkunft am Mohawk, gegen welche Hurry einen großen Widerwillen hegte, und die er mit den Feinden Judäas vermengt hatte.

»Unsre Tränen haben den See anschwellen machen, Harry March, wie Ihr an der Küste hättet sehen können«, versetzte Judith mit angenommenem Leichtsinn, von dem ihr Inneres weit entfernt war. »Daß Hetty und ich uns um den Vater grämten, war zu erwarten, aber um Euch ließen wir förmlich Tränen regnen.«

»Wir *waren* in Sorgen und Leid um den armen Hurry wie um den Vater, Judith«, fiel ihre unschuldige und arglose Schwester ein.

»Wahr, Mädchen, wahr, aber wir fühlen Sorge und Leid um jeden, der in Not ist, weißt du«, erwiderte die andere rasch in zurechtweisendem, aber leisem Tone, »dennoch aber, es freut uns, Euch zu sehen, Meister March, und das dazu erlöst aus den Händen der Philipsteiner.«

»Ja, es ist eine böse Rotte, und so ist auch die andre Brut, abwärts den Strom. Es ist mir zum Verwundern, wie Ihr uns losbekamet, Wildtöter, und ich verzeihe Euch Eure Einmischung, welche mich hinderte, an diesem Vagabunden Gerechtigkeit zu üben, in Betracht dieses kleinen Dienstes. Weiht uns in das Geheimnis ein, damit wir Euch im Fall der Not denselben Dienst leisten können. Habt Ihr es mit Lügen oder mit Schmeicheln ausgerichtet?«

»Durch keines von beiden, Hurry, sondern durch Kaufen. Wir zahlten ein Lösegeld für Euch beide und das dazu ein so hohes, daß Ihr wohltun würdet, auf Eurer Hut zu sein und Euch nicht noch einmal fangen zu lassen, weil sonst unser Vorrat an Gütern nicht ausreichen würde.«

»Ein Lösegeld! – Nun, dann hat der alte Tom den Spielmann bezahlt; denn all' mein' Sach' hätte nicht das Haar, viel weniger die Haut losgekauft. Ich hätte nicht geglaubt, eine so wilde Rotte wie jene Vagabunden würde einen Burschen so leicht wieder auf und loslassen, wenn sie ihn einmal fest gepackt und am Boden hätte. Aber Geld ist Geld, und es ist immer unnatürlich schwer, ihm zu widerstehen. Indianer oder Weiße, es ist so ziemlich das gleiche. Man muß gestehen, Judith, es ist doch eigentlich ein guter Teil menschliche Natur in den Leuten überhaupt!«

Hutter stand jetzt auf, winkte Wildtöter, und führte ihn in ein inneres Gemach, wo er auf seine Frage zuerst den Preis erfuhr, der für seine Freilassung bezahlt worden war. Der alte Mann drückte weder Unwillen noch Überraschung aus über den Eingriff in seinen Schrank, den man sich erlaubt hatte, obwohl er einige Neugier an den Tag legte, zu erfahren, wieweit die Untersuchung von dessen Inhalt gegangen sei. Auch erkundigte er sich, wo man den Schlüssel gefunden habe. Wildtöters gewohnte Offenherzigkeit hinderte jede Täuschung, und die Besprechung endigte bald mit der Rückkehr beider in das äußere Gemach, welches dem doppelten Behufe des Wohnzimmers und der Küche diente.

»Es soll mich wundern, ob Friede ist oder Krieg zwischen uns und den Wilden«, rief Hurry, gerade als Wildtöter, der einen Augenblick geschwiegen hatte, aufmerksam horchte und, ohne sich aufzuhalten, durch die äußere Tür schritt. »Diese Zurückgabe von uns Gefangenen hat ein freundschaftliches Ansehen, und wenn Männer miteinander verkehrt und gehandelt haben auf einem ehrlichen und ehrenhaften Fuß, so sollten sie für dasmal wenigstens als gute Freunde scheiden. Kommt zurück, Wildtöter, und gebt uns Eure Meinung; denn ich fange an, mehr von Euch zu halten seit Eurem neuesten Benehmen, als ich früher tat.«

»Hier ist eine Antwort auf Eure Frage, Hurry, wenn Ihr ja solchen Drang und Eile habt, wieder zum Schlagen zu kommen!«

Mit diesen Worten warf Wildtöter auf den Tisch, auf den sich der andere mit dem einen Ellbogen stemmte, eine Art von Miniaturholzbündel, bestehend aus einem Dutzend Stecken, die mit einem Riemen von Wildleder eng zusammengebunden waren. March ergriff es begierig, hielt es ganz nahe an ein flammendes Tannenholzscheit, das auf dem Herde lag, und von dem alles Licht im Zimmer ausging, und überzeugte sich, daß die Enden der sämtlichen Stecken in Blut getaucht waren.

»Wenn das nicht gut Englisch ist«, sagte der trotzige Grenzmann, »so ist es doch gut Indianisch! Da haben wir, was sie drunten in York eine Kriegserklärung nennen, Judith. Wie kamt Ihr zu diesem Zeichen der Herausforderung, Wildtöter?«

»Einfach genug. Es lag vor noch nicht einer Minute auf Floating Toms Torhof, wie ihr es nennt.«

»Wie kam es dahin? Es fiel doch nicht aus den Wolken, Judith, wie manchmal kleine Kröten, und dann regnet es auch nicht. Ihr müßt dartun, woher es kommt, Wildtöter, sonst argwohnen wir einen Anschlag, Leuten Angst einzujagen, die längst ihren Verstand verloren hätten, wenn Furcht ihn verscheuchen könnte.«

Wildtöter hatte sich einem Fenster genähert und warf einen Blick hinaus auf den dunkel daliegenden See. Zufrieden scheinend mit dem, was er geschaut, trat er zu Hurry, nahm das Bündel Stecken in seine Hand und besichtigte sie genau.

»Ja, es ist eine indianische Kriegserklärung, ganz gewiß«, sagte er, »und es ist ein Beweis, wie wenig Ihr gewöhnt seid an den Weg, den sie gemacht hat, Hurry March, daß sie hierherkommen konnte, ohne daß Ihr die Art und Weise begreift. Die Wilden mögen Euch den Skalp auf dem Kopf gelassen, aber sie müssen Euch die *Ohren* abgeschnitten haben; sonst hättet Ihr das Rauschen des Wassers gehört, das der Junge verursachte, als er wieder auf seinen zwei Baumstämmen herfuhr. Sein Auftrag war, diese Stecken vor unsre Tür zu werfen, was so viel sagen will: wir haben seit dem Handel in den Kriegspfahl gehauen, und unser Nächstes wird sein, auf *Euch* einzuhauen.«

»Die herumstreichenden Wölfe! Aber reicht mir die Büchse,

Judith, so will ich den Vagabunden durch ihren Boten eine Antwort schicken.«

»Nicht, solang' ich dabei bin, Meister March«, entgegnete kaltblütig Wildtöter, und winkte dem Mädchen, es zu unterlassen. »Wort ist Wort, sei es einer Rothaut oder einem Christen gegeben. Der Junge zündete ein Scheit an und fuhr bei dessen Licht offen herüber, uns diese Warnung zu überbringen, und kein Mensch hier darf ihm ein Leid tun, während er eine solche Sendung ausführt. Worte nützen nichts; denn der Knabe ist zu schlau, um den Span fortbrennen zu lassen, nachdem sein Gewerbe bestellt ist, und auch die Nacht ist zu dunkel, um mit einer Büchse irgend sicher zielen zu können.«

»Das mag wahr genug sein von einem Gewehr, aber noch ist ein Kanu zu etwas zu gebrauchen«, antwortete Hurry, mit ungeheuren Schritten, eine Büchse in der Hand, auf die Türe zugehend. »Der Mensch lebt nicht, der mich hindern soll, zu folgen und des Wurmes Skalp zurückzubringen. Je mehrere von ihnen Ihr im Ei zerdrückt, desto weniger werden Euch in den Wäldern anfallen!«

Judith zitterte wie eine Espe, sie wußte selbst kaum, warum, obwohl alle Aussicht auf eine Szene der Gewalttat vorhanden war; denn wenn Hurry trotzig und übermütig war im Bewußtsein seiner Stärke, so besaß Wildtöter die ruhige Festigkeit, welche größere Beharrlichkeit verspricht, und eine Entschlossenheit, die mehr Aussicht hat, ihren Zweck zu erreichen. Es war mehr das finstere, entschlossene Auge des letztern als die aufbrausende Heftigkeit des erstern, was ihre Besorgnis rege machte. Hurry erreichte bald den Ort, wo das Kanu befestigt war, aber schon hatte auch Wildtöter mit dem Delawaren in raschem ernstem Tone in seiner Sprache gesprochen. Dieser war in der Tat der erste gewesen, der den Laut der Ruder vernommen hatte, und war in eifersüchtiger Wachsamkeit auf die Plattform getreten. Das Licht überzeugte ihn, daß eine Botschaft komme, und als ihm der Junge das Bündel Stecken vor die Füße warf, so erregte dies weder seinen Zorn noch überraschte es ihn. Er blieb nur auf seinem Wachtposten, die Büchse in der Hand, um sich zu versichern, daß keine Verräterei hinter der Herausforderung laure. Da ihn jetzt Wildtöter rief, trat er in das Kanu und entfernte schnell wie ein Gedanke die Ruder. Hurry war wütend, als er sich der Mittel zur Ausführung seines

Vorsatzes beraubt sah. Zuerst näherte er sich dem Indianer mit lauten Drohungen, und selbst Wildtöter war in tödlicher Angst wegen der möglichen Folgen. March schüttelte seine hammerartigen Fauste und schwang die Arme, als er auf den Indianer zutrat, und alle erwarteten, er werde den Delawaren zu Boden zu werfen versuchen; einer von ihnen wenigstens wußte wohl, daß Blutvergießen die unmittelbare Folge eines solchen Versuchs sein müßte. Aber selbst Hurry ward etwas unheimlich zumute bei der finstern Fassung und Haltung des Häuptlings, und auch er wußte, daß ein solcher Mann sich nicht ungestraft mißhandeln ließ; daher wandte er sich, um seine Wut an Wildtöter auszulassen, wo er keine so schreckliche Folgen voraussah. Was das Ergebnis dieser zweiten Demonstration gewesen wäre, wenn es zur Tätlichkeit gekommen wäre, läßt sich nicht sagen, aber es kam nicht so weit.

»Hurry!« sagte eine sanfte, begütigende Stimme dicht an seiner Seite, »es ist sündhaft, so grimmig zu sein, und Gott wird es nicht übersehen. Die Irokesen haben Euch gut behandelt und Euch den Skalp nicht genommen, obgleich Ihr und Vater ihnen die ihrigen nehmen wolltet.«

Die Macht der Milde und Sanftmut über die Leidenschaft ist bekannt. Auch hatte Hetty sich eine Art Schätzung, die man ihr früher nie zugestanden hatte, durch die Aufopferung und Entschlossenheit ihrer jüngsten Handlungsweise erworben. Vielleicht steigerte ihre anerkannte Geistesschwäche, die jeden Verdacht beseitigte, als wolle sie sich eine Herrschaft anmaßen, ihren Einfluß. Wie nun aber die Ursache erklärt und gedeutet werden mochte, die Wirkung war gewiß genug. Statt seinen alten Reisegenossen zu würgen, kehrte sich Hurry gegen das Mädchen und ergoß einen Teil seines Mißmutes, wenn auch nicht seines Zorns, in ihr aufmerksames Ohr.

»Es ist zu schlimm, Hetty!« rief er aus; »so schlimm als ein Grafschaftsgefängnis oder ein Biberfehljahr, eine Kreatur in die Falle bekommen und sie dann wieder los und ledig lassen! Soviel als sechs Häute erster Qualität ist an Wert fortgerudert auf den plumpen Baumstämmen, während zwanzig Schläge einer wohlgeführten Ruderschaufel sie einholen würden. Ich sage *an Wert;* denn was den Jungen nach der Natur betrifft, so ist er eben ein Knabe und nicht mehr noch weniger wert als jeder andere. Wildtöter, Ihr seid untreu gewesen gegen Eure

Freunde, daß Ihr einen solchen Vorteil meinen und auch Euren Händen entschlüpfen ließet.«

Die Antwort darauf ward mit Ruhe gegeben, aber in einem so festen Tone, wie nur immer eine furchtlose Natur und das Bewußtsein der Rechtlichkeit ihn prägen konnten. »Ich wäre dem, was recht ist, untreu geworden, hätte ich anders gehandelt«, erwiderte Wildtöter mit Fassung, »und weder Ihr noch sonst jemand hat die Befugnis, das von mir zu verlangen. Der Junge kam in einem rechtmäßigen Auftrag, und die elendeste Rothaut, die sich in den Wäldern umtreibt, hätte sich geschämt, sein Sendung nicht zu respektieren. Aber er ist jetzt außer dem Bereich Eures Zornes, Meister March, und es hilft wenig, wie ein Paar Weiber von dem zu schwatzen, was nicht mehr zu ändern ist.«

Mit diesen Worten wandte sich Wildtöter weg, wie entschlossen, keine Worte weiter über die Sache zu verschwenden, während Hutter Hurry am Ärmel zupfte und ihn in die Arche zog. Hier saßen sie lang in heimlicher Besprechung. Mittlerweile hatten auch der Indianer und sein Freund ihre geheime Beratung; denn obgleich es noch drei oder vier Stunden waren bis zum Aufgang des Sterns, konnte sich doch jener nicht enthalten, seinen Plan vorzubereiten und sein Herz gegen den andern zu öffnen. Auch Judith gab sich ihren sanftern Gefühlen hin und hörte Hettys ganze kunstlose Erzählung von allem, was sich begeben, nachdem sie ans Land getreten, an. Die Wälder hatten wenig Schrecknisse für diese beiden Mädchen, so wie sie erzogen und gewöhnt waren, täglich ihre weite, üppige Ausbreitung zu schauen oder unter ihren dunkeln Schatten zu wandeln; aber das fühlte die ältere Schwester, daß sie sich bedacht haben würde, sich so allein in das Lager der Irokesen zu wagen. Im betreff Hists war Hetty nicht sehr mitteilsam. Sie sprach von ihrer Güte und Sanftmut und von ihrer Begegnung im Walde, aber das Geheimnis Chingachgooks bewahrte sie mit einer Schlauheit und Treue, welche manches Mädchen von schärferem Verstande schwerlich bewährt haben dürfte.

Endlich wurde den verschiednen Besprechungen ein Ende gemacht durch Hutters Wiedererscheinen auf der Plattform. Hier versammelte er die ganze Gesellschaft und teilte ihr von seinen Absichten mit, soviel ihm passend dünkte. Den von Wildtöter gemachten Plan, das Kastell während der Nacht zu verlassen und sich auf die Arche zu flüchten, billigte er ganz. Es leuchtete ihm ebenso wie früher den andern als das einzige wirksame Mittel ein, dem Verderben zu entgehen. Jetzt, nachdem die Wilden ihr Augenmerk auf Erbauung von Flößen gerichtet, konnte kein Zweifel darüber obwalten, daß sie wenigstens einen Versuch machen würden, das Gebäude zu nehmen, und die Sendung der blutigen Stecken bewies hinlänglich ihr Vertrauen auf einen glücklichen Erfolg. Kurz, der alte Mann sah die Nacht als entscheidend an und forderte alle auf, sich so bald als möglich bereit zu machen, die Wohnung wenigstens für einige Zeit, wo nicht für immer, zu verlassen.

Nachdem diese Mitteilungen gemacht waren, wurde alles rasch und mit Einsicht betrieben: das Kastell ward in der schon angegebenen Weise geschlossen, die Kanus unter dem Dock weggenommen und mit dem andern an der Arche befestigt; die wenigen Bedürfnisse, die man noch im Hause gelassen, wurden in die Kajüte geschafft, das Feuer ausgelöscht, und alle schifften sich ein.

Die Nähe der Hügel mit ihrer Tannenbekleidung hatte die Wirkung, daß finstere Nächte auf dem See noch dunkler als gewöhnlich waren. Wie immer jedoch, zog sich ein vergleichsweise lichter Streifen mitten durch den Wasserspiegel, während die Finsternis im Bereich der Schatten der Berge am schwersten auf dem Gewässer lastete. Die Insel oder das Kastell stand innerhalb dieses Streifens, der verhältnismäßig licht war, aber dennoch war die Nacht so dunkel, daß sie die Abfahrt der Arche dem Auge verbarg. Auf die Entfernung eines Beobachters von der Küste aus konnten ihre Bewegungen gar nicht gesehen werden, zumal da ein Hintergrund von dunkeln Bergen die Perspektive von jedem Gesichtspunkt begrenzte, den man schräg oder in gerader Linie über das Wasser hin nahm. Der vorherrschende Wind auf den Seen dieser Gegend ist der Westwind, aber wegen der durch die Berge gebildeten Taleinschnitte ist es häufig unmöglich, die eigentliche Richtung der Luftströmungen anzugeben, da sie oft in kleinen Entfernungen und Zeiträumen wechseln. Dies gilt mehr von leichten, schwankenden Luftstößen als von steten Lüftchen, obschon man in allen gebirgigen Gegenden und schmalen Gewässern recht gut weiß, daß auch die Stöße der letztern unsicher und täuschend sind. Im gegenwärtigen Falle war Hutter selbst, als er die Arche von ihrem

Ankerplatz neben der Plattform wegdrängte, in Verlegenheit zu sagen, welcher Wind wehe. In der Regel wurde diese Schwierigkeit gelöst durch die Wolken, die, hoch über den Bergspitzen schwebend, natürlich den eigentlichen Luftströmungen folgten, aber jetzt schien das ganze Himmelsgewölbe eine massive, finstre Mauer. Keine Öffnung irgendeiner Art war sichtbar, und Chingachgook zitterte schon, das Nichtaufgehen des Sterns möchte seine Verlobte abhalten, ihrem Versprechen pünktlich nachzukommen. Unter diesen Umständen zog Hutter sein Segel, wie es schien, nur in der Absicht auf, von dem Kastell wegzukommen, da es gefährlich sein mochte, viel länger in dessen Nähe zu verweilen. Der Wind schwellte bald das Tuch, und als das Fahrzeug in Bewegung kam und das Segel gehörig aufgezogen war, zeigte sich's, daß die Richtung südlich, mit einer Abweichung nach der östlichen Küste, war. Da sich für die Absichten der Gesellschaft keine bessere Richtung fand, ließ man das eigentümliche Fahrzeug in dieser Richtung über eine Stunde auf der Wasserfläche hintreiben, als ein Wechsel in der Luftströmung sie hinüber, dem Lager zu, trieb.

Wildtöter beobachtete alle Bewegungen Hutters und Harrys mit eifersüchtiger Wachsamkeit. Anfänglich wußte er nicht, ob er die Richtung, die sie hielten, dem Zufall oder einer Absicht zuschreiben sollte, aber jetzt begann er letzteres zu argwohnen. So vertraut mit dem See, wie Hutter war, mußte es ihm eine leichte Sache sein, einen zu täuschen, der wenig Übung auf dem Wasser hatte. Was immer seine Absichten sein mochten, so viel war, ehe zwei Stunden verstrichen, klar, daß die Arche soviel Wegs zurücklegt, daß sie sich nur hundert Ruten von der Küste entfernt und gerade in einer Linie mit der bekannten Lage des indianischen Lagers befand. Eine ziemliche Zeit, ehe man diesen Punkt erreicht, hatte Hurry, der einige Kenntnis der Algonkinsprache besaß, eine heimliche Unterredung mit dem Indianer gehabt, und das Ergebnis ward jetzt von diesem dem Wildtöter mitgeteilt, der ein kalter, um nicht zu sagen: mißtrauischer, Beobachter alles Bisherigen gewesen.

»Mein alter Vater und mein junger Bruder, die Große Tanne«, – denn diesen Namen hatte der Delaware March gegeben – »möchten Huronenskalpe an ihren Gürteln sehen«, sagte Chingachgook zu seinem Freunde. »Es ist Raum für einige an dem Gürtel der Schlange, und sein Volk wird nach solchen sehen, wenn er zurückkommt in sein Dorf. Ihre Augen dürfen nicht lange in einem Nebel bleiben, sondern sie müssen sehen, was sie suchen und erwarten. Ich weiß, daß mein Bruder eine weiße Hand hat: er mag nicht einmal die Toten beschädigen. Er wird auf uns warten; wenn wir zurückkommen, wird er sein Angesicht nicht verbergen aus Scham für seinen Freund. Die Große Schlange der Mohikans muß wert sein, auf dem Kriegspfad zu schreiten mit Falkenauge.«

»Ja, ja, Schlange, ich sehe, wie es ist: der Name soll mir bleiben, und bald werde ich unter ihm statt unter dem Wildtöters bekannt sein; nun gut, wenn solche Ehren kommen, so muß sie sich der Bescheidenste von uns gern gefallen lassen. Daß Ihr Euch nach Skalpen umseht, das gehört zu Euern Gaben, und ich sehe nichts Arges daran. Aber seid barmherzig, Schlange, seid barmherzig, darum bitte ich Euch. Es kann sicherlich der Ehre einer Rothaut nicht schaden, etwas Barmherzigkeit zu zeigen. Was den alten Mann betrifft, den Vater der zwei Mädchen, die bessere Gefühle in seiner Brust zur Reife bringen sollten, und Harry March da, der, so eine hohe Tanne er ist, wohl besser die Früchte eines mehr christlichen Baumes tragen dürfte, was die zwei betrifft, so stelle ich sie den Händen des Gottes der Weißen anheim. Wären nicht die blutigen Stecken, so sollte kein Mensch heute nacht gegen die Mingos ausziehen, sintemal es unsre Treue und unsern Ruf entehren würde; aber die da Blut begehren, können sich nicht beklagen, wenn Blut vergossen wird auf ihre Aufforderung. Aber dennoch, Schlange, könnt Ihr *barmherzig* sein. Beginnt Eure Laufbahn nicht unter dem Wehklagen von Weibern und dem Geheule von Kindern. Benehmt Euch so, daß Hist lächeln wird und nicht weinen, wenn sie Euch wiedersieht. Geht denn jetzt, und der Manitu schütze Euch!«

»Mein Bruder wird hier mit dem Fahrzeug warten. Wah! wird bald wartend an der Küste stehen, und Chingachgook muß eilen.«

Dann begab sich der Indianer zu seinen zwei Mitabenteurern, und nachdem sie zuerst das Segel herabgelassen, traten sie alle drei in ein Kanu und stießen von der Arche ab. Weder Hutter noch March sprachen mit Wildtöter von ihrem Vorhaben oder von der mutmaßlichen Dauer ihrer Abwesenheit. Alles dies war dem Indianer anvertraut worden, der sich seines Auftrags mit charakteristischer Kürze entledigt hatte. Sobald man das Kanu aus dem Gesicht verloren – und das war der Fall, ehe die Ruder zwölf Schläge getan hatten, traf Wildtöter die besten Vorkehrungen, die in seiner Macht standen, um die Arche soviel als möglich auf demselben Punkte beharren zu machen, und dann setzte er sich auf dem Ende der Fähre nieder, um an seinen bittern Gedanken zu kauen. Es stand jedoch nicht lang an, bis Judith sich zu ihm gesellte, die jede Gelegenheit aufsuchte, in seiner Nähe zu sein, und ihre Angriffe auf seine Neigung mit der Geschicklichkeit ausführte, welche ihr angeborene Koketterie an die Hand gab, unterstützt von einer nicht kleinen Übung, die aber ihre gefährliche Macht hauptsächlich von dem Anflug von Gefühl erhielt, der ihr Benehmen, Stimme, Ton, Gedanken und Handlungen mit dem unbeschreiblichen Zauber natürlicher Zärtlichkeit und Weichheit umkleidete. Wir verlassen den jungen Jäger, diesen gefährlichen Angreifern preisgegeben, und erfüllen die dringendere Pflicht, der Gesellschaft in dem Kanu an die Küste zu folgen.

Das gewaltige Motiv, das Hutter und Hurry zur Wiederholung ihres Versuchs gegen das feindliche Lager trieb, war genau dasselbe, das ihre erste Unternehmung veranlaßt hatte, etwas verstärkt vielleicht durch Rachgier. Aber keines von diesen zwei rauhen Wesen, so gefühllos in allem, was die Rechte und Interessen der roten Menschen betraf, obwohl in andern Dingen nicht ohne Regungen menschlicher Empfindungen, war in bedeutendem Maße durch andere Beweggründe geleitet als von herzloser Gewinnsucht. Hurry hatte zwar gleich anfangs nach seiner Befreiung Zorn über seine durchgemachten Leiden gefühlt, aber dieser Affekt war bald verschwunden über der ihm zur andern Natur gewordenen Sucht nach Gold, nach dem er mehr mit der gewissenlosen Gier eines bedürftigen Verschwenders als mit dem unablässigen Verlangen eines Geizigen trachtete. Kurz, das Motiv, das sie trieb, so bald wieder gegen die Huronen auszuziehen, war eine zur Gewohnheit gewordene Verachtung ihrer Feinde, welche zugleich die rastlose Habsucht, die der Verschwendung Mittel liefern mußte, in Bewegung setzte. Bei der Entwerfung des zweiten Planes jedoch nahmen auch die verstärkten Aussichten auf Erfolg ihre Stelle ein. Man wußte, daß ein großer Teil der Krieger, vielleicht alle, für die Nacht gerade gegenüber dem Kastell sich gelagert hatte, und man hoffte, die Skalpe hilfloser Opfer würden die Folgen hiervon sein. Die Wahrheit zu gestehen: Hutter besonders – er, der soeben zwei Töchter verlassen hatte – hoffte, in dem Lager wenige sonst außer Weibern und Kinder zu treffen. Auf diesen Umstand hatte er in seinen Besprechungen mit Hurry nur leise hingedeutet, und gegen Chingachgook hatte man ihn ganz aus dem Auge gelassen. Wenn der Indianer überhaupt daran dachte, so war das niemand bekannt als ihm.

Hutter steuerte das Kanu; Hurry hatte mannhaft seinen Posten vorn eingenommen, und Chingachgook stand in der Mitte. Wir sagen: stand; denn alle drei waren so geschickt in der Handhabung dieser Art von gebrechlichen Barken, daß sie imstande waren, mitten in der Dunkelheit aufgerichtet darin zu stehen. Die Annäherung an die Küste geschah mit großer Vorsicht, und die Landung erfolgte ungefährdet. Jetzt setzten die drei ihre Waffen in Bereitschaft und begannen, wie Tiger sich dem Lager zu nähern. Der Indianer war der vorderste, und seine Begleiter traten in seine Fußtapfen mit einer verstohlenen Vorsicht, die ihre Schritte beinahe in buchstäblichem Sinne geräuschlos machte. Manchmal knackte ein dürrer Zweig unter der schweren Wucht des gigantischen Hurry oder der ungeschickten Plumpheit des alten Mannes; aber wäre der Indianer auf der Luft dahingewandelt, sein Schritt hätte nicht leichter sein können. Die Hauptaufgabe war, zuerst die Stellung des Feuers zu entdecken, das, wie man wußte, den Mittelpunkt des Lagers bildete. Endlich wurde das scharfe Auge Chingachgooks dieses wichtigen Wegweisers ansichtig. Es glimmte in einiger Entfernung zwischen den Baumstämmen; es war keine Flamme, sondern nur ein verglühender Brand, wie es der Stunde gemäß war; denn die Wilden begeben sich gewöhnlich zur Ruhe und stehen auf mit dem Unter- und Aufgang der Sonne.

Sobald man dieses Feuersignals ansichtig geworden, schritten die Abenteurer rascher und sicherer vorwärts. In wenigen Minuten gelangten sie an den Rand des Kreises von kleinen Hütten. Hier machten sie halt, um das Terrain ins Auge zu fassen, und ihre Bewegungen zu verabreden. Die Finsternis war so dicht, daß es schwer war, irgend etwas zu unterscheiden außer dem glühenden Brand, den Stämmen der nächsten Bäume und dem endlosen Blätterdach, das den umwölkten Himmel verschleierte. Es wurde jedoch ausgemittelt, daß eine Hütte ganz in der Nähe war, und Chingachgook machte den Versuch, das Innere derselben auszukundschaften. Die Art, wie sich der Indianer dem Orte näherte, wo man Feinde vermutete, glich dem tückischen Heranschleichen der Katze auf den Vogel. Als er nahe herankam, ließ er sich auf Hände und Knie nieder; denn der Eingang war so niedrig, daß er diese Stellung, als noch die bequemste, fast notwendig gebot. Ehe er jedoch den Kopf hineinstreckte, horchte er lange, um Atemzüge von Schlafenden zu erlauschen. Kein Ton war zu hören, und diese menschliche Schlange schob den Kopf zur Türe oder zu der Öffnung hinein, wie eine eigentliche Schlange in das Nest hineingekrochen sein würde. Kein Lohn vergalt das gefahrvolle Wagestück; denn als er vorsichtig mit der Hand umhertastete, fand er die Hütte leer.

In derselben behutsamen Weise kroch der Delaware noch in ein paar von den Hütten, fand aber alle in gleichem Zustand. Dann kehrte er zu seinen Genossen zurück und benachrichtigte sie, daß die Huronen ihr Lager verlassen hätten. Einige weitere Nachforschung bestätigte dies, und es blieb nichts übrig, als in das Kanu zurückzukehren. Die verschiedene Art, wie die Abenteurer diese Täuschung ihrer Hoffnungen ertrugen, verdient eine flüchtige Bemerkung. Der Häuptling, der nur ans Land gestiegen war in der Hoffnung, Ruhm zu ernten, stand, an einen Baum gelehnt, unbeweglich da, die Ansicht und den Willen seiner Begleiter abwartend. Er war zwar gekränkt und etwas überrascht, aber er ertrug alles mit Würde und tröstete sich wegen des Unfalls mit den süßern Erwartungen, die ihm für diesen Abend noch vorbehalten blieben. Zwar konnte er jetzt nicht hoffen, seiner Geliebten entgegenzutreten, geschmückt mit den Zeichen seiner Kühnheit und Geschicklichkeit, aber er durfte doch noch hoffen, sie zu sehen, und der Krieger, der sich so eifrig in der Aufsuchung zeigte, durfte immer noch geehrt zu werden hoffen. Hutter und Hurry dagegen, die hauptsächlich durch das gemeinste aller Motive menschlichen Handelns, durch Gewinnsucht, angelockt waren, konnten ihre Affekte kaum zügeln. Sie streiften wütend zwischen den Hütten herum, als hofften sie, noch ein verlassenes Kind oder einen sorglosen Schläfer irgendwo zu treffen, und zu wiederholten Malen ließen sie ihren Grimm an den empfindungslosen Hütten aus, von denen einige wirklich in Stücke gerissen und auf dem Platz umhergestreut wurden. Ja, sie haderten auch untereinander, und heftige Vorwürfe wurden zwischen ihnen gewechselt. Es ist möglich, daß ernstere Folgen eingetreten wären, hätte sich nicht der Delaware ins Mittel gelegt und sie an die Gefahr erinnert, sich so unvorsichtig zu benehmen, und an die Notwendigkeit, zur Arche zurückzukehren. Dies erstickte den Streit, und nach wenigen Minuten ruderten sie rasch zurück nach der Stelle, wo sie das Fahrzeug zu finden hofften.

Es wurde schon erzählt, daß sich Judith bald nach der Abfahrt der Abenteurer neben Wildtöter setzte. Eine kleine Weile blieb das Mädchen schweigsam, und der Jäger wußte nicht, welche von den Schwestern sich ihm genähert hatte; aber bald erkannte er die metallreiche, lebhafte Stimme der älteren, als sie ihren Gefühlen in Worten Luft machte:

»Das ist ein schreckliches Leben für Frauen, Wildtöter!« rief sie aus. »Wollte Gott, ich sähe ein Ende davon ab!«

»Das Leben ist gut genug, Judith«, war die Antwort, »es ist eben so ziemlich, je nachdem man es gebraucht oder mißbraucht. Was wünscht Ihr Euch denn dafür?«

»Ich würde tausendmal glücklicher sein, wenn ich näher bei zivilisierten Menschen lebte, – wo Pachthöfe und Häuser und, will's Gott, von Christenhänden gebaute Häuser sind, und wo mein Schlaf bei Nacht süß und ruhig wäre! Eine Wohnung in der Nähe der Forts wäre weit besser als der traurige Ort, wo wir leben!«

»Nein, Judith, ich kann nicht allzuleicht die Wahrheit von all diesem zugeben. Wenn Forts gut sind, Feinde abzuhalten, so enthalten sie dafür oft selbst Feinde. Ich glaube nicht, daß es zu Eurem oder Hettys Besten wäre, in der Nähe von einem zu wohnen, und wenn ich sagen soll, was ich denke, so fürchte ich, Ihr seid so schon zu nahe dabei.« Wildtöter fuhr fort in der ihm eigenen gefaßten, ernsten, gleichmütigen Weise; denn die Dunkelheit verbarg ihm die Gluten, welche die Wangen des Mädchens mit glänzendem Purpur überzogen hatten, während ihre eigene heftige Anstrengung die Töne des gewaltsamen Atmens, das sie fast ersticken wollte, unterdrückte. »Was Pachthöfe betrifft, die haben ihren Nutzen, und es gibt Leute, die gern ihr Leben darauf zubringen; aber welches Behagen kann ein Mensch von einer Lichtung hoffen, das er nicht in doppeltem Maß im Walde finden kann? Wenn es mit Luft und Raum und Licht etwas knapp zugeht, so liefern das die Windfluchten und die Ströme, oder da sind ja die Seen für solche, die in dieser Hinsicht stärkere Wünsche haben; aber wo findet Ihr Eure Schatten und lachenden Quellen und hüpfenden Bäche und ehrwürdigen, tausendjährigen Bäume auf einer Lichtung? Ihr findet sie nicht, sondern Ihr findet nur ihre verstümmelten Stämme, als Landmarken, wie Grabsteine auf einem Kirchhof. Mir scheint es, daß die Leute, die an solchen Orten leben, immer an ihr eignes Ende und an allgemeinen Verfall denken müssen, und zwar nicht an den Verfall, den Zeit und Natur herbeiführen, sondern an den Verfall, der auf Verheerung und Gewalttat folgt. Dann was Kirchen betrifft, die sind gut, glaube ich, sonst würden nicht gute Leute sie erbauen und erhalten. Aber sie sind nicht durchaus notwendig. Sie nennen sie Tempel des Herrn, aber, Judith, die ganze Erde ist ein Tempel des Herrn für solche, welche das rechte Gemüt dafür haben. Weder Forts noch Kirchen an sich machen die Menschen glücklicher. Zudem ist in den Ansiedlungen alles Widerspruch, während in den Wäldern alles Einklang ist. Forts und Kirchen sind fast immer beieinander, und doch sind sie gerade Gegensätze; Kirchen sind ja für den Frieden und Forts für den Krieg! Nein, nein – ich lobe mir die festen Plätze der Wildnis, nämlich die Bäume, und auch die Kirchen, nämlich die Hallen, die die Hand der Natur aufgeführt.«

»Das Weib ist nicht gemacht für Szenen wie diese, Wildtöter, Szenen, von denen kein Ende abzusehen ist, solange dieser Krieg währt.«

»Wenn Ihr Weiber von weißer Farbe meint, so glaube ich fast, Ihr seid nicht weit vom Wahren entfernt, Mädchen; was aber die Weiber der roten Männer betrifft, so sind solche Auftritte ganz nach ihrem Charakter. Nichts würde Hist zum Beispiel, die verlobte Braut dieses Delawaren, glücklicher machen, als wenn sie wüßte, daß er in diesem Augenblick unter seinen natürlichen Feinden herumstreift und nach einem Skalpe trachtet.«

»Wahrhaftig, Wildtöter, wahrhaftig, sie kann doch kein Weib sein, ohne Sorge zu fühlen, wenn sie denkt, der Mann, den sie liebt, sei in Gefahr!«

»Sie denkt nicht an die Gefahr, Judith, sondern an die Ehre, und wenn das Herz aufs äußerste auf solche Gefühle versessen ist, ha, dann bleibt wenig Raum übrig, daß sich die Furcht einschleichen könnte. Hist ist eine gutmütige, sanfte, lachende, angenehme Kreatur, aber sie liebt die Ehre so sehr als irgendein delawarisches Mädchen meiner Bekanntschaft. Sie soll Schlange binnen einer Stunde treffen auf dem Vorsprung, wo Hetty landete, und ohne Zweifel hat sie auch ihre Ängste darüber wie jedes andre Weib; aber sie wäre nur um so glücklicher, wüßte sie, daß ihr Geliebter in diesem Augenblick einem Mingo seines Skalpes wegen aufpaßt.«

»Wenn Ihr das wirklich glaubt, Wildtöter, kein Wunder dann, daß Ihr ein so großes Gewicht auf die Gaben legt! Ich weiß gewiß, kein weißes Mädchen könnte sich anders als elend fühlen, solang sie ihren Geliebten in Lebensgefahr wüßte! Auch glaube ich, selbst Ihr, so unerschütterlich und ruhig Ihr immer scheint, könntet schwerlich Ruhe haben, wenn Ihr *Eure* Hist in Gefahr glaubtet.«

»Das ist ein andres Ding – das ist ein ganz andres Ding, Judith! Das Weib ist zu schwach und zart, um für solche Gefahren bestimmt zu sein, und der Mann muß für sie fühlen. Ja, ich glaube fast, das ist ebenso rote Natur wie weiße. Aber ich habe keine Hist und werde schwerlich eine bekommen; denn ich halte es nicht für recht, irgendwie die Farben zu mischen, außer in Freundschaft und Dienstleistungen.«

»Darin seid und fühlt Ihr, wie es einem weißen Manne ziemt! Was den Hurry Harry betrifft, so glaube ich, ihm wäre alles gleich, ob sein Weib eine Indianerin oder eine Gouverneurs-Tochter wäre, vorausgesetzt nur, sie wäre ein wenig hübsch und könnte ihm dazu helfen, seinen gierigen Magen immer zu füllen.«

»Ihr tut March unrecht, Judith, ja das tut Ihr! Der arme Kerl ist vernarrt in *Euch,* und wenn ein Mann sich wirklich eine solche Kreatur in den Kopf gesetzt hat, so wird ihm schwerlich ein Mingo- oder selbst ein Delawarenmädchen mehr den Kopf verrücken. Ihr mögt lachen über solche Männer, wie Harry und ich sind; denn wir sind rauh und ungelehrt in Büchern und andern Kenntnissen, aber wir haben unsre guten Seiten wie unsre schlechten. Ein redliches Herz ist nicht zu verachten, Mädchen, wenn es auch nicht bewandert ist in all den Zierlichkeiten, die einem weiblichen Geschmack gefallen.«

»*Ihr,* Wildtöter! Und meint Ihr – *könnt* Ihr einen Augenblick glauben, ich stelle Euch Harry March an die Seite? Nein, nein! So weit bin ich nicht in der Torheit und Blindheit gekommen. Niemand – Mann oder Weib – könnte daran denken, Euer redliches Herz, Euer mannhaftes Wesen und Eure einfache Wahrheitsliebe zusammen mit der lärmenden Selbstsucht, der schmutzigen Habsucht und der übermütigen Wildheit Henry Marchs zu nennen. Das Beste noch, was von ihm gesagt werden kann, ist in seinem Namen Hurry Skurry zu finden, der, wenn nicht viel Schlimmes, auch eben nicht viel Gutes besagt. Sogar mein Vater, mit dem andern der Befriedigung seiner Neigungen und Gefühle nachgehend wie eben im jetzigen Augenblick, erkennt doch wohl den Unterschied zwischen euch. Das *weiß* ich; denn das hat er mir selbst offen erklärt.«

Judith war ein Mädchen von schnellen Empfindungen und von ungestümen Gefühlen. Da sie wenig von dem Zwang wußte, welcher die Offenbarung der Gemütsbewegungen junger, weiblicher Seelen bei solchen beschränkt und hemmt, die in den Sitten und Gewohnheiten des zivilisierten Lebens aufwachsen, verriet sie die ihrigen mit einer Offenheit, die so rein natürlich war, daß sie weit über den Künsten der Koketterie stand, ebenso wie über ihrer Herzlosigkeit. Sie hatte sogar jetzt eine der harten Hände des Jägers ergriffen und sie mit ihren beiden Händen gedrückt, mit einer Wärme und einem Ernst, die zeigten, wie aufrichtig ihre Sprache war. Es war vielleicht ein Glück, daß sie gerade durch das Übermaß ihrer Gefühle zum Schweigen genötigt wurde, denn dieselbe Gewalt hätte sie dahin bringen können, *alles* zu gestehen, was ihr Vater gesagt – denn der Alte hatte sich nicht mit einer für Wildtöter vorteilhaften Vergleichung zwischen Hurry und dem Jäger begnügt, sondern auch in seiner derben, plumpen Weise seine Tochter kurz und gut angewiesen, den erstern gänzlich fahrenzulassen und sich darauf gefaßt zu machen, des letztern Weib zu werden. Judith würde das nicht gern einem andern Manne gesagt haben, aber die arglose Treuherzigkeit Wildtöters erweckte so viel Vertrauen, daß ein Wesen von ihrem Naturell in beständiger Versuchung sich fühlen mußte, die Grenzen der Gewohnheit zu überspringen. Sie ging jedoch nicht weiter, ließ augenblicklich seine Hand wieder los und nahm wieder die Zurückhaltung an, die ihrem Geschlecht und in der Tat auch ihrer natürlichen Sittsamkeit gemäßer war.

»Dank' Euch, Judith, dank' Euch von ganzem Herzen«, versetzte der Jäger, dem seine Bescheidenheit verbot, von dem Benehmen oder von der Sprache des Mädchens eine schmeichelhafte Auslegung zu machen, »dank' Euch so herzlich, als wenn alles wahr wäre. Harry fällt ins Auge, ja, er fällt ins Auge wie die größte Tanne dieser Berge, und Schlange hat ihn dementsprechend benamst; aber manche finden Geschmack an gutem Aussehen und manche nur an guter Handlungsweise. Hurry hat *einen* Vorteil und es kommt auf ihn an, ob er auch den andern haben soll oder – horcht! Das ist Eures Vaters Stimme, und er spricht wie einer, der über etwas ergrimmt ist.«

»Gott bewahre uns vor weitern solchen entsetzlichen Szenen!« rief Judith, ihr Gesicht zu den Knien herunterbeugend und bestrebt, indem sie sich mit den Händen die Ohren zuhielt, die widerlichen Töne von sich fernzuhalten. »Ich wünschte manchmal, ich hätte keinen Vater!«

Sie sagte dies mit Bitterkeit, und die quälenden Erinnerungen, die ihr diese Worte ausspreßten, wurden bitter von ihr gefühlt. Es ist unmöglich zu sagen, was sie noch weiter hätte äußern mögen, hätte nicht eine sanfte, leise Stimme dicht an ihrer Seite gesprochen.

»Judith, ich hätte Vater und Hurry ein Kapitel lesen sollen!« sagte die unschuldige, aber geängstigte Sprecherin, »das würde sie abgehalten haben, auf ein solches Unternehmen auszuziehen. Ruft Ihr sie, Wildtöter, und sagt ihnen, ich verlange nach ihnen, und es werde für sie beide gut sein, wenn sie umkehren und meinen Worten horchen.«

»Ach Gott! – arme Hetty, Ihr wißt wenig von der Gier nach Geld und Rache, wenn Ihr glaubt, sie lasse sich so leicht von ihrem Bestreben abziehen! Aber das ist ein ganz seltsamer Handel, in mehr als einer Weise, Judith! Ich höre Euren Vater und Hurry brüllen wie Bären, und doch kommt kein Laut aus dem Munde des jungen Häuptlings. Das Geheimtun hat sein Ziel gefunden, und doch schweigt sein Kriegsruf, der nach der Regel unter solchen Umständen an den Bergen widerhallen sollte!«

»Die Gerechtigkeit hat ihn vielleicht ereilt, und sein Tod hat das Leben von Unschuldigen gerettet!«

»Nicht so – nicht so – die Schlange ist es nicht, die es entgelten müßte, wenn *das* das Gesetz sein sollte. Gewiß hat kein Angriff stattgefunden, und es ist höchst wahrscheinlich, daß die

Männer das Lager verlassen gefunden haben und mit getäuschter Hoffnung zurückkommen. Das erklärt das Gebrüll Hurrys und das Schweigen der Schlange.«

Gerade in diesem Augenblicke hörte man im Kanu einen Ruderschlag fallen; denn der Verdruß hatte March ganz rücksichtslos gemacht, und Wildtöter war jetzt von der Richtigkeit seiner Vermutung überzeugt. Da das Segel herabgelassen, war die Arche nicht weit geschwommen, und nach wenigen Minuten hörte er Chingachgook in leisem, ruhigem Tone Hutter Anweisung geben, wie er steuern sollte, um sie zu erreichen. In kürzerer Zeit, als die Erzählung erfordert, erreichte das Kanu die Fähre, und die Abenteurer stiegen auf diese herüber. Weder Hutter noch Hurry sprachen von dem Vorgefallenen; der Delaware aber sprach, als er an seinem Freunde vorbeikam, nur die Worte: »Das Feuer ist aus!« die, wenn nicht buchstäblich wahr, doch dem andern die Wahrheit zur Genüge erklärten.

Jetzt entstand die Frage, in welcher Richtung zu steuern sei. Eine kurze, mürrische Beratung wurde gehalten, wo Hutter entschied: das klügste würde sein, in beständiger Bewegung zu bleiben – als das sicherste Mittel, jeden Versuch einer Überraschung zu vereiteln; zugleich kündigte er seine und Marchs Absicht an, sich für den Verlust des Schlafs während ihrer Gefangenschaft schadlos zu halten und sich niederzulegen. Da der Wind noch immer umschlug und leicht wehte, wurde am Ende beschlossen, vor ihm her zu segeln, komme er, von welcher Richtung er wolle, solange er nur die Arche nicht an den Strand treibe. Nachdem dieser Punkt festgelegt war, halfen die befreiten Gefangenen die Segel aufziehen und warfen sich dann auf zwei Pritschen, Wildtöter und seinem Freunde überlassend, nach den Bewegungen der Arche zu sehen, da keiner von den letztern zu schlafen gesonnen war. Wegen der Verabredung mit Hist war diese Austeilung der Rollen allen Teilen recht, und daß Judith und Hetty auch aufblieben, verminderte in keiner Weise die Annehmlichkeiten der den Wache Haltenden zugeteilten Rolle.

Eine Zeitlang trieb die Fähre mehr an der westlichen Küste hin, als daß sie segelte, einer leisen südlichen Luftströmung folgend. Die Bewegung war langsam, nicht über ein paar Meilen in der Stunde, aber die zwei Männer bemerkten, daß sie sie nicht bloß zu dem Punkte führte, den sie zu erreichen wünschten, sondern auch in einem Verhältnis der Schnelligkeit, wie es gerade die noch übrige Zeit erforderte. Aber wenig ward in dieser Zeit gesprochen, selbst von den Mädchen, und dies wenige bezog sich mehr auf die Befreiung Hists als auf andere Gegenstände. Der Indianer war dem äußern Anschein nach ruhig; aber wie Minute um Minute verstrich, wurden seine Gefühle immer aufgeregter, bis sie einen Stand erreichten, der die Ansprüche selbst der begehrlichsten Geliebten befriedigt haben würde. Wildtöter steuerte das Fahrzeug so viel in den Buchten hin, als die Vorsicht erlaubte, mit dem gedoppelten Zweck, unter dem Schatten der Wälder zu segeln und Zeichen von einem Lager auf der Küste zu entdecken, an dem sie etwa vorbeikämen. In dieser Weise hatten sie einen tief gelegenen Vorsprung umsegelt und befanden sich schon in der Bai, welche zur nördlichen Grenze das Ziel hatte, auf welches sie losgingen. Das letztere war noch eine Viertelmeile entfernt, als Chingachgook schweigend zu seinem Freunde trat und auf einen Punkt hindeutete, gerade vor ihnen. Ein kleines Feuer brannte gerade am Saum der Büsche, welche die Küste auf der Südseite des Vorsprungs einfaßten – und ließ keinen Zweifel daran übrig, daß die Indianer ihr Lager eben an den Platz oder wenigstens auf den Landvorsprung verlegt hatten, wohin Hist sie beschieden!

Sechzehntes Kapitel

Von Sonnschein du dem Tale bringst –
Von Blumen süße Kunden;
Mir aber du ein Märchen singst
Von geisterhaften Stunden

Wordsworth

Die am Schluß des vorigen Kapitels gemeldete Entdeckung war in Wildtöters und seines Freundes Augen von großer Bedeutung. Fürs erste war die Gefahr, ja, beinahe die Gewißheit vorhanden, daß Hutter und Hurry einen neuen Versuch gegen dies Lager unternehmen würden, falls sie aufwachten und dessen Position erkannten. Dann war es bedenklicher zu landen, um Hist aufzunehmen, und dann mußte auch überhaupt Unsicherheit und mußten weitere schlimme Wechselfälle die Folge des Umstandes sein, daß ihre Feinde angefangen, ihre Stellung zu ändern. Da der Delaware wußte, daß die Stunde nahe war, wo er an dem verabredeten Punkte sich einstellen sollte, dachte er nicht weiter an Trophäen, die er seinen Feinden abziehen wollte, und eine der ersten Verabredungen zwischen ihm und seinem Genossen war die, die beiden andern fortschlafen zu lassen, damit sie nicht die Ausführung ihres Plans durch einen neuen, von ihnen ausgesonnenen, durchkreuzten und vereitelten. Die Arche rückte langsam vor und hatte in diesem Verhältnis der Schnelligkeit eine volle Viertelstunde gebraucht, den Landvorsprung zu erreichen, wodurch sie Zeit zu weiterem Überlegen gewannen. Die Indianer, in der Absicht, ihr Feuer dem Auge der im Kastell (nach ihrem Wahne) Befindlichen zu entziehen, hatten es so nahe der südlichen Küste des Vorsprungs angezündet, daß es äußerst schwerhielt, hinter den Büschen die Aussicht zu versperren, obgleich Wildtöter die Richtung der Fähre nach rechts und links veränderte, in der Hoffnung, dies bewirken zu können.

»Einen Vorteil hat es, Judith, daß wir das Feuer so nahe beim Wasser finden«, sagte er, während er diese kleinen Manöver ausführte: »Es zeigt uns, daß die Mingos uns in der Hütte glauben, und daß unser Herankommen von dieser Seite ein Ereignis ist, das sie nicht erwarten. Aber es ist ein Glück, daß Harry March und Euer Vater schlafen, sonst würden sie wieder auf Skalpe Jagd machen wollen. Ha! so – jetzt fangen die Büsche an, das Feuer dem Auge zu entziehen – und jetzt sieht man es gar nicht mehr!«

Wildtöter wartete eine Weile, um sich zu versichern, daß er die gewünschte Stellung eingenommen, worauf er das verabredete Signal gab und Chingachgook den Anker auswarf und das Segel herunterließ.

Die Lage, in welcher sich die Arche jetzt befand, hatte ihre Vorteile und ihre Nachteile. Das Feuer war dem Auge dadurch entzogen worden, daß man der Küste entlang steuerte, und dadurch war man dieser vielleicht näher als wünschenswert gekommen. Aber man wußte, daß weiter einwärts im See das Wasser sehr tief war, und unter den Umständen, worin die Gesellschaft sich befand, war es, wenn irgend möglich, zu vermeiden, in tiefem Wasser Anker zu werfen. Man glaubte auch, es könne auf Meilen weit kein Floß um den Weg sein, und obgleich die Bäume in der Dunkelheit beinahe auf die Fähre herabzuhängen schienen, war es doch wohl nicht leicht, sich ihr zu nähern und an Bord zu kommen, ohne sich eines Bootes zu bedienen. Auch die dichte Finsternis, welche, mit dem Wald verschwistert, herrschte, diente als ein wirksamer Schirm und Schild, und solang man sich recht hütete, kein Geräusch zu machen, bestand wenig oder keine Gefahr, entdeckt zu werden. Auf dies alles machte Wildtöter Judith aufmerksam und unterwies sie, was sie zu tun hätte, falls Lärm entstände; denn man erachtete es für undienlich im höchsten Grade, die Schläfer zu wecken, außer im allerdringendsten Notfall.

»Und jetzt, Judith, da wir einander verstehen, ist es Zeit, daß Schlange und ich uns in das Kanu begeben«, schloß der Jäger. »Der Stern ist zwar noch nicht aufgegangen, aber er muß jetzt bald kommen, obwohl heute nacht schwerlich einer von uns wird viel von ihm zu sehen bekommen vor den Wolken. Jedoch Hist hat einen entschlossenen und klugen Geist, und sie gehört zu denen, die nicht gerade immer nötig haben, etwas vor Augen zu haben, um es zu sehen. Ich stehe Euch dafür, sie fehlt nicht um zwei Minuten und nicht zwei Fuß breit, wenn nicht die eifersüchtigen Vagabunden dort, die Mingos, aufmerksam geworden sind und sie hingesetzt haben als eine Locktaube, um uns zu fangen, oder sie fortgeschleppt und versteckt, um sich gefaßt zu machen auf einen Huronen, statt eines Mohikans, zum Gatten.«

»Wildtöter«, unterbrach ihn das Mädchen ernst, »das ist ein sehr gefährlicher Dienst; warum befaßt *Ihr* Euch überhaupt damit?«

»Ha! Nun, Ihr wißt ja, Mädchen, wir wollen Hist, der Schlange Verlobte, abholen, das Mädchen, das sie zu heiraten gedenkt, sobald wir zu dem Stamm zurückkommen.«

»Das ist alles recht für den Indianer – aber *Ihr* gedenkt nicht, Hist zu heiraten – *Ihr* seid nicht verlobt, und warum sollen *zwei* ihr Leben und ihre Freiheit aufs Spiel setzen, um zu tun, was einer ebensogut vollbringen kann?«

»Ha! – jetzt verstehe ich Euch, Judith – ja, jetzt fang' ich an, Eure Idee zu fassen. Ihr denkt, da Hist Chingachgooks Verlobte sei, wie sie es nennen, und nicht die meinige, so sei es ganz und gar *seine* Sache; und da *ein* Mann ein Kanu rudern könne, so sollte man ihn allein nach dem Mädchen ausziehen lassen. Aber Ihr vergeßt, das ist unser Vorhaben hier am See, und es nähme sich schlimm aus, ein Vorhaben zu vergessen, gerade wenn das Mißlichste kommt. Dann, wenn die Liebe bei manchen Leuten, besonders bei jungen Weibern, so viel gilt und erklärt, so gilt bei manchen andern auch die Freundschaft etwas. Ich glaube wohl, der Delaware kann allein ein Kanu rudern und allein Hist abholen, und vielleicht wäre er es ebenso zufrieden, als wenn ich ihn begleite; aber er könnte allein nicht ebenso List mit List begegnen oder einen Hinterhalt aufstöbern oder mit den Wilden kämpfen und zugleich sein Liebchen davonführen, als wenn er einen Freund bei sich hat, auf den er sich verlassen kann, wenn auch dieser Freund kein besserer ist als ich. Nein – nein – Judith, Ihr würdet nimmermehr in einem solchen Augenblick jemand verlassen, der auf Euch gezählt hätte, und Ihr könnt es billigermaßen auch von mir nicht erwarten.«

»Ich fürchte – ich glaube, Ihr habt recht, Wildtöter, und doch wünsche ich, Ihr ginget nicht! Versprecht mir wenigstens eines, und das ist: Euch nicht unter die Wilden zu wagen und nicht mehr zu tun, als das Mädchen zu retten! Das wird für einmal genug sein, und damit solltet Ihr Euch zufriedengeben.«

»Gott tröste Euch, Mädchen! Man sollte glauben, es sei Hetty, die so spreche, und nicht die rasch besonnene, wunderbare Judith Hutter! Aber Furcht macht die Weisen einfältig und die Starken schwach. Ja, davon hab' ich oft und viel Beweise gesehen! Nun, es ist gütig und sanftherzig von Euch, Judith, solche Teilnahme zu fühlen für ein Mitgeschöpf, und ich werde es immer sagen, daß Ihr wohlwollend und von treuem Gefühl seid, mögen die, die Euer schönes Aussehen beneiden, so viel müßige Märchen von Euch erzählen, als sie Lust haben.«

»Wildtöter!« unterbrach ihn das Mädchen hastig, aber beinahe erstickt von ihrer heftigen Gemütsbewegung, »glaubt Ihr alles, was Ihr von einem armen, mutterlosen Mädchen hört? Soll die schändliche Zunge Harry Hurrys mein Leben vergiften?«

»Nicht so, Judith, nicht so! Ich habe Hurry gesagt, es sei nicht mannhaft, diejenigen hinterrücks zu beißen, die er nicht durch offene Mittel gewinnen könne, und daß selbst ein Indianer immer rücksichtlich ist in bezug auf den guten Namen eines jungen Weibes.«

»Wenn ich einen Bruder hätte, sollte er sich nicht erfrechen, es zu tun!« rief Judith mit feuersprühenden Augen. »Aber da er mich ohne einen Beschützer findet, außer einem alten Mann, dessen Ohren ebenso stumpf wie seine Gefühle zu werden anfangen, steht ihm allerdings frei zu tun, was ihm beliebt.«

»Nicht so ganz, Judith, nein, das doch nicht so ganz! *Kein* Mann, Bruder oder Fremder würde ruhig dabeistehen und zusehen, wie ein so schönes Mädchen wie Ihr verunglimpft und herabgerissen würde, ohne ein Wort zu ihren Gunsten zu sagen. Es ist Hurry Ernst mit dem Wunsche, Euch zu seinem Weibe zu bekommen, und das wenige, was er zu Eurem Nachteil äußert, kommt wohl mehr von Eifersucht her als von einem andern Beweggrund. Lächelt ihm zu, wenn er erwacht, und drückt ihm die Hand nur halb so stark, als ihr die meinige vor einer Weile drücktet, und ich setze mein Leben darauf, der arme Kerl wird alles vergessen außer Eurem hübschen Gesicht. Heiße Worte kommen nicht immer aus dem Herzen, sondern öfter aus dem Magen als sonstwoher. Versucht es mit ihm, Judith, wenn er erwacht, und erkennt dann die Kraft und Tugend eines Lächelns!«

Wildtöter lachte auf seine Weise, als er schloß, und dann gab er dem geduldig aussehenden, aber innerlich sehr ungeduldigen Chingachgook seine Bereitwilligkeit zum Aufbruch zu erkennen. Als der junge Mann in das Kanu trat, stand das Mädchen regungslos wie Stein, versunken in das Nachsinnen, das die Sprache und das Benehmen des andern wohl in ihr hervorrufen mochten. Die Einfachheit und Treuherzigkeit des Jägers hatte sie völlig getäuscht; denn in ihrer engen Sphäre war Judith Meisterin in Behandlung des andern Geschlechts, obwohl sie im gegenwärtigen Falle bei allem, was sie gesagt und getan, weit mehr durch unwillkürliche Gefühle als durch Berechnung war geleitet worden. Wir wollen nicht leugnen, daß einige von Judiths Betrachtungen bitter gewesen, obwohl wir auf den weitern Verlauf der Erzählung verweisen müssen, wo sich herausstellen wird, wie verdient oder wie heftig ihre Leiden waren.

Chingachgook und sein Bleichgesichtsfreund schickten sich zu ihrem gewagten und delikaten Unternehmen mit einer Kaltblütigkeit und Umsicht an, die Männern Ehre gemacht hätte, welche sich auf ihrem zwanzigsten, statt auf dem ersten Kriegszug befanden. Der Indianer, wie seinem Verhältnis zu der schönen Flüchtigen geziemte, deren Dienst sie sich sozusagen geweiht hatten, nahm seinen Platz vorn in dem Kanu ein, während Wildtöter dessen Bewegungen vom Hinterteil aus lenkte. Vermöge dieser Anordnung mußte jener zuerst landen und mithin auch zuerst seiner Geliebten entgegentreten. Der andere hatte seinen Posten ohne weitere Bemerkung eingenommen, insgeheim jedoch geleitet von dem Gedanken, daß einer, der soviel auf dem Spiele stehen hatte wie der Indianer, wohl schwerlich das Kanu mit derselben Stetigkeit und Einsicht würde steuern können wie einer, der mehr Herrschaft über seine Gefühle besaß. Von dem Augenblick an, wo sie von der Arche abstießen, glichen die Bewegungen der beiden Abenteurer den Manövern von trefflich dressierten Soldaten, die zum erstenmal berufen sind, dem Feind im Feld zu begegnen. Bis jetzt hatte Chingachgook noch nie einen Schuß in ernstem Kampfe abgefeuert, und das Probestück seines Kriegskameraden ist dem Leser bekannt. Zwar war der Indianer gleich bei seiner ersten Ankunft einige Stunden um das Lager des Feindes herumgestrichen und hatte sich sogar, wie im vorigen Kapitel erzählt worden, hineingewagt, aber beide Versuche waren ohne Folgen geblieben. Jetzt war gewiß, daß entweder ein wichtiges Ergebnis erzielt werden oder ein schmerzliches Mißlingen der Ausgang sein mußte. Die Befreiung oder fortdauernde Gefangenschaft Hists hing von dem Unternehmen ab. Mit einem Wort: es war in der Tat die Jungfernexpedition dieser zwei ehrgeizigen jungen Waldkrieger, und während der eine dabei beseelt wurde von Gefühlen, welche gewöhnlich Männer auf diese Bahn spornen, waren bei beiden alle Empfindungen des Stolzes und der Mannhaftigkeit rege in dem Eifer, einen guten Erfolg zu gewinnen.

Statt gerade auf den Landvorsprung loszusteuern, der jetzt nicht mehr eine Viertelstunde von der Arche entfernt war, lenkte Wildtöter das Vorderteil seines Kanus schräg gegen den Mittelpunkt des Sees, in der Absicht, eine Stellung zu gewinnen, von der aus er sich der Küste nähern könnte, so daß er die Feinde bloß vor sich hätte. Die Stelle, wo Hetty gelandet war, und wo Hist versprochen hatte, sich einzufinden, war zudem eher auf der höhern als auf der niedern Seite des Vorsprungs; um sie zu erreichen, hätten die zwei Abenteurer beinahe den ganzen Vorsprung dicht an der Küste hin umfahren müssen, hätten sie nicht jenen Schritt, um dem vorzubeugen, getan. So gut ward die Notwendigkeit dieser Maßregel begriffen, daß Chingachgook ruhig fortruderte, obgleich der andere es getan hatte, ohne ihn zu befragen, und dem Anschein nach das Kanu in eine Richtung brachte, welche der von ihm eigentlich, wie man hätte denken sollen, gewünschten fast entgegengesetzt war. Wenige Minuten jedoch genügten, das Kanu so weit als nötig zu fördern, wo dann beide junge Männer, wie in instinktmäßiger Übereinkunft, zu rudern aufhörten und das Boot stehenblieb.

Die Dunkelheit nahm eher zu als ab, aber es war von dem Punkt aus, wo die Abenteurer sich befanden, doch noch möglich, die Umrisse der Berge zu unterscheiden. Umsonst wandte Wildtöter den Kopf nach Osten, um des verabredeten Sternes ansichtig zu werden; denn obgleich in dieser Himmelsgegend die Wolken in der Nähe des Horizonts sich ein wenig öffneten, blieb doch der Vorhang noch so dicht vorgezogen, daß er alles dahinter ganz verbarg. Vor ihnen lag, wie man aus der Formation des Landes darüber und dahinter wußte, der Vorsprung in einer Entfernung von etwa tausend Fuß. Von dem Kastell sah man keine Spur, auch konnte keine Bewegung, die auf jenem Teile des Sees vorging, vom Ohr vernommen werden. Der letztere Umstand mochte ebensowohl von der Entfernung, die einige Meilen betrug, als von der Tatsache herrühren, daß sich wirklich nichts bewegte. Die Arche, die von dem Kanu freilich kaum entfernter lag als der Landvorsprung, war so vollständig in den Schatten der Küste versenkt, daß sie nicht sichtbar gewesen sein würde, wäre es auch um viele Grade heller gewesen, als der Fall war.

Die Abenteurer hielten jetzt mit leiser Stimme eine Besprechung und berieten sich, welche Zeit es wohl sein möchte. Wildtöter meinte, es fehlten noch einige Minuten bis zur Zeit des Aufgangs des Sternes, während die Ungeduld des Häuptlings ihm die Nacht weiter vorgerückt erscheinen und ihn glauben ließ, seine Verlobte harre schon an der Küste seiner Ankunft. Wie man erwarten konnte, siegte des letzteren Meinung, und sein Freund schickte sich an, auf den verabredeten Platz loszusteuern. Die äußerste Vorsicht und Geschicklichkeit war jetzt bei der Handhabung und Leitung des Kanus notwendig. Die Ruderschaufeln wurden aufs geräuschloseste emporgehoben und wieder ins Wasser gesenkt, und als sie sich auf zweihundert Fuß dem Strande genähert, zog Chingachgook die seinige herein und nahm dafür die Büchse zur Hand. Als sie dem Gürtel von Finsternis noch näher kamen, der die Wälder einfaßte, sahen sie, daß sie zu weit nördlich steuerten, und veränderten demgemäß ihre Richtung. Das Kanu schien jetzt von eigenem Instinkt geleitet, so vorsichtig und bedächtig waren alle seine Bewegungen. Doch rückte es noch immer vor, bis sein Bug auf dem Kiesboden des Strandes aufstieß, genau an der Stelle, wo Hetty gelandet hatte, und von wo aus in der vorigen Nacht, als die Arche vorbeifuhr, ihre Stimme erschallt war. Wie gewöhnlich war der Strand schmal, aber Büsche faßten die Wälder ein und hingen an den meisten Stellen über das Wasser herab.

Chingachgook stieg auf dem Strande aus und untersuchte ihn sorgfältig in einiger Entfernung zu beiden Seiten des Kanus. Er war dabei öfters genötigt, bis an die Knie im See zu waten, aber keine Hist war der Lohn seines Suchens. Bei seiner Rückkehr fand er seinen Freund auch an der Küste. Sie besprachen sich sofort in flüsterndem Tone, und der Indianer befürchtete, sie möchten sich in dem Ort der Verabredung geirrt haben. Wildtöter aber fand es wahrscheinlicher, daß sie die Stunde verfehlt hätten. Während er noch sprach, ergriff er den Arm des Delawaren, ließ ihn mit dem Gesicht sich dem See zuwenden und deutete auf die Gipfel der östlichen Berge. Die Wolken waren ein wenig zerrissen, dem Anschein nach mehr hinter als über den Bergen, und der Abendstern schimmerte zwischen den Zweigen einer Fichte. Dies war in jeder Weise eine schmeichelnde Vorbedeutung, und die jungen Männer lehnten sich auf ihre Büchsen, mit gespannter Erwartung dem Laute sich nähernder Schritte lauschend. Stimmen hörten sie oft, und damit war das unterdrückte Weinen von Kindern und das leise, aber anmutige Lachen indianischer Weiber gemischt. Da die eingebornen Amerikaner ihrer Natur und Gewohnheit nach vorsichtig sind und selten einem lauten Gespräche sich hingeben, erkannten die Abenteurer aus diesen Umständen, daß sie dem Lager sehr nahe sein mußten. Es war leicht zu bemerken, daß in den Wäldern ein Feuer sein müsse, aus der Art, wie manche der höhern Äste der Bäume beleuchtet waren, aber es war von der Stelle aus, wo sie standen, nicht möglich, mit Genauigkeit zu ermitteln, wie nahe sie demselben wären. Ein paarmal schien es, als ob Personen vom Feuer her sich dem Ort der Verabredung näherten; aber diese Laute waren entweder eine reine Täuschung oder diejenigen, welche sich genähert hatten, kehrten wieder um, ehe sie an die Küste kamen. Eine Viertelstunde verstrich in solcher gespannter Erwartung und Bangigkeit, als Wildtöter vorschlug, sie wollten im Kanu den Vorsprung umfahren, eine Position ganz in der Nähe, von wo aus man das Lager sehen könne, gewinnen, die Indianer rekognoszieren und sich so instand setzen, sich beifallswertere Vermutungen über das Nichterscheinen Hists zu bilden. Der Delaware jedoch weigerte sich entschieden, den Platz zu verlassen, und führte vernünftig genug als Grund hierfür die Verlegenheit und Not des Mädchens an, wenn sie während seiner Abwesenheit ankäme. Wildtöter fühlte seines Freundes Besorgnisse mit und erbot sich, die Fahrt um den Vorsprung herum allein zu machen, während Chingachgook in dem Gebüsche versteckt zurückbleiben solle, um den etwaigen Eintritt eines glücklichen, seine Absichten begünstigenden Ereignisses abzuwarten. Mit dieser Verabredung trennten sie sich denn.

Sobald Wildtöter wieder auf seinem Posten im Hinterteil des Kanus sich befand, verließ er die Küste mit derselben Vorsicht und in derselben geräuschlosen Weise, wie er sich ihr genähert hatte. Diesmal entfernte er sich nicht weit vom Lande, da die

Büsche ein hinlängliches Versteck boten, wenn man sich so nahe wie möglich an der Küste hielt. Man konnte sich in der Tat nicht leicht eine günstigere Gelegenheit erdenken, eine Rekognoszierung um ein indianisches Lager herum anzustellen, als welche die wirkliche Lage der Dinge darbot. Die Formation des Landvorsprungs gestattete, den Platz auf drei seiner Seiten zu umkreisen, und die Bewegung des Bootes war so geräuschlos, daß jede Besorgnis wegen eines dadurch zu verursachenden Lärmes beseitigt war. Der geübteste und vorsichtigste Fuß konnte in der Dunkelheit einen Haufen Blätter aufstöbern oder einen dürren Zweig knicken, aber ein Rindenkanu konnte man über die Fläche eines glatten Wassers dahingleiten lassen, beinahe mit der instinktmäßigen Behendigkeit und gewiß mit der geräuschlosen Bewegung eines Wasservogels.

Wildtöter war beinahe in eine Linie zwischen dem Lager und der Arche gekommen, ehe er des Feuers ansichtig wurde. Es wurde ihm plötzlich und etwas unvermutet sichtbar und verursachte ihm zuerst die Besorgnis, er habe sich unvorsichtig in den Kreis von Licht, den es um sich verbreitete, gewagt. Aber da er bei einem zweiten Blick wahrnahm, daß er vor Entdeckung ganz gewiß sicher wäre, solange die Indianer sich in der Nähe des Mittelpunkts der Beleuchtung hielten, brachte er das Kanu in der vorteilhaftesten Position, die er finden konnte, zur Ruhe und begann seine Beobachtungen.

Wir haben dies ungewöhnliche Wesen vielfach beschrieben, aber vergebens, wenn wir dem Leser jetzt erst zu sagen nötig haben, daß er, unbewandert in der Gelehrsamkeit der Welt und einfach, wie er sich immer zeigte, in allen Dingen, welche die Feinheiten des konventionellen Geschmacks betrafen, doch ein Mann von starkem natürlichem und poetischem Gefühl war. Er liebte die Wälder um ihrer Frische, ihrer erhabenen Einsamkeit, ihrer Riesenhaftigkeit und des Stempels willen, den sie überall an sich trugen von der göttlichen Hand ihres Schöpfers. Er durchwanderte sie selten, ohne stillstehend zu verweilen bei irgendeiner eigentümlichen Schönheit, die ihm Freude machte, obschon er selten den Gründen dieser Freude nachzuspüren suchte. Nie verging ein Tag, ohne daß er im Geist verkehrte – und das dazu ohne die Hilfe von Formen und Sprache – mit dem unendlichen Urquell von allem, was er sah, fühlte und anschaute. Bei dieser geistigen und moralischen Organisation und bei einer Kaltblütigkeit, welche keine Gefahr aus der Fassung bringen, kein kritischer Augenblick stören konnte, darf man sich nicht wundern, daß der Jäger jetzt einen Genuß darin fand, die vor ihm liegende Szene zu beschauen, worüber er für den Augenblick den Zweck seines Besuchs vergaß. Dies wird man noch erklärlicher finden, wenn wir die Szene beschreiben.

Das Kanu lag gerade vor einer natürlichen Aussicht nicht bloß durch die das Ufer einfassenden Büsche, sondern auch durch die Bäume, welche eine volle Ansicht des Lagers gestatteten. Mittelst ebendieser Öffnung hatte man von der Arche aus zuerst das Licht gesehen. Infolge ihrer ganz neuerlichen Lagerveränderung hatten sich die Indianer noch nicht in ihre Hütten zurückgezogen, sondern sich bei ihren Vorbereitungen, Wohnung und Nahrung zugleich betreffend, verspätet. Ein großes Feuer war angemacht worden, sowohl um den Dienst von Fakkeln zu leisten, als auch zum Behuf ihres einfachen Kochens; gerade in diesem Augenblick loderte es hell und lustig auf, da es neuerdings eine tüchtige Zulage von dürrem Reisig erhalten. Die Wirkung war, daß die Gewölbe des Waldes erleuchtet und der ganze vom Lager eingenommene Platz so licht wurde, wie wenn Hunderte von Kerzen angezündet gewesen wären; die meiste Arbeit hatte aufgehört, und selbst das hungrigste Kind hatte seinen Appetit gestillt. Mit einem Wort, es war gerade der Augenblick der Abspannung und allgemeiner, träger Erschlaffung, wie er gern auf eine herzhafte Mahlzeit folgt, wenn die Mühen des Tages zu Ende sind. Die Jäger und die Fischer waren gleich glücklich gewesen, und da Lebensmittel, dies eine große Bedürfnis des Wildenlebens, im Überfluß vorhanden waren, schien jede andre Sorge untergegangen in der Empfindung der von diesem hochwichtigen Umstand abhängenden Zufriedenheit.

Wildtöter sah auf den ersten Blick, daß viele von den Kriegern abwesend waren. Sein Bekannter, Rivenoak, jedoch war anwesend und saß im Vordergrund eines Gemäldes, das ein Salvator Rosa mit Lust gemalt haben würde, seine dunkeln Züge ebenso von Freude wie von der fackelgleichen Flamme erhellt, während er einem andern von dem Stamm einen der Elefanten zeigte, die unter seinem Volke so großes Aufsehen gemacht hatten. Ein Knabe schaute in dummer Neugier über seine Schulter herein, die Gruppe zu vervollständigen. Mehr im

Hintergrund lagen acht bis zehn Krieger halb ausgestreckt auf dem Boden oder saßen da, den Rücken an die Bäume gelehnt, ebenso viele Bilder träger Ruhe. Alle hatten ihre Waffen ganz in der Nähe; zum Teil lehnten sie an denselben Bäumen wie ihre Besitzer oder lagen in nachlässiger Bereitschaft über ihren Leibern. Die Gruppe aber, welche Wildtöters Aufmerksamkeit am meisten anzog, war die aus den Weibern und Kindern bestehende. Alle Weiber schienen sich zusammengetan zu haben, und als eine Art Notwendigkeit waren ihre Kinder um sie her. Jene lachten und plauderten in ihrer gedämpften, ruhigen Weise, obwohl einer, der die Sitten des Volks kannte, wohl gemerkt haben würde, daß nicht alles im gewöhnlichen Geleise ging. Die meisten der jungen Frauen schienen wohlgemut genug zu sein; aber eine alte Hexe saß abseits mit einer lauernden, grämlichen Miene, die, wie der Jäger sogleich erkannte, verriet, daß ihr irgendeine Pflicht von unangenehmer Art von den Häuptlingen angewiesen worden war. Worin diese Pflicht bestand, konnte er nicht erraten; aber er war überzeugt, daß sie sich einigermaßen auf ihr eigenes Geschlecht beziehen müsse, da die Alten unter den Weibern in der Regel nur zu solchen und keinen andern Diensten gewählt wurden.

Natürlich sah sich Wildtöter mit lebhaftem Eifer nach der Person Hists um. Sie war nirgends sichtbar, obgleich das Licht ansehnliche Entfernungen in allen Richtungen um das Feuer her durchdrang. Ein paarmal fuhr er auf, da er ihr Lachen zu erkennen glaubte; aber sein Ohr war getäuscht worden durch die sanfte Melodie, welche man bei der Stimme der Indianerinnen so häufig findet. Endlich sprach das alte Weib laut und zornig, und dann wurde er ein paar dunkler Gestalten im Hintergrund der Bäume ansichtig, die sich, den Vorwürfen folgsam, wie es schien, umwandten und mehr in den Kreis der Helle traten. Die Gestalt eines jungen Kriegers wurde zuerst deutlich sichtbar; dann folgten zwei jugendliche Frauengestalten, von welchen eine wirklich das delawarische Mädchen war. Jetzt begriff Wildtöter alles. Hist war bewacht, vielleicht von ihrer jungen Begleiterin, gewiß aber von dem alten Weibe. Der Jüngling war vermutlich ihr oder ihrer Begleiterin Anbeter, aber selbst seiner Klugheit mißtraute man in Betracht seiner bewundernden Neigung. Die wohlbekannte Nähe solcher, die man als ihre Freunde ansehen durfte, und die Ankunft eines unbekannten roten Mannes am See hatte die gewöhnliche Sorgfalt noch geschärft, und das Mädchen hatte den sie Bewachenden nicht entschlüpfen können, um ihre Zusage zu erfüllen. Wildtöter erriet ihr Mißbehagen daraus, daß sie ein paarmal durch die Zweige der Bäume emporzublicken versuchte, um des Sterns ansichtig zu werden, den sie selbst als Zeichen für die Zeit der Zusammenkunft genannt. Alles jedoch war umsonst, und nachdem die beiden Mädchen noch eine Weile in erheuchelter Gleichgültigkeit um das Lager herumgeschlendert, verließen sie ihren Begleiter und setzten sich unter ihr Geschlecht. Sobald dies geschehen, vertauschte die alte Schildwache ihren Platz mit einem ihr angenehmeren, ein deutlicher Beweis, daß sie bisher ausschließlich der Wache gepflogen.

Wildtöter war jetzt sehr verlegen, was er weiter vornehmen solle. Er wußte wohl, daß Chingachgook sich nimmer würde zur Rückkehr nach der Arche überreden lassen, ohne einen verzweifelten Versuch zur Wiedererlangung seiner Geliebten zu machen, und seine eigne Großherzigkeit machte ihn ganz geneigt, bei einem solchen Unternehmen Beistand zu leisten. Er glaubte bei den Weibern Zeichen ihrer Absicht zu bemerken, sich für diese Nacht zur Ruhe zu begeben; falls er blieb und das Feuer hell fortbrannte, konnte er vielleicht die Hütte oder das Laubgemach entdecken, worunter Hist schlief: ein Umstand von unendlichem Vorteil für ihr weiteres Beginnen. Aber wenn er noch viel länger an diesem Orte verweilte, so bestand große Gefahr, die Ungeduld seines Freundes möchte ihn zu irgendeiner unbesonnenen Tat fortreißen. Wirklich erwartete er jeden Augenblick die dunkle Gestalt des Delawaren im Hintergrund erscheinen zu sehen, dem Tiger ähnlich, der um die Hürde herumschleicht. Alles gegeneinander erwogen, gelangte er daher am Ende zu dem Schluß: es werde besser sein, wenn er sich wieder zu seinem Freunde begebe und dessen Ungestüm durch seine eigene Kaltblütigkeit und Besonnenheit zu mäßigen versuche. Es erforderte nur ein paar Minuten, diesen Plan in Ausführung zu bringen, und zehn oder fünfzehn Minuten, nachdem das Kanu den Strand verlassen, kehrte es wieder dahin zurück.

Vielleicht einigermaßen gegen seine Erwartung traf Wildtöter den Indianer auf seinem Posten, von dem er nicht gewichen war, aus Besorgnis, seine Verlobte möchte während seiner Abwesenheit ankommen. Eine Besprechung folgte, durch die

Chingachgook mit dem Stand der Dinge im Lager bekanntgemacht wurde. Als Hist den Vorsprung als Ort des Zusammentreffens nannte, tat sie dies in der Hoffnung, von der frühern Lagerstelle aus entfliehen und sich an einen Platz begeben zu können, den sie gänzlich leer zu finden erwartete; aber der plötzliche Ortswechsel hatte alle ihre Pläne vereitelt. Eine noch viel größere Wachsamkeit als früher war jetzt nötig, und der Umstand, daß ein altes Weib auf den Wachtposten gestellt war, zeugte auch von besondern Gründen zu Besorgnissen. Alle diese Erwägungen und manche andere, die sich dem Leser leicht von selbst darbieten, wurden kurz besprochen, ehe die jungen Männer zu einer Entscheidung kamen. Da jedoch der Fall von der Art war, daß er vielmehr Taten als Worte erheischte, war die einzuschlagende Handlungsweise bald gewählt.

Die jungen Männer brachten das Kanu in eine solche Stellung, daß Hist, wenn sie an den verabredeten Platz vor ihrer Rückkehr kam, es sehen mußte, untersuchten dann ihre Waffen und begaben sich in den Wald hinein. Der ganze Vorsprung in den See hinein betrug etwa zwei Acker Land; der Teil, welcher die Landzunge bildete und wo das Lager stand, betrug eine Fläche von nur halb so großer Ausdehnung. Er war vornehmlich mit Eichen bedeckt, die, wie gewöhnlich in den amerikanischen Wäldern, sehr hoch emporwuchsen, ohne Äste auszusenden, und dann erst ein dichtes und üppiges Laubgewölbe bildeten. Unten war, außer dem Saum von dickem Buschwerk der Küste entlang, sehr wenig Unterholz, obwohl die Bäume infolge ihrer Gestalt dichter beisammenstanden, als in Gegenden gewöhnlich ist, wo das Beil frei geschaltet hat, und großen, geraden, rohen Säulen glichen, das gewöhnliche Blätterdach tragend. Der Boden war ziemlich eben, hatte jedoch eine kleine Erhöhung gegen die Mitte, welche ihn in eine nördliche und eine südliche Hälfte teilte. Auch kam ein Bach von den Seiten der benachbarten Hügel brausend herunter und bahnte sich seinen Weg in den See auf der Südseite der Landspitze. Er hatte sich ein tiefes Bett durch einige der höher gelegenen Teile des Landstriches gewühlt, und in spätern Tagen, als dieser Platz für die Zwecke der Zivilisation benutzt wurde, ist er vermöge seiner gewundenen und schattigen Ufer ein nicht geringer Zuwachs von Schönheit für die Gegend geworden. Dieser Bach lag westlich von dem Lager, und seine Wasser fanden ihren Weg in den großen Wasserbehälter der Gegend auf derselben Seite und ganz nahe dem Platze, den man für das Feuer gewählt hatte. Alle diese Umstände waren, soweit die Verhältnisse es gestatteten, von Wildtöter bemerkt und seinem Freunde mitgeteilt worden.

Der Leser begreift, daß die kleine Erhöhung des Bodens hinter dem indianischen Lager die heimliche Annäherung der zwei Abenteurer sehr begünstigte. Sie verhinderte, daß das Licht des Feuers sich auf den Hintergrund geradezu ergoß, obgleich das Land nach dem Wasser abfiel, so daß die linke oder östliche Seite der Stellung dadurch ungeschützt blieb. Wir sagen »ungeschützt«, obgleich das nicht eigentlich das Wort ist, da der Buckel hinter den Hütten und dem Feuer den verstohlen sich Nähernden vielmehr ein Versteck als den Indianern irgendeinen Schutz bot. Wildtöter drang nicht durch den Gürtel von Buschwerk unmittelbar parallel dem Kanu; denn dadurch hätte er zu plötzlich in den Bereich des Lichts kommen können, da der kleine Hügel nicht ganz bis ans Wasser reichte; sondern er folgte dem Strande nördlich, bis er beinahe der Landzunge gegenüber sich befand, wodurch er unter den Schutz des leichten Abhangs und mithin mehr in den Schatten kam.

Sobald die Freunde aus den Büschen herauswaren, machten sie halt, um zu rekognoszieren; das Feuer loderte noch hinter dem kleinen Buckel und warf sein Licht aufwärts zu den Wipfeln der Bäume empor, was mehr einen schönen als für sie vorteilhaften Effekt hervorbrachte. Doch hatte das Lodern der Flamme seine Vorteile; denn während der Hintergrund dunkel, war der Vorgrund stark beleuchtet, so daß die Wilden dem Blick ausgesetzt, ihre Feinde versteckt waren. Den letztern Umstand benutzend, näherten sich die jungen Männer vorsichtig dem Hügelrücken, Wildtöter voran; denn er bestand auf dieser Anordnung, damit sich nicht der Delaware von seinen Empfindungen zu einem unbesonnenen Schritt hinreißen ließe. Es brauchte nur einen Augenblick, bis sie den Fuß der kleinen Anhöhe erreichten, und jetzt begann der kritischste Teil des Unternehmens. Mit ausnehmender Vorsicht sich bewegend und seine Büchse so haltend, daß ihr Lauf nicht sichtbar wurde und er sich ihrer sogleich bedienen konnte, rückte der Jäger nur einen Schritt um den andern vor, bis er hoch genug gekommen war, um über den Gipfel wegzusehen – nur sein Kopf ragte in die Helle empor. Chingachgook war an seiner Seite, und beide standen still, um das Lager noch einmal genau zu besichtigen. Um sich jedoch gegen etwaige Herumstreicher in ihrem Rükken zu decken, stellten sie sich hinter den Stamm einer Eiche, auf der Seite zunächst dem Feuer.

Die Ansicht vom Lager, welche sich jetzt Wildtöter darbot, war gerade die entgegengesetzte von derjenigen, die er von der Wasserseite her gehabt. Die dämmernden Gestalten, die er vorhin wahrgenommen, mußten auf dem Gipfel des Bergrükkens gewesen sein, wenige Schritte vorwärts von der Stelle, wo er jetzt stand. Das Feuer loderte noch lustig, und um es herum saßen auf Baumstämmen dreizehn Krieger, so viele, als er von dem Kanu aus gesehen hatte. Sie besprachen sich sehr angelegentlich und eifrig untereinander, und die Figur des Elefanten ging von Hand zu Hand. Der erste Ausbruch der Verwunderung der Wilden war vorüber, und die jetzt vorliegende Erörterung betraf die Wahrscheinlichkeit der Existenz, die Geschichte und Lebensweise eines so außerordentlichen Tieres. Wir haben nicht Zeit, die Meinungen dieser rohen Männer über einen Gegenstand zu wiederholen, der ihren Erfahrungen und ihrem Leben so fremd war; aber wir sagen schwerlich zuviel, wenn wir behaupten, daß sie ebenso plausibel und weit sinnreicher waren als die Hälfte der Hypothesen, welche den Demonstrationen der Wissenschaft vorangehen. Wie sehr sie mit ihren Schlüssen und Vermutungen fehlgeschossen haben mögen, gewiß ist, daß sie die Fragen mit eifriger und ungeteilter Aufmerksamkeit erörterten. Für den Augenblick war alles übrige vergessen, und unsre Abenteurer hätten sich in keinem glücklicheren Augenblick nähern können.

Die Weiber waren alle beisammen, ungefähr so, wie Wildtöter sie zuletzt gesehen hatte, beinahe in einer Linie zwischen dem Platz, wo er jetzt stand, und dem Feuer. Die Entfernung von der Eiche, an die sich die jungen Männer lehnten, bis zu den Kriegern betrug etwa dreißig Schritte; die Weiber mochten um die Hälfte näher sein; ja, sie waren wirklich so nahe, daß die äußerste Behutsamkeit, was Bewegungen und Geräusch betraf, unerläßlich war. Obwohl sie in ihrem leisen, sanften Tone sich unterredeten, war es doch bei der tiefen Stille der Wälder möglich, sogar ganze Stücke des Gesprächs zu belauschen, und das leichtmütige Lachen, das den Mädchen entfuhr, konnte gelegentlich selbst das Kanu erreichen. Wildtöter spürte das Zittern, das den Körper seines Freundes durchzuckte, als dieser die süßen Töne vernahm, welche den derben, hübschen Lippen Hists entströmten. Er legte sogar die Hand auf die Schulter des Indianers, als eine Art Ermahnung zur Selbstbeherrschung. Als die Unterredung lebhafter wurde, beugten sich beide vor, um zu horchen.

»Die Huronen haben merkwürdigere Tiere als diese«, sagte eines der Mädchen verächtlich; denn wie bei den Männern drehte sich auch bei ihnen das Gespräch um den Elefanten und seine Eigenschaften.

»Die Delawaren mögen diese Kreatur wunderbar finden, aber keine Huronenzunge wird morgen mehr davon sprechen. Unsre jungen Männer werden sie zu finden wissen, wenn die Tiere in die Nähe unserer Wigwams zu kommen wagen.«

Dies war eigentlich an Wah-ta!-Wah gerichtet, obgleich die Sprecherin ihre Worte mit einer angenommenen Schüchternheit und Bescheidenheit aussprach, die sie die andern nicht anblicken ließ.

»Die Delawaren sind so weit entfernt, solche Kreaturen in ihr Land zu lassen«, versetzte Hist, »daß noch keine Seele auch nur ihre Bilder davon gesehen hat! Ihre jungen Männer würden die *Bilder* wie die *Bestien* selbst fortscheuchen!«

»Die delawarischen jungen Männer! – Die Nation besteht aus Weibern – selbst das Wild wandelt ruhig dahin, wenn es ihre Jäger kommen hört! Wer hat je den Namen eines jungen Kriegers der Delawaren vernommen!«

Dies wurde in gutmütigem Tone und mit Lachen gesprochen, aber zugleich doch etwas beißend. Daß Hist es so nahm, zeigte sich in der Lebhaftigkeit ihrer Antwort.

»Wer hat je den Namen eines jungen Delawaren vernommen?« wiederholte sie ernst. »Tamenund selbst, obwohl jetzt so alt wie die Tannen auf dem Berge oder wie die Adler in der Luft, war einst jung; sein Name ward vernommen von dem Großen Salzsee bis zu den süßen Wassern des Westens. Was ist die Familie der Unkas? – Wo ist eine andere so große, obgleich die Bleichgesichter ihre Gräber aufgewühlt und ihre Gebeine mit Füßen getreten haben? Fliegen die Adler so hoch, ist das Wild so schnell oder der Panther so mutig? Ist kein junger Krieger dieses Stammes da? Laßt die Huronenmädchen ihre Augen weiter auftun, so mögen sie einen sehen, Chingachgook genannt, der so stattlich ist wie eine junge Eiche und so zäh wie die Hagebuche.«

Wie das Mädchen dies in ihrer bilderreichen Sprache sagte und ihre Genossinnen die Augen weiter auftun hieß, damit sie den Delawaren sähen, stieß Wildtöter mit den Fingern seinen Freund in die Seite und überließ sich seinem herzlichen, wohlwollenden, leisen Lachen. Der andere lächelte, aber die Sprache der Redenden war zu schmeichelhaft und die Töne ihrer Stimme zu süß für ihn, als daß er sich durch ein zufälliges, wenn auch komisches Zusammentreffen von Umständen in seiner Aufmerksamkeit stören ließ. Die Rede Hists zog eine Erwiderung nach sich, und der Streit, obwohl gutmütig geführt und weit entfernt von der plumpen Heftigkeit in Ton und Gebärden, wie sie oft den Reizen des schönen Geschlechts im zivilisierten Leben, wie man es nennt, Eintrag tut, wurde warm und etwas laut. Mitten in dieser Szene hieß der Delaware seinen Freund sich ducken, so daß er ganz versteckt war, und ließ dann einen Ton hören, so ganz ähnlich dem Pfeifen der kleinsten Gattung des amerikanischen Eichhorns, daß Wildtöter selbst, obgleich er den Ton hundertmal nachahmen gehört hatte, wirklich glaubte, er rühre von einem der kleinen über seinem Haupt herumkletternden Tierchen her. Der Ton ist in den Wäldern so gewöhnlich, daß keine von den Huroninnen im geringsten darauf achtete. Hist aber hörte augenblicklich auf zu sprechen und saß regungslos da. Doch behielt sie Selbstbeherrschung genug, den Kopf nicht umzuwenden. Sie hatte das Signal vernommen, mit dem ihr Geliebter sie so oft aus dem Wigwam zur heimlichen Besprechung rief, und es kam über ihre Sinne und ihr Herz, wie die Serenade im Land des Gesanges das Mädchen ergreift.

Von diesem Augenblick an war Chingachgook überzeugt, daß sie seine Gegenwart wisse. Dies war wichtig, und er konnte jetzt hoffen, daß seine Geliebte ein weit kühneres Verfahren einschlagen werde, als sie, über seinen Aufenthaltsort ungewiß, gewählt haben würde. Es blieb kein Zweifel daran übrig, daß sie sich bestreben würde, seine Bemühungen um ihre Befreiung zu unterstützen. Wildtöter stand auf, sobald das Signal gegeben war, und obgleich er noch nie den süßen Verkehr gepflogen hatte, der nur Liebenden bekannt ist, entdeckte er doch sehr bald die große Veränderung, die mit dem Wesen und Benehmen des Mädchens vorgegangen war. Sie gab sich noch Mühe zu streiten, aber nicht mehr mit Geist und Unbefangenheit, sondern was sie sagte, war mehr nur als ein Köder hingeworfen, ihre Gegnerinnen zu leichtem Siege heranzulocken, als mit irgendeiner Hoffnung, selbst Siegerin zu werden. Zwar ein paarmal gab ihr ihre natürliche Besonnenheit eine rasche Erwiderung oder einen Beweisgrund ein, welche Lachen erregten und ihr für den Augenblick einigen Vorteil gaben; aber diese kleinen Einfälle, Früchte des Mutterwitzes, dienten nur, um besser ihre wahren Gefühle zu verhehlen und dem Triumph der andern Partei einen natürlicheren Anstrich zu geben, als er ohne sie vielleicht gehabt hätte. Endlich wurden die Streitenden müde und erhoben sich insgesamt, als wollten sie sich trennen. Jetzt zum ersten Male wagte Hist, das Gesicht nach der Richtung zu kehren, woher das Signal gekommen. Ihre Bewegung hierbei war natürlich, aber behutsam, und sie streckte den Arm aus und gähnte, wie von Schläfrigkeit übermannt. Wieder ließ sich das schrillende Pfeifen hören, und das Mädchen war jetzt gewiß, wo ihr Geliebter stehe, obgleich das starke Licht, in dem sie selbst stand, und die verhältnismäßige Dunkelheit, welche die Abenteurer umgab, sie hinderte, ihre Köpfe zu sehen, den einzigen Teil ihres Körpers, der über den Hügelrücken hervorragte. Der Baum, an den sie sich lehnte, war von einem dunkeln Schatten überzogen, der von einer ungeheuren zwischen ihm und dem Feuer stehenden Fichte herrührte, und dieser Umstand allein schon würde alle Gegenstände, die in diesen Bereich fielen, in jeder Entfernung dem Auge entzogen haben. Das wußte Wildtöter wohl, und es war einer der Gründe, warum er gerade diesen Baum gewählt hatte.

Der Augenblick, wo Hist notwendig handeln mußte, war nahe. Sie sollte in einer kleinen Hütte oder Laube schlafen, ganz in der Nahe des Ortes, wo sie stand, aufgeschlagen, und ihre Genossin war die schon erwähnte alte Hexe. War sie einmal in dieser Hütte und lag das schlaflose alte Weib, wie sie allnächtlich pflegte, quer über den Eingang hingestreckt, so war beinahe alle Hoffnung zum Entkommen zerstört, und sie konnte jeden Augenblick zu Bette gerufen werden. Zum Glück rief in diesem Augenblick einer der Krieger das alte Weib mit Namen und hieß sie, ihm Wasser zum Trinken bringen. Es war eine köstliche Quelle auf der Nordseite der Landspitze, und die Alte nahm einen ledernen Becher von einem Zweig, rief Hist an ihre Seite und ging dem Gipfel des Hügelrückens zu, in der Absicht, über die Landspitze hin zu dem natürlichen Brunnen hinabzusteigen. Alles dies sahen und verstanden die Abenteurer; sie traten in das Dunkel zurück und versteckten sich hinter Bäumen, bis die beiden Weiber an ihnen vorbeiwaren. Im Gehen hielt die Alte Hist fest an der Hand. Als sie an dem Baum vorüberkam, welcher Chingachgook und seinen Freund verbarg, griff jener nach seinem Tomahawk, in der Absicht, ihn in dem Hirnschädel des Weibes zu begraben. Der andere aber erkannte das Gefährliche einer solchen Maßregel, da *ein* Schrei ihnen alle Krieger auf den Hals ziehen konnte, und er war auch aus Gründen der Menschlichkeit einer solchen Tat abgeneigt. Daher hinderte seine Hand den Streich. Als aber die beiden vorübergeschritten, ward das Pfeifen wiederholt, und die Huronin blieb stehen und gaffte den Baum an, von welchem die Töne zu kommen schienen, und in diesem Augenblick stand sie nur sechs Fuß von ihren Feinden entfernt. Sie bezeugte ihr Erstaunen, daß so spät noch ein Eichhorn munter sein sollte, und sagte, es bedeute Unheil. Hist antwortete, sie habe dasselbe Eichhorn dreimal binnen der letzten zwanzig Minuten gehört, und sie glaube, es spanne darauf, einige Brocken, die bei der Mahlzeit übriggeblieben, zu erlangen. Diese Erklärung schien befriedigend, und sie schritten der Quelle zu, auf dem Fuß und heimlich von den Männern verfolgt. Der Becher war gefüllt, und die Alte eilte zurück, die Hand immer an dem Handgelenk des Mädchens, als sie plötzlich so heftig an der Kehle gepackt wurde, daß sie ihre Gefangene loslassen mußte und keinen andern Ton von sich geben konnte als eine Art halberstricktes Gurgeln und Röcheln. Schlange umfaßte mit dem Arm den Leib seiner Geliebten und stürzte sich mit ihr durch die Büsche auf der Nordseite der Landspitze. Hier bog er sofort ein, dem Strand entlang und rannte nach dem Kanu. Er hätte eine geradere Richtung eingeschlagen, aber dies hätte leicht zur Entdekkung des Landungsplatzes führen können.

Wildtöter spielte indes immerfort auf der Kehle des alten Weibs wie auf den Tasten einer Orgel, ließ sie von Zeit zu Zeit atmen und drückte dann wieder mit den Fingern beinahe zum Erwürgen. Aber die kurzen Fristen zum Atemholen wurden wohl benutzt, und es gelang der Alten, ein paar kreischende Töne auszustoßen, welche das Lager in Alarm brachten. Das Stampfen der Krieger, als sie vom Feuer aufsprangen, war deutlich zu hören, und im nächsten Augenblick erschienen drei oder vier von ihnen auf dem Gipfel des Hügelrückens, die auf dem lichten Hintergrund sich wie die dämmernden Schatten einer Zauberlaterne ausnahmen. Jetzt war es die höchste Zeit für den Jäger, sich zurückzuziehen. Er schlug seiner Gefangenen ein Bein unter, klemmte ihr zum Abschied noch einmal die Kehle zusammen, ebensosehr aus Rache wegen ihrer unbezwinglichen Bestrebungen, Lärm zu machen, als aus Gründen der Klugheit, verließ sie auf dem Rücken liegend und eilte den Büschen zu, – die Büchse im Gleichgewicht, den Kopf über die Schultern wendend, wie ein gehetzter Löwe.

Siebzehntes Kapitel

Schaut, weise Heil'ge, dies Eur' Licht und Stern!
Die Narr'n und Opfer seid Ihr, scheint's, ja gern!
Ist's g'nug jetzt? Wollt von uns Ihr sein betrogen,
Bis Eurer weisen Brust der letzte Hauch entflogen?
Moore

Das Feuer, das Kanu und die Quelle, von der aus Wildtöter seinen Rückzug antrat, standen so gegeneinander, daß sie die Winkel eines so ziemlich gleichseitigen Dreiecks gebildet haben würden. Die Entfernung vom Feuer zum Boote betrug etwas weniger als die Entfernung vom Feuer zu der Quelle, während die von der Quelle bis zum Boote etwa der zwischen den zwei zuerst genannten Punkten gleichkam. Dies Verhältnis aber war das bei geraden Linien, – und in dieser Art konnten die Flüchtigen ihre Flucht nicht ausführen. Sie waren gezwungen, sich zu einem Umweg zu entschließen, um den Schutz der Büsche zu gewinnen und der Krümmung des Strandes zu folgen. Unter solchen Nachteilen also trat der Jäger seinen Rückzug an – Nachteilen, deren Größe er nur um so mehr empfand vermöge seiner Kenntnis der Gewohnheiten aller Indianer, die in Fällen plötzlichen Alarms, zumal mitten in einer gedeckten Stellung, selten verfehlen, augenblicklich Plänkler nach den Seiten auszuschicken, in der Absicht, den Feinden auf allen Punkten entgegenzutreten und, wo möglich, ihnen in den Rücken zu fallen. Daß so etwas auch jetzt im Werke war, schloß er aus dem Stampfen von Füßen, das nicht bloß, wie schon gemeldet, die Anhöhe heraufkam, sondern auch, wiewohl leiser, gehört wurde in ganz anderer Linie, nicht bloß gegen den Hügel im Rücken zu, sondern auch gegen den äußersten Punkt der Landspitze, in einer Richtung, entgegengesetzt der, die er einzuschlagen im Begriffe stand. Schnelligkeit war daher jetzt von äußerster Wichtigkeit, da die verschiedenen Partien am Strand zusammentreffen konnten, ehe die Flüchtigen das Kanu zu erreichen vermochten.

Trotz der Dringlichkeit der Umstände zögerte Wildtöter doch einen Augenblick, ehe er sich in die die Küste einfassenden Büsche hineinstürzte. Seine Gefühle waren durch den ganzen Auftritt rege gemacht worden, und eine finstere Entschlossenheit war über ihn gekommen, wie sie ihm sonst fremd war. Vier dunkle Gestalten zeigten sich auf dem Hügelrücken, gegen die Helle des Feuers sich abhebend, und ein Feind konnte auf einen Blick geopfert werden. Die Indianer hatten haltgemacht und starrten in das Dunkel, die alte kreischende Hexe zu suchen, und bei manchem Mann, der weniger gedacht hätte als der Jäger, wäre der Tod *eines* von ihnen gewiß gewesen. Zum Glück war er umsichtiger. Obgleich die Büchse sich ein wenig gegen den vordersten seiner Verfolger senkte, zielte oder feuerte er doch nicht, sondern verschwand in dem Versteck. Den Strand gewinnen und ihm folgen bis herum zu dem Platz, wo Chingachgook schon mit Hist im Kanu war, ängstlich seine Ankunft erwartend, war das Werk eines Augenblicks. Seine Büchse auf den Boden des Kanus legend, bückte sich Wildtöter, um dem letztern einen kräftigen Stoß von der Küste weg zu geben, als ein gewaltiger Indianer aus den Büschen hervorstürzte und ihm wie ein Panther auf den Rücken sprang. Alles hing jetzt an einem Haar: ein falscher Schritt richtete alle zugrunde. Mit einer Großherzigkeit, die einen Römer für alle künftigen Zeiten hin berühmt gemacht haben würde, die aber in der Laufbahn eines so einfachen und niedrigen Mannes ohne diese anspruchslose Erzählung der Welt für immer fremd geblieben und verlorengegangen wäre, bot Wildtöter all seine Kraft in einer verzweiflungsvollen Anstrengung auf, stieß das Kanu mit einer Gewalt hinaus, die es in einem Augenblick vielleicht hundert Fuß weit von der Küste wegtrieb, und stürzte selbst, mit dem Kopf voran, in den See – und sein Angreifer natürlich mit ihm.

Obgleich das Wasser einige Schritte vom Strand entfernt tief war, hatte es doch so nah am Ufer, wie die Stelle war, wo die beiden Feinde hineinfielen, nur Brusthöhe, dies war jedoch schon völlig genug, um einen Mann zu töten, der unter so ungünstigen Umständen wie Wildtöter hineingestürzt war. Doch hatte er die Hände frei, und der Wilde war genötigt, seinen Hals fahren zu lassen, um selbst sein Gesicht über dem Wasser zu halten. Eine halbe Minute dauerte ein verzweiflungsvoller Kampf, ähnlich dem Gezappel eines Alligators, der eben eine gewaltige Beute ergriffen hat, und dann standen beide aufgerichtet, jeder des andern Arme zu packen suchend, um ihn am

Gebrauche des tödlichen Messers in der Finsternis zu hindern. Was der Ausgang diese heftigen Kampfes von Mann gegen Mann gewesen wäre, kann man nicht wissen: aber ein Halbdutzend Wilde sprangen ins Wasser ihrem Genossen zu Hilfe, und Wildtöter ergab sich zum Gefangenen mit einer Würde, die nicht minder bemerkenswert als seine Aufopferung war.

Den See zu verlassen und den neuen Gefangenen ans Feuer zu führen, erforderte auch nur wieder eine Minute. So beschäftigt waren sie alle mit dem Kampfe und dessen Folgen, daß sie das Kanu nicht sahen, obgleich es der Küste noch so nahe war, daß der Delaware und seine Verlobte jede Silbe ganz deutlich hörten, die gesprochen wurde; die ganze Truppe verließ den Platz, einige setzten die Verfolgung Hists den Strand entlang fort, die meisten aber kehrten zum Feuer zurück. Hier gewann Wildtöters Gegner so weit seinen Atem und seine Besinnung wieder; denn er war beinahe erwürgt worden von den Griffen des andern, – daß er die Art und Weise erzählen konnte, wie das Mädchen davongekommen. Es war jetzt zu spät, die andern Flüchtlinge anzugreifen; denn sobald sein Freund in die Gebüsche abgeführt war, senkte der Delaware seine Ruderschaufel ins Wasser, und das leichte Kanu glitt geräuschlos dahin, dem Mittelpunkt des Sees zusteuernd, bis es außer Schußweite war, und dann suchte es die Arche auf.

Als Wildtöter beim Feuer ankam, sah er sich umringt von nicht weniger als acht grimmigen Wilden, worunter sein alter Bekannter Rivenoak. Sobald dieser das Gesicht des Gefangenen erblickt hatte, redete er heimlich mit seinen Genossen, und ein leiser, aber allgemeiner Ausruf der Freude und Überraschung entfuhr ihnen. Sie hatten erfahren, daß der Besieger ihres jüngst auf der gegenüberliegenden Küste des Sees gefallenen Freundes in ihren Händen, ihrer Barmherzigkeit oder Rachsucht preisgegeben war. Es lag eine nicht geringe Beimischung von Bewunderung in den trotzigen Blicken, die auf den Gefangenen geworfen wurden, Bewunderung, die ebensosehr durch seine jetzige Fassung als durch seine vorangegangenen Taten rege gemacht wurde. Man kann sagen: diese Szene war der Anfang des großen und Schrecken verbreitenden Rufes, dessen Wildtöter oder Falkenauge, wie er nachmals genannt wurde, unter allen Stämmen von Neuyork und Kanada genoß, – ein Ruf, der freilich, was die Ausdehnung nach Länderstrekken und Menschenzahl betrifft, weit beschränkter war als der Ruf von Menschen im zivilisierten Leben, aber der vielleicht, was ihm in diesen Punkten fehlte, durch seine größere Rechtmäßigkeit und durch die gänzliche Ausschließung von Täuschung und künstlicher Pflege vergütete.

Die Arme Wildtöters wurden nicht gebunden, und es blieb ihm der freie Gebrauch seiner Hände, nachdem man ihm erst sein Messer weggenommen hatte. Die einzige Vorsichtsmaßregel, die man traf, um sich seiner Person zu versichern, war unablässige Wachsamkeit und ein starkes Seil von Bast, das von einem Knöchel zum andern ging, nicht sowohl um ihn im Gehen zu hindern, als um einem etwaigen Fluchtversuche mittelst eines plötzlichen Satzes ein Hindernis in den Weg zu legen. Selbst diese außerordentliche Vorbeugungsmaßregel gegen einen Fluchtversuch ward erst getroffen, nachdem man den Gefangenen ans Licht geführt und seine Person erkannt hatte. Es war in der Tat ein Kompliment, das man seiner Kühnheit machte, und er war stolz auf diese Auszeichnung. Daß er gebunden werden würde, wenn die Krieger schliefen, war ihm wahrscheinlich; aber im Augenblick seiner Gefangennehmung gebunden zu werden, war ein Beweis, daß er schon, und so frühe, einen Namen gewann. Während die jungen Indianer das Seil befestigten, dachte er bei sich selbst nach, ob wohl Chingachgook ebenso behandelt worden wäre, wenn auch er dem Feinde in die Hände gefallen wäre. Auch rührte der Ruf des jungen Bleichgesichts nicht ganz von dem glücklichen Erfolg seines früheren Kampfes oder von der Klugheit und Kaltblütigkeit her, die er bei der Unterhandlung erwiesen hatte, sondern hatte auch durch die Ereignisse der Nacht einen großen Zuwachs erhalten. Unbekannt mit den Bewegungen der Arche und mit dem Zufall, der die Feinde ihr Feuer hatte erblicken lassen, schrieben die Irokesen die Entdeckung ihres neuen Lagers der Wachsamkeit eines so schlauen Feindes zu. Die Art und Weise, wie er sich auf die Landspitze gewagt hatte, die Entführung oder Flucht Hists und ganz besonders die Selbstaufopferung des Gefangenen, verbunden mit der Besonnenheit, womit er das Kanu hinausgestoßen, waren ebenso viele wichtige Glieder in der Kette von Tatsachen, worauf sein wachsender Ruhm beruhte. Manche dieser Umstände hatten die Indianer selbst gesehen, manche waren ihnen erklärt worden, und alle wurden gewürdigt.

Während solche Bewunderung und Ehren so ohne Rückhalt Wildtöter gezollt wurden, entging er doch nicht einigen Beschwerlichkeiten seiner Lage. Man gestattete ihm, sich auf das Ende eines Blockes in der Nähe des Feuers zu setzen, um seine Kleider zu trocknen, und sein Gegner vor kurzem stand ihm gegenüber, bald Stücke seiner eignen ärmlichen Kleidung an die Hitze haltend, bald sich die Kehle befühlend, wo die Spuren von seines Feindes Fingern noch recht gut sichtbar waren. Die übrigen Krieger ratschlagten in der Nähe miteinander, da alle, die ausgewesen, mit der Nachricht zurückgekehrt waren, daß keine anderen Herumstreifer in der Nähe des Lagers zu finden seien. Während dieses Stands der Dinge näherte sich das alte Weib, deren indianischer Name verdolmetscht *Bärin* bedeutete, Wildtöter mit geballten Fäusten und feuersprühenden Augen. Bisher hatte sie sich mit Kreischen begnügt, eine Aufgabe, bei der sie ihre Rolle mit nicht geringem Erfolg gespielt hatte, aber nachdem sie aufs wirksamste alles in Alarm gesetzt hatte, was im Bereich einer durch lange Übung gekräftigten Lunge lag, richtete sie zunächst ihre Aufmerksamkeit auf die Unbilden, die ihre eigne Person bei dem Kampfe erlitten hatte. Diese waren in keiner Weise von Bedeutung, obwohl von einer Art, daß sie wohl alle Wut eines Weibes erwecken konnten, das längst nicht mehr mittelst sanfterer Eigenschaften anzog und sehr geneigt war, die Mühsale, die sie so lange als vernachlässigte Gattin und Mutter von Wilden erduldet, an jedem, der in ihre Gewalt kam, zu rächen. Wenn Wildtöter sie nicht auf die Dauer verletzt, hatte er ihr doch für einige Zeit Schmerzen bereitet, und sie war nicht die Person, ein Unrecht dieser Art um des Beweggrunds willen zu übersehen.

»Stinktier der Bleichgesichter«, begann diese erbitterte und halbpoetische Furie, dem unerschütterlichen Jäger die Faust unter der Nase schüttelnd, »Ihr seid nicht einmal ein Weib. Eure Freunde, die Delawaren, sind Weiber, und Ihr seid ihr Schaf. Euer eignes Volk wird Euch nicht anerkennen, und kein Stamm von roten *Männern* würde Euch in seinen Wigwams dulden; Ihr schleicht herum unter Kriegern in Unterröcken. *Ihr* unsern tapfern Freund erschlagen, der uns verlassen hat? – nein! seine große Seele verschmähte es, mit Euch zu kämpfen, und verließ lieber ihren Leib, als daß sie die Schmach auf sich geladen, *Euch* zu töten! Aber das Blut, das Ihr vergosset, als der Geist nicht zusah, ist nicht in die Erde geflossen. Es muß begraben sein in Eurem Stöhnen – welche Musik höre ich! Das ist nicht das Ächzen eines roten Mannes! – kein roter Krieger stöhnt und grunzt so wie ein Schwein. Diese Töne kommen aus einer Bleichgesichtskehle – einer Yengeesebrust – und tönen so lieblich wie eines Mädchens Singen. – Hund – Stinktier – Wiesel – Iltis – Stachelschwein – Ferkel – Kröte – Spinne – Yengee –«

Hier mußte wohl die Alte, nachdem sie ihren Atem aufgewendet und ihren Schatz von Schimpfwörtern erschöpft hatte, einen Augenblick innehalten, obwohl sie noch immer beide Fäuste dem Gefangenen ins Gesicht schüttelte und ihr ganzes mit Runzeln bedecktes Gesicht voll wilder, erbitterter Rachgier war. Wildtöter betrachtete diese ohnmächtigen Versuche, ihn aufzubringen, mit der Gleichgültigkeit, womit in unserm Zustand der Gesellschaft ein Gentleman auf die Schimpfreden eines Lumpen herabsieht; er fühlte, daß die Zunge eines alten Weibes nimmermehr einen Krieger verunehren konnte, so wie dieser weiß, daß Lüge und Gemeinheit auf die Länge nur diejenigen beschimpfen, die sich ihrer bedienen mögen; aber für den Augenblick wurden ihm weitere Angriffe erspart durch das Dazwischentreten Rivenoaks, der die Hexe beiseite schob, sie den Ort verlassen hieß und sich anschickte, sich neben den Gefangenen zu setzen. Das alte Weib entfernte sich, aber der Jäger erkannte, daß er der Gegenstand aller ihrer Belästigungen und Quälereien, wenn auch nicht tätlicher Mißhandlungen sein würde, solang er in der Gewalt seiner Feinde blieb; denn nichts wurmt tiefer als das Bewußtsein, daß ein Versuch, jemand in Zorn zu bringen, mit Verachtung aufgenommen worden ist, – einem Gefühl, das gewöhnlich das passivste von allen in der menschlichen Brust gehegten zu sein pflegt. Rivenoak nahm ruhig seinen Sitz, wie wir schon erwähnt, ein, und nach einem kurzen Stillschweigen begann er ein Gespräch, das wir natürlich wieder zum Besten der Leser übersetzen, welche die nordamerikanischen Sprachen nicht studiert haben.

»Mein Bleichgesichtsfreund ist sehr willkommen«, sagte der Indianer mit einem vertraulichen Kopfnicken und mit einem so versteckten Lächeln, daß Wildtöters ganze Aufmerksamkeit nötig war, um es zu entdecken, und nicht wenig von seiner Philosophie, um dabei ganz ruhig zu bleiben, »er ist willkommen.

Die Huronen unterhalten ein heißes Feuer, des weißen Mannes Kleider daran zu trocknen.«

»Ich danke Euch, Hurone oder Mingo, oder wie ich Euch eigentlich zu nennen habe«, versetzte der andere, »ich danke Euch für den Willkomm und danke Euch für das Feuer. Beide sind gut in ihrer Art, und das letztere ist sehr gut, wenn einer in einem so kalten Bade gewesen, wie der Glimmerglas ist. Selbst Huronenwärme mag in einem solchen Zeitpunkt angenehm sein einem Mann mit einem Delawarenherzen.«

»Das Bleichgesicht – aber mein Bruder hat einen Namen? Ein so großer Krieger hat doch wohl nicht ohne einen Namen gelebt!«

»Mingo«, sagte der Jäger, und etwas von der Schwäche der menschlichen Natur offenbarte sich in dem Blicke seines Auges und in der Farbe seiner Wangen, »Mingo, *Euer* Tapfrer nannte mich Falkenauge, ich glaube: wegen meines raschen und sichern Zielens, als er mit seinem Haupt in meinem Schoß lag, ehe sein Geist nach den glücklichen Jagdrevieren aufflog!«

»Es ist ein guter Name. Der Falke ist seines Stoßes sicher. Falkenauge ist kein Weib, warum lebt er bei den Delawaren?«

»Ich verstehe Euch, Mingo, aber wir betrachten das alles als eine Tücke von einigen Eurer listigen Teufel, und leugnen die Beschuldigung. Die Vorsehung hat mich jung unter die Delawaren versetzt, und abgerechnet, was christliche Gebräuche von meiner Farbe und meinen Gaben fordern, hoffe ich, in ihrem Stamme zu leben und zu sterben. Doch aber bin ich nicht gemeint, meine angebornen Rechte ganz wegzuwerfen, und werde mich bestreben, die Pflicht eines Bleichgesichtes in Gesellschaft von Rothäuten zu erfüllen.«

»Gut, ein Hurone ist eine Rothaut, so gut wie ein Delaware. Falkenauge ist mehr ein Hurone als ein Weib.«

»Ich denke, Mingo, Ihr kennt Eure eigne Meinung; wenn nicht, so ist sie doch, wie ich nicht zweifle, dem Satan wohlbekannt? Aber wenn Ihr etwas von mir herausbringen wollt, so sprecht deutlicher; denn einen Handel kann man nicht abschließen mit verbundnen Augen und gelähmter Zunge.«

»Gut, Falkenauge hat keine Gabelzunge, und er liebt zu sagen, was er denkt. Er ist ein Bekannter der Bisamratze«, – mit diesem Namen bezeichneten alle Indianer Hutter – »und er hat in seinem Wigwam gewohnt, aber er ist nicht ein Freund von ihm. Es ist ihm nicht um Skalpe zu tun wie einem armseligen Indianer, sondern er kämpft wie ein mannhaftes Bleichgesicht. Die Bisamratze ist weder weiß noch rot, weder Tier noch Fisch. Sie ist eine Wasserschlange: manchmal im Wasser, manchmal auf dem Land. Sie trachtet nach Skalpen wie ein Räuber. Falkenauge kann zurückgehen und ihr sagen, wie er die Huronen überlistet habe, wie er entkommen sei, und wenn dann seine Augen in einem Nebel sind, wenn er nicht mehr von seiner Kajüte bis zu den Wäldern sehen kann – dann kann Falkenauge die Türe öffnen für die Huronen. Und wie wird der Raub geteilt werden? Ha! Falkenauge wird das meiste hinwegnehmen, und die Huronen werden nehmen, was er übriglassen mag. Die Skalpe können nach Kanada wandern; denn ein Bleichgesicht hat keine Lust daran.«

»Nun gut, Rivenoak, denn so höre ich Euch nennen, das ist einmal deutlich gesprochen, obwohl auf irokesisch. Ich verstehe wohl alles, was Ihr meint, und muß sagen, diese Teufelei geht selbst über Mingoteufelei hinaus. Ohne Zweifel, es wäre leicht, zurückzugehen und der Bisamratze zu sagen, daß ich von Euch losgekommen, und dazu noch durch die Tat einiges Lob und Ansehen zu gewinnen.«

»Gut, das ist es, was ich von dem Bleichgesicht wünschte.«

»Ja, ja – das ist klar genug. Ich weiß ohne weitere Worte, was Ihr von mir verlangt. Während ich im Hause der Bisamratze sitze und ihr Brot esse und mit ihren Töchtern lache und plaudere, könnte ich ihre Augen mit einem dicken Nebel umhüllen, daß sie nicht einmal die Türe, geschweige das Land sähe!«

»Gut. Falkenauge sollte ein Hurone geboren sein! Sein Blut ist kaum halb weiß!«

»Da irrt Ihr, Hurone, ja, da irrt Ihr so gewaltig, wie wenn Ihr einen Wolf für einen Panther hieltet. Ich bin weiß an Blut, Herz, Natur und Gaben, obwohl ein wenig Rothaut in Gefühlen und Lebensart. Aber wenn des alten Hutters Augen recht benebelt sind und seine hübschen Töchter vielleicht in tiefem Schlaf liegen und Harry Hurry, die große Fichte, wie Ihr Indianer ihn nennt, von allem eher als von Unheil träumt und alle denken, Falkenauge versehe den Dienst einer treuen Schildwache, hätte ich weiter nichts zu tun, als irgendwo eine Fackel zum kenntlichen Signal auszustecken, die Türe zu öffnen und die Huronen einzulassen, um sie alle niederzuschlagen.«

»Gewiß ist mein Bruder im Irrtum: er kann nicht weiß sein! Er ist würdig, ein großer Häuptling unter den Huronen zu sein!«

»Das ist sehr wahr, glaube ich gern, wenn er dies alles zu tun imstande wäre. Jetzt merkt auf, Hurone, und hört auch einmal ein paar ehrliche Worte aus dem Mund eines geraden, einfachen Mannes. Ich bin als Christ geboren, und die von einem solchen Stamme kommen und den Worten horchen, die zu ihren Vätern geredet wurden und zu ihren Kindern werden geredet werden, bis die Erde mit allem, was darin ist, vergeht, können sich nimmermehr zu solcher Verruchtheit hergeben. Listen im Krieg mögen rechtmäßig sein und *sind* es, aber Listen und Trug und Verräterei unter Freunden passen nur für die Teufel unter den Bleichgesichtern. Ich weiß, daß es weiße Männer genug gibt, die Euch eine so falsche Idee von unsrer Natur geben können, aber die sind untreu ihrem Blut und ihren Gaben und sollten, wenn sie es nicht wirklich sind, Ausgestoßene und Vagabunden sein. Kein rechtliches Bleichgesicht könnte tun, was Ihr verlangt, und um so offen gegen Euch zu sein, als es meine Art und mein Bestreben ist, nach meinem Urteil auch kein rechtlicher Delaware; mit einem Mingo mag es ein anderer Fall sein.«

Der Hurone hörte diese Abfertigung mit sehr begreiflichem Widerwillen an, aber er hatte seine Zwecke fest im Auge und war zu schlau, um alle Aussicht, sie noch zu erreichen, durch eine übereilte Kundgebung seines Unmuts zu vereiteln. Sich zu einem Lächeln zwingend, schien er eifrig zuzuhören und erwog dann nachdenklich, was er vernommen hatte.

»Liebt Falkenauge die Bisamratze?« fragte er plötzlich, »oder liebt er seine Töchter?«

»Keines von beiden, Mingo! Der alte Tom ist nicht der Mann, meine Liebe zu gewinnen, und was die Töchter betrifft, die sind hübsch genug, um jedem jungen Manne zu gefallen; aber Gründe genug sind gegen eine sehr große Liebe für die eine oder die andere. Hetty ist eine gute Seele, aber die Natur hat eine schwere Hand auf ihren Geist gelegt, – das arme Geschöpf!«

»Und die Wilde Rose!« rief der Hurone – denn der Ruf von Judiths Schönheit hatte sich unter denen verbreitet, welche in der Wildnis so gut zu reisen wußten wie auf der Heerstraße, mittelst alter Adlernester, Felsen und geborstener Bäume, die ihnen durch Sage und Überlieferung bekannt waren: so gut wie unter den weißen Grenzbewohnern – »und die Wilde Rose, ist sie nicht süß genug, um an die Brust meines Bruders gesteckt zu werden?«

Wildtöter besaß zu viel vom gebornen Gentleman, um das mindeste gegen den guten Ruf eines durch Natur und Stellung so hilflosen Wesens zu äußern, und da er keine Unwahrheit reden mochte, schwieg er lieber ganz. Der Hurone mißverstand den Beweggrund und vermutete, seiner Zurückhaltung liege eine nicht erhörte Neigung zugrunde. Immer noch trachtend, seinen Gefangenen zu verführen oder zu bestechen, um in den Besitz der Schätze zu kommen, womit seine Einbildungskraft das Kastell anfüllte, setzte er seine Angriffe beharrlich fort.

»Falkenauge spricht mit einem Freund«, sagte er. »Er weiß, daß Rivenoak der Mann seines Wortes ist; denn sie haben miteinander gehandelt, und Handel öffnet die Seele. Mein Freund ist hierhergekommen, wegen einer kleinen Schnur, von einem Mädchen festgehalten, welches den mannhaftesten Krieger ganz und gar nach sich reißen kann?«

»Jetzt seid Ihr der Wahrheit näher, Hurone, als je zuvor, seit unser Gespräch begonnen. Aber das eine Ende dieser Schnur war nicht an meinem Herzen befestigt, auch haftete keines an der Wilden Rose.«

»Das ist wunderbar! Liebt mein Bruder mit seinem Kopf und nicht mit seinem Herzen? Und kann die Schwachsinnige so hart an einem so mannhaften Krieger zerren?«

»Da ist es wieder! Manchmal richtig und manchmal falsch! Die Schnur, davon Ihr sprachet, ist befestigt an dem Herzen eines großen Delawaren; eigentlich eines vom Mohikanstamm, der unter den Delawaren lebt seit der Zerstreuung seines eignen Volkes und der Familie der Unkas – Chingachgook mit Namen oder Große Schlange. Er ist hierhergekommen, geleitet von jener Schnur, und ich bin ihm gefolgt, oder vielmehr ging ihm voran; denn ich kam zuerst hierher, durch nichts Stärkeres hergezogen als durch Freundschaft, die stark genug ist bei solchen, die nicht neidlos sind mit ihren Gefühlen und gern auch ein wenig für ihre Mitgeschöpfe leben, so gut wie für sich selbst.«

»Aber eine Schnur hat zwei Enden – eines ist befestigt am Herzen eines Mohikans, und das andere –?«

»Ha, das andere war hier, dicht am Feuer, noch vor einer halben Stunde. Wah-ta!-Wah hielt es in ihrer Hand, wenn es nicht an ihrem Herzen haftete.«

»Ich verstehe, was Ihr meint, mein Bruder«, versetzte der Indianer ernst, jetzt erst dem Zusammenhange der Ereignisse des Abends auf die Spur kommend. »Die Große Schlange, als der Stärkste, zog an der Schnur, und Hist war gezwungen, uns zu verlassen.«

»Ich denke nicht, daß es viel Ziehens brauchte«, erwiderte der andere, immer in seiner stillen Weise lachend, und das so herzlich, als wäre er kein Gefangener, in Gefahr von Martern und Tod schwebend, gewesen. »Ich glaube nicht, daß es da viel Ziehens brauchte, nein, wahrhaftig nicht. Gott tröste Euch, Hurone, er hat das Mädchen gern und das Mädchen ihn, und es ging über Huronenlist, zwei junge Leute voneinander getrennt zu halten, wenn ein so starkes Gefühl sie aneinander knüpfte.«

»Und Falkenauge und Chingachgook kamen nur mit diesem Vorhaben in unser Lager?«

»Das ist eine Frage, die sich selbst beantwortet, Mingo! Ja, wenn eine Frage reden könnte, sie würde sich selbst beantworten zu Eurer vollkommnen Befriedigung. Warum sonst sollten wir kommen? Und doch ist es nicht ganz genau so; denn wir kamen gar nicht in Euer Lager, sondern nur bis an die Fichte dort, die Ihr auf der andern Seite des Hügelrückens seht, wo wir standen und Euer Tun und Treiben beobachteten, solang es uns beliebte. Als wir fertig waren, gab Schlange sein Signal, und dann ging alles genau, wie es gehen konnte, bis zu dem Augenblick, wo der Vagabund dort mir auf den Rücken sprang. Gewiß! deshalb kamen wir und in keiner andern Absicht, und wir erreichten, weshalb wir kamen; es wäre nutzlos, etwas anderes behaupten zu wollen. Hist ist auf und davon mit einem Mann, der so gut wie ihr Gatte ist, und begegne mir, was da wolle: *das* ist wenigstens etwas Gutes gewonnen.«

»Welches Zeichen oder Signal benachrichtigte das junge Mädchen, daß ihr Liebhaber in der Nähe sei?« fragte der alte Hurone mit größerer Neugier, als er sonst zu verraten pflegte.

Wildtöter lachte wieder und schien sich des Gelingens der Tat mit so herzlicher Fröhlichkeit zu freuen, wie wenn er nicht das Opfer davon geworden wäre.

»Eure Eichhörner sind große Nachtschwärmer, Mingo!« rief er, noch immer lachend – »ja, die sind gewiß rechte Nachtschwärmer! Wenn andrer Leute Eichhörner zu Hause sind und schlafen, sind die Eurigen noch auf den Bäumen lustig und munter und pfeifen und singen in einer Weise, daß selbst ein delawarisches Mädchen ihre Musik verstehen kann! Nun, es gibt vierbeinige Eichhörner und es gibt zweibeinige Eichhörner, und ich lobe mir die letztern, wenn eine gute, zähe Schnur zwei Herzen zusammenknüpft. Wenn diese sie zusammenbringt, so sagt jenes, wann es gilt, es am stärksten zu ziehen!«

Der Hurone sah ärgerlich aus, doch gelang es ihm, jede heftige Äußerung seiner Erbitterung zu unterdrücken. Er verließ bald seinen Gefangenen, begab sich zu den andern Kriegern und teilte ihnen das Wesentliche dessen, was er erfahren hatte, mit. Wie er selbst, so fühlten auch die übrigen Bewunderung neben ihrem Verdruß über die Keckheit und die gelungene Tat ihrer Feinde. Drei oder vier von ihnen stiegen auf die kleine Anhöhe hinauf und betrachteten den Baum, wo sich die Abenteurer, wie sie gehört, aufgestellt hatten, und einer stieg sogar hinab und suchte unten herum nach Fußtapfen, um sich zu versichern, daß jene Angabe wahr sei. Das Ergebnis bestätigte die Erzählung des Gefangenen, und alle kehrten mit erhöhter Verwunderung und Achtung zum Feuer zurück. Der Bote, der mit einigen Mitteilungen von der Truppe weiter oben angekommen war, während die zwei Abenteurer das Lager beobachteten, ward jetzt mit einer Antwort fortgeschickt und nahm ohne Zweifel den Bericht über alles hier Vorgefallene mit sich.

Bis zu diesem Augenblick hatte der junge Indianer, den man mit Hist und einem andern Mädchen hatte herumgehen sehen, keine Schritte getan, eine Unterredung mit Wildtöter anzuknüpfen. Er hatte sich selbst von seinen Freunden ferngehalten und war bei der Versammlung jüngerer Weiber auf und ab geschritten, die wie gewöhnlich sich abgesondert zusammengetan hatten und sich leise über die Flucht ihrer bisherigen Genossin besprachen. Vielleicht wäre der Wahrheit gemäß zu sagen, daß diese letztern über das Vorgefallene ebenso vergnügt als ärgerlich waren. Ihre weiblichen Gefühle sprachen für die Liebenden, während ihr Stolz bei dem Erfolge ihres eignen Stammes beteiligt war. Es ist auch möglich, daß die überlegenen persönlichen Vorzüge Hists sie für einige von dem jüngern Teile der

Gruppe gefährlich machten und es diesen nicht leid war, sie der Macht ihrer Reize nicht mehr im Wege stehen zu sehen. Im ganzen jedoch herrschte das bessere Gefühl vor; denn weder der wilde Zustand, worin sie lebten, und die Stammesvorurteile der einzelnen Völkerschaften, noch ihr hartes Los als indianische Weiber hatten die unvertilgbare Hinneigung ihres Geschlechtes zu sanfteren Gefühlen gänzlich zu besiegen vermocht. Eines von den Mädchen lachte sogar über die trostlosen Mienen des Burschen, der sich als verlassen betrachten mochte, ein Umstand, der plötzlich seine Tatkraft zu erwecken schien und ihn veranlaßte, zu dem Stamm hinzutreten, auf welchem der Gefangene noch immer, seine Kleider trocknend, saß.

»Das ist Pantherkatze!« sagte der Indianer, sich prahlerisch mit der Hand auf die nackte Brust schlagend, indem er jene Worte in einer Weise sprach, die zeigte, welchen großen Eindruck er von ihnen erwartete.

»Das ist Falkenauge«, versetzte ganz ruhig Wildtöter, den Namen sich beilegend, unter welchem er künftighin allen Männern der Irokesen bekannt zu werden gewiß war. »Mein Gesicht ist scharf, reicht meines Bruders Sprung weit?«

»Von hier bis zu den Dörfern der Delawaren. Falkenauge hat mein Weib gestohlen; er muß sie zurückbringen, oder sein Skalp wird an einem Pfahl hängen und in meinem Wigwam trocknen.«

»Falkenauge hat nichts gestohlen, Hurone. Er stammt nicht von einem Diebsgeschlecht und hat keine Diebesgaben. Euer Weib, wie Ihr Wah-ta!-Wah nennt, wird nie das Weib eines der Rothäute aus den Kanadas werden; ihre Seele ist in der Hütte eines Delawaren, und ihr Leib ist gegangen, sie zu suchen. Die Pantherkatze ist schnell, das weiß ich, aber ihre Füße können nicht Schritt halten mit den Wünschen eines Weibes.«

»Die Schlange der Delawaren ist ein Hund; er ist ein armseliger Ochsenfrosch, der sich im Wasser hält; er fürchtet sich auf festem Boden zu stehen wie ein tapfrer Indianer.«

»Ei, ei, Hurone, das ist ziemlich unverschämt, sintemalen es nicht eine Stunde ist, daß Schlange nur hundert Fuß von Euch entfernt stand, und die Dicke Eurer Haut mit einer Büchsenkugel probiert haben würde, als ich ihm auf Euch hindeutete, hätte ich nicht das Gewicht einiger Überlegung auf seine Hand gelegt. Ihr mögt Mädchen in den Ansiedlungen fangen mit Eurem Pantherkatzengeheul, aber das Ohr eines Mannes kann Wahrheit von Unwahrheit unterscheiden.«

»Hist lacht über ihn! Sie sieht, er ist lahm und ein ärmlicher Jäger und ist nie auf dem Kriegspfad gewesen. Sie wird einen Mann zum Gatten nehmen und nicht einen Narren.«

»Wie wißt Ihr das, Pantherkatze? Wie wißt Ihr das?« versetzte Wildtöter lachend. »Sie ist auf den See gegangen, das seht Ihr, und vielleicht zieht sie eine Forelle einer Bastardkatze vor. Was die Kriegspfade betrifft, so haben weder Schlange noch ich viele Erfahrung, wie wir gerne gestehen; aber wenn Ihr dies keinen nennen wollt, so müßt Ihr es, wie die Mädchen in den Niederlassungen, doch die Hochstraße zum Ehestand nennen. Nehmt meinen Rat, Pantherkatze, und sucht Euch ein Weib unter den jungen Huroninnen; unter den Delawarinnen werdet Ihr nie eine mit ihrem guten Willen bekommen.«

Pantherkatzes Hand fühlte nach seinem Tomahawk, und als die Finger den Griff faßten, zogen sie sich krampfhaft zusammen, als wenn der Indianer zwischen Klugheit und Ingrimm schwankte. In diesem kritischen Augenblick näherte sich Rivenoak, veranlaßte durch eine gebieterische Gebärde den jungen Mann, sich zu entfernen, und nahm selbst seinen früheren Sitz neben Wildtöter auf dem Baumstamm ein. Hier blieb er eine kleine Weile stumm sitzen, mit der ernsten Zurückhaltung eines indianischen Häuptlings.

»Falkenauge hat recht«, begann endlich der Irokese, »sein Gesicht ist so scharf, daß er die Wahrheit sieht in einer dunkeln Nacht, und unsre Augen sind blind gewesen. Er ist eine Eule, und das Dunkel verbirgt ihm nichts. Er darf seine Freunde nicht beschädigen und erschlagen, er hat recht.«

»Es freut mich, daß Ihr so denkt, Mingo«, versetzte der andere, »denn ein Verräter ist nach meinem Urteil schlimmer als eine Memme. Ich frage so wenig nach der Bisamratze, als ein Bleichgesicht nach dem andern fragen darf; aber doch liegt er mir zu sehr am Herzen, als daß ich ihm in der Weise, wie Ihr wünschtet, einen Hinterhalt legen sollte. Kurz, nach meinen Ideen sind alle Listen, außer Listen im offenen Krieg, gegen das Recht, und wie wir Weißen es nennen, auch gegen das Evangelium.«

»Mein Bleichgesichtsbruder hat recht; er ist kein Indianer,

der seinen Manitu und seine Farbe vergäße. Die Huronen wissen, daß sie einen großen Krieger zum Gefangenen haben, und sie werden ihn als solchen behandeln. Wenn er gemartert werden soll, so werden seine Martern von der Art sein, wie kein gewöhnlicher Mann sie ertragen kann, und wenn er als Freund behandelt wird, so wird die ihm erwiesene Freundschaft die Freundschaft von Häuptlingen sein.«

Während der Hurone diese Versicherung seiner außerordentlichen Hochschätzung gab, blickte sein Auge verstohlen nach dem Gesicht des andern, um zu entdecken, wie dieser das Kompliment aufnehme, obgleich sein Ernst und seine anscheinende Aufrichtigkeit jeden, der nicht in Listen und Künsten erfahren gewesen, seine Beweggründe schwerlich hätte entdekken lassen. Wildtöter gehörte zu den Arglosen; bekannt mit den indianischen Begriffen, worin die Achtung in Behandlung von Gefangenen sich kundtat, fühlte er sein Blut gerinnen bei dieser Ankündigung, wiewohl er eine so gestählte Fassung und Miene behauptete, daß sein scharfblickender Feind darin keine Spur von Schwäche lesen konnte.

»Gott hat mich in Eure Hände gegeben, Hurone«, versetzte endlich der Gefangene, »und ich denke, Ihr werdet nach Eurem Willen mit mir verfahren. Ich will mich nicht dessen rühmen, was ich tun werde unter den Martern; denn ich bin noch nie auf die Probe gestellt worden, und vorher kann kein Mensch so etwas behaupten, aber ich will mein möglichstes tun, um dem Volk keine Schande zu machen, unter dem ich aufgewachsen bin. Indes wünschte ich jetzt, daß Ihr mir bezeugtet, daß ich ganz von weißem Blute bin und natürlich auch von weißen Gaben; somit, wenn ich sollte übermannt werden und mich vergessen, werdet Ihr, hoffe ich, den Fehler dahin stellen, wohin er eigentlich gehört, und ihn in keiner Weise den Delawaren oder ihren Verbündeten und Freunden, den Mohikans, zurechnen. Wir sind alle mit mehr oder weniger Schwäche erschaffen, und ich fürchte, die eines Bleichgesichts besteht darin, unter großen körperlichen Martern zu erliegen, während eine Rothaut ihre Lieder singt und den Feinden ins Gesicht trotzig sich ihrer Taten rühmt.«

»Wir werden sehen, Falkenauge hat eine gute Miene und er ist zäh. – Aber warum sollte er gemartert werden, wenn die Huronen ihn lieben? Er ist nicht als ihr Feind geboren, und der Tod *eines* Kriegers wird nicht für immer eine Wolke zwischen sie werfen.«

»Um so besser, Hurone, um so besser! Dennoch möchte ich nichts einem Mißverständnis über unsre beiderseitigen Gesinnungen zu verdanken haben. Es ist um so besser, wenn ihr keinen Groll nachtragt wegen des Verlustes eines Kriegers, der im Kampfe fiel; doch aber ist es unwahr, daß keine Feindschaft – rechtmäßige Feindschaft meine ich – zwischen uns bestehe. Soweit ich überhaupt Rothautgefühle habe, habe ich Delawarengefühle, und ich überlasse es Euch selbst zu beurteilen, inwieweit sie freundschaftlich gegen die Mingos sein können.«

Wildtöter hielt inne; denn eine Art Gespenst stand vor ihm, das plötzlich den Fluß seiner Worte hemmte und ihn in der Tat einen Augenblick an der Treue seines gerühmten Gesichts zweifeln machte. Hetty Hutter stand neben dem Feuer, so ruhig, als gehörte sie zu dem Stamme.

Während der Jäger und der Indianer dasaßen, jeder die Gemütsbewegungen beobachtend, die sich im Gesicht des andern aussprachen, hatte sich das Mädchen unbeachtet genähert, ohne Zweifel von dem Strand auf der südlichen Seite der Landspitze her oder derjenigen, die dem Ort zunächst lag, wo die Arche geankert hatte, und war zu dem Feuer herangeschritten mit der ihrer Einfalt eigentümlichen und durch ihre frühere Behandlung bei den Indianern allerdings gerechtfertigten Furchtlosigkeit. Sobald Rivenoak das Mädchen erblickte, erkannte er sie auch wieder und, zwei oder drei der jüngern Krieger herrufend, sandte sie der Häuptling auf Kundschaft aus, besorgt, Hettys Erscheinung möchte der Vorbote eines neuen Angriffs sein. Dann winkte er Hetty, näher heranzukommen.

»Ich hoffe, Euer Besuch ist ein Zeichen, daß Schlange und Hist in Sicherheit sind«, sagte Wildtöter, sobald das Mädchen der Aufforderung des Huronen gehorcht hatte. »Ich denke nicht, daß Ihr wieder mit dem Vorhaben an die Küste kommt, das Euch das letztemal herführte.«

»Judith hieß mich diesmal gehen, Wildtöter«, versetzte Hetty, »sie ruderte mich selbst in einem Kanu ans Land, sobald Schlange seine Hist gezeigt und seine Geschichte erzählt hatte. Wie schön ist Hist heute nacht, Wildtöter, und wieviel glücklicher sieht sie aus, als da sie bei den Huronen war!«

»Das ist Natur, Mädchen, ja, das kann man als menschliche

Natur setzen. Sie ist bei ihrem Verlobten und fürchtet nicht mehr, einen Mingo zum Mann zu bekommen. Nach meinem Urteil würde Judith selbst den größten Teil ihrer Schönheit verlieren, wenn sie dächte, sie müßte sie ganz einem Mingo hingeben! Zufriedenheit tut viel zur Befestigung des guten Aussehens, und ich will Euch dafür stehen: Hist ist zufrieden genug, nachdem sie den Händen dieser Elenden entronnen und bei ihrem auserwählten Krieger ist! Sagtet Ihr nicht, Eure Schwester habe Euch ans Land gehen heißen – wie kam Judith dazu?«

»Sie bat mich zu gehen, um nach Euch zu sehen und den Versuch zu machen, die Wilden zu bereden, daß sie noch mehr Elefanten nähmen für Eure Loslassung; aber ich habe die Bibel mitgebracht, die wird mehr ausrichten, als alle Elefanten in Vaters Schrank!«

»Und Euer Vater, gute kleine Hetty – und Hurry, wußten sie von Eurem Vorhaben?«

»Nichts. Beide schlafen, und Judith und Schlange hielten es fürs beste, daß sie nicht geweckt würden, damit es sie nicht wieder gelüstete, auf Skalpe auszuziehen, wenn Hist ihnen gesagt hätte, wie wenige Krieger und wie viele Weiber und Kinder hier im Lager seien. Judith ließ mir keine Ruhe, bis ich ans Land ging, um zu sehen, was aus Euch geworden.«

»Nun, das ist auffallend, was Judith betrifft! Warum ist sie denn auch wegen meiner so in Sorgen? Ja, jetzt sehe ich, wie die Sache ist; ja, jetzt durchschaue ich die ganze Sache. Ihr müßt verstehen, Hetty, Eure Schwester ist unruhig darüber, Harry March möchte erwachen und ungeschickterweise wieder dem Feind in die Hände laufen, weil er leicht die Idee haben könnte, er müsse als Reisegesellschafter mir in dieser Sache beistehen! Hurry ist ein täppischer Mensch, das geb' ich zu; aber ich glaube nicht, daß er meinetwillen soviel wagen würde wie für sich selbst.«

»Judith kümmert sich nicht um Hurry, wenn schon Hurry wohl um sie«, versetzte Hetty unschuldig, aber mit großer Bestimmtheit.

»Ich habe Euch das schon früher sagen hören, ja, ich habe das sonst schon von Euch gehört, Mädchen, und doch ist es nicht wahr. Man lebt nicht unter einem Stamm, ohne auch etwas zu sehen von der Art und Weise, wie die Neigung im Herzen eines Weibes arbeitet. Obgleich selbst keineswegs gesonnen zu heiraten, bin ich doch unter den Delawaren ein Beobachter gewesen, und das ist eine Sache, worin Bleichgesicht- und Rothaut-Gaben ganz gleich sind. Wenn das Gefühl anfängt, ist das junge Weib nachdenklich und hat Augen und Ohren nur für den Krieger, der ihr Gemüt eingenommen hat; dann folgt Schwermut und Seufzen und derlei Gebärdungen; darnach, besonders wenn die Sachen nicht zu deutlicher Erörterung kommen, legt sie sich oft aufs Tadeln und Fehlerfinden und schilt den Jüngling eben wegen der Dinge, die ihr am besten an ihm gefallen. Manche junge Kreatur ist gar geneigt, in dieser Weise ihre Liebe zu zeigen, und ich bin der Meinung, zu diesen gehört auch Judith. Nun habe ich sie so gut als leugnen hören, daß Hurry ein gutes Aussehen habe, und mit dem jungen Weib, das *das* tut, muß es in der Tat weit gekommen sein.«

»Das junge Weib, das Hurry liebte, würde gestehen, daß er schön sei. Ich halte Hurry für *sehr* schön, Wildtöter, und gewiß muß jedermann, der Augen hat, so denken. Judith mag den Harry March nicht, und das ist der Grund, warum sie so viel an ihm aussetzt.«

»Gut – gut – meine gute kleine Hetty, sei es, wie Ihr wollt! Wenn wir auch von jetzt bis zum Winter fortschwatzten, würde doch jedes bei seiner Meinung bleiben, und so nützen Worte nichts. Ich muß glauben, daß Judith sehr in Hurry verschossen ist und daß sie ihn früher oder später nehmen wird; und dies nur um so mehr, nach der Art zu schließen, wie sie ihn schilt und mißhandelt; Ihr aber, glaube ich fast, denkt gerade das Gegenteil. Aber merkt, was ich Euch sage, Mädchen, und gebt Euch die Miene, es nicht zu wissen«, fuhr dieser Mann fort, der so blind war in einem Punkt, wo Männer gewöhnlich scharfsichtig und rasch genug sind, Entdeckungen zu machen, und so scharfblickend in Dingen, welche der Beobachtung bei weitem des größten Teils der Menschen spotten würden, »ich sehe, wie es ist mit diesen Vagabunden. Rivenoak hat uns verlassen, wie Ihr seht, und spricht mit den jungen Männern dort, und obgleich es zu weit entfernt ist, um zu *hören,* kann ich doch *sehen,* was er ihnen sagt. Er gibt ihnen Befehl, Eure Bewegungen zu beobachten und ausfindig zu machen, wo das Kanu Euch treffen soll, um Euch zur Arche zurückzuführen, und dann festzunehmen, wen und was sie können. Es tut mir leid, daß Judith Euch geschickt hat; denn ich denke mir, sie wünscht Eure Rückkehr.«

»Alles das ist schon ins reine gebracht, Wildtöter«, versetzte das Mädchen in leisem, vertraulichem und bedeutsamem Tone, »und Ihr könnt mir zutrauen, daß ich die besten Indianer dort alle überlisten werde. Ich weiß, ich bin schwachsinnig, aber doch habe ich *einigen* Sinn und Verstand, und Ihr sollt sehen, wie ich damit zurückzukommen weiß, wenn mein Vorhaben beendigt ist!«

»Ach, armes Mädchen, ich fürchte, das alles ist leichter gesagt als getan. Es ist das ein giftiges Gezücht von Gewürmen, und ihr Gift ist nicht vermindert und milder worden durch den Verlust Hists. Sehr froh bin ich, daß es Schlange gerade gelang, mit dem Mädchen sich zu retten; denn jetzt werden zwei wenigstens glücklich sein, während, wenn *er* in die Hände der Mingos gefallen wäre, zwei unglücklich und einem dritten keineswegs so zumute gewesen wäre, wie es einem Zufriedenen ist.«

»Jetzt erinnert Ihr mich an einen Teil meines Vorhabens, den ich beinahe vergessen hätte, Wildtöter. Judith trug mir auf, Euch zu fragen, was Ihr glaubt, daß die Huronen mit Euch tun würden, wenn Ihr nicht losgekauft werden könntet, und womit *sie* Euch am wirksamsten dienen könne? Ja, das war der wichtigste Teil des Auftrags – was sie tun könne, um Euch am wirksamsten zu dienen.«

»So denkt *Ihr,* Hetty, aber daran liegt nichts. Junge Weiber sind geneigt, am meisten Wert auf das zu legen, was ihre Gefühle berührt – aber das ist einerlei, sei es, wie Ihr wollt, nur nehmt Euch in acht, daß Ihr nicht die Vagabunden sich eines Kanus bemächtigen laßt. Wenn Ihr auf die Arche zurückkommt, sagt ihnen, sie sollen immer scharfe Wache, aber immer sich in Bewegung halten, ganz besonders bei Nacht. Es können nicht mehr viele Stunden vergehen, ohne daß die Truppen am Fluß von dieser Bande hören, und dann können Eure Freunde nach Unterstützung und Entsatz sich umsehen. Es ist nur ein Tagmarsch von der nächsten Garnison hierher, und rechte Soldaten werden nie müßig liegen, wenn der Feind in ihrer Nachbarschaft ist. Das ist mein Rat, und Ihr mögt Eurem Vater und Hurry sagen: auf Skalpe Jagd machen werde jetzt ein ärmliches Gewerbe sein, da die Mingos auf den Beinen und wach sind, und nichts sie retten könne, bis die Truppen anlangen, als wenn sie einen tüchtigen Wassergürtel zwischen sich und den Wilden ziehen.«

»Was soll ich Judith von Euch sagen, Wildtöter? Ich weiß, sie wird mich wieder zurückschicken, wenn ich ihr nicht die Wahrheit über *Euch* berichte.«

»Dann sagt Ihr die *Wahrheit.* Ich sehe keinen Grund, warum Judith Hutter von mir nicht so gut die *Wahrheit* hören sollte als eine Lüge. Ich bin ein Gefangener in den Händen der Indianer, und die Vorsehung allein weiß, was der Ausgang sein wird! Hört, Hetty –« und er ließ die Stimme sinken und sprach noch heimlicher und noch mehr im Vertrauen, »Ihr *seid* ein wenig schwachsinnig, muß man gestehen, aber Ihr versteht Euch ein wenig auf Indianer. Hier bin ich in ihren Händen, nachdem ich einen ihrer mutigsten Krieger getötet, und sie haben versucht, mich durch Furcht vor den Folgen ihrer Rache zu bearbeiten, Euern Vater und alle in der Arche zu verraten. Ich verstehe die Spitzbuben so gut, als wenn sie alles geradezu mit ihren Zungen herausgesagt hätten. Sie halten mir die Lockungen der Habgier auf der einen und Furcht auf der andern Seite vor, und glauben, die Ehrlichkeit werde zwischen beiden zu Fall kommen. Aber tut Eurem Vater und Hurry zu wissen, daß es vergeblich ist, Schlange weiß es schon.«

»Aber was soll ich *Judith* sagen? Sie wird mich gewiß wieder zurückschicken, wenn ich ihr Gemüt nicht beruhige.«

»Nun, sagt Judith dasselbe. Ohne Zweifel werden die Wilden ihre Martern versuchen, um mich zur Schwäche zu bringen und den Verlust ihres Kriegers zu rächen; aber ich muß mich gegen natürliche Schwäche zu behaupten suchen, so gut ich immer kann. Ihr könnt Judith sagen, sie solle sich um mich keinen Kummer machen – es wird hart kommen, das weiß ich, sintemalen eines weißen Mannes Gaben nicht dahin gehen, unter Martern zu prahlen und zu singen; denn er empfindet in der Regel am wenigsten, wenn er am ärgsten leidet – aber Ihr mögt ihr sagen, sie solle sich keinen Kummer machen. Ich denke, ich werde es schon zu ertragen wissen, und sie darf sich darauf verlassen, mag ich auch noch so sehr den Gleichmut verlieren und ganz und gar bewähren, daß ich weiß bin durch Wimmern und Stöhnen und selbst durch Tränen, – doch werde ich nie so weit kommen, daß ich meine Freunde verrate. Wenn es daran geht, daß man mit glühenden Ladestöcken Löcher ins Fleisch brennt und den Körper zerhackt und das Haar mit den Wurzeln ausrauft, mag wohl die Natur die Oberhand gewinnen, was Ächzen und Klagen anbetrifft, aber damit wird der Triumph der Vagabunden enden; nichts Geringeres, als wenn ihn Gott den Teufeln preisgibt, kann einen ehrlichen Mann seiner Farbe und seiner Pflicht untreu machen.«

Hetty hörte mit großer Aufmerksamkeit zu, und ihr mildes, aber sprechendes Gesicht verriet lebhafte Teilnahme an der im voraus geschilderten Todesqual des künftigen Dulders. Anfänglich schien sie verlegen, wie sie sich benehmen sollte; dann ergriff sie eine Hand Wildtöters und empfahl ihm dringend und liebevoll, ihre Bibel zu borgen und darin zu lesen, während ihn die Wilden mit ihren Martern peinigten. Als der andre redlich gestand, daß das Lesen über sein Vermögen gehe, erbot sie sich sogar, bei ihm zu bleiben und selbst diesen heiligen Dienst zu versehen. Das Anerbieten ward freundlich abgelehnt, und da Rivenoak im Begriff war, wieder zu ihnen zu treten, bat Wildtöter das Mädchen, ihn zu verlassen, wobei er ihr jedoch nochmals einschärfte, denen in der Arche zu sagen, daß sie volles Vertrauen in seine Treue setzen sollten. Jetzt entfernte sich Hetty und näherte sich der Gruppe von Weibern mit solcher Zuversicht und Selbstbeherrschung, als wäre sie eine Eingeborne des Stammes. Andrerseits nahm der Hurone seinen Sitz neben dem Gefangenen wieder ein und fuhr fort, ihm mit all der tückischen Schlauheit eines geübten indianischen Ratsmannes Fragen vorzulegen, während der andere seine List zuschanden machte mit den Mitteln, die, wie man weiß, auch die wirksamsten sind, die Feinheit der anspruchsvolleren Diplomatie der Zivilisation zu vereiteln – oder sich in seinen Antworten auf die Wahrheit, und die Wahrheit allein, beschränkte.

Achtzehntes Kapitel

So starb sie. Nie wird sie erfahren
Mehr Schmerz und Schmach; unfähig, daß sie trägt
Die innre Last im Lauf von Monden, Jahren,
Gleich kältern Herzen, bis ins Grab sie legt
Das Alter. Ihre Tag' und Freuden waren
Kurz, aber schön, wie sie das Schicksal pflegt
Nicht lang zu gönnen. Doch am Meeresstrand
Schläft sie nun wohl, wo sie sich gern befand.

Byron

Die jungen Männer, die bei Hettys plötzlichem Erscheinen auf Kundschaft ausgesandt worden waren, kehrten bald zurück mit dem Bericht, daß es ihnen nicht gelungen, irgend etwas zu entdecken. Einer von ihnen war sogar am Strand bis an den Platz, der der Arche gegenüberlag, hingegangen, aber die Dunkelheit hatte dies Fahrzeug seinen Blicken gänzlich entzogen. Andre hatten in verschiedenen Richtungen sich umgesehen, und überall hatten sie nur die Stille der Nacht, mit dem Schweigen und der Einsamkeit der Wälder vermählt, gefunden.

Man glaubte daher, das Mädchen sei, wie bei seinem ersten Besuch und zu einem ähnlichen Zweck, allein gekommen. Die Irokesen wußten nicht, daß die Arche das Kastell verlassen hatte, und es waren mittlerweile Bewegungen im Plane, wenn nicht schon in wirklicher Ausführung begriffen, welche auch das Gefühl der Sicherheit mächtig verstärkten. Eine Wache ward daher ausgestellt, und alle außer den Schildwachen schickten sich zum Schlafe an.

Man hatte hinlängliche Sorge getroffen, den Gefangenen sicher verwahrt zu halten, ohne ihm unnötige Leiden anzutun, und Hetty gestattete man, sich unter den indianischen Mädchen, so gut sie konnte, eine Schlafstätte zu suchen. Die freundliche Dienstfertigkeit Hists fand sie freilich nicht, obwohl ihr Charakter sie nicht bloß gegen Unbilden und Gefangenschaft sicherstellte, sondern ihr auch eine Berücksichtigung und Achtung verschaffte, vermöge der sie, was Bequemlichkeit betraf, völlig den wilden, aber gutmütigen Geschöpfen um sie her gleichgestellt wurde. Man gab ihr eine Haut, und sie machte sich selbst ihr Bett aus einem Haufen von Zweigen zurecht, ein wenig abseits von den Hütten. Hier lag sie bald wie alle um sie her in tiefem Schlafe.

Es waren jetzt dreizehn Männer bei der Truppe, und je drei auf einmal hielten Wache. Einer jedoch blieb im Schatten, nicht weit vom Feuer zurück. Seine Obliegenheit war, den Gefangenen zu bewachen, dafür Sorge zu tragen, daß das Feuer nicht so aufflackerte, daß es den Platz beleuchtete, und es doch nicht ganz erlöschen zu lassen und auf den Zustand des Lagers überhaupt ein wachsames Auge zu haben. Ein zweiter ging von einem Strand zum andern herüber und hinüber und durchkreuzte die Basis der Landspitze, während der dritte langsam an dem äußersten Rand der Küste auf und ab schritt, um eine Wiederkehr der Überraschung, die schon einmal in dieser Nacht stattgefunden, zu verhüten. Diese Einrichtung war keineswegs gewöhnlich bei Wilden, die sich in der Regel mehr auf die Heimlichkeit ihrer Bewegungen als auf eine derartige Wachsamkeit verlassen; aber sie war veranlaßt durch die eigentümlichen Umstände, in welchen sich die Huronen ebenjetzt befanden. Ihre Stellung war ihren Feinden bekannt und konnte nicht wohl zu einer Stunde, welche Schlaf und Ruhe verlangte, geändert werden. Vielleicht setzten sie auch hauptsächlich ihr Vertrauen auf das, was, wie sie zu wissen glaubten, weiter aufwärts auf dem See vorging, und was, wie sie wähnten, sämtlichen in Freiheit befindlichen Bleichgesichtern nebst ihrem einzigen indianischen Bundesgenossen alle Hände voll zu tun geben würde. Auch wußte vermutlich Rivenoak, daß er, solange er den Gefangenen behielt, den Gefährlichsten von allen seinen Feinden in Händen hatte.

Die Sicherheit, mit welcher diese an Wachsamkeit oder an ein Leben, dessen Ruhe oft gestört wird, gewöhnten Menschen einschlafen, ist eines der nicht am wenigsten merkwürdigen Phänomene unsers geheimnisreichen Daseins. Nicht so bald ruht der Kopf auf dem Pfühl, so ist auch das Bewußtsein entschwunden; doch zur erforderlichen Stunde scheint der Geist den Körper aufzuwecken, so rasch und sicher, als hätte er die Zeit über Schildwache bei ihm gestanden. Es kann kein Zweifel darüber obwalten, daß diejenigen, die so ihren Schlummer abbrechen, vermöge der Macht des Gedankens über die Materie aufwachen, obwohl die Art und Weise, wie diese Macht, dieser

Einfluß geübt wird, unsrer Forschbegier verborgen bleiben muß, bis er einst, falls diese Stunde je eintritt, erklärt werden wird, durch die vollständige Erleuchtung der Seele hinsichtlich aller menschlichen Rätsel. Dies war nun auch der Fall bei Hetty Hutter. Für wie schwach auch der immaterielle Bestandteil ihres Wesens galt, er war doch kräftig genug, ihre Augen um Mitternacht zu öffnen. Um diese Stunde wachte sie auf, verließ ihr Lager, aus Zweigen und einer Haut bestehend, schritt arglos und offen zu der Glut des Feuers und fachte diese ein wenig an, da die Kühle der Nacht und der Wälder in Verbindung mit einem über die Maßen kunstlosen Bett sie ein wenig frieren gemacht hatte. Als die Flamme aufloderte, beleuchtete sie das braune Gesicht des Wache haltenden Huronen, dessen dunkle Augen bei diesem Licht blitzten wie die Augen des Panthers, der mit Feuerbränden zu seiner Höhle verfolgt wird. Aber Hetty fühlte keine Furcht und näherte sich dem Platz, wo der Indianer stand. Ihre Bewegungen waren so natürlich und so gänzlich frei von der verstohlenen Art der List oder Täuschung, daß er dachte, sie sei nur wegen der Kälte der Nacht aufgestanden, ein in einem Biwak nicht seltenes Vorkommnis und ein solches, das vielleicht unter allen am wenigsten Verdacht zu erregen geeignet ist. Hetty sprach zu ihm, aber er verstand kein Englisch, dann starrte sie beinahe eine Minute den schlafenden Gefangenen an und entfernte sich dann langsam, Trauer und Betrübnis in ihrem Wesen.

Das Mädchen nahm sich nicht die Mühe, ihre Bewegungen zu verhehlen. Alle schlauen Auskunftsmittel dieser Art gingen gänzlich über ihr Vermögen, doch war ihr Schritt von Natur leicht und kaum hörbar. Wie sie die Richtung nach der äußersten Landspitze oder nach dem Platz einschlug, wo sie bei ihrem ersten Abenteuer gelandet war, und wo Hist sich eingeschifft hatte, sah die Schildwache ihre leichte Gestalt allmählich im Dunkel verschwinden, ohne darüber unruhig zu werden oder ihre Stellung zu ändern. Der Indianer wußte, daß andere auf Wache ausgestellt waren, und glaubte nicht, daß diejenige, die zweimal freiwillig ins Lager gekommen war und es schon ganz offen verlassen hatte, sich durch die Flucht ihnen werde zu entziehen suchen. Kurz, das Tun und Treiben des Mädchens erregte nicht mehr Aufmerksamkeit, als das irgendeiner geistesschwachen Person in zivilisierten Ländern erregen würde, während man ihrer Person mit weit mehr Achtung und Rücksicht begegnete.

Hetty hatte freilich keine sehr deutliche Vorstellung von den Lokalitäten, aber doch fand sie den Weg zum Strande, den sie auf derselben Seite des Vorsprungs erreichte, wo auch das Lager aufgeschlagen war. Dem Rand des Wassers folgend und die Richtung nach Norden einschlagend, stieß sie bald auf den Indianer, der als Schildwache am Strand auf und ab schritt. Es war dies ein junger Krieger, und als er ihren leichten Tritt auf dem Kiesgrunde hörte, näherte er sich rasch, obwohl keineswegs in drohender Weise. Die Finsternis war so dicht, daß es nicht leicht war, innerhalb der Schatten des Waldes auf eine Entfernung von zwanzig Fuß Gestalten zu entdecken, und beinahe unmöglich, Personen zu unterscheiden, als bis man sie beinahe greifen konnte. Der junge Hurone ließ einigen Verdruß blicken, als er merkte, wem er begegnete; denn die Wahrheit zu gestehen, erwartete er seine Auserkorene, welche ihm versprochen, ihm die Langeweile einer Wache um Mitternacht durch ihre Anwesenheit zu versüßen. Auch dieser Mann verstand kein Englisch, aber er fand gar nichts Befremdendes daran, daß das Mädchen zu dieser Stunde auf den Beinen war. Solche Dinge kamen in einem indianischen Dorf und Lager, wo der Schlaf so unregelmäßig wie die Mahlzeit ist, ganz gewöhnlich vor. Dann kam der armen Hetty ihre bekannte Geistesschwäche auch bei dieser Gelegenheit, wie in den meisten Dingen gegenüber den Wilden, sehr zustatten. Verdrießlich über die Täuschung seiner Erwartung und unmutig über die Erscheinung eines unbequemen Besuchs, wie er dachte, winkte der junge Krieger dem Mädchen, in der Richtung des Strandes weiterzugehen. Hetty gehorchte, aber im Weitergehen sprach sie laut Englisch in ihrem gewöhnlichen weichen Ton, den die Stille der Nacht auf einige Entfernung vernehmbar machte.

»Wenn Ihr mich für ein Huronenmädchen nahmet, Krieger«, sagte sie, »so wundert es mich nicht, daß Ihr so unzufrieden seid. Ich bin Hetty Hutter, Thomas Hutters Tochter, und bin noch nie nachts mit einem Mann zusammengetroffen; denn Mutter sagte immer, das sei unrecht, und sittsame Mädchen dürften es nie tun – sittsame Mädchen von den Bleichgesichtern, meine ich; denn die Bräuche sind verschieden in verschiedenen Teilen der Welt, das weiß ich. Nein, nein, ich bin Hetty

Hutter und möchte selbst Hurry Harry nicht begegnen, sollte er auch auf die Knie niederfallen und mich darum bitten! Mutter sagte, es sei unrecht.«

Während Hetty so sprach, hatte sie den Platz erreicht, wo die Kanus gelandet waren und vermöge der Krümmung des Landes und der Gebüsche dem Auge der Schildwache sogar am hellen Tage verborgen geblieben wären. Aber ein andrer Fußtritt hatte das Ohr des Liebhabers erreicht, und er befand sich schon außer dem Bereich der Silberstimme des Mädchens. Noch immer sprach Hetty fort, ganz ihren Gedanken und Wünschen nachhängend, aber bei ihrer so leisen Stimme konnten die Töne nicht weit in den Wald hineindringen. Übers Wasser hin verbreiteten sie sich weiter.

»Da bin ich, Judith«, fuhr sie fort, »und niemand ist in meiner Nähe. Der Hurone auf der Wache ist seinem Liebchen entgegengegangen, einem indianischen Mädchen, das du kennst, und das nie eine christliche Mutter gehabt, die ihr hätte sagen können, wie unrecht es ist, bei Nacht sich mit einem Manne zu treffen –«

Hettys Reden ward unterbrochen durch ein »Bscht!« das vom Wasser her kam, und dann wurde sie, wiewohl undeutlich, des Kanus ansichtig, welches sich geräuschlos näherte und bald mit seinem Bug auf den Kieseln auffuhr. Sobald Hettys Last in das leichte Fahrzeug aufgenommen war, entfernte sich das Kanu wieder, das Hinterteil voran, wie wenn es Leben und Willen hätte, bis es hundert Schritte vom Ufer entfernt war. Dann wandte es sich und nahm, indem es einen weiten Bogen beschrieb, ebensosehr um die Fahrt zu verlängern als um außer Gehörweite zu kommen, seinen Lauf der Arche zu. Einige Minuten lang ward nichts gesprochen, dann aber begann Judith, welche sich in einer günstigen Lage zu befinden glaubte, um sich mit ihrer Schwester zu besprechen, und – das Kanu mit einer Geschicklichkeit handhabend, die der eines Mannes wenig nachgab, – allein im Hinterteil saß, ein Gespräch, welches anzufangen, sie vor Begierde brannte, seit sie die Landspitze verlassen hatten.

»Hier sind wir sicher, Hetty«, sagte sie, »und können plaudern, ohne Furcht belauscht zu werden. Du mußt aber leise sprechen; denn übers Wasser hört man in einer stillen Nacht die Töne weithin. Ich war einen Teil der Zeit über, während welcher du am Lande warest, dem Ausläufer so nahe, daß ich die Stimmen der Krieger hörte, und ich hörte deine Schuhe auf dem Kies des Strandes, noch ehe du sprachest.«

»Die Huronen, Judith, wissen, glaube ich, nicht, daß ich sie verlassen habe.«

»Wahrscheinlich nicht; denn ein Liebhaber gibt eine schlechte Schildwache ab, wenn er nicht etwa auf sein Liebchen wartet oder sie bewacht! Aber sag' mir, Hetty, hast du Wildtöter gesehen und gesprochen?«

»Oh! ja – er saß am Feuer mit gebundenen Füßen, aber die Arme hatte man ihm freigelassen, so daß er sie bewegen konnte, wie er wollte.«

»Gut, was hat er dir gesagt, Kind? Sprich schnell! Ich sterbe vor Verlangen zu wissen, welche Botschaft er mir sendet.«

»Was er mir gesagt hat? ha, was denkst du, Judith! Er hat mir gesagt, er könne nicht lesen! Bedenke nur, ein weißer Mann und nicht einmal seine Bibel lesen können! Er hat wohl nie eine Mutter gehabt, Schwester!«

»Laß *das* ruhen, Hetty. Nicht alle Menschen können lesen, obgleich unsre Mutter so viel wußte und uns so viel lehrte, versteht doch Vater sehr wenig von Büchern und kann kaum die Bibel lesen, wie du weißt.«

»Oh, ich dachte auch nie, daß die *Väter* gut lesen könnten, aber die *Mütter* sollten alle lesen, denn wie können sie es sonst ihre Kinder lehren? Glaube mir, Judith, Wildtöter kann nie eine Mutter gehabt haben, sonst würde er auch lesen können.«

»Hast du ihm gesagt, ich habe dich ans Land geschickt, Hetty, und daß ich so bekümmert sei über sein Unglück?« fragte die andere ungeduldig.

»Ich glaube so, Judith, aber du weißt, ich bin schwachsinnig und kann es vergessen haben. Ich habe ihm gesagt, *du* habest mich ans Land geführt. Und er trug mir vieles auf, was ich dir sagen sollte, dessen ich mich wohl erinnere; denn das Blut erstarrte mir, wie ich ihm zuhörte. Er trug mir auf zu sagen, seine Freunde – ich denke, zu denen gehörst du auch, Schwester?«

»Wie kannst du mich so martern, Hetty! Gewiß gehöre ich zu den treuesten Freunden, die er auf der Welt hat!«

»Dich martern, ja, jetzt besinne ich mich wieder auf alles! Ich bin froh, daß du das Wort gebrauchtest, Judith; denn es ruft mir wieder alles in die Seele zurück. Nun, er sagte, er könnte wohl von den Wilden *gemartert* werden, aber er wolle versuchen, es zu ertragen, wie es einem christlichen, weißen Manne gezieme, und es dürfe niemand in Forcht sein – warum sagt denn Wildtöter: in Forcht, während uns doch Mutter immer sagen lehrte: in Furcht?«

»Laß das, liebe Hetty, laß doch jetzt *das*«, rief die andere, beinahe außerstande zu atmen. »Hat Wildtöter dir wirklich gesagt, er glaube, die Wilden würden ihn martern? Besinne dich recht, Hetty; denn das ist eine höchst ernste und entsetzliche Sache.«

»Ja, das hat er; es fällt mir darüber ein, daß du sagtest, ich martere dich. Oh! es ward mir sehr leid und bange um ihn, und Wildtöter nahm alles so ruhig und so geräuschlos! Wildtöter ist nicht so schön wie Hurry Harry, Judith, aber er ist ruhiger.«

»Er ist so viel wert, als eine Million Hurrys! Ja, er ist so viel wert als alle die jungen Männer, die je an den See kamen, zusammengenommen«, sagte Judith mit einer Lebhaftigkeit und Bestimmtheit, welche ihre Schwester staunen machte. »Er ist *wahr!* Es ist keine Lüge in Wildtöters Mund und Seele. *Du,* Hetty, weißt vielleicht nicht, welches Verdienst an einem Manne die Wahrheit ist, aber wenn du einmal – nein, ich hoffe, du wirst es nie erfahren. Warum sollte ein Geschöpf wie du je die harte Schule des Hasses und Mißtrauens durchmachen?«

Judith beugte, so dunkel es war und sowenig sie von irgendeinem Auge außer dem der Allmacht gesehen werden konnte, ihr Haupt zwischen ihre Hände herunter und stöhnte tief auf. Dieser plötzliche Paroxysmus von Affekt dauerte jedoch nur einen Augenblick, und sie fuhr dann ruhiger fort, immer noch freimütig zu ihrer Schwester sprechend, in deren Verstand und Verschwiegenheit in allem, was *sie* betraf, sie nicht das mindeste Mißtrauen setzte. Ihre Stimme war aber jetzt leise und hohl, während sie zuvor klar und lebhaft gewesen war.

»Es ist eine harte Sache, die Wahrheit fürchten zu müssen, Hetty«, sagte sie, »und doch fürchte ich Wildtöters Wahrhaftigkeit mehr als irgendeinen Feind. Man kann nicht markten mit solcher Wahrhaftigkeit – solcher Redlichkeit – solcher hartnäckigen Geradheit! Aber sind wir nicht gänzlich ungleich, Schwester – Wildtöter und ich? Ist er nicht in allem mir überlegen?«

Es war etwas Ungewöhnliches bei Judith, sich so weit herunterzugeben, daß sie an Hettys Einsicht und Urteil sich fragend wandte. Auch redete sie sie nicht oft mit dem Namen Schwester an, – eine Auszeichnung, die gewöhnlich die Jüngere der Älteren erweist, selbst da, wo in allen andern Beziehungen Gleichheit der Personen stattfindet. Wie geringfügige Abweichungen vom gewohnten Ton oft stärker auffallen, als wichtigere Veränderungen, bemerkte auch Hetty diese Umstände und wunderte sich darüber in ihrer einfachen Weise.

Ihr Ehrgeiz war ein wenig aufgestachelt, und ihre Antwort war ebensowenig dem gewöhnlichen Lauf der Dinge entsprechend als die Frage; denn das arme Mädchen suchte sich über ihr Vermögen fein und klug vernehmen zu lassen.

»Überlegen, Judith? –« wiederholte sie mit Stolz. »In was *kann* Wildtöter *dir* überlegen sein? Bist du nicht der Mutter Kind – und kann er lesen – und tat es nicht Mutter darin allen Frauen in dieser Gegend der Welt zuvor? Ich sollte meinen, weit entfernt, daß er *dir* überlegen wäre, dürfte er sich kaum *mir* überlegen glauben. Du bist hübsch, und er ist häßlich –«

»Nein, nicht häßlich, Hetty«, unterbrach sie Judith. »Nur unansehnlich! Aber sein ehrliches Gesicht hat einen Ausdruck, der weit besser ist als *Schönheit.* In meinen Augen ist Wildtöter hübscher als Harry Hurry.«

»Judith Hutter! Du erschreckst mich. Hurry ist der hübscheste Sterbliche auf der Welt – hübscher sogar als du selbst, weil, wie du weißt, das gute Aussehen eines Mannes immer besser ist als das gute Aussehen eines Weibes.«

Dieser kleine unschuldige Zug von natürlichem Geschmack gefiel der ältern Schwester im Augenblick nicht, und sie stand nicht an, dies zu erkennen zu geben.

»Hetty, du sprichst jetzt töricht, und solltest lieber nichts mehr über diesen Gegenstand sagen«, versetzte sie. »Hurry ist längst nicht der schönste Sterbliche auf der Welt, und es sind Offiziere in den Garnisonen –« bei diesen Worten stammelte Judith – »es sind Offiziere in den Garnisonen in unsrer Nähe, weit hübscher als er. Aber warum glaubst du, daß ich Wildtöter gleich sei – *davon* sprich; denn ich höre es nicht gern, wenn du so große Bewunderung für einen Mann wie Hurry Harry an den Tag legst, der weder Gefühl noch Benehmen, noch ein Gewissen hat. *Du* bist zu gut für *ihn,* und das sollte man ihm geradeheraus sagen!«

»Ich, Judith, wie du alles vergißt! Ha, ich bin ja nicht schön und schwachsinnig!«

»Du bist *gut,* Hetty, und das ist mehr, als sich von Henry March sagen läßt. Er mag ein *Gesicht* und einen tüchtigen *Körper* haben, aber er hat kein *Herz*. Doch genug hiervon für jetzt. Sage mir, was mich Wildtöter gleichstellt!«

»Daß dir einfällt, mich das zu fragen, Judith! Er kann nicht lesen, und *du* kannst es. Er weiß nicht, schön zu reden, sondern spricht schlechter, sogar als Hurry; denn, Schwester, Harry spricht seine Worte nicht immer richtig aus. Hast du *das* auch schon bemerkt!«

»Ganz gewiß, er ist so roh im Sprechen wie in allem sonst. Aber ich fürchte, du schmeichelst mir, Hetty, wenn du meinst, ich könne mit Recht Wildtötern gleichgestellt werden. Es ist wahr, ich habe mehr gelernt, bin in einem Sinne hübscher, und vielleicht dürfte ich nach Höherem trachten – aber dann seine Wahrhaftigkeit – seine Wahrhaftigkeit – die macht einen fürchterlichen Unterschied zwischen uns! Nun, ich will hiervon nicht weiter sprechen, und wir wollen auf Mittel denken, ihn aus den Händen der Huronen zu befreien. Wir haben Vaters Schrank in der Arche, Hetty, und könnten es mit der Lockspeise weiterer Elefanten versuchen; aber ich fürchte, solche Spielsachen werden nicht die Freiheit eines Mannes wie Wildtöter erkaufen. Ich fürchte, Vater und Hurry werden nicht so bereitwillig sein, Wildtöter auszulösen, als er es war, sie auszulösen!«

»Warum nicht, Judith? Hurry und Wildtöter sind Freunde und Freunde sollten immer einander beistehen?«

»Ach, arme Hetty, du kennst die Menschen wenig! Anscheinende Freunde sind oft mehr zu fürchten als offene Feinde, zumal von Frauen. Aber du sollst am Morgen noch einmal ans Land und versuchen, was für Wildtöter geschehen kann. Gemartert *soll* er *nicht* werden, solange Judith Hutter lebt und Mittel finden kann, es zu verhindern.«

Das Gespräch kam jetzt auf allerlei Punkte und spann sich fort, bis die ältere Schwester von der jüngern alle Umstände herausgezogen hatte, welche zu behalten und mitzuteilen dieser ihre schwachen Geisteskräfte gestatteten. Als Judith befriedigt war – obgleich man eigentlich nicht sagen kann, daß sie befriedigt worden, da ihre Gefühle so mit allem verwoben waren, was sich auf den Gegenstand bezog, daß eine fast nicht zu stillende

Neugier in ihr rege geworden war – also, als Judith keine Fragen mehr zu ersinnen wußte, ohne sich nur zu wiederholen, ward das Kanu zu der Arche hingerudert. Die dichte Finsternis der Nacht und die tiefen Schatten, welche die Hügel und Wälder auf das Wasser warfen, machten es schwer, das Fahrzeug zu finden, da es so nahe an der Küste vor Anker lag, als nur irgend die Rücksicht auf Sicherheit rätlich machte. Judith war erfahren in der Handhabung eines Rindenkanus, dessen Leichtigkeit mehr Geschicklichkeit als Kraft erheischte, und trieb ihr kleines Fahrzeug rasch über das Wasser hin, sobald sie ihre Unterredung mit Hetty beendigt und den Entschluß zurückzukehren gefaßt hatte. Aber noch immer war keine Arche zu sehen. Einige Male glaubten die Schwestern, sie zu erblicken, hervorragend in der Finsternis wie ein niedrer schwarzer Fels, aber jedesmal fand sich, daß es entweder eine optische Täuschung oder ein Auswuchs von Laubwerk an der Küste gewesen war. Nach einem halbstündigen Suchen drängte sich den Mädchen die unwillkommne Überzeugung auf, daß die Arche sich entfernt habe.

Die meisten Mädchen hätten wohl die peinliche Verlegenheit ihrer Lage im physischen Sinne unter den Umständen, in welchen sich die verlassenen Schwestern befanden, eher empfunden als irgend sonstige Besorgnisse. Bei Judith verhielt sich dies nicht so, und selbst Hetty empfand mehr Unruhe wegen der Beweggründe, die ihren Vater und Hurry geleitet haben möchten, als Besorgnisse wegen ihrer Sicherheit.

»Es kann doch nicht sein, Hetty«, sagte Judith, als die genaueste Nachsuchung beide überzeugt hatte, daß keine Arche zu finden war, »es kann doch nicht sein, daß Indianer auf Flößen oder gar ohne solche herangeschwommen sind und unsre Freunde im Schlaf überrascht haben?«

»Ich glaube nicht, daß Hist und Chingachgook schlafen konnten, ehe sie einander alles gesagt, was sie sich nach einer so langen Trennung zu sagen hatten, – glaubst du es, Schwester?«

»Vielleicht nicht, Kind. Vielerlei konnte sie wach halten, aber ein Indianer konnte überrascht werden, selbst wenn er nicht schlief, zumal da seine Gedanken bei andern Dingen verweilt haben mögen. Doch sollten wir ein Geräusch hören; denn in einer Nacht wie diese hätte ein Fluch Harry Hurrys an den östlichen Bergen widerhallen müssen wie ein Donnerschlag.«

»Hurry ist sündhaft und rücksichtslos in seinen Worten«, versetzte Hetty leise und bekümmert.

»Nein – nein, es ist unmöglich, daß die Arche genommen worden sein sollte, ohne daß ich ein Geräusch gehört hätte. Es ist nicht eine Stunde vergangen, seit ich sie verließ, und die ganze Zeit über lauschte ich auf das kleinste Geräusch. Und doch kann man nicht leicht glauben, daß ein Vater absichtlich seine Kinder preisgeben würde!«

»Vielleicht hat Vater uns in unserem Gemache schlafend geglaubt und ist nach Hause zurückgesteuert; du weißt, daß wir oft bei Nacht mit der Arche Bewegungen machen.«

»Das ist wahr, Hetty, und es muß so sein, wie du denkst. Es ist etwas mehr Südwind als zuvor, und sie sind den See hinaufgefahren –«

Judith stockte; denn als das letzte Wort ihrer Zunge entschwebte, ward die Szene plötzlich, obwohl nur für einen Augenblick, durch ein aufflammendes Licht erhellt. Das Krachen einer Büchse folgte darauf, und dann das Rollen des Echos die östlichen Berge entlang. Beinahe in demselben Augenblick stieg ein durchdringender weiblicher Schrei in langem Kreischen in die Lüfte empor. Die entsetzliche Stille, die darauf folgte, war womöglich noch gräßlicher als die plötzliche, wilde Unterbrechung des tiefen, mitternächtlichen Schweigens. Judith, so entschlossen sie von Natur und durch Gewohnheit war, atmete kaum, während die arme Hetty ihr Angesicht verbarg und zitterte.

»Das war eines Weibes Schrei, Hetty!« sagte die erstere mit feierlichem Ernst, »und es war ein Schmerzensschrei! Wenn die Arche sich von dieser Stelle bewegt hat, so konnte sie bei diesem Wind nur nördlich segeln, und der Schuß und der Schrei kamen von der Landspitze. Sollte Hist etwas zugestoßen sein?«

»Laß uns hin und sehen, Judith! Sie bedarf vielleicht unsers Beistandes – denn außer ihr sind nur Männer auf der Arche.«

Es war kein Augenblick zum Zaudern, und ehe Judith zu sprechen aufgehört, war schon ihr Ruder im Wasser. Die Entfernung von der Landspitze, in gerader Linie, war nicht groß, und die Gemütsbewegungen, welche die Mädchen trieben, waren zu aufregend, als daß sie ihnen gestattet hätten, die kostbaren Augenblicke mit nutzlosen Vorsichtsmaßregeln zu vergeuden. Sie ruderten ohne große Vorsicht vorwärts, aber dieselbe Aufregung hinderte auch andre, ihre Bewegungen zu beobachten. Bald gewahrte das Auge Judiths einen Lichtschimmer durch eine Lücke in den Gebüschen, und, darauf zusteuernd, lenkte sie das Kanu so, daß sie denselben im Gesicht behielt, während sie dem Lande sich so weit näherte, als notwendig und klug war.

Die Szene, die sich jetzt den Blicken der Mädchen darbot, war in den Wäldern, auf der Seite des oft erwähnten Abhangs, vom Boot aus vollkommen übersehbar. Alle im Lager waren da versammelt, und sechs oder acht trugen Kienholzfackeln, die ein starkes, aber leichenhaftes Licht auf alles unter den Laubhallen des Waldes warfen. Mit dem Rücken an einen Baum gelehnt und auf einer Seite unterstützt von der jungen Schildwache, deren Nachlässigkeit Hetty hatte entkommen lassen, saß das Mädchen, dessen erwarteter Besuch die Schuld seines Dienstfehlers trug. Bei dem grellen Lichte der Fackel, die man ihr gegen das Gesicht hielt, erkannte man deutlich, daß sie mit dem Tode rang, während das von ihrer nackten Brust herabträufelnde Blut die Beschaffenheit des Unfalls, der sie betroffen, verriet. Auch der scharfe, eigentümliche Geruch von Schießpulver war noch in der schweren, feuchten Nachtluft wahrzunehmen. Es konnte kein Zweifel sein, daß sie erschossen war. Judith verstand alles auf *einen* Blick. Der Lichtblitz hatte auf dem Wasser gezuckt in kleiner Entfernung von der Landspitze, und entweder war die Büchse aus einem Kanu, das die Küste umkreiste, oder von der Arche aus im Vorbeifahren abgefeuert worden. Ein unvorsichtiger Ausruf, ein Lachen mochte den Angriff veranlaßt haben; denn es war kaum möglich, daß dem Schützen beim Zielen etwas anderes zu Hilfe gekommen als ein Laut. Die Wirkung war noch viel augenscheinlicher; denn der Kopf des Opfers hing herunter, und der Leib schlotterte in der Auflösung des Todes. Dann wurden alle Fakkeln bis auf eine gelöscht – eine Klugheitsmaßregel, und der traurige Zug, der den Leichnam ins Lager trug, konnte eben noch unterschieden werden bei dem noch übrigen dämmernden Lichte.

Judith seufzte tief auf und schauderte, als sie ihr Ruder wieder eintauchte, und das Kanu umfuhr vorsichtig die Landspitze. Ein Anblick hatte sich ihren Sinnen dargeboten und schwebte jetzt vor ihrer Einbildungskraft, der noch härter zu ertragen war als selbst der frühe Tod und der vorübergehende Todeskampf des verschiedenen Mädchens. Sie hatte bei dem grellen Licht aller der Fackeln die aufgerichtete Gestalt Wildtöters erblickt, der, Mitleid und, wie ihr vorkam, Scham in seinem Angesicht ausdrückend, neben der Sterbenden stand. Er *selbst* verriet weder Furcht noch Kleinmütigkeit, aber aus den Blicken, welche die Krieger auf ihn warfen, sah man deutlich, daß in *ihrer* Brust heftige Leidenschaften kämpften. Alles dies schien von dem Gefangenen nicht beachtet zu werden, aber Judiths Gedächtnis blieb es die ganze Nacht hindurch schauerlich eingeprägt.

Man traf kein Kanu, das um die Landspitze herumstreifte. Eine Stille und Dunkelheit, so vollständig, als wäre das Schweigen des Waldes nie gestört worden, oder als hätte die Sonne nie diese entlegene Szene beschienen, herrschte jetzt auf der Landspitze und dem düstern Wasser, in den schlummernden Wäldern und selbst an dem unlustigen Himmel. Es war daher nichts weiter zu tun, als einen sichern Platz zu suchen, und der war nur zu finden in der Mitte des Sees. Dahin ruderten sie in aller Stille; man ließ das Kanu nördlich hintreiben, und die Mädchen suchten Rast und Ruhe, so gut ihre Lage und ihre Gefühle sie ihnen gönnen wollten.

Neunzehntes Kapitel

> Faßt Eure Waffen fest! besetzt die Tür!
> Verloren ist jetzt alles, wenn nicht bald
> Geschweigt wird diese fürchterliche Glocke.
> Der Offizier verfehlte seinen Weg,
> Oder vollzog er seinen Auftrag falsch,
> Oder stieß ihm ein traurig Hemmnis auf.
> Anselmo, brich mit deiner Schar stracks gegen
> Den Turm auf; alle andern bleiben hier.
>
> *Marino Faliero*

Die Vermutung Judith Hutters in betreff der Art und Weise, wie das indianische Mädchen seinen Tod gefunden, war in der Hauptsache richtig. Nach einigen Stunden Schlafs waren ihr Vater und March aufgewacht. Dies geschah einige Minuten, nachdem sie die Arche verlassen, um ihre Schwester aufzusuchen, als natürlich Chingachgook und seine Verlobte schon an Bord waren. Von dem Delawaren erfuhr der Alte die Stellung des Lagers und die neuesten Vorfälle sowie die Abwesenheit seiner Töchter. Dies letztere machte ihm keine Sorge; denn er verließ sich sehr auf die Klugheit der älteren sowie auf die ungefährdete Sicherheit, mit der, wie man nun schon wußte, die jüngere unter den Wilden sich herumtreiben konnte. Auch hatte lange und vielfache Bekanntschaft mit Gefahren seine Empfänglichkeit für Besorgnisse abgestumpft. Auch die Gefangenschaft Wildtöters schien er nicht groß zu bedauern; denn so gut er wußte, wie wesentlich sein Beistand bei einer Verteidigung sein würde, die Verschiedenheit ihrer Ansichten über die für die Wälder geltende Moral hatte doch wenig Sympathie zwischen ihnen bestehen lassen. Es hätte ihn sehr erfreut, die Stellung des Lagers zu erfahren, bevor es durch Hists Flucht in Alarm gebracht worden war, aber jetzt war ein Landungsversuch allzu gewagt; mit Widerstreben entsagte er für diese Nacht den grausamen Anschlägen, welche zu hegen, Gefangenschaft und Rachsucht ihn angespornt hatten. In solcher Stimmung setzte sich Hutter vorn auf der Fähre hin, wo bald Hurry sich zu ihm gesellte; Schlange und Hist blieben in ruhigem Besitz von dem andern Ende des Fahrzeugs.

»Wildtöter hat sich als Knabe gezeigt, daß er unter die Wilden zu dieser Stunde ging und ihnen in die Hände fiel wie ein Wild, das in eine Grube taumelt«, brummte der Alte, der, wie gewöhnlich den Splitter in seines Nächsten Auge sah, aber des Balkens in seinem eignen Auge nicht gewahr wurde. »Wenn man ihn jetzt seine Dummheit mit seinem eignen Fleisch bezahlen läßt, so kann er niemand schelten als sich selbst.«

»Das ist der Lauf der Welt, alter Tom«, versetzte Hurry. »Jeder Mensch muß seine Schulden selbst vertreten und für seine Sünden einstehen. Ich bin jedoch erstaunt, daß ein so gewandter und wachsamer Bursch wie Wildtöter sich in einer solchen Falle hat fangen lassen können! Wußte er nichts Besseres, als um Mitternacht um ein Huronenlager herumzuschleichen, ohne einen andern Rückzug zu haben als auf den See? Oder glaubte er, ein Hirsch zu sein und durch Ins-Wasser-Springen die Witterung abschneiden und mit Schwimmen sich aus der Not retten zu können? Ich hatte eine bessere Meinung von des Jungen Einsicht, ich gesteh' es, aber wir müssen ein wenig Unwissenheit bei einem jungen Blut übersehen. Ich sage, Meister Hutter, wißt Ihr zufällig, was aus den Mädchen geworden ist – ich sehe keine Spur von Judith und von Hetty, obgleich ich in der ganzen Arche herum gewesen bin und nach allen lebenden Kreaturen darin gesehen habe.«

Hutter erklärte kurz die Art und Weise, wie seine Töchter das Kanu genommen, nach der Erzählung des Delawaren, sowie Judiths Rückkehr, nachdem sie ihre Schwester ans Land gesetzt, und ihre zweite Abfahrt von der Arche.

»Das kommt von einer glatten Zunge, Floating Tom«, rief Hurry, in reinem Zorn und Ingrimm mit den Zähnen knirschend – »das kommt von einer glatten Zunge und von den Neigungen eines einfältigen Mädchens – und Ihr tätet am besten, bei der Sache wohl zuzusehen! Ihr und ich, wir waren beide Gefangene«, – *jetzt* erinnerte sich Hurry dieses Umstandes ganz gut, – »Ihr und ich, wir waren beide Gefangene, und da rührte sich Judith nicht vom Fleck, um uns einen Dienst zu leisten! Sie ist behext von diesem schmächtig aussehenden Wildtöter, und er und sie und Ihr und wir alle täten gut, bei der Sache wohl zuzusehen! Laßt uns verholen, alter Kamerad, und dieser Landspitze näher rücken und sehen, wie die Sachen weitergehen!«

Hutter hatte gegen diese Bewegung nichts einzuwenden, und die Arche setzte sich auf die gewöhnliche Weise in Bewegung, wobei man sich hütete, ein Geräusch zu machen. Der Wind war stark nördlich, und bald trieb das Segel die Fähre so weit den See aufwärts, daß die dunkeln Umrisse der Bäume, welche die Landspitze bedeckten, dämmernd sichtbar wurden. Floating Tom steuerte, er segelte so nahe am Land hin, als die Tiefe des Wassers und die überhangenden Zweige gestatteten. Es war unmöglich, etwas zu unterscheiden, was im Schatten der Küste lag, aber die Umrisse des Segels und der Kajüte wurden von der schon erwähnten jungen Schildwache am Strand erkannt. Im Augenblick der plötzlichen Überraschung entfuhr ihm ein tiefer indianischer Ausruf. In dem Geist der Rücksichtslosigkeit und Wildheit, welcher das Wesen von Hurrys Charakter ausmachte, fällte der Mann seine Büchse und feuerte.

Die Kugel ward geführt vom Zufall oder von jener alles beherrschenden Vorsehung, welche über das Geschick aller entscheidet, und das Mädchen fiel. Dann erfolgte die oben schon beschriebene Szene mit den Fackeln.

Gerade in dem Augenblick, wo Hurry diese Tat gedankenloser Grausamkeit beging, war das Kanu Judiths der Stelle, welche von der Arche ganz kürzlich verlassen worden war, bis auf hundert Fuß nahe gekommen. Ihre Fahrt ist schon beschrieben worden, und es ist jetzt unsre Obliegenheit, ihren Vater und seine Genossen auf der seinigen zu begleiten. Der kreischende Schrei verkündigte die Wirkung von Marchs aufs Geratewohl abgefeuertem Schuß und ließ auch erkennen, daß das Opfer ein Weib war. Hurry selbst war betroffen über diese unvorhergesehene Folge, und einen Augenblick war er von kämpfenden Empfindungen lebhaft verstört. Zuerst lachte er in rücksichtslosem und rohem Triumph; dann aber bohrte ihm das Gewissen, der von Gott in unsere Brust gepflanzte Mahner, der aber sein allgemeineres Wachstum durch die der Kindheit gewidmete Pflege, Zucht und Arbeit erhält, einen Stachel ins Herz. Eine Minute lang war die Seele dieses Zwittergeschöpfs der Zivilisation und Barbarei in ihren Empfindungen eine Art Chaos, – er wußte selbst nicht, was er von seiner Tat denken sollte – dann traten die Hartnäckigkeit und der Stolz eines Mannes von seiner Art hervor, um ihre gewohnte Obermacht zu behaupten. Er stieß den Kolben seiner Büchse mit einer Art herausfordernden Trotzes auf den Boden des Fahrzeuges und fing an mit erheuchelter Gleichgültigkeit eine Melodie zu pfeifen. Währenddem war die Arche immer in Bewegung, schon öffnete sich die Bai oberhalb der Landspitze, und sie verließ mithin das Land.

Hurrys Genossen betrachteten seine Tat nicht mit derselben Nachsicht, mit der er selbst sie anzusehen geneigt war. Hutter sprach brummend und grollend seine Mißbilligung aus; denn die Tat brachte gar keinen Vorteil, während sie den Krieg erbitterter als je zu machen drohte; niemand tadelt unmotivierte Abweichungen von dem, was recht ist, strenger als eigennützige und grundsatzlose Menschen. Doch beherrschte er sich noch, da Wildtöters Gefangenschaft den Arm des Frevlers in diesem Augenblick für ihn doppelt schätzbar und unentbehrlich machte. Chingachgook stand auf, und einen Augenblick ward die alte Erbitterung der Stämme vergessen über der Sympathie für seine Farbe, aber er faßte und besann sich noch zeitig genug, um es nicht zu den schlimmen Folgen kommen zu lassen, zu welchen ihn allerdings die rasche Aufwallung eines Augenblicks hinzureißen gedroht hatte. Nicht so Hist. Das Mädchen rannte durch die Hütte oder die Kajüte und stand neben Hurry beinahe in dem Augenblick, wo seine Büchse den Boden der Fähre berührte, und mit einer ihrem Herzen Ehre machenden Furchtlosigkeit strömte sie ihre Vorwürfe aus in der edeln Wärme des Weibes.

»Warum Ihr schießen?« sagte sie. »Was Huronenmädchen getan, daß Ihr töten sie? Was Ihr denken, daß Manitu *sagen?* Was Ihr denken, daß Manitu *fühlen?* Was Irokesen tun? Nicht gewinnen Ehre – nicht Lager – nicht Gefangene – nicht Schlacht – nicht Skalpe – gewinnen gar nichts! Blut kommen aus Blut! Wie Ihr fühlen, wenn Euer Weib getötet? Wer Euch bemitleiden, wenn Tränen kommen um Mutter oder Schwester? Ihr dick wie große Fichte – Huronenmädchen kleine, zarte Birke – warum Ihr auf sie fallen und zermalmen? Ihr denken, Huronen es vergessen? Nein! Rothaut nie vergessen, nie vergessen Freund, nie vergessen Feind. Roter Mann Manitu in *diesem.* Warum Ihr so ruchlos, großes Bleichgesicht?«

Hurry war nie so eingeschüchtert worden wie durch diesen starken und warmen Angriff des indianischen Mädchens. Es ist wahr, sie hatte einen mächtigen Verbündeten an seinem Gewissen, und obgleich sie eifrig sprach, geschah es doch in so echt weiblichen Tönen, daß er keinen Vorwand zu unmännlichem Zorn hatte. Die Weichheit ihrer Stimme vermehrte das Gewicht ihrer Vorwürfe, indem sie letztern ganz die Farbe der Reinheit und Wahrheit lieh. Wie die meisten gemein denkenden Menschen hatte er die Indianer bloß durch das Medium ihrer roheren und wilderen Charakterzüge betrachtet. Es war ihm nie eingefallen, daß die Gefühle des Herzens allgemein menschlich seien; daß selbst hochsinnige Grundsätze – modifiziert durch Gewohnheiten und Vorurteile, aber darum in ihrem Kreis nicht minder erhaben – im wilden Zustande vorhanden sein können und daß der im Felde mitleidloseste Krieger in den Stunden des friedlichen, häuslichen Lebens den sanftesten und zartesten Einflüssen und Gefühlen sich hingeben könne. Mit einem Wort: sein Geist hatte sich gewöhnt, alle Indianer als Wesen zu betrachten, nur um einen schwachen Grad über den wilden Bestien stehend, die durch die Wälder streifen, und war geneigt, sie demgemäß zu behandeln, sobald Vorteil oder Laune einen Antrieb oder einen Reiz dazu gaben. Dennoch konnte man von dem wohlgestalteten Barbaren, sosehr er von diesen Vorwürfen eingeschüchtert war, nicht eigentlich sagen, daß er reuig gewesen. Er war aber von seinem Gewissen zu sehr beschämt, um sich einen Ausbruch von Zorn zu gestatten, und vielleicht fühlte er, daß er schon eine Tat begangen, die mit Recht seine Mannhaftigkeit in Zweifel stellen dürfte. Statt den einfachen, aber natürlichen Ausfall Hists gegen ihn zu ahnden oder zu beantworten, entfernte er sich nur wie einer, der es unter seiner Würde achtet, Hader mit einem Weibe anzufangen.

Mittlerweile fuhr die Arche weiter, und zu der Zeit, wo die Szene mit den Fackeln unter den Bäumen vor sich ging, hatte sie den offenen See erreicht; denn Floating Tom lenkte sie weiter vom Lande weg mit einer Art instinktmäßiger Furcht vor Wiedervergeltung. Eine Stunde verstrich jetzt in düstrem Schweigen, das niemand zu brechen geneigt schien. Hist hatte sich auf ihr Polster zurückgezogen, und Chingachgook lag schlafend im Vorderteil des Fahrzeuges. Hutter und Hurry allein blieben wach, der erstere am Steuerruder, während der letztere über seine Handlungsweise mit der Verstocktheit eines Menschen brütete, der wenig zur Anerkennung seiner Fehler geneigt ist, und doch mit dem heimlichen Nagen des Wurms, der nicht stirbt. Dies war in dem Augenblick, wo Judith und Hetty die Mitte des Sees erreicht und sich niedergelegt hatten, um zu versuchen, in ihrem dahintreibenden Kanu zu schlafen.

Die Nacht war sehr verfinstert durch Wolken, aber ruhig. Es war nicht die Jahreszeit der Stürme, und die, die im Monat Juni auf diesem eingebetteten Wasser vorkamen, waren, wenn auch oft heftig, immer nur von kurzer Dauer. Doch war auch jetzt der gewöhnliche Zug schwerer, feuchter Nachtluft, die, über die Wipfel der Bäume hinstreichend, sich kaum bis zu der Fläche des spiegelglatten Sees herabzusenken schien, sondern in einigem Abstand darüber hinschwebte – gesättigt von der Feuchtigkeit, die immer aus den Wäldern aufstieg, und dem Anschein nach nie weit dieselbe Richtung verfolgend. Die Luftströmungen standen, wie natürlich, unter dem Einfluß der Hügelformationen, ein Umstand, der selbst frische Lüftchen unzuverlässig machte und die schwächern Regungen der Nachtluft nur als eine Art launenhafter und unbeständiger Seufzer der Wälder erscheinen ließ. Einige Male wies das Vorderteil der Arche nach Osten und einmal war es in der Tat ganz nach Süden gekehrt, im ganzen aber hielt es die Richtung nach Norden; denn Hutter benutzte eben immer den Wind – wenn man es Wind nennen konnte –, wie er war, möglichst gut, und sein Hauptbeweggrund schien der Wunsch zu sein, die Arche immer in Bewegung zu erhalten, um alle verräterischen Anschläge seiner Feinde zu vereiteln. Jetzt empfand er einige Sorge um seine Töchter und vielleicht ebensosehr um das Kanu; im ganzen aber störte ihn diese Ungewißheit nicht viel, da er das schon erwähnte Vertrauen zu Judiths Einsicht und Klugheit besaß.

Es war die Jahreszeit der kürzesten Nächte, und es währte nicht lange, bis das tiefe Dunkel, welches dem Tag vorangeht, dem wiederkehrenden Lichte zu weichen begann. Wenn eine Szene auf Erden sich den Sinnen des Menschen darstellen kann, die geeignet ist, seine Leidenschaften zu stillen und seine Wildheit und seinen Trotz zu besänftigen, so war es die, welche vor Hurrys und Hutters Blicken aufging, als mit den vorrückenden Stunden die Nacht zum Morgen sich wandelte. Es waren die gewöhnlichen weichen Tinten des Himmels, an dem weder die Dunkelheit der Nacht noch der Glanz der Sonne herrscht, und bei welchen die Gegenstände weniger irdisch, wir möchten sagen: heiliger, erscheinen als je sonst während der vierundzwanzig Stunden des Tages. Die schöne und wohltuende Ruhe der Abendzeit ist von tausend Dichtern schon gepriesen worden, und doch führt sie nicht die weitreichenden und erhabenen Gedanken mit sich wie die halbe Stunde, welche dem Aufgehen einer Sommersonne vorangeht. Dort entzieht sich das Panorama allmählich dem Blicke, während hier die Gegenstände aus dem sich entrollenden Gemälde hervorbrechen, zuerst dämmernd und nebelhaft, dann scharf gezeichnet auf festlichem Hintergrunde; dann wird es geschaut in dem Zauber des an Helle *zunehmenden* Zwielichts – etwas vom *abnehmenden* so Verschiedenes, als sich nur denken läßt! – und endlich ganz weich, klar und licht, so wie die Strahlen des großen Lichtmittelpunkts sich in der Atmosphäre ausbreiten. Auch die Hymnen der Vögel finden kein Gegenstück in dem Heimgang zur Stange und zum Schlaf oder im Flug nach dem Nest, und diese begleiten unabänderlich den Anbruch des Tages, bis die Erscheinung der Sonne selbst

»Badet in Wonne See und Land.«

Alles dies jedoch sahen Hutter und Hurry an, ohne etwas von jenem friedvollen Entzücken zu empfinden, welches dies Schauspiel doch gewöhnlich gewährt, wenn die Gedanken gut und recht, die Bestrebungen des Gemütes rein sind. Sie waren nicht bloß Zeugen davon, sondern sie waren Zeugen davon unter Umständen, welche das Großartige und den zauberischen Reiz des Schauspiels noch zu erhöhen geeignet waren. Nur ein einzelner Gegenstand wurde sichtbar bei dem zurückkehrenden Licht, der seine Form und seinen Gebrauch von menschlichem Geschmack oder Bestreben erhalten hatte, die freilich eine Landschaft ebensooft entstellen als verschönern. Dies war das Kastell; alles übrige war Werk der Natur und frisch aus der Hand Gottes gekommen. Diese seltsame Behausung stimmte auch mit den Naturgegenständen der Ansicht zusammen, da sie aus der Dunkelheit hervorbrach – seltsam, malerisch und wie eine zweckmäßige Zierde. Dennoch war dies alles verloren für diese Zuschauer, die kein Gefühl für Poesie hatten, die den Sinn natürlicher Frömmigkeit in einem Leben voll engherziger und verhärteter Selbstsucht verloren und wenig andre Sympathie mit der Natur hatten als diejenige, welche ihren Grund hatte in ihren niedrigsten Bedürfnissen.

Sobald das Licht kräftig genug war, um einen genauern Überblick über den See und insbesondere seine Küsten zu gestatten, lenkte Hutter das Vorderteil der Arche gerade auf das Kastell zu, mit der erklärten Absicht, für diesen Tag wenigstens davon Besitz zu nehmen, als von dem günstigsten Platze, seine Töchter zu erwarten und seine Operationen gegen die Indianer ins Werk zu setzen. Mittlerweile hatte sich Chingachgook erhoben, und Hist hörte man in den Küchengeräten wühlen. Der Platz, nach dem sie steuerten, war nur eine Meile entfernt, und der Wind war günstig genug, so daß sie sich ihm mittelst des Segels nähern konnten. In diesem Augenblick, um alle Anzeichen günstig erscheinen zu lassen, sah man in nördlicher Richtung auf dem breitesten Teile des Sees auch Judiths Kanu schwimmen, das, nur der Macht der Elemente folgend, wirklich in der Dunkelheit an der Arche vorübergeschwommen war. Hutter nahm sein Fernglas und schaute lang und eifrig durch dasselbe, um sich zu überzeugen, ob seine Töchter in dem leichten Fahrzeug seien oder nicht, und ein leiser Ausruf – wie vor Freude – entfuhr ihm, als er etwas über dem Rand des Kanus erblickte, was er mit Recht für ein Stück von Judiths Kleidung nahm. Eine Minute später sah man im andern Ende des Kanus Hetty auf ihren Knien, die Gebete hersagend, die sie in ihrer Jugend von einer irregeleiteten, aber bereuenden Mutter war gelehrt worden. Als Hutter das Glas weglegte, noch zum Blick in die Ferne ausgezogen, setzte es Schlange ans Auge und richtete es auf das Kanu. Es war das erstemal, daß er sich eines solchen Instruments bediente, und Hist erriet aus seinem »Hugh!«, dem Ausdruck seines Gesichts und seiner ganzen Gebärdung, daß etwas Seltsames seine Bewunderung erregt haben müsse. Es ist bekannt, daß die amerikanischen Indianer, und ganz besonders die von höherem Stand und Charakter, in auffallender Weise ihre Selbstbeherrschung und stoische Fassung mitten in der Flut von Wundern behaupten, die sich ihnen bei ihren gelegentlichen Besuchen an den Sitzen der Zivilisation aufdrängen, und Chingachgook hatte genug von dieser Unempfindlichkeit eingesogen, um jede seiner Würde nicht gemäße Äußerung seiner Überraschung zu unterdrücken. Hist indessen war von keinem solchen Gesetze gebunden, und als ihr Geliebter ihr das auf das

Kanu gerichtete Glas vorhielt und sie das Auge an das engere Ende brachte, fuhr das Mädchen bestürzt zurück; dann klatschte sie vor Freude in die Hände, und ein Gelächter, der gewöhnliche Ausdruck unbeherrschter Verwunderung folgte. Wenige Minuten waren für dies schnellbegreifende Mädchen genug, um das Instrument selbst handhaben zu lernen, und sie richtete es auf jeden hervorragenden Gegenstand, der ihr gerade auffiel. Nachdem sie in einem Fenster einen Punkt zum Auflegen gefunden, überschauten sie und der Delaware zuerst den See, dann die Küsten, die Hügel, und endlich zog das Kastell ihre Aufmerksamkeit auf sich. Nachdem sie dies lang und stet betrachtet, zog Hist ihr Auge zurück und sprach leise und ernst mit ihrem Geliebten. Augenblicklich setzte Chingachgook das Glas an sein Auge und schaute noch länger und eifriger sogar als seine Verlobte durch dasselbe. Wieder besprachen sie sich heimlich und schienen ihre Meinungen zu vergleichen, worauf das Glas beiseite gelegt ward und der junge Krieger die Kajüte verließ, um Hutter und Hurry aufzusuchen.

Die Arche rückte langsam, aber stetig vorwärts, und das Kastell war in der Tat nur noch eine halbe Meile entfernt, als Chingachgook zu den beiden Männern auf dem Hinterteil des Fahrzeugs trat. Sein Benehmen war ruhig, aber die andern, mit den Gewohnheiten der Indianer vertraut, erkannten doch, daß er etwas mitzuteilen habe. Hurry redete in der Regel schnell, und seiner Gewohnheit getreu, ergriff er auch diesmal die Initiative.

»Heraus damit, Rothaut«, schrie er in seiner gewohnten, rohen Weise. »Habt Ihr eine wilde Katze auf einem Baum entdeckt, oder schwimmt eine Lachsforelle unter dem Boden der Arche? Ihr seht jetzt, was ein Bleichgesicht leisten kann im Punkte der Augen, Schlange, und müßt Euch nicht wundern, daß sie das Land der Indianer von ferne sehen können.«

»Nicht gut nach dem Kastell gehen«, versetzte Chingachgook mit Nachdruck, sobald ihn der erstere zum Wort kommen ließ. »Huronen dort!«

»Der Teufel auch! Wenn dies sich so erwiese, Floating Tom, wären wir im Begriff gewesen, den Kopf in eine artige Falle zu stecken. Huronen dort! – nun, das kann sein, aber ich kann keine Spur von etwas anderem um die alte Hütte herum sehen als Blöcke, Wasser und Rinde – außer zwei oder drei Fenstern und einer Tür.«

Hutter verlangte das Glas und betrachtete genau den Platz, ehe er überhaupt eine Ansicht aussprach; dann gab er etwas von oben herab seine Nichtübereinstimmung mit der Meinung des Indianers zu erkennen.

»Ihr habt dies Glas verkehrt vors Auge gehalten, Delaware«, fuhr Hurry fort, »weder der alte Mann noch ich können eine Spur im See sehen.«

»Keine Spur – Wasser behält keine Spur«, sagte Hist lebhaft. »Haltet ein – nicht zu nahe hinfahren – Huronen dort!«

»Ja, das ist's! Bleibt nur bei Euerm Märchen, so glauben es immer mehr Leute. Ich hoffe, Schlange, Ihr und Euer Mädchen, ihr werdet eins werden, dieselbe Geschichte noch in Eurer Heirat zu erzählen, wie Ihr jetzt tut. Hurone dort! – wo denn soll er zu sehen sein? im Vorlegeschloß oder den Ketten oder den Blöcken? Es ist kein Gefängnis in der Kolonie, das besser verwahrt und verriegelt aussieht als des alten Toms chiente, und auf Gefängnisse verstehe ich mich gut aus Erfahrung.«

»Nicht sehen Mokassin«, sagte Hist ungeduldig, »warum nicht hinschauen und ihn sehen?«

»Gebt mir das Fernglas, Hurry«, unterbrach sie Hutter, »Und zieht das Segel ein! Es ist selten, daß ein indianisches Weib sich in solche Dinge mischt, und wenn sie es tut, so ist gewöhnlich Grund dazu vorhanden. Es schwimmt wirklich ein Mokassin um einen der Pfeiler herum, und es ist vielleicht ein Zeichen, vielleicht aber auch nicht, daß das Kastell während unsrer Abwesenheit Besuch bekommen hat. Mokassins sind jedoch keine Seltenheiten; denn ich selbst trage sie und Wildtöter auch, und Ihr tragt welche, March, und sogar auch Hetty ebensooft als Schuhe; nur Judith habe ich ihren hübschen Fuß noch nie in einen Mokassin zwängen sehen.«

Hurry hatte das Segel eingezogen, und inzwischen hatte sich die Arche auf zweihundert Schritte dem Kastell genähert, und mit jedem Augenblick kam sie ihm näher, doch so langsam, daß dies keine Besorgnis erregen konnte. Alle nahmen jetzt der Reihe nach das Fernglas, und das Kastell und alles in seiner Nähe ward einer noch genauern Prüfung als zuvor unterworfen. Da war allerdings zweifelsohne der Mokassin, so leicht schwimmend und in seiner Form bleibend, daß er kaum naß wurde. Er war an einem Stück der rauhen Rinde eines der Pfeiler außen an den Wasserpalisaden, welche das schon erwähnte Dock bildeten, hängengeblieben, und dieser Umstand allein verhinderte, daß ihn der Wind weitertrieb. Auf mancherlei Arten jedoch ließ sich das Dasein des Mokassins erklären, ohne daß man annahm, es habe ihn ein Feind fallen lassen. Er konnte von der Plattform heruntergefallen sein, solange noch Hutter im Besitz des Hauses gewesen, dann an den Platz, wo man ihn jetzt sah, geschwommen und unbemerkt geblieben sein, bis das scharfe Auge Hists ihn entdeckte. Er konnte, weiter her den See herauf- oder herabgeschwommen, zufällig an dem Pfeiler oder der Palisade hängengeblieben sein. Er konnte aus einem Fenster geworfen worden und gerade an diesem Orte sitzengeblieben sein, oder er war auch einem Kundschafter oder einem Angreifer während der vorigen Nacht entfallen, der ihn bei der dichten Finsternis, die da herrschte, dem See hatte preisgeben müssen.

Alle diese Vermutungen teilte Hutter Hurry mit und schien geneigt, die Sache als ein unheilbedeutendes Omen anzusehen, während der letztere sie mit seiner gewohnten, gleichgültigen Verachtung behandelte. Der Indianer dagegen war der Meinung, der Mokassin sollte so angesehen werden, wie man eine Spur in den Wäldern ansehen würde, die ebensogut eine Gefahr drohen könnte als nicht. Hist aber hatte einen ersprießlichen Vorschlag zu machen. Sie erklärte sich bereit, ein Kanu zu nehmen, zu den Palisaden hinzurudern und den Mokassin zu holen, worauf man aus seinen Verzierungen sehen würde, ob er aus den Kanadas komme oder nicht. Beide weiße Männer waren geneigt, auf das Anerbieten einzugehen, aber der Delaware trat dazwischen und verhinderte das Wagestück. Wenn ein solcher Versuch gemacht werden solle, so gezieme es einem Krieger am besten, sich der Gefahr auszusetzen; er sprach seine Weigerung, seiner Verlobten diesen Schritt zu gestatten, ganz in der ruhigen, aber kurzen Weise aus, womit der indianische Ehemann seine Befehle von sich gibt.

»Gut denn, Delaware, so geht Ihr selbst, wenn Ihr so zärtlich besorgt seid um Eure Squaw«, versetzte der unzeremoniöse Hurry. »Dieser Mokassin muß herbeigeholt werden, oder Floating Tom bleibt hier, außer Schußweite, bis der Herd in seiner Kajüte kalt wird. Es ist am Ende doch nichts als eine kleine

Wildhaut, und so oder so geschnitten, ist es keine Vogelscheuche, welche rechte Jäger abschrecken sollte, ihr Wild zu verfolgen. Was sagt Ihr, Schlange, wollt Ihr oder soll ich mit dem Kanu ihn holen?«

»Laßt roten Mann gehen. Bessere Augen als Bleichgesicht – auch Huronenschliche besser kennen.«

»Dem widersprech' ich bis an meine Todesstunde! Eines weißen Mannes Augen und eines weißen Mannes Nase, ja auch sein Gesicht und seine Ohren sind alle besser als die eines Indianers, wenn man's recht prüft. Oft und viel habe ich das erprobt, und was erprobt ist, ist gewiß. Doch glaube ich, der ärmlichste Vagabund, der auf Füßen steht, Delaware oder Hurone, findet wohl den Weg zu jener Hütte und zurück, und so, Schlange, gebraucht denn Euer Ruder, und willkommen!«

Chingachgook war schon im Kanu und tauchte seine Ruderschaufel ins Wasser, eben als Hurrys geschmeidige Zunge schwieg. Wah-ta!-Wah sah dem Abgang ihres Kriegers diesmal mit dem unterwürfigen Schweigen eines indianischen Mädchens, aber mit den gewöhnlichen Besorgnissen und Ahnungen ihres Geschlechts zu. Während der ganzen vorigen Nacht und bis zu dem Augenblick, wo sie miteinander in der Kajüte das Fernglas handhabten, hatte Chingachgook soviel männliche Zärtlichkeit gegen seine Verlobte bewiesen, als nur immer ein Mann vom feinsten Gefühl unter denselben Verhältnissen hätte zeigen können; aber jetzt verlor sich jede Spur von Schwäche und Weichheit, und sein ganzes Benehmen zeigte nur trotzige Entschlossenheit. Schüchtern suchte Hists Auge das seinige, als das Kanu von der Arche abstieß, aber der Stolz des Kriegers gestattete ihm nicht, ihren zärtlichen und ängstlichen Blick zu erwidern. Das Kanu flog dahin, und kein herübergesandter Blick belohnte ihre Bekümmernis.

Der Ernst und die Sorge des Delawaren waren auch ganz am Platze bei den Aussichten, unter welchen er zu seinem Unternehmen schritt. Hatte der Feind wirklich von dem Gebäude Besitz genommen, so mußte er sich gleichsam unter die Mündungen ihrer Büchsen wagen, und das ohne den Schutz aller jener Deckungsmittel, die im indianischen Kriege so wesentliche Bundesgenossen sind. Man kann sich kaum einen gefährlicheren Dienst denken, und wäre Schlange durch die Erfahrung von zehn weiteren Jahren gekräftigt oder wäre ihr Freund, der

Wildtöter, dagewesen, so wäre der Versuch unterblieben, da die Vorteile in keiner Weise die Gefahr aufwogen. Aber der Stolz eines indianischen Häuptlings war gespornt durch den Wetteifer der Farbe, und es ist nicht unwahrscheinlich, daß gerade die Gegenwart des Wesens, von welchem auch nur einen Blick anzunehmen, seine Ideen von Mannhaftigkeit ihm verwehrten, sosehr er von der Liebe, die sie so wohl verdiente, überfloß, einen nicht geringen Einfluß auf seinen Entschluß übte.

Chingachgook ruderte stetig auf die Palisaden zu und hielt ein wachsames Auge auf die verschiedenen Öffnungen und Löcher des Gebäudes. Jeden Augenblick erwartete er die Mündung einer Büchse herausgesteckt zu sehen oder ihren scharfen Knall zu hören, aber er erreichte glücklich und ungefährdet die Pfeiler. Hier war er gewissermaßen geschützt, da er die Spitzen der Palisaden zwischen sich und der Hütte hatte, und die Gefahren eines Angriffs gegen sein Leben waren, solang er so geschützt war, sehr vermindert. Das Kanu hatte die Pfeiler erreicht, sein Vorderteil nach Norden gerichtet und in geringer Entfernung von dem Mokassin. Statt zu wenden, um diesen aufzugreifen, umfuhr der Delaware langsam das ganze Gebäude und untersuchte mit gutem Bedacht jeden Gegenstand, der die Anwesenheit von Feinden oder die Verübung einer Gewalttätigkeit verraten konnte. Keine Spur jedoch war zu entdecken, welche den rege gewordenen Verdacht hätte bekräftigen können. Die Stille der Verlassenheit durchwehte das Haus, kein Riegel war von seiner Stelle gerückt, kein Fenster war zerbrochen. Die Türe sah so fest und verschlossen aus wie zu der Stunde, wo Hutter sie zugeschlossen, und selbst das Tor des Docks hatte alle seine gewohnten Verrammlungen. Kurz, das schärfste und eifersüchtigste Auge hätte kein andres Anzeichen von einem feindlichen Besuch entdeckt als das auf der Erscheinung des schwimmenden Mokassins beruhende.

Der Delaware befand sich jetzt in großer Verlegenheit, was er weiter beginnen solle. Einen Augenblick stand er, wie er an die Vorderseite des Kastells kam, im Begriff, auf die Plattform hinaufzusteigen, und sein Auge an eines der Gucklöcher zu halten, um selbst unmittelbar durch eigne Anschauung vom Stand der Dinge innen sich zu überzeugen, aber er besann sich doch. Obgleich selbst noch wenig erfahren in solchen Dingen, hatte er doch durch Überlieferungen so viel von indianischen Tücken gehört, hatte mit so atemlosem Interesse den Erzählungen von dem Entkommen der älteren Krieger gelauscht, kurz, war so gut geschult in der Theorie seines Berufes, daß es für ihn beinahe so unmöglich war, bei einer solchen Gelegenheit einen groben Verstoß zu machen, als er für einen Schüler, der einen guten Grund gelegt und der richtig angefangen hat, wäre in der Lösung seiner mathematischen Aufgabe zu fehlen. Der Häuptling gab somit den augenblicklichen Einfall auszusteigen auf, und fuhr langsam weiter um die Palisaden herum. Als er sich dem Mokassin näherte – er hatte jetzt beinahe das ganze Gebäude umfahren – warf er den ominösen Gegenstand durch eine gewandte und beinahe unmerkliche Bewegung seiner Ruderschaufel ins Kanu. Er war jetzt im Begriff, sich wieder zu entfernen; aber der Rückzug war sogar noch gefährlicher als die Annäherung, weil das Auge nicht mehr die Löcher beobachten konnte. Wenn wirklich jemand im Kastell war, so mußte das Motiv des Delawaren bei seiner Auskundschaftung wohl begriffen worden sein, und es war das klügste, wie gefährlich es auch immer sein mochte, sich mit der Miene der Zuversicht zu entfernen, als wäre jedes Mißtrauen durch die Besichtigung gehoben. Zu diesem Verfahren entschloß sich denn auch der Indianer, der bedächtig fortruderte, die Richtung nach der Arche einschlagend, und durch kein hastiges, ungeduldiges Zucken der Nerven sich zu rascherer Bewegung seiner Arme oder auch nur zu einem verstohlenen Blick rückwärts verleiten ließ.

Keine zärtliche Gattin, aufgewachsen in der Verfeinerung der höchsten Zivilisation, empfing je den Gatten bei der Rückkehr aus dem Felde mit einem innigeren Ausdruck von Empfindung und Rührung, als Hist zeigte, da sie die Große Schlange der Delawaren unverletzt in die Arche steigen sah. Doch drängte sie ihre Gemütsbewegungen noch zurück, obwohl die Freude, die in ihren dunkeln Augen funkelte, und das Lächeln, das ihren hübschen Mund verklärte, eine ihrem Verlobten wohl verständliche Sprache redeten.

»Nun, Schlange«, schrie Hurry, immer der erste beim Reden, »was Neues von den Bisamratzen? Haben sie ihre Zähne gewiesen, als Ihr ihren Bau umkreistet?«

»Mir nicht gefallen«, erwiderte in seiner kurzen Art der Indianer. »Zu still, so still! kann Schweigen sehen!«

»Das ist echt indianisch – als ob etwas weniger Lärm machen könnte als nichts! Wenn Ihr keinen bessern Grund anzugeben wißt als diesen, täte der alte Tom am besten, sein Segel aufzuziehen und hinzufahren und sein Frühstück unter seinem eigenen Dach einzunehmen. Was ist aus dem Mokassin geworden?«

»Hier!« versetzte Chingachgook, seine Beute zu allgemeiner Ansichtnahme emporhaltend. Der Mokassin ward untersucht, und Hist sprach ihn zuversichtlich für den eines Huronen an, wegen der Art, wie die Stachelschweinstacheln vorn daran geordnet waren. Auch Hutter und der Delaware waren entschieden derselben Ansicht. Aber all dies zugegeben, folgte nicht notwendig, daß darum Huronen im Kastell sein mußten. Der Mokassin konnte aus der Ferne hergetrieben oder dem Fuß eines Kundschafters entfallen sein, der den Platz wieder verlassen, nachdem er seine Sendung ausgerichtet. Kurz, er erklärte nichts, während er so viel Besorgnis erweckte.

Unter solchen Umständen waren Hutter und Hurry nicht die Männer, die sich durch so schwache Anzeichen wie den Mokassin lange von ihrem Vorhaben abschrecken ließen. Sie zogen wieder das Segel auf, und bald war die Arche wieder in Bewegung auf das Kastell zu. Der Wind oder Luftzug dauerte gelinde fort, und die Bewegung war langsam genug, um eine genaue Besichtigung des Gebäudes während der Annäherung der Fähre zu gestatten. Dieselbe totenähnliche Stille herrschte, und es war schwer zu denken, daß ein lebendiges Wesen in dem Gebäude oder seiner Umgebung sein sollte. Unähnlich dem Delawaren, dessen Einbildungskraft, von seinen Traditionen erfüllt, so lange gearbeitet hatte, bis er geneigt war, in einer natürlichen Stille eine durch Absicht und Willen entstandene zu finden, sahen die andern gar nichts Besorgniserregendes in einem Schweigen, das in der Tat nur den regungslosen Zustand lebloser Gegenstände bezeichnete. Auch sonst war bei der Szene alles übrige eher beruhigend und friedlich als das Gegenteil. Der Tag war noch nicht so weit vorgerückt, daß die Sonne schon über dem Horizont gestanden hätte, sondern der Himmel, die Atmosphäre, die Wälder und der See erschienen sämtlich in jenem gedämpften Licht, das ihrem Aufgang unmittelbar vorangeht, was vielleicht der bezauberndste Augenblick, wo alle Gegenstände klar sind; selbst die Atmosphäre scheint eine flüssige Durchsichtigkeit zu gewinnen, die Farben erscheinen gedämpft und blaß, mit den Umrissen der Gegenstände verschwimmend, und die Gesamtansicht gleicht sittlichen Wahrheiten, die sich in ihrer Einfachheit ohne den buhlerischen Beistand von Schimmer und Zieraten darstellen. Mit einem Wort: es ist der Augenblick, wo die Sinne ihr Kräfte an den einfachsten und wahrsten Formen wiederzugewinnen scheinen, ähnlich dem Geist, der aus dem Dunkel von Zweifeln zur Ruhe und zum Frieden sicherer Überzeugung sich emporarbeitet. Das meiste von der Wirkung, die eine solche Szene auf Gemüter hervorbringen kann, die moralisch gesund genannt werden könnnen, war bei Hutter und Hurry verloren; die beiden Delawaren aber, obwohl zu sehr daran gewöhnt, Zeugen von der Lieblichkeit der frühen Morgenzeit zu sein, als daß sie erst lange ihre Gefühle hätten zergliedern mögen, waren ganz empfänglich für die Schönheiten dieser Stunde, obwohl vermutlich in einer ihnen selbst unbewußten Weise. Der junge Krieger fühlte sich dadurch friedlich gestimmt, und nie hatte er weniger Verlangen nach dem Ruhm des Kampfes empfunden, als wie er zu Hist in die Kajüte trat, in dem Augenblick, wo die Fähre an der Plattform anlegte. Aus der Süßigkeit solcher zarten Rührungen ward er jedoch durch eine rauhe Aufforderung Hurrys aufgescheucht, der ihn anrief, nach vorn zu kommen und beim Einziehen des Segels und der Befestigung der Arche behilflich zu sein.

Chingachgook gehorchte, und bis er das Vorderteil der Fähre erreicht hatte, war Hurry auf der Plattform, stampfte mit den Füßen, zum Ausdruck seiner Freude, wieder die *terra firma*, wie man es vergleichungsweise nennen konnte, zu berühren, und tat seine Verachtung des ganzen Stammes der Huronen in seiner gewohnten, lärmenden und kecken Weise kund. Hutter hatte ein Kanu an die Spitze der Fähre herangezogen und war schon im Begriff, die Verrammlungen des Tores zu entfernen, um zum Dock hineinzugelangen. March hatte kein andres Motiv dafür, daß er auf die Plattform gesprungen, als unverständige Prahlerei, und nachdem er an der Türe gerüttelt, in einer Art, die ihre Festigkeit auf die Probe setzte, sprang er zu Hutter in das Kanu und half ihm das Tor öffnen. Der Leser wird sich erinnern, daß diese Art hineinzukommen notwendig geworden war durch die Weise, wie der Eigentümer dieser seltsamen Residenz sie gewöhnlich schloß, wenn sie leer blieb, zumal in Zeiten, wo man Gefahr besorgte. Hutter hatte, als er in das Kanu trat, dem Delawaren ein Tau in die Hand gegeben, mit der Weisung, daß er die Arche an der Plattform befestigen und das Segel niederlassen solle. Statt aber diesen Weisungen zu folgen, ließ Chingachgook das Segel oben und ließ, indem er das schlaffe Ende des Taus über einen Pfeiler herwarf, die Arche in der Runde weitertreiben, bis sie den Befestigungswerken gegenüber in einer Position lag, daß man nur mittelst eines Bootes in sie gelangen konnte, oder wenn man auf den Spitzen der Palisaden hinlief, was aber ein Beginnen war, das einige Geschicklichkeit der Füße erheischte und sich im Angesicht eines entschlossenen Feindes nicht wohl ausführen ließ.

Infolge dieser Veränderung der Lage der Fähre, welche ausgeführt wurde, ehe es Hutter gelungen war, das Tor seines Docks zu öffnen, lagen die Arche und das Kastell Nock an Nock nach der Seesprache, mittelst der Pfeiler zehn oder zwölf Fuß auseinandergehalten. Da die Fähre gegen die letztern sich herandrängte, bildeten ihre Giebel eine Art von Brustwehr, etwa Manneshöhe, und deckten gewissermaßen die Teile der Fähre, die durch die Kajüte nicht geschützt waren. Der Delaware betrachtete diese Vorkehrungen mit großer Zufriedenheit, und dachte, als Hutters Kanu durch das Tor in das Dock einfuhr, er könnte seine Stellung eine ziemliche Zeit gegen jede Besatzung im Kastell verteidigen, hätte er nur den Arm seines Freundes Wildtöter zum Beistand. Doch auch so fühlte er sich vergleichsweise sicher und empfand nicht mehr die lebhaften Besorgnisse, die er noch ganz kürzlich um Hists willen gefühlt hatte.

Ein einziger Stoß brachte das Kanu vom Tor bis zu der Falle unter dem Kastell. Hier fand Hutter alles fest, weder Schloß noch Kette noch Riegel war verrückt worden. Der Schlüssel ward hervorgeholt, die Schlösser abgenommen, die Kette aufgeschlossen und die Falle aufgestoßen. Jetzt schob Hurry seinen Kopf durch die Öffnung hinein; die Arme folgten, und die kolossalen Beine stiegen ohne sichtbare Mühe hinauf. Im nächsten Augenblick hörte man seinen schweren Fuß im Gang oben stampfen, der die Gemächer des Vaters und der Töchter trennte, und in welchen die Falle sich öffnete. Dann stieß er einen Triumphschrei aus.

»Kommt herauf, alter Tom!« rief der unbekümmerte Waldmann aus dem Innern des Gebäudes heraus, »da ist Euer Häuschen wohlbehalten und gesund, ja, und so leer wie eine Nuß, die eine halbe Stunde in den Pfoten eines Eichhorns zugebracht hat! Der Delaware prahlt, er könne das Schweigen *sehen;* laßt ihn herkommen, dann mag er es obenein auch *greifen.*«

»Schweigen und Stille, wo *Ihr* seid, Hurry Harry!« versetzte Hutter, den Kopf in das Loch steckend, während er das letzte Wort sagte, wodurch sogleich seine Stimme den außen Befindlichen ganz gedämpft tönte. – »Schweigen, wo Ihr seid, müßte man wohl sehen und greifen können; denn es ist jedem andern Schweigen unähnlich.«

»Kommt, kommt, alter Kamerad, zieht Euch herauf, dann wollen wir Türen und Fenster öffnen und die frische Luft hereinlassen, die Sachen hell zu machen. Wenige Worte in unruhigen Zeiten machen die Leute zu den besten Freunden. Eure Tochter Judith ist, was ich nenne, ein Mädchen von schlechter Aufführung, und das Band, das mich an die ganze Familie bindet, ist durch ihr neuestes Betragen so gelockert worden, daß es keine Rede brauchte, so lang als die Zehn Gebote, um mich zu veranlassen, mich nach dem Fluß zu begeben, und Euch und Eure Fallen, Eure Arche und Eure Kinder, Eure Knechte und Eure Mägde, Eure Ochsen und Eure Esel zu verlassen, daß Ihr den Kampf mit den Irokesen allein ausfechten könntet. Öffnet dies Fenster, Floating Tom, und ich will durchstolpern und dasselbe an der Türe vorn tun.«

Ein Augenblick des Schweigens trat ein, und ein Getöse, wie durch den Fall eines schweren Körpers verursacht, folgte. Ein dumpfer Fluch von Hurry ward vernommen, und dann schien das ganze Innere des Gebäudes lebendig geworden zu sein. Das Getöse, der Lärm, die jetzt so plötzlich, und wir dürfen hinzusetzen: so unerwartet, selbst für den Delawaren, die Stille drinnen ablösten, konnten nicht mißdeutet werden. Es waren Töne etwa, wie sie durch einen Kampf zwischen Tigern in einem Käfig würden verursacht werden. Ein paarmal ward der gellende Ruf der Indianer ausgestoßen, aber er schien gedämpft, wie wenn er aus erschöpften und zusammengepreßten Kehlen dränge; einmal erscholl ein dumpfer und dann wieder ein empörend gräßlicher Fluch aus Hurrys Kehle. Es war, als würden menschliche Körper fortwährend gewaltsam an den Boden geschmettert, die sich ebensooft wieder erhoben, den Kampf von neuen zu beginnen. Chingachgook war in peinlicher Verlegenheit, was er tun solle. Er hatte in der Arche alle Waffen, da Hutter und Hurry sich ans Werk gemacht hatten, ohne ihre Büchsen mitzunehmen; aber es war keine Möglichkeit, sich ihrer zu bedienen oder sie in die Hände ihrer Herren zu bringen. Die Kämpfenden waren im buchstäblichen Sinne wie in Käfigen eingesperrt, und es war unter den obwaltenden Umständen beinahe ebenso unmöglich, aus dem Gebäude heraus- als hineinzukommen. Dann war auch Hist da, die seine Bewegungen hemmte und seine Kräfte lähmte. Um sich dieses Nachteils zu entledigen, hieß er das Mädchen das noch übrige Kanu nehmen und zu Hutters Töchtern, die sich unvorsichtig, aber mit gutem Bedacht näherten, rudern, um sich selbst zu retten und die andern vor der Gefahr, die sie liefen, zu warnen. Aber das Mädchen weigerte sich entschieden und fest zu gehorchen. In diesem Augenblick hätte keine menschliche Macht, hätte nur Anwendung von überlegener physischer Gewalt sie vermocht, die Arche zu verlassen. Die Dringlichkeit des Augenblicks gestattete kein Zögern, und der Delaware, der keine Möglichkeit vor sich sah, seinen Freunden zu dienen, schnitt das Tau ab und schob mit einem gewaltigen Stoß die Fähre etwa zwanzig Fuß weit von den Pfeilern weg. Hier ergriff er die breiten Ruder, und es gelang ihm, eine kleine Entfernung unter dem Winde zu gewinnen, wenn bei einem so leichten Luftzug irgendeine Richtung so bezeichnet werden konnte, aber weder die Zeit noch seine Geschicklichkeit im Rudern machten es möglich, daß diese Entfernung groß wurde. Als er zu rudern aufhörte, mochte die Arche etwa hundert Schritte von der Plattform entfernt sein und etwa um die Hälfte dieser Entfernung weiter südlich, da das Segel eingezogen worden war. Judith und Hetty hatten jetzt entdeckt, daß etwas nicht richtig war, und hatten tausend Fuß weiter nördlich haltgemacht.

Diese ganze Zeit über währte der wütende Kampf im Hause fort. Bei solchen Auftritten häufen sich die Ereignisse in kürzerer Zeit, als die Erzählung erheischt. Von dem Augenblick an, wo man den ersten Fall im Hause gehört hatte, bis zu dem, wo der Delaware seine mühseligen Versuche im Rudern aufgab, mochten drei bis vier Minuten verflossen sein, aber offenbar war binnen dieser Zeit die Kraft der Kämpfenden schwächer geworden. Man hörte nicht mehr Hurrys Flüche und Verwünschungen, und selbst die Kämpfe hatten etwas von ihrer Gewaltsamkeit und Wut verloren; dennoch währten sie mit unbezwinglicher Hartnäckigkeit fort. In diesem Augenblick flog die Türe auf, und der Kampf ward auf die Plattform, in das Licht und in die freie Luft versetzt.

Ein Hurone hatte die Riegel der Türe aufgebrochen, und drei oder vier seines Stammes stürzten ihm nach auf den engen Raum, als wären sie froh, einer furchtbaren Szene drinnen zu entfliehen. Der Leib eines andern folgte, der Länge nach durch die Türe mit entsetzlicher Gewalt hingeschleudert. Dann erschien March, wütend und tobend wie ein gehetzter Löwe und für einen Augenblick seiner zahlreichen Feinde entledigt. Hutter war schon gefangen und gebunden. Es war jetzt eine Pause im Kampfe, ähnlich einem ruhigen Augenblick während eines Gewitters. Das Bedürfnis aufzuatmen, war für alle eine gleiche Notwendigkeit, und die Kämpfer standen da, einander beobachtend wie Köter, die man auseinandergetrieben hat und die nur eine günstige Gelegenheit abwarten, um ihren Kampf zu erneuern. Wir wollen diese Pause benutzen, um die Art und Weise zu erzählen, wie die Indianer von dem Kastell Besitz ergriffen hatten, und wir tun dies um so lieber, als es wohl auch notwendig ist, dem Leser zu erklären, warum ein so erbitterter Kampf in solch engem Raume doch zugleich so verhältnismäßig unblutig sein konnte.

Rivenoak und sein Begleiter, besonders der letztere, der von untergeordnetem Rang und einzig mit dem Floß beschäftigt erschienen war, hatten bei ihren Besuchen im Kastell die genauesten Beobachtungen angestellt; selbst der Knabe hatte schätzbare und ins einzelne gehende Aufschlüsse mitgebracht. Auf diesem Wege hatten die Huronen im allgemeinen eine Vorstellung bekommen von der Art, wie das Gebäude konstruiert und befestigt war, sowie Kenntnisse von Einzelheiten, die sie instand setzten, im Dunkel mit zweckmäßiger Einsicht zu handeln. Trotz der Sorgfalt, mit welcher Hutter die Arche auf der östlichen Seite des Gebäudes angelegt hatte, als er die Habseligkeiten von diesem in jene brachte, war er dennoch beobachtet worden, so daß jene Vorsicht ganz nutzlos ward. Kundschafter waren auf der Ost- wie auf der Westküste des Sees ausgestellt gewesen, und das ganze Beginnen war bemerkt worden. Sobald es dunkel war, näherten sich Flöße, dem oben beschriebenen ähnlich, von beiden Küsten her, um zu rekognoszieren, und die Arche war an einem auf fünfzig Schritte vorbeigefahren, ohne daß man es entdeckt hatte; die Männer darauf lagen der Länge nach auf den Baumstämmen, so daß sie und ihr langsam sich bewegendes Fahrzeug für das Auge ganz mit dem Wasser sich vermischten. Als diese beiden Rotten von Abenteurern sich dem Kastell näherten, stießen sie zusammen und näherten sich, nachdem sie sich ihre beiderseitigen Beobachtungen mitgeteilt, ohne weiteres Zögern dem Gebäude. Wie sie erwarteten, fanden sie es leer. Die Flöße wurden sogleich an die Küste nach Verstärkungen geschickt, und zwei von den Wilden blieben, um die Vorteile ihrer Lage zu benutzen. Diesen Männern gelang es, aufs Dach zu kommen und durch Wegschaffung eines Teils der Rinde in die Dachstube, wenn man so will, zu gelangen. Hier trafen sie ihre Genossen. Beide öffneten jetzt ein Loch durch die behauenen Stämme des obern Bodens, durch das nicht weniger als acht der athletischsten Indianer in das untere Gemach sich hinabließen. Hier blieben sie, wohl versehen mit Waffen und Mundvorrat, um entweder eine Belagerung auszuhalten oder einen Ausfall zu machen, wie es die Gelegenheit mit sich brächte. Die Nacht brachten sie schlafend zu, wie die Indianer bei ihren gefährlichsten Unternehmungen zu tun pflegen. Der wiederkehrende Tag zeigte ihnen die Annäherung der Arche durch die Scharten – der einzige Weg, auf dem Licht und Luft eindrangen, da die Fenster sehr wirksam mit rohgearbeiteten, aber genau passenden Planken verschlossen waren. Sobald es gewiß war, daß die zwei weißen Männer im Begriff waren, durch die Falltüre hereinzukommen, traf der die Bewegungen der Huronen leitende Häuptling demgemäß seine Maßregeln. Er entfernte alle Waffen seiner Leute, selbst die Messer, weil er dem rohen Ungestüm der Wilden, wenn es durch persönliche Unbilden gereizt wurde, nicht traute, und verbarg sie an Orten, wo man sie nur bei einigem Nachsuchen finden konnte. Stricke von Bast wurden dann in Bereitschaft gesetzt, und alle, ihre Posten in den drei verschiedenen Gemächern einnehmend, erwarteten das Signal, über ihre zu hoffenden Gefangenen herzufallen. Sobald die Truppe in dem Gebäude war, stellten Männer draußen die Rinde auf dem Dache wieder her, beseitigten sorgfältig alle Anzeichen und Spuren ihres Besuchs und fuhren dann wieder nach der Küste ab. Einer von diesen hatte seinen Mokassin fallen lassen, den er in der Dunkelheit nicht wieder finden konnte. Wäre der Tod des

Mädchens bekannt gewesen, so hätte wahrscheinlich nichts Hutter und Hurry das Leben retten können; aber dies Ereignis trat erst ein, nachdem der Hinterhalt gelegt war, und in einer Entfernung von einigen Meilen von dem Lager, das dem Kastell nahe lag. Dies waren die Mittel und Listen, die man angewendet, um den Stand der Dinge herbeizuführen, den wir jetzt weiter zu beschreiben haben.

Zwanzigstes Kapitel

»Ich tat, was tun kann Menschenhand
Und alles half nicht mehr;
Leb wohl, mein Lieb! mein Heimatland!
Denn ich muß übers Meer;
Mein Lieb,
Denn ich muß übers Meer.«

Schottische Ballade

Im letzten Kapitel verließen wir die Kämpfenden, wie sie in ihrem engen Kampfplatz Atem schöpften. Gewöhnt an die derben Spiele des Ringens und Schwingens, wie sie damals in Amerika und zumal an den Grenzen so gewöhnlich waren, besaß Hurry neben seiner ungeheuern Stärke einen Vorteil, der den Kampf minder ungleich machte, als er sonst erscheinen mochte. Dies allein hatte ihn instand gesetzt, so lang allein gegen so viele Feinde auszuhalten; denn der Indianer ist keineswegs ausgezeichnet durch Stärke oder Gewandtheit in athletischen Übungen. Bis jetzt war noch niemand ernstlich beschädigt, obwohl einige von den Wilden schwere Fälle getan hatten; namentlich derjenige, der der Länge nach auf die Plattform geschleudert worden, war, kann man wohl sagen, für den Augenblick kampfuntüchtig geworden. Einige der übrigen hinkten, und March selbst war nicht ohne alle Beulen durchgekommen, obgleich Erschöpfung des Atems der Hauptverlust war, den beide Parteien wieder zu ersetzen wünschten.

Unter Umständen wie die, worin die Parteien sich befanden, konnte ein Waffenstillstand, welche Ursache er auch haben mochte, nicht wohl von langer Dauer sein. Der Kampfplatz war zu enge und die Besorgnis vor Verräterei zu groß, um dies zu gestatten. Was man bei seiner Lage gar nicht hätte erwarten sollen: Harry war der erste, der die Feindseligkeiten wieder eröffnete. Ob er dies aus Politik tat, oder in dem Gedanken, er könnte durch einen plötzlichen und unvermuteten Angriff irgendeinen Vorteil gewinnen, oder ob es die Folge der Aufregung und seines nie ruhenden Hasses gegen die Indianer war, ist unmöglich zu sagen. Sein Angriff indessen war wütend, und zuerst trieb er alle vor sich her. Er packte den nächsten Huronen um den Leib, hob ihn ganz von der Plattform empor und schleuderte ihn ins Wasser, als wäre er nur ein Kind. In einer halben Minute lagen noch zwei neben ihm, von denen einer eine schwere Verletzung davontrug, weil er auf den ihm eben vorangeflogenen Genossen fiel. Nur vier Feinde blieben noch übrig, und in einem Handgemenge, wo man sich keiner andren Waffen als der von der Natur selbst gegebenen bediente, glaubte sich Hurry ganz Manns genug, mit dieser Zahl von Rothäuten es aufzunehmen.

»Hurra! Alter Tom!« brüllte er, »die Schurken machen sich in den See, und ich will sie bald alle schwimmen sehen!« Wie er diese Worte gesprochen, schleuderte ein heftiger Stoß ins Gesicht den verletzten Indianer, der den Rand der Plattform gefaßt hatte und sich hinaufzuschwingen versuchte, rettungs- und hoffnungslos ins Wasser. Als der Kampf vorüber war, sah man seinen dunkeln Leichnam durch das durchsichtige Element des Glimmerglases mit ausgestreckten Armen der Länge nach auf dem Grund der Sandbank liegen, worauf das Kastell stand, in den Sand und das Seegras die Hände einwühlend, als ob durch dies verzweiflungsvolle Anklammern im Tod das Leben zurückgehalten werden sollte. Ein Streich, einem andern in die Magenhöhle versetzt, rollte ihn auf wie einen getretenen Wurm, und nur noch zwei tüchtige Feinde blieben zu bekämpfen übrig. Einer von diesen jedoch war nicht nur der größte und stärkste unter den Huronen, sondern auch der erfahrenste unter den anwesenden Kriegern, und derjenige, dessen Sehnen in Kämpfen und durch Märsche auf dem Kriegspfad am meisten gestählt waren. Dieser Mann hatte die riesenhafte Stärke seines Gegners wohl gewürdigt und hatte seine Kraft sorgsam gespart. Er war auch aufs beste gerüstet für einen solchen Kampf; denn er stand da nur in Beinkleidern, das Modell einer schönen, nackten Statue der Gewandtheit und Stärke. Ihn zu packen, erforderte außerordentliche Behendigkeit und ungewöhnliche Stärke, dennoch bedachte sich Hurry nicht, und sobald er jenen Stoß versetzt, der in der Tat einem Mitmenschen das Leben kostete, band er auch mit diesem furchtbaren Feind an und suchte auch ihn ins Wasser zu drängen. Der nun folgende Kampf war in der Tat gräßlich. So wild wurde er im Augenblick, und so rasch und wechselnd waren die Bewegungen der Athleten, daß dem noch übrigen Wilden, hätte er auch den Wunsch gehabt, keine Möglichkeit blieb, sich einzumischen, sondern er von Staunen und Furcht wie gefesselt dastand. Er war ein unerfahrner Jüngling, und das Blut gerann ihm, als er Zeuge ward von dem häßlichen Kampf menschlicher Leidenschaften, der sich dazu noch in ungewohnter Gestalt darstellte.

Hurry versuchte zuerst, seinen Gegner zu werfen. In dieser Absicht packte er ihn an der Kehle und einem Arm und suchte ihm mit der Gewandtheit und Stärke eines amerikanischen Grenzmannes ein Bein zu stellen. Dies ward vereitelt durch die behenden Bewegungen des Huronen, der Hurry bei den Kleidern packen konnte, und dessen Füße jenem Versuch mit einer Geschwindigkeit, die der des Angreifers glich, auswichen. Dann folgte eine Art *mêlée*, wenn man einen solchen Ausdruck von einem Kampf zwischen zweien gebrauchen darf, in welchem keine Anstrengungen einzeln zu unterscheiden waren und die Glieder und Leiber der Kämpfenden so viele Stellungen und Verrenkungen annahmen, daß sie jeder Beobachtung spotteten. Dies wirre, aber wütende Handgemenge dauerte jedoch nicht ganz eine Minute, worauf Hurry, rasend, daß seine Stärke durch die Gewandtheit und Nacktheit seines Feindes zuschanden wurde, eine verzweifelte Anstrengung machte, welche den Huronen ihm vom Leibe schaffte und ihn heftig gegen die Blöcke der Hütte schleuderte. Die Erschütterung war so groß, daß sie für einen Augenblick den letztern betäubte. Auch erpreßte ihm der Schmerz ein tiefes Ächzen – ein Zoll, von Qual und Angst abgerungen, der in der Hitze des Kampfes einem roten Mann nicht selten entfährt. Dennoch stürzte er sich aufs neue seinem Feind entgegen, wohl wissend, daß seine Rettung von seiner Entschlossenheit abhänge. Jetzt packte Hurry den andern um den Leib, hob ihn frei über die Plattform empor und fiel mit seiner gewaltigen Wucht auf den unter ihm Liegenden. Diese weitere heftige Bedrängnis betäubte den armen Indianer so, daß sein gigantischer weißer Gegner ihn jetzt ganz und gar in seiner Hand hatte. Er legte die Hände um die Kehle seines Opfers und preßte sie mit der Gewalt einer Schraube zusammen, wobei er den Kopf des Huronen an dem Rand der Plattform förmlich umbog, bis bei der höllischen Stärke, die er anwendete, das Kinn zuoberst war. Ein Augenblick zeigte schon die Folgen. Die Augen des Mißhandelten schienen herauszutreten, seine Zunge reckte sich heraus, und seine Nüstern dehnten sich fast zum Zerspringen. In diesem Augenblick ward ein Strick von Bast, mit einem Auge versehen, geschickt über die beiden Arme Hurrys geworfen; das Ende ward durch das Auge geschoben, so daß eine Schlinge entstand, und jetzt wurden ihm die Ellbogen auf dem Rücken mit einer Gewalt zusammengezogen, der selbst seine gigantische Stärke nicht widerstehen konnte. Mit Widerstreben, selbst unter diesen Umständen noch, sah der erbitterte Grenzmann seine Hände zurückgerissen von ihrer tödlichen Umspannung; denn alle bösen Leidenschaften tobten jetzt aufs höchste in ihm. Beinahe im selben Augenblick fesselte ein gleiches Band auch seine Knöchel, und sein Körper ward in die Mitte der Plattform hingerollt, so hilflos und so rücksichtslos, als wäre er ein Holzscheit. Sein befreiter Gegner aber stand nicht auf; denn während er wieder zu atmen anfing, hing doch sein Kopf noch kraftlos über den Rand der Blöcke hinunter, und man glaubte anfangs, der Hals sei ihm verdreht. Nur allmählich erholte er sich wieder, und Stunden vergingen, bis er gehen konnte. Manche glaubten, weder sein Leib noch sein Gemüt habe sich je wieder ganz von diesem drohenden Vorgeschmack des Todes erholt.

Hurry hatte seine Niederlage und Gefangennehmung der blinden Wut zu danken, mit der er alle seine Kräfte gegen den gefallenen Feind aufbot. Während er sich mit diesem beschäftigte, waren die zwei von ihm ins Wasser geschleuderten Indianer an den Pfeilern heraufgestiegen, schlichen jetzt diesen entlang und gesellten sich zu ihrem Genossen auf der Plattform. Der letztere hatte seine Geisteskräfte so weit wieder gesammelt, daß er die Stricke herbeigeholt hatte, die nun zum Gebrauch in Bereitschaft waren, als die andern erschienen, und sie wurden in der nun schon erzählten Weise angewendet, während Hurry mit seiner ganzen Wucht seinen Feind niedergedrückt hielt, nur mit dem gräßlichen Wunsch beschäftigt, ihn zu erdrosseln. So hatte sich in einem Augenblick das Blatt gewendet, er, der so nahe daran gewesen, einen vollständigen Sieg zu erringen, der mittelst Überlieferung Jahrhunderte hindurch in dieser ganzen Gegend bekannt und gepriesen worden wäre, lag jetzt da, hilflos, gebunden, gefangen. So furchtbar waren die Anstrengungen des Bleichgesichts gewesen, so wunderbar die Stärke, die er an den Tag gelegt, daß sie selbst, wie er so, einem gebundenen Schafe gleich, vor ihnen dalag, ihn mit Achtung und nicht ohne Furcht betrachteten. Der kraftlose Leib ihres stärksten Kriegers lag noch ausgestreckt auf der Plattform, und wie sie ihre Augen auf den See warfen, den Kameraden zu suchen, der so unzeremoniös hineingeschleudert worden war und den sie in der Verwirrung des Handgemenges aus dem Gesicht verloren hatten, sahen sie, wie schon beschrieben, seine leblose Gestalt auf dem Grund des Sees, ans Gras sich anklammernd, liegen. Alle diese Umstände zusammen machten den Sieg der Huronen für sie beinahe so betrübend wie eine Niederlage.

Chingachgook und seine Verlobte hatten diesem ganzen Kampf von der Arche aus zugesehen. Als die drei Huronen im Begriffe waren, die Stricke durch die Arme des daliegenden Hurry zu schieben, suchte der Delaware nach seiner Büchse; aber noch ehe er sich ihrer bedienen konnte, war der weiße Mann gebunden und das Unheil geschehen. Er konnte noch einen Feind niederschießen, aber den Skalp zu gewinnen, war unmöglich, und der junge Häuptling, der so entschlossen sein Leben an eine solche Trophäe wagte, bedachte sich, einem Feind das Leben zu nehmen, wenn er keine Aussicht auf jene hatte. Ein Blick auf Hist und der Gedanke an die möglichen Folgen dämpfte jedes flüchtige Racheverlangen. Der Leser weiß schon, daß man von Chingachgook kaum sagen konnte, daß er die Ruder der Arche zu handhaben verstanden habe, so erfahren er auch im Gebrauche der Ruderschaufel auf Kanus sein mochte. Vielleicht gibt es keine Handarbeit, bei der sich die Menschen so ungeschickt und linkisch gebärden wie bei den ersten Versuchen, ein Ruder zu handhaben, und selbst der erfahrenste Seemann oder Bootsmann fällt durch mit seinen Bemühungen, neben dem gefeierten Kerbenrudern des Gondoliere zu figurieren. Kurz, es ist für den Augenblick für den Anfänger unmöglich, *ein* Ruder gut zu handhaben; hier aber war erforderlich, zwei auf einmal, und dazu zwei sehr große, zu bewältigen. Große Ruderstangen jedoch werden von einer ungeübten Hand noch eher gehandhabt als leichtere Werkzeuge, und dies war der Grund, daß es dem Delawaren beim ersten Versuche doch noch einigermaßen gelang, die Arche von der Stelle zu bringen. Aber dennoch hatte dieser Versuch hingereicht, ihn gegen sich selbst mißtrauisch zu machen, und er sah wohl, in welche kritische Lage er und Hist jetzt versetzt waren, falls die Huronen das Kanu, das noch unter der Falltüre lag, nahmen und sich gegen sie wandten. In einem Augenblick dachte er daran, Hist in das in seinem Besitz befindliche Kanu zu setzen und sich nach den östlichen Bergen zu wenden, in der Hoffnung, durch rasche Flucht die delawarischen Dörfer zu gewinnen. Aber manche Betrachtungen drängten sich auf, um diesen unbesonnenen Schritt zu hintertreiben. Es war beinahe gewiß, daß Kundschafter den See auf beiden Seiten bewachten und kein Kanu so leicht der Küste sich nähern konnte, ohne von den Hügeln aus gesehen zu werden. Dann war eine Fährte vor einem indianischen Auge nicht zu verhehlen, und die Kraft Hists war einer Flucht nicht gewachsen, die so rasch und unausgesetzt ausgeführt werden mußte, um der Verfolgung geübter Krieger zu enteilen. Es war dies eine Gegend Amerikas, wo die Indianer den Gebrauch von Pferden noch nicht kannten; alles hing von der physischen Kraft der Flüchtigen ab. Die letzte, aber nicht die geringste Rücksicht war der Gedanke an Wildtöters Lage: ein Freund durfte in seiner Not nicht so verlassen werden.

Hist dachte und folgerte in einigen Punkten, ja, sie fühlte auch anders, obwohl sie zu demselben Schluß gelangte. Ihre eigene Gefahr beunruhigte sie weniger als ihre Sorge um die zwei Schwestern, für welche ihre weibliche Sympathie sich jetzt aufs lebhafteste regte. Das Kanu der Mädchen hatte sich, bis der Kampf zu Ende war, dem Kastell auf dreihundert Schritte genähert, und jetzt hörte Judith auf zu rudern, da die Anzeichen des Kampfes erst hier dem Auge sichtbar wurden. Sie und Hetty standen aufrecht da, ängstlich bemüht zu erkunden, was vorgefallen, aber außerstande, sich Gewißheit zu verschaffen, weil das Gebäude großenteils den Kampfplatz verdeckte.

Die auf der Arche und im Kanu Befindlichen verdankten der Heftigkeit von Hurrys Angriff ihre augenblickliche Sicherheit. In jedem gewöhnlichen Falle wären die Mädchen sofort gefangen worden – eine leicht zu vollziehende Maßregel, nachdem die Huronen im Besitz eines Kanus waren, ohne den demütigenden Schlag, den die Kühnheit der Huronen in dem jüngsten Kampfe erlitten. Es erforderte eine Weile, bis sie sich von den Eindrücken dieser gewaltsamen Szene erholten, und das um so mehr, als der wichtigste Mann der Truppe, wenigstens was persönliche Tapferkeit betraf, so schwer zu Schaden gekommen war. Dennoch war es von höchster Wichtigkeit, daß Judith und ihre Schwester unverzüglich Zuflucht in der Arche suchten, deren Verteidigungsmittel wenigstens für kurze Zeit Schirm und Schutz boten; die nächste Aufgabe war, Mittel zu finden, sie hierzu zu veranlassen. Hist zeigte sich auf dem Hinterteil der Fähre und machte, aber vergebens, allerlei Zeichen und Gebärden, um die Mädchen zu veranlassen, mittelst eines Bogens das Kastell zu vermeiden und sich der Arche von Osten her zu nähern. Aber diese Zeichen wurden verachtet oder mißverstanden. Wahrscheinlich erkannte Judith noch nicht hinlänglich den wahren Stand der Dinge, um volles Vertrauen in die eine oder andre Partei zu setzen. Statt zu tun, wie man ihr riet, hielt sie sich vielmehr weiter entfernt; sie ruderte langsam zurück, nordwärts oder nach dem breitesten Teil des Sees, wo sie die weiteste Aussicht beherrschte und das weiteste Feld zur Flucht vor sich hatte. In diesem Augenblick erschien die Sonne über den Fichten der östlichen Bergreihe, und ein leichter Südwind erhob sich, wie es zu dieser Jahreszeit und Stunde ganz gewöhnlich war.

Chingachgook verlor keine Zeit, das Segel aufzuziehen. Was auch seiner warten mochte, daran konnte kein Zweifel sein, daß es in jeder Weise wünschenswert war, die Arche in solche Entfernung von dem Kastell zu bringen, daß die Feinde in die Notwendigkeit versetzt wurden, sich der Arche in dem Kanu zu nähern, das die Wechselfälle des Krieges so ungelegen für seine Wünsche und seine Sicherheit ihnen in die Hände geliefert hatten. Der Anblick des schwellenden Segels schien die Huronen zuerst aus ihrer Tatlosigkeit zu wecken, und bis die Spitze der Fähre vor dem Winde abgefallen war – was unglücklicherweise in der falschen Richtung geschah – wodurch sie der Plattform auf wenige Schritte sich näherte, fand es Hist nötig, ihren Geliebten dringend zu ermahnen, wie wesentlich es sei, daß er seine Person gegen die Büchsen der Feinde sicherstelle. Dies war eine unter allen Umständen zu vermeidende Gefahr, und um so mehr, weil der Delaware sah, daß Hist selbst keine Dekkung suchen würde, solange er bloßgestellt blieb. So überließ denn Chingachgook die Fähre ganz ihren eigenen Bewegungen, drängte Hist in die Kajüte, deren Türen er augenblicklich verschloß, und sah sich dann nach den Büchsen um.

Die Lage der Parteien war jetzt so eigentümlich, daß sie eine besondere Schilderung verdient. Die Arche war sechzig Schritte vom Kastell entfernt, etwas südlich davon, auf der Seite, wohin der Wind blies, mit vollem Segel und ledigem Steuerruder. Das letztere war zum Glück nicht befestigt, so daß es keinen großen Einfluß übte auf die krebsartige Bewegung des ungefügen Fahrzeugs. Da das Segel dem Winde preisgegeben war, wie es die Matrosen nennen, oder keine Brassen hatte, drängte der Luftzug die Rahe vorwärts, obgleich beide Schoten fest waren. Die Wirkung war eine dreifach starke bei einem Fahrzeug, das einen vollkommen flachen Boden hatte und nur etwa drei bis vier Zoll tief im Wasser ging. Das Vorderteil wurde langsam leewärts herumgetrieben, die gesamte Masse wurde zugleich nach derselben Richtung kräftig gedrängt, und das Wasser, das notwendig unter dem Lee anschwoll, gab der Fähre auch eine verstärkte Bewegung vorwärts. Alle diese Veränderungen jedoch waren ausnehmend langsam; denn der Wind war nicht nur schwach, sondern auch, wie gewöhnlich, unzuverlässig, und zwei- oder dreimal schwankte das Segel. Einmal schlug es ganz und gar zurück.

Hätte die Arche irgendeinen Kiel gehabt, so wäre sie unausbleiblich auf die Plattform, den Bug voran, losgefahren, und dann hätte vermutlich nichts die Huronen verhindert, sie zu nehmen, zumal da das Segel ihnen möglich gemacht hätte, sich unter einer Deckung zu nähern. So aber trieb die Fähre nur langsam rundherum, an diesem Teil des Gebäudes nur eben vorbeigleitend. An den um einige Fuß vorstehenden Pfeilern jedoch glitt sie nicht vorbei, sondern die Spitze des langsam sich bewegenden Fahrzeugs fing sich zwischen zwei derselben mit einer seiner in rechten Winkeln auslaufenden Ecken und blieb hängen. In diesem Augenblick paßte der Delaware, aufmerksam durch ein Guckloch schauend, eine Gelegenheit ab, zu feuern, während die Huronen, auf das gleiche bedacht, sich in dem Hause hielten. Der erschöpfte Krieger lehnte sich gegen die Hütte, da keine Zeit gewesen war, ihn wegzubringen, und Hurry lag beinahe so hilflos wie ein Klotz, gebunden wie ein Lamm auf der Schlachtbank, der Mitte der Plattform nahe. Chingachgook hätte den ersten jeden Augenblick töten können, aber sein Skalp wäre ihm doch entgangen, und der junge Häuptling verschmähte es, einen Schlag zu führen, der weder Ehre noch Vorteil brachte.

»Fahrt mit einem der Bootshaken heraus, Schlange, wenn Ihr es seid«, sagte Hurry, unter dem Stöhnen, das ihm die Festigkeit der einschneidenden Bande auszupressen anfing, »fahrt mit einem der Bootshaken heraus und schiebt damit das Vorderteil der Fähre weg, dann kommt Ihr von uns los – und wenn Ihr *Euch* diesen Dienst geleistet, dann gebt mir *zuliebe* diesem nach Luft schnappenden Schurken den Rest!«

Der Zuruf Hurrys hatte jedoch keine andere Wirkung, als Hists Aufmerksamkeit auf seine Lage zu lenken. Dies schnell auffassende Geschöpf begriff sie auf einen Blick. Seine Knöchel waren mit starken Baststricken mehrmals umwunden und seine Arme über den Ellbogen auf ähnlich Weise über den Rücken gebunden, so daß er nur mit Händen und Fäusten ein wenig freies Spiel hatte. Sie setzte den Mund an ein Guckloch und sagte mit leiser, aber vernehmlicher Stimme:

»Warum Euch nicht her wälzen und in die Fähre fallen? Chingachgook Huronen schießen, wenn er nachsetzt!«

»Beim Himmel, Mädchen, das ist ein einsichtsvoller Gedanke und soll versucht werden, wenn der Spiegel Eurer Fähre nur etwas näher kommen will. Legt nur ein Brett auf den Boden, daß ich darauffalle.«

Dies ward in einem glücklichen Augenblick gesprochen; denn des Wartens müde schossen alle Indianer ihre Büchsen beinahe in einem Augenblick rasch ab, ohne jemand zu treffen, obgleich mehrere Kugeln durch die Scharten gingen. Hist hatte einen Teil von Hurrys Worten gehört, das meiste aber war über dem heftigen Knallen der Gewehre verlorengegangen. Sie machte den Riegel der Türe auf, die nach dem Hinterteil der Fähre führte, wagte aber nicht, ihre Person auszusetzen. Diese ganze Zeit über hing die Spitze der Arche an den Pfeilern, aber immer lockerer und loser, sowie das andere Ende langsam sich umdrehte und der Plattform näher und näher kam. Hurry, der jetzt mit dem Gesicht der Arche zu lag, gelegentlich sich wendend und bäumend wie einer, der große Schmerzen erduldet, Bewegungen, die er fortwährend gemacht, seit er gebunden war, beobachtete jede Veränderung, und endlich sah er, daß das ganze Fahrzeug frei war und anfing, langsam an den Seiten der Pfeiler hinzustreifen. Das Wagestück war verzweifelt, aber es schien die einzige Auskunft, Martern und dem Tod zu entgehen, und es paßte für die rücksichtslose Kühnheit von dieses

Mannes Charakter. Bis zum letzten Augenblick wartend, damit der Spiegel der Fähre sich ordentlich an der Plattform riebe, begann er wieder, wie in unerträglichen Schmerzen, sich zu bäumen, alle Indianer überhaupt und die Huronen insbesondere verfluchend, und dann wälzte er sich plötzlich und rasch fort, seine Richtung nach dem Hinterteil der Fähre nehmend. Zum Unglück bedurften Hurrys Schultern mehr Raum, um sich fortzuwälzen, als seine Füße, und bis er den Rand der Plattform erreichte, hatte sich seine Richtung so geändert, daß er gar nicht mehr in einer Linie mit der Arche war, und da die Raschheit seiner rollenden Bewegung und die drohende Gefahr keinen Verzug gestatteten, fiel er hinter der Arche ins Wasser. In diesem Augenblick verleitete Chingachgook nach einer Verabredung mit seiner Verlobten die Indianer noch einmal zum Feuern, von welchen keiner bemerkte, auf welche Weise der Mann, den sie so fest gebunden wußten, verschwunden war. Aber Hists Gefühl nahm lebhaften Anteil an dem Gelingen eines so kühnen Anschlags, und sie bewachte die Bewegungen Hurrys wie die Katze die Maus. Sobald er sich in Bewegung gesetzt hatte, sah sie die Folgen voraus, und dies um so sicherer, als die Fähre sich jetzt mit einiger Stetigkeit zu bewegen anfing, und sie dachte auf Mittel, ihn zu retten. Mit einer Art von instinktmäßiger Besonnenheit öffnete sie die Türe gerade in dem Augenblick, wo ihr die Büchsen in den Ohren knallten und, geschützt durch die dazwischenliegende Kajüte, trat sie gerade zu rechter Zeit in den Spiegel der Fähre, um Zeugin von Hurrys Fall in den See zu sein. Halb unbewußt setzte sie ihren Fuß auf das Ende von einer der Schoten des Segels, die hinten angebunden war, und alles entbehrliche Tau mit der Unbeholfenheit, aber auch mit der großherzigen Entschlossenheit eines Weibes abwindend, warf sie es dem hilflosen Hurry zu. Das Tau fiel dem Sinkenden auf den Kopf und den Leib, und es gelang ihm nicht nur, Teile davon mit den Händen zu erhaschen, sondern er packte auch wirklich ein Stück davon zwischen den Zähnen. Hurry war ein erfahrener Schwimmer und, gebunden, wie er war, griff er zu dem Auskunftsmittel, das Philosophie und Nachdenken ihm auch hätten empfehlen müssen. Er war auf den Rücken gefallen, und anstatt zu zappeln und durch verzweifelte Anstrengungen, auf die Füße zu stehen zu kommen, sich den Tod des Ertrinkens zu bereiten, ließ er seinen Körper so tief als möglich sinken und war schon, mit Ausnahme seines Gesichts, ganz unter dem Wasser, als das Tau ihn erreichte. In dieser Lage hätte er möglicherweise bleiben können, bis ihn die Huronen herausgezogen hätten, seiner Hände in der Art wie die Fische ihrer Flossen sich bedienend, wäre ihm keine andere Hilfe zuteil geworden; aber die Bewegung der Arche machte bald das Seil straff, und natürlich wurde er sachte nachgezogen, gleichen Schritt mit der Fähre haltend. Die Bewegung half sein Gesicht über dem Wasserspiegel halten, und einer, der an Erduldung lange dauernder Unbequemlichkeiten und Schmerzen gewöhnt gewesen, hätte wohl eine Meile weit in dieser seltsamen, aber einfachen Weise sich fortbugsieren lassen können.

Es wurde schon gesagt, daß die Huronen das plötzliche Verschwinden Hurrys nicht bemerkten. In seinem jetzigen Zustand war er nicht nur durch die Plattform dem Auge verborgen, sondern, wie die Arche langsam weiterfuhr, von einem jetzt geschwellten Segel getrieben, erwiesen ihm die Pfeiler denselben Liebesdienst. Die Huronen waren wirklich zu sehr darauf erpicht, ihren Feind, den Delawaren, durch eine Kugel, durch eine der Scharten oder Gucklöcher der Kajüte gesendet, zu töten, um auch nur an einen Mann zu denken, den sie so fest und stark gebunden wähnten. Ihre große Sorge war die Art und Weise, wie die Arche an den Pfeilern sich vorüberdrängte, obwohl ihre Bewegung mindestens um die Hälfte durch die Reibung geschwächt wurde, und sie begaben sich nach dem nördlichen Teile des Kastells, um Gelegenheit zu suchen, durch die Löcher und Scharten auf jener Seite des Gebäudes zu feuern. Chingachgook war ebenso beschäftigt, und der Zustand Hurrys blieb ihm ebenso verborgen wie seinen Feinden. Wie die Arche knarrend vorbeifuhr, spien die Büchsen ihre kleinen Rauchwolken von einem Versteck zum andern aus, aber die Augen und Bewegungen der andern Partei waren zu rasch, als daß ihnen hätte ein Leid zugefügt werden können. Endlich hatte die eine Partei den Verdruß, und die andere die Freude, die Fähre gänzlich von den Pfeilern loskommen zu sehen, worauf sie sogleich mit einer wesentlich beschleunigten Bewegung gegen Norden weiterrückte.

Jetzt erst erfuhr Chingachgook von Hist die kritische Lage Hurrys. Hätte einer von beiden sich auf dem Spiegel der Fähre blicken lassen und ausgesetzt – so wäre dies sichrer Tod gewesen, aber zum Glück reichte die Schote, woran der Mann sich festhielt, vorwärts bis an den Fuß des Segels. Der Delaware fand Mittel, sie von dem hintern Pflock loszumachen, und Hist, die schon zu diesem Behufe vorangeeilt war, begann sogleich, das Tau einzuziehen. In diesem Augenblick trieb Hurry etwa fünfzig bis sechzig Fuß hinter dem Spiegel der Fähre her, nur das Gesicht über dem Wasser. Als er hinter dem Kastell und den Pfeilern hervorgezogen ward, wurden die Huronen erst seiner ansichtig, erhoben ein häßliches, gellendes Geschrei und eröffneten ein Feuer auf die schwimmende Masse, wie man wohl sagen darf. In diesem Augenblick begann auch Hist, das Tau vorn anzuziehen – ein Umstand, der wahrscheinlich Hurry das Leben rettete, verbunden mit seiner eigenen Fassung und Grenzmannsbesonnenheit. Die erste Kugel schlug gerade an der Stelle ins Wasser, wo die breite Brust des jungen Riesen durch das reine Element hindurch sichtbar war, und hätte ihm vielleicht das Herz durchbohrt, wäre der Winkel, in dem sie abgefeuert worden, weniger scharf gewesen. Aber statt in den See hinabzudringen, prallte sie von seiner glatten Fläche ab und begrub sich in der Tat in den Blöcken der Kajüte, nahe an dem Platze,wo sich vor einer Minute Chingachgook gezeigt hatte, als er das Tau von dem Pflocke losmachte. Eine zweite, dritte und vierte Kugel folgten, aber allen leistete die Fläche des Wassers denselben Widerstand, obwohl Hurry deutlich die heftigen Erschütterungen spürte, die sie, so unmittelbar über seiner Brust und so nahe ins Wasser treffend, hervorbrachten. Ihren Mißgriff entdeckend, änderten jetzt die Huronen ihren Plan und zielten auf das nicht gedeckte Gesicht; aber jetzt zog Hist das Tau an, die Schießscheibe bewegte sich vorwärts, und die tödlichen Geschosse fielen alle ins Wasser. Im nächsten Augenblick ward der Riesenkörper an dem Hinterteil der Fähre vorbeigezogen und wurde jetzt den Feinden unsichtbar. Der Delaware und Hist arbeiteten ganz im Schutze der deckenden Kajüte und hatten in kürzerer Zeit, als die Erzählung erheischt, den gewaltigen Körper Hurrys bis dahin, wo sie standen, herangezogen. Chingachgook stand mit seinem scharfen Messer bereit, beugte sich über die Seite der Fähre hinab und hatte bald den Bast durchschnitten, der die Glieder des Grenzmannes gefesselt hielt. Ihn hoch genug emporzuheben, um den Rand des Fahrzeugs zu erreichen, und ihm hereinzuhelfen, waren minder leichte Aufgaben, da Hurry seine Arme fast noch gar nicht brauchen konnte; aber beides wurde doch bald geleistet, worauf der Befreite vorwärts taumelte und erschöpft und kraftlos auf den Boden des Fahrzeugs hinfiel. Hier wollen wir ihn lassen, bis er seine Kraft und den freien Blutumlauf wiedergewinnt, während wir in der Erzählung von Ereignissen fortfahren, welche zu rasch sich herandrängen, als daß sie einen Aufschub gestatteten.

Im Augenblick, wo die Huronen Hurrys Körper aus dem Gesicht verloren, stießen sie alle zusammen einen Schrei aus, der ihren Verdruß und ihre getäuschte Erwartung bezeugte, und drei der Rüstigsten von ihnen liefen nach der Falltüre und traten in das Kanu. Es brauchte jedoch etwas Zeit, bis sie sich mit ihren Waffen einschifften, die Ruderschaufeln fanden, und wenn wir so sagen dürfen, »aus dem Dock herauskamen«. Inzwischen war Hurry in der Fähre aufgenommen, und der Delaware hatte wieder seine Büchsen in Bereitschaft gesetzt. Da die Arche natürlich vor dem Wind segelte, hatte sie sich mittlerweile volle zweihundert Schritte vom Kastell entfernt und glitt mit jedem Augenblick weiter und weiter, obwohl mit so leichter Bewegung, daß kaum das Wasser aufgewühlt wurde. Das Kanu der Mädchen war eine volle Viertelmeile von der Arche entfernt und hielt sich, wie man deutlich sah, absichtlich in der Ferne, in Unkunde dessen, was vorgefallen, und aus Furcht vor den Folgen, wenn sie sich zu nahe heranwagten. Sie hatten die Richtung nach der östlichen Küste eingeschlagen und suchten zu gleicher Zeit windwärts von der Arche ab und gewissermaßen zwischen die beiden Parteien zu kommen, wie mißtrauisch und ungewiß, wen sie für Freund, wen für Feind zu nehmen hätten. Die Mädchen führten infolge langer Gewohnheit die Ruderschaufeln mit großer Gewandtheit, und Judith insbesondere hatte oft im Spiel bei Wettrennen gesiegt, wenn sie mit den gelegentlich den See besuchenden Jünglingen sich in der Schnelligkeit versuchte.

Als die drei Huronen hinter den Palisaden hervorkamen und sich auf dem offenen See in die Notwendigkeit versetzt sahen, ohne Schutzmittel gegen die Arche anzurücken, falls sie bei ihrem ersten Plane beharrten, da kühlte sich ihr Eifer merklich ab. In einem Rindenkanu waren sie gänzlich ohne Schutz, und indianische Klugheit war völlig einer solchen Aufopferung des

Lebens zuwider, wie sie die wahrscheinliche Folge eines Angriffsversuchs auf einen Feind sein mußte, der so kräftig verschanzt war wie der Delaware. Statt daher der Arche zu folgen, wandten sich die drei Krieger gegen die östliche Küste, in sicherem Abstand von Chingachgooks Büchsen sich haltend. Aber dies Manöver machte die Lage der Mädchen ausnehmend kritisch. Es drohte, sie, wo nicht zwischen zwei Feuer, doch wenigstens zwischen zwei Gefahren zu bringen – oder was doch ihnen als solche erschien; und Judith, statt sich von den Huronen in einer Art von Netz, wie sie meinte, einschließen zu lassen, begann sogleich ihren Rückzug in südlicher Richtung, in nicht sehr großer Entfernung von der Küste. Zu landen getraute sie sich nicht: wenn sie überhaupt zu diesem Auskunftsmittel sich entschließen sollte, so konnte sie es doch nur im äußersten Fall zu ergreifen wagen. Zuerst schenkten die Indianer dem andern Kanu wenig oder keine Aufmerksamkeit; denn wohl wissend, wen es enthielt, achteten sie seine Wegnahme für vergleichsweise unwichtig, während die Arche mit ihren eingebildeten Schätzen, den Personen des Delawaren und Hurrys und ihrem bedeutenden Apparat zur Ausführung von Bewegungen vor ihnen stand. Aber diese Arche hatte ihre Gefahren wie ihre Versuchungen, und nachdem sie beinahe eine Stunde mit schwankenden Bewegungen vergeudet, immer in sichrer Ferne von der Büchse, schienen die Huronen plötzlich ihren Entschluß zu fassen und begannen ihn dadurch auszuführen, daß sie eine lebhafte Jagd auf die Mädchen eröffneten.

Als dieser letzte Plan angenommen wurde, waren die Verhältnisse aller Parteien, was ihre gegenseitigen Stellungen betrifft, wesentlich verändert. Die Arche war eine volle halbe Meile weit gesegelt und geschwommen und war ziemlich ebensoweit genau nördlich vom Kastell entfernt. Sobald der Delaware merkte, daß die Mädchen ihm auswichen, hatte er, außerstande, sein ungefüges Fahrzeug zu bewältigen, und wohl wissend, daß der Versuch, einem Rinderkanu durch die Flucht entgehen zu wollen, falls dies wirklich aufs Verfolgen sich legte, ein nutzloses Unternehmen wäre, sein Segel eingezogen, in der Hoffnung, dies könnte die Schwestern veranlassen, ihren Plan zu ändern und in der Arche eine Zuflucht zu suchen. Diese Demonstration hatte keine andre Wirkung, als daß die Arche der Szene der Handlung näher blieb, und ihre Inhaber, Zeugen der

Jagd zu sein, instand gesetzt wurden. Das Kanu Judiths war etwa eine Viertelmeile südlich von dem der Huronen entfernt, etwas näher der östlichen Küste und ungefähr ebensoweit von dem Kastell südlich entfernt als von dem feindlichen Kanu, ein Umstand, der letzteres so ziemlich gegenüber von Hutters kleiner Feste brachte. So war die Lage und Stellung der Parteien, als die Jagd begann.

In dem Augenblick, als die Huronen so plötzlich ihren Angriffsplan änderten, befand sich ihr Kanu eben nicht im glänzendsten Zustand zu einer Schnell- und Wettfahrt. Es waren nur zwei Ruderschaufeln da, und der dritte Mann war somit unnütze Überfracht. Sodann glich der Unterschied im Gewicht zwischen den Schwestern und den zwei andern Männern, zumal bei so äußerst leichten Fahrzeugen, beinahe ganz den Unterschied aus, der sich aus der größern Stärke der Huronen ergeben mochte, und machte den wetteifernden Versuch in der Schnelligkeit weit weniger ungleich, als er etwa scheinen mochte. Judith strengte ihre Kräfte nicht eher an, als bis die größere Annäherung des andern Kanus an der Absicht seiner Bewegungen nicht mehr zweifeln ließ, und dann ermunterte sie Hetty, ihr mit aller Kraft und Geschicklichkeit beizustehen.

»Warum sollen wir fliehen, Judith?« fragte das schwachsinnige Mädchen, »die Huronen haben *mir* nie ein Leid getan und werden es, denke ich, auch nie tun.«

»Das mag so sein in Beziehung auf dich, Hetty, aber es wird ein ganz anderer Fall sein mit mir. Knie nieder und sprich deine Gebete und dann stehe auf und tue dein Äußerstes, um unsre Flucht zu fördern! Gedenke auch meiner, gutes Mädchen, wenn du betest.«

Judith sprach dies in kraft sehr gemischter Gefühle, erstlich, weil sie wußte, daß ihre Schwester immer in Nöten die Hilfe ihres großen Bundesgenossen suchte, und dann, weil in diesem Augenblick der anscheinenden Verlassenheit und Prüfung ein Gefühl der Schwäche und Abhängigkeit plötzlich über ihren eignen stolzen Geist kam. Das Gebet ward indessen rasch gesprochen, und das Kanu war bald in schneller Bewegung, doch boten beide Teile nicht gleich bei dem Beginn alle ihre Kräfte auf, da beide gleich gut wußten, daß die Jagd wohl heiß werden und lange dauern dürfte. Wie zwei Kriegsschiffe, die sich zu einem Treffen rüsten, schienen sie verlangend, zuerst das Verhältnis der beiderseitigen Schnelligkeit auszumitteln, um zu wissen, wie sie ihre Kraftentwicklung vor der Hauptanstrengung abzustufen hätten. Wenige Minuten schon zeigten den Huronen, daß es den Mädchen nicht an Erfahrung fehle, und daß sie all ihre Geschicklichkeit und Kraft brauchen würden, um sie einzuholen.

Judith hatte sich im Anfang der Jagd nach der östlichen Küste gewendet, mit einem unbestimmten Vorsatz, im letzten Notfall zu landen und in die Wälder zu fliehen; aber als sie sich dem Lande näherten, machte die Gewißheit, daß Kundschafter ihre Bewegungen beobachten müßten, ihre Abneigung, diese Auskunft zu ergreifen, ganz unüberwindlich. Dann war sie auch noch frisch und hegte sanguinische Hoffnungen, imstande zu sein, ihre Verfolger zu ermüden. In diesen Gefühlen leitete sie mit ihrem Ruder das Kanu in etwas andrer Richtung, entfernte sich von dem Saum von dunkeln Schierlingstannen, unter deren Schatten sie schon beinahe sich geborgen hatte, und steuerte wieder mehr der Mitte des Sees zu. Dies schien der günstige Augenblick für die Huronen, ihre Kraftanstrengung zu machen, da sie jetzt die ganze Breite des Wassers dazu hatten, und das dazu auf dem weitesten Teile, sobald sie zwischen die Flüchtigen und das Land gekommen waren. Die Kanus flogen jetzt dahin; Judith ersetzte, was ihr an Stärke abging, durch ihre große Gewandtheit und Selbstbeherrschung. Eine halbe Meile weit gewannen die Indianer keinen Vorteil, aber die Fortsetzung so großer Anstrengungen während vieler Minuten griff alle Beteiligten merklich an. Hier bedienten sich die Indianer eines Auskunftsmittels, das sie instand setzte, je einem von ihnen Zeit zum Aufatmen zu gönnen, indem sie mit dem Rudern abwechselten, und zwar ohne daß sie in ihren Anstrengungen merklich nachließen. Judith schaute sich von Zeit zu Zeit um und bemerkte, daß dies Auskunftsmittel ergriffen worden war. Das machte sie sogleich mißtrauisch gegen den Ausgang, weil ihre Kräfte und ihre Ausdauer es schwerlich denen von Männern gleichtun konnten, die überdies einander abzulösen vermochten; doch blieb sie standhaft und gab ihre Befürchtung im Augenblick durch nichts in die Augen Fallendes zu erkennen.

Bis jetzt hatten sich die Indianer den Mädchen nur erst auf zweihundert Schritte nähern können, obgleich sie in »ihrem Kielwasser« oder in gerader Linie hinter ihnen waren, denselben Strich des Wassers durchschneidend. Dies machte die Verfolgung zu einer bolzgeraden oder Stern-Jagd, nach dem technischen Ausdruck, was sprichwörtlich eine »lange Jagd« ist; der Sinn ist der, daß infolge der beiderseitigen Stellung der Parteien keine Veränderung sichtbar wird, außer derjenigen, die in einem direkten Gewinn auf der kürzesten Annäherungslinie besteht. So »lang« indessen diese Art von Jagd zugestandenermaßen ist, konnte Judith doch wahrnehmen, daß die Huronen merklich näher kamen, ehe sie die Mitte des Sees gewonnen hatte. Sie war nicht ein Mädchen, das so leicht verzweifelte, aber es war ein Augenblick, in dem sie daran dachte, sich zu ergeben, in dem Wunsche, in das Lager geführt zu werden, wo sie Wildtöter als Gefangenen wußte; aber die Erwägung der Mittel, die sie hoffte anwenden zu können, um seine Freilassung zu bewirken, trat alsbald hemmend dazwischen und spornte sie zu erneuter Anstrengung ihrer Kräfte. Wäre jemand dagewesen, der die Bewegung der beiden Kanus beobachtete, so würde er das Judiths pfeilschnell vor seinen Verfolgern dahinfliegen gesehen haben, als das Mädchen es mit frischem Eifer weitertrieb, während ihr Geist so über seinen glühenden und großmütigen Entwürfen brütete. So bedeutend war in der Tat der Unterschied in dem Verhältnis der Schnelligkeit zwischen den zwei Kanus während der nächsten fünf Minuten, daß die Huronen anfingen, sich zu überzeugen, sie müßten alle ihre Kräfte aufbieten, oder sie würden die Schmach erfahren, durch Weiber in ihrer Hoffnung und um ihren Raub betrogen zu werden. Als sie, von dieser kränkenden Überzeugung angespornt, eine wütende Anstrengung machten, brach einem der Stärkeren von ihnen die Ruderschaufel in dem Augenblick, wo er sie aus der Hand seines Kameraden genommen, um ihn abzulösen. Dies entschied sogleich die Sache; denn ein Kanu mit drei Männern und nur *einer* Ruderschaufel war gänzlich außerstand, Flüchtlinge, wie die Töchter Thomas Hutters einzuholen.

»Da, Judith!« rief Hetty, welche den Unfall bemerkt, »jetzt, hoffe ich, wirst du zugestehen, daß Beten etwas hilft! Den Huronen ist ein Ruder gebrochen, und sie können uns nicht mehr einholen!«

»Ich habe es nie geleugnet, arme Hetty, und manchmal wünsche ich, mit bitterem Leidwesen, ich hätte selbst mehr gebetet und weniger an meine Schönheit gedacht! Wie du sagst, wir sind jetzt gerettet und müssen uns nur ein wenig südlich wenden und Atem schöpfen.«

Dies geschah; denn der Feind gab seine Verfolgung so plötzlich auf wie ein Schiff, das eine wichtige Spiere verloren hat, sobald jener Unfall sich begeben hatte. Statt Judiths Kanu zu verfolgen, das jetzt leicht auf dem Wasser südlich dahinschwamm, wendeten die Huronen den Bug ihres Kanus nach dem Kastell zu, wo sie bald ankamen und ausstiegen. Die Mädchen, fürchtend, man möchte übrige Ruder in dem Gebäude oder in der Umgebung finden, fuhren immer zu und hielten erst inne, als sie so weit von ihren Feinden entfernt waren, daß sie im Fall der Erneuerung der Jagd jede Aussicht hatten zu entkommen. Es schien, als ob die Wilden an keinen solchen Plan dachten, sondern nach Verlauf einer Stunde sah man ihr Kanu, angefüllt mit Männern, das Kastell verlassen und nach der Küste steuern. Die Mädchen waren ohne Lebensmittel und näherten sich jetzt dem Geäude und der Arche, da sie endlich aus den Manövern der letztern geschlossen hatten, daß Freunde sich darauf befinden müßten.

Obgleich das Kastell ganz verlassen schien, näherte sich ihm Judith doch mit äußerster Vorsicht; die Arche war jetzt eine volle Meile gegen Norden zu entfernt, strebte aber nun auch auf das Gebäude zu, und das mit so regelmäßiger Bewegung, daß Judith sich überzeugte, ein weißer Mann müsse am Ruder sein. Hundert Schritte noch von dem Haus entfernt, begannen die Mädchen es zu umkreisen, um sich zu versichern, daß es leerstehe. Kein Kanu war in der Nähe, und dies ermutigte sie, näher und näher zu kommen, bis sie ganz um die Pfeiler herumwaren und die Plattform erreichten.

»Geh du ins Haus, Hetty«, sagte Judith, »und sieh, ob die Wilden fort sind. Sie werden dir kein Leid tun, und wenn noch jemand von ihnen da ist, kannst du mich warnen. Ich glaube nicht, daß sie auf ein armes, wehrloses Mädchen feuern werden, und ich werde wenigstens entkommen, bis ich bereit bin, mich freiwillig unter sie zu wagen.«

Hetty tat, was Judith verlangte – und diese zog sich, zur Flucht bereit, einige Schritte von der Plattform zurück. Aber dies war unnötig; denn kaum eine Minute verstrich, bis Hetty mit der Nachricht zurückkehrte, daß alles sicher sei.

»Ich bin in allen Gemächern gewesen, Judith«, sagte sie

ernst, »und alle sind leer, außer Vater seines; er ist in seiner Stube, schlafend, aber nicht so ruhig, als wir wünschen könnten.«

»Ist dem Vater etwas zugestoßen?« fragte Judith, als sie mit dem Fuß die Plattform berührte; sie sprach hastig, denn ihre Nerven waren in einem leicht aufzuregenden Zustand.

Hetty schien bekümmert und sah sich verstohlen um, als wünschte sie, daß niemand außer der Tochter höre, was sie mitzuteilen hatte, und daß auch diese es nur obenhin erfahre.

»Du weißt, wie es mit Vater manchmal ist, Judith«, sagte sie. »Wenn er von geistigem Getränk übermannt ist, weiß er nicht immer, was er sagt oder tut – und jetzt scheint er von geistigem Getränk übermannt.«

»Das ist sonderbar! Sollten die Wilden mit ihm getrunken und ihn dann verlassen haben? Aber das ist ein betrübender Anblick für ein Kind, Hetty, eine solche Verirrung an einem Vater zu sehen, und wir wollen uns ihm nicht nähern, bis er aufwacht.«

Aber ein Stöhnen aus dem innern Zimmer änderte diesen Entschluß, und die Mädchen wagten es, sich einem Vater zu nähern, den in einem Zustand zu finden, der den Menschen zum Tiere herabwürdigt, ihnen nichts Fremdes war. Er saß zurückgelehnt in einem Winkel des engen Gemaches, die Schultern durch die Ecke gehalten, der Kopf schwer auf die Brust herabgesunken. Judith trat in einer plötzlichen schlimmen Ahnung vor und entfernte eine Leinwandmütze, die.ihm so tief in den Kopf gedrückt war, daß sie das Gesicht, ja, alles bis auf die Schultern verhüllte. Sobald diese Bedeckung weggenommen war, zeigten das zuckende, rohe Fleisch, die entblößten Adern und Muskeln und all die andern schauerlichen Zeichen der Sterblichkeit, welche das Abziehen der Haut bloßlegt, daß er skalpiert worden war, obwohl er noch lebte.

Einundzwanzigstes Kapitel

Leicht reden sie von dem Geist, der entfloh,
Und die Asche mit Hohn sie ihm schänden:
Doch er achtet es nicht, der Ruhestatt froh,
Die ihm ward von britischen Händen.

Verfasser bestritten

Der Leser mag sich selbst das Entsetzen vorstellen, welches Töchter empfinden mußten beim Anblick eines so gräßlichen Schauspiels, wie dasjenige war, das sich nach der Erzählung am Schlusse des letzten Kapitels dem Auge Judiths und Hettys darbot. Wir gehen hinweg über die ersten Gemütsbewegungen, über die ersten Gebärden und Äußerungen kindlicher Teilnahme und Liebe und fahren in der Erzählung fort, die einzelnen Züge der empörenden Szene mehr der Einbildungskraft überlassend als sie aufzeichnend. Der verstümmelte, zerfetzte Kopf war verbunden, das entstellende Blut aus dem Gesicht des Leidenden gewischt, die sonstigen Mittel und Erleichterungen, welche erforderlich und dienlich schienen, angewendet, und es war jetzt Zeit, nach den ernsteren Umständen des Falles sich zu erkundigen. Die Tatsachen wurden in all ihren Einzelheiten, so einfach sie waren, erst nach Jahren bekannt; aber wir können sie schon hier erzählen, da sich dies mit wenigen Worten tun läßt. In dem Kampf mit den Huronen war Hutter von dem Messer des alten Kriegers getroffen worden, der die Vorsicht gebraucht hatte, die Waffen aller andern, nur nicht seine eignen, entfernen zu lassen. Da er von seinem stämmigen Feind hart bedrängt wurde, hatte das Messer die Sache beendigt. Dies geschah gerade, als die Türe geöffnet wurde, und Hurry, wie oben berichtet, auf die Plattform herausstürzte. Dies war das Geheimnis, warum keiner von beiden Teilen sich bei dem nun folgenden Kampfe blicken ließ; Hutter war im buchstäblichen Sinne kampfuntüchtig, und sein Sieger schämte sich, sich mit den Blutspuren an seiner Person sehen zu lassen, nachdem er so viele Beredsamkeit und Gründe aufgeboten, seine jungen Krieger von der Notwendigkeit zu überzeugen, ihre Feinde lebendig zu fangen. Als die drei Huronen von der Jagd zurückkehrten und es beschlossen war, das Kastell zu verlassen und zu der Truppe auf dem Lande zurückzukehren, ward Hutter einfach skalpiert, um die übliche Trophäe zu gewinnen, und dann ließ man ihn sozusagen zollweise dahinsterben, wie die mitleidlosen Krieger dieses Teils des amerikanischen Festlandes in tausend Fällen schon getan hatten. Hätte sich jedoch die Mißhandlung Hutters auf seinen Kopf beschränkt, so hätte er sich wieder erholen können; denn der Messerstoß war es, der tödlich für ihn wurde.

Es gibt Augenblicke des lebhaften Bewußtseins, wo die strenge Gerechtigkeit Gottes in so auffallenden Farben vor einen hintritt, daß sie aller Bestrebungen spottet, sie dem Auge zu verschleiern, wie unangenehm sie auch das Gemüt berühren, wie beflissen man auch sein mag, ihrer Anerkennung auszuweichen. So war es jetzt bei Judith und Hetty, welche beide den Ratschluß einer vergeltenden Vorsehung in der Art des Leidens ihres Vaters erblickten, als Strafe für die von ihm kürzlich gegen die Irokesen gemachten Anschläge. Dies erkannte und fühlte Judith mit der scharfen Empfindung und Erkenntnis, die ihrem Charakter gemäß war, während der auf das einfältigere Gemüt ihrer Schwester gemachte Eindruck vielleicht weniger lebhaft war, obwohl er sich vielleicht als nachhaltiger erwies.

»Oh! Judith!« rief das schwachsinnige Mädchen, sobald sie dem Leidenden ihre erste Sorgfalt gewidmet hatte, »Vater ging selbst auf Skalpe aus, und wo ist jetzt der seinige? Die Bibel hätte wohl diese fürchterliche Strafe vorhersagen können!«

»Still – Hetty – still, arme Schwester – er öffnet die Augen; er hört und versteht dich vielleicht. Es ist, wie du sagst und denkst; aber es ist zu schrecklich, davon zu sprechen.«

»Wasser!« stammelte Hutter wie mit verzweifelter Anstrengung, die seine Stimme fürchterlich tief und stark machte für einen sichtlich dem Tode so nahen – »Wasser – närrische Mädchen – wollt Ihr mich Durstes sterben lassen?«

Wasser ward gebracht und dem Leidenden gereicht – das erste, das er in Stunden körperlicher Schmerzen und Pein gekostet hatte. Es hatte die doppelte Wirkung, seine Kehle rein zu machen und für einen Augenblick seine erlöschende Kraft wieder zu beleben. Seine Augen öffneten sich mit jenem ängstlichen, verzerrten Blick, der oft das Scheiden einer vom Tode überraschten Seele begleitet, und er schien sprechen zu wollen.

»Vater –« sagte Judith in unaussprechlicher Angst und Betrübnis über seinen jammervollen Zustand, und um so mehr, als sie nicht wußte, welche Mittel anzuwenden wären – »Vater, können wir etwas für Euch tun? Kann ich und Hetty Eure Schmerzen erleichtern?«

»Vater!« wiederholte langsam der alte Mann. »Nein, Judith – nein, Hetty – ich bin kein Vater. *Sie* war Eure Mutter, aber ich bin kein Vater. Seht in dem Schranke nach – dort ist alles – mehr Wasser!«

Die Mädchen erfüllten seinen Wunsch, und Judith, deren frühere Erinnerungen viel weiter zurückreichten als die ihrer Schwester und die in jeder Hinsicht viel deutlichere Eindrücke von der Vergangenheit hatte, empfand, als sie jene Worte vernahm, eine nicht zu unterdrückende Anwandlung von Freude. Es hatte nie viel Sympathie zwischen ihrem vermeintlichen Vater und ihr geherrscht, und eine Vermutung ebendieser Wahrheit hatte oft ihre Seele infolge von Gesprächen zwischen Hutter und ihrer Mutter, die sie belauscht hatte, durchzuckt. Vielleicht ginge es zu weit, wenn man sagte, sie habe ihn nie geliebt, aber man darf keck behaupten, sie habe sich gefreut, daß es nicht mehr ihre Pflicht war. Hettys Empfindungen waren anders. Unfähig, alle die Unterscheidungen zu machen wie ihre Schwester, war sie ihrer ganzen Natur nach voll Zärtlichkeit, und *sie* hatte ihren vermeintlichen Vater geliebt, obwohl viel weniger zärtlich als ihre wirkliche Mutter; es betrübte sie jetzt, von ihm die Erklärung zu hören, daß er nicht durch natürliche Bande zu dieser Liebe berechtigt war. Sie fühlte einen doppelten Schmerz, als ob sein Tod und seine Worte zusammen sie doppelt des Vaters beraubten. Ihren Gefühlen nachgebend, trat das arme Mädchen beiseite und weinte.

Die entgegengesetzten Gemütsbewegungen der beiden Mädchen machten beide lange Zeit stumm. Judith reichte dem Leidenden oft Wasser, aber sie enthielt sich, mit Fragen in ihn zu dringen, einigermaßen aus Rücksicht für seinen Zustand, aber wenn man die Wahrheit gestehen soll, ebensosehr auch, damit nicht, was er bei einer weiteren Erläuterung etwa hinzufügte, den angenehmen Glauben störe, daß sie nicht Thomas Hutters Kind sei. Endlich trocknete Hetty ihre Tränen, kam herbei und setzte sich auf einen Schemel neben den Sterbenden, welcher der Länge nach auf den Boden gelegt worden war, das

Haupt auf einigen abgetragenen Kleidern aufliegend, die im Hause zurückgeblieben waren.

»Vater«, sagte sie, »Ihr werdet mich Euch Vater *nennen* lassen, obgleich Ihr sagt, Ihr seid es nicht – Vater, soll ich Euch aus der Bibel lesen – Mutter sagte immer, die Bibel sei gut für Leute in Nöten. Sie war selbst oft in Not und Unruhe, und dann ließ sie sich von mir aus der Bibel lesen; denn Judith war nicht eine solche Freundin von der Bibel wie ich – und es tat ihr immer gut. Oft habe ich es erlebt, daß Mutter anfing zuzuhören, während ihr die Tränen aus den Augen strömten, und am Ende ganz Lächeln und Heiterkeit war. Oh! Vater, Ihr wißt nicht, wieviel Gutes die Bibel wirken kann; denn Ihr habt es nie versucht: jetzt will ich Euch ein Kapitel lesen, und es wird Euer Herz besänftigen, wie es die Herzen der Huronen besänftigt hat.«

Während die arme Hetty soviel Ehrfurcht vor der Tugend der Bibel und soviel Glauben daran hatte, war ihr Verstand zu schwach, als daß sie imstande gewesen wäre, ihre Schönheiten vollständig zu würdigen oder ihre tiefe, manchmal geheimnisvolle Weisheit zu ergründen. Jener instinktmäßige Sinn für das Rechte, der sie vor der Begehung eines Unrechts zu schützen schien und selbst einen Mantel sittlicher Liebenswürdigkeit und Wahrheit um ihren Charakter warf, konnte nicht in tiefsinnige Wahrheiten eindringen oder die feinen Fäden der Verkettung zwischen Ursache und Wirkung neben dem in die Augen fallenden und unbestreitbaren Zusammenhang auffinden und verfolgen, obwohl sie selten verfehlte, diesen letztern wohl einzusehen und sich allen gerechten Konsequenzen zu unterwerfen. Mit einem Wort: sie gehörte zu denjenigen, die richtig empfinden und handeln, ohne imstande zu sein, logische Gründe dafür anzugeben, selbst wenn man ihr die Offenbarung als Autorität gelten ließ. Ihre aus der Bibel gewählten Abschnitte zeichneten sich daher gewöhnlich aus durch die Einfalt ihres eignen Gemütes und fielen eher dadurch auf, daß sie Bilder von bekannten und handgreiflichen Dingen enthielten, als jene höhern Züge sittlicher Wahrheiten, wovon die Blätter dieses wunderbaren Buches erfüllt sind – wunderbar und beispiellos, auch abgesehen von seinem göttlichen Ursprung, als ein Werk voll der tiefsten Philosophie, vorgetragen in der edelsten Sprache. Ihre Mutter hatte in kraft einer Ideenverbindung, die dem Leser auffallen wird, eine besondere Vorliebe für das Buch Hiob gehabt, und Hetty hatte großenteils das Lesen gelernt bei den häufigen Unterrichtsstunden, welche diesem ehrwürdigen und erhabnen Gedicht gewidmet waren, das man jetzt für das älteste Buch der Welt hält. Auch in diesem Falle folgte das arme Mädchen der Gewohnheit ihrer Erziehung und Bildung und wandte sich zu diesem wohlbekannten Teile des heiligen Buches mit der schnellen Besonnenheit, mit der etwa der geübte Anwalt seine Autoritäten aus den Schätzen juristischer Weisheit zitieren würde. Bei der Wahl des Kapitels ließ sie sich durch die Überschriften leiten und wählte das, welches in der englischen Übersetzung die Überschrift hat: ›Hiob rechtfertigt sein Verlangen nach dem Tod‹. (Kap. 7.) Dies las sie stetig, vom Anfang bis zum Ende, mit süßer, leiser und wehmütig klagender Stimme, in der frommen Hoffnung, die allegorischen und tiefsinnigen Sprüche würden wohl dem Herzen des Leidenden den Trost bieten, dessen er bedürfe. Es ist auch eine Eigentümlichkeit der umfassenden Weisheit der Bibel, daß man kaum ein Kapitel aufschlagen kann, es sei denn streng erzählender Art, das nicht irgendeine tiefergehende Wahrheit enthielte, die ihre Anwendung auf den Zustand jedes menschlichen Herzens findet, sowie auf den zeitlichen Stand seines Besitzers, entweder mittelst der Regungen dieses Herzens oder auch in noch unmittelbarerer Weise. Im gegenwärtigen Fall war schon der erste Spruch: »*Muß nicht der Mensch immer im Streite sein auf Erden?*« auffallend und zutreffend; wie Hetty weiter las, fand Hutter manche Sätze und Bilder auf seinen eignen Zustand im leiblichen und geistlichen Sinne bezüglich oder glaubte wenigstens, solche Beziehungen zu finden. Wenn das Leben rasch dahinflutet, klammert sich der Geist begierig an jede Hoffnung, wofern er nicht ganz von Verzweiflung niedergedrückt ist. Die feierlichen Worte: »*Habe ich gesündigt, was soll ich dir tun, du Menschenhüter? Warum machst du mich, daß ich auf dich stoße, und bin mir selbst eine Last?*« ergriffen Hutter noch lebhafter als die andern; obgleich zu dunkel, als daß ein Mann von seinen abgestumpften Gefühlen und seinem schwerfälligen Geist sie in ihrem vollen Sinne hätte fühlen oder fassen können, fanden sie doch eine so unmittelbare Anwendung auf seinen Zustand, daß er davon heftig betroffen wurde.

»Fühlt Ihr Euch jetzt nicht besser, Vater?« fragte Hetty, das

Buch zumachend. »Mutter fühlte sich immer besser, wenn sie in der Bibel gelesen.«

»Wasser!« versetzte Hutter hierauf, »gib mir Wasser, Judith. Ich bin nur begierig, ob meine Zunge immer so heiß bleiben wird! Hetty, steht nicht auch etwas in der Bibel von dem Kühlen der Zunge eines Mannes, der in den Flammen der Hölle Pein litt?«

Judith wandte sich entsetzt ab; Hetty aber suchte eifrig den Abschnitt, den sie dem von seinem Gewissen gequälten Opfer seiner habgierigen Anschläge laut vorlas.

»Das ist es, arme Hetty, ja das ist es. Meine Zunge bedarf *jetzt* der Kühlung; wie wird es *drüben* sein?«

Diese Frage machte selbst die vertrauensvolle Hetty stumm; denn sie hatte für eine so verzweiflungsschwere Frage keine Antwort bereit. Wasser allein, solange es dem Leidenden Erleichterung gewährte, vermochten ihm die Schwestern zu geben; von Zeit zu Zeit ward es dem Munde des Dulders gereicht, wenn er darnach verlangte. Selbst Judith betete. Und Hetty, sobald sie fand, daß ihre Bemühungen, ihres Vaters Aufmerksamkeit für ihre Texte zu gewinnen, von keinem Erfolg mehr gekrönt waren, kniete neben ihm hin und sagte andächtig die Worte her, welche der Erlöser als Muster für menschliche Bitten zu Gott hinterlassen hat. Damit fuhr sie, in Zwischenräumen, fort, solange sie glaubte, daß dieser Akt dem Sterbenden wohltun könne. Aber Hutters Kräfte erhielten sich noch länger, als die Mädchen für möglich gehalten hätten, wie sie ihn zuerst fanden. Zuzeiten sprach er vernehmlich, öfter aber bewegten sich seine Lippen nur, um Töne auszustoßen, welche dem Geiste keine deutliche Vorstellung gaben. Judith lauschte gespannt und sie hörte die Worte: »Gatte«, »Tod«, »Seeräuber«, »Gesetz«, »Skalpe« und verschiedene andere von ähnlicher Wichtigkeit, obgleich kein Satz den eigentlichen Zusammenhang dessen erläuterte, was sie aussprechen sollten. Doch waren sie hinlänglich bedeutsam, um von einer Person verstanden zu werden, deren Ohr die Gerüchte nicht überhört hatte, welche gegen den guten Namen ihres vermeintlichen Vaters im Umlauf waren, und deren Kombinationskraft ebenso rasch als ihre Fassungskraft lebhaft und aufmerksam war.

Während der ganzen peinlichen Stunde, die nun folgte, dachte keine der beiden Schwestern so viel an die Huronen, um ihre Wiederkunft zu fürchten. Es schien, als hätten ihr Jammer und ihre Betrübnis sie über die Gefahr einer solchen Störung hinausgesetzt; als endlich der Ton von Rudern gehört wurde, erschrak selbst Judith, welche allein Grund hatte, den Feind zu fürchten, nicht, sondern begriff sogleich, daß die Arche in der Nähe sein müsse. Sie trat furchtlos auf die Plattform; denn wenn es sich auch zeigen sollte, daß Hurry nicht da, und die Huronen Meister der Fähre waren, war Flucht unmöglich. Dann besaß sie auch die Art von Zuversicht, welche der höchste Jammer einzuflößen pflegt. Aber es war kein Grund zu einer Unruhe vorhanden – Chingachgook, Hist und Hurry standen alle auf dem offnen Teil der Fähre und besichtigten vorsichtig das Gebäude, um sich der Abwesenheit des Feindes zu versichern. Auch sie hatten die Abfahrt der Huronen gesehen, sowie das Herankommen des Kanus der Mädchen an das Kastell, und auf den letztern Umstand bauend, hatte March die Fähre auf die Plattform zugesteuert. Ein Wort genügte zu erklären, daß nichts zu fürchten sei, und bald schwankte die Arche auf ihrem alten Ankerplatz.

Judith sagte kein Wort von dem Zustand ihres Vaters, aber Hurry kannte sie zu gut, um nicht zu merken, daß irgend etwas besonders Schlimmes vorgefallen. Er ging voran in das Haus, obwohl nicht ganz mit seinem gewöhnlichen, kecken und zuversichtlichen Wesen, und als er in das innere Gemach gelangte, fand er da Hutter auf dem Rücken liegend und Hetty neben ihm sitzend, die ihm mit frommer Sorgfalt Kühlung zufächelte. Die Vorfälle des Morgens hatten eine merkliche Veränderung in Hurrys Wesen zur Folge gehabt. Trotz seiner Geschicklichkeit als Schwimmer und der Geistesgegenwart, mit welcher er das einzige Mittel, das ihn noch retten konnte, ergriffen, hatte doch sein hilfloser Zustand im Wasser, an Händen und Füßen gebunden, einen ähnlichen Eindruck auf ihn gemacht wie nach der Erfahrung das drohende Herannahen der Strafe auf die meisten Verbrecher: er hatte einen lebhaften Eindruck von den Schrecken des Todes in seinem Gemüte zurückgelassen, und dies dazu in Verbindung mit der Vorstellung von physischer Hilflosigkeit, – und die Kühnheit dieses Mannes war weit mehr die Folge ungeheurer physischer Kräfte als von Willensstärke oder auch von hitzigem Temperament. Solche Helden verlieren unausbleiblich einen großen Teil ihres Muts mit der Lähmung oder Beschämung ihrer Stärke, und obgleich Hurry jetzt ohne Bande und so kräftig wie immer war, waren doch die Ereignisse noch zu frisch, als daß die Erinnerung an seinen kürzlich durchgemachten kläglichen Zustand schon irgend geschwächt gewesen wäre. Wäre er hundert Jahre alt geworden, die Begebnisse der wenigen gefahrvollen Minuten, die er im See zugebracht, würden einen dämpfenden Einfluß auf seinen Charakter, wenn auch nicht immer auf sein Benehmen, geübt haben.

Hurry war nicht bloß entsetzt, als er seinen Genossen von kurzem her in dieser verzweiflungsvollen Lage fand, sondern auch höchlich überrascht. Während des Kampfes in dem Gebäude war er selbst viel zu sehr in Anspruch genommen gewesen, als daß er sich darum hätte bekümmern sollen, was aus seinem Kameraden geworden, und da gegen ihn keine tödliche Waffe gebraucht worden war, man sich vielmehr alle Mühe gegeben hatte, ihn unversehrt zu fangen, glaubte er natürlich, Hutter sei überwältigt worden, während er sein Entkommen seiner gewaltigen Körperstärke und einem glücklichen Zusammentreffen außerordentlicher Umstände verdankte. Der Tod in der Stille und in dem trüben Ernst eines Zimmers war ihm etwas Neues. Obgleich an Szenen von Gewalttätigkeit gewöhnt, war es ihm doch ganz fremd, an einem Bette zu sitzen und den matten Schlag des Pulses zu beobachten, wie er allmählich schwächer und schwächer wurde. Trotz des in seiner Gemütsstimmung vorgegangnen Wechsels konnte er doch die Angewöhnungen eines Lebens nicht in einem Augenblick ganz beiseite werfen und in seinem Benehmen verleugnen, und die unerwartete Szene entlockte dem Grenzmann eine ganz charakteristische Rede.

»Nun, wie stehts, alter Tom?« sagte er, »haben Euch die Vagabunden einen Vorteil abgewonnen, daß Ihr nicht nur unten zu liegen gekommen, sondern wohl auch liegenbleiben werdet! Ich vermutete Euch allerdings als Gefangenen, aber glaubte nicht, daß Ihr so hart mitgenommen wäret.«

Hutter öffnete seine gläsernen Augen und stierte den Redenden wild an. Ein Strom verworrener Erinnerungen stürmte beim Anblick des Mannes, der vor so kurzer Zeit noch sein Kamerad gewesen, auf seinen verstörten Geist ein. Es war unverkennbar, daß er mit seinen eigenen Phantasiebildern kämpfte und das Wirkliche vom Eingebildeten nicht zu unterscheiden vermochte.

»Wer seid Ihr?« fragte er mit heiserem, hohlem Flüstern; denn seine ermattende Kraft weigerte sich, ihn zu einer lauteren Erhebung seiner Stimme zu unterstützen. »Wer seid Ihr? – Ihr seht aus wie der Bootsmann von dem *Schnee* – er war auch ein Riese und hätte uns beinahe überwältigt.«

»Ich bin Euer Bootsmann, Floating Tom, und Euer Kamerad, habe aber nichts mit Schnee zu schaffen. Es ist jetzt Sommer, und Harry March verläßt immer die Berge so bald nach dem Eintreten des Frosts, als irgend tunlich.«

»Ich kenne Euch – Hurry Skurry – ich will Euch einen Skalp verkaufen! – einen gesunden und von einem ausgewachsenen Mann – was gebt Ihr dafür?«

»Armer Tom! Dies Geschäft mit Skalpen ist gar nicht gewinnreich ausgefallen, und ich bin ziemlich entschlossen, es aufzugeben, und einen minder blutigen Beruf zu ergreifen.«

»Habt Ihr einen Skalp? Meiner ist fort – Wie fühlt es sich, wenn man einen Skalp hat? – Ich weiß, wie es sich fühlt, wenn man einen verliert – Feuer und Flammen um das Hirn – und ein Zucken im Herzen – nein, nein! tötet *vorher*, Hurry, und *nachher* skalpiert!«

»Was meint der alte Bursche, Judith? Er schwatzt wie einer, der des Geschäfts ebenso überdrüssig geworden wie ich. Warum habt Ihr ihm den Kopf verbunden? Oder haben ihm die Wilden mit dem Tomahawk eins aufs Hirn versetzt?«

»Sie haben *ihm* das getan, was Ihr und er, Harry March, so gern *ihnen* getan hättet. Sie haben ihm Haut und Haare vom Kopf gerissen, um Geld vom Gouverneur von Kanada zu bekommen, wie Ihr sie den Huronen gern heruntergerissen hättet, um Geld von dem Gouverneur von York zu bekommen.«

Judith sprach mit einer großen Anstrengung, sich den Schein der Fassung zu geben, aber es lag weder in ihrer Natur noch in der Stimmung des Augenblicks, ganz ohne Bitterkeit zu sprechen. Ihr scharfer nachdrücklicher Ton sowohl als ihr ganzes Wesen veranlaßten Hetty, vorwurfsvoll aufzuschauen.

»Das sind hohe Worte aus dem Munde der Tochter von Thomas Hutter, während Thomas Hutter sterbend vor ihren Augen liegt«, erwiderte Hurry scharf.

»Gott sei dafür gepriesen! – welchen Vorwurf es auch auf

meine arme Mutter laden mag, ich bin *nicht* Thomas Hutters Tochter!«

»Nicht Thomas Hutters Tochter! – Verleugnet den alten Burschen nicht in seinen letzten Augenblicken, Judith; denn *das* ist eine Sünde, die der Herr nie vergeben wird. Wenn Ihr nicht Thomas Hutters Tochter seid, wessen Tochter seid Ihr denn?«

Diese Frage demütigte den rebellischen Geist Judiths; denn indem sie einen Vater los ward, von welchem gestehen zu dürfen, daß sie ihn nie geliebt habe, sie als eine Herzenserleichterung empfand, übersah sie den wichtigen Umstand, daß kein Stellvertreter in Bereitschaft war, seinen Platz einzunehmen.

»Ich kann Euch nicht sagen, Hurry, wer mein Vater war«, antwortete sie milder, »ich hoffe, er war wenigstens ein ehrlicher Mann.«

»Was mehr ist, als Ihr von dem alten Hutter sagen zu können glaubt? Nun, Judith, ich will nicht leugnen, daß arge Geschichten im Umlauf waren, Floating Tom betreffend, aber wer ist, der nicht einen Kratzer davontrüge, wenn ein Feind den Rechen führt? Es gibt Leute, die arge Sachen von mir sagen, und selbst Ihr, so eine große Schönheit Ihr seid, entgeht ihnen nicht immer.«

Dies ward gesagt in der Absicht, eine Art Gleichheit des Charakters und Rufs zwischen den Parteien zu begründen, und, wie die Politiker des Tages es auszudrücken pflegen, »mit weitergreifenden Intentionen«. Was die Folgen bei einem Mädchen von Judiths bekannter Heftigkeit und ihrem unverkennbaren Widerwillen gegen den Sprecher gewesen wären, ist nicht leicht zu sagen; aber gerade jetzt verriet Hutter durch unzweideutige Anzeichen, daß er seinem letzten Augenblick nahe war. Judith und Hetty hatten am Sterbebette ihrer Mutter gestanden; keine von beiden brauchte daher auf die eintretende Krise aufmerksam gemacht zu werden, und jede Spur von Erbitterung schwand aus der ersteren Antlitz. Hutter öffnete seine Augen und versuchte sogar, mit der Hand um sich zu tasten, ein Zeichen, daß ihn das Gesicht verließ. Eine Minute darauf wurde sein Atem röchelnd, – eine Pause folgte, wo die Respiration ganz aufhörte, und dann trat der letzte, langgezogene Seufzer ein, mit welchem, wie man glaubt, der Geist den Körper verläßt. Dies plötzliche Erlöschen des Lebens eines Menschen, der bisher eine so wichtige Stelle auf der kleinen Szene ausgefüllt, wo auch er eine Rolle zu spielen gehabt, machte allem Hin- und Herreden ein Ende.

Der Tag verstrich ohne weitere Unterbrechung, und die Huronen, obwohl im Besitz eines Kanus, schienen mit ihrem Erfolg so weit zufrieden, daß sie allen weitern Anschlägen gegen das Kastell unmittelbar vor der Hand entsagten. Es wäre in der Tat kein gefahrloses Unternehmen gewesen, sich ihm unter den Büchsen derjenigen zu nähern, die, wie man wußte, sich jetzt drinnen befanden, und wahrscheinlich rührte von diesem Umstand mehr als von irgendeinem andern die Waffenruhe her. Mittlerweile wurden Anstalten zur Bestattung Hutters getroffen. Ihn auf dem Lande zu begraben, war untunlich, und Hetty wünschte, sein Leichnam möchte an der Seite des Leichnams ihrer Mutter im See ruhen. Sie vermochte, eine Rede von ihm anzuführen, worin er selbst den See »den Familienbegräbnisplatz« genannt hatte, und zum Glück geschah dies ohne Vorwissen ihrer Schwester, die sich dem Plan, wenn sie davon gewußt hätte, mit unüberwindlichem Widerwillen widersetzt haben würde. Aber Judith hatte sich nicht in diese Anordnung gemischt, und alle erforderlichen Vorbereitungen wurden ohne ihren Rat und ihre Kenntnisnahme getroffen.

Die für die schmucklose Zeremonie gewählte Stunde war die, als gerade die Sonne unterging, und einen Zeitpunkt und eine Szene, die geeigneter gewesen wären, einem Wesen von friedvollem und reinem Geist die letzte Ehre zu erweisen, hätte man nicht erdenken können. Es ist ein Geheimnis und eine feierliche Würde im Tode verborgen, welche die Überlebenden geneigt machen, die Reste selbst eine Frevlers mit einer Art von Ehrfurcht zu betrachten. Alle weltlichen Unterschiede haben aufgehört; man denkt, der Schleier sei gelüftet und der Charakter und das Schicksal des Abgeschiedenen seien jetzt ebenso über menschliche Meinungen wie über menschliches Wissen erhaben. In nichts ist der Tod in wahrerem Sinne ein Gleichmacher, weil, obschon es unmöglich sein mag, den Vornehmen mit dem Geringen, den Würdigen mit dem Unwürdigen ganz und gar zu vermengen, das Gemüt es doch als eine Anmaßung empfände, wollte es das Recht in Anspruch nehmen, diejenigen zu richten, die, wie man glaubt, vor dem Richterstuhle Gottes stehen. Als man Judith sagte, daß alles bereit sei, trat sie auf die

Plattform, der Bitte ihrer Schwester nachgebend, und jetzt erst beachtete sie die Vorkehrungen. Der Leichnam war in der Fähre, eingehüllt in ein Leintuch, und wohl ein Zentner Steine, die man von dem Feuerplatz genommen, waren mit demselben eingeschlossen, damit er gewiß sinke. Keine andern Vorbereitungen erachtete man für nötig, doch nahm Hetty ihre Bibel unter dem Arm mit.

Als alle sich an Bord der Arche befanden, ward diese eigentümliche Behausung des Mannes, dessen Leichnam sie jetzt zu seiner letzten Ruhestätte trug, in Bewegung gesetzt. Hurry war an den Rudern. In seinen gewaltigen Händen erschienen sie in der Tat als kaum mehr denn ein Paar Ruderschäufelchen, die er ohne Anstrengung handhabte, und da er in ihrem Gebrauch geübt genug war, blieb der Delaware ein müßiger Zuschauer seiner Arbeit. Die Fahrt der Arche hatte etwas von der feierlichen Langsamkeit eines Leichenzugs, das Eintauchen der Ruder geschah in gemessenem Takt, und die Bewegung war langsam und stetig. Das Anspülen des Wassers, wenn die Ruder sich hoben und senkten, hielt gleichen Schritt mit Hurrys Anstrengung und hätte mit dem gemessenen Schritt von Leidtragenden verglichen werden können; dann war auch die ruhige Szene in schönem Einklang mit einem Ritus, der immer die Idee Gottes unwillkürlich aufdrängt. In diesem Augenblick war die spiegelglatte Fläche des Sees nicht auch nur im mindesten gekräuselt, und das umfassende Panorama der Wälder schien auf die heilige Ruhe der Stunde und der Zeremonie in melancholischem Schweigen herabzuschauen. Judith war bis zu Tränen ergriffen, und sogar Hurry war aufgeregt, obgleich er selbst kaum wußte, warum. Hetty behielt den äußern Anschein von ruhiger Fassung, aber ihre innere Betrübnis überstieg weit die ihrer Schwester, da ihr gefühlvolles Herz mehr aus Gewohnheit und infolge eines langen Zusammenlebens als in kraft der gewöhnlichen Verbindung von Gefühl und Geschmack liebte. Sie ward jedoch durch religiöse Hoffnungen aufrechterhalten, die in ihrem einfachen Gemüt gewöhnlich den Raum einnahmen, welchen in dem Gemüt Judiths weltliche Gefühle ausfüllten, und sie war nicht ganz ohne die Erwartung, Zeugin von einer offenen Kundgebung der göttlichen Macht bei einer so feierlichen Gelegenheit zu sein. Doch war sie weder mystisch noch überspannt, da ihre geistige Schwäche beides verhinderte. Dennoch hatten ihre Gedanken überhaupt so viel von der Reinheit einer bessern Welt an sich, daß es ihr leicht ward, die Erde ganz zu vergessen und nur an den Himmel zu denken. Hist war ernst, aufmerksam und gespannt; denn sie hatte oft Beerdigungen von Bleichgesichtern gesehen, obwohl nie eine, die so eigentümlich wie diese zu werden versprach, während der Delaware, obwohl ernst und auch beobachtend, in seinem Wesen doch stoisch und kaltblütig blieb.

Hetty übernahm die Rolle des Lotsen und wies Hurry an, wie er zu steuern habe, um die Stelle im See zu finden, welche sie der Mutter Grab zu nennen pflegte. Der Leser wird sich erinnern, daß das Kastell in der Nähe des südlichen Endes einer Sandbank lag, die sich beinahe eine halbe Meile nördlich erstreckte; am äußersten Ende dieser Untiefe hatte Floating Tom für passend erachtet, die Reste seines Weibes und seines Kindes zu versenken. Jetzt sollten sofort die seinigen daneben beigesetzt werden. Hetty hatte Merkzeichen auf dem Lande, woran sie gewöhnlich die Stelle auffand, obwohl die Stellung der Gebäude, die Richtung der Sandbank überhaupt und besonders die schöne Durchsichtigkeit des Wassers, das bis auf den Grund zu sehen gestattete, ihr dabei zu Hilfe kamen. Durch diese Mittel ward das Mädchen instand gesetzt, den Forschritt der Arche zu beobachten, und zur rechten Zeit trat sie zu March und flüsterte ihm zu:

»Jetzt, Hurry, könnt Ihr aufhören zu rudern. Wir sind am Stein auf dem Grund vorbei, und der Mutter Grab ist nahe.«

March stellte seine Arbeit ein, warf sogleich den kleinen Anker aus und faßte das Tauende mit der Hand, um die Arche in ihrem Laufe zu hemmen. Die Arche drehte sich infolge dieser Hemmung langsam im Kreise herum, und als sie ganz ruhig stand, sah man auf dem Hinterteil Hetty, ins Wasser deutend, und die Tränen strömten ihr in unwiderstehlicher, natürlicher Rührung aus den Augen. Judith war bei der Bestattung ihrer Mutter gegenwärtig gewesen, hatte aber seitdem den Platz nicht mehr besucht. Diese Vernachlässigung hatte ihren Grund nicht in Gleichgültigkeit gegen das Andenken der Geschiedenen; denn ihre *Mutter* hatte sie geliebt und hatte mit bitterem Schmerze Anlaß gefunden, ihren Verlust zu betrauern; aber sie hatte einen Widerwillen gegen die Betrachtung des Todes, und seit dem Bestattungstage waren in ihrem eignen Leben Begebenheiten vorgefallen, welche dies Gefühl steigerten und sie womöglich noch abgeneigter machten, dem Platze sich zu nähern, welcher die Überreste einer Mutter enthielt, deren strenge Lehren und Einschärfungen von weiblicher Sittlichkeit und Anstand durch Reue über eigne Verfehlungen nur um so ernster und eindringlicher geworden waren. Bei Hetty war es ein ganz andrer Fall. Für ihr einfaches, unschuldiges Gemüt hatte die Erinnerung an ihre Mutter kein andres Gefühl zur Folge als milden Kummer, – einen Schmerz, den man so oft genußvoll oder wollüstig nennt, weil er mit den Bildern von Vortrefflichkeit und von der Reinheit eines bessern Daseins verbunden ist. Einen ganzen Sommer hatte sie, stets nach Einbruch der Nacht an den Platz sich zu begeben, die Gewohnheit gehabt; ihr Kanu sorgfältig so vor Anker legend, daß der Leichnam nicht gestört wurde, saß sie dann da und pflog eingebildete Gespräche mit der Geschiedenen, sang süße Hymnen in die Abendluft und sagte die Gebete her, welche das jetzt drunten schlummernde Wesen sie in ihrer Kindheit gelehrt hatte. Hetty hatte ihre glücklichen Stunden in diesem mittelbaren Verkehr mit dem Geist ihrer Mutter zugebracht, und die wilden verworrenen indianischen Überlieferungen und Meinungen mischten sich, ihr unbewußt, mit der christlichen Lehre, die ihr in der Kindheit beigebracht worden war. Einmal war sie von jenen so weit beherrscht worden, daß sie daran dachte, an ihrer Mutter Grab einige jener physischen Bräuche zu verrichten, welche, wie man weiß, von den roten Männern beobachtet werden; aber die vorübergehende Anwandlung war zurückgedrängt worden durch das stetige, obwohl milde Licht des Christentums, das in ihrer sanften Brust nie zu brennen aufhörte. Jetzt waren ihre Gemütsbewegungen der natürliche Ausbruch des Gefühls einer Tochter, welche um eine Mutter weinte, deren Liebe ihrem Herzen unzerstörbar eingeprägt war, und deren Lehren zu ernstlich eingeschärft worden waren, um so leicht von einer Tochter, die so wenig Versuchung zu Verirrungen hatte, vergessen zu werden.

Kein andrer Priester als die Natur war gegenwärtig bei diesem eigentümlichen und kunstlosen Leichenbegängnis. March blickte in das Wasser, und durch das klare durchsichtige Element, beinahe so rein wie die Luft, sah er, was Hetty »der Mutter Grab« zu nennen pflegte. Es war ein niedriger, einzelner

Erdhaufen, nicht durch Spaten gebildet, aus dessen einer Ecke ein Stück von der weißen Leinwand hervorsah, welche das Totenkleid der Geschiednen ausmachte. Der Leichnam war auf den Grund versenkt worden, und Hutter hatte vom Land her Erde herbeigeführt und daraufgeworfen, bis alles zugedeckt war. In diesem Zustand war der Platz geblieben, bis die Bewegung des Wassers das einzige Zeichen, das wir soeben erwähnten, sichtbar machte, welches verriet, wozu der Platz benutzt worden war. Selbst die rohesten und lärmendsten Menschen werden durch die Zeremonie einer Bestattung weicher und gesitteter. March fühlte keine Lust, seine Stimme zu einem jener bei ihm so häufigen rohen Ausbrüche zu erheben, und war ganz geneigt, den Dienst, den er übernommen, in anständiger Nüchternheit zu vollziehen. Vielleicht sann er über die Vergeltung nach, die seinen bisherigen Kameraden betroffen, und dachte an die gräßliche Gefahr, in der sein eignes Leben vor so kurzer Zeit geschwebt. Er gab Judith zu verstehen, daß alles bereit sei, erhielt von ihr die Anweisung, Hand ans Werk zu legen, hob vermöge seiner ungeheuren Stärke ohne andrer Unterstützung den Leichnam auf und trug ihn an das Ende der Fähre. Das Seil ward unter den Füßen und unter den Schultern durchgezogen, wie unter den Särgen, und dann der Leichnam langsam in den See versenkt.

»Nicht *hier, Harry March – nein, nicht hier!*« sagte Judith unwillkürlich schaudernd, »versenkt ihn nicht so ganz nahe an dem Platz, wo Mutter liegt.«

»Warum nicht, Judith?« fragte Hetty ernst. »Sie lebten miteinander im Leben und sollen im Tode beieinander ruhen.«

»Nein – nein – Harry March – weiter weg, weiter weg. – Arme Hetty, du weißt nicht, was du sagst. – Laß mich das anordnen!«

»Ich weiß, ich bin schwachsinnig, Judith, und du bist gescheit, – aber, gewiß, ein Ehemann soll immer neben die Frau gelegt werden. Mutter sagte immer, das sei die Art, wie man auf christlichen Kirchhöfen begrabe.«

Dieser kleine Streit wurde mit Eifer, obwohl mit gedämpfter Stimme geführt, als fürchteten die Sprechenden, der Tote möchte sie hören. Judith konnte in einem solchen Augenblick nicht mit ihrer Schwester hadern, aber eine bedeutsame Gebärde von ihr bewog March, den Leichnam in einer kleinen

Entfernung von dem der Mutter zu versenken, worauf er die Stricke heraufzog und der Akt geschlossen war.

»So hat's ein Ende mit Floating Tom!« rief Hurry, sich über die Fähre vorbeugend und durchs Wasser den Leichnam anstarrend. »Er war ein braver Kamerad auf einer Streife und ein tüchtiger Kerl im Fallenstellen. Weint nicht, Judith – laßt Euch den Schmerz nicht übermannen, Hetty; denn die Rechtschaffensten von uns müssen alle auch sterben, und wenn die Zeit kommt, können Wehklagen und Tränen die Toten nicht wieder zum Leben bringen. Euer Vater wird ein Verlust für euch sein, ohne Zweifel; die meisten Väter sind ein Verlust, besonders für unverheiratete Töchter, aber es gibt ein Mittel, dies Übel zu heilen, und ihr seid beide zu jung und zu schön, als daß ihr jenes Mittel lange nicht finden solltet. Wenn's Euch angenehm ist zu hören, was ein ehrlicher und anspruchsloser Mann zu sagen hat, Judith, möchte ich wohl ein wenig mit Euch sprechen, und das beiseite.«

Judith hatte kaum auf Hurrys rohen Tröstungsversuch gemerkt, obwohl sie natürlich seine Absicht im allgemeinen verstand und einen ziemlich genauen Begriff von seiner Art und Weise hatte. Sie weinte bei der Erinnerung an ihrer Mutter frühere Zärtlichkeit, und schmerzliche Bilder von lange vergessenen Anweisungen und vernachlässigten Lehren stürmten auf ihr Gemüt ein. Aber Hurrys Worte riefen sie wieder in die Gegenwart zurück, und so überraschend und unzeitig ihr Inhalt war, hatten sie doch nicht jene Äußerungen von Widerwillen zur Folge, die man bei dem Charakter des Mädchens hätte erwarten können. Im Gegenteil, es schien ihr ein plötzlicher Gedanke aufzugehen, sie schaute einen Augenblick den jungen Mann scharf an, trocknete sich die Augen und begab sich nach dem andern Ende der Fähre, ihm winkend, ihr zu folgen. Hier setzte sie sich und bedeutete March, sich neben sie zu setzen. Die Entschiedenheit und der Ernst, womit dies alles geschah, schüchterten ihren Genossen ein wenig ein, und Judith fand nötig, selbst das Gespräch zu eröffnen.

»Ihr wünscht mit mir von Heirat zu sprechen, Harry March«, sagte sie, »und ich komme hierher, über dem Grabe meiner Eltern, gleichsam – nein, nein – über dem Grabe meiner armen, teuern, teuern Mutter, zu hören, was Ihr mir zu sagen habt.«

»Das ist ungewöhnlich, und Ihr habt ein so scheumachendes

Wesen an Euch diesem Abend, Judith«, antwortete Hurry, verstörter, als er selbst hätte gestehen mögen, »aber Wahrheit ist Wahrheit, und sie kommt an den Tag, folge dann, was da will. Ihr wißt, Mädchen, daß ich Euch schon längst für das hübscheste junge Weib halte, das meine Augen je gesehen, und daß ich daraus kein Geheimnis gemacht habe, weder hier auf dem See noch draußen bei den Jägern und Fallenstellern noch in den Ansiedlungen.«

»Ja, ja, ich habe das sonst schon gehört, und glaube, daß es wahr ist«, antwortete Judith mit einer Art fieberhafter Ungeduld.

»Wenn ein junger Mann eine solche Sprache führt von einem bestimmten jungen Weibe, so ist es vernünftig anzunehmen, daß er viel auf sie hält.«

»Wahr – wahr, Hurry – das alles habt Ihr mir oft und viel gesagt.«

»Nun, wenn es angenehm ist, so sollte ich meinen, ein Weib könne es nicht zu oft hören. Alle sagen mir, das sei die Art Eures Geschlechtes – nichts gefalle Euch mehr, als wenn man Euch hundert- und aber hundertmal wiederhole, daß man Euch gern habe – ausgenommen das, daß man Euch von Eurer Schönheit spreche.«

»Ohne Zweifel – wir haben beides gern in den meisten Fällen, aber das ist ein ungewöhnlicher Zeitpunkt, Hurry, und eitle Worte sollten nicht allzufrei gebraucht werden. Ich möchte Euch lieber ganz einfach reden hören.«

»Ihr sollt Euren Willen haben, Judith, und ich vermute halb, Ihr werdet ihn immer haben. Ich hab' Euch oft gesagt, daß ich Euch nicht nur lieber habe als irgendein junges Weib auf Erden oder eigentlich lieber als *alle* jungen Weiber auf der Welt; aber Ihr müßt bemerkt haben, Judith, daß ich Euch nie mit offenen Worten aufgefordert habe, mich zu heiraten.«

»Ich habe beides bemerkt«, versetzte das Mädchen, und ein Lächeln schwebte um ihren schönen Mund, trotz der seltsamen und derben Täppischkeit Hurrys, die ihre Wangen flammen machte und ihre Augen mit einem beinahe blendenden Glanz entzündete, – »ich habe beides bemerkt und habe das letztere auffallend gefunden an einem Mann von Harry Marchs Entschlossenheit und Furchtlosigkeit.«

»Das hat seinen Grund gehabt, Mädchen, und einen, der

mich noch jetzt unruhig macht, – nein, werdet mir nicht so rot und seht nicht drein wie Feuer und Flammen; denn da gibt es freilich Gedanken, die einem Mann lang im Kopf stecken können, wie es Worte gibt, die ihm in der Kehle steckenbleiben – aber dann gibt es auch Gefühle, welche die Oberhand über sie alle gewinnen, und diesen Gefühlen, sehe ich, muß ich mich jetzt unterwerfen. Ihr habt keinen Vater und keine Mutter mehr, Judith, und es ist moralisch unmöglich, daß Ihr und Hetty hier allein leben solltet, selbst wenn es Friede und die Irokesen ruhig wären; aber wie die Sachen jetzt stehen, würdet Ihr nicht nur Hungers sterben, sondern auch beide vor Ablauf einer Woche Gefangene oder skalpiert sein. Es ist Zeit, an einen Wechsel und an einen Ehemann zu denken, und wenn Ihr mich nehmen wollt, so soll alles Vergangene vergessen sein, und das ist alles, was ich zu sagen habe.«

Judith hatte Mühe, ihre Ungeduld zu zügeln, bis diese rohe Erklärung nebst Antrag gemacht war, welche zu hören, sichtlich ihr Wunsch gewesen, und die sie jetzt wirklich mit einer Bereitwilligkeit anhörte, die wohl einige Hoffnung erregen konnte. Sie ließ den jungen Mann kaum zum Schluß kommen, so begierig war sie, ihn auf den Hauptpunkt zu bringen, und so gefaßt mit ihrer Antwort.

»So, Hurry, das ist genug«, sagte sie, eine Hand erhebend, wie um ihm Einhalt zu tun. »Ich verstehe Euch so gut, als spräche Ihr noch einen Monat fort. Ihr gebt mir den Vorzug vor andern Mädchen und wünscht, daß ich Eure Frau würde.«

»Ihr faßt es in bessere Worte, als ich es vermag, Judith, und ich wünschte, Ihr dächtet, ich habe es in solchen Worten ausgedrückt, wie Ihr sie am liebsten hört.«

»Sie sind einfach genug, Hurry, und es ist auch angemessen, daß sie das sind. Es ist jetzt nicht am Platze zu tändeln oder zu täuschen. Hört denn meine Antwort, die in jedem Tüttelchen so aufrichtig wie Euer Antrag sein soll. Es ist ein Grund, March, warum ich nie würde –«

»Ich glaube, ich verstehe Euch, Judith, aber wenn ich bereit bin, diesen Grund zu übersehen, so geht das niemand etwas an als mich. Nun, lodert nur nicht so auf wie der Himmel beim Sonnenuntergang; ich will ja nichts Beleidigendes sagen, und Ihr solltet es nicht so nehmen.«

»Ich lodere nicht auf, und ich nehme nichts als Beleidigung«, sagte Judith, damit kämpfend, ihre Entrüstung zu unterdrükken, in einer Art, wie sie noch nie früher sich im Falle befunden, mit sich kämpfen zu müssen. »Es ist ein Grund, warum ich nie Euer Weib werde, es nicht *kann*, Hurry, den Ihr zu übersehen scheint, und welchen Euch jetzt zu sagen meine Pflicht ist, so unumwunden, wie Ihr von mir verlangt habt, es zu werden. Ich liebe Euch nicht so und weiß gewiß, daß ich Euch nie so lieben werde, daß ich Euch heiraten könnte. Kein Mann kann sich ein Weib wünschen, das ihn nicht allen andern Männern vorzieht, und wenn ich Euch dies offen sage, werdet Ihr mir, denke ich, selbst danken für meine Aufrichtigkeit.«

»O Judith, die flunkernden, lustigen, scharlachröckigen Offiziere von den Garnisonen haben all dies Unheil angerichtet!«

»Still, March! verleumdet nicht eine Tochter über dem Grab ihrer Mutter! Gebt mir nicht, wenn ich nur ehrlich gegen Euch handeln will, Grund, in der Bitterkeit meines Herzens Unglück auf Euer Haupt herabzurufen! Vergeßt nicht, daß ich ein Weib bin und Ihr ein Mann seid; daß ich weder Vater noch Bruder habe, Eure Worte zu rächen.«

»Nun, am letztern ist etwas, und ich will nicht mehr sagen. Nehmt Euch Zeit, Judith, und besinnt Euch eines Bessern.«

»Ich brauche keine Zeit; ich bin längst entschlossen und habe nur gewartet, bis Ihr offen sprechen würdet, um Euch offen zu antworten. Wir verstehen jetzt einander, und weitere Worte nützen nichts.«

Der heftige, ungestüme Ernst des Mädchens machte den jungen Mann schüchtern; denn nie hatte er sie früher so streng und entschlossen gesehen. Bei ihren meisten frühern Gesprächen hatte sie seine entgegenkommenden Worte mit Ausflüchten oder Spöttereien beantwortet, aber diese hatte Hurry fälschlich für weibliche Koketterie genommen und geglaubt, sie würden sich leicht in eine Einwilligung verwandeln. Der Kampf in seinem Innern hatte den Antrag betroffen, und nie hatte er es im Ernst für möglich gehalten, daß Judith sich weigern würde, das Weib des schönsten Mannes auf der ganzen Grenze zu werden. Jetzt, als diese Weigerung kam, und das in so entschiednen Ausdrücken, daß alle Spitzfindigkeiten außer Frage gestellt waren, war er, wenn nicht eigentlich betäubt und verwirrt, doch so gekränkt und überrascht, daß er keine Lust zu einem Versuch fühlte, ihren Entschluß wankend zu machen.

»Der Glimmerglas hat jetzt keine große Anziehungskraft für mich«, rief er aus, nachdem er eine Minute geschwiegen. »Der alte Tom ist dahin, die Huronen sind in solcher Menge auf den Küsten wie Tauben in den Wäldern, und überhaupt wird es nachgerade ein unlieblicher Platz.«

»Dann verlaßt ihn! Ihr seht, er ist von Gefahren umgeben, und es ist kein Grund vorhanden, warum Ihr Euer Leben für andere aufs Spiel setzen solltet. Auch wüßte ich nicht, wie Ihr uns einen Dienst leisten solltet. Seht, heute nacht noch; wir wollen Euch nie anklagen, etwas Undankbares oder Unmännliches getan zu haben.«

»Wenn ich gehe, so ist es mit schwerem Herzen, Eurethalb, Judith, ich nähme Euch lieber mit.«

»Davon kann jetzt nicht mehr die Rede sein, March, aber ich will Euch in einem der Kanus ans Land setzen, sobald es dunkel ist und Ihr Euch nach der nächsten Garnison flüchten könnt. Wenn Ihr das Fort erreicht, wenn Ihr uns eine Truppe schicken könntet –«

Judith erstarben die Worte im Munde; denn sie fühlte, daß es demütigend für sie sei, sich so den Bemerkungen und Glossen eines Mannes preiszugeben, der ihr Benehmen gegenüber allen denen, die sich in den Garnisonen befanden, eben nicht im günstigsten Licht anzusehen geneigt war. Hurry aber faßte die Idee auf; ohne sie zu verdrehen, wie das Mädchen fürchtete, antwortete er in diesem Sinne.

»Ich verstehe, *was* Ihr sagen wolltet, und *warum* Ihr es nicht sagt«, versetzte er. »Wenn ich wohlbehalten in das Fort gelange, soll eine Truppe sich zur Verfolgung dieser Vagabunden aufmachen, und ich will selbst mitkommen; denn es würde mich freuen, Euch und Hetty sicher und wohlbehalten untergebracht zu sehen, ehe wir auf immer scheiden.«

»Ach, Harry March, hättet Ihr immer so gesprochen, so gefühlt, meine Gesinnung gegen Euch wäre jetzt wohl anders!«

»Ist es jetzt zu spät, Judith? Ich bin rauh und ein Waldmann, aber wir ändern uns alle, wenn man uns anders behandelt, als wir gewohnt gewesen.«

»Es ist zu spät, March. Ich kann nie für Euch oder irgend sonst einen Mann, *einen* ausgenommen, die Gefühle haben, wie Ihr wünscht, daß ich sie gegen Euch hätte. So, ich habe jetzt sicherlich genug gesagt, und Ihr werdet mich nicht weiter mit

Fragen bestürmen. Sobald es dunkel ist, setze ich oder der Delaware Euch ans Land; Ihr eilt, was Ihr könnt, an den Mohawk und zur nächsten Garnison und schickt uns Beistand, soviel Ihr könnt. Und, Hurry, wir sind jetzt Freunde, und ich kann Euch vertrauen, nicht wahr?«

»Gewiß, Judith, obwohl unsre Freundschaft bei weitem wärmer wäre, könntet Ihr mich so ansehen wie ich Euch!«

Judith zauderte, und eine gewaltige Gemütsbewegung kämpfte in ihr. Dann, als wäre sie entschlossen, alle Schwächen niederzudrücken und ihre Zwecke auszuführen, auf jede Gefahr hin, sprach sie sich noch offener aus.

»Ihr werdet einen Kapitän mit Namen Warley auf dem nächsten Posten finden«, sagte sie, blaß wie der Tod und zitternd, während sie sprach. »Ich halte es für wahrscheinlich, daß er sich an die Spitze der Truppe zu stellen wünscht; mir wäre es weit lieber, wenn es ein andrer wäre. Wenn Kapitän Warley zurückgehalten werden *könnte*, würde es mich sehr glücklich machen.«

»Das ist leichter gesagt, als getan, Judith, denn diese Offiziere tun eben meist, was ihnen beliebt. Der Major wird Befehl geben, und Kapitäne und Leutnants und Fähnriche müssen gehorchen. Ich kenne den Offizier, den Ihr meint, einen rot aussehenden, muntern, lebenslustigen Gentleman, der Madeira hinunterschluckt, genug, um den Mohawk zu ertränken, und doch ein angenehmer Plauderer. Alle Mädels im Tal bewundern ihn, und es heißt, er bewundere alle Mädels. Es wundert mich nicht,

wenn er Euch zuwider ist, denn er ist recht ein General-Liebhaber, wenn er auch kein General-Offizier ist.«

Judith antwortete nicht, zitterte aber am ganzen Leibe, und ihre Farbe wechselte von Weiß in Purpur und von Purpur wieder in Todesblässe.

»Ach, meine arme Mutter!« sprach sie jammernd im Geiste, statt ein lautes Wort zu äußern. »Wir sind über deinem Grabe, aber du weißt wohl nicht, wie sehr deine Lehren vergessen worden sind, deine Sorgfalt verachtet, deine Liebe getäuscht ist!«

Wie sie dies Nagen des Wurmes fühlte, der nie stirbt, stand sie auf und bedeutete Hurry, daß sie ihm nichts mehr mitzuteilen habe.

Zweiundzwanzigstes Kapitel

Jene Stufe
Des Elends, die den Unterdrückten macht
Für nichts sein eignes Leben achten mehr,
Die macht ihn auch zum Herrn vom Leben seines
Bedrückers.

Coleridge

Diese ganze Zeit über war Hetty im Vorderteil der Arche sitzengeblieben, kummervoll in das Wasser schauend, das den Leichnam ihrer Mutter barg, sowie den des Mannes, den man sie als ihren Vater anzusehen gelehrt hatte. Hist stand neben ihr in ruhiger Sanftmut, konnte ihr aber mit Worten keinen Trost bieten. Die Gewohnheiten ihres Volkes lehrten sie in dieser Beziehung Zurückhaltung, und die Art und das Gefühl ihres Geschlechts hießen sie geduldig einen Augenblick abwarten, wo sie ein wohltuendes Mitgefühl durch die Tat statt mit Worten an den Tag legen könnte. Chingachgook hielt sich in ernster Zurückhaltung etwas entfernt, wie ein Krieger dreinschauend, aber fühlend wie ein Mensch.

Judith trat zu ihrer Schwester mit einer Würde und Feierlichkeit in ihrem Wesen, wie es sonst nicht in ihrer Art war, sie zu zeigen; obwohl auf ihrem schönen Gesicht noch die Schatten der innern Qual sichtbar waren, sprach sie doch fest und ohne Beben der Stimme. In diesem Augenblick entfernten sich Hist und der Delaware und begaben sich ans andre Ende des Fahrzeugs zu Hurry.

»Schwester«, begann Judith freundlich, »ich habe dir viel zu sagen; wir wollen in dies Kanu steigen und ein wenig von der Arche wegrudern – die Geheimnisse von zwei Waisen dürfen nicht von jedem Ohr vernommen werden.«

»Aber gewiß, Judith, von dem Ohr ihrer Eltern. Laß Hurry den Anker lichten und mit der Arche wegfahren und uns hier allein lassen, neben den Gräbern von Vater und Mutter, damit wir uns sagen, was wir zu sagen haben.«

»Vater!« wiederholte Judith langsam, und das Blut stieg ihr zum erstenmal wieder, seit sie sich von March getrennt, in die

Wangen, »er war nicht unser Vater, Hetty. *Das* haben wir aus seinem eignen Munde, und zwar in seiner Sterbestunde.«

»Freust du dich, Judith, zu erfahren, daß du keinen Vater gehabt hast? Er sorgte für uns und nährte uns und kleidete uns und liebte uns; ein Vater hätte nicht mehr tun können. Ich verstehe nicht, warum er nicht unser Vater war.«

»Laß das, liebes Kind, aber wir wollen tun, wie du gesagt hast. Es ist wohl gut, wenn wir hierbleiben und die Arche ein wenig weiterfahren lassen. Setze du das Kanu in Bereitschaft, und ich will Hurry und den Indianern unsre Wünsche sagen.«

Dies war bald und ohne Weitläufigkeit getan; die Arche entfernte sich unter gemessenen Schlägen der großen Ruder etwa hundert Schritte weit von dem Platz, und die Mädchen blieben, fast wie in der Luft schwimmend, über der Begräbnisstätte der Toten, – so schwebend war das leichte Fahrzeug, das sie trug, und so durchsichtig das reine Element, auf dem es ruhte.

»Der Tod Thomas Hutters«, begann Judith – nachdem eine kleine Pause ihre Schwester vorbereitet hatte, ihre Mitteilungen aufzunehmen, »hat alle unsre Aussichten verändert, Hetty. Wenn er *nicht* unser Vater war, so sind wir doch *Schwestern* und müssen gleiche Gesinnungen haben und miteinander leben.«

»Wie weiß ich, Judith, ob du nicht ebenso froh sein würdest zu erfahren, daß ich nicht deine Schwester sei, wie du es darüber bist, daß Thomas Hutter, wie du ihn nennst, nicht unser Vater war? Ich bin nur halb klug, und wenige Leute haben eine Freude an halbklugen Verwandten; – und dann bin ich nicht schön – wenigstens nicht so schön wie du – und du wünschest dir vielleicht eine schönere Schwester.«

»Nein, nein, Hetty. *Du* und du allein bist meine Schwester – mein Herz und meine Liebe zu dir sagen mir das – und Mutter war meine Mutter – auch darüber bin ich froh und stolz; denn sie war eine Mutter, auf die man stolz sein durfte; aber Vater war kein Vater!«

»Still, Judith! Sein Geist ist vielleicht in der Nähe; es würde ihn schmerzen, seine Kinder so reden zu hören, und dazu noch über seinem Grabe. Kinder sollten die Eltern nie betrüben, sagte mir die Mutter oft, und besonders nicht, wenn sie tot sind!«

»Arme Hetty! Sie sind vielleicht über alle Sorgen in Beziehung auf uns erhaben! Nichts, was ich sagen oder tun kann, wird

Mutter *jetzt* mehr betrüben – darin liegt wenigstens einiger Trost! – und nichts, was *du* sagen oder tun kannst, wird sie lächeln machen, wie sie im Leben bei deiner guten Aufführung zu lächeln pflegte.«

»Du weißt das nicht, Judith. Geister können sehen, und Mutter sieht vielleicht so gut als irgendein Geist. Sie sagte uns immer, Gott sehe alles, was wir tun, und wir sollten nichts tun, *ihn* zu beleidigen; jetzt, nachdem *sie* uns verlassen hat, will ich mich bestreben, nichts zu tun, was *ihr* mißfallen könnte. Denke, wie ihr Geist trauern und sich bekümmern würde, Judith, wenn sie eine von uns tun sähe, was nicht recht wäre, und Geister sehen ja doch auch, besonders die Geister von Eltern, welche in Sorgen sind um das Wohl ihrer Kinder!«

»Hetty, Hetty – du weißt nicht, was du sagst!« murmelte Judith, beinahe leichenfahl vor innerer Bewegung. »Die Toten *können nicht* sehen und wissen nichts von dem, was hier vorgeht! Aber wir wollen hievon nicht weiter reden. Die Leichname von Mutter und Thomas Hutter liegen beieinander im See, und wir wollen hoffen, daß die Geister von beiden bei Gott sind. Daß wir, die Kinder von jenen, auf Erden zurückbleiben, ist gewiß; wir sollten aber jetzt auch wissen, was wir in der Zukunft anfangen werden.«

»Wenn wir auch nicht Thomas Hutters Kinder sind, Judith, wird uns doch niemand unser Recht auf seine Habe bestreiten. Wir haben das Kastell und die Arche und die Kanus und die Wälder und die Seen, gerade wie wenn er noch lebte; was kann uns hindern, hierzubleiben und unser Leben hinzubringen geradeso wie bisher?«

»Nein, nein – arme Schwester, das geht nicht mehr. Zwei Mädchen wären hier nicht sicher, sollte es auch diesen Huronen nicht gelingen, uns in ihre Macht zu bekommen. Selbst Vater hatte manchmal alles, was in seinen Kräften stand, zu tun, um auf dem See unangefochten zu bleiben, und uns würde es ganz und gar nicht gelingen. Wir müssen diesen Platz verlassen, Hetty, und uns in die Ansiedlungen begeben.«

»Es tut mir leid, daß du so denkst, Judith«, versetzte Hetty, ließ den Kopf auf die Brust sinken und blickte nachdenklich hinab auf die Stelle, wo man gerade noch den Leichenhügel ihrer Mutter sehen konnte. »Es tut mir sehr leid, das zu hören. Ich würde lieber hierbleiben, wo ich, wenn nicht geboren bin, doch mein Leben zugebracht habe. Ich mag die Ansiedelungen nicht – sie sind voll Sünde und Herzbrennen, während Gott unbeleidigt in diesen Bergen wohnt. Ich liebe die Bäume und die Berge und den See und die Quellen; alles das hat seine Güte uns gegeben, und es würde mich bitter schmerzen, Judith, alles verlassen zu müssen. Du bist schön und nicht bloß halb klug und wirst einmal heiraten, und dann wirst du einen Gatten haben und ich einen Bruder, der für uns sorgt, wenn Frauen wirklich an einem Platze, wie dieser nicht für sich selbst sorgen können.«

»Ach! wenn das so sein *könnte*, Hetty, dann wahrhaftig könnte ich *jetzt* tausendmal glücklicher in diesen Wäldern sein als in den Ansiedlungen! *Sonst* fühlte ich nicht *so*, aber *jetzt*. Aber wo ist der Mann, der diesen schönen Platz in einen solchen Garten Eden für uns verwandelte?«

»Harry March liebt dich, Schwester«, versetzte die arme Hetty, während sie sprach, unbewußt die Rinde von dem Kanu wegreißend. »Er würde gewiß mit Freuden dein Gatte werden, und ein kräftigerer und mutigerer Jüngling ist nicht zu finden in der ganzen Gegend weit umher.«

»Harry March und ich verstehen einander, und von ihm braucht nicht mehr die Rede zu sein. Es ist einer da – doch lassen wir das! Es ist alles in den Händen der Vorsehung, und wir müssen in Bälde zu einem Entschluß wegen unserer künftigen Lebensweise kommen. Hierbleiben – das heißt, *allein* hierbleiben, können wir nicht – und vielleicht bietet sich nie eine Gelegenheit dar, so hierzubleiben, wie du es meinst. Auch ist es Zeit, Hetty, daß wir, soviel wir können, über unsere Verwandten und unsere Familie zu erfahren suchen. Es ist nicht wahrscheinlich, daß wir ganz ohne Verwandte sind, und vielleicht freuen sie sich, uns zu sehen. Der alte Schrank ist unser Eigentum, und wir haben ein Recht, ihn zu durchsuchen und aus dem, was er enthält, soviel als möglich zu erfahren. Mutter war so verschieden von Thomas Hutter, daß ich jetzt, seit ich weiß, daß wir nicht seine Kinder sind, vor Verlangen brenne zu erfahren, wessen Kinder wir denn sein mögen. Gewiß sind Papiere in jenem Schrank, und diese Papiere geben uns vielleicht allen Aufschluß über unsere Eltern und Blutsfreunde.«

»Nun, Judith, du weißt es am besten; denn du bist ungewöhnlich gescheit, das sagte die Mutter immer, und ich bin nur halb klug. Nunmehr, da Vater und Mutter tot sind, frage ich nicht mehr viel nach Verwandten, außer dir, und glaube, ich könnte sie, die ich nie gesehen, nicht so lieben, wie ich sollte. Wenn du den Hurry nicht heiraten magst, sehe ich nicht, wen du zum Mann wählen solltest, und dann, fürchte ich, werden wir am Ende doch den See verlassen müssen.«

»Was meinst du von Wildtöter, Hetty?« fragte Judith, indem sie sich vorwärtsbeugte wie ihre arglose Schwester und ihre Verlegenheit auf eine ähnliche Weise zu verhehlen suchte. »Wäre das nicht ein Schwager nach deinem Geschmack?«

»Wildtöter!« wiederholte die andere, in unverstelltem Erstaunen aufschauend, »ei, Judith, Wildtöter ist nicht im mindesten hübsch und ist gar kein Mann für eine, wie du bist!«

»Er sieht nicht übel aus, Hetty, und Schönheit ist bei einem Manne nichts Wichtiges.«

»Denkst du so, Judith? Ich weiß, daß Schönheit von keiner großen Wichtigkeit ist, bei Mann oder Weib, in den Augen Gottes; denn Mutter hat mir das oft gesagt, wenn sie dachte, ich möchte traurig darüber sein, daß ich nicht so schön sei wie du; – obgleich sie darüber hätte ganz ruhig sein können; denn mich gelüstete nie nach etwas, das dein ist, Schwester; aber gesagt hat sie mir das, – dennoch aber ist Schönheit in den Augen beider etwas sehr Einnehmendes. Ich glaube, wenn ich ein Mann wäre, ich würde mich mehr nach einem guten Aussehen sehnen denn als Mädchen. Ein schöner Mann ist ein viel einnehmenderer Anblick als ein schönes Weib.«

»Armes Kind! Du weißt kaum, was du sagst, oder das du meinst! Schönheit bei unserem Geschlecht ist etwas, aber beim Mann gilt sie wenig. Gewiß, ein Mann soll groß sein, aber andere sind auch groß, so gut wie Hurry; und rüstig – ich denke, ich kenne solche, die rüstiger sind; – und stark – nun, er hat auch nicht alle Stärke auf der Welt allein; und mutig – sicherlich kann ich einen Jüngling nennen, der mutiger ist.«

»Das ist sonderbar, Judith. Ich hätte nicht geglaubt, daß auf Erden ein schönerer oder stärkerer oder rüstigerer oder mutigerer Mann lebte als Harry Hurry! Ich bin gewiß, ich sah nie einen, der ihm in einem dieser Stücke gleichgekommen wäre.«

»Gut, gut, Hetty – sprich davon nicht mehr! Ich höre *dich* nicht gern so schwatzen. Es paßt nicht für deine Unschuld und Wahrheit und deine warmherzige Aufrichtigkeit. Laß den Harry March gehen! Er verläßt uns heute nacht, und kein Bedauern folgt ihm von meiner Seite, wenn nicht etwa darüber, daß er so lange und so zwecklos dageblieben ist!«

»Ach, Judith, das ist es, was ich lange gefürchtet, und ich hoffte so, er würde mein Schwager werden!«

»Denke jetzt nicht mehr daran, laß uns von unserer armen Mutter und von Thomas Hutter sprechen!«

»So sprich denn, aber mild, Schwester, denn du kannst nicht gewiß wissen, ob nicht Geister hören und sehen. Wenn Vater nicht unser Vater war, so war er doch gut gegen uns und gab uns Nahrung und Obdach. Wir können keine Steine auf ihre Gräber setzen, hier im Wasser, den Leuten das alles zu erzählen, und so müssen wir es mit unsern Zungen bezeugen.«

»Sie werden sich darum wenig kümmern, Mädchen. Es ist ein großer Trost, Hetty, zu wissen, daß, wenn Mutter je in ihrer Jugend einen schweren Fehltritt beging, sie ihn aufrichtig ihr Leben lang bereute; ohne Zweifel wurden ihr die Sünden vergeben.«

»Es ist nicht recht von Kindern, Judith, daß sie von ihrer Eltern Sünden sprechen. Wir täten besser, von unseren eigenen zu sprechen.«

»Von deinen Sünden sprechen, Hetty! – Wenn je eine Kreatur auf Erden ohne Sünden war, so bist du es! Ich wollte, ich könnte dasselbe von mir sagen oder denken; aber wir werden sehen. Niemand weiß, welche Veränderungen die Liebe zu einem guten Gatten im Herzen eines Weibes bewirken kann. Ich glaube, Kind, ich habe schon nicht mehr denselben Geschmack an schönen Putzsachen wie früher.«

»Es wäre ein Jammer, Judith, wenn du über deiner Eltern Grabe an Kleider dächtest! Wir wollen diesen Platz nie verlassen, wenn du so sagst, und wollen Hurry ziehen lassen, wohin es ihm beliebt.«

»Ich bin gern bereit, in das letztere zu willigen, kann aber für das erstere nicht stehen. – Wir müssen in Zukunft leben, wie es anständigen jungen Mädchen geziemt, und können nicht hierbleiben, um das Geschwätz und der Spaß all der rohen und giftzüngigen Jäger und Fallensteller zu sein, die an den See kommen. Laß Hurry seiner Wege gehen, und dann will ich Mittel finden, Wildtöter zu sehen, wo dann wegen der Zukunft alles bald ins reine gebracht sein wird. Komm, Mädchen, die Sonne ist herunter, und die Arche entfernt sich von uns; laß uns zu der

Fähre hinaufrudern und uns mit unsern Freunden beraten. Heute nacht werde ich den Schrank durchsuchen, und der morgende Tag soll entscheiden, was wir tun wollen. Was die Huronen betrifft, so werden die leicht zu erkaufen sein, da wir nunmehr ohne Scheu mit Thomas Hutters Schätzen schalten können. Laß mich nur erst Wildtöter aus ihren Händen befreit haben, so wird eine Stunde die Dinge ins klare bringen.«

Judith sprach mit Entschiedenheit und in gebieterischem Tone, eine Gewohnheit, die sie gegenüber ihrer schwachsinnigen Schwester lange geübt hatte. Aber während sie gewöhnt war, ihren Willen mittelst ihres gewandten Benehmens und ihrer Herrschaft über die Sprache durchzusetzen, legte Hetty gelegentlich ihren ungestümen Gefühlen und ihren hastigen Handlungen Zügel an mittelst jener einfachen sittlichen Wahrheiten, die ihren eigenen Gedanken und Gefühlen so tief eingeprägt waren und sie mit einem schönen, milden Glanz durchleuchteten, der eine Art Heiligenschein über so vieles warf, was sie sagte und tat. Im gegenwärtigen Fall bewährte sich dieser wohltätige Einfluß, den das Mädchen von schwachem Verstand über ihre Schwester ausübte, die unter andern Umständen durch ihren Geist hätte glänzen und Bewunderung ernten können – in der gewöhnlichen und ernsten Weise.

»Du vergißt, Judith, was uns hierhergeführt hat«, sagte sie im Tone des Vorwurfs. »Dies ist der Mutter Grab, und eben erst haben wir Vaters Leichnam neben ihr versenkt. Wir haben unrecht getan, so viel von uns zu sprechen an einem solchen Orte, und wir sollten jetzt zu Gott beten, uns zu vergeben, und *ihn* bitten, uns zu lehren, wohin wir gehen und was wir tun sollen.«

Judith legte halb unwillkürlich ihr Ruder beiseite, während Hetty auf ihre Knie sank und bald in ihr andächtiges, aber einfaches Gebet ganz verloren war. Ihre Schwester betete nicht. Schon lange tat sie es nicht mehr eigentlich und förmlich, obwohl geistige Leiden und Qualen ihr häufig hastige, stumme, innere Anrufungen des großen Urquells alles Segens erpreßten, um Hilfe, wo nicht um Erneuerung des Geistes. Doch sah sie nie Hetty knien, ohne daß ein Gefühl wehmütig süßer Erinnerung sowie tiefer Betrübnis über die Erstorbenheit ihres eigenen Herzens über sie kam. Das hatte sie selbst auch in der Kindheit und selbst bis zu der Stunde ihrer unseligen Besuche in den Garnisonen getan, und sie hätte gern in solchen Augenblicken Welten darum gegeben, wenn sie imstande gewesen wäre, ihre jetztigen Empfindungen gegen den vertrauensvollen Glauben, die reinen, erhebenden Gefühle und die milde Hoffnung zu vertauschen, welche jeden Zug und jede Bewegung ihrer sonst weniger begünstigten Schwester verklärten. Aber alles, was sie tun konnte, war, daß sie ihr Haupt auf die Brust sinken ließ und in ihren Gebärden und ihrer Haltung etwas von der Andacht annahm, in welche recht einzustimmen, ihr verstockter Geist sich weigerte,

Als Hetty nach ihrem Knien wieder aufstand, zeigte ihre Miene einen Glanz und eine Heiterkeit, die ein immer angenehmes Angesicht wirklich schön machten. Ihr Gemüt hatte Frieden, und ihr Gewissen sprach sie von Versäumnis ihrer Pflicht frei.

»Jetzt magst du gehen, wenn du Lust hast, Judith«, sagte sie. »Gott ist gütig gegen mich gewesen und hat mir eine Last vom Herzen genommen. Mutter hatte viele solche Lasten, so pflegte sie mir zu sagen, und schaffte sie sich immer auf solche Weise vom Herzen. Es ist die einzige Weise, Schwester, wie man so etwas tun kann. Einen Stein oder ein Stück Holz kannst du mit der Hand aufheben, aber das Herz muß durchs Gebet erleichtert werden. Ich meine, du betest nicht mehr so oft, Judith, als da du jünger warest!«

»Laß das – laß das, Kind«, antwortete Judith mit hohler Stimme – »darum handelt es sich jetzt nicht. Mutter ist dahin, und Thomas Hutter ist dahin, und die Zeit ist gekommen, wo wir für uns selbst denken und handeln müssen.«

Während das Kanu sich von der Stelle unter den leisen Ruderschlägen der ältern Schwester entfernte, saß die jüngere in sinnendem Brüten da, wie sie pflegte, sooft ihr Geist durch eine abstraktere und schwerer zu fassende Idee beschäftigt und verwirrt war.

»Ich weiß nicht, was du unter Zukunft verstehst, Judith«, bemerkte sie am Ende plötzlich. »Mutter pflegte den Himmel die Zukunft zu nennen, aber du scheinst damit die nächste Woche oder den morgenden Tag zu meinen.«

»Es bedeutet beides, liebe Schwester, alles, was noch in dieser Welt oder in einer andern kommen soll. Es ist ein ernstes Wort und am ernstesten, fürchte ich, für diejenigen, die am wenigsten daran denken. Der Mutter Zukunft ist die Ewigkeit; die unsrige kann noch bedeuten, was uns begegnen wird, solange wir in dieser Welt leben – ist das nicht ein Kanu, was eben hinter dem Kastell vorüberfährt? – Dort, mehr in der Richtung des Vorsprungs, meine ich; es ist versteckt jetzt, aber gewiß, ich sah ein Kanu hinter die Stämme sich stehlen.«

»Ich habe es schon einige Zeit gesehen«, versetzte Hetty ruhig; denn die Indianer hatten wenig Schreckliches für sie, »aber ich hielt es nicht für recht, über der Mutter Grab von solchen Dingen zu schwatzen. Das Kanu kam von dem Lager her, Judith, und ward gerudert von einem einzigen Mann, und der schien mir Wildtöter und kein Irokese zu sein.«

»Wildtöter!« erwiderte die andere wieder ganz mit ihrem natürlichen Ungestüm. »Das kann nicht sein! Wildtöter ist ein Gefangener, und ich habe auf Mittel gedacht, ihn frei zu machen. Warum bildest du dir ein, es sei Wildtöter, Kind?«

»Du kannst selbst schauen, Schwester, da kommt uns das Kanu wieder zu Gesicht, diesseits der Hütte.«

Wirklich war das leichte Boot an dem Gebäude vorbeigefahren und näherte sich jetzt stetig der Arche, wo die an Bord befindlichen Personen sich schon im Vorderteile der Fähre zusammendrängten, um den Besuch zu empfangen. Ein einziger Blick genügte, Judith die Gewißheit zu verschaffen, daß ihre Schwester recht hatte und Wildtöter allein sich in dem Kanu befand. Aber sein Herankommen war so still und gemächlich, daß sie sich darüber wundern mußte, da ein Mann, dem es gelungen, seinen Feinden durch List oder Gewalt zu entfliehen, schwerlich imstande sein konnte, sich mit der Stetigkeit und Bedächtigkeit zu bewegen, womit sein Ruder das Wasser durchschnitt. Mittlerweile neigte sich der Tag stark zum Ende, und man sah die Gegenstände an den Küsten nur noch dämmernd. Auf der Breite des Sees jedoch weilte das Licht noch, und gerade unmittelbar um die Szene der gegenwärtigen Ereignisse her, die weniger beschattet war als die meisten Gegenden des Sees, in dessen größter Breite sie lag, goß es einen Schimmer aus, der eine schwache Ähnlichkeit mit den warmen Tinten eines italienischen oder griechischen Sonnenuntergangs hatte. Die Stämme der Hütte und der Arche bekamen eine Art Purpurfarbe, vermischt mit der wachsenden Dunkelheit, und die Rinde an das Jägers Boot verlor ihre schärfere Deutlichkeit in reicheren, aber weicheren Farben, als die sie beim hellen Sonnenglanz gezeigt hatte. Als die beiden Kanus sich einander näherten – denn Judith und ihre Schwester hatten sich mit ihren Ruderschaufeln so gerührt, daß sie dem unerwarteten Besuch begegneten, noch eh' er die Arche erreichte – da hatte selbst Wildtöters sonnenverbranntes Gesicht ein glänzenderes Aussehen als gewöhnlich, unter den lieblichen Tinten, die in der Atmosphäre zu tanzen schienen. Judith bildete sich ein, die Freude, sie wiederzusehen, habe einigen Anteil an diesem ungewohnten, einnehmenden Ausdruck. Sie wußte nicht, daß ihre eigne Schönheit infolge derselben natürlichen Ursache sich noch vorteilhafter als gewöhnlich darstellte; auch wußte sie nicht, was zu wissen, ihr eine so große Freude gemacht hätte, daß wirklich der junge Mann sie, als sie ihm näher kam, für die anmutigste Kreatur ihres Geschlechts hielt, die seine Augen je gesehen.

»Willkommen – willkommen, Wildtöter!« rief das Mädchen, als die Kanus aneinander heranschwammen, nachdem die Ruder ihren Dienst eingestellt hatten. »Wir haben einen traurigen – einen entsetzlichen Tag gehabt – aber Eure Rückkehr ist wenigstens *ein* Unglück weniger. Sind die Huronen menschlicher geworden und haben Euch gehen lassen, oder seid Ihr den Elenden durch Euren Mut und Eure Geschicklichkeit entkommen?«

»Keines von beiden, Judith, weder das eine noch das andere. Die Mingos sind noch Mingos und werden als Mingos leben und sterben; es ist nicht wahrscheinlich, daß ihre Natur je eine Verbesserung erfahren wird. Nun, sie haben *ihre* Gaben, und wir die unsrigen, Judith, und es geziemt sich auch nicht, übel zu reden von dem, was der Herr geschaffen hat; obwohl, wenn ich die Wahrheit sagen soll, ich es eine harte Probe finde, mild zu denken oder mild zu reden von jenen Vagabunden. Was das betrifft, sie zu überlisten, so hätte das wohl geschehen können, und es ist auch geschehen, von der Schlange dort und von mir, als wir Hist auf der Spur waren –« hier hielt der Jäger inne und lachte in seiner geräuschlosen Weise, – »aber es ist nicht so leicht, den Überlisteten wieder zu überlisten. Selbst die Rehe lernen die Schliche der Jäger kennen, eh' *eine* Jagdzeit vorüber ist; und ein Indianer, dem einmal durch eine Überlistung die Augen geöffnet worden sind, schließt sie nimmer wieder genau an demselbigen Platz. Ich habe weiße Männer gekannt, die das taten, aber nie eine Rothaut. Was sie lernen, das lernen sie durch Erfahrung und nicht durch Bücher, und unter allen Schulmeistern gibt die Erfahrung die am längsten im Gedächtnis haftenden Lehren.«

»Das ist alles wahr, Wildtöter, aber wenn Ihr den Wilden nicht entwischt seid, wie kommt Ihr denn hierher?«

»Das ist eine natürliche Frage und zum Bezaubern gestellt. Ihr seid wirklich wunderbar hübsch diesen Abend, Judith, oder Wilde Rose, wie Schlange Euch nennt, und wie ich wohl auch sagen darf, da ich in allem Ernst so denke. Ihr mögt sie wohl Mingos nennen und Wilde auch; denn wild genug sind sie gesinnt und wild genug handeln sie, sobald Ihr ihnen einmal Gelegenheit gebt. Sie empfinden ihren Verlust hier, bei dem letzten Scharmützel, bis ins innerste Herz und sind bereit, ihn an jeder Kreatur von englischem Blute zu rächen, die ihnen in den Weg kommen mag. Ja, was das betrifft, ich glaube, sie würden sich auch nicht besinnen, ihre Genugtuung an einem Holländer zu nehmen.«

»Sie haben Vater getötet, das sollte ihren ruchlosen Blutdurst befriedigen«, bemerkte Hetty in vorwurfsvollem Tone.

»Ich weiß es, Mädchen – ich weiß die ganze Geschichte – teils aus dem, was ich von der Küste aus gesehen habe; denn sie führten mich von dem Landvorsprung dahin, – teils aus ihren Drohungen gegen mich und ihren übrigen Reden. Nun, das Leben ist im besten Fall ein ungewisses Ding, und wir alle hängen Tag für Tag in dieser Beziehung vom Atem unsrer Nase ab. Wenn Ihr einen kräftigen Freund und Beschützer verloren habt, wie ich das nicht bezweifle, so wird Euch die Vorsehung neue an seiner Statt erwecken, und sintemal unsre Bekanntschaft auf diese ungewöhnliche Art begonnen hat, will ich dies als einen Wink ansehen, daß es in Zukunft auch zu meiner Pflicht gehört, falls sich Gelegenheit zeigt, Sorge zu tragen, daß Ihr keinen Mangel an Lebensmitteln leidet im Wigwam. Ich kann die Toten nicht wieder zum Leben bringen, aber die Lebenden ernähren – darin tun es mir wenige zuvor auf dieser ganzen Grenze, was ich aber nur aus Mitleid und zum Trost für Euch sage und keineswegs in der Absicht zu prahlen.«

»Wir verstehen Euch, Wildtöter«, versetzte Judith hastig, »und nehmen alles, was von Eurem Munde kommt, so, wie es gemeint ist, in Wohlwollen und Freundschaft. Wollte Gott, alle

Männer hätten so wahrhaftige Zungen und so redliche Herzen!«

»In der Hinsicht sind die Menschen verschieden, ganz gewiß, Judith. Ich habe solche gekannt, denen nicht weiter zu trauen war, als man sie mit Augen sehen konnte, und wieder andere, auf deren Botschaften, mit einem kleinen Stück Wampum gesandt, man sich vielleicht ebenso sicher verlassen konnte, als sähe man das ganze Geschäft vor Augen beendigt. Ja, Judith, Ihr spracht nie ein wahreres Wort, als da Ihr sagtet, auf manche Männer könne man sich verlassen und auf andere nicht.«

»Ihr seid ein unbegreifliches Wesen, Wildtöter«, versetzte das Mädchen, nicht wenig verdutzt über die kindische Einfalt, die der Jäger so oft verriet – eine so auffallende Einfalt, daß sie ihn nicht selten auf die gleiche Stufe mit der Schwachsinnigkeit Hettys zu stellen schien, obgleich immer gehoben durch die schöne sittliche Wahrheit, die durch alles durchschimmerte, was dies unglückliche Mädchen sagte und tat. »Ihr seid ein höchst unerklärlicher Mann, und ich weiß oft nicht, wie ich Euch verstehen soll. Aber für jetzt lassen wir das; Ihr habt vergessen, uns zu sagen, auf welche Weise Ihr hierhergekommen.«

»Ich! – Oh, das ist nicht sehr unerklärlich, wenn auch ich selbst es bin, Judith. Ich bin auf *Urlaub.*«

»*Urlaub!* Das Wort hat eine Bedeutung unter den Soldaten, die ich verstehe; aber was es bedeutet, gebraucht von einem Gefangenen, wüßte ich nicht zu sagen.«

»Es bedeutet gerade dasselbe. Ihr habt ganz recht, die Soldaten gebrauchen das Wort und gerade in demselben Sinne wie ich. Ein Urlaub ist das, wenn ein Mann Erlaubnis hat, ein Lager oder eine Garnison für eine gewisse festbestimmte Zeit zu verlassen, nach deren Ablauf er zurückkommen und seine Muskete schultern oder sich seinen Martern unterwerfen muß, je nachdem er zufällig ein Soldat oder ein Gefangener ist. Da das letztere bei mir der Fall ist, so habe ich notwendig auch die Aussichten eines Gefangenen.«

»Haben Euch die Huronen so gehen lassen, ohne Wache oder Begleitung?«

»Gewiß – ich konnte auf keine andere Weise kommen, es hätte denn auch eine kühne Erhebung oder durch Überlistung sein müssen.«

»Welches Pfand haben sie denn, daß Ihr wiederkommen werdet?«

»Mein Wort«, antwortete der Jäger einfach. »Ja, ich gesteh' es, *das* gab ich ihnen, und große Narren wären sie gewesen, hätten sie mich ohne das gehen lassen! Ha, in dem Fall wäre ich dann nicht genötigt gewesen, zurückzukommen und mich allen Teufeleien zu unterwerfen, die ihre Wut ausdenken mag, sondern hätte meine Büchse auf die Schulter und meinen Weg nach den Dörfern der Delawaren rasch unter die Füße nehmen können. Aber, o Herr! Judith, sie wußten das gerade so gut wie Ihr und ich und wollten mich so wenig fortlassen ohne meine Zusage, wiederkommen zu wollen, als sie die Wölfe die Gebeine ihrer Väter würden aufscharren lassen.«

»Ist's möglich, denkt Ihr diese Tat unerhörter Selbsthinopferung und Gleichgültigkeit gegen Euer Leben zu begehen?«

»Was meint Ihr?«

»Ich frage, ist es möglich, daß Ihr imstande zu sein glaubt, Euch wieder in die Gewalt so grausamer Feinde zu liefern, indem Ihr Euer Wort haltet?«

Wildtöter starrte die schöne Fragerin einen Augenblick mit finsterm Mißfallen an. Dann veränderte sich plötzlich der Ausdruck seines ehrlichen und arglosen Gesichts und glänzte auf, wie von einem raschen Gedanken erleuchtet; dann lachte er in seiner gewohnten Weise.

»Ich verstand Euch anfänglich nicht, Judith, nein, wahrhaftig nicht! Ihr meint, Chingachgook und Harry Hurry würden es nicht leiden, aber Ihr kennt, wie ich sehe, die Menschen noch nicht von Grund aus. Der Delaware wäre der letzte Mann auf der Welt, der Einwendungen machte gegen das, was er als Pflicht erkannt, und was March betrifft, so kümmert er sich zu wenig um irgendeine Kreatur außer sich selbst, um viele Worte über einen solchen Gegenstand zu verlieren. Doch wenn er es auch täte, es machte nicht viel Unterschied; aber er tut es nicht – denn er denkt mehr an seinen Gewinn als selbst an sein eignes Wort. Meine Zusagen oder die Eurigen, Judith, oder die von sonst jemand, die fechten ihn wenig an. Seid daher ganz unbesorgt, Mädchen, man wird mich zurückkehren lassen, gemäß dem Urlaub; und wenn Schwierigkeiten erhoben würden, so bin ich nicht in den Wäldern aufgewachsen und erzogen, wenn man so sagen darf, ohne daß ich gelernt hätte, wie ich sie überwinden könnte.«

Judith antwortete eine Weile nicht. All ihre Gefühle als Weib, – und als Weib, das zum erstenmal in seinem Leben anfing, sich jenem Gefühle hinzugeben, welches so großen Einfluß auf das Glück oder das Elend ihres Geschlechts übt – empörten sich gegen das grausame Schicksal, das, wie sie dachte, Wildtöter sich zuziehen würde, während das Rechtsgefühl, das Gott in jede Menschenbrust gepflanzt hat, sie eine so unbezwingliche und anspruchslose Rechtlichkeit bewundern hieß wie diejenige, welche der andere so unbewußt an den Tag legte. Gründe und Zureden, fühlte sie, waren fruchtlos; auch war sie in diesem Augenblick nicht geneigt, die Würde und die sittliche Hochherzigkeit, welche in den Gesinnungen des Jägers so auffallend hervortraten, durch den Versuch zu schwächen, ihn von seinem Vorhaben abzubringen. Daß noch etwas eintreten könne, was die Notwendigkeit dieser Selbsthinopferung ersparte, bestrebte sie sich zu hoffen; dann erkundigte sie sich genauer nach dem Sachverhalt, um ihre Handlungsweise nach ihrer Kenntnis der Umstände einrichten zu können.

»Wann ist Euer Urlaub aus, Wildtöter?« fragte sie, sobald beide Kanus sich der Arche mit dem Vorderteile näherten und mit kaum bemerklichen Ruderschlägen durch das Wasser dahinglitten.

»Morgen mittag, – nicht eine Minute früher, und Ihr könnt Euch darauf verlassen, Judith, ich werde, was ich eine christliche Gesellschaft nenne, nicht einen Augenblick früher verlassen, als es schnurstracks notwendig ist, um hinzugehen, und mich den Vagabunden dort auszuliefern. Sie fangen an, einen Besuch aus den Garnisonen zu besorgen, und wollten mir keine Minute länger zugeben, und es ist so ziemlich unter uns ausgemacht, daß, falls ich den Zweck meiner Sendung verfehle, die Martern anfangen sollen, wenn die Sonne anfängt unterzugehen, damit sie, sobald es dunkel ist, ihren Heimzug antreten können.«

Dies ward in ernstem Tone gesprochen, als wenn der Gedanke an das, was seiner wartete, wie er glaubte, ziemlich auf der Seele des Gefangenen laste, und doch so einfach, und ohne seine Bedrängnis zur Schau zu stellen, daß offene Kundgebungen des Mitgefühls eher zurückgewiesen als herausgefordert wurden.

»Sind sie darauf erpicht, ihre Verluste zu rächen?« fragte Judith mit schwacher Stimme, da ihr eigener hoher Geist den Einfluß von des andern ruhiger, aber würdevoller Rechtlichkeit und Entschlossenheit fühlte.

»Nicht wenig, wenn ich die Gelüste von Indianern aus den Anzeichen zu beurteilen verstehe. Sie meinen zwar, ich vermute ihre Absichten nicht, so scheint mir; aber einer, der so lange unter Menschen von Rothautgaben gelegt hat, läßt sich so wenig täuschen über indianische Gefühle, als ein echter Jäger die Spur seines Wildes oder ein tüchtiger Hund seine Witterung verliert. Mein eignes Urteil verspricht mir wenig für mein Entkommen; denn ich sehe, daß die Weiber sehr erbost sind wegen Hists, obwohl ich das sage, der ich es eigentlich nicht sagen sollte, sintemal ich selbst die Hand dabei im Spiel hatte, das Mädchen loszukriegen. Dann geschah in der letzten Nacht im Lager ein grausamer Mord, und jene Kugel hätte ebensogut durch meine Brust geschossen werden mögen. Indessen, komme, was da will, Schlange und sein Weib werden gerettet sein, und das ist immerhin ein Glück.«

»Oh! Wildtöter, sie werden sich eines Besseren besinnen, da sie Euch bis morgen mittag Zeit gegeben haben, Euch in Eurem Gemüt zu fassen.«

»Ich denke, nicht, Judith, ja, ich denke, nicht. Ein Indianer ist ein Indianer, Mädchen, und es ist eine ziemlich leere Hoffnung, ihn zu täuschen, wenn er die Witterung bekommen hat und sie verfolgt mit vorgestreckter Nase. Die Delawaren sind jetzt ein halb christlich gemachter Stamm – nicht daß ich eine solche Art von Christen für viel besser hielte als die Vollblut-Ungläubigen – aber dennoch, was ein halbes Christentum einem Mann Gutes bringen kann, dessen sind einige unter ihnen teilhaft geworden, und doch haftet die Rachsucht noch fest an ihren Herzen wie die verworrenen Schlingpflanzen hier an dem Baume! Dann hab' ich einen ihrer besten und kühnsten Krieger getötet, wie sie sagen, und es wäre zuviel, wenn man erwarten wollte, sie würden, wenn sie den Mann, der die Tat getan, auf ebendem Streifzug, wo sie vorfiel, gefangennehmen, ihm die Sache nicht in Rechnung bringen. Wäre ein Monat oder so darüber hingegangen, so würden ihre Gefühle sich gelegt haben, und wir hätten uns vielleicht freundschaftlicher verglichen, aber wie es ist, so ist es. Judith, wir sprechen da immer nur von mir und meinen Angelegenheiten, während Ihr Not genug gehabt habt und vielleicht einen Freund ein wenig über Eure Angelegenheiten zu Rate zu ziehen wünscht. Ist der alte Mann ins Wasser versenkt, so, wie ich mir denke, sein Leichnam gern ruhen würde?«

»Das ist er, Wildtöter«, antwortete Judith in fast unhörbarem Tone. »Diese Pflicht ist soeben erfüllt worden. Ihr vermutet recht, daß ich einen Freund zu Rate zu ziehen wünsche, und der Freund seid Ihr. Harry Hurry steht im Begriff, uns zu verlassen; wenn er fort ist, und wir ein wenig über die Gefühle dieser ernsten Pflichterfüllung hinweg sind, werdet Ihr mir, hoffe ich, eine Stunde allein gönnen. Hetty und ich sind in Ungewißheit und Verlegenheit, was zu tun ist.«

»Das ist ganz natürlich, da die Dinge so plötzlich und fürchterlich gekommen sind. Aber da ist die Arche, und wir wollen hiervon mehr sprechen bei besserer Gelegenheit.«

Dreiundzwanzigstes Kapitel

> Die stärksten Stürm' auf höchsten Bergen wehen,
> Die Ruhe wohnet unten in dem Tal;
> Die gleiten leicht, die auf dem Eise gehen,
> Sie finden Sorgen, der Vorwitz'gen Qual;
> Wer stille lebt und damit ist begnügt.
> Geht allen uns an echter Weisheit vor;
> Wer diese Lehre haßt, der heiß' ein Tor!
>
> *Churchyard*

Die Begrüßung zwischen Wildtöter und seinen Freunden auf der Arche war ernst und beklommen. Die beiden Indianer besonders errieten aus seinem ganzen Wesen, daß er nicht ein glücklich Entflohener war, und wenige bedeutsame Worte genügten, ihnen die Natur des *Urlaubs* verständlich zu machen, wie ihr Freund sich ausgedrückt hatte. Chingachgook wurde sogleich nachdenklich, während Hist, wie gewöhnlich, ihre Teilnahme nicht besser kundzugeben wußte als mittelst jener kleinen Aufmerksamkeiten, welche der liebevollen Art des Weibes eigentümlich sind.

In wenigen Minuten jedoch war eine Art von allgemeinem Plan für das, was in der Nacht geschehen sollte, angenommen, und ein uneingeweihter Beobachter hätte nach dem ersten Augenschein glauben können, es bewege sich alles im gewöhnlichen Geleise. Es wurde jetzt nachgerade dunkel, und es ward beschlossen, die Arche zum Kastell hinaufzurudern und sie an ihrem gewohnten Ankerplatz in Sicherheit zu bringen. Zu diesem Entschluß war man zum Teil gekommen in Betracht des Umstandes, daß alle Kanus wieder im Besitz ihrer rechtmäßigen Eigentümer waren, besonders aber infolge der Sicherheit, in die man sich nach Wildtöters Angaben versetzt glaubte. Er hatte den Stand der Dinge unter den Huronen genau geprüft und war überzeugt, daß sie während der Nacht keine weiteren Feindseligkeiten beabsichtigten, da der erlittene Verlust sie für den Augenblick zu ferneren Anstrengungen nicht geneigt machte. Dann hatte er auch einen Antrag mitzuteilen – der eigentliche Zweck seines Besuchs; wenn dieser angenommen wurde, war der Krieg zwischen den Parteien auf einmal zu Ende, und es war unwahrscheinlich, daß die Huronen das Gelingen eines Entwurfs, an welchen offenbar die Häuptlinge ihr Herz gehängt hatten, dadurch im voraus vereiteln würden, daß sie vor der Rückkehr des Gesandten wieder etwas Gewaltsames unternahmen.

Sobald die Arche gehörig in Sicherheit gebracht war, beschäftigten sich die verschiedenen Glieder der Gesellschaft jedes auf die ihm eigentümliche Art; denn Hast und Übereilung im Rat oder in der Entschließung gehörte so wenig zu der Verfahrensart der auf der Grenze lebenden Weißen als zu der ihrer roten Nachbarn. Die Mädchen machten sich mit Vorbereitungen für die Abendmahlzeit zu tun, trüb und schweigsam, aber doch immer für die ersten Bedürfnisse der Natur sorgend.

Hurry machte sich beim Licht eines Feuerbrandes daran, seine Mokassins auszubessern; Chingachgook saß in düsterem Nachdenken da, während Wildtöter in einer Weise, die ebensowenig Affektation als Unruhe verriet, *Killdeer,* die Büchse Hutters besichtigte, deren schon einmal Erwähnung geschah, und die später so berühmt wurde in den Händen des Individuums, das jetzt ihre Vorzüge genau untersuchte. Das Gewehr war etwas länger als gewöhnlich und kam augenscheinlich aus der Werkstätte eines ausgezeichneteren Waffenschmieds. Es hatte einige wenige silberne Ornamente, obwohl die meisten Grenzmänner es im ganzen für ein gewöhnliches Gewehr genommen haben würden; denn seine Hauptverdienste bestanden in der Genauigkeit, womit es gezogen war, in der Vollkommenheit der einzelnen Bestandteile und in der Trefflichkeit des Metalls. Zu wiederholten Malen lehnte der Jäger die Schwanzschraube an seine Schulter und prüfte mit dem Auge das Visier, und ebensooft beugte er sich mit dem Leibe vor und erhob langsam die Waffe, wie im Begriff, auf ein Wild zu zielen, um ihre Wucht zu erproben und sich ihrer Tüchtigkeit zu raschem und genauem Feuern zu versichern. Alles dies tat er bei Hurrys Fackel, unbefangen und einfach, aber mit einem Ernst und Eifer, welche jeder Beobachter, der zufällig die eigentliche Lage des Mannes gekannt hätte, rührend gefunden haben würde.

»Es ist eine prächtige Waffe, Hurry!« rief endlich Wildtöter, »und man könnte es jammerschade finden, daß sie in die Hände von Weibern gefallen ist. Die Jäger haben mir von ihren Taten erzählt, und nach allem, was ich gehört, möchte ich behaupten, daß sie in erfahrenen Händen der sichere Tod ist. Hört nur das Schnellen dieses Schlossen – eine Wolfsfalle hat keine kräftigere Feder; Hahn und Pfanne stimmen zusammen und verstehen sich wie zwei Singmeister, die zusammen einen Psalm singen. Ich habe nie einen so schön gebohrten Lauf gesehen, Hurry, das ist gewiß!«

»Ja, der alte Tom pflegte große Stücke auf das Gewehr zu halten, obgleich er nicht der Mann war, die Tugenden irgendeiner Art von Feuerwaffen in der Praxis zu erproben«, versetzte March, indem er die Wildlederriemen mit der Kaltblütigkeit eines Schuhflickers durch den Mokassin zog. »Er war kein Schütze, das müssen wir alle gestehen, aber er hatte seine guten Seiten sowie seine schlimmen. Ich hatte die Hoffnung gehegt, Judith würde auf die Idee kommen, Killdeer mir zu geben.«

»Man kann nie dafür stehen, was junge Weiber tun werden, das ist gewiß, Hurry, und ich denke, Ihr habt so viel Aussicht, die Büchse zu bekommen, als ein anderer. Dennoch, wenn die Dinge der Vollkommenheit so sehr nahe kommen, ist es schade, wenn sie sie nicht erreichen.«

»Was wollt Ihr damit sagen? Würde sich nicht dies Gewehr auf meiner Schulter so gut ausnehmen als auf der irgendeines Mannes?«

»Was das Aussehen betrifft, so sage ich davon nichts. Ihr seht beide gut aus und möchtet wohl, was man ein gut aussehendes Paar nennt, machen. Aber der Hauptpunkt liegt im Tun und Handeln. Mehr Wild würde in *einem Tage* durch dies Gewehr in der Hand gewisser Männer fallen als in der Eurigen binnen einer Woche, Hurry! Ich habe Euch die Probe machen sehen, – Ihr erinnert Euch des Hirsches dieser Tage?«

»Der Hirsch war außer der Wildbretjahreszeit, und wer mag Wildbret schießen außer seiner Jahreszeit? Ich wollte nur die Kreatur erschrecken, und ich denke, Ihr werdet gestehen müssen, er geriet in nicht kleine Bestürzung!«

»Gut, gut, Ihr sollt Euren Willen haben. Aber das ist ein herrenmäßiges Gewehr und würde einen mit steter Hand und raschem Auge zum König der Wälder machen.«

»Dann behaltet es, Wildtöter, und werdet König der Wälder!« sagte Judith ernst, die dem Gespräch zugehört und ihr Auge nie von dem ehrlichen Gesicht des Jägers abgewandt hatte. »Es kann nie in bessere Hände kommen als die, in denen es jetzt ist, und darin wird es, hoffe ich, fünfzig Jahre bleiben!«

»Judith, es kann Euch nicht Ernst sein!« rief Wildtöter so überrascht, daß er mehr Aufregung zeigte, als er sonst bei gewöhnlichen Gelegenheiten blicken ließ. »Ein solches Geschenk könnte wohl ein wirklicher König machen, ja, und ein wirklicher König annehmen!«

»Es war mir nie in meinem Leben größerer Ernst, Wildtöter, und es ist mir ebenso Ernst mit dem Wunsch wie mit dem Geschenk.«

»Gut, Mädchen, gut! Wir werden Zeit finden, wieder davon zu sprechen. Ihr müßt nicht niedergeschlagen sein, Hurry; denn Judith ist ein flinkes Mädchen, und sie hat einen raschen Verstand; sie weiß, daß der Ruf von ihres Vaters Büchse sicherer ist in meinen Händen, als er es möglicherweise in Euren Händen sein kann, und darum müßt ihr nicht niedergeschlagen sein. In andern Dingen und zwar in solchen, die mehr nach Eurem Geschmack sind, werdet Ihr sehen, daß sie Euch den Vorzug gibt.«

Hurry machte seinem Mißvergnügen mit Brummen Luft, aber er war zu begierig, den See zu verlassen und seine Vorkehrungen hierfür zu treffen, als daß er seinen Atem über einen Gegenstand dieser Art hätte verschwenden sollen. Bald nachher war das Nachtessen bereit, es ward in Schweigen eingenommen, wie es meist die Gewohnheit derjenigen ist, welche die Tafel nur als einen Platz der physischen Erquickung betrachten. Im gegenwärtigen Falle jedoch trugen Traurigkeit und Nachdenken auch ihren Teil zu der allgemeinen Abneigung gegen eine Unterhaltung bei; denn Wildtöter machte insoweit eine Ausnahme von den Gewohnheiten der Leute seiner Gattung, daß er nicht nur gerne bei solchen Gelegenheiten ein Gespräch anknüpfte, sondern oft auch in seiner Gesellschaft dieselbe Lust dazu rege machte.

Nachdem die Mahlzeit zu Ende und der bescheidene Apparat entfernt war, versammelte sich die ganze Gesellschaft auf der Plattform, um die erwartete Mitteilung von Wildtöter über den Zweck seines Besuchs zu vernehmen. Es war unverkennbar, daß er nicht eilte, seine Mitteilung zu machen; aber Judiths Gefühle duldeten keinen längern Aufschub. Stühle wurden aus der Arche und der Hütte gebracht, und alle sechs setzten sich in einen Kreis nahe bei der Türe und beobachteten eines des andern Gesicht, sogut sie es bei dem spärlichen Licht vermochten, das eine liebliche, sternhelle Nacht bot. Die Küste entlang, unter den Bergen, lag die gewöhnliche Masse schwereren Dunkels; aber auf die Breite des Sees fiel kein Schatten, und tausend Bilder der Sterne tanzten in dem durchsichtigen Element, das von der Abendluft nur so weit aufgeregt wurde, um sie alle schwankend und bewegt erscheinen zu lassen.

»Jetzt, Wildtöter«, begann Judith, deren Ungeduld keinen weitern Zwang litt, »jetzt, Wildtöter, sagt uns alles, was die Huronen uns entbieten, und den Grund, warum sie Euch auf Parole entlassen haben, um uns ein Anerbieten zu machen.«

»Urlaub, Judith, Urlaub ist das Wort, und es hat dieselbe Bedeutung bei einem Gefangenen, dem man einige Freiheit gönnt, wie bei einem Soldaten, dem man gestattet, seine Fahne zu verlassen. In beiden Fällen wird das Wort gegeben zurückzukommen, und jetzt erinnere ich mich gehört zu haben, daß das die wirkliche Bedeutung ist, da *Urlaub* so viel heiße als ein *Wort*, darauf gegeben, daß man etwas tun wolle, oder dergleichen. Parole, glaube ich beinahe, ist holländisch und hat etwas mit dem Zapfenstreich der Garnisonen zu schaffen. Aber das macht weiter keinen Unterschied, sintemal die Tugend eines Pfandes in der Idee liegt und nicht im Wort. Nun denn, wenn die Botschaft ausgerichtet werden muß, so muß sie, und vielleicht nützt es nichts, sie aufzuschieben. Hurry wird verlangend sein, bald seine Reise an den Fluß anzutreten, und die Sterne gehen auf und unter, als ob sie weder um Indianer noch um Botschafter sich kümmerten. Ach, leider! Es ist keine angenehme, und ich weiß, es ist eine fruchtlose Sendung, – aber doch muß ich meinen Auftrag bestellen.«

»Wildtöter«, fiel Hurry etwas vornehm und gebieterisch ein, »Ihr seid ein verständiger Mann auf einer Jagd und ein so guter Kamerad auf einem Marsch, als sich einer, der seine sechzig Meilen des Tages macht, nur wünschen mag; aber Ihr seid entsetzlich langsam mit Botschaften, besonders solchen, wovon ihr glaubt, daß sie nicht gut aufgenommen werden dürften; wenn etwas gesagt werden muß, nun, so sagt es, und huft nicht zurück wie ein Yankeeadvokat, der behauptet, er verstehe eines Holländers Englisch nicht, nur um die doppelten Sporteln von ihm zu bekommen.«

»Ich verstehe Euch, Hurry, und mit Recht tragt Ihr Euren Namen heute nacht, angesehen, daß Ihr keine Zeit zu verlieren habt. Aber laßt uns mit einmal zum Hauptpunkt kommen, angesehen, daß dies der Zweck dieser Beratung ist; denn eine Beratung kann es genannt werden, obschon Weiber unter uns Sitz haben. Die Sache ist einfach diese. Als die Truppe vom Kastell zurückkam, hielten die Mingos einen Rat, und schlimme Gedanken walteten vor, wie deutlich zu sehen war aus ihren finstern Gesichtern. Niemand läßt sich gern schlagen, und eine Rothaut so wenig als ein Bleichgesicht. Nun, als sie darüber geraucht und ihre Reden gehalten hatten und ihr Ratsfeuer herabgebrannt war, kam die Sache zum Beschluß. Es scheint, die älteren unter ihnen waren der Meinung, ich sei ein Mann, den man mit Vertrauen auf Urlaub wegschicken könne. Sie sind wunderbar scharf im Beobachten, diese Mingos, *das* muß ihnen ihr schlimmster Feind lassen; aber sie waren der Meinung, ich sei ein solcher Mann, und es geschieht nicht oft – « fuhr der Jäger mit einem wohltuenden Bewußtsein und Selbstgefühl fort, daß sein früheres Leben dies unbedingte Vertrauen zu seiner Redlichkeit rechtfertigte – »es ist nicht oft, daß sie eine gute Meinung haben von einem Bleichgesicht; aber von mir hatten sie sie, und darum bedachten sie sich nicht, ihre Gesinnungen auszusprechen, und sie sind so. – Ihr seht den Stand der Dinge. Der See und alles darauf, bilden sie sich ein, sei ihrer Willkür preisgegeben. Thomas Hutter sei tot, und was Hurry betrifft, so sind sie auf die Idee gekommen, er sei heute dem Tode nahe genug gewesen, um für diesen Sommer nicht zu wünschen, ihn noch einmal so in der Nähe zu sehen. Daher rechneten sie so: alle Eure Streitkräfte beschränken sich auf Chingachgook und die beiden Mädchen, und wie sie wissen, daß der Delaware von hohem Geschlecht und ein geborner Krieger ist, so wissen sie auch, daß er jetzt auf seinem ersten Kriegspfad ist. Was die beiden Mädchen betrifft, so taxieren sie die natürlich eben so wie die Weiber überhaupt.«

»Ihr wollt sagen, sie verachten uns!« unterbrach ihn Judith mit Augen, die so leuchtend flammten, daß es allen Anwesenden auffiel.

»Das wird man am Ende sehen. Sie halten dafür, daß der See mit allem darauf ihrer Willkür preisgegeben sei, und daher senden sie durch mich diesen Gürtel Wampum«, und er zeigte, wie er so sprach, den fraglichen Artikel dem Delawaren, »mit diesen Worten: ›Sagt der Schlange‹, sprachen sie, ›er hat sich gut gehalten für einen Anfänger; er mag jetzt über die Berge sich wenden nach seinen Dörfern, und niemand soll seiner Spur nachgehen, Wenn er einen Skalp gefunden, mag er ihn mit sich nehmen; die Tapfern unter den Huronen haben Herzen und können mit einem jungen Krieger fühlen, der nicht mit leeren Händen heimzukommen wünscht. Wenn er schnellfüßig ist, so steht ihm eine Truppe zur Verfolgung zu Diensten. Hist aber muß zurück zu den Huronen; als sie sie in der Nacht verließ, nahm sie durch Versehen mit sich, was ihr nicht gehört.«

»Das *kann* nicht wahr sein!« sagte Hetty ernst. »Hist ist kein solches Mädchen – sondern eines, das jedermann gibt, was ihm gebührt –«

Was sie noch weiter für Einwendungen vorgebracht haben würde, kann man nicht wissen; denn Hist, halb lachend und halb in Beschämung ihr Angesicht versteckend, legte ihre Hand der Sprechenden auf den Mund, um ihren Worten Einhalt zu tun.

»Ihr versteht nicht Mingobotschaften, arme Hetty«, fuhr Wildtöter fort, »welche selten das meinen, was dem Anschein nach zuoberst liegt. Hist hat die Neigung eines jungen Huronen mit sich genommen, und sie verlangen sie zurück, damit der arme junge Mann sie wieder da finde, wo er sie zuletzt gelassen! ›Schlange‹, sagten sie, ›ist ein zu vielversprechender junger Krieger, um nicht so viele Weiber zu finden, als er verlangt, aber diese eine kann er nicht haben.‹ Das ist ihre Meinung und nichts anderes, wie ich es verstehe.«

»Sie sind sehr verbindlich und einsichtsvoll, daß sie voraussetzen, ein junges Weib könne alle ihre jungen Neigungen vergessen, um diesen unglücklichen Jüngling die seinige finden zu lassen!« sagte Judith ironisch, aber im Weitersprechen wurde ihr Ton bitter. »Ich denke, ein Weib ist ein Weib, sei ihre Farbe weiß oder rot, und Eure Häuptlinge verstehen sich wenig auf das Herz des Weibes, Wildtöter, wenn sie meinen, es könne je verzeihen, wenn es mißhandelt worden, oder je vergessen, wenn es innig liebt.«

»Ich denke, das ist so ziemlich die Wahrheit bei manchen Weibern, Judith, aber doch habe ich auch solche gekannt, die beides konnten. Die nächste Botschaft ist an Euch. Sie sagen, die Bisamratze, wie sie alle Euern Vater nennen, ist untergetaucht in den Grund des Sees; er wird nimmer wieder heraufkommen, und seinen Jungen wird es bald an Wigwams, wo nicht an Nahrung, fehlen. Die Huronenhütten, meinen sie, sind besser als die Hütten von York; sie wünschen, daß Ihr kommt und einen Versuch macht. Eure Farbe ist weiß, das gestehen sie zu, aber sie meinen, Mädchen, die so lang in den Wäldern gelebt, würden ihren Weg verlieren in den Lichtungen. Ein großer Krieger unter ihnen hat neulich sein Weib verloren, und er würde sich freuen, die Wilde Rose auf ihre Bank an seiner Feuerseite zu setzen. Was die Schwachsinnige betrifft, so wird sie immer geehrt und gut besorgt sein bei den roten Kriegern. Eures Vaters Güter, meinen sie, sollen den Stamm bereichern, aber Eure eigne Habe, worin alle und jede Weibersachen eingeschlossen sind, soll, wie bei allen Weibern, mit in den Wigwam des Mannes kommen. Überdies haben sie kürzlich ein junges Mädchen durch eine Gewalttat verloren, und es erfordere zwei Bleichgesichter, ihren Platz auszufüllen.«

»Und *Ihr* bringt *mir* eine solche Botschaft!« rief Judith, obwohl der Ton, womit sie das sagte, mehr Kummer als Zorn verriet. »Bin ich ein Mädchen, das eines Indianers Sklavin zu sein verdient?«

»Wenn Ihr meine ehrlichen Gedanken über diesen Punkt zu hören wünscht, Judith, so will ich Euch antworten, daß ich nicht glaube, Ihr werdet je mit gutem Willen eines Mannes, sei er ein Weißer oder eine Rothaut, Sklavin werden. Ihr müßt mich jedoch nicht hart darum beurteilen, daß ich die Botschaft so genau, als ich nur konnte, in denselben Worten überbrachte, womit sie mir aufgetragen ward. Das waren die Bedingungen, unter welchen ich meinen Urlaub bekam, und ein Handel ist ein Handel, sei er auch mit einem Vagabunden geschlossen. Ich habe Euch berichtet, was *sie* gesagt haben, aber Euch noch nicht gesagt, was nach meiner Meinung ihr insgesamt antworten solltet.«

»Ja, laßt uns das hören, Wildtöter«, versetzte Hurry. »Meine Neugier ist sehr gespannt bei dieser Erwägung, und ich wäre recht begierig, Eure Ideen zu hören, was Ihr für räsonabel hieltet zu antworten. Zwar was mich betrifft, ich bin über meine Antwort ganz im reinen und entschlossen und werde sie so bald als nötig kundtun.«

»Und ich ebenso, Hurry, über alle die verschiednen Hauptpunkte, und über keinen ist meine Ansicht entschiedener als über das, was Euch betrifft. Wenn ich Ihr wäre, würde ich sagen: ›Wildtöter, sagt den Schurken drüben, sie kennen Hurry March nicht! Er ist menschlich, und wie er eine weiße Haut hat, so hat er auch eine weiße Natur, und diese Natur läßt ihm nimmermehr zu, daß er Weiber von seiner Rasse und von seinen Gaben in ihrer größten Not verließe. So nehmt denn mich für einen, der sich weigert, Eurem Vertrage beizutreten, und wenn Ihr auch einen Schweinskopf voll Tabak darüber verschmaucht.«

March war etwas verlegen über diesen zurechtweisenden Vorwurf, der in hinlänglich warmem Tone ausgesprochen ward, und das mit einer Schärfe, die keinen Zweifel über den Sinn davon übrigließ. Hätte ihn Judith aufgemuntert, so hätte er sich nicht bedacht dazubleiben, um sie und ihre Schwester zu verteidigen, aber unter den obwaltenden Umständen trieb ihn vielmehr ein Gefühl von Erbitterung, sie zu verlassen. Jedenfalls besaß Hurry Harry nicht soviel Ritterlichkeit, um sich bewogen zu finden, die Sicherheit seiner eignen Person aufs Spiel zu setzen, wenn er nicht einen augenfälligen Zusammenhang zwischen den wahrscheinlichen Folgen und seinem eigenen Interesse sah. Man darf sich daher nicht wundern, daß seine Antwort gleicherweise seine Absicht und die Zuversicht verriet, welche er so prahlerisch auf seine riesenhafte Stärke setzte, die ihn, wo nicht immer mutig, doch gewöhnlich unverschämt gegenüber denen machte, mit welchen er verkehrte.

»Gute Worte erzeugen lange Freundschaften, Meister Wildtöter«, sagte er, ein wenig drohend. »Ihr seid erst ein junger Laffe, und Ihr wißt aus Erfahrung, was Ihr seid in den Händen eines Mannes. Da Ihr nicht Ich seid, sondern nur ein Zwischenträger, von den Wilden an uns Christen gesandt, mögt Ihr Euren Auftraggebern sagen, daß sie Harry March nicht kennen, was ein Beweis sowohl von ihrem Verstand als von dem seinigen ist. Er ist menschlich genug, um der menschlichen Natur zu folgen, und die heißt ihn die Torheit davon einsehen, wenn ein Mann mit einem ganzen Stamme kämpfen wollte. Wenn Weiber ihn im Stich lassen, so müssen sie gefaßt sein, von ihm im Stich gelassen zu werden, ob sie nun von seinen Gaben oder von andrer Menschen Gaben seien. Sollte Judith es passend finden, ihren

Sinn zu ändern, so ist sie mir als Begleiterin nach dem Fluß willkommen, und Hetty dazu; entschließt sie sich aber dazu nicht, so breche ich auf, sobald ich denken kann, daß die Kundschafter des Feindes für die Nacht im Gebüsch und Laubwerk unterzukriechen anfangen.«

»Judith wird ihren Sinn *nicht* ändern, und sie begehrt Eure Gesellschaft nicht, Meister March«, versetzte das Mädchen mit Lebhaftigkeit.

»Der Punkt ist also ins reine gebracht«, begann Wildtöter wieder, ganz unbeweglich bei der Heftigkeit des andern. »Hurry Harry muß für sich selbst handeln und tun, was seinem Geschmack am meisten zusagen mag. Die Handlungsweise, zu der er entschlossen scheint, wird ihm auf freies Feld für leichte Füße verhelfen, wenn auch nicht zu einem freien und leichten Gewissen. Dann kommt die Frage, Hist betreffend – was sagt Ihr, Mädchen? – wollt Ihr auch Eure Pflicht verlassen und zu den Mingos zurückgehen und einen Huronen zum Mann nehmen, und das alles nicht aus Liebe zu dem Manne, den Ihr heiraten sollt, sondern aus Liebe zu Eurem eignen Skalp?«

»Warum Ihr so sprechen zu Hist?« fragte das Mädchen halb beleidigt. »Ihr denken, ein Rothautmädchen sein wie eines Kapitäns Lady, lachen und scherzen mit jedem Offizier, der kommt.«

»Was ich in dieser Sache denke, darauf kommt nichts an. Ich muß Eure Antwort zurückbringen, und damit ich das tun kann, müßt Ihr sie zuerst geben. Ein treuer Bote richtet seinen Auftrag aus, Wort für Wort.«

Hist bedachte sich nicht länger, ihr Herz offen auszusprechen. In ihrer Aufregung stand sie von ihrer Bank auf, und sich ganz natürlich derjenigen Sprache bedienend, in welcher sie sich am leichtesten ausdrückte, erklärte sie sich über ihre Gesinnungen und Absichten, schön und mit Würde, in der Zunge ihres Volkes.

»Sagt den Huronen, Wildtöter«, sprach sie, »daß sie so unwissend sind wie Maulwürfe; sie wissen nicht den Wolf vom Hund zu unterscheiden. Unter meinem Volke stirbt die Rose auf dem Stengel, auf dem sie entknospet ist; die Tränen des Kindes fallen auf die Gräber seiner Eltern; das Korn reift, wo der Samen ausgestreut worden ist. Die Delawarenmädchen sind keine Boten, die man wie Wampumgürtel von Stamm zu

Stamm sendet. Sie sind Geißblattblüten, die am süßesten duften in ihren eignen Wäldern, ihre eignen jungen Männer tragen sie an ihrer Brust, weil sie so wohlriechend sind; sie sind am süßesten, wenn man sie von ihren heimischen Stengeln pflückt. Selbst das Rotkehlchen und der Marder kommen Jahr für Jahr zurück zu ihren alten Nestern: soll ein Weib weniger treu sein als ein Vogel? Setzt die Tanne in Lehmboden, so wird sie gelb; die Weide wird nicht gedeihen auf dem Berge, die Tamariske ist am gesundesten im Sumpfe; die Stämme der See lieben am meisten, die Winde zu hören, die über das Salzwasser herwehen. Ein Huronenjüngling, was ist er für ein Mädchen von Lenni Lenape? Er mag flink sein, aber ihre Augen folgen ihm nicht auf seinem Lauf: sie schauen zurück nach den Hütten der Delawaren. Er mag ein süßes Lied singen für die Mädchen von Kanada, aber für Wah gibt es keine Musik als in der Zunge, der sie von Kindheit an gehorcht hat. Wäre der Hurone geboren aus dem Volke, das einst umherzog an den Küsten des Salzsees, es wäre umsonst, wenn er nicht aus der Familie der Unkas stammte. Die junge Tanne wird so hoch emporwachsen als irgendeiner seiner Väter. Wah-ta!-Wah hat nur *ein* Herz, und es kann nur *einen* Gatten lieben!«

Wildtöter lauschte dieser charakteristischen Antwort, welche mit einem Ernst erteilt ward, wie er den Gefühlen gemäß war, aus welchen sie hervorging, mit unverhehlter Freude; er erwiderte die glühende Beredsamkeit des Mädchens, als sie schloß, mit seinem herzlichen, stillen, eigentümlichen Lachen.

»Das ist mehr wert als alle Wampums der Welt!« rief er. »Ihr versteht es nicht, Judith, denke ich; aber wenn Ihr Eure eigenen Gefühle vor Euch nehmen wollt und Euch einbilden, ein Feind habe Euch sagen lassen, Ihr sollet den Mann Eurer Wahl aufgeben und einen andern nehmen, der nicht der Mann Eurer Wahl wäre, so werdet Ihr Euch die Hauptsache schon denken können, dafür steh' ich! Ja, ich lobe mir ein Weib für wahre Beredsamkeit, wenn sie sich nur einmal entschließen auszusprechen, was sie fühlen. Unter Sprechen verstehe ich aber nicht plaudern; denn *das* tun die meisten von ihnen jede Stunde, sondern mit ihren ehrlichen, tiefsten Gefühlen in passenden Worten herausrücken. Und jetzt, Judith, nachdem ich die Antwort eines Rothautmädchens habe, muß ich auch die eines Bleichgesichts bekommen, wenn anders ein so schönes Gesicht wie das

Eurige irgend so genannt werden darf. Es ist ein schöner Name für Euch: Wilde Rose, und was die Farbe anlangt, sollte man Hetty die Geißblattblüte nennen.«

»Käme diese Sprache aus dem Munde eines der galanten Herren von der Garnison, so würde ich sie verlachen, Wildtöter; aber da sie aus *Eurem* kommt, kann ich mich, das weiß ich, darauf verlassen«, versetzte Judith, im Innersten geschmeichelt durch seine natürlichen und charakteristischen Komplimente. »Es ist jedoch zu früh, meine Antwort zu verlangen; die Große Schlange hat noch nicht geredet.«

»Die Schlange! Herr, ich könnte seine Rede ausrichten, ohne ein Wort davon gehört zu haben! Ich dachte gar nicht daran, ihm die Frage auch nur vorzulegen, ich gesteh' es! Obwohl es freilich wohl nicht ganz recht wäre, angesehen, daß Wahrheit eben Wahrheit ist, und ich verpflichtet bin, diesen Mingos eben die Tatsache zu berichten und sonst nichts. So, Chingachgook, laßt uns Eure Gesinnung hören über diese Sache – seid Ihr geneigt, Euch nach Eurem Dorfe zu wenden über die Berge, Hist einem Huronen abzutreten und den Häuptlingen zu Hause zu melden: wenn sie rüstig und glücklich seien, können sie möglicherweise die Spur der Irokesen noch treffen, zwei oder drei Tage, nachdem der Feind auf und davon ist?«

Wie seine Verlobte stand auch der junge Häuptling auf, um seine Antwort mit der gehörigen Deutlichkeit und Würde zu geben. Hist hatte gesprochen, die Hände über der Brust gekreuzt, als wollte sie ihre innere Bewegung ausdrücken; der Krieger aber streckte einen Arm vor sich aus, mit einer ruhigen Energie, welche seinen Ausdrücken noch mehr Nachdruck gab.

»Wampum sollte gesandt werden für Wampum«, sagte er, »eine Botschaft muß beantwortet werden mit einer Botschaft. Hört, was die Große Schlange von den Delawaren zu sagen hat den angeblichen Wölfen von den großen Seen, die durch unsere Wälder heulen. Sie sind keine Wölfe; sie sind Hunde, die gekommen sind, sich ihre Schwänze und Ohren durch die Hände der Delawaren stutzen zu lassen. Sie sind gut, junge Weiber zu stehlen, aber schlecht, sie zu verwahren und zu behaupten. Chingachgook nimmt sein Eigentum, wo er es findet, – er fragt keinen Köter aus den Kanadas um Erlaubnis dazu. Wenn er ein zärtliches Gefühl in seinem Herzen hat, so geht das die Huronen nichts an. Er sagt es ihr, die es am liebsten hört; er will es nicht in den Forst hinausbellen für die Ohren derjenigen, die nur das Geschrei der Angst verstehen. Was in seiner Hütte vorgeht, gebührt nicht einmal den Häuptlingen seines eigenen Volkes zu wissen, viel weniger den Mingoschuften.« –

»Nennt sie Vagabunden, Schlange«, unterbrach ihn Wildtöter, der seine Freude nicht zu zügeln vermochte – »ja, nennt sie nur gerade heraus Vagabunden, was ein Wort ist, das sich leicht erklären läßt, und ihren Ohren am allerverhaßtesten, weil es so wahr ist. Seid unbesorgt wegen meiner; ich will Eure Botschaft an sie bestellen Silbe für Silbe, Hohn für Hohn, Idee für Idee, Trotz für Trotz, – und sie verdienen nichts Besseres von Euch. – Nennt sie nur Vagabunden, ein- oder zweimal, und das wird den Saft in ihnen steigen machen von den untersten Wurzeln bis in die höchsten Zweige!«

»Viel weniger den Mingovagabunden!« fuhr Chingachgook fort, gerne bereit, seines Freundes Verlangen zu willfahren, – »sagt den Huronenhunden, sie müssen lauter heulen, wenn sie wünschen, daß ein Delaware sie in den Wäldern finde, wo sie sich verkriechen wie Füchse, statt zu jagen wie Krieger. Als sie ein Delawarenmädchen in ihrem Lager hatten, da war Grund, sie aufzujagen; jetzt wird man sie vergessen, wenn sie nicht Lärm machen. Chingachgook mag sich nicht die Mühe nehmen, von seinen Dörfern mehr Krieger herbeizuholen; er kann ihren flüchtigen Zug schon treffen; wenn sie sich nicht unter dem Boden verstecken, wird er sie nach Kanada verfolgen, allein. Er wird Wah-ta!-Wah bei sich behalten, sein Wildbret zu kochen; sie beide werden Delawaren genug sein, um alle Huronen in ihr Land zurückzuscheuchen.«

»Das ist eine wichtige Depesche, wie die Offiziere diese Dinge nennen!« rief Wildtöter, »sie wird alles Blut der Huronen in Bewegung bringen, ganz besonders der Teil, wo er ihnen sagen läßt, auch Hist werde ihnen nachsetzen, bis sie völlig aus dem Lande getrieben seien. Ach, ja freilich! große Worte sind nicht immer große Taten, bei alledem! Der Herr gebe, daß wir nur halb so tüchtig zu sein vermögen, als wir verheißen! Und jetzt, Judith, ist die Reihe an Euch zu reden; denn die Elenden werden eine Antwort erwarten von jeder Person, die arme Hetty vielleicht ausgenommen.«

»Und warum nicht von Hetty, Wildtöter? Sie spricht oft vernünftig und passend, die Indianer halten vielleicht ihre Worte in Ehren; denn sie haben Mitgefühl für Leute in ihrem Zustand.«

»Das ist wahr, Judith, und ein rascher, guter Gedanke von Euch. Die Rothäute achten das Unglück in jeder Gestalt und namentlich das Hettys. So, Hetty, wenn Ihr etwas zu sagen habt, so will ich es den Huronen so getreulich ausrichten, als wären es die Worte eines Schulmeisters oder Missionars.«

Das Mädchen bedachte sich einen Augenblick; dann antwortete es in seinem sanften, milden Tone so ernst als nur einer unter seinen Vorgängern:

»Die Huronen müssen den Unterschied zwischen weißen Leuten und ihnen selbst nicht begreifen können«, sagte sie, »sonst würden sie nicht verlangen, daß Judith und ich mit ihnen gehen und in ihren Dörfern wohnen sollen. Gott hat ein Land den roten Männern und ein anderes uns gegeben. Er wollte, daß wir abgesondert für uns leben. Dann sagte auch Mutter immer, wir sollten womöglich nur immer unter Christen leben, und das ist ein Grund, warum wir nicht gehen können. Dieser See ist unser, und wir wollen ihn nicht verlassen. Vaters und der Mutter Gräber sind darin, und selbst die schlechtesten Indianer bleiben gern bei den Gräbern ihrer Väter. Ich will noch einmal kommen und sie sehen, wenn sie das von mir verlangen, und ihnen noch mehr aus der Bibel vorlesen, aber des Vaters und der Mutter Grab kann ich nicht verlassen.«

»Das ist recht, das ist recht, Hetty, geradesogut, als wenn Ihr ihnen eine zweimal so lange Botschaft schicktet«, unterbrach sie der Jäger. »Ich will ihnen alles sagen, was Ihr gesprochen habt, und was Ihr meint, und ich stehe dafür, daß sie leicht befriedigt sein werden. Jetzt, Judith, kommt die Reihe an Euch, und dann ist dieser Teil meines Auftrags für heute nacht zu Ende.«

Judith zeigte ein Widerstreben, ihre Antwort zu geben, das ein wenig die Neugier des Boten rege machte. Nach ihrem bekannten lebhaften Geist urteilend, hatte er nie gezweifelt, daß das Mädchen seinen Gefühlen und Grundsätzen nicht minder treu bleiben werde als Hist oder Hetty; doch war eine merkliche, schwankende Unentschlossenheit bei ihr sichtbar, die ihm einige Unruhe machte. Selbst jetzt, wo er sie geradezu aufforderte zu sprechen, schien sie sich zu bedenken, und sie öffnete nicht eher den Mund, als bis das tiefe Schweigen ihr zeigte, mit welcher Spannung man auf ihre Worte warte. Da sprach sie zwar, aber unsicher und mit Widerstreben.

»Sagt mir erst – sagt *uns* erst, Wildtöter«, begann sie, die Worte wiederholend, nur um den Nachdruck anders zu setzen – »welchen Einfluß werden unsere Antworten auf Euer Schicksal haben? Wenn Ihr das Opfer unserer trotzigen Keckheit sein solltet, so wäre es besser gewesen, wenn wir alle eine bedächtigere und schlauere Sprache geführt hätten. Was also werden denn wohl die Folgen für Euch sein?«

»Herr im Himmel, Judith, Ihr könntet mich ebensogut fragen, woher der Wind wehen werde in der nächsten Woche, oder wie alt das nächste Wild sei, das geschossen werde! Ich kann nur sagen, daß ihre Gesichter mich etwas finster anschauen; aber es donnert nicht jedesmal, wenn eine schwarze Wolke am Himmel aufsteigt, auch weht nicht jeder Windstoß Regen zusammen. Das ist somit eine Frage, die viel leichter zu machen als zu beantworten ist.«

»So ist es auch mit dieser Botschaft der Irokesen an mich«, versetzte Judith, aufstehend, als wäre sie für den Augenblick über ihre Handlungsweise entschieden. »Meine Antwort werde ich geben, Wildtöter, nachdem wir, Ihr und ich, miteinander gesprochen und die andern sich für die Nacht zur Ruhe begeben haben.«

Es war eine Entschiedenheit in dem ganzen Wesen des Mädchens, welche Wildtöter geneigt machte, sich dies gefallen zu lassen, und er tat dies um so leichter, als der Aufschub nach keiner Seite hin wesentliche Folgen nach sich ziehen konnte. Die Versammlung brach jetzt auf, und Hurry kündigte seinen Entschluß an, sie bald zu verlassen. Während der Stunde, die man noch verstreichen ließ, damit inzwischen noch stärkere Dunkelheit eintrete, bis der Grenzmann aufbrach, machten sich die verschiedenen Individuen, jedes in seiner gewohnten Art, zu schaffen, und der Jäger insbesondere brachte die meiste Zeit damit zu, die Trefflichkeit der schon erwähnten Büchse noch weiter zu untersuchen.

Die neunte Stunde kam jedoch bald heran, und dann, so war es bestimmt, sollte Hurry seine Reise antreten. Statt seinen Abschied freimütig und mit großherziger Wärme zu nehmen, brachte er das wenige, was er zu sagen nötig fand, mürrisch und kalt vor. Erbitterung über Judiths Hartnäckigkeit, wie er es ansah, war gemischt mit Kränkung und Verdruß über die Begegnisse, die ihm zugestoßen, seit er den See erreicht hatte; wie es gewöhnlich bei gemeinen und engherzigen Menschen ist, war er mehr geneigt, andern wegen seiner Mißgeschicke Vorwürfe zu machen, als sich selbst zu tadeln. Judith reichte ihm die Hand, aber wohl völlig ebensosehr aus Freude als mit Bedauern, während die beiden Delawaren ohne Leidwesen erfuhren, daß er sie verlassen wolle. Unter der ganzen Gesellschaft zeigte nur Hetty ein wahres Gefühl. Verschämtheit und die Schüchternheit ihres Geschlechts und Charakters hielten auch sie einigermaßen entfernt, so daß Hurry in das Kanu trat, wo Wildtöter schon seiner wartete, ehe sie sich nahe genug heranwagte, um bemerkt zu werden. Dann aber trat das Mädchen in die Arche und erreichte deren Ende gerade, als die kleine Barke von ihr abstieß, mit so leichter und stetiger Bewegung, daß man es kaum wahrnahm. Eine Aufwallung von Gefühl überwand jetzt ihre Schüchternheit, und Hetty sprach:

»Lebt wohl, Hurry«, rief sie mit ihrer süßen Stimme – »lebt wohl, lieber Hurry. Nehmt Euch in acht in den Wäldern und macht nie halt, bis ihr die Garnison erreicht. Die Blätter auf den Bäumen sind kaum zahlreicher als die Huronen um den See herum, und sie würden einen starken Mann nicht so mild behandeln, wie sie mich behandeln.«

Die fesselnde Anziehungskraft, welche March für dies schwachsinnige Mädchen hatte, das doch den Sinn und das Gefühl des Rechten besaß, beruhte auf einem Gesetz der Natur. Ihre Sinne waren von den Vorzügen seiner Person eingenommen worden, und ihr moralischer Verkehr mit ihm war nie innig und genau genug gewesen, um einem Eindruck das Gegengewicht zu halten, der sonst allerdings, selbst bei einem Wesen von so stumpfen Geisteskräften, hätte vermindert werden müssen. Hettys Instinkt für das Rechte – wenn ein solcher Ausdruck von einem Wesen gebraucht werden darf, das von einem guten Geist geleitet zu werden schien, um mit nie irrender Genauigkeit zwischen Gut und Böse dahinzusteuern – würde sich über tausend Punkte in Hurrys Charakter empört haben, wäre Gelegenheit gewesen, sie darüber aufzuklären; aber während er, sich ihr ferner haltend, mit ihrer Schwester plauderte und tändelte, hatten seine vollendet schöne Gestalt und seine Züge allen Eindruck auf ihre einfache Einbildungskraft und ihr von

Natur zärtliches Gemüt machen können, ohne durch den Zusatz und die Legierung seiner Gesinnungen und seiner Plumpheit beeinträchtigt zu werden. Zwar fand sie ihn roh und derb, aber das war auch ihr Vater und die meisten andern Männer, die sie gesehen; was ihr als eine Eigentümlichkeit des ganzen Geschlechts erschien, fiel ihr in Hurrys Charakter weniger ungünstig auf, als das sonst wohl der Fall gewesen wäre. Doch war es nicht eigentlich Liebe, was Hetty für Hurry fühlte, auch möge man dies nicht in unserer Schilderung finden, sondern nur die erwachende Empfänglichkeit des Gefühls und Bewunderung, die unter günstigeren Verhältnissen und immer vorausgesetzt, daß keine widerwärtigen Offenbarungen hinsichtlich des Charakters des jungen Mannes hindernd dazwischengekommen wären, bald zu jener allbeherrschenden Leidenschaft hätten heranreifen können. Sie fühlte für ihn eine keimende Zärtlichkeit, aber kaum irgendeine Leidenschaft. Vielleicht die stärkste Annäherung zu letzterer, die sich in Hettys Benehmen gezeigt, konnte man in der Empfindlichkeit erblicken, die sie Marchs Vorliebe für ihre Schwester hatte entdecken lassen; denn bei den zahlreichen Bewunderern Judiths war dies das einzige Mal, daß der umwölkte Geist des Mädchens die zur Beobachtung der Verhältnisse erforderliche Schärfe aufgeboten hatte.

Man hatte Hurry bei seinem Aufbruch so wenig Mitgefühl bezeigt, daß die milden Worte Hettys, wie sie ihm so nachrief, ihm ganz wohltuend und tröstlich klangen. Er hielt das Kanu auf und brachte es mit einem Schwung seines gewaltigen Armes wieder neben die Arche zurück. Das war mehr, als Hetty, deren Mut mit dem Weggehen ihres Helden gestiegen war, erwartet hatte; sie bebte jetzt schüchtern bei seiner unverhofften Rückkehr zurück.

»Ihr seid ein gutes Mädchen, Hetty, und ich kann Euch nicht ohne ein Händeschütteln verlassen«, sagte March freundlich. »Judith ist am Ende nicht soviel wert als Ihr, obgleich sie um eine Kleinigkeit besser aussehen mag. Was den Witz betrifft: wenn Redlichkeit und Offenheit mit einem jungen Mann ein Zeichen von Verstand bei einem jungen Weib ist, so wiegt Ihr zehn Judiths auf, ja, und in Wahrheit die meisten Mädchen meiner Bekanntschaft.«

»Sagt nichts gegen Judith, Harry«, erwiderte Hetty in bittendem Tone. »Vater ist tot, und Mutter ist tot, und niemand ist übrig als Judith und ich, und es ist nicht recht, wenn Schwestern übel voneinander reden oder zuhören, wenn man so redet. Vater ist im See und Mutter auch, und wir sollten alle Gott fürchten; denn wir wissen nicht, wann wir vielleicht auch im See liegen werden.«

»Das klingt vernünftig, Kind, wie das meiste, was Ihr sprecht. Nun, wenn wir uns je wieder sehen, Hetty, so werdet Ihr einen Freund an mir finden, tue auch Eure Schwester, was sie wolle. Ich war kein großer Freund von Eurer Mutter, ich gesteh' es; denn wir dachten verschieden über die meisten Punkte. Aber dafür paßten Euer Vater, der alte Tom, und ich füreinander so prächtig, wie ein hirschlederner Anzug einem wohlgebauten Manne paßt. Ich bin immerdar der gleichen Meinung gewesen, daß der alte Floating Tom Hutter im Grunde ein guter Kerl war, und will das gegen alle Feinde behaupten, um seinetwillen wie Euretwillen.«

»Lebt wohl, Hurry«, sagte Hetty, die jetzt so sehnlich wünschte, den jungen Mann bald fortzubringen, als sie noch vor einem Augenblick gewünscht hatte, ihn zurückzuhalten, obgleich sie sich von einem Gefühl so wenig als vom andern klare Rechenschaft zu geben wußte. »Lebt wohl, Harry, nehmt Euch in acht in den Wäldern; haltet Euch nicht auf, bis Ihr die Garnison erreicht! Ich will ein Kapitel in der Bibel für Euch lesen, eh' ich zu Bette gehe, und Euer in meinem Gebet gedenken.«

Dies hieß einen Punkt berühren, rücksichtlich dessen March keine Sympathien hatte; ohne weitere Worte schüttelte er dem Mädchen herzlich die Hand und begab sich wieder in das Kanu. Nach einer Minute waren die beiden Abenteurer hundert Fuß von der Arche entfernt, und nach etwa sechs Minuten hatte man sie schon ganz aus dem Gesicht verloren. Hetty seufzte tief und trat zu ihrer Schwester und Hist.

Eine Zeitlang ruderten Wildtöter und sein Genosse schweigend fort. Es war beschlossen worden, Hurry gerade an dem Landvorsprung ans Land zu setzen, wo er sich, wie wir im Anfang unsrer Erzählung berichtet, eingeschifft hatte; nicht nur, weil dieser Platz von den Huronen schwerlich so genau bewacht wurde, sondern auch, weil Hurry auf diesem Platze mit den Zeichen der Wälder hinlänglich vertraut war, um sich auch bei Nacht in ihnen zurechtzufinden. Dorthin steuerte denn das leichte Fahrzeug, so emsig und rasch gerudert, als nur immer zwei kräftige und geübte Kanumänner ihr leichtes Schiffchen durch oder vielmehr *über* das Wasser treiben konnten. Weniger als eine Viertelstunde genügte für ihr Vorhaben, und als sie nach Verfluß dieser Zeit sich im Bereich der Schatten der Küste und ganz nahe dem gesuchten Punkt befanden, hörten beide in ihrer Arbeit auf, um ihre Abschiedsbesprechung außer Hörweite irgendeines Lauschers, der etwa in der Nähe sein konnte, zu halten.

»Ihr werdet wohl daran tun, die Offiziere der Garnison zu bereden, daß sie einen Streifzug gegen diese Vagabunden unternehmen, sobald Ihr hineinkommt, Hurry«, begann Wildtöter, »und noch besser, wenn Ihr sie selbst als Freiwilliger und Führer wieder heraufbegleitet. Ihr kennt die Pfade und die Gestalt des Sees, und die Natur des Landes und könnt es besser tun als ein gewöhnlicher, allgemeiner Kundschafter. Geht zuerst auf das Lager der Huronen los und folgt den Zeichen, die sich Euch dann darbieten werden. Ein paar Blicke nach der Hütte und der Arche werden Euch über den Zustand des Delawaren und der Weiber unterrichten, und in jedem Fall wird es eine schöne Gelegenheit sein, den Mingos auf die Fährte zu kommen, und den Spitzbuben einen Denkzettel zu geben, den sie lange genug mit sich herumtragen sollen. Es wird dies vermutlich keinen großen Unterschied machen für mich; denn *diese* Sache wird abgemacht sein, ehe die Sonne des morgenden Tages unter ist; aber es kann eine große Änderung für Judiths und Hettys Hoffnungen und Aussichten bewirken!«

»Und was Euch selbst angeht, Nathaniel«, erkundigte sich Hurry mit größerer Teilnahme, als er sonst für Wohl und Wehe anderer zu verraten pflegte – »und was Euch selbst betrifft, was haltet Ihr für wahrscheinlich, daß Euch widerfahren werde?«

»Das weiß der Herr allein in seiner Weisheit, Henry March! Die Wolken sehen schwarz und drohend aus, und ich setze mein Gemüt in Verfassung, das Schlimmste zu erdulden. Rachsüchtige Gefühle herrschen vor in den Herzen der Mingos, und jede kleine Täuschung ihrer Erwartungen in betreff des Raubes oder der Gefangenen oder Hists kann die Marter zur Gewißheit machen. Der Herr in seiner Weisheit allein kann mein Schicksal bestimmen oder das Eure!«

»Das ist ein schwarzer Handel und sollte in irgendeiner Art und Weise gehemmt werden«, versetzte Hurry, die Unterscheidungen zwischen Recht und Unrecht verwechselnd, wie das gewöhnlich bei selbstsüchtigen und gemeinen Menschen der Fall ist. »Ich wünschte von Herzen, der alte Hutter und ich hätten jede Kreatur in ihrem Lager skalpiert in der Nacht, da wir zuerst mit diesem Kapitalplan landeten! Hättet Ihr Euch nicht gesträubt, Wildtöter, es wäre vielleicht gelungen; dann hättet Ihr Euch nicht am Ende in der desperaten Lage gefunden, von der Ihr sprecht.«

»Besser hättet Ihr gesagt, Ihr wünschet, daß Ihr gar nie zu tun versucht hättet, was zu unternehmen, eines weißen Mannes Gaben schlecht geziemt; in diesem Falle wäre uns nicht nur vielleicht jeder Kampf erspart geblieben, sondern Thomas Hutter würde auch jetzt noch leben, und die Herzen der Wilden würden nicht so rachgierig sein. Auch der Tod jenes jungen Weibes, March, war eine unberufene Tat und läßt eine schwere Last auf unserm Namen, wo nicht auf unserm Gewissen, zurück!«

Dies war so klar, und es leuchtete im Augenblick Hurry selbst so ein, daß er das Ruder ins Wasser tauchte und anfing, das Kanu der Küste zuzurudern, als strebte er nur seiner eigenen lebhaften Reue zu entfliehen. Sein Begleiter gab diesem fieberhaften Drang nach Veränderung nach, und nach ein paar Minuten fuhr der Bug des Bootes mit einer leichten, hörbaren Reibung auf dem Kies des Strandes auf. Landen, sein Bündel und seine Büchse schultern und sich marschfertig machen, dies alles war für Hurry nur das Werk eines Augenblicks, und mit einem halbgrollenden Abschied hatte er schon seinen Marsch angetreten, als eine plötzliche Anwandlung von Gefühl ihn jählings haltmachen ließ, und augenblicklich darauf befand er sich wieder an der Seite des andern.

»Ihr könnt doch nicht gemeint sein, Euch wieder in die Hände der mörderischen Wilden zu liefern, Wildtöter!« sagte er ebensosehr in zorniger Abmahnung als mit edlem Gefühl. »Es wäre die Tat eines Wahnsinnigen oder eines Toren!«

»Es gibt Leute, die es für Wahnsinn halten, seinem Wort treu zu sein, und solche, die es nicht dafür halten, Hurry Harry. Ihr mögt einer von den ersteren sein, ich gehöre zu den letzern. Keine Rothaut auf der Welt soll sagen können, daß ein Mingo sein Wort höher halte als ein Mann von weißem Blut und weißen Gaben in irgend etwas, das mich betrifft. Ich bin weg auf

Urlaub, und wenn ich Kraft und Vernunft habe, will ich meinem Urlaub gemäß zurückkehren vor morgen mittag.«

»Was ist ein Indianer oder ein gegebenes Wort oder ein Urlaub, genommen von Kreaturen wie diese, die weder Seelen noch Namen haben?«

»Wenn sie weder Seelen noch Namen haben, so haben sie dafür wir, ich und Ihr, Harry March, beides, und die eine ist für den andern verantwortlich. Dieser Urlaub ist nicht, wie Ihr zu wähnen scheint, ganz nur eine Sache zwischen mir und den Mingos, angesehen, daß es ein feierlicher Pakt ist, zwischen mir und Gott geschlossen. Wer da glaubt, er könne sagen, was ihm beliebt, in seiner Not, und alles gelte für nichts, weil es im Walde gesprochen ist und ins Ohr der roten Männer, versteht wenig von seiner Lage, von seinen Hoffnungen und Bedürfnissen. Die Worte sind geredet vor dem Ohr des Allmächtigen. Die Luft ist sein Atem, und das Licht der Sonne ist wenig mehr als ein Blick seines Auges. Lebt wohl, Harry! Wir sehen uns vielleicht nie wieder; aber ich möchte Euch wünschen, daß Ihr nie einen Urlaub oder sonst eine feierliche Zusage, wobei Euer christlicher Gott als Zeuge angerufen worden, als eine so leichte Pflicht behandelt, daß man sie vergessen dürfte nach den Bedürfnissen des Leibes oder auch nach den Gelüsten des Geistes.«

March war jetzt wieder froh loszukommen. Es war ihm ganz unmöglich, auf die Gesinnungen einzugehen, die seinen Genossen adelten. Er schüttelte sie ab und eilte von ihm weg mit einer Ungeduld, die ihn heimlich auf die Torheit fluchen machte, die einen Mann veranlassen könne, sozusagen in sein eignes Verderben zu rennen. Wildtöter dagegen zeigte keine solche Aufregung. Aufrecht gehalten durch seine Grundsätze, unbeugsam in dem Entschluß, ihnen gemäß zu handeln, und erhaben über jede unmännliche Furcht, betrachtete er alles, was ihm bevorstand, als eine Art Notwendigkeit und dachte so wenig daran, einen unwürdigen Versuch zu machen, ihm zu entgehen, als ein Moslem daran denkt, den Beschlüssen der Vorsehung entgegenzuhandeln. Er stand ruhig auf der Küste, dem sorglosen Schritt horchend, womit Hurry seine Wanderung durch die Gebüsche verriet, schüttelte den Kopf aus Mißvergnügen über diesen Mangel an Vorsicht und trat dann ruhig in sein Kanu. Ehe er die Ruderschaufel wieder ins Wasser tauchte, sah sich der junge Mann um und betrachtete die Szene, die sich ihm in der sternhellen Nacht darbot. Es war dies die Stelle, wo zuerst sein Auge auf den schönen Wasserspiegel gefallen war, auf dem er jetzt schwamm. War er damals prächtig in dem hellen Licht eines Sommermittags, so war er jetzt trüb und melancholisch unter den Schatten der Nacht. Die Berge stiegen rings um ihn her empor wie schwarze Mauern, um die Welt draußen auszuschließen, und die Streifen blassen Lichts, die noch auf den breiteren Teilen des Sees ruhten, waren keine übeln Symbole von der Schwäche der Hoffnungen, die nur so dämmernd noch über seiner Zukunft sichtbar waren. Schwer seufzend, drängte er das Kanu vom Lande weg und ruderte mit stetigem Fleiß zurück, der Arche und dem Kastell zu.

Vierundzwanzigstes Kapitel

Deine geheime Lust wird offne Scham,
Dein heimlich Schwelgen öffentlich Entbehren;
Dein hoher Titel ein zerlumpter Nam',
Dein süßer Mund wird bittern Wermut gären;
Nie können deine Eitelkeiten währen.

Tarquinius und Lukretia

Judith erwartete die Zurückkunft Wildtöters auf der Plattform mit steigender Ungeduld, bis er endlich das Kastell erreichte. Hist und Hetty lagen beide in tiefem Schlaf auf dem Bette, das gewöhnlich die Töchter des Hauses einnahmen, und der Delaware hatte sich auf dem Boden des anstoßenden Gemaches hingestreckt, seine Büchse neben sich, und einen Teppich über sich gebreitet, schon träumend von den Begegnissen der letzten paar Tage. Eine Lampe brannte in der Arche; denn die Familie pflegte sich diesen Luxus bei außerordentlichen Gelegenheiten zu gestatten und besaß auch die Mittel dazu; das Gefäß war nach Form und Material von der Art, daß man mit Wahrscheinlichkeit vermuten konnte, es sei auch einmal in dem Schranke gewesen.

Sobald das Mädchen des Kanus ansichtig wurde, gab sie ihr hastiges Aufundabschreiten auf der Plattform auf und stand bereit zum Empfang des jungen Mannes, dessen Rückkehr sie nun schon einige Zeit mit Spannung erwartete. Sie half ihm das Kanu anbinden und legte dadurch, daß sie ihm bei verschiedenen andern kleinen Geschäften behilflich war, ihr Verlangen an den Tag, so bald als möglich einen freien Augenblick eintreten zu sehen. Als dies endlich geschah, benachrichtigte sie ihn auf seine Erkundigung von der Art und Weise, wie ihre Genossen sich die Zeit zunutze machten. Er hörte ihr aufmerksam zu; denn das Benehmen des Mädchens war so ernst und bedeutungsvoll, daß er wohl merkte, sie habe etwas von ungewöhnlicher Wichtigkeit auf der Seele.

»Und jetzt, Wildtöter«, fuhr Judith fort, »seht Ihr, habe ich die Lampe angezündet und sie in die Kajüte der Arche gestellt. Das geschieht bei uns nur bei großen Veranlassungen, und ich betrachte diese Nacht als die wichtigste meines Lebens. Wollt Ihr mir folgen und sehen, was ich Euch zu zeigen – hören, was ich Euch zu sagen habe?«

Der Jäger war etwas überrascht, aber er machte keine Einwendungen, und bald befanden sich beide auf der Fähre in dem Gemache, wo das Licht brannte. Hier standen zwei Stühle neben dem Schranke, auf einem dritten die Lampe und in der Nähe ein Tisch, um die verschiedenen Artikel aufzunehmen, so wie sie zum Vorschein kämen. Diese Anordnung hatte ihren Grund in der fieberhaften Ungeduld des Mädchens, das keine Verzögerung ertragen mochte, welcher zu begegnen, in seiner Macht stand. Selbst alle Schlösser waren weggenommen, und es blieb nur noch übrig, den schweren Deckel aufzuheben und die Schätze dieses langverborgenen Hortes auszulegen.

»Ich sehe zum Teil, was dies alles bedeutet«, bemerkte Wildtöter, »ja, ich durchschaue es zum Teil. Aber warum ist Hetty nicht anwesend? Nachdem Thomas Hutter tot ist, ist sie Miteigentümerin dieser Merkwürdigkeiten und sollte sehen, wie man sie eröffnet, und was man damit anfängt.«

»Hetty schläft«, antwortete Judith hastig. »Zum Glück für sie haben schöne Kleider und Schätze für sie keinen Reiz. Zudem hat sie mir heute nacht ihren Anteil an allem, was dieser Schrank enthalten mag, übergeben, daß ich damit nach meinem Gutdünken verfahre.«

»Ist die arme Hetty hinlänglich ihrer Geisteskräfte mächtig dazu, Judith?« fragte der rechtlich gesinnte junge Mann. »Es ist eine gute Vorschrift und eine gerechte, daß man nichts nehmen solle, wenn die Gebenden den Wert ihrer Gaben nicht verstehen, und mit solchen, welche Gott so schwer heimgesucht hat in ihrem Verstande, sollte man so sorgsam umgehen wie mit Kindern, die noch nicht zu ihrer Vernunft gekommen sind.«

Judith war verletzt durch diese Zurechtweisung aus dem Munde *dieses* Mannes, aber sie würde dieselbe noch weit lebhafter empfunden haben, hätte nicht ihr Gewissen sie von allen ungerechten, selbstsüchtigen Absichten gegen ihre schwachsinnige, aber vertrauensvolle Schwester freigesprochen. Es war jedoch nicht der Augenblick, irgendwie die bei ihr so gewöhnliche Aufwallung ihres stolzen Geistes zu verraten, und die vorübergehende Empfindlichkeit ward unterdrückt von dem

Wunsche, zu dem wichtigen Vorhaben, das sie im Auge hatte, zu gelangen.

»Hetty wird kein Unrecht geschehen«, antwortete sie mild, »sie weiß sogar auch nicht nur, was ich zu tun im Begriff stehe, sondern auch, *warum* ich es tue. So nehmt denn Euren Sitz, hebt den Deckel des Schranks auf, und diesmal wollen wir bis auf den Boden hinabdringen. Es sollte mich sehr wundern, wenn sich nicht etwas fände, was uns über die Geschichte Thomas Hutters und meiner Mutter mehr aufklärte.«

»Warum sagt Ihr Thomas Hutter, Judith, und nicht Euer Vater? Den Toten soll man mit ebensoviel Ehrfurcht begegnen als den Lebenden.«

»Ich habe schon lange geargwöhnt, daß Thomas Hutter nicht mein Vater sei, obwohl ich ihn für Hettys Vater zu halten geneigt war, aber jetzt wissen wir, daß er der Vater von keiner von uns ist. Er bekannte dies förmlich in seinen letzten Augenblicken. Ich bin alt genug, um mich eines bessern Zustands zu erinnern, als worin wir auf diesem See gelebt haben, obgleich die Eindrücke davon in meinem Geiste so schwach sind, daß mir der frühere Teil meines Lebens wie ein Traum erscheint.«

»Träume sind armselige Wegweiser, wenn man sich über Wirklichkeiten zu entscheiden hat, Judith«, versetzte der andere warnend. »Bildet Euch nichts ein, und hofft nichts ihrethalb: obwohl ich schon Häuptlinge gekannt habe, die sie für nützlich hielten.«

»Ich erwarte nichts von ihnen für die Zukunft, mein guter Freund, kann aber nicht umhin, mich dessen zu erinnern, was gewesen ist. Das ist aber eitel, wenn eine halbstündige Untersuchung uns alles oder sogar mehr, als ich wissen möchte, lehren kann.«

Wildtöter, der des Mädchens Ungeduld begriff, nahm jetzt seinen Sitz ein und machte sich daran, von neuem die verschiedenen Artikel, welche der Schrank enthielt, auszukramen. Natürlich fand man alles, was man früher schon durchsucht hatte, ebenso, wie man es zuvor wieder eingepackt hatte, und es erregte weit weniger Interesse und Bemerkungen, als bei der ersten Auffindung. Selbst Judith legte den kostbaren Brokat mir gleichgültiger Miene beiseite; denn sie hatte einen weit höhern Zweck im Auge als Befriedigung der Eitelkeit und war ungeduldig, den noch verborgenen oder vielmehr unbekannten Schätzen auf den Grund zu kommen.

»All diese Dinge haben wir schon zuvor gesehen«, sagte sie, »und wollen uns nicht damit aufhalten, sie aufzumachen. Das Paket unter Eurer Hand, Wildtöter, ist ein neues, das wollen wir untersuchen. Gott gebe, daß es etwas enthalte, was der armen Hetty und mir sage, wer wir eigentlich sind.«

»Ja, wenn manche Pakete reden könnten, sie würden von wunderbaren Geheimnissen zu erzählen haben«, versetzte der junge Mann, mit Bedacht die Falten eines neuen Stücks grober Leinwand auseinanderschlagend, um zum Inhalt einer auf seinen Knien liegenden Rolle zu gelangen, »obwohl dies hier nicht zu der Familie zu gehören scheint, angesehen, daß es nicht mehr und nicht weniger ist als eine Art Fahne; aber von welcher Nation, das zu sagen, geht über meine Gelehrsamkeit.«

»Diese Flagge muß eine besondere Bedeutung haben«, fiel Judith hastig ein. »Öffnet sie weiter, Wildtöter, damit wir die Farben sehen.«

»Ha, ich bedaure den Fähnrich, der dies Stück Tuch auf der Schulter zu schleppen und damit im Feld zu paradieren hat. Es ist wahrhaftig groß genug, Judith, um ein Dutzend solcher Fahnen daraus zu machen, auf welche des Königs Offiziere so große Stücke halten; das kann nicht die Fahne eines Fähnrichs, sondern muß die eines Generals sein!«

»Ein Schiff könnte sie tragen, Wildtöter, und Schiffe, das weiß ich, führen solche Dinge. Habt Ihr nie schauerliche Geschichten gehört, daß Thomas Hutter einmal mit den Leuten in Verhältnis gestanden, die man Bukanier nennt?«

»Bockohnnieren! Nein – ich nie – ich habe nie von ihm rühmen gehört, daß er ein guter Schütze auf Böcke gewesen wäre, von welcher Sorte sie sein mochten. Hurry Harry sprach mir einmal davon, wie man glaube, daß er früher einmal in irgendeiner Weise mit gewissen Seeräubern zu schaffen gehabt habe; aber, Herr im Himmel, Judith, es kann Euch doch wahrlich keine Befriedigung geben, das gegen Eurer Mutter Gatten herauszubringen, wenn er auch nicht Euer Vater ist.«

»Alles gibt mir Befriedigung, was mir Aufschluß gibt, wer ich bin, und mir die Träume meiner Kindheit erklären hilft. Meiner Mutter Gatte! Ja, er muß das gewesen sein, obwohl es über eine menschliche Vernunft geht, zu erklären, wie eine Frau wie *sie*, einen Mann gewählt haben soll, wie *er!* Ihr habt Mutter nie gesehen und könnt daher nicht den unermeßlichen, unermeßlichen Unterschied empfinden, der zwischen ihnen stattfand.«

»Solche Dinge kommen aber doch vor, – ja, sie kommen vor, obwohl es über meine Begriffe geht, warum die Vorsehung sie zuläßt. Ich habe die trotzigsten Krieger gekannt mit den sanftesten Frauen im ganzen Stamm und wieder gräßliche Zänkerinnen, welche Indianern zuteil wurden, die zu Missionaren sich geeignet hätten.«

»Das war es nicht, Wildtöter, das war es nicht. Oh! wenn es sich zeigen sollte, daß – nein, ich kann nicht wünschen, daß sie gar nicht sein Weib sollte gewesen sein. *Das* kann keine Tochter von ihrer Mutter wünschen! Fahrt jetzt fort und laßt uns sehen, was der viereckige Pack enthält!«

Wildtöter tat nach ihrem Willen und fand, daß er einen kleinen Koffer von hübscher Arbeit, aber geschlossen, enthielt. Das nächste war, den Schlüssel zu finden, aber da alles Suchen fruchtlos blieb, wurde beschlossen, das Schloß aufzubrechen. Dies bewerkstelligte Wildtöter bald mittelst eines eisernen Instruments, und man fand, daß er beinahe ganz mit Papieren angefüllt war. Viele davon waren Briefe, andere Bruchstücke von Manuskripten, Aufsätze, Rechnungen und ähnliche Urkunden. Der Falke stößt nicht mit plötzlicherer Gier auf das Huhn, als Judith herbeisprang, um sich dieses Schachts von bisher unbekannten Nachrichten und Kenntnissen zu bemächtigen. Ihre Erziehung und Bildung waren, wie der Leser bemerkt haben wird, weit über ihrer Stellung im Leben, und ihr Auge flog über diese Briefe, Blatt für Blatt, mit einer Leichtigkeit hin, welche Folge ihrer guten Schule, zugleich aber auch mit einer Gier, welche das natürliche Ergebnis ihrer Gefühle war. Zuerst war das Mädchen sichtlich erfreut, und wir dürfen beisetzen mit Grund; denn die Briefe, von Frauen geschrieben, voll Unschuld und Zärtlichkeit, waren der Art, daß sie ihr wohl einigen Stolz auf diejenigen einflößen konnten, mit welchen sie, wie sie mit allem Grund glaubte, durch Bande des Blutes enge verbunden war. Es paßt jedoch nicht in unsern Plan, von diesen Briefen mehr mitzuteilen als einen allgemeinen Begriff ihres Inhalts, und dies wird am bestem geschehen, wenn wir die Wirkung schildern, welche sie auf das Benehmen, die äußere Erscheinung und die Gefühle des Mädchens hervorbrachten, das sie so begierig durchlief.

Es ist schon gesagt worden, daß Judith eine große Freude über die Briefe hatte, die ihr zuerst unter die Augen kamen. Sie enthielten die Briefe einer zärtlichen und liebevollen Mutter an eine entfernte Tochter mit solchen Hindeutungen auf die Antworten, daß sie großenteils die Lücke der fehlenden Erwiderungen auszufüllen dienten. Sie waren jedoch nicht ohne Ermahnungen und Warnungen, und Judith fühlte sich das Blut in die Schläfe steigen und dann einen kalten Schauer, als sie einen Brief las, worin die Schicklichkeit davon, daß die Tochter sich einem so innigen und vertraulichen Verhältnis, wie diese selbst es in einem ihrer Briefe geschildert haben mußte, mit einem Offizier hingab, »der von Europa kam, und von dem kaum anzunehmen war, daß er in Amerika eine ehrenhafte Verbindung zu schließen gesonnen sei«, in ziemlich kaltem Tone von der Mutter erörtert wurde. Ein seltsamer Umstand war, daß die Unterschriften bei allen diesen Briefen sorgfältig weggeschnitten waren, und sooft ein Name im Brief selbst vorkam, dieser mit solcher Pünktlichkeit herausradiert war, daß man ihn unmöglich lesen konnte. Sie waren alle in Kuverts eingeschlossen gewesen, der Sitte jener Zeit gemäß, und es fand sich auch nicht *eine* Adresse. Doch die Briefe selbst waren mit gewissenhafter Sorgfalt aufbewahrt worden, und Judith glaubte, auf einigen Spuren von Tränen entdecken zu können. Sie erinnerte sich jetzt, den kleinen Koffer vor ihrer Mutter Tod in der Verwahrung von dieser gesehen zu haben, und sie vermutete, er sei nebst den andern vergessenen oder verheimlichten Gegenständen in der Kiste aufbewahrt worden, als die Briefe nichts mehr zum Kummer oder zum Glück dieser Mutter beitragen konnten.

Dann kam ein andres Paket Briefe, und diese waren voll von Beteuerungen der Liebe, allerdings mit Leidenschaft geschrieben, aber auch mit jener trügerischen Überredung, welcher sich gegenüber dem andern Geschlecht zu bedienen, die Männer so oft sich gestatten zu dürfen glauben. Judith hatte über das erste Paket reichliche Tränen vergossen, aber jetzt empfand sie sich durch ein Gefühl von Entrüstung und Stolz mehr aufrechtgehalten. Aber ihre Hand zitterte, und kalte Schauer zuckten durch ihren Leib, als sie auf einige Punkte stieß, welche starke

Ähnlichkeit mit Briefen hatten, die zu erhalten ihr Schicksal gewesen war. Einmal legte sie wirklich das Paket hin, beugte ihr Haupt auf die Knie nieder und zuckte hinweg. Wildtöter saß diese ganze Zeit über da, ein stummer, aber aufmerksamer Beobachter von allem, was vorging. Wenn Judith einen Brief gelesen, gab sie ihn ihm, um ihn zu halten, bis sie den nächsten las, aber dies schien ihren Genossen in keiner Weise aufzuklären, da er des Lesens gänzlich unkundig war. Doch war er nicht ganz auf dem falschen Wege in der Deutung und Enträtselung der Leidenschaften, die in der Brust des schönen Wesens neben ihm kämpften, und da ihr von Zeit zu Zeit leise gemurmelte Sätze und Ausrufe entschlüpften, war er in seinen Ahnungen oder Vermutungen der Wahrheit näher, als dem Mädchen lieb gewesen wäre wahrzunehmen.

Judith hatte mit den frühesten Briefen begonnen, was für ein schnelles Verständnis der Geschichte, die sie enthielten, günstig war; denn sie waren sorgfältig nach der Zeitfolge geordnet und offenbarten jedem, der sich die Mühe nahm, sie durchzulesen, eine traurige Geschichte von befriedigter Leidenschaft, Kälte und endlicher Abneigung. Wie sie den Schlüssel dieses Inhalts gewonnen hatte, duldete ihre Ungeduld keinen Aufschub, und sie überlief rasch mit dem Auge ein ganzes Blatt, um auf möglichst kurze Weise hinter die Wahrheit zu kommen. Mittelst dieses Verfahrens, zu dem alle, die ein Resultat zu erreichen wünschen, ohne sich mit Details zu belästigen, so gerne greifen, schritt Judith sehr schnell in dieser traurigen Enthüllung von ihrer Mutter Fehltritten und Strafe vor. Sie sah, daß der Zeitpunkt ihrer Geburt deutlich bezeichnet war, und erfuhr selbst, daß der einfache Name, den sie trug, ihr von dem Vater gegeben war, von dessen Person sie einen so schwachen Eindruck behalten hatte, daß er fast einem Traume glich. Dieser Name war im Text der Briefe nicht ausgelöscht, sondern stand darin, als wäre durch seine Auslöschung nichts zu erzielen gewesen. Hettys Geburt ward einmal erwähnt, und diesmal war es der Name der Mutter; aber noch vor diesem Zeitpunkt traten die Anzeichen der Kälte ein, düstre Vorboten der Treulosigkeit, deren verlassenes Opfer sie bald wurde. In diesem Stadium der Korrespondenz war es, daß ihre Mutter darauf verfallen war, eine Abschrift von ihren eigenen Briefen zu nehmen. Es waren ihrer nur wenige, aber sie sprachen beredt die Empfindungen zerstörter

Zärtlichkeit und der Zerknirschung aus. Judith schluchzte darüber, bis sie sich zu wiederholten Malen genötigt sah, sie wegzulegen, aus förmlichem, physischem Unvermögen zu sehen und zu lesen, da ihre Augen von Tränen im buchstäblichen Sinne verdunkelt waren. Doch kehrte sie immer wieder mit gesteigertem Interesse zu ihrer Aufgabe zurück, und endlich gelangte sie glücklich bis zum Schluß der wahrscheinlich letzten Mitteilung, die zwischen ihren Eltern ausgetauscht wurde.

Alles dies nahm eine volle Stunde weg; denn beinahe hundert Briefe hatte sie mit einem Blick überflogen und etwa zwanzig genau durchgelesen. Die Wahrheit lag jetzt klar vor dem scharfblickenden Geiste Judiths, was ihre und Hettys Geburt betraf. Sie ward tief betrübt bei dieser Überzeugung, und für den Augenblick war ihr die ganze übrige Welt wie abgeschnitten, und sie hatte jetzt noch mehr Grund zu dem Wunsche, den Rest ihres Lebens auf dem See hinzubringen, wo sie schon so manche hellen und so manche kummervollen Tage erlebt hatte.

Aber es waren noch mehr Briefe zu untersuchen übrig. Judith fand, daß diese eine Korrespondenz zwischen ihrer Mutter und Thomas Hovey enthielten. Die Originale von beiden Teilen waren sorgfältig geordnet, Brief und Antwort nebeneinander, und erklärten die frühere Geschichte der Verbindung zwischen dem übel zusammenpassenden Paare weit deutlicher, als Judith sie zu erfahren gewünscht hatte. Ihre Mutter tat die entgegenkommenden Schritte zu einer Heirat zum Erstaunen, um nicht zu sagen: *zum Entsetzen,* ihrer Tochter; es war ihr in der Tat ein Trost, als sie in den früheren Briefen dieses unglückseligen Weibes schon Spuren von dem entdeckte, was ihr als Wahnsinn auffiel oder als eine krankhafte Gemütsverfassung, die an jenen entsetzlichen Zustand grenzte. Die Antworten Hoveys waren plump und verrieten Mangel an Bildung, obgleich sie ein hinlängliches Verlangen aussprachen, die Hand einer Frau von seltenen persönlichen Reizen zu erlangen, deren große Verirrung er zu übersehen geneigt war in Betracht des Vorteils, eine ihm in jeder Hinsicht überlegene Gattin zu besitzen, die zudem, wie es schien, nicht ganz ohne Geld war. Das übrige von diesem Teile des Briefwechsels war kurz und beschränkte sich bald auf einige wenige Mitteilungen über Geschäftssachen, worin das unglückliche Weib den abwesenden Gatten zur Eile in seinen

Vorbereitungen antrieb, eine Welt zu verlassen, die, wie man anzunehmen Grund genug hatte, für das eine von beiden ebenso gefährlich als für das andere unangenehm war. Aber *ein* Ausdruck war ihrer Mutter entschlüpft, woraus Judith den Beweggründen, die sie veranlaßten, Hutter oder Hovey zu heiraten, auf die Spur kam; sie fand diese in dem Gefühl der Erbitterung, das so oft die Mißhandelten verleitet, sich selbst Leiden zuzufügen, um so feurige Kohlen auf das Haupt derjenigen zu sammeln, durch welche sie gelitten haben. Judith hatte genug von dem lebhaften Geist dieser Mutter, um dies Gefühl zu begreifen, und einen Augenblick sah sie die ausnehmende Torheit ein, welche solche rachsüchtige Gefühle die Oberhand gewinnen ließ.

Hiermit hörte der historische Teil der Papiere, wenn man so sagen darf, auf. Unter den vermischten Bruchstücken jedoch war eine alte Zeitung, einen Aufruf enthaltend, der eine Belohnung bot für die Festnehmung gewisser, mit Namen aufgeführter Freibeuter, worunter auch Thomas Hovey. Die Aufmerksamkeit des Mädchens ward auf diesen Aufruf und auf diesen Namen insbesondere hingelenkt durch den Umstand, daß beide mit Tinte schwarz unterstrichen waren. Sonst fand sich nichts unter den Papieren, was zur Entdeckung des Namens oder des Wohnorts von Hutters Gattin führen konnte. Alle Daten, Unterschriften und Adressen waren von den Briefen weggeschnitten, und wo ein Wort im Text selbst vorkam, das einen Schlüssel liefern konnte, war es aufs sorgsamste ausgelöscht. So fand Judith alle ihre Hoffnungen, zu erfahren, wer ihre Eltern gewesen, getäuscht und war genötigt, in betreff ihrer ganzen Zukunft wieder auf ihre eigenen Hilfsquellen und Lebensgewohnheiten zurückzukommen. Ihre Erinnerung an ihrer Mutter Benehmen, Gespräche und Leiden ergänzten manche Lücken in den jetzt von ihr entdeckten historischen Umständen; die Wahrheit stand in ihren allgemeinen Umrissen deutlich genug vor ihr, um ihr in der Tat alle Lust nach weiteren Details zu benehmen. Sie warf sich wieder auf ihren Sitz zurück und bat einfach ihren Genossen, die Untersuchung der übrigen Artikel in dem Schranke zu beendigen, da er noch etwas von Wichtigkeit enthalten könne.

»Ich will es tun, Judith, ich will es tun«, versetzte der geduldige Wildtöter, »aber wenn noch mehr Briefe zum Lesen darin sind, werden wir die Sonne wieder am Himmel sehen, ehe Ihr mit dem Lesen fertig geworden! Zwei gute Stunden habt Ihr in diese Stücke Papier hineingeschaut!«

»Sie melden mir von meinen Eltern, Wildtöter, und haben meine Pläne für mein Leben bestimmt. Ein Mädchen ist wohl zu entschuldigen, das von seinem *eigenen* Vater und seiner Mutter liest, und dazu noch zum erstenmal in ihrem Leben. Es tut mir leid, daß ich Euch lange habe warten lassen.«

»Seid unbekümmert wegen meiner, Mädchen, ganz unbekümmert. Es trägt wenig aus, ob ich schlafe oder wache; aber obschon Ihr lieblich anzusehen und so schön seid, Judith, ist es doch nicht ganz angenehm, so lange dazusitzen und Euch Tränen vergießen zu sehen. Ich weiß, daß Tränen nicht umbringen und daß es manchen Leuten besser wird, wenn sie dann und wann ein paar vergießen, besonders Frauen; aber ich möchte Euch doch immer lieber lächeln als weinen sehen, Judith.«

Diese galante Rede ward belohnt mit einem süßen, obwohl melancholischen Lächeln; dann bat das Mädchen ihren Genossen noch einmal, die Untersuchung des Schrankes zu beendigen. Das Durchsuchen dauerte notwendig noch einige Zeit, während welcher Judith ihre Gedanken sammelte und ihre Fassung wiedergewann. Sie nahm an der Durchsuchung keinen Anteil, überließ alles dem jungen Mann und betrachtete selbst gleichgültig die verschiedenen Artikel, die zum Vorschein kamen. Es fand sich jedoch nichts weiter von vielem Interesse oder Wert. Ein paar Degen, wie sie damals Gentlemen trugen, einige Schnallen von Silber oder so stark plattiert, daß sie von Silber schienen, und einige wenige schöne weibliche Kleidungsstücke waren die wichtigsten Funde. Es fiel indessen Judith und Wildtöter ein, daß manche von diesen Dingen wohl benutzt werden könnten, eine Unterhandlung mit den Irokesen einzuleiten; nur sah dabei der letzere eine Schwierigkeit, die der erstern nicht so in die Augen sprang. Das Gespräch ward zuerst wieder über diesen Umstand angeknüpft.

»Und nun, Wildtöter«, sagte Judith, »können wir von Euch und von den Mitteln sprechen, Euch aus den Händen der Huronen zu befreien. Ein Teil oder alles, was Ihr in dem Schrank gesehen habt, wird von mir und Hetty mit Freuden hingegeben, um Euch in Freiheit zu setzen.«

»Nun, das ist großmütig – ja, es ist durchaus mit freigebigem

Herzen und freigebigen Händen gehandelt und großmütig. Das ist die Art bei Weibern, wenn sie eine Freundschaft fassen, so tun sie nichts halb, sondern sind so bereit, ihr Hab und Gut hinzugeben, als hätte es gar keinen Wert in ihren Augen. Indessen sosehr ich Euch beiden danke, gerade wie wenn der Handel schon geschlossen und Rivenoak oder irgendein anderer von den Vagabunden hier wäre, um es in Empfang zu nehmen und den Vertrag zu schließen, sind dennoch zwei Hauptgründe, warum das nimmermehr geschehen kann, und ich kann sie Euch sogleich sagen, damit nicht in Euch unwahrscheinliche Erwartungen oder in mir nicht zu rechtfertigende Hoffnungen rege werden.«

»Welcher Grund *kann* vorhanden sein, wenn Hetty und ich bereit sind, Euretwillen diese Kleinigkeiten hinzugeben, und die Wilden geneigt, sie anzunehmen?«

»Das ist's, Judith – Ihr habt die rechten Ideen, aber sie sind ein wenig aus der Ordnung gerückt, etwa wie wenn ein Hund der Spur rückwärts statt vorwärts folgte. Daß die Mingos geneigt sein werden, diese Dinge anzunehmen oder alles, was Ihr ihnen von der Art noch weiter anbieten mögt, ist wahrscheinlich genug; aber ob sie etwas dafür vergüten werden, ist eine ganz andere Sache. Fragt Euch selbst, Judith, wenn Euch jemand eine Botschaft schickte, des Inhalts, für den und den Preis könnt Ihr und Hetty diesen Schrank samt allem, was er enthält, haben, würdet Ihr es der Mühe wert halten, über einen solchen Handel viele Worte zu verlieren?«

»Ha, dieser Schrank mit allem, was darin ist, ist schon unser; wir hätten keinen Grund zu kaufen, was schon unser ist.«

»Gerade so rechnen die Mingos! Sie sagen, der Schrank sei schon ihr Eigentum oder so gut als das, und sie wollen für den Schlüssel niemand großen Dank sagen.«

»Ich versteh' Euch, Wildtöter, sicherlich aber sind wir jetzt noch im Besitz des Sees und können uns im Besitz behaupten, bis Hurry Truppen schickt, um den Feind zu verjagen. Das können wir sicherlich, vorausgesetzt, daß Ihr bei uns bleiben wollt, statt zurückzukehren und Euch wieder als Gefangener auszuliefern, wie Ihr jetzt entschlossen scheint zu tun.«

»Daß Hurry Harry so schwatzte, ist natürlich und den Gaben des Mannes gemäß. Er versteht es nicht besser, und daher ist nicht zu erwarten, daß er besser fühlt oder besser handelt; aber

Judith, ich lege es Euch ans Herz und ans Gewissen – würdet Ihr, *könntet* Ihr von mir so vorteilhaft denken, als Ihr jetzt, wie ich hoffe und glaube, tut, wenn ich meinen Urlaub vergäße und nicht ins Lager zurückkehrte?«

»Vorteilhafter von Euch zu denken, Wildtöter, als ich jetzt schon tue, wäre nicht leicht, aber ich würde fortwährend ebenso vorteilhaft von Euch denken – es scheint mir wenigstens so – ich hoffe, ich könnte es; denn eine Welt würde mich nicht verlocken, Euch zu etwas zuveranlassen, was meine wirkliche Meinung von Euch ändern könnte.«

»Dann sucht nicht mich zur Verletzung meines Urlaubs zu verlocken, Mädchen! Ein Urlaub ist etwas Heiliges unter Kriegern und Männern, die ihr Leben in ihren Händen tragen, wie wir es in den Wäldern tun; und welch eine schmerzliche Täuschung würde es für den alten Tamenund und Unkas, den Vater von Schlange, und meine andern Freunde im Stamme sein, wenn ich mich auf meinem ersten Kriegspfade entehrte? Dies gilt, das werdet Ihr auch noch einsehen, Judith, ohne daß man ein Gewicht legt auf natürliche Gaben und eines weißen Mannes Pflichten, nichts zu sagen vom Gewissen. *Das* ist König bei mir, und ich suche nie seinen Befehlen zu widersprechen.«

»Ich glaube, Ihr habt recht, Wildtöter«, versetzte das Mädchen nach kurzem Besinnen und mit trauriger Stimme. »Ein Mann wie Ihr darf nicht handeln, wie die Selbstsüchtigen und Unehrenhaften zu handeln geneigt sein würden; *Ihr* müßt in der Tat zurückkehren. Wir wollen denn hiervon nicht weiter sprechen; beredete ich Euch zu etwas, das Euch nachmals leid wäre, so würde meine Reue nicht kleiner sein als die Eurige. Ihr sollt nicht sagen dürfen, Judith – ich weiß selbst kaum recht, mit welchem Namen ich mich jetzt nennen soll!«

»Und warum nicht? – warum nicht, Mädchen? Kinder führen die Namen ihrer Eltern, naturgemäß, und als eine Art Gabe; und warum solltet Ihr und Hetty nicht auch tun, was andere vor Euch getan? Hutter war des alten Mannes Name, und Hutter sollte auch seiner Töchter Name sein; – wenigstens bis Ihr in gesetzmäßiger und heiliger Ehe weggegeben werdet.«

»Ich bin Judith, und nur Judith«, versetzte das Mädchen mit Bestimmtheit, »bis das Gesetz mir ein Recht auf einen andern Namen gibt. Nie will ich wieder den Thomas Hutters führen, und auch, mit meiner Einwilligung, Hetty nicht! Hutter war nicht sein eigentlicher Name, wie ich finde; aber hätte er auch ein tausendfaches Recht darauf, das würde mir keines geben. *Er* war nicht mein Vater, dem Himmel sei Dank! obwohl ich nicht Grund haben mag, stolz zu sein auf den, der es *war!*«

»Das ist sonderbar«, sagte Wildtöter, das aufgeregte Mädchen scharf anstarrend, begierig, mehr zu erfahren, aber nicht geneigt, sich nach Dingen zu erkundigen, die ihn, strenggenommen, nichts angingen. »Ja, das ist sehr seltsam und ungewöhnlich! Thomas Hutter war nicht Thomas Hutter, und seine Töchter sind nicht seine Töchter! Wer konnte denn Thomas Hutter sein, und wer sind seine Töchter?«

»Hörtet Ihr nie Gerüchte flüstern gegen das frühere Leben dieses Mannes, Wildtöter?« fragte Judith. »Obgleich ich für sein Kind galt, erreichten doch selbst mein Ohr solche Gerüchte.«

»Ich will es nicht leugnen, Judith, nein, ich will es nicht leugnen. Gewisse Dinge wurden gesagt, wie man mir erzählt hat, aber ich bin nicht sehr leichtgläubig gegen Gerüchte. So jung ich bin, habe ich doch lange genug gelebt, um zu lernen, daß es zwei Arten von Charakteren in der Welt gibt: solche, die man sich durch Taten erwirbt, und solche, die man durch Zungen erwirbt; und so ziehe ich es vor, für mich selbst zu sehen und zu urteilen, statt daß ich jeden Rachen, der sich nur in Bewegung setzen mag, meinen Richter werden lasse. Harry Hurry äußerte sich ziemlich geradeheraus über die ganze Familie, als wir hierherreisten; und er ließ eine Anspielung fallen, daß Thomas Hutter in seinen jungen Jahren ein Freibeuter auf dem Wasser gewesen. Unter Freibeuter verstehe ich, daß er anderer Leute Hab und Gut als freie Beute ansah und davon lebte.«

»Er sagte Euch, er sei ein Seeräuber gewesen – unter Freunden ist es nicht nötig, die Sachen zu beschönigen. Lest das, Wildtöter, und Ihr werdet sehen, daß er Euch nicht mehr als die Wahrheit gesagt hat. Dieser Thomas Hovey war der Thomas Hutter, den Ihr kanntet, wie man aus diesen Briefen sieht.«

Wie Judith so sprach mit flammender Wange und mit Augen, die im Glanze wilder Aufregung leuchteten, hielt sie ihrem Genossen das Zeitungsblatt hin, und deutete auf den schon erwähnten Aufruf eines Koloniegouverneurs.

»Gott tröste Euch, Judith!« versetzte der andere lachend, »Ihr könntet ebensogut von mir verlangen, ich solle das drukken oder auch schreiben. Meine Erziehung und Bildung hab' ich ganz in den Wäldern erhalten; das einzige Buch, das ich lese oder lesen mag, ist dasjenige, das Gott aufgeschlagen hat vor allen seinen Kreaturen in den edeln Wäldern, breiten Seen, rollenden Strömen, blauen Himmel, Winden, Stürmen, Sonnenschein und andern prächtigen Wundern des Landes! Dies Buch kann ich lesen und finde es voll Weisheit und Einsicht.«

»Ich bitte Euch um Verzeihung, Wildtöter«, sagte Judith ernst, mehr beschämt, als sie sonst zu sein pflegte, als sie bemerkte, daß sie unabsichtlich ihrem Genossen eine Zumutung gemacht, die seinen Stolz verletzen konnte. »Ich hatte Eure Lebensweise vergessen, und am allerwenigsten dachte ich, Eurem Gefühl wehe zu tun.«

»Meinem Gefühl wehe zu tun! – Warum sollte es meinem Gefühl wehe tun, wenn man von mir verlangt, ich solle lesen, während ich es nicht kann? Ich bin ein Jäger – und ich darf jetzt auch anfangen zu sagen: ein Krieger, und kein Missionar; und daher gelten Bücher und Papier einem Manne, wie ich bin, nichts. Nein, nein, Judith«, und hier lachte der junge Mann herzlich, »nicht einmal zu Pfropfen mag ich sie brauchen, angesehen, daß ein echter Wildbretschütz immer der Haut eines Rehes sich bedient, wenn er eine solche hat, oder sonst eines Stükkes ordentlich zugerichteten Leders. Es gibt Leute, die sagen, alles, was gedruckt ist, sei wahr; in diesem Fall, ich gesteh' es zu, muß ein ungelehrter Mann etwas zu kurz kommen; doch aber kann es nicht wahrer sein, als was Gott mit eigner Hand gedruckt hat am Himmel und in den Wäldern und Strömen und Quellen.«

»Nun gut, also Hutter oder Hovey war ein Seeräuber, und da er nicht mein Vater war, kann ich auch nicht wünschen, ihn so zu nennen. Sein Name soll nicht länger mein Name sein!«

»Wenn Euch der Name dieses Mannes nicht gefällt, so ist ja dann der Name Eurer Mutter da, Judith. Ihr Name kann Euch ebensogut dienen.«

»Ich weiß ihn nicht. Ich habe diese Papiere durchgesehen, Wildtöter, in der Hoffnung, eine Andeutung zu finden, vermöge welcher ich entdecken könnte, wer meine Mutter war; aber ich habe in dieser Beziehung so wenig eine Spur von der Vergangenheit gefunden, als der Vogel bei seinem Flug in der Luft eine zurückläßt.«

»Das ist ungewöhnlich und auch unvernünftig. Eltern sind doch verpflichtet, ihren Kindern einen Namen zu geben, wenn sie ihnen auch sonst nichts geben. Nun stamme ich von einer niedrigen Familie, obgleich wir weiße Gaben und eine weiße Natur haben, aber wir sind doch nicht so armselig, daß wir keinen Namen hätten. Bumppo sind wir genannt, und ich habe sagen hören«, hier glühte ein Strahl menschlicher Eitelkeit auf seiner Wange, »daß eine Zeit gewesen, wo die Bumppos mehr Ansehen und Einfluß unter den Menschen hatten, als sie jetzt haben.«

»Sie verdienten sie nie mehr als jetzt, Wildtöter, und der Name ist ein guter. Hetty oder ich selbst würden tausendmal lieber Hetty Bumppo oder Judith Bumppo uns nennen lassen als Hetty oder Judith Hutter.«

»Das ist eine moralische Unmöglichkeit«, versetzte der Jäger gutmütig, »falls sich nicht eine von Euch sich so weit erniedrigen sollte, mich zu heiraten.«

Judith konnte sich eines Lächelns nicht erwehren, als sie sah, wie einfach und natürlich das Gespräch sich eben auf den Punkt gewendet hatte, wohin es zu führen, ihr Augenmerk gewesen war. Obwohl keineswegs unweiblich oder frech, weder in ihren Gefühlen noch in ihrem Benehmen, war das Mädchen doch gestachelt durch das Gefühl nicht ganz verdienter Unbilden, aufgeregt durch die Hilflosigkeit einer Zukunft, die keinen Ruheplatz zu bieten schien, und noch mehr beherrscht von Gefühlen, die ihr ebenso neu waren, als sie sich heftig und mächtig zeigten. Die Gelegenheit war daher zu gut, um versäumt zu werden, wiewohl sie ihrem Gegenstand recht auf den Umwegen und mit der vielleicht entschuldbaren List und Gewandtheit eines Weibes näher rückte.

»Ich denke nicht, daß Hetty je heiraten wird, Wildtöter«, sagte sie, »wenn Euer Namen von einer von uns geführt werden soll, so muß ich diese eine sein.«

»Es hat auch schöne Weiber gegeben, so sagt man mir, unter den Bumppos, Judith, vor diesen Zeiten, und wenn Ihr den Namen Euch gefallen ließet, so ungewöhnlich Ihr seid in diesem Punkt, solche, welche die Familie kennen, würden nicht so sehr überrascht sein.«

»Das ist aber nicht gesprochen, wie es uns beiden geziemt, Wildtöter; denn was über einen solchen Gegenstand zwischen

Mann und Weib verhandelt wird, das sollte im Ernst und mit aufrichtigem Herzen geredet sein. Die Verschämtheit vergessend, welche in den meisten Fällen Mädchen den Mund schließen muß, bis man zu ihnen spricht, will ich mit Euch so offen sprechen und handeln, wie es nach meiner vollen Überzeugung einem Manne von Eurer großmütigen Natur am liebsten sein muß. Könnt Ihr glauben – glaubt Ihr, Wildtöter, daß Ihr glücklich sein könntet mit einem solchen Weibe, wie ein Mädchen, wie ich, eins geben würde?«

»Ein Mädchen wie Ihr, Judith! Aber was hat es für einen Sinn, über so etwas zu spaßen und zu tändeln? Ein Mädchen wie Ihr, das schön genug ist, um eines Kapitäns Lady zu werden, und fein genug, und soviel ich verstehe, gebildet genug, kann wohl wenig geneigt sein, daran zu denken, mein Weib zu werden. Ich denke, junge Mädchen, welche fühlen, daß sie proper und flott sind, und wissen, daß sie schön sind, finden eine gewisse Genugtuung darin, ihre Scherze zu treiben mit solchen, die keines von beiden sind, wie ein armer Delawarenjäger.«

Dies war in gutmütigem Tone gesprochen, doch nicht ohne daß sich ein Gefühl verriet, welches zeigte, daß etwas wie verletzte Empfindlichkeit ihren Anteil an dieser Antwort hatte. Nichts hätte begegnen können, was in höherem Grade Judiths großmütige Reue erregen oder sie mehr in ihrem Vorhaben bestärken und ihr dabei zu Hilfe kommen mußte, indem so zu ihren anderen Beweggründen und Antrieben auch noch der Sporn eines uneigennützigen Wunsches: eine Kränkung gutzumachen, hinzukam, welcher alles in eine so natürliche und gewinnende Gestalt kleidete, daß dadurch der unangenehme Zug einer ihrem Geschlecht nicht wohl anstehenden vorlauten Zudringlichkeit nicht wenig gemildert wurde.

»Ihr tut mir unrecht, wenn Ihr mir einen solchen Gedanken oder Wunsch zutraut«, antwortete sie ernst. »Nie in meinem Leben war es mir größerer Ernst, und nie war ich bereitwilliger, bei jeder Verabredung, die wir heute nacht treffen mögen, fest zu bleiben. Ich habe viele Bewerber gehabt, Wildtöter, – ja, kaum ist ein unverheirateter Jäger oder Fallensteller seit den letzten vier Jahren an den See gekommen, der mir nicht angeboten hätte, mich mit sich zu nehmen, und ich fürchte auch einige, die verheiratet waren –«

»Ja, das will ich wohl glauben!« unterbrach sie der andere –

»ja, das will ich alles wohl glauben! Alle zusammengenommen, Judith, trägt die Erde keine Sorte von Menschen, die so selbstsüchtig wäre und so gleichgültig gegen Gott und sein Gesetz.«

»Nicht einem von ihnen wollte ich – konnte ich mein Ohr leihen: ein Glück vielleicht für mich, daß dies so war. Es sind auch gut aussehende junge Männer darunter gewesen, wie Ihr an Eurem Bekannten habt sehen können, an Harry March.«

»Ja, Harry ist scheinbar fürs Auge, obwohl, nach meinen Ideen, weniger für das Urteil. Ich glaubte im Anfang, Ihr seiet gemeint, ihn zu nehmen, ja wirklich; aber eh' er wegging, war es leicht genug, sich zu überzeugen, daß dieselbe Hütte nicht groß genug für Euch beide sein würde.«

»Ihr habt mir hierin wenigstens Gerechtigkeit widerfahren lassen, Wildtöter. Hurry ist ein Mann, den ich nie heiraten könnte, wenn er auch zehnmal hübscher für das Auge wäre, und ein hundertmal männlicheres Herz besäße, als er hat.«

»Warum nicht, Judith, warum nicht? Ich gestehe, ich bin neugierig zu erfahren, warum ein junger Mann wie Hurry nicht Gunst finden sollte bei einem Mädchen wie Ihr?«

»Dann sollt Ihr es auch erfahren, Wildtöter«, versetzte das Mädchen, freudig die Gelegenheit benutzend, diejenigen Eigenschaften zu preisen, welche sie an dem Frager so lebhaft interessiert hatten, und in der Hoffnung, auf diesem Wege unvermerkt dem ihr am meisten am Herzen liegenden Gegenstand näher zu rücken. »Erstlich ist das Aussehen bei einem Mann von keiner Bedeutung für ein Weib, vorausgesetzt, daß er männlich und nicht entstellt und mißgestaltet ist.«

»Da kann ich Euch nicht ganz beistimmen«, versetzte der andere nachdenklich; denn er hatte eine sehr bescheidne Meinung von seiner eignen persönlichen Erscheinung, »ich habe bemerkt, daß die hübscheren Krieger gewöhnlich die am besten aussehenden Mädchen des Stammes zu Weibern bekommen; und Schlange drüben, der manchmal wundervoll sich ausnimmt in seiner Bemalung, ist der allgemeine Liebling bei allen jungen Delawarinnen, obgleich er selbst sich an Hist hält, als wäre sie die einzige Schönheit auf der Welt!«

»Es mag so sein bei den Indianerinnen, aber bei weißen Mädchen ist es ganz anders. Wenn der junge Mann nur einen geraden und männlichen Körper hat, der verspricht, er werde ein Weib zu schützen und den Mangel fern vom Hause zu halten imstande sein, fragen sie nicht weiter nach dem Aussehen. Riesen wie Hurry mögen wohl zu Grenadieren taugen, aber gelten wenig als Liebhaber. Dann, was das Gesicht betrifft, eine ehrliche Miene, eine, die für das Herz innen bürgt, ist mehr wert als Züge oder Farbe oder Augen oder Zähne oder solche Kleinigkeiten. Die letzteren mögen wichtig sein bei Mädchen, aber wer denkt daran bei einem Jäger oder Krieger oder Ehemann! Wenn es so einfältige Weiber gibt, so gehört Judith wenigstens nicht darunter.«

»Nun, das ist wunderbar! Ich dachte immer, Schöne hätten Gefallen an Schönen, wie Reiche an Reichen!«

»Es mag bei den Männern so sein, Wildtöter, aber es ist bei uns Frauen nicht immer so. Wir haben Gefallen an Männern von tüchtigem Herzen, aber wir wünschen, sie bescheiden zu sehen, sicher auf einer Jagd oder auf dem Kriegspfad, bereit, für das Rechte und Gute zu sterben, und unfähig, dem Unrecht nachzugeben. Vor allem verlangen wir Ehrlichkeit – Zungen, die sich nicht dazu brauchen lassen, zu sagen, was das Herz nicht meint, und Herzen, die ein wenig für andere fühlen, so gut wie für sich selbst. Ein treuherziges Mädchen könnte für einen solchen Gatten sterben, während der prahlerische und doppelzüngige Bewerber dem Auge nachgerade so verhaßt wird, wie er es dem Gemüte ist.«

Judith sprach mit Bitterkeit und mit ihrem gewöhnlichen Nachdruck, aber ihr Zuhörer war zu sehr von der Neuheit der Empfindung, die ihn ergriff, betroffen, als daß er auf ihren Ton sehr hätte achten sollen. Es lag etwas so Wohltuendes für die Bescheidenheit eines Mannes von seiner Gemütsart darin, Eigenschaften, welche zu besitzen, er sich notwendig bewußt war, so hoch gepriesen zu hören von dem lieblichsten Mädchen, das er je gesehen, daß für den Augenblick seine Geisteskräfte ganz in einem sehr natürlichen und entschuldbaren Stolz aufzugehen schienen. Da durchzuckte die Idee der Möglichkeit, daß ein Wesen wie Judith seine Lebensgefährtin werden könne, zum erstenmal sein Gemüt. Das Bild war so lieblich und so neu, daß er länger als eine Minute völlig darin versunken blieb, gänzlich achtlos für die schöne Wirklichkeit, die vor ihm saß, den Ausdruck seines geraden und wahrhaftigen Gesichts mit einer Schärfe beobachtend, die ihr einen sehr schönen, wenn auch nicht durchaus richtigen Schlüssel zu seinen Gedanken gab. Nie zuvor hatte ein so reizendes Traumgesicht vor dem geistigen Auge des jungen Jägers geschwebt; aber vorzugsweise ans Praktische gewöhnt und wenig geneigt, sich der Gewalt seiner Einbildungskraft zu unterwerfen, soviel echtes poetisches Gefühl er auch namentlich in Beziehung auf Gegenstände der Natur besaß, faßte sich seine Vernunft bald wieder. Er lächelte über seine eigne Schwäche, als das Phantasiegebilde vor seinem geistigen Auge entschwand und er wieder das einfache, ungelehrte, aber sittlich hochstehende Wesen wie zuvor war, in der Arche Thomas Hutters, beim Licht der einsamen Lampe um Mitternacht dasitzend, während das holde Antlitz der vermeintlichen Tochter des geschiedenen Besitzers ihn mit ängstlich forschenden Blicken anstrahlte.

»Ihr seid wundervoll schön und verlockend und lieblich anzusehen, Judith!« rief er in seiner Einfalt, als die Wirklichkeit ihre Macht über die Phantasie behauptete. »Wundervoll! Ich erinnere mich nicht, je ein so schönes Mädchen gesehen zu haben, selbst nicht unter den Delawaren; und ich bin nicht erstaunt darüber, daß Hurry Harry ebenso erbittert als getäuscht fortging!«

»Hättet Ihr gewollt, Wildtöter, daß ich das Weib eines Mannes wie Henry March geworden wäre?«

»Es spricht manches zu seinen Gunsten und wieder anderes gegen ihn. Nach meinem Geschmack würde Hurry nicht eben den besten Ehemann abgeben, aber ich fürchte, der Geschmack der meisten jungen Weiber hier herum würde sich nicht so hart über ihn aussprechen.«

»Nein – nein – Judith ohne einen Namen würde nimmermehr einwilligen, Judith March genannt zu werden! Alles wäre noch besser als *das!*«

»Judith Bumppo würde nicht so gut lauten, Mädchen, und noch manche Namen würden, was den Wohlklang fürs Ohr betrifft, gegen March zurückstehen.«

»Ach! Wildtöter, der Wohlklang in solchen Fällen kommt nicht durchs Ohr, sondern durchs Herz. Alles ist angenehm, wenn das Herz davon befriedigt ist! Wäre Natty Bumppo Henry March, und Henry March Natty Bumppo, so würde mir der Name March schöner vorkommen, als er ist; wäre er Ihr, so würde ich den Namen Bumppo abscheulich finden!«

»Das ist es gerade – ja, das ist der Grund der Sache. So ich,

ich bin von Natur ein Feind von Schlangen und hasse selbst das Wort, was, wie mir die Missionare sagen, in der menschlichen Natur liegt, wegen einer gewissen Schlange bei der Erschaffung der Welt, welche das erste Weib überlistete; und doch: seitdem Chingachgook den Titel sich erworben, den er jetzt trägt, ha, jetzt ist der Laut meinem Ohr so angenehm als das Pfeifen des Ziegenmelkers an einem heitern Abend, ja gewiß! Die Gefühle machen allen Unterschied auf der Welt, Judith, in der Natur der Laute, ja, sogar auch beim Aussehen.«

»Das ist so wahr, Wildtöter, daß ich darüber überrascht bin, daß Ihr es bemerkenswert findet, wenn ein Mädchen, welches selbst ziemlich hübsch sein mag, es nicht für notwendig hält, daß ihr Gatte denselben Vorzug, oder was Euch als ein Vorzug erscheint, besitze. Mir gilt das Äußere an einem Manne nichts, vorausgesetzt, daß sein Gesicht so ehrlich ist wie sein Herz.«

»Ja, Ehrlichkeit ist ein großer Vorteil auf die Länge, und die es am ehesten vergessen am Anfang, lernen das oft am besten am Ende. Aber doch, Judith, gibt es mehrere, die auf den augenblicklichen Gewinn eher sehen als auf den Segen, der nachher erst kommt. Jenen halten sie für etwas Gewisses und diesen für etwas Ungewisses. Ich bin aber froh, daß *Ihr* die Sache im rechten Licht anseht und nicht in der Art, wie so viele, die sich gerne selbst täuschen.«

»Ich sehe sie so an, Wildtöter«, versetzte das Mädchen mit Nachdruck, immer noch mit dem Zartgefühl des Weibes vor einem unmittelbaren Antrage ihrer Hand zurückbebend, »und kann von Grund meines Herzens versichern, daß ich lieber mein Glück einem Manne anvertrauen würde, auf dessen Wahrhaftigkeit und Gemüt man sich verlassen kann, als einem falschzüngigen und falschherzigen Elenden, der Kisten voll Gold und Häuser und Ländereien hätte – ja, säße er selbst auf einem Thron!«

»Das sind wackre Worte, Judith, es sind recht wackre Worte; aber meint Ihr, daß die Gefühle gleichen Schritt damit halten würden, wenn die Wahl wirklich vor Euch läge? Wenn ein munterer und galanter Herr in einem Scharlachrock auf der einen Seite stände, sein Kopf duftend wie der Fuß eines Hirsches, sein Gesicht glatt und blühend wie das Eurige, seine Hände so weiß und weich, als ob Gott nicht darüber ausgesprochen hätte, daß der Mann im Schweiß seines Angesichts sein Brot essen soll, und sein Schritt so leicht, als Tanzmeister und ein leichtes Herz ihn nur immer machen können; und auf der andern Seite stände einer, der seine Tage in der freien Luft verlebt hat, bis seine Stirne so rot geworden wie seine Wange, der sich durch Moräste und Büsche hindurchgearbeitet, bis seine Hand so rauh geworden wie die Eichen, unter denen er schlief; der die Witterung des Wildes verfolgt hat, bis sein Schritt so verstohlen geworden wie der des Panthers, und der keinen Wohlgeruch an sich hätte, als welchen die Natur in der freien Luft und im Walde gibt – wenn jetzt diese beiden Männer hier ständen, als Werber um Eure Neigung; welcher, glaubt Ihr, würde Eure Gunst gewinnen?«

Judiths schönes Angesicht flammte; denn das Bild, das ihr Gesellschafter so unbefangen von einem lustigen Offizier der Garnisonen entworfen, war einst ihrer Phantasie besonders angenehm gewesen, obwohl Erfahrung und Täuschung jetzt nicht nur alle ihre Gefühle erkältet, sondern ihnen auch eine entgegengesetzte Richtung gegeben hatten, und das vorübergehende Bild übte einen augenblicklichen Einfluß auf ihre Empfindungen; aber auf die ihr ins Gesicht getretene Röte folgte eine so tödliche Blässe, daß sie ganz geisterhaft erschien.

»So wahr Gott mein Richter ist«, antwortete das Mädchen feierlich, »ständen diese beiden Männer vor mir, wie denn der eine, ich darf es sagen, wirklich vor mir steht, meine Wahl würde, wenn ich mein eigenes Herz kenne, auf den letztern gehen. Ich wünsche mir keinen Gatten, der irgend vornehmer ist als ich.«

»Das ist lieblich zu hören und könnte einen jungen Mann wohl verführen, eine Zeitlang seine eigene Unwürdigkeit zu vergessen, Judith! Indes, Ihr bedenkt doch kaum alles, was Ihr sprecht! Ein Mann wie ich ist zu roh und unwissend für ein Mädchen, das eine solche Mutter gehabt hat, sie zu lehren; Eitelkeit ist natürlich, glaub' ich, aber eine solche Eitelkeit würde die Vernunft überschreiten!«

»Dann wißt Ihr nicht, wessen eines Weibes Herz fähig ist! Roh seid *Ihr* nicht, Wildtöter, auch kann der nicht unwissend genannt werden, der, was vor seinen Augen ist, so genau studiert hat wie Ihr! Wenn die Neigung im Spiele ist, erscheinen alle Dinge in ihren lieblichsten Farben, und Kleinigkeiten werden übersehen oder vergessen. Wenn im Herzen Sonnenschein ist, so ist nichts düster, und selbst trüb aussehende Gegenstände erscheinen hell und heiter; so wäre es auch bei Euch und dem Mädchen, das Euch liebte, obwohl Euch Euer Weib vielleicht in manchen Dingen überlegen sein möchte, wie die Welt es nennt.«

»Judith, Ihr stammt von viel vornehmeren Leuten in der Welt ab als ich, und ungleiche Ehen wie ungleiche Freundschaften nehmen selten ein gutes Ende. Ich rede von dieser Sache ganz als von einer bloßen Einbildung, sintemal es von Euch wenigstens nicht wahrscheinlich ist, daß Ihr sie als etwas behandeln solltet, was wirklich zustande kommen könnte.«

Judith heftete ihre tiefblauen Augen auf das offene, freimütige Gesicht ihres Genossen, als wollte sie in seiner Seele lesen. Nichts verriet hier einen versteckten Sinn, und sie war genötigt, sich selbst zu gestehen, daß er das Gespräch als eine bloße Erörterung mehr von Grundsätzen als von Tatsachen betrachtete und daß er noch ohne allen Verdacht sei, ihre Gefühle möchten ernstlich bei dem Ausgang und Ergebnis beteiligt sein. Zuerst fühlte sie sich gekränkt; dann sah sie die Ungerechtigkeit ein, dem Jäger seine Bescheidenheit und Selbsterniedrigung zum Verbrechen zu machen; diese neue Schwierigkeit verlieh dem Stand der Dinge einen eigentümlichen Reiz, der ihr Interesse für den jungen Mann wohl noch steigerte. In diesem kritischen Augenblick blitzte in ihrem Geist eine Veränderurg ihres Planes auf, und mit einer Raschheit der Erfindung, welche besonnenen und geistesgegenwärtigen Menschen eigen ist, faßte sie jetzt einen Entwurf, der ihn, wie sie hoffte, wirksam und sicher an sie binden sollte. Dieser Entwurf trug ebensoviel von der Fruchtbarkeit ihrer Erfindungsgabe als von der Entschiedenheit und Kühnheit ihres Charakters an sich. Damit jedoch das Gespräch nicht zu rasch abbreche oder ein Verdacht von ihrer Absicht in Wildtöter rege werde, beantwortete sie seine letzte Bemerkung so ernst und wahrhaft, als wäre ihr ursprüngliches Vorhaben ganz unverändert geblieben.

»Ich habe gewiß keinen Grund, mich meiner Abstammung zu rühmen, nach dem, was ich heute nacht erfahren habe«, sagte das Mädchen in traurigem Tone. »Ich habe eine Mutter gehabt, das ist wahr, aber nicht einmal ihren Namen weiß ich; und was meinen Vater betrifft, so ist es vielleicht besser, ich erfahre nie, wer er gewesen, damit ich nicht zu bitter von ihm spreche!«

»Judith!« sagte Wildtöter, freundlich ihre Hand ergreifend, mit einer männlichen Aufrichtigkeit, die dem Mädchen ans Herz griff, »es ist besser, wir sprechen heute nacht nichts weiter. Schlaft über dem, was Ihr gesehen und empfunden habt; am Morgen nehmen sich vielleicht Dinge, die jetzt düster erscheinen, freundlicher aus. Vor allem tut nie etwas in der Bitterkeit des Herzens, oder weil Euch so zumute ist, als nähmet Ihr gern an Euch selbst Rache für anderer Leute Verkehrtheiten. Alles, was heute nacht zwischen uns gesprochen und verhandelt worden, ist Euer Geheimnis, und ich werde nie davon reden, selbst nicht mit Schlange; und seid gewiß, wenn die es nicht aus mir herauskriegt, so kriegt es niemand heraus. Wenn Eure Eltern sündhaft gewesen sind, so sei es die Tochter desto weniger; bedenkt, daß Ihr jung seid und die Jungen immer auf bessere Zeiten hoffen dürfen; daß Ihr schnelleren Verstandes seid, als gewöhnlich ist, und solche meist leichter über Schwierigkeiten wegkommen, und daß Eure Schönheit eine ungemeine ist; das ist ein Vorteil bei allen. Es ist Zeit, ein wenig Ruhe zu genießen, denn morgen wird wohl für eins oder das andere von uns ein Tag heißer Prüfung werden.«

Mit diesen Worten stand Wildtöter auf, und Judith hatte keine Wahl, als ihm zu folgen. Der Schrank ward geschlossen und verwahrt, und sie trennten sich schweigend; sie ging, um neben Hist und Hetty ihr Lager einzunehmen, und er suchte sich einen Teppich auf dem Boden der Kajüte, in der er war. Es dauerte kaum fünf Minuten, so lag der junge Mann schon in tiefem Schlafe; das Mädchen aber wachte noch lange. Sie wußte selbst nicht, sollte sie bedauern oder sich freuen, daß es ihr nicht gelungen, sich verständlich zu machen. Einerseits war ihrem weiblichen Zartgefühl ein Opfer erspart, andererseits aber empfand sie den Verdruß, ihre Hoffnungen vereitelt oder doch hinausgeschoben zu sehen, und die Ungewißheit einer so dunkel aussehenden Zukunft. Dann kam der neue Entschluß und der kecke Plan für morgen, und als Schläfrigkeit ihr endlich die Augen schloß, war das letzte was sie noch schauten, ein Bild des glücklichen Erfolges, das ihre Phantasie unter dem Einfluß eines sanguinischen Temperaments und einer glücklichen Erfindungsgabe entwarf und ausmalte.

Fünfundzwanzigstes Kapitel

> Doch Mutter, jetzt ein Schatten fällt
> auf meiner Träume goldnen Schein,
> Und eine schwarze Wolke hüllt
> Des Daseins kurzen Rest mir ein!
> Nicht Lied, nicht Echo tönt mir mehr
> Der funkelnde Quell im Innern leer!
>
> *Margaret Davidson*

Hist und Hetty erhoben sich mit dem wiederkehrenden Licht und verließen Judith noch in Schlaf versunken. Die erstere brauchte nur eine Minute, um ihre Toilette zu vollenden. Ihr langes kohlschwarzes Haar war bald in einen einfachen Knoten geordnet, das Kalikogewand eng um ihren schlanken Leib gegürtet und ihre kleinen Füße in ihren lustig gezierten Mokassins verborgen. Als sie angekleidet war, verließ sie ihre mit Haushaltungssachen beschäftigte Freundin und ging selbst auf die Plattform, um die reine Morgenluft zu atmen. Hier traf sie Chingachgook, wie er die Küsten des Sees, die Berge und den Himmel mit dem Scharfblick eines Mannes der Wälder und mit dem Ernst eines Indianers studierte.

Die Begegnung der Liebenden war einfach, aber liebevoll. Der Häuptling zeigte eine männliche Freundlichkeit, gleichweit entfernt von knabenhafter Weichheit wie von Hast, während das Mädchen in ihrem Lächeln und ihren halb abgewandten Blicken die verschämte Zärtlichkeit ihres Geschlechts verriet. Keines sprach, außer mit den Augen, aber beide verstanden einander so vollkommen, wie wenn sie ein Wörterbuch voll Phrasen und Beteurungen erschöpft hätten. Hist erschien selten vorteilhafter als in diesem Augenblick; denn da sie eben vom Schlaf und von den Abwaschungen herkam, zeigten ihre jugendliche Gestalt und ihr Antlitz eine Frische, welche selbst die Jungen und Hübschen sich unter den Mühsalen des Waldlebens nicht immer zu erhalten vermögen. Sodann hatte Judith ihr nicht nur einiges von ihrer Geschicklichkeit in der Toilette während ihrer kurzen Bekanntschaft beigebracht, sondern ihr auch aus ihren Vorräten einige gutgewählte Zieraten geschenkt, welche die natürlichen Reize der jungen Indianerin nicht wenig hervorhoben. Alles dies sah und empfand der Liebhaber; denn einen Augenblick war sein Angesicht von einem Blick der Freude erleuchtet; aber bald war es wieder ernst, und dann wurde es traurig und ängstlich. Die in der vorigen Nacht gebrauchten Stühle standen noch auf der Plattform: er stellte zwei davon an die Wände der Hütte, setzte sich auf einen und bedeutete mit einer Gebärde seiner Genossin, den andern zu nehmen. Auch dann blieb er noch eine volle Minute nachdenklich und stumm, die überlegende Würde eines Mannes behauptend, der dazu geboren ist, seinen Sitz am Beratungsfeuer einzunehmen, während Hist verstohlen den Ausdruck seines Gesichts beobachtete, geduldig und unterwürfig, wie einem Weib ihres Volkes geziemte. Dann streckte der junge Krieger den Arm vor sich aus, als wollte er auf die Herrlichkeit der Szene in dieser bezaubernden Stunde hindeuten, in der das ganze Panorama, wie gewöhnlich, in der weichen, milden Klarheit eines Frühmorgens prangte, und fuhr mit seiner Hand langsam den See, die Berge und den Himmel entlang. Das Mädchen folgte dieser Bewegung mit vergnügter Bewunderung, lächelnd bei jeder neuen Schönheit, auf die ihr Auge fiel.

»Hugh!« rief der Häuptling in seiner Bewunderung einer selbst ihm so ungewohnten Szene; denn dies war der erste See, den er sah. »Das ist das Land des Manitu! Es ist zu gut für Mingos, Hist, aber die Köter dieses Stammes heulen truppweis durch die Wälder. Sie meinen, die Delawaren schliefen über den Bergen.«

»Alle, bis auf einen von ihnen, Chingachgook. Einer ist hier, und der ist vom Blute der Unkas!«

»Was ist *ein* Krieger gegen einen Stamm? – Der Pfad zu unsern Dörfern ist sehr lang und krumm, und wir haben dahin zu wandern unter einem umwölkten Himmel. Auch fürchte ich, Geißblattblüte der Berge, wir werden allein dahin wandern.«

Hist verstand die Anspielung und sie ward traurig, obwohl es ihrem Ohre süß klang, von dem Krieger, den sie so liebte, mit der duftigsten und lieblichsten von allen wilden Blumen ihrer heimischen Berge verglichen zu werden. Doch blieb sie stumm, wie ihr geziemte, wenn auf eine ernste Angelegenheit angespielt wurde, welche Männer am besten beurteilten, obgleich die Macht der Erziehung bei ihr nicht so viel vermochte, daß sie das Lächeln verhehlt hätte, welches infolge des wohltuenden Eindrucks von Chingachgooks Rede ihren hübschen Mund umschwebte.

»Wenn die Sonne so ist«, fuhr der Delaware fort, nach dem Zenit hinaufdeutend, einfach eine Hand und einen Finger durch eine Bewegung des Handgelenks aufwärts richtend, »wird der große Jäger unsers Stammes zurückkehren zu den Huronen, um behandelt zu werden wie ein Bär, den sie rösten und schinden, selbst bei vollem Magen.«

»Der Große Geist möge ihre Herzen besänftigen und nicht dulden, daß sie so blutdürstig seien. Ich habe unter den Huronen gelebt und kenne sie. Sie haben Herz und werden ihre eignen Kinder nicht vergessen, sollten sie in die Hände der Delawaren fallen.«

»Ein Wolf heult immerfort, ein Schwein hört nicht auf zu fressen. Sie haben Krieger verloren, selbst ihre Weiber werden nach Rache schreien. Das Bleichgesicht hat die Augen eines Adlers und kann hineinschauen in die Mingoherzen; es sieht nicht aus, als hoffte es Gnade. Es ist eine Wolke über seinem Geist, obgleich keine vor seinem Angesicht.«

Eine lange Pause des Nachsinnens trat nun ein, während welcher Hist leise die Hand des Häuptlings ergriff, als suchte sie seine Hilfe nach, obwohl sie kaum ihr Auge zu erheben wagte gegen ein Antlitz, das jetzt im buchstäblichen Sinne furchtbar ward unter dem Kampfe von streitenden Leidenschaften und finstrer Entschlossenheit in der Brust des Indianers.

»Was will der Sohn von Unkas tun?« fragte endlich schüchtern das Mädchen. »Er ist ein Häuptling und ist schon berühmt im Rate, obgleich noch so jung; was sagt ihm sein Herz, daß das Weiseste sei? Spricht das Haupt auch dieselben Worte wie das Herz?«

»Was sagt Wah-ta!-Wah in einem Augenblick, wo mein liebster Freund in einer solchen Gefahr ist? Die kleinsten Vögel singen am süßesten; es ist immer angenehm, ihrem Gesang zu horchen. Ich wollte, ich hörte den Zaunkönig der Wälder in meiner Bedrängnis; seine Noten würden tiefer dringen als ins Ohr.«

Wieder empfand Hist die innige Zufriedenheit, welche die Sprache des Lobes im Munde derer, die man liebt, jederzeit gewährt. »Geißblattblüte der Berge« war ein Ausdruck, den die jungen Delawaren oft von dem Mädchen gebrauchten, der aber nie so süß in sein Ohr klang, als wenn er von Chingachgooks Lippen kam, der letztere allein aber hatte es »Zaunkönig der Wälder« genannt. Bei ihm indessen war es eine ganz vertraute Benennung geworden, und der Name klang dem Mädchen über alle Beschreibung süß, weil er in ihr die Idee erweckte, daß ihr Rat und ihre Gesinnungen ihrem künftigen Gatten ebenso wert seien, als der Ton ihrer Stimme und die Art und Weise, jene auszusprechen, ihm angenehm seien, und so die zwei Dinge vereinigte, die einem indianischen Mädchen bei ihrem Verlobten am meisten gelten: Bewunderung eines schätzbaren physischen Vorzugs und Achtung vor ihrer Meinung. Sie drückte die Hand, die sie zwischen den beiden ihrigen hielt, und antwortete:

»Wah-ta!-Wah sagt, weder sie noch die Große Schlange könnte je wieder lachen oder auch nur schlafen, ohne zu träumen von den Huronen, sollte der Wildtöter sterben unter einem Mingo-Tomahawk, ohne daß sie etwas getan hätten, ihn zu retten. Lieber würde sie zurückkehren und ihren langen Pfad allein antreten als solch eine dunkle Wolke vor ihr Glück treten lassen.«

»Gut! Der Gatte und das Weib werden nur *ein* Herz haben; sie werden sehen mit denselben Augen und fühlen mit denselben Gefühlen.«

Was weiter gesprochen wurde, braucht hier nicht erzählt zu werden. Daß das Gespräch Wildtöter und seine Aussichten betraf, hat man schon gesehen, aber die Entscheidung, welche gefaßt wurde, wird man besser im weitern Verlauf der Erzählung erfahren. Das jugendliche Paar war noch in seiner Unterredung begriffen, als die Sonne über den Gipfeln der Fichten erschien und das Licht eines glänzenden amerikanischen Tages über das Tal ausströmte, in »tiefer Wonne« den See, die Wälder und die Bergabhänge badend. Gerade in diesem Augenblick trat Wildtöter aus der Kajüte der Arche und kam auf die Plattform. Sein erster Blick galt dem wolkenlosen Himmel, dann nahm sein rasches Auge das ganze Panorama von Land und Wasser in sich auf, worauf er dann Muße hatte zu einem freundlichen Nicken gegen seine Freunde und zu einem heitern Lächeln für Hist.

»Nun«, sagte er in seiner gewohnten, gefaßten Art und mit seiner wohllautenden Stimme, »wer die Sonne im Westen untergehen sieht und früh genug erwacht am Morgen, findet sie gewiß wiederkommend im Osten, wie einen Hirsch, der um sein Lager herumgejagt wird. Ich glaube fast, Hist, Ihr habt das oft und viel gesehen, und doch ist es Euch noch nie in Euren mädchenhaften Sinn gekommen, nach der Ursache davon zu fragen?«

Chingachgook und seine Verlobte schauten beide zu dem Glanzgestirn empor mit einer Miene, welche plötzliches Staunen verriet, und dann starrten sie einander an, als suchten sie nach der Lösung der Schwierigkeit. Gewohnheit tötet die Empfänglichkeit selbst in bezug auf die wichtigsten Naturerscheinungen, und bis jetzt hatten diese einfachen Geschöpfe nie daran gedacht, über eine Bewegung nachzusinnen, welche ihnen täglich vor Augen stand, wie befremdend sie auch bei näherer Forschung scheinen mochte. Als der Gegenstand so plötzlich auf die Bahn gebracht wurde, ergriff er beide, und in demselben Augenblick, etwa mit derselben Gewalt, wie ein neuer und glänzender Satz in den Naturwissenschaften den Gelehrten ergreifen würde. Chingachgook allein erachtete es für passend zu antworten.

»Die Bleichgesichter wissen alles«, sagte er, »können sie uns sagen, warum die Sonne ihr Angesicht verbirgt, wenn sie bei Nacht ihren Weg zurückgeht?«

»Ja, das ist echte Rothautgelehrsamkeit«, versetzte der andere lachend, obwohl er nicht ganz gleichgültig war gegen den Genuß, die Überlegenheit seiner Rasse durch die Lösung des schwierigen Problems zu beweisen, woran er sich in seiner eigentümlichen Weise machte. »Hört, Schlange«, fuhr er ernster fort, doch zu unbefangen zur Affektation, »das ist leichter erklärt, als ein indianisches Hirn sich vielleicht einbildet. Die Sonne, während sie die Reise am Himmel hin zu machen scheint, rührt sich nie, sondern die Erde ist es, die sich rundherum dreht, und jeder kann begreifen, wenn er an ein Mühlrad zum Beispiel gebunden würde, während es in Bewegung ist, daß er zuzeiten den Himmel sehen muß, während er zu andern Zeiten unter dem Wasser ist. Es ist kein großes Geheimnis darin, sondern einfache Natur, und die Schwierigkeit besteht nur darin, die Erde in Bewegung zu setzen.«

»Wie weiß mein Bruder, daß die Erde sich rund herumdreht?« fragte der andere. »Kann er es sehen?«

»Nun, das war eine verwirrende Frage, ich gesteh' es, Delaware; denn ich habe es schon oft versucht und konnte es nie recht herausbringen. Manchmal bildete ich mir ein, es zu können, und dann wieder sah ich mich genötigt, die Unmöglichkeit zu gestehen. Aber, umdrehen tut sie sich, wie alle von meinem Volke sagen, und Ihr müßt ihnen glauben; denn sie können Finsternisse und andere Wunder vorhersagen, welche die Stämme mit Schrecken zu erfüllen pflegen, nach Euren eignen Überlieferungen von solchen Dingen.«

»Gut. Das ist wahr, kein roter Mann wird es leugnen. Wenn ein Rad sich dreht, so können es meine Augen sehen – die Erde sehen sie nicht sich umdrehen.«

»Ja, das ist, was ich Sinnentrotz nenne! Sehen ist Glauben, sagen sie, und was sie nicht sehen können, dem wollen manche Menschen nicht den mindesten Glauben beimessen. Dennoch, Häuptling, ist das nicht so ganz ausgemachte Vernunft, als es auf den ersten Blick scheinen mag. Ihr glaubt an den Großen Geist, das weiß ich, und doch, denke ich, würde es Euch in Verlegenheit setzen, anzugeben, wo Ihr ihn seht!«

»Chingachgook kann ihn sehen überall – überall in *guten* Dingen, den Bösen Geist in *schlechten.* Hier im See, dort im Wald, drüben in den Wolken; in Hist, in dem Sohne von Unkas, in Tamenund, in Wildtöter. Der Böse Geist ist in den Mingos, das weiß ich: die Erde sehe ich nicht sich umdrehen.«

»Es wundert mich nicht, daß man Euch die Schlange nennt, Delaware, nein, wahrhaftig nicht! Es ist immer eine Bedeutung in Euren Worten, und oft ist auch eine Bedeutung in Eurem Gesicht! Trotzdem passen Eure Antworten nicht ganz zu meiner Idee: daß Gott wahrzunehmen ist in allen natürlichen Gegenständen, kann man zugeben; aber er ist nicht wahrzunehmen in der Art, wie ich meine. *Ihr* wißt, daß ein Großer Geist ist, aus seinen Werken; und die Bleichgesichter wissen, daß die Erde sich umdreht, aus ihren Werken. Das ist der Grund der Sache, obwohl wie es zu erklären, mehr ist, als ich Euch so genau sagen kann. Das weiß ich: alle von meinem Volk sind von der Sache überzeugt; und was alle Bleichgesichter glauben, wird doch wohl wahr sein.«

»Wenn die Sonne über dem Wipfel dieser Fichte steht, wo wird mein Bruder Wildtöter dann sein?«

Der Jäger fuhr auf und schaute seinen Freund scharf, obwohl ganz ohne Unruhe, an. Dann winkte er ihm zu folgen, und ging ihm voran in die Arche, um den Gegenstand weiter zu besprechen, ungehört von solchen, deren Gefühle, wie er besorgte, die Oberhand über die Vernunft gewinnen möchten. Hier blieb er stehen und setzte das Gespräch in vertraulicherem Tone fort.

»Es war etwas unklug von Euch, Schlange«, sagte er, »einen solchen Gegenstand vor Hist aufzubringen, und wo das Mädchen von meiner Farbe alles hätte hören können, was gesprochen wurde. Ja, es war ein wenig unkluger als das meiste, was Ihr tut. Einerlei, Hist verstand es nicht, und die andre hörte es nicht. Indessen, die Frage ist leichter gestellt als beantwortet. Kein Sterblicher kann sagen, wo er morgen sein wird, wenn die Sonne aufgeht. Ich will Euch dieselbe Frage vorlegen, Schlange, und wäre begierig zu hören, welche Antwort Ihr geben könnt?«

»Chingachgook wird bei seinem Freund Wildtöter sein; wenn dieser im Lande der Geister ist, wird die Große Schlange an seine Seite sich schmiegen: wenn unter jener Sonne dort, wird ihre Wärme und ihr Licht auf beide fallen.«

»Ich verstehe Euch, Delaware«, versetzte der andere, gerührt von der einfachen Selbstaufopferung seines Freundes. »Eine solche Sprache ist so klar in einer Sprache wie in der andern, sie kommt vom Herzen und geht auch zum Herzen. Es ist gut, so zu denken, und mag gut sein, so zu sprechen auch, aber es wäre nicht gut, so zu *handeln,* Schlange. Ihr steht nicht mehr allein im Leben; denn obgleich Ihr noch die Hütten zu wechseln und andre Zeremonien durchzumachen habt, ehe Hist Euer rechtmäßiges Weib wird, seid Ihr doch schon so gut wie verheiratet, was Gefühle und Freude und Jammer betrifft. Nein, nein, Hist darf nicht verlassen werden, weil eine Wolke etwas unerwartet zwischen Euch und mir hinzieht, und etwas dunkler, als wir vorausgesehen hatten.«

»Hist ist eine Tochter der Mohikans, sie weiß ihrem Gatten zu gehorchen. Wohin er geht, wird sie ihm folgen. *Beide* werden bei dem großen Jäger der Delawaren sein, wenn die Sonne morgen über den Fichten steht.«

»Der Herr segne und schütze Euch, Häuptling! Das ist barer Wahnsinn! Kann eines von Euch oder könnt Ihr beide zusammen eine Mingonatur ändern? Werden Eure stolzen Mienen oder Hists Tränen und Schönheit einen Wolf in ein Eichhorn verwandeln oder einen Panther so unschuldig machen wie ein Reh? Nein, Schlange, Ihr werdet Euch diese Sache besser bedenken und mich in der Hand Gottes lassen. Am Ende ist doch noch keineswegs gewiß, daß die Schurken die Martern im Sinn haben; denn sie können auch noch barmherzig sein und bedenken, wie sündhaft ein solches Beginnen wäre; obgleich es eine ziemlich hoffnungslose Aussicht ist, zu erwarten, daß ein Mingo sich abwende vom Übel und Barmherzigkeit die Oberhand gewinnen lasse in seinem Herzen. Demungeachtet, niemand weiß gewiß, was sich begeben wird, und junge Kreaturen wie Hist dürfen nicht auf Ungewißheiten hin aufs Spiel gesetzt werden. Dies Heiraten ist eine ganz andere Sache, als manche junge Leute sich einbilden. Ja, wenn Ihr ledig wäret oder so gut als ledig, Delaware, dann würde ich erwarten, daß Ihr flink und rüstig wäret und um das Lager der Vagabunden herumstrichet, von Sonnenaufgang bis Sonnenuntergang, mit Listen und Schlichen, so rastlos wie ein Hund auf der Fährte, und alles versuchtet, um mir zu helfen und den Feind von mir abzuziehen; aber zwei sind oft schwächer als einer, und wir müssen die Dinge nehmen, wie sie sind, und nicht, wie wir sie wünschen.«

»Hört, Wildtöter«, erwiderte der Indianer mit einem so entschiedenen Nachdruck, daß man wohl sah, wie Ernst es ihm war: »Wenn Chingachgook in den Händen der Huronen wäre, was würde mein Bleichgesichtbruder tun? Nach den Delawarendörfern schleichen und den Häuptlingen und alten Männern und jungen Kriegern sagen: ›Seht, hier ist Wah-ta!-Wah; sie ist gerettet, und wohlbehalten, aber ein wenig ermüdet; und hier ist der Sohn von Unkas, nicht so ermüdet wie die Geißblattblüte, weil er stärker ist, aber ebenso wohlbehalten.‹ Würdet Ihr das tun?«

»Nun, das ist ungemein sinnreich, es ist schlau genug selbst für einen Mingo. Der Herr allein weiß, was Euch auf den Gedanken gebracht, eine solche Frage zu tun. Was ich tun würde? Ha, fürs erste würde wohl Hist schwerlich überhaupt in meiner Gesellschaft sein, denn sie würde Euch so nahe bleiben als möglich, und daher könnte alles, was sie betraf, nicht gesprochen werden, ohne Unsinn zu sprechen. Das Ermüdetsein, das würde auch wegfallen, wenn sie gar nicht mitkäme, und kein

Teil Eurer Rede würde wohl in meinen Mund passen; so seht Ihr, Schlange, die Vernunft ist gegen Euch, und Ihr könnt es immerhin aufgeben; denn gegen die Vernunft etwas zu behaupten, geziemt sich in keiner Weise für einen Häuptling von Eurem Charakter und Ruf.«

»Mein Bruder ist nicht er selbst; er vergißt, daß er zu einem redet, der an den Beratungsfeuern seiner Nation gesessen hat«, versetzte der andere mild. »Wenn Männer sprechen, sollten sie nichts sagen, was auf der einen Seite des Kopfes hinein und auf der andern heraus geht. Ihre Worte sollten nicht Federn sein, so leicht, daß ein Wind, der das Wasser nicht kräuselt, sie fortwehen kann. Er hat auf meine Frage nicht geantwortet; wenn ein Häuptling eine Frage stellt, sollte sein Freund nicht von andern Dingen plaudern.«

»Ich versteh' Euch, Delaware, ich verstehe wohl, was Ihr meint, und die Wahrheit erlaubte mir nicht, es anders zu sagen. Dennoch ist es nicht so leicht, Euch zu antworten, wie Ihr zu glauben scheint, aus diesem einfachen Grunde: Ihr verlangt, ich solle sagen, was ich täte, wenn ich eine Verlobte hätte, wie Ihr hier habt, auf dem See, und einen Freund drüben im Lager der Huronen, mit Martern bedroht. Das ist es, nicht so?«

Der Indianer nickte schweigend mit dem Kopf, immer mit unbeweglichem Ernst, obgleich sein Auge zwinkerte bei dem Anblick von des andern Verlegenheit.

»Nun gut, ich hatte nie eine Verlobte, kannte nie die Art von Gefühlen gegen ein junges Weib, wie Ihr gegen Hist; obgleich der Herr weiß, daß meine Gefühle wohlwollend genug sind gegen alle. Dennoch aber ist mein Herz, wie sie es nennen, in solchen Dingen nicht geübt, und daher kann ich nicht sagen, was ich täte. Ein Freund zieht stark an einem, das weiß ich aus Erfahrung, Schlange; aber nach allem, was ich gesehen und gehört habe von der Liebe, bin ich geneigt zu glauben, daß eine Verlobte noch stärker zieht.«

»Wahr, aber die Verlobte Chingachgooks zieht nicht nach den Hütten der Delawaren hin; sie zieht hinüber nach dem Lager der Huronen.«

»Sie ist ein edles Mädchen mit all ihren kleinen Füßen und Händen, die nicht größer sind als die eines Kindes, und einer Stimme, die so lieblich ist wie die eines Spottvogels; sie ist ein edles Mädchen und ganz wie der Stamm ihrer Väter! Nun, was ist es denn, Schlange? Denn ich bilde mir ein, sie hat doch nicht ihren Sinn geändert und will sich ausliefern und ein Huronenweib werden? Was habt Ihr im Sinne?«

»Wah-ta!-Wah will nimmermehr im Wigwam eines Irokesen leben«, antwortete der Delaware trocken. »Sie hat kleine Füße, aber sie können sie zu den Dörfern ihres Volkes tragen; sie hat auch kleine Hände, aber ihr Gemüt ist groß. Mein Bruder wird sehen, was wir tun können, wenn die Zeit kommt, ehe wir ihn unter den Martern der Mingos sterben lassen.«

»Unternehmt nichts Unvorsichtiges«, sagte der andere ernst. »Ich glaube wohl, Ihr werdet und müßt Euren Willen haben, und im ganzen ist es recht, daß Ihr ihn habt; denn Ihr würdet Euch nicht glücklich fühlen, wenn nicht etwas unternommen würde. Aber beginnt nichts Unvorsichtiges. Ich erwartete, daß Ihr den See nicht verlassen würdet, solange meine Sache in Ungewißheit schwebte; aber bedenkt, Schlange, daß keine Martern, welche sinnreiche Grausamkeit der Mingos erdenken mag, keine Verspottungen und Schmähungen, kein Brennen und Rösten und Nägelausziehen, noch irgendwelche unmenschliche Quälereien meinen Geist so leicht niederdrücken könnten, als wenn ich sehen müßte, daß Ihr und Hist über dem Bestreben, etwas zu meinen Gunsten zu tun, in die Hände des Feindes gefallen wäret.«

»Die Delawaren sind vorsichtig. Wildtöter wird sehen, daß sie nicht mit geschlossenen Augen in ein fremdes Lager hineinrennen.«

Hier endete die Unterredung. Hetty kündigte sofort an, daß das Frühstück bereit sei, und die ganze Gesellschaft saß bald um den einfachen Tisch in der gewöhnlichen, urzuständlichen Weise der Grenzleute herum. Judith nahm zuletzt ihren Sitz ein, bleich, schweigsam und mit den Spuren einer bang und schmerzlich, wo nicht schlaflos, verbrachten Nacht in ihrem Angesicht. Keine Silbe ward bei dieser Mahlzeit gesprochen, und alle Frauen zeigten Mangel an Appetit, während bei den Männern in diesem Punkt keine Veränderung zu bemerken war. Es war noch frühe, als die Gesellschaft aufstand, und noch blieben einige Stunden, bis der Gefangene seine Freunde verlassen mußte. Dieser wohl bekannte und bedachte Umstand, und die Teilnahme, die sie an seinem Schicksal fühlten, versammelte alle wieder auf der Plattform, weil sie wünschten, in der

Nähe des vermutlichen Opfers zu weilen, seinen Reden zu horchen und womöglich durch Zuvorkommenheit gegen seine Wünsche ihm ihre Teilnahme zu bezeigen. Wildtöter selbst war, soviel menschliche Augen sehen konnten, ganz unerschüttert, er sprach heiter und natürlich, obwohl er jede unmittelbare Hindeutung auf das zu befürchtende Ereignis des Tages vermied. Wenn man irgendein Anzeichen davon entdecken konnte, daß seine Gedanken überhaupt auf diesen peinlichen Gegenstand sich richteten, so war es die Art, wie er vom Tod und von dem letzten großen Wechsel sprach.

»Grämt Euch nicht, Hetty«, sagte er; denn während er das schwachsinnige Mädchen über den Verlust ihrer Eltern tröstete, verriet er seine Gefühle in der bezeichneten Weise, »sintemal Gott es so verhängt hat, daß alle sterben müssen. Eure Eltern, oder die Ihr dafür gehalten, was auf eins hinausläuft, sind vor Euch hingegangen; das ist nur in der Ordnung der Natur, mein gutes Mädchen; denn die Alten gehen zuerst, und die Jungen folgen. Aber wer eine Mutter gehabt hat, wie die Eurige war, Hetty, kann nicht im Zweifel sein, daß er das Beste hoffen dürfe über die Gestaltung der Dinge in einer andern Welt. Der Delaware hier und Hist glauben an glückliche Jagdreviere und haben Ideen, wie sie für ihre Begriffe und Gaben als Rothäute passen; aber wir, die wir von weißem Blute sind, halten an einer ganz andern Lehre fest. Doch vermute ich so ziemlich, unser Himmel ist ihr Land der Geister, und der Pfad, der dahin führt, wird von allen Farben gleicherweise betreten. Es ist für die Ruchlosen unmöglich, darein einzugehen, das will ich zugeben; aber Freunde können schwerlich getrennt werden, wenn sie auch nicht von derselben Rasse auf Erden sind. Richtet Euer Gemüt auf, arme Hetty, und sehet getrost dem Tag entgegen, wo Ihr Eure Mutter wiedersehen werdet, und das ohne Leid und Kummer!«

»Ich erwarte, Mutter wiederzusehen«, versetzte das wahrhafte und einfache Mädchen, »aber was wird aus Vater werden?«

»Das ist eine Frage zum Maulstopfen, Delaware«, sagte der Jäger in indianischer Sprache, »das ist gradezu eine Frage zum Maulstopfen! Die Bisamratze war kein Heiliger auf Erden, und es ist gut erraten, daß sie drüben eben auch kein sonderlicher sein wird! Indes, Hetty«, und hier glitt er mit einem leichten

Übergang ins Englische hinüber, »indes, Hetty, wir müssen alle das Beste hoffen; das ist das klügste, und es ist bei weitem das Wohltätigste für das Gemüt, wenn man es nur tun kann. Ich empfehle Euch, auf Gott zu vertrauen und alle Eure Besorgnisse und kleinmütigen Gefühle fahrenzulassen. Es ist wunderbar, Judith, wie verschiedene Leute so verschiedene Begriffe von der Zukunft haben und sich die einen diesen, die andern jenen Wechsel vorstellen. Ich habe weiße Lehrer gekannt, die da glaubten, im andern Leben sei alles Geist, und auch wieder solche, die meinten, der Leib werde in eine andre Welt versetzt, ungefähr wie die Rothäute selbst sich's einbilden, und daß wir dort wandeln werden im Fleisch und einander kennen und miteinander reden, und Freunde sein, wie wir hier gewesen.«

»Welche von diesen Meinungen gefällt Euch am besten, Wildtöter?« fragte das Mädchen, das gern auf seine schwermütige Stimmung einging und selbst keineswegs frei war von ihrem Einfluß. »Wäre es Euch unangenehm, zu denken, Ihr würdet alle, die jetzt auf dieser Plattform stehen, in einer andern Welt wiederfinden? Oder habt Ihr uns hier genug kennengelernt, um froh zu sein, wenn Ihr uns nicht wiederseht?«

»Das letztere würde den Tod zu etwas Bitterem machen, ja, das würde es. Es sind acht gute Jahre, seit Schlange und ich miteinander zu jagen anfingen, und der Gedanke, daß wir uns nie wiedersehen sollten, wäre für mich ein harter Gedanke. Er sieht der Zeit entgegen, wo wir miteinander eine Art vor Geistwildbret jagen werden, auf Ebenen, wo keine Dornen, kein Gestrüpp, keine Sümpfe und andere Mühseligkeiten zu überwinden sind, während ich nicht all diesen Begriffen beifallen kann, angesehen daß sie gegen die Vernunft zu sein scheinen. Geister können nicht essen, haben auch keine Kleider nötig, und Wild kann man von Rechts wegen nur jagen, um es zu töten, und nur des Wildbrets oder der Häute wegen. Nun finde ich es schwierig anzunehmen, daß selige Geister Wild jagen sollten ohne einen rechten Zweck und die einfältigen Tiere quälen nur um ihrer eigenen Lustbarkeit und Ergötzung willen. Ich habe noch nie auf einen Hirsch oder ein Tier abgedrückt, Judith, als wenn ich Nahrung oder Kleider bedurfte.«

»Diese Erinnerung, Wildtöter, muß jetzt ein großer Trost für Euch sein.«

»Der Gedanke an solche Dinge ist es, meine Freunde, was einen Mann fähig macht, seinen Urlaub zu halten. Es möchte auch ohnedies geschehen, ich geb' es zu; denn die schlimmsten Rothäute tun manchmal ihre Pflicht in diesem Stücke; aber es macht, was sonst schwer wäre, leicht, wenn auch nicht ganz nach unserem Geschmack. Nichts in Wahrheit gibt ein kühneres Herz als ein leichtes Gewissen.«

Judith wurde blässer als je, aber sie rang, ihre Selbstbeherrschung zu behaupten, und es gelang ihr. Der Kampf jedoch war heftig gewesen, und sie war jetzt so wenig zum Sprechen aufgelegt, daß Hetty den Gegenstand weiterverfolgte. Sie tat dies in der ihr natürlichen einfachen Weise.

»Es wäre grausam, das arme Wild zu töten«, sagte sie, »in dieser Welt oder in einer andern, wenn Ihr nicht des Fleisches oder der Häute bedürftet. Kein guter weißer und kein guter roter Mann würde es tun. Aber es ist für einen Christen sündhaft, vom Jagen im Himmel zu reden. Solche Dinge geschehen nicht vor dem Angesicht Gottes, und der Missionar, welcher dergleichen lehrt, kann kein wahrer Missionar sein. Er muß ein Wolf sein in Schafskleidern. Ich denke, Ihr wißt, was ein Schaf ist, Wildtöter?«

»Jawohl, Mädchen, und eine nützliche Kreatur ist es für solche, welche Tuchkleider Häuten vorziehen, zum Winteranzug. Ich verstehe die Natur des Schafs, obwohl ich noch wenig damit zu tun gehabt habe, und die Natur der Wölfe auch und kann mir wohl die Idee bilden von einem Wolf im Pelz eines Schafs, obwohl ich denke, es würde eine heiße Jacke für eine solche Bestie werden in den warmen Monaten!«

»Und Sünde und Heuchelei sind auch heiße Jacken, wie *diejenigen* finden werden, die sie anziehen«, versetzte Hetty mit bestimmtem Tone, »so würde der Wolf nicht schlimmer daran sein als der Sünder. Geister jagen nicht und stellen nicht Fallen und fischen nicht und tun nichts, was nichtige Menschen beginnen, weil sie keine Gelüste dieser Welt zu befriedigen haben. Oh! Mutter sagte mir das alles vor Jahren schon, und ich möchte es nicht gern bestreiten hören.«

»Nun, meine gute Hetty, in diesem Falle würdet Ihr gut tun, Eure Lehre nicht Hist mitteilen zu wollen, wenn Ihr allein seid und die junge Delawarin gerne von Religion sprechen möchte. Es ist ihre feststehende Idee, das weiß ich, daß die guten Krieger in der andern Welt nichts tun als jagen und fischen, obgleich sie, glaube ich, sich nicht einbildet, daß je einer sich zum Fallenstellen erniedrigt, was keine Beschäftigung für einen Tapfern ist. Aber des Jagens und Fischens haben sie nach ihrem Begriffe Genüge und das dazu auf den angenehmsten Jagdrevieren und unter Wild, bei dem es immer die rechte Jahreszeit ist, und das gerade flink und klug genug ist, um dem Töter einen Reiz zu geben. So möchte ich Euch denn nicht anraten, Hist auf diese Idee zu bringen.«

»Hist kann nicht so sündhaft sein, irgend dergleichen zu glauben«, erwiderte die andere ernst. »Kein Indianer jagt mehr nach dem Tode.«

»Kein sündhafter Indianer, geb' ich Euch zu, kein sündhafter Indianer, allerdings. Der muß die Munition herbeitragen und zusehen, ohne an der Kurzweil teilzuhaben, und kochen und Feuer anzünden und alles tun, was nicht Mannesarbeit ist. Merkt's Euch aber jetzt: das sind nicht meine Ideen, sondern es sind Hists Ideen, und daher, um des Friedens willen, je weniger Ihr darüber und dagegen redet, desto besser.«

»Und was sind Eure Ideen von dem Schicksal eines Indianers in der anderen Welt?« fragte Judith, die jetzt eben ihre Stimme wiedergefunden hatte.

»Ha, Mädchen, alles eher als das! Ich bin ein zu guter Christ, um solche phantastische Dinge wie Jagen und Fischen nach dem Tod zu erwarten; auch glaube ich nicht, daß ein Manitu für die Rothäute ist und ein andrer für die Bleichgesichter. Ihr findet verschiedene Farben auf der Erde, wie jeder sehen kann, aber Ihr findet nicht verschiedene Naturen. Verschiedene Gaben, aber nur *eine* Natur!«

»In was unterscheidet sich eine Gabe von einer Natur? Ist nicht die Natur selbst eine Gabe von Gott?«

»Gewiß, das ist rasch gedacht und beifallswürdig, Judith, obwohl die Hauptidee falsch ist. Eine Natur ist die Kreatur selbst, ihre Wünsche, Bedürfnisse, Ideen und Gefühle, wie das alles mit ihr geboren ist. Diese Natur kann sich nie verändern in der Hauptsache, obgleich sie einige Zunahme oder Abnahme erleiden mag. Gaben aber kommen von den Umständen und Verhältnissen. So, wenn Ihr einen Mann in eine Stadt setzt, so bekommt er Stadtgaben; wenn in eine Ansiedlung, Ansiedlungsgaben; in einen Wald, Waldgaben. Ein Soldat hat Soldatengaben und ein Missionar Predigergaben. Diese alle wachsen und verstärken sich, bis sie sozusagen die Natur befestigen und tausend Handlungen und Ideen zur Entschuldigung dienen. Doch ist im Grunde die Kreatur dieselbe; gerade wie ein Mann, der in Uniform gekleidet ist, derselbe ist wie der in Häute Gekleidete. Die Kleider machen einen Unterschied fürs Auge und vielleicht auch eine Veränderung im Benehmen, aber keine im Menschen selbst. Darin liegt die Rechtfertigung der Gaben, angesehen, daß Ihr ein verschiedenes Benehmen erwartet von einem in Seide und Atlas und von einem in grober Leinwand; obgleich der Herr, der nicht die Kleider gemacht hat, aber die Kreaturen selbst geschaffen hat, nur auf sein eignes Werk sieht. Das ist nicht eigentlich die Lehre der Missionare, aber sie kommt ihr doch so nahe, als dies bei einem Manne von weißer Farbe nötig ist. Ach Himmel! wenig dachte ich daran, heute von solchen Sachen zu sprechen, aber es ist eine von unsern Schwachheiten, daß wir nie wissen, was geschehen wird. Tretet mit mir eine Minute in die Arche, Judith! Ich wünsche, mit Euch zu sprechen.«

Judith gehorchte mit einer Bereitwilligkeit, die sie kaum verhehlen konnte. Sie folgte dem Jäger in die Kajüte, setzte sich auf einen Stuhl, während der junge Mann Killdeer, die Büchse, die sie ihm geschenkt, aus einer Ecke hervorholte und sich, die Waffe auf seinen Knien, auf einen andern setzte. Nachdem er das Gewehr um und um besehen und Schloß und Schwanzschraube mit einer Art von zärtlicher Emsigkeit untersucht hatte, legte er es weg und kam auf den Gegenstand zu sprechen, wegen dessen er die Besprechung begehrt hatte.

»Ich verstand Euch so, Judith, daß Ihr mir diese Büchse habt geben wollen. Ich willigte ein, sie zu nehmen, weil ein junges Weib mit Feuerwaffen nicht viel anfangen kann. Die Waffe hat einen großen Namen, und sie verdient ihn, und sollte von Rechts wegen von einer bekannten und sichern Hand geführt werden; denn der beste Ruf kann verlorengehen durch nachlässige und achtlose Behandlung.«

»Kann sie in bessern Händen sein, als worin sie jetzt ist, Wildtöter? Thomas Hutter fehlte selten damit; bei Euch wird sie gewiß–«

»Gewisser Tod!« unterbrach sie der Jäger lachend. »Ich kannte einmal einen Bibermann, der ein Gewehr hatte, das er ebenso nannte, aber es war lauter Prahlerei; denn ich habe Delawaren gekannt, die ebenso sicher waren mit Pfeilen auf eine kleine Schußweite. Indessen, ich will meine Gaben nicht leugnen – und dies ist eine Gabe, Judith, und nicht Natur – und will daher zugeben, daß die Büchse nicht wohl in bessern Händen sein könnte, als worin sie sich jetzt befindet. Aber wie lange wird sie wahrscheinlich darin bleiben? Unter uns mag die Wahrheit gesagt werden, obgleich ich sie vor Schlange und Hist nicht gerne kundwerden ließe; aber *Euch* kann ich die Wahrheit sagen, sintemal *Euer* Gefühl wohl nicht so dadurch gemartert werden wird als das von denjenigen, welche mich länger und genauer kennen! Wie lange werde ich mutmaßlich diese Büchse oder irgendeine andere behalten? Das ist eine ernste Frage, bei der unsre Gedanken zu verweilen haben, und sollte das eintreten, was sogar wahrscheinlich ist, so wäre Killdeer ohne einen Eigentümer.«

Judith hörte mit anscheinender Fassung zu, obwohl der innere Kampf sie beinahe überwältigte. Da sie jedoch den eigentümlichen Charakter ihres Gesellschafters zu würdigen wußte, gelang es ihr, ruhig zu erscheinen, obwohl ein Mann von seiner scharfen Beobachtung, wäre nicht seine Aufmerksamkeit ausschließlich von der Büchse in Anspruch genommen gewesen, fast unfehlbar die tödlich-peinliche Stimmung hätte entdecken müssen, womit das Mädchen seinen Worten zuhörte. Aber ihre große Selbstbeherrschung machte es ihr doch noch möglich, den Gegenstand in der Weise zu verfolgen, daß sie ihn täuschte.

»Was wolltet Ihr, daß ich mit der Waffe anfinge«, fragte sie, »sollte der Fall eintreten, den Ihr zu erwarten scheint?«

»Das ist es gerade, worüber ich mit Euch zu sprechen wünschte, Judith, – das ist es gerade. Da ist jetzt Chingachgook, obgleich weit entfernt davon, vollkommen sicher mit der Büchse zu sein – denn *dahin* bringen es wenige Rothäute jemals – obgleich weit entfernt, vollkommen sicher zu sein, ist er doch ein respektabler Schütze und bringt es weiter. Demungeachtet, er ist mein Freund, und vielleicht mein um so besserer Freund, als nie Mißstimmung zwischen uns eintreten könnte, unsere Gaben betreffend, da die seinigen nun einmal rot und die meinigen ganz weiß sind. Nun würde ich gerne die Büchse Killdeer der Schlange hinterlassen, sollte etwas eintreten, was mir verwehrte, Eurer kostbaren Gabe, Judith, ihr Recht und ihre Ehre anzutun.«

»Hinterlaßt sie, wem Ihr wollt, Wildtöter! Die Büchse ist Euer Eigentum, tut damit nach Belieben; Chingachgook soll sie haben, falls Ihr nicht zurückkehrtet, sie anzufordern, wenn das Euer Wunsch ist.«

»Ist Hetty über die Sache auch befragt worden? Das Eigentum geht von den Eltern auf die Kinder über und nicht auf *ein* Kind besonders.«

»Wenn Ihr Euer Recht auf das Gesetz gründen wollt, Wildtöter, so fürchte ich, keiner von uns kann für den Eigentümer gelten. Thomas Hutter war so wenig der Vater Esthers, als er der Vater Judiths war. Judith und Esther sind wir in Wahrheit, da wir keinen andern Namen haben.«

»Das mag Gesetzesrecht sein, aber es ist nicht viel Vernunft darin, Mädchen. Nach dem Brauch der Familien sind die Güter Euer, und niemand ist, der dem widersprechen könnte. Wenn Hetty nur sagen wollte, daß sie einwillige, wäre mein Gemüt vollkommen beruhigt über die Sache. Es ist wahr, Judith, daß Eure Schwester weder Eure Schönheit noch Euren Witz besitzt, aber wir sollten am zärtlichsten verfahren mit den Rechten und der Wohlfahrt der Geistesschwachen.«

Das Mädchen antwortete nicht, sondern ging an ein Fenster und rief seine Schwester zu sich. Als die Frage Hetty vorgelegt ward, trat sie mit ihrem einfältigen und wohlwollenden Wesen freudig dem Vorschlag bei, Wildtöter das volle Eigentumsrecht an der vielbegehrten Büchse zu übertragen. Dieser schien nun, für den Augenblick wenigstens, vollkommen glücklich; nachdem er seine Beute hin und her besichtigt, sprach er seinen Entschluß aus, ehe er den Ort verließe, ihre Verdienste noch praktisch zu erproben. Kein Knabe kann begieriger sein, die Eigenschaften seiner Trompete oder seiner Armbrust geltend zu machen, als der einfache Waldmann es war, die Tugenden seiner Büchse zu probieren. Auf die Plattform zurückkehrend, nahm er zuerst den Delawaren beiseite und setzte ihn in Kenntnis, daß das berühmte Gewehr sein Eigentum werden solle, falls ihm selbst etwas Ernstliches zustieße.

»Das ist ein Grund mehr, warum Ihr vorsichtig sein solltet, Schlange, und nicht unbesonnen in eine Gefahr hineinrennen«, fuhr der Jäger fort, »denn es wird an sich schon ein Sieg für einen Stamm sein, ein solches Gewehr wie dieses zu besitzen! Die Mingos werden grün werden vor Neid, und was mehr ist, sie werden sich nicht leichtsinnig in die Nähe eines Dorfes wagen, wo sie dasselbe bewahrt wissen. So seht denn wohl zu, Delaware, und bedenkt, daß Ihr jetzt über ein Ding zu wachen habt, das allen Wert einer Kreatur hat ohne ihre Fehler. Hist mag und soll Euch kostbar sein, aber Killdeer wird die Liebe und Verehrung Eures ganzen Volkes für sich haben.«

»Eine Büchse wie die andere, Wildtöter«, versetzte der Indianer auf englisch; denn dieser Sprache bediente sich auch der andere, ein wenig gekränkt darüber, daß sein Freund seine Verlobte einem Gewehr gleichsetzte. »Alle töten, alle Holz und Eisen. Weib teuer dem Herzen, Büchse gut zum Schießen.«

»Und was ist der Mann in den Wäldern ohne etwas, womit er schießen kann? Ein erbärmlicher Fallensteller oder ein verlorener Besen- und Körbemacher aufs höchste. Ein solcher Mann mag Korn bauen und Leib und Seele zusammenhalten, aber nimmermehr kann er die schmackhaftesten Stücke vom Wildbret kennen oder einen Bärenschinken von dem eines Schweins unterscheiden. Kommt, mein Freund, eine solche Gelegenheit bietet sich vielleicht nie wieder dar, und *ich* empfinde ein starkes Gelüsten nach einer Probe mit diesem berühmten Gewehr. Ihr sollt Eure eigne Büchse holen, und ich will mit Killdeer nur so obenhin zielen, damit wir einige seiner geheimen Tugenden kennenlernen.«

Da dieser Vorschlag geeignet war, den trüben Gedanken der ganzen Gesellschaft eine neue Richtung zu geben, während er zugleich ein nicht unwillkommenes Ergebnis versprach, war jedermann geneigt, darauf einzugehen, und die Mädchen brachten die Feuerwaffen mit einer an Munterkeit grenzenden Rührigkeit herbei. Hutters Waffenschrank war wohl versehen; denn er besaß mehrere Büchsen, welche gewöhnlich alle geladen waren, immer in Bereitschaft, wenn man ihrer plötzlich benötigt wäre. Im jetzigen Falle durfte man nur das Pulver auf der Pfanne erneuern, so waren sämtliche Gewehre zum augenblicklichen Dienst bereit. Dies war bald geschehen, da alle dabei behilflich und die Frauen in diesem Punkt des Verteidigungssystems so erfahren waren wie ihre männlichen Genossen.

»Jetzt, Schlange, wollen wir ganz bescheiden anfangen und

zuerst des alten Tom gemeine Büchsen probieren und mit Eurer Waffe und Killdeer, als letzten Rednern, den Beschluß machen«, sagte Wildtöter, erfreut, wieder eine Waffe in der Hand zu haben, und bereit, seine Geschicklichkeit zu zeigen. »Hier sind Vögel im Überfluß, einige in, einige über dem See, und sie halten sich in einer guten Schußweite, wie sie so um die Hütte herumschweben. Sprecht aus, was Ihr denkt, Delaware, und bezeichnet die Kreatur, die Ihr zu erschrecken gesonnen seid. Da ist ein Taucher ganz in der Nähe nach Osten zu, und das ist eine Kreatur, die sich beim Blitzen des Gewehrs sogleich versteckt und Waffe und Pulver recht erproben kann.«

Chingachgook war ein Mann von wenig Worten. Sobald ihm der Vogel gezeigt worden war, zielte er und feuerte. Die Ente tauchte unter beim Blitzen des Schusses, und die Kugel tanzte, ohne Schaden zu tun, über die Fläche des Sees hin, zuerst das Wasser berührend wenige Zoll von der Stelle, wo eben noch der Vogel geschwommen. Wildtöter lachte herzlich und natürlich; aber zu gleicher Zeit stellte er sich in die Positur des Schützen und stand da, scharf die ruhige Wasserfläche beobachtend. Alsbald zeigte sich ein dunkler Fleck, und dann tauchte die Ente auf, um Atem zu schöpfen, und schüttelte ihre Flügel. Während sie dies noch tat, ging ihr eine Kugel gerade durch die Brust und warf sie wirklich leblos auf der Rücken. Im nächsten Augenblick stand Wildtöter, den Kolben seiner Büchse auf die Plattform gestützt, so ruhig da, als wäre nichts geschehen, obwohl er in seiner eigentümlichen Art lachte.

»Das ist keine rechte Probe von der Güte der Gewehre!« sagte er, wie bestrebt, einer falschen Schätzung seines Verdienstes zuvorzukommen. »Nein, das beweist weder für noch gegen die Büchsen, angesehen daß alles Schnelligkeit der Hand und des Auges war. Ich überraschte den Vogel in einem für ihn ungünstigen Augenblick, sonst wäre er wohl auch wieder untergetaucht, ehe die Kugel ihn erreichte. Aber die Schlange ist zu klug, um auf solche Schliche zu achten, da sie lange schon daran gewöhnt ist. Erinnert Ihr Euch der Zeit, Häuptling, wo Ihr Euch der wilden Gans sicher glaubtet, und ich nahm sie Euch aus den Augen gleichsam mit ein wenig Rauch! Indessen solche Dinge gelten für nichts unter Freunden, und junge Leute wollen ihren Spaß haben, Judith. Ja, da ist gerade der Vogel, den wir brauchen; denn er ist so gut fürs Feuer wie zum Ziel, und nichts sollte unbenutzt bleiben, was irgend vorteilhaft verwendet werden kann. Dort, weiter nördlich, Delaware!«

Der letztere schaute in der angedeuteten Richtung aus, und bald sah er eine große schwarze Ente, in stattlicher Ruhe auf dem Wasser dahin schwimmend. In jenen frühen Tagen, wo so wenig Menschen da waren, die Harmonie der Wildnis zu stören, waren alle die kleinern Seen, an welchen das Innere von Neuyork so reich ist, Sammelplätze für die Wasserzugvögel; dieser See war, wie die übrigen, einst sehr bevölkert von allen Gattungen, der Ente wie der Gans, der Möwe, der Lomme. Nach Hutters Ankunft ward der See im Vergleich zu andern, entfernteren und abgelegneren Seen, wohin die Vögel sich zogen, leer, doch verweilten noch immer einige von jeder Gattung daselbst, wie in der Tat noch bis auf die heutige Stunde. In diesem Augenblick waren wohl hundert Vögel vom Kastell aus sichtbar, die auf dem Wasser schliefen oder ihre Federn in dem klaren Element wuschen, obgleich kein andrer eine so günstige Zielscheibe darbot, wie der, welchen Wildtöter seinem Freunde andeutete. Chingachgook sparte wie gewöhnlich seine Worte und schritt gleich zum Werke. Diesmal zielte er sorgfältiger als zuvor, und dem entsprach auch der Erfolg. Dem Vogel wurde ein Flügel gelähmt, er flatterte kreischend über das Wasser dahin und entfernte sich so wesentlich von seinen Feinden.

»Dem Vogel muß man sein Leiden abkürzen«, rief Wildtöter im Augenblick, als das Tier aufzuflattern versuchte, »und dies ist die Büchse und die Hand, es zu tun.«

Die Ente flatterte noch dahin, als die tödliche Kugel sie ereilte, und den Kopf vom Halse trennte, so sauber, als wäre es mit dem Beil geschehen. Hist hatte sich bei dem Erfolge des jungen Indianers einen leisen Freudenschrei erlaubt; jetzt aber gab sie sich die Miene, die größere Geschicklichkeit seines Freundes mit Verdruß zu empfinden. Der Häuptling dagegen stieß den gewöhnlichen Ausruf des Vergnügens aus, und sein Lächeln zeigte, wie voll er von Bewunderung und wie entfernt vom Neid war.

»Laßt nur das Mädchen, Schlange; laßt nur Hists Gefühle, die weder ersticken noch ertränken, weder töten noch verschönern«, sagte Wildtöter lachend. »Es ist den Weibern natürlich, an ihrer Männer Siegen und Niederlagen teilzunehmen, und Ihr seid so gut wie Mann und Frau, was Vorurteil und Freundschaft anbelangt. Da ist ein Vogel über uns, der wird die Gewehre auf die Probe stellen; ich fordere Euch heraus auf ein Ziel in der Höhe, mit fliegender Scheibe, das ist eine wahre Probe und eine, die sichre Büchsen wie sichre Augen verlangt.«

Es war auf dem See auch die Art von Adlern, die das Wasser aufsuchen und von Fischen leben, und einer schwebte in beträchtlicher Höhe über der Hütte, begierig eine Gelegenheit zum Herabstoßen erwartend; seine hungrigen Jungen streckten ihre Köpfe aus einem Nest, das man auf dem nackten Wipfel einer abgestorbenen Fichte sah. Chingachgook legte schweigend ein neues Gewehr auf den Vogel an, und nachdem er genau seine Zeit ersehen, feuerte er. Ein weiterer Kreis als gewöhnlich, den der Vogel beschrieb, zeigte an, daß der bleierne Bote in einer nicht großen Entfernung von jenem die Luft durchschnitten, aber sein Ziel verfehlt hatte. Wildtöter, dessen Visieren ebenso rasch als sicher war, feuerte, sobald gewiß war, daß sein Freund gefehlt hatte, und das starke Herabstoßen des Adlers, welches man sogleich darauf bemerkte, ließ es für den Augenblick zweifelhaft, ob er getroffen war oder nicht. Der Schütze selbst jedoch erklärte, daß er nicht glücklich gewesen, und forderte seinen Freund auf, eine neue Büchse zu ergreifen; denn er bemerkte bei dem Vogel Anzeichen seiner Absicht, den Ort zu verlassen.

»Ich habe ihn blinzeln und stutzig gemacht; ich glaube, seine Federn wurden gezaust, aber noch ist sein Blut nicht geflossen, und dies alte Gewehr taugt auch nicht zu einem so genauen und raschen Visieren. Schnell, Delaware, Ihr habt jetzt eine beßre Büchse, und Judith, bringt Killdeer heraus, denn dies ist eine Gelegenheit, seine Verdienste zu erproben, wenn er welche hat!«

Eine allgemeine Bewegung trat nun ein, die beiden Nebenbuhler machten sich fertig, und die Mädchen standen in lebhafter Erwartung des Ergebnisses. Der Adler hatte nach seinem tiefern Herabstoßen einen weiten Bogen beschrieben, und jetzt, wieder emporflügelnd, schwebte er von neuem so ziemlich über dem Gebäude, sogar in noch größerer Entfernung als zuvor. Chingachgook starrte hinauf und sprach dann seine Ansicht aus, daß er es für unmöglich halte, einen Vogel in solcher Höhe, und während er beinahe scheitelrecht über dem Zielenden schwebe, zu treffen. Aber ein leises Murmeln Hists bewirkte einen plötzlichen Entschluß, und er feuerte. Das Ergebnis zeigte, wie richtig er gerechnet; denn der Adler änderte seinen Flug gar nicht, beschrieb, ruhig dahinsegelnd, runde Kreise in seiner luftigen Bahn und schaute wie verachtend auf seine Feinde herunter.

»Jetzt, Judith«, rief Wildtöter lachend, mit glänzenden und freudigen Augen, »wollen wir sehen, ob die Büchse *Wildtöter* nicht auch *Adlertöter* ist! Gebt mir Platz, Schlange, und beobachtet die vernünftige Art des Zielens; denn durch Vernunft kann man alles lernen.«

Ein sorgfältiges Visieren folgte jetzt und ward mehrere Male wiederholt, während der Vogel immer höher und höher stieg. Dann kamen der Blitz und der Knall. Der rasche Bote flog hinauf, und im nächsten Augenblick drehte sich der Vogel auf die Seite und stieß herunter, bald mit dem einen, bald mit dem andern Flügel schlagend und kämpfend, manchmal in Kreis sich umtreibend, dann verzweifelt flatternd, wie bewußt seiner Verletzung, bis er, nachdem er noch ein paar völlige Kreise um den Platz beschrieben, schwer auf das Ende der Arche herabstürzte. Als man den Körper untersuchte, fand man, daß die Kugel halb durch ihn hindurchgegangen war zwischen einem Flügel und dem Brustbein.

Sechsundzwanzigstes Kapitel

An zwei Steintafeln, vor ihr hingebreitet,
Lehnt ihre Brust sie, härter selbst als Stein:
Da schlief der Richter, der den Lohn bereitet
Dem Unrecht und dem Recht mit Trost und Pein
Da hing all unsrer Schulden Buch und Schein,
Drauf Gut, Bös, Leben, Tod war angeschrieben:
So rein ist nie ein sterblich Herz geblieben,
Dem Lesung dieses Buchs nicht Angstschweiß ausgetrieben.

Giles Fletcher

»Wir haben etwas Unbesonnenes getan, Schlange – ja, Judith, wir haben etwas Unbesonnenes getan, daß wir ohne einen andern Zweck als Eitelkeit töteten«, rief Wildtöter, als der Delaware den gewaltigen Vogel an den Flügeln emporhielt, während dieser die sterbenden Augen auf seine Feinde mit jenem Blick geheftet hielt, welchen die Hilflosen immer auf ihre Verderber werfen. »Es ziemte mehr zwei Knaben, ihr Gelüste in dieser unbesonnenen Weise zu büßen, als zwei Männern auf dem Kriegspfad, wenn es auch ihr erster ist. Ach Gott! nun, zur Strafe will ich Euch sogleich verlassen, und wenn ich mich allein bei den blutgierigen Mingos sehe, ist es mehr als wahrscheinlich, daß ich Gelegenheit finden werde, zu bedenken, daß das Leben süß ist, selbst den Tieren des Waldes und den Vögeln der Luft. Da, Judith, da ist Killdeer; nehmt ihn wieder zurück und bewahrt ihn auf für eine Hand, die würdiger ist, ein solches Gewehr zu besitzen.«

»Ich weiß keine, die so würdig ist als die Eurige, Wildtöter«, versetzte hastig das Mädchen, »keine als die Eurige soll die Büchse haben.«

»Wenn es auf die Geschicklichkeit ankäme, möchtet Ihr schon recht haben, Mädchen, aber wir sollten wissen, *wann* Feuerwaffen zu gebrauchen sind, und nicht bloß, *wie*. Ich habe das erste noch nicht gelernt, wie es scheint, so behaltet die Büchse, bis ich es habe. Der Anblick eines sterbenden und gequälten Geschöpfes, wenn es auch nur ein Vogel ist, bringt einen Mann auf heilsame Gedanken, der nicht weiß, wie bald sein eignes Stündlein kommen mag, und der ziemlich sicher voraussieht, daß es vor Sonnenuntergang kommen wird; ich wollte alle meine eiteln Empfindungen und meinen Stolz auf Hand und Auge hingeben, wenn nur dieser arme Adler wieder auf seinem Horst bei seinen Jungen wäre, den Herrn preisend, wie wir allem nach annehmen müssen, für seine Gesundheit und Stärke!«

Die Zuhörenden waren betroffen über diesen Ausbruch plötzlicher Reue bei dem Jäger, und dazu noch über eine so gewöhnliche, wenn schon unbesonnene und gewissermaßen mutwillige Tat, daß die Menschen sich selten dabei aufhalten, ihre Folgen zu erwägen oder die physischen Leiden, welche sie dem hilflosen, verfolgten Geschöpf zuzieht. Der Delaware verstand, was jener sagte, obwohl schwerlich die Gefühle, aus welchen jene Worte hervorgingen, und um die Bedenklichkeit zu beseitigen, zog er sein scharfes Messer und trennte den Kopf des armen Vogels vom Rumpfe.

»Was ist es doch um die Macht!« fuhr der Jäger fort, »und was ist es darum, sie zu haben und nicht zu wissen, wie sie zu benutzen ist! Es ist kein Wunder, Judith, daß die Mächtigen so oft ihren Pflichten untreu werden, wenn es selbst die Geringen und Niedrigen so hart ankommt zu tun, was recht ist, und zu unterlassen, was unrecht ist. Und dann, wie *eine* üble Handlung andre nach sich zieht! Wäre jetzt nicht dieser mein Urlaub, der mich bald zu den Mingos zurückführt, so würde ich dieser Kreatur Nest finden, wenn ich vierzehn Tage die Wälder durchstreifte – obgleich ein Adlernest bald gefunden ist von solchen, welche des Vogels Natur verstehen – aber ich würde eher vierzehn Tage herumstreifen als ablassen, es zu suchen, nur um auch den Jungen ihr Leid abzukürzen.«

»Es freut mich, das von Euch zu hören, Wildtöter«, bemerkte Hetty, »und Gott wird eher Eure Betrübnis über Eure Tat ansehen als die Sünde selbst. Ich dachte, wie sündhaft es sei, harmlose Vögel zu töten, gerade während Ihr schosset, und wollte es Euch sagen; aber ich weiß nicht, wie es kam – ich war so begierig zu sehen, ob Ihr einen Adler in solcher Höhe treffen könntet, daß ich ganz vergaß zu sprechen, bis das Unheil geschehen war.«

»Das ist es, das ist es gerade, meine gute Hetty. Wir können alle unsre Fehler und Verirrungen sehen, wenn es zu spät ist, sie ungeschehen zu machen! Indes, ich bin froh, daß Ihr nichts gesagt; denn ich glaube, in jenem Augenblick gerade hätten auch ein paar Worte mich nicht abgehalten, und so blieb die Sünde doch nur in ihrer einfachen Nacktheit und nicht noch erschwert durch Nichtachtung von abmahnenden Warnungen. Nun, nun, bittere Gedanken sind immer eine schwere Last, aber zu gewissen Zeiten eine noch schwerere als sonst.«

Wenig ahnte Wildtöter, während er sich so seinen Gefühlen hingab, die dem Manne so natürlich und so streng im Einklang mit seinen unverfälschten urd richtigen Grundsätzen waren, daß nach dem Plane der unerforschlichen Vorsehung, welche so gleichmäßig und doch so geheimnisvoll alle Begebenheiten mit ihrem Mantel bedeckt, eben der Fehler, wegen dessen er sich so streng zu tadeln geneigt war, das Mittel werden sollte, sein Schicksal auf Erden zu bestimmen. Die Art, wie, und der Augenblick, wo er die Wirkung dieses Vorfalls zu fühlen bekam, anzugeben, wäre hier verfrüht: man wird dies im Laufe der folgenden Kapitel erfahren. Der junge Mann aber verließ jetzt langsam die Arche, wie einer, der sich über seine Missetaten bekümmert, und setzte sich schweigend auf der Plattform nieder. Mittlerweile war die Sonne schon ziemlich hoch gestiegen, und ihre Erscheinung, mit seinen dermaligen Empfindungen zusammengenommen, bestimmte ihn, sich zum Weggehen anzuschicken. Der Delaware setzte das Kanu für seinen Freund in Bereitschaft, sobald er seine Absicht erfuhr, und Hist war geschäftig, die wenigen Vorkehrungen zu treffen, die man für seine Behaglichkeit als notwendig erachtete. Alles dies geschah ohne Schaustellung von Gefühlen, aber in einer Weise, daß Wildtöter die Beweggründe völlig erkannte und ebenso geneigt war, sie zu würdigen. Nachdem alles fertig war, kehrten beide zu Judith und Hetty zurück, deren keine sich von der Stelle gerührt hatte, wo der junge Jäger saß.

»Die besten Freunde müssen sich oft trennen«, begann der letztere, als er die ganze Gesellschaft um sich her gruppiert sah. »Ja, Freundschaft kann nichts ändern an den Wegen der Vorsehung, und mögen unsre Gefühle sein, welche sie wollen: wir müssen scheiden. Ich habe oft gedacht, es gebe Augenblicke, wo unsre Worte länger im Gemüte haften als gewöhnlich und wo man eines Rates eingedenk bleibt, gerade weil der Mund, der ihn gibt, schwerlich ihn wieder geben wird. Niemand weiß, was in der Welt sich zutragen mag, und daher mag es geraten sein, wenn Freunde sich trennen in der wahrscheinlichen Aussicht, daß die Trennung lange währen kann – daß sie sich ein paar freundliche Worte sagen als eine Art von Angedenken. Wenn alle bis auf eines in die Arche treten wollen, will ich mit jedem der Reihe nach sprechen, und was mehr ist, auch anhören, was Ihr zur Erwiderung etwa zu sagen habt; denn das ist ein elender Ratgeber, der nicht ebenso auch nähme, wie gäbe.«

Da man die Absicht des Redenden verstand, entfernten sich sogleich nach seinem Wunsche die beiden Indianer, die beiden Schwestern aber blieben noch bei dem jungen Manne stehen. Ein Blick Wildtöters veranlaßte Judith, sich zu äußern.

»Ihr könnt Hetty Euren Rat erteilen, während Ihr landet«, sagte sie hastig, »ich habe den Plan, daß sie Euch an die Küste begleite.«

»Ist das klug, Judith? Es ist wahr, daß unter gewöhnlichen Umständen ein schwacher Geist ein großer Schirm und Schutz ist unter den Rothäuten; aber wenn ihre Gefühle aufgeregt und sie auf Rache erpicht sind, ist schwer zu sagen, was geschehen mag. Zudem –«

»Was wollt Ihr sagen, Wildtöter?« fragte Judith, deren Weichheit in Benehmen und Stimme beinahe bis zur Rührung und Zärtlichkeit stieg, obgleich sie kräftig kämpfte, ihre Gemütsbewegungen und Besorgnisse niederzuhalten.

»Nun, weiter nichts, als daß es Anblicke und Taten gibt, von welchen selbst eine so wenig mit Vernunft und Gedächtnis Begabte, wie hier Hetty, besser nicht Zeugin ist. So würdet Ihr wohltun, Judith, mich allein zu lassen und Eure Schwester zurückzubehalten.«

»Seid ohne Sorge um mich, Wildtöter«, fiel Hetty ein, welche genug von der Besprechung verstand, um ihren Gang im allgemeinen zu begreifen. »Ich bin schwachsinnig, und das, sagen sie, ist ein Vorwand, überallhin zu gehen, und was dadurch nicht entschuldigt, das würde übersehen werden, in Betracht der Bibel, die ich immer mit mir führe. Es ist wunderbar, Judith, wie alle Arten von Menschen, die Fallensteller wie die Jäger, Rote wie Weiße, Mingos wie Delawaren, die Bibel fürchten und ihr Ehrfurcht beweisen.«

»Ich denke, du hast nicht den mindesten Grund, eine Mißhandlung zu befürchten, Hetty«, versetzte die Schwester, »und daher werde ich darauf bestehen, daß du mit unserm Freund ins Lager der Huronen gehst. Daß du dorthin gehst, kann dir selbst keinen Schaden bringen und könnte für Wildtöter sehr nützlich sein.«

»Dies ist kein Augenblick zum Streiten, Judith, und so sollt Ihr in der Sache Euren Willen haben«, versetzte der junge Mann. »Macht Euch fertig, Hetty, und geht in das Kanu; denn ich habe Eurer Schwester ein paar Abschiedsworte zu sagen, die Euch nichts helfen können.«

Judith und ihr Genosse blieben schweigend, bis Hetty gehorcht und sie allein gelassen hatte, worauf Wildtöter den Gegenstand aufnahm, als ob er durch ein gewöhnliches Begegnis unterbrochen worden wäre, und das in sehr bündiger Weise.

»Worte, die man beim Abschied spricht und die vielleicht die letzten sind, die man von einem Freunde hört, vergißt man nicht so bald«, wiederholte er, »und so, Judith, gedenke ich zu Euch zu sprechen wie ein Bruder, angesehen, daß ich nicht alt genug bin, Euer Vater zu sein. Erstlich wünsche ich Euch zu warnen vor Euern Feinden, von welchen zwei, kann man sagen, sich an Eure Fersen heften und Euern Weg besetzt halten. Der erste ist: ungewöhnlich gutes Aussehen, was ein so gefährlicher Feind für manches junge Weib ist als ein ganzer Schwarm Mingos, und große Wachsamkeit erheischt, nicht in bezug auf Bewunderung und Preis, sondern auf Mißtrauen und Täuschung. Ja, gutes Aussehen kann durch Täuschung berückt und auch überlistet werden. Um dies zu begreifen, dürft Ihr Euch nur erinnern, daß es schmilzt wie der Schnee, und einmal dahin, kehrt es nie wieder. Die Jahreszeiten kommen und gehen, Judith, und wenn wir Winter haben mit Sturm und Kälte, und Frühling mit Frösten und entlaubten Bäumen, haben wir auch Sommer mit seiner Sonne und prächtigem blauem Himmel, und Herbst mit seinen Früchten und einem Gewand, über den Wald ausgebreitet, wie es keine Schönheit der Stadt in allen Läden Amerikas zusammensuchen könnte. Die Erde ist in einem ewigen Kreislauf begriffen, und die Güte Gottes führt wieder das Angenehme zurück, wenn wir des Unangenehmen genug gehabt haben. Aber nicht ebenso ist es mit dem guten Aussehen. *Das* ist nur für eine kurze Zeit in der Jugend verliehen, um benutzt und nicht mißbraucht zu werden; und da ich nie ein Mädchen sah, gegen das die Vorsehung so gütig gewesen wäre wie gegen Euch, Judith, in diesem Punkte, warne ich Euch, gleichsam mit dem letzten Hauche meines Mundes, daß Ihr Euch hütet vor dem Feinde; Freund oder Feind, je nachdem wir mit der Gabe umgehen.«

Es war Judith so angenehm, diese unzweideutige Anerkennung ihrer persönlichen Reize zu vernehmen, daß sie dem Manne, aus dessen Munde sie kam, er hätte sein mögen, wer er wollte, viel verziehen hätte. Aber in diesem Augenblick und in Kraft eines weit edleren Gefühls von ihrer Seite wäre es für Wildtöter sehr schwer gewesen, sie ernstlich zu beleidigen: sie lieh ihm mit einer Geduld ihr Ohr, von welcher zu hören sie, wenn man ihr nur acht Tage zuvor dies hätte vorhersagen wollen, mit Entrüstung sich gesträubt haben würde.

»Ich verstehe Eure Meinung, Wildtöter«, versetzte das Mädchen mit einer Milde und Demut, welche den andern ein wenig überraschte, »und hoffe mir, was Ihr sagt, zunutze machen zu können. Aber Ihr habt nur einen der Feinde genannt, die ich zu fürchten habe; wer, oder was ist der andere.«

»Der andere entweicht vor Eurem guten Verstand und Urteil, wie ich finde, Judith; ja, er ist nicht so gefährlich, wie ich dachte. Indes, da ich einmal den Gegenstand berührt habe, ist es wohl das beste, redlich alles zu Ende zu sagen. Der erste Feind, gegen den Ihr wachsam sein müßt, wie ich Euch schon gesagt, Judith, ist ein ungewöhnlich gutes Aussehen, und der zweite ist: ein ungewöhnliches Bewußtsein dieses Umstands. Wenn das erste schlimm ist, so bessert das zweite die Sache in keiner Weise, was Wohlfahrt und Seelenfrieden betrifft.«

Wie lange der junge Mann in seiner einfachen und arglosen, aber wohlgemeinten Weise noch fortgefahren haben würde, ist schwer zu sagen, wäre er nicht dadurch unterbrochen worden, daß seine Zuhörerin in Tränen ausbrach und sich einer Gefühlsaufwallung hingab, die nur um so gewaltsamer war, mit je größerer Anstrengung sie sie bisher unterdrückt hatte. Zuerst war ihr Schluchzen so heftig und unbändig, daß Wildtöter nicht wenig erschrak und voll Reue ward von dem Augenblick an, wo er bemerkte, wieviel größer die Wirkung seiner Worte war, als er erwartet hatte. Selbst strenge und in ihren Anmutungen weitgehende Menschen werden gewöhnlich begütigt und befriedigt durch die Zeichen der Zerknirschung, aber Wildtöters Gemüt bedurfte gar keiner so starken Beweise von Rührung, um zum lebhaften Mitgefühl der Betrübnis des Mädchens gestimmt zu werden. Er stand auf, als hätte ihn eine Natter gestochen, und die Töne der Mutter, die ihr Kind tröstet, sind kaum sanfter und begütigender, als seine Stimme und seine Worte waren, wie er jetzt seine Reue darüber aussprach, so weit gegangen zu sein.

»Es war gut gemeint, Judith«, sagte er, »aber es war nicht die Absicht, Euch so sehr wehe zu tun. Ich habe es mit meinem Rat übertrieben, wie ich sehe; ja, ich habe es übertrieben und ich bitte Euch deshalb dringend um Verzeihung. Freundschaft ist ein entsetzliches Ding! Manchmal schilt sie uns, daß wir nicht genug getan haben, und dann wieder macht sie uns Vorwürfe, daß wir zuviel getan. Wie dem sei, ich gestehe, daß ich zu weit gegangen bin, und da ich eine wirkliche und lebhafte Achtung für Euch habe, erkläre ich dies mit Freuden, insofern es beweist, wieviel besser Ihr seid, als Euch meine Eitelkeit und Einbildung dafür hielt.«

Jetzt zog Judith die Hände von ihrem Angesicht zurück, ihre Tränen hatten aufgehört, und sie ließ eine so gewinnende Miene blicken mit dem Lächeln, das sie wahrhaft strahlend machte, daß der junge Mann sie einen Augenblick mit sprachlosem Entzücken anstarrte.

»Sagt nichts weiter, Wildtöter«, entgegnete sie hastig, »es peinigt mich, wenn ich höre, wie Ihr Euch selbst tadelt. Ich erkenne meine Schwäche nur um so besser, nunmehr ich sehe, daß Ihr sie entdeckt habt; die Lehre, so bitter ich sie einen Augenblick empfunden habe, soll nicht vergessen werden. Wir wollen nicht länger von diesen Dingen sprechen; denn ich fühle mich nicht stark genug dazu, und ich möchte nicht, daß der Delaware oder Hist oder auch Hetty meine Schwäche bemerkten. Fahrt wohl, Wildtöter! Möge Gott Euch segnen und schützen, wie Euer redliches Herz Segen und Schutz verdient, und wie ich es zuversichtlich hoffe!«

Judith hatte so weit wieder die Überlegenheit gewonnen, die eigentlich ihrer bessern Bildung, ihrem hochfliegenden Geiste und ihren ausnehmenden persönlichen Vorzügen zukam, daß sie die so zufällig erlangte Gewalt über den andern behauptete und wirklich jedes Zurückkommen auf einen Gesprächsgegenstand verhinderte, der ebenso seltsam unterbrochen, als seltsam eingeleitet worden war. Der junge Mann ließ ihr ganz ihren Willen, und als sie seine harte Hand mit ihren beiden Händen drückte, widersetzte er sich nicht, sondern ergab sich in diese

Huldigung so ruhig und mit einer alles so in der Ordnung findenden Art, wie ein Fürst einen ähnlichen Tribut von einem Untertanen oder die Geliebte von ihrem Anbeter hingenommen haben würde. Die Gefühlsaufwallung hatte das Angesicht des Mädchens gerötet und ihr ganzes Wesen erleuchtet, und ihre Schönheit war nie strahlender, als da sie dem Jüngling einen Abschiedsblick zuwarf. Dieser Blick war voll ängstlicher Besorgnis, Interesses und zarten Mitleids. Im nächsten Augenblick flog sie in die Kajüte und ward nicht mehr gesehen, doch sprach sie von einem Fenster aus zu Hist, um ihr zu sagen, daß ihr Freund sie jetzt erwarte.

»Ihr kennt Rothautnatur und Rothautbräuche hinlänglich, Wah-ta!-Wah, um die Lage zu verstehen, in der ich bin in betreff dieses Urlaubs«, begann der Jäger in der Delawarensprache, sobald das geduldige und unterwürfige Mädchen aus diesem Volke still zu ihm herangetreten war: »Ihr werdet daher am besten begreifen, wie unwahrscheinlich es ist, daß ich je wieder mit Euch rede. Ich habe nur wenig zu sagen, aber dies wenige gibt mir ein langer Aufenthalt unter Eurem Volke und genaue Beobachtung und Erkundigung seiner Gebräuche ein. Das Leben eines Weibes ist hart und rühmselig im besten Falle, aber ich muß gestehen, obgleich ich nicht zugunsten meiner Farbe eingenommen bin, daß es härter ist unter den roten Männern als unter den Bleichgesichtern. Das ist ein Punkt, dessen die Christen sich wohl rühmen dürfen, wenn Rühmen und Prahlen in irgendeiner Form und Weise fürs Christentum sich geziemt, was ich jedoch bezweifle. Wie dem sei, alle Weiber haben ihre Prüfungen. Rote Weiber haben die ihrigen in der natürlichen Weise, wie ich es nennen möchte, während sie die weißen Weiber sozusagen inokuliert bekommen. Tragt Eure Last, wie sich's geziemt, Hist, und bedenkt, wenn sie auch etwas beschwerlich sein sollte, wieviel leichter sie doch ist als die der meisten Indianerinnen. Ich kenne Schlange wohl – was ich nennen darf: von Herzen, und er wird nie ein Tyrann sein gegen jemand, den er liebt, obwohl er erwarten wird, selbst als mohikanischer Häuptling behandelt zu werden. Es werden wolkige Tage über Eure Hütte kommen, denke ich mir; denn die treten ein bei allen Gebräuchen und unter allen Völkern: aber wenn man die Fenster des Herzens offenhält, wird immer Raum für den Sonnenschein bleiben, hineinzudringen. Ihr selbst seid der

Abkömmling eines großen Stammes und so Chingachgook auch. Es ist nicht sehr wahrscheinlich, daß je eines diesen Umstand vergessen und etwas Eure Voreltern Entehrendes tun sollte. Aber dennoch, die Neigung ist eine zarte Pflanze und gedeiht nie lange, wenn sie mit Tränen begossen wird. Laßt die Erde um Euer eheliches Glück herum von dem Tau der Freundlichkeit befeuchtet werden!«

»Mein bleicher Bruder ist sehr weise; Wah wird in ihrem Herzen alles bewahren, was seine Weisheit sagt.«

»Das ist einsichtig und weiblich gesprochen, Hist, Aufmerksamkeit beim Anhören eines guten Rats und Kraft und Beharrlichkeit in der Befolgung, das ist der große Schutz eines Weibes. Und jetzt bittet Schlange, herzukommen und einen Augenblick mit mir zu sprechen, und nehmt mit Euch alle meine besten Wünsche und Gebete! Ich werde an Euch denken, Hist, und an Euern künftigen Gatten, geschehe, was da wolle, und Euch Gutes gönnen hier und jenseits, sei nun das letztere nach den Ideen der Indianer oder nach der christlichen Lehre gestaltet.«

Hist vergoß keine Tränen beim Abschied. Sie ward aufrechterhalten durch die hochsinnige Entschlossenheit eines über seine Handlungsweise entschiedenen Gemütes; aber ihre dunkeln Augen leuchteten von den Gefühlen, die in ihrem Innern glühten, und ihr hübsches Gesicht strahlte in einem Ausdruck von Entschlossenheit, der in auffallendem und eigentümlichem Kontrast zu seiner gewöhnlichen Sanftheit stand. Es stand nur eine Minute an, bis der Delaware mit dem leichten, geräuschlosen Tritt eines Indianers zu seinem Freund herantrat.

»Kommt hierher, Schlange, hierher, mehr den Weibern aus dem Gesicht«, begann Wildtöter, »denn ich habe Euch einiges zu sagen, was nicht einmal geargwohnt, viel weniger gehört werden darf. *Ihr* versteht die Natur der Urlaube und der Mingos zu gut, um darüber im Zweifel und in der Ungewißheit zu sein, was geschehen wird, wenn ich in das Lager zurückkehre. Über die zwei Punkte daher werden wenige Worte weit ausreichen. Erstlich, Häuptling, wünsche ich Euch etwas zu sagen über Hist und über die Weise, wie Ihr roten Männer Eure Weiber behandelt. Ich denke, es ist den Gaben Eures Volkes gemäß, daß die Weiber arbeiten und die Männer jagen; aber es gibt in allen Dingen ein Maß und Ziel. Was das Jagen betrifft, so sehe ich keinen Grund, warum *dem* sollten Grenzen gesteckt werden, aber Hist kommt von einem zu guten Stamme, als daß sie sich wie ein gemeines Weib placken sollte. Einem von Euern Mitteln und Euerm Stand kann es nie an Korn oder Kartoffeln oder irgend etwas fehlen, was das Feld trägt; daher, hoffe ich, wird nie Euer Weib die Hacke in die Hand nehmen müssen. Ihr wißt, ich bin nicht ganz ein Bettler, und alles, was ich habe, an Munition, Häuten, Waffen oder Kalikos schenke ich an Hist, sollte ich nicht zu Ende des Sommers zurückkommen, um es anzufordern. Das wird dem Mädchen auf lange Zeit zustatten kommen und die Arbeit für sie abkaufen. Ich denke, ich brauche Euch nicht zu empfehlen, das Mädchen zu lieben; denn das tut Ihr schon, und wen der Mann wahrhaft liebt, den wird er wohl auch gut halten und pflegen. Dennoch kann es nichts schaden, wenn ich Euch erinnere, daß freundliche Worte nie im Herzen wurmen, wohl aber bittere. Ich weiß, Ihr seid ein Mann, Schlange, der weniger dazu gemacht ist, in seiner Hütte zu schwatzen, als am Ratsfeuer zu sprechen; aber achtlose Augenblicke können uns alle überraschen, und die Übung in freundlicher Behandlung und freundlichen Worten ist ein wunderbar gutes Mittel, Frieden in einem Hause wie auf einer Jagd zu erhalten.«

»Meine Ohren sind offen«, erwiderte der Delaware ernst, »die Worte meines Bruders sind so tief eingedrungen, daß sie nie mehr herausfallen können. Sie sind wie die Ringe, die kein Ende haben und nicht herausweichen können. Er spreche weiter; der Gesang des Zaunkönigs und die Stimme eines Freundes werden einem nie zuviel.«

»Ich will etwas länger sprechen, Häuptling, aber Ihr werdet es entschuldigen in Betracht alter Kameradschaft, falls ich jetzt von mir selbst rede. Wenn das Schlimmste zum Schlimmsten kommt, wird von mir schwerlich viel mehr übrigbleiben als Asche; somit wäre ein Grab überflüssig und eine Art Eitelkeit. Auf diesen Punkt bin ich nicht sonderlich versessen, obgleich es nicht übel wäre, die Überbleibsel von dem Holzstoß anzusehen, und sollten sich noch Knochen oder sonst Stücke finden, so wäre es anständiger, sie zu sammeln und zu begraben, als sie liegenzulassen, daß die Wölfe daran nagten und darüber heulten. Diese Sachen machen am Ende keinen großen Unterschied, aber Männer von weißem Blut und christlichem Gefühl haben doch eher eine Gabe für Gräber.«

»Es soll geschehen, wie mein Bruder sagt«, versetzte der Indianer ernst. »Wenn sein Gemüt voll ist, leere er es aus in die Brust eines Freundes.«

»Dank' Euch, Schlange, mein Gemüt ist leicht genug, ja, es ist ziemlich leicht. Ideen drängen sich wohl auf, an die ich freilich gewöhnlich nicht denke, es ist wahr; aber wenn ich gegen die einen ankämpfe und den andern Luft mache, wird am Ende alles in Ordnung kommen. Ein Ding jedoch ist, Häuptling, das mir unvernünftig scheint und gegen die Natur, obgleich die Missionare es als wahr gelten lassen, und bei meiner Religion und Farbe fühle ich mich verpflichtet, ihnen zu glauben. Sie sagen, ein Indianer möge den Leib martern und peinigen nach Herzensgelüsten und skalpieren und schneiden und reißen und brennen und alle seine Erfindungsgabe und Teufelei aufbieten, bis nichts übrigbleibt als die Asche, und diese nach den vier Winden des Himmels verstreuen: dennoch, wenn die Posaune Gottes erschalle, werde sich alles wieder zusammenfinden, und der Mensch werde wieder in seinem Fleisch dastehen, dieselbe Kreatur im Aussehen, wenn auch nicht im Gefühl, wie zuvor, eh' er mißhandelt worden!«

»Die Missionare sind gute Männer; sie meinen es gut«, versetzte der Delaware höflich, »sie sind keine großen Ärzte. Sie glauben alles, was sie sagen, Wildtöter; das ist kein Grund, daß Krieger und Redner ganz Ohr sein sollten. Wenn Chingachgook den Vater Tamenunds in seinem Skalp und Bemalung und Kriegslocke stehen sehen wird, dann wird er den Missionaren glauben.«

»Sehen ist Glauben, gewiß. Ach ja! und einer von uns sieht vielleicht dies alles eher, als wir gedacht hätten. Ich verstehe Eure Meinung in betreff von Tamenunds Vater, und die Idee ist eine bündige Idee. Tamenund ist jetzt ein alter Mann, wir wollen sagen achtzig, wohlgezählt, und sein Vater ward skalpiert und gemartert, als der jetzige Prophet ein junger Bursch war. Ja, wenn man *das* geschehen sähe, dann wäre es nicht mehr schwer, allem Glauben zu schenken, was die Missionare sagen. Indes ich bin jetzt nicht gegen ihre Ansicht; denn Ihr müßt wissen, Schlange, daß der große Grundsatz des Christentums ist: zu glauben, *ohne* zu sehen; und ein Mann sollte immer nach seiner Religion und seinen Grundsätzen handeln, seien sie, welche sie wollen.«

»Das ist sonderbar für eine weise Nation!« sagte der Delaware mit Nachdruck. »Der rote Mann schaut scharf hin, um zu *sehen* und zu verstehen.«

»Ja, das ist plausibel und dem menschlichen Stolz angenehm, aber es ist nicht so tief, als es scheint. Wenn wir *alles* verständen, was wir sehen, Schlange, so wäre es nicht nur klug, sondern auch sicher, jedem Ding unsern Glauben zu versagen, das wir unbegreiflich finden; aber wo es so viele Dinge gibt, von denen wir gar nichts zu verstehen bekennen müssen, so nützt es wenig und hat keinen vernünftigen Grund, bedenklich zu sein gerade in *einem* Punkt. Was mich betrifft, Delaware, meine Gedanken sind nicht alle bei der Jagd gewesen, wenn wir in unserer Jugend auf Jagd und Kundschaft auszogen. Manche Stunde habe ich ganz angenehm zugebracht mit dem, was man bei meinem Volke Beschaulichkeit nennt. Bei solchen Gelegenheiten ist der Geist tätig, obschon der Körper träg und gleichgültig scheint. Ein offner Platz auf einem Berg, wo man Erde und Himmel weithin übersieht, ist ein höchst gutgewählter Ort für einen Mann, um eine richtige Idee von der Macht Manitus und von seiner eignen Kleinheit zu bekommen. Zu solchen Zeiten hat man keine große Neigung, sich an kleinen Schwierigkeiten im Begreifen zu stoßen, da so große da sind, sie zu verbergen. Zu solchen Zeiten kommt mich das Glauben leicht genug an, und wenn der Herr zuerst den Menschen aus Erde machte, wie sie mir sagen, daß in der Bibel geschrieben stehe, und dann im Tod ihn in Staub verwandelt, sehe ich keine große Schwierigkeit darin, daß er ihm wieder zu seinem Leibe verhilft, obgleich davon nichts als Asche übriggeblieben. Diese Dinge liegen über unser Verständnis hinaus, wie nahe sie unsern Gefühlen liegen mögen und wirklich liegen. Aber von allen Lehren, Schlange, ist, die mich am meisten stört und mein Gemüt in Unruhe versetzt, diejenige, welche uns glauben heißt: ein Bleichgesicht komme in einen Himmel und eine Rothaut in einen andern; sie möchte im Tod diejenigen trennen, die viel zusammen lebten und einander im Leben herzlich liebten.«

»Lehren die Missionare ihre weißen Brüder dies glauben?« fragte der Indianer mit gemessenem Ernst. »Die Delawaren glauben, daß gute Männer und tapfere Krieger miteinander in denselben lustigen Wäldern jagen werden, welchem Stamme sie auch angehören mögen; daß alle ungerechten Jäger und Feigen mit den Hunden und Wölfen herumkriechen müssen, um Wildbret für ihre Hütten zu bekommen.«

»Es ist wunderbar, wie mancherlei Einbildungen die Menschen haben, Glück und Elend betreffend in einem andern Leben!« rief der Jäger aus, hingerissen von der Macht seiner eignen Gedanken. »Einige glauben an Feuer und Flammen, und andere halten es für Strafe, mit den Wölfen und Hunden zu essen. Dann wieder bilden sich einige ein, der Himmel sei nur die Befriedigung ihrer irdischen Wünsche, während andere ihn sich ganz voll Gold und glänzender Lichter denken! Nun, ich habe meine eigne Idee in dieser Sache, Schlange, und zwar diese. Sooft ich unrecht getan, habe ich in der Regel gefunden, daß es von einer Blindheit des Geistes herrührte, welche mich hinderte, das Rechte zu sehen, und wenn das Gesicht wiedergekehrt war, dann kam Kummer und Reue. Nun bilde ich mir ein, daß nach dem Tod, wenn der Körper abgelegt oder, wenn überhaupt noch gebraucht, gereinigt und von seinen Bedürfnissen und Wünschen befreit ist, der Geist alle Dinge in ihrem wahren Licht sieht und nie gegen Wahrheit und Gerechtigkeit blind wird. Wenn dies der Fall, schaut man alles, was man im Leben getan, so klar wie die Sonne am Mittag; das Gute bringt Freude und das Böse Kummer. Daran ist nichts Unvernünftiges, sondern es ist der Erfahrung jedes Menschen gemäß.«

»Ich glaubte, die Bleichgesichter hielten alle Menschen für Sünder, wer soll dann je den Himmel der Weißen finden?«

»Das ist sinnreich, aber es trifft nicht mit den Lehren der Missionare zusammen. Ihr werdet eines Tages, ich zweifle nicht, ein Christ werden, und dann wird Euch alles klar einleuchten. Ihr müßt wissen, Schlange, daß eine große Tat der Rettung und Erlösung vollbracht worden ist, die mit Gottes Hilfe alle Menschen instand setzt, Vergebung zu finden für ihre Sündhaftigkeit, und das ist das Wesentliche der Religion der Weißen. Ich kann mich nicht aufhalten, weitläufiger hierüber mit Euch zu sprechen; denn Hetty wartet im Kanu, und der Urlaub ruft mich weg; aber die Zeit wird, hoffe ich, kommen, wo Ihr das *fühlen* werdet; denn *gefühlt* muß es am Ende doch werden, mehr als mit dem Verstande ergründet. Ach weh, nun, Delaware, da ist meine Hand! Ihr wißt, es ist die eines Freundes, und werdet sie als solche schütteln, obgleich sie Euch nicht halb soviel Gutes erwiesen, als ich gewünscht hätte!«

Der Indianer ergriff die dargebotene Hand und erwiderte den Druck mit Wärme. Dann wieder seinen erworbenen Stoizismus annehmend, den man so häufig für angeborene Gleichgültigkeit hält, stand er mit Fassung und Zurückhaltung auf und schickte sich an, sich von seinem Freunde mit aller Würde zu trennen. Wildtöter jedoch war natürlicher: und er hätte sich wohl gar nichts daraus gemacht, seinen Gefühlen ganz freien Lauf zu lassen, hätte ihn nicht das Benehmen und die Sprache Judiths vor einer kleinen Weile mit geheimer, obwohl unbestimmter, Besorgnis vor einer Szene erfüllt. Er war zu bescheiden, um die Wahrheit hinsichtlich der wahren Gefühle dieses Mädchens zu ahnen, während er zu gut beobachtete, als daß er nicht ihren innern Kampf hätte bemerken sollen, der sie so oft einer Entdeckung ihres Geheimnisses so nahe gebracht hatte. Daß etwas Außerordentliches in ihrer Brust sich verberge, war ihm augenfällig genug, und vermöge eines männlichen Zartgefühls, das der feinsten und höchsten Bildung Ehre gemacht haben würde, scheute er vor einer Offenbarung dieses Geheimnisses zurück, welche später das Mädchen selbst hätte reuen können. Daher beschloß er, jetzt aufzubrechen, und das ohne weitere Kundgebung von Gefühlen von seiner Seite oder von andern.

»Gott segne Euch! Schlange – Gott segne Euch!« rief der Jäger, als das Kanu von der Plattform abstieß, »Euer Manitu und mein Gott allein weiß, wann und wo wir uns wiedersehen; ich werde es für einen großen Segen und für eine reichliche Belohnung des wenigen Guten ansehen, das ich etwa auf Erden getan, wenn es uns vergönnt sein wird, im andern Leben einander zu erkennen und miteinander zu verkehren, wie wir in diesen lustigen Wäldern vor uns so lange getan haben!«

Chingachgook winkte mit der Hand – das leichte Tuch, das er trug, über den Kopf ziehend, wie ein Römer seinen Schmerz in seinen Gewändern verbarg, entfernte er sich langsam in die Arche, um allein seinem Kummer und seinen Gedanken nachzuhängen. Wildtöter sprach nicht eher wieder, als bis das Kanu halbwegs am Lande war. Dann hörte er plötzlich auf zu rudern, hierzu veranlaßt durch Hetty, welche das Schweigen mit ihrer sanften, musikalischen Stimme unterbrach.

»Warum geht *Ihr* zu den Huronen zurück, Wildtöter?« fragte das Mädchen. »Sie sagen, ich sei schwachsinnig, und solchen tun sie nie ein Leid; aber Ihr habt soviel Verstand als Hurry Harry und noch mehr, meint Judith, obgleich ich nicht einsehe, wie das möglich ist.«

»Ach, Hetty, ehe wir landen, muß ich mich noch ein wenig mit Euch besprechen, Kind, und das über Sachen, welche vornehmlich Eure Wohlfahrt betreffen. Stellt Euer Rudern ein oder vielmehr, damit nicht die Mingos meinen, wir machten Anschläge und Komplotte, und uns darnach behandeln, taucht nur so ganz leicht Eure Schaufel ein und gebt dem Kanu nur ganz wenig Bewegung und nicht mehr. Das ist gerade die Idee und die Bewegung. Ich sehe, Ihr seid anstellig genug auf den Augenschein und wäret wohl zu brauchen bei einer List und Täuschung, wenn das jetzt recht wäre, eine zu versuchen – das ist gerade die Idee und die Bewegung! Ach weh! Trug und eine falsche Zunge sind böse Sachen und geziemen sich gar nicht für unsere Farbe, Hetty; aber es ist eine Lust und Genugtuung, die schlauen Ränke einer Rothaut zu vereiteln in dem Kampf eines rechtmäßigen Kriegers. Meine Bahn ist kurz gewesen und wird wohl bald ein Ende haben, aber ich kann sehen, daß die Wanderungen eines Kriegers doch nicht ganz zwischen Gestrüppe und Schwierigkeiten hin gehen. Der Kriegspfad hat auch eine glänzende Seite, so gut wie die meisten andern Dinge, wenn wir nur die Weisheit haben, sie zu sehen, und die Großmut, es zu gestehen.«

»Und warum sollte Euer Kriegspfad, wie Ihr es nennt, seinem Ende so nahe sein, Wildtöter?«

»Weil, mein gutes Mädchen, mein Urlaub seinem Ende so nahe ist. Vermutlich werden beide so ziemlich miteinander zu Ende gehen, was die Zeit betrifft – eines folgt dem andern ganz natürlich auf der Ferse.«

»Ich verstehe Eure Meinung nicht, Wildtöter«, versetzte das Mädchen, etwas verwirrt dareinschauend. »Mutter sagte immer, die Leute sollten mit mir deutlicher sprechen als mit den meisten andern, weil ich schwachsinnig sei. Die Schwachsinnigen fassen nicht so leicht wie die, die Verstand haben.«

»Nun denn, Hetty, die einfache Wahrheit ist diese. Ihr wißt, daß ich dermalen ein Gefangener von den Huronen bin und Gefangne nicht in allem nach ihrem Belieben tun können–«

»Aber wie könnt Ihr ein Gefangener sein«, unterbrach ihn lebhaft das Mädchen, »da Ihr doch hier auf dem See seid, in Vaters Rindenkanu, und die Indianer in den Wäldern, und gar kein Kanu haben? *Das* kann nicht wahr sein, Wildtöter!«

»Ich wünschte von ganzem Herzen und ganzer Seele, Hetty, daß Ihr recht hättet und ich unrecht, statt daß Ihr jetzt unrecht habt und ich der Wahrheit nur zu nahe bin. So frei ich Euren Augen scheine, Mädchen, bin ich doch in Wirklichkeit an Händen und Füßen gebunden.«

»Ha, es ist wirklich ein großes Unglück, keinen Verstand zu haben! Ich kann nun einmal nicht sehen noch verstehen, daß Ihr irgendwie ein Gefangener oder gebunden seid. Wenn Ihr gebunden seid, womit sind denn Eure Hände und Füße gefesselt?«

»Mit einem Urlaub, Mädchen; das ist ein Band, das fester bindet als irgendeine Kette, diese *kann* man brechen, aber jenen nicht. Bei Seilen und Ketten kann man sich mit Messern und Listen und Schlauheit helfen; aber ein Urlaub kann weder durchschnitten noch durchfeilt noch abgestreift werden.«

»Was für eine Art Ding ist denn ein Urlaub, wenn er stärker ist als Hanf oder Eisen? Ich habe noch nie einen Urlaub gesehen.«

»Ich hoffe, Ihr bekommt nie einen zu fühlen, Mädchen; das Bindende bei diesen Sachen liegt ganz in den Gefühlen und muß daher gefühlt, nicht gesehen werden. Ihr versteht doch wohl, glaube ich, was es heißt, ein Versprechen zu geben, gute kleine Hetty?«

»Gewiß. Ein Versprechen heißt: Ihr wollet etwas tun, und das bindet Euch so gut als Euer Wort. Mutter hielt immer ihre Versprechen gegen mich, und dann sagte sie, es wäre eine Sünde, wenn ich nicht meine Versprechen gegen sie und gegen jedermann sonst hielte.«

»Ihr habt eine gute Mutter gehabt, in manchen Beziehungen, Kind, was sie auch in andern gewesen sein mag. Ja, das ist ein Versprechen, und wie Ihr sagt, muß es gehalten werden. Nun bin ich vorige Nacht in die Hände der Mingos gefallen, und sie ließen mich los, um meine Freunde zu sehen und Botschaften zu schicken zu den Leuten meiner Farbe, falls welche von ihnen an meinem Schicksal teilnehmen, unter der Bedingung, daß ich zurück sei, wenn die Sonne heute mitten am Himmel steht, und erdulde, was ihr Haß und Rachsucht von Qualen ersinnen kann, zur Sühne für das Leben des Kriegers, der von meiner Büchse fiel, wie auch für das des jungen Weibes, das Hurry erschossen hat, und für andere Widerwärtigkeiten, die ihnen auf dem See und um ihn herum zugestoßen sind. Was man ein Versprechen nennt zwischen Mutter und Tochter oder auch zwischen Fremden in den Ansiedlungen, wird ein Urlaub genannt, wenn ein Soldat gegen einen andern auf dem Kriegspfad sich dadurch bindet. Und jetzt, denke ich, begreift Ihr meine Lage, Hetty!«

Das Mädchen gab einige Zeit keine Antwort, aber es hörte ganz zu rudern auf, als ob die neue Idee seinen Geist zu sehr angriffe, um ihm noch eine andere Beschäftigung zu gestatten. Dann setzte es das Zwiegespräch ernstlich und mit Bekümmernis fort.

»Meint Ihr, die Huronen werden das Herz haben, zu tun, was Ihr sagt, Wildtöter?« fragte sie. »Ich habe sie freundlich und unschädlich gefunden.«

»Das ist schon wahr, was ein Wesen wie Euch anbelangt, Hetty, aber eine ganz andere Sache ist es, wenn es einem offenen Feind gilt, der noch dazu der Besitzer einer ziemlich sichern Büchse ist. Ich sage nicht, daß sie einen besondern Haß gegen mich tragen wegen gewisser Taten, die ich schon verrichtet; denn das wäre gleichsam am Rande des Grabes geprahlt, aber es ist keine Eitelkeit, wenn ich glaube, daß sie wissen, wie einer ihrer tapfersten und schlausten Häuptlinge durch meine Hand fiel. Da dies der Fall ist, würde sich der Stamm Vorwürfe machen, wenn er ermangelte, den Geist eines Bleichgesichts dem Geist ihres roten Bruders zur Gesellschaft nachzuschicken; vorausgesetzt natürlich, daß er ihn einholen kann. Ich erwarte keine Gnade und Barmherzigkeit von ihnen, Hetty, und mein vornehmster Kummer ist, daß ein solches Unglück mir auf meinem ersten Kriegspfad zustoßen mußte; daß es früher oder später einmal komme, das erwartet jeder Soldat und ist darauf gefaßt.«

»Die Huronen sollen Euch kein Leid tun, Wildtöter!« rief das Mädchen in großer Aufregung. »Es ist sündhaft ebensowohl als grausam; ich habe hier die Bibel, ihnen das zu sagen. Meint Ihr, ich würde dabeistehen und Euch martern sehen?«

»Ich hoffe nicht, meine gute Hetty, ich hoffe nicht, und daher erwarte ich, Ihr werdet, wenn der Augenblick kommt, Euch entfernen und nicht Zeugin sein eines Schauspiels, wo Ihr doch nicht helfen könnt, und das Euch betrüben würde. Aber ich habe nicht darum das Rudern eingestellt, um von meinen Bekümmernissen und Nöten zu schwatzen, sondern um ein wenig offen mit Euch von Euren Angelegenheiten zu reden, Mädchen.«

»Was könnt Ihr mir zu sagen haben, Wildtöter! Seit Mutter starb, reden wenige mit mir von solchen Dingen!«

»Um so schlimmer, armes Mädchen! Ja, es ist um so schlimmer, denn mit einer von Eurem Gemütszustand sollte man häufig sprechen, damit sie den Schlingen und Tücken dieser sündhaften Welt entgehe. Ihr habt den Hurry Harry nicht so bald vergessen, Mädchen, denke ich mir!«

»Ich! – Ich Henry March vergessen!« rief Hetty auffahrend. »Wie sollte ich ihn vergessen, Wildtöter, da er unser Freund ist und uns erst vorige Nacht verließ. Der große, glänzende Stern, welchen Mutter so gern betrachtete, war gerade über dem Wipfel der großen Fichte dort auf dem Berg, als Hurry in das Kanu stieg, und als Ihr ihn auf dem Vorsprung bei der östlichen Bucht ans Land setztet, stand er nicht um mehr als die Länge von Judiths schönstem Band darüber.«

»Und wie könnt Ihr wissen, wie lang ich fort war, oder wie weit ich fuhr, um Hurry zu landen, da Ihr nicht bei uns waret und die Entfernung so groß ist, der Nacht zu geschweigen?«

»Oh! Ich wußte es doch ganz genau«, versetzte Hetty mit Bestimmtheit. »Es gibt mehr als *eine* Weise, Zeit und Entfernung zu messen. Wenn das Gemüt recht bei einer Sache beteiligt ist, so ist es besser als jede Uhr. Meines ist schwach, aber es geht sicher genug in allem, was den armen Hurry Harry betrifft. Judith wird nimmermehr den March heiraten, Wildtöter.«

»Das ist der erste Punkt, Hetty, das ist eben der Punkt, auf den ich kommen möchte. Ihr wißt, denke ich, daß es bei jungen Leuten natürlich ist, daß sie wohlwollende Gefühle füreinander haben, zumal wenn das eine ein Jüngling, das andere ein Mädchen ist. Nun muß eine von Euren Jahren und Eurem Gemüt, Mädchen, die weder Vater noch Mutter hat und in einer Wildnis lebt, wohin nur Jäger und Fallensteller kommen, auf ihrer Hut sein gegen Übel, von denen sie kaum träumt!«

»Was kann Arges daran sein, gut zu denken von einem Mitgeschöpf?« versetzte Hetty einfach, obgleich das verräterische Blut ihr in die Wangen stieg, trotz einer Reinheit des Geistes, bei der sie kaum wußte, woher dies Erröten kam. »Die Bibel gebietet uns, die zu lieben, die uns verächtlich behandeln, und warum nicht diejenigen, die das nicht tun?«

»Ach, Hetty! Die Liebe des Missionars ist nicht die Art von Wohlgefallen, die ich meine. Antwortet mir auf eines, Kind: glaubt Ihr Geist und Verstand genug zu haben, Weib und Mutter zu werden?«

»Das ist keine Frage, die einem Mädchen vorzulegen geziemt, Wildtöter, und ich werde sie nicht beantworten«, versetzte das Mädchen im Ton des Vorwurfs – etwa wie ein Vater oder eine Mutter ein Kind wegen einer Unbescheidenheit tadelt. »Wenn Ihr etwas über Hurry zu sagen habt, so will ich *das* hören; aber Ihr müßt nicht schlimm von ihm sprechen: er ist abwesend, und es ist nicht schön, schlimm von Abwesenden zu sprechen.«

»Eure Mutter hat Euch soviel gute Lehren gegeben, Hetty, daß meine Besorgnisse Eurethalben nicht mehr so groß sind wie früher. Dennoch muß ein Mädchen ohne Eltern, in Eurem Gemütszustand und nicht ohne Schönheit, immer in Gefahr sein in einer so gesetzlosen Gegend wie diese. Ich möchte nichts zum Nachteil Hurrys sagen, der in der Hauptsache kein übler Mann ist für einen von seinem Beruf, aber Ihr solltet eines wissen, was zu hören Euch vielleicht gar nicht angenehm ist, aber Euch doch gesagt werden muß. March hat eine desperate Neigung für Eure Schwester Judith.«

»Nun, und was weiter? Jedermann bewundert Judith, sie ist so schön, und Hurry hat mir oft und viel gesagt, wie sehr er wünsche, sie zu heiraten. Aber das wird nie geschehen; denn Judith mag den Hurry nicht. Sie hat einen andern gern und spricht von dem im Schlafe, aber Ihr dürft mich nicht fragen, wer es ist; denn alles Gold in König Georgs Krone und alle Juwelen dazu würden mich nicht verlocken, Euch seinen Namen zu sagen. Wenn Schwestern nicht Geheimnisse voneinander bewahren können, wer soll es denn?«

»Gewiß! Ich wünsche gar nicht, daß Ihr mir es sagt, Hetty, auch würde es einem Sterbenden nichts nützen, es zu wissen. Was die Zunge spricht, wenn der Geist schläft, dafür ist weder Kopf noch Herz verantwortlich.«

»Ich wollte, ich wüßte, warum Judith im Schlafe soviel von Offizieren und redlichen Herzen und falschen Zungen redet;

aber ich denke, sie sagt es mir nicht gern, weil ich schwachsinnig bin. Ist es nicht sonderbar, Wildtöter, daß Judith den Hurry nicht mag – der doch der tüchtigst aussehende Junge ist, der je an den See kommt, und so schön wie sie selbst. Vater sagte immer, sie würden das hübscheste Paar in der Gegend sein, obgleich Mutter an March so wenig Gefallen hatte als Judith. Man kann nicht wissen, was kommen wird, sagt man, bis die Dinge wirklich geschehen.«

»Ach, weh! Nun, arme Hetty, es hilft nicht viel, zu solchen zu sprechen, die einen nicht verstehen können, und so will ich nichts weiter von dem sagen, wovon ich mit Euch reden wollte, obwohl es mir schwer auf der Seele liegt. Rührt die Ruder wieder, Mädchen, und wir wollen dem Lande zusteuern; denn die Sonne steht schon hoch, und mein Urlaub ist beinahe zu Ende.«

Das Kanu glitt jetzt dahin und steuerte dem Punkte zu, wo Wildtöter genau wußte, daß seine Feinde ihn erwarteten, und wo er schon zu fürchten anfing nicht mehr zur rechten Zeit einzutreffen, um das Pfand seines Wortes einzulösen. Hetty jedoch, die seine Ungeduld bemerkte, ohne ihren Grund sehr klar zu begreifen, unterstützte ihn so kräftig in seiner Anstrengung, daß ihre rechtzeitige Ankunft bald nicht mehr zweifelhaft war. Dann, und erst dann, ließ der junge Mann in seiner Arbeit am Ruder etwas nach, und Hetty fing wieder an, in ihrer einfachen, zutraulichen Weise zu plaudern, obwohl nichts weiter zur Sprache kam, was zu berichten sich der Mühe verlohnte.

Siebenundzwanzigstes Kapitel

Geschäftig warst du heute, Tod, doch halb
Ist erst dein Werk vollbracht! Der Hölle Tore
Sind vollgedrängt, doch Geister rücken an
Zweimal zehntausend noch, die, keiner Scheidung
Von ihren warmen und gesunden Zellen
Gewärtig, ehe noch die Sonne sinkt,
Die Welt des Wehs betreten müssen!

Southey

Ein mit den Zeichen des Himmels Bekannter würde gesehen haben, daß die Sonne nur noch zwei oder drei Minuten vom Zenit entfernt war, als Wildtöter auf dem Landvorsprung, wo die Huronen jetzt lagerten, beinahe gegenüber von dem Kastell, landete. Dieser Platz war dem schon beschriebenen ähnlich, mit der Ausnahme, daß der Boden weniger unterbrochen und weniger mit Bäumen besetzt war. Vermöge dieser beiden Umstände eignete er sich um so besser für den Zweck, wozu er gewählt worden war, und der Raum unter den Zweigen hatte einige Ähnlichkeit mit einem von dichtem Wald umgebenen Grasplatz. Begünstigt durch seine Lage und seine Quelle, ward er häufig von Wilden und Jägern besucht und erkoren, und das natürliche Gras, das auf ihren Feuerplätzen nachgewachsen war, gab manchen Stellen das Ansehen von Rasen, eine sehr ungewöhnliche Zierde des jungfräulichen Urwaldes. Auch war der Rand des Wassers nicht mit Büschen eingefaßt, wie auf einem großen Teil der Küste, sondern das Auge drang unmittelbar, sowie man den Strand erreichte, in die Wälder hinein und beherrschte beinahe die ganze Fläche des Vorsprungs.

War es ein Ehrenpunkt für den indianischen Krieger, sein Wort einzulösen, wenn er sich verpflichtet hatte, zurückzukehren und seinem Tode zu einer gegebenen Stunde entgegenzugehen, so war es auch ein Ehrenpunkt charakteristischen Stolzes, keine weibische Ungeduld zu zeigen, sondern so genau als möglich auf den festgesetzten Augenblick wieder einzutreffen. Es war gut, die von der Großmut des Feindes bewilligte Gnadenfrist nicht zu überschreiten, aber es war noch besser, sie auf die Minute einzuhalten. Etwas von dieser dramatischen Effektsucht mischt sich in die meisten der ernsteren Gebräuche der amerikanischen Ureinwohner und kann ohne Zweifel, wie die Herrschaft eines ähnlichen Gefühls unter mehr verfeinerten und künstlich gebildeten Menschen, auf ein natürliches Prinzip zurückgeführt werden. Wir lieben alle das Wunderbare, und wenn es begleitet von ritterlicher Selbstaufopferung und strenger Beachtung der Ehre auftritt, so stellt es sich unsrer Bewunderung in doppelt anziehender Gestalt dar. Obgleich Wildtöter seinen Stolz darein setzte, sein weißes Blut dadurch zu zeigen, daß er oft von den Sitten der roten Männer abwich, verfiel er doch auch häufig, sich selbst unbewußt, in ihre Gebräuche und noch öfter in ihre Gefühle, infolge davon, daß er sich nur an ihr Urteil und ihren Geschmack als seine Richter und Autoritäten wenden konnte. Im gegenwärtigen Fall hätte er gern den Schein einer fieberischen Hast, die sich durch eine zu frühe Rückkehr verraten hätte, vermieden, weil dies ein stillschweigendes Zugeständnis gewesen wäre, daß die von ihm begehrte Zeit länger war, als nötig gewesen; aber andrerseits würde er, wenn es ihm eingefallen wäre, seine Bewegungen ein wenig beschleunigt haben, um den dramatischen Effekt zu vermeiden, genau in dem Augenblick zurückzukommen, der ihm als äußerste Grenze seines Ausbleibens gesetzt war. Doch hatte der Zufall das seinige getan, die letztere Absicht zu vereiteln; denn als der junge Mann den Fuß ans Land setzte und mit stetem Schritt auf die Gruppe von Häuptlingen zuging, die in ernster Versammlung auf einem gefallnen Baum saßen, warf der älteste von ihnen einen Blick hinauf nach einer Öffnung in den Bäumen und machte seine Genossen auf den merkwürdigen Umstand aufmerksam, daß die Sonne gerade in eine Stelle eintrat, die, wie man wußte, den Zenit bezeichnete. Ein allgemeiner, aber leiser Ausruf der Überraschung und Bewunderung entfuhr jedem Mund, und die grimmigen Krieger schauten einander an: einige mit Neid und Verdruß, andere mit Erstaunen über die pünktliche Genauigkeit ihres Opfers und noch andere mit einem großmütigeren und edleren Gefühl. Der amerikanische Indianer hielt immer seine moralischen Siege für die edelsten und schlug das Stöhnen und Erliegen seines Opfers unter Martern höher an als die Trophäe seines Skalpes und die Trophäe selbst höher als seinen Tod. Töten, ohne das Zeichen des Siegs davonzutragen, galt in der Tat kaum für ehrenhaft; selbst diese rohen und wilden Bewohner des Waldes hatten sich, wie ihre feinen gebildeten Brüder vom Hof und Heerlager, eingebildete und willkürliche Ehrenpunkte festgesetzt, zur Beeinträchtigung der Ansprüche des Rechts und der Entscheidungen der Vernunft.

Die Huronen waren in ihren Meinungen, die Wahrscheinlichkeit der Rückkehr ihres Gefangenen betreffend, geteilt gewesen. Die meisten unter ihnen hatten es in der Tat nicht für möglich gehalten, daß ein Bleichgesicht freiwillig zurückkommen und sich den bekannten Qualen einer indianischen Marterung unterziehen werde; aber einige von den Älteren trauten Besseres einem Manne zu, der sich schon so ausnehmend kaltblütig, tapfer und geradsinnig gezeigt hatte. Die Truppe war jedoch zu ihrer Entscheidung weniger in der Erwartung gekommen, daß das Pfand des gegebenen Wortes eingelöst werde, als in der Hoffnung, die Delawaren herabwürdigen zu können, indem man ihnen das Unrecht und die Schmach eines in ihren Dörfern Aufgewachsenen vorrücke und aufbürde. Weit lieber hätten sie gesehen, daß Chingachgook ihr Gefangner gewesen wäre und sich als Verräter gezeigt hätte; aber der Bleichgesichtsprößling von dem verhaßten Stamm war kein übler Ersatzmann für ihre Zwecke, wenn einmal ihre Anschläge gegen den alten, eigentlichen Baum scheiterten. Um den Triumph für den Fall, daß die Stunde verstreiche, ohne daß der Jäger wieder erscheine, so auffallend als möglich zu machen, waren alle Krieger und Kundschafter der Truppe herbeigerufen worden; die ganze Bande, Männer, Weiber und Kinder waren jetzt auf diesem Punkt versammelt, um Zeugen der erwarteten Szene zu sein. Da das Kastell ganz offen dalag, in gar nicht großer Entfernung, konnte man es bei Tage wohl beobachten, und da man annahm, daß die Insassen nur aus Hurry, dem Delawaren und den beiden Mädchen beständen, befürchtete man nicht, sie könnten ungesehen entfliehen. Ein großes Floß, mit einer Brustwehr von Stämmen, war angefertigt worden und wirklich schon ganz bereit, gegen Arche oder Kastell, wie es die Gelegenheit erfordere, verwendet zu werden, sobald Wildtöters Geschick entschieden wäre; denn die Ältern unter der Truppe waren zu der Ansicht gekommen, daß es nachgerade gefährlich würde, ihren Aufbruch nach Kanada länger als bis zur nächsten Nacht aufzuschieben. Kurz, die Bande wartete nur noch die

Abmachung dieser einzigen Angelegenheit ab, ehe sie die Sachen zur Entscheidung brachte, und bereitete sich vor, den Rückzug nach den fernen Gewässern des Ontario anzutreten.

Es war eine imposante Szene, in welche Wildtöter sich jetzt, als er vorwärts schritt, versetzt sah. Alle ältern Krieger saßen auf dem Stamme des gefallenen Baumes und erwarteten seine Annäherung mit ernstem Anstand. Rechts standen die jungen Männer, bewaffnet, während die linke Seite von den Weibern und Kindern eingenommen war. In der Mitte war ein freier Platz von ansehnlicher Ausdehnung, von Laub ganz umwölbt, wo man aber das Unterholz, abgestorbne Bäume und andre Hindernisse sorgfältig weggeräumt hatte. Dieser offnere Platz war vermutlich von früheren Gesellschaften oft benutzt worden; denn dies war die Stelle, welche am entschiedensten den Eindruck eines Rasens machte. Die Bogen der Wälder warfen selbst am hohen Mittag ihren düstern Schatten auf den Platz, welchen die glänzenden, durch die Blätter sich durchkämpfenden Sonnenstrahlen mit einer milden, weichen Beleuchtung übergossen. Vermutlich empfing der Geist des Menschen von einer solchen Szene zuerst die Idee von den Wirkungen gotischer Verzierungen und kirchlicher Farben; dieser Tempel der Natur machte, was Licht und Schatten betrifft, ungefähr denselben Eindruck, wie das bekannte Produkt menschlichen Kunstsinnes.

Wie nicht selten bei den Stämmen und wandernden Banden der Ureinwohner, teilten zwei Häuptlinge in beinahe gleichen Graden der Würde die vornehmste patriarchalische Autorität, welche über diese Kinder des Waldes geübt wurde. Es waren einige, welche die Auszeichnung von Häuptlingen fordern mochten, aber die zwei Erstgenannten gingen allen übrigen so sehr an Ansehen und Einfluß vor, daß, wenn sie einig waren, niemand ihre Gebote bestritt; wenn sie aber geteilter Ansicht waren, schwankte die Bande unschlüssig hin und her, wie Männer, die ihr leitendes Prinzip des Handelns verloren. Es war auch ganz der Erfahrung – wir dürften vielleicht hinzusetzen: der Natur gemäß, daß eines der Häupter seinen Einfluß seinem Geist verdankte, während bei dem andern seine Auszeichnung ganz auf physischen Eigenschaften und Vorzügen beruhte. Der eine war ein älterer Mann, wohlbekannt durch seine Beredsamkeit in Erörterungen, seine Weisheit im Rate und seine

Klugheit in der Wahl der Maßregeln, während sein großer Mitbewerber, wo nicht Nebenbuhler, ein tapfrer Mann war, ausgezeichnet im Krieg, bekannt durch seine Wildheit, und was die Intelligenz betrifft, hervorragend nur durch Schlauheit und Reichtum an Auskunftsmitteln auf dem Kriegspfade. Der erstere war Rivenoak, der dem Leser schon bekannt ist, und der letztere hieß der Panther. Die Benennung des kampflustigen Häuptlings bezeichnete, wie anzunehmen war, die Eigenschaften des Kriegers nach der bei den roten Männern üblichen Nomenklatur; denn Wildheit, Schlauheit und Verräterei waren vielleicht die unterscheidenden Züge seines Charakters. Er hatte den Namen von den Franzosen erhalten, und dieser wurde deshalb um so höher geschätzt, da der Indianer in den meisten Dingen sich von ganzem Herzen der höhern Intelligenz seiner Verbündeten, der Bleichgesichter, unterwarf. Wie gut er dies Sobriquet, ›Le Panthère‹, verdiente, wird man aus dem Spätern ersehen.

Rivenoak und der Panther saßen nebeneinander, die Annäherung ihres Gefangnen erwartend, als Wildtöter seinen Fuß mit dem Mokassin auf den Strand setzte; auch rührte sich keiner oder sprach eine Silbe, ehe der junge Mann in die Mitte des Platzes getreten war und seine Anwesenheit durch Worte verkündigte. Er tat dies mit Festigkeit, obwohl in der einfachen Weise, die den Charakter des Mannes überhaupt bezeichnete.

»Hier bin ich, Mingos«, sagte er in der Sprache der Delawaren, welche die meisten der Anwesenden verstanden, »hier bin ich, und dort steht die Sonne. Die eine ist nicht treuer den Gesetzen der Natur, als der andere sich seinem Worte treu bewährt hat. Ich bin Euer Gefangener, verfahrt mit mir nach Eurem Belieben! Meine Geschäfte mit Menschen und mit der Erde sind ins reine gebracht; nichts bleibt mir jetzt mehr übrig, als vor den Gott der weißen Männer zu treten, nach eines weißen Mannes Pflichten und Gaben.«

Ein beifälliges Murmeln entschlüpfte selbst den Weibern bei dieser Anrede, und einen Augenblick wurde ein lebhaftes und ziemlich allgemeines Verlangen rege, einen Mann von so mutigem Geist in den Stamm aufzunehmen. Doch gab es auch solche, welche diesem Wunsche nicht beitraten, und zu den Wichtigsten von diesen gehörten der Panther und seine Schwester, Le Sumach, so genannt von der Zahl ihrer Kinder, die Witwe des Loup-cervier, von dem man wußte, daß er von der Hand des Gefangenen gefallen war. Natürliche Wildheit hielt den einen umstrickt und gefesselt, während die nagende Leidenschaft der Rachgier die andere hinderte, im Augenblick sanftere Gefühle aufkommen zu lassen. Nicht so Rivenoak! Dieser Häuptling stand auf, streckte seinen Arm vor sich aus, mit einer Bewegung der Höflichkeit, und machte dem Gefangnen sein Kompliment mit einer Gewandtheit und Würde, um die ihn ein Fürst hätte beneiden dürfen. Da seine Weisheit und Beredsamkeit unter dieser Bande zugestandenermaßen keine Nebenbuhler hatten, erkannte er, daß ihm schicklich die Pflicht zufiel, die Rede des Bleichgesichts zuerst zu beantworten.

»Bleichgesicht, Ihr seid redlich«, sagte er huronische Redner. »Mein Volk ist glücklich, daß es einen Mann gefangen hat und nicht einen schleichenden Fuchs. Wir kennen Euch jetzt, wir werden Euch als einen Tapfern behandeln. Wenn Ihr einen unsrer Krieger getötet und geholfen habt, andere zu töten, so seid Ihr dafür Euer eignes Leben zum Ersatz zu geben bereit. Einige meiner jungen Männer dachten, das Blut eines Bleichgesichts würde zu dünn sein und sich weigern, unter dem Messer der Huronen zu fließen. Ihr wollt ihnen zeigen, daß dem nicht so ist: Euer Herz ist stark wie Euer Körper. Es ist eine Freude, einen solchen Gefangenen zu machen; sollten meine Krieger sagen, der Tod des Loup-cervier dürfe nicht vergessen werden, und er könne nicht allein wandern ins Land der Geister, sein Feind müsse ihm nachgeschickt werden, um ihn einzuholen: so werden sie doch bedenken, daß er von der Hand eines Tapfern fiel, und Euch ihm nachschicken mit solchen Zeichen unsrer Freundschaft, daß er sich Eurer Gesellschaft nicht schämen wird. Ich habe gesprochen; Ihr wißt, was ich gesagt habe.«

»Wahr genug, Mingo, alles wahr wie das Evangelium«, versetzte der unbefangene Jäger. »Ihr *habt* gesprochen, und ich weiß nicht nur, was Ihr *gesagt* habt, sondern was noch wichtiger ist, was Ihr *meint.* Ich glaube wohl, Euer Krieger, der Luchs, war ein Tapfrer von mannhaftem Herzen und würdig Eurer Freundschaft und Achtung, aber ich fühle mich seiner Gesellschaft nicht unwert, auch ohne einen Paßzettel von Eurer Hand. Dennoch bin ich hier, bereit, mein Urteil zu empfangen von Eurem Rate, wenn nicht anders die Sache schon unter Euch entschieden war, noch eh' ich zurückkam.«

»Meine alten Männer wollten nicht zu Rate sitzen über ein Bleichgesicht, ehe sie es unter sich sahen«, antwortete Rivenoak, etwas ironisch sich umsehend. »Sie sagten, es wäre, wie wenn man zu Rate säße über die Winde; sie wehen, wohin sie wollen, und kommen wieder, wenn es ihnen beliebt, und sonst nicht. Eine Stimme war, die zu Euren Gunsten sprach, Wildtöter, aber sie war allein, wie der Gesang des Zaunkönigs, dessen Weibchen vom Falken zerrissen worden ist.«

»Ich danke dieser Stimme, wessen sie immer gewesen sei, Mingo, und behaupte: sie ist eine so wahre Stimme gewesen, als die andern lügenhafte Stimmen waren. Ein Urlaub ist so bindend für ein Bleichgesicht, wenn es redlich ist, wie für eine Rothaut, und wäre das auch nicht, so möchte ich doch nie Schmach über die Delawaren bringen, unter denen ich, kann ich wohl sagen, meine Erziehung erhalten habe. Aber meine Worte sind nutzlos, und führen zu prahlerischen Gefühlen: hier bin ich, verfahrt mit mir, wie Ihr wollt!«

Rivenoak machte eine zustimmende Gebärde, und dann hielten die Häuptlinge unter sich eine kurze geheime Besprechung. Sobald diese zu Ende war, schieden drei oder vier junge Männer aus der bewaffneten Gruppe aus und verschwanden. Dann ward dem Gefangenen bedeutet, daß es ihm freistehe, auf dem Vorsprung herumzugehen, bis über sein Schicksal Beratung gepflogen wäre. In dieser anscheinenden Großmut war jedoch weniger wirkliches Vertrauen, sofern die obenerwähnten jungen Männer schon eine Linie von Schildwachen über die ganze Breite des Vorsprungs landeinwärts bildeten und Flucht nach einer andern Seite hin nicht denkbar war. Selbst das Kanu ward auf die Seite gebracht, über diese Linie von Schildwachen hinaus, an einen Ort, wo man es als sicher vor jedem plötzlichen Versuch betrachtete. Diese Vorsichtsmaßregeln entsprangen nicht aus einem Mangel an Vertrauen, sondern der Umstand, daß der Gefangene jetzt alle Bedingungen, zu denen er sich durch sein Wort verpflichtet, erfüllt hatte, und es jetzt für eine löbliche und ehrenhafte Tat gegolten hätte, wenn er seinen Feinden hätte entkommen können. So fein waren in der Tat die Unterscheidungen, welche die Wilden in Dingen dieser Art machten, daß sie oft ihren Opfern eine Aussicht eröffneten, den Martern zu entrinnen, weil sie es als ebenso rühmlich für die Verfolger ansahen, einen Flüchtling einzuholen oder zu überlisten, dessen Anstrengungen, wie man annehmen durfte, durch die dringende Gefahr seiner Lage aufs äußerste gespornt und gestachelt wurden, wie es für ihn rühmlich war, einer so außerordentlichen Wachsamkeit sich zu entziehen.

Auch war Wildtöter sich seiner Rechte nicht unbewußt und gegen sie und etwa sich darbietende günstige Umstände nicht gleichgültig. Hätte er irgendeinen Ausweg, wo Flucht möglich war, gesehen, so hätte er wohl nicht eine Minute mit dem Versuche gezögert. Aber der Fall schien verzweifelt. Er wußte von der Linie von Schildwachen und erkannte die Schwierigkeit, sie mit heiler Haut zu durchbrechen. Der See bot keine Hilfe, da das Kanu es seinen Feinden ganz leicht machte, ihn einzuholen; sonst hätte er es nicht so schwierig gefunden, bis zu dem Kastell hinüberzuschwimmen. Wie er auf dem Vorsprung herumwandelte, besichtigte er auch genau den Platz, um sich zu vergewissern, ob er nirgends ein Versteck darbiete; aber die Offenheit und die Gestalt des Punktes und die hundert wachsamen Augen, die sich auf ihn richteten, während sie sich doch die Miene gaben, ihn gar nicht zu sehen, mußten dies Rettungsmittel vereiteln. Die Furcht und Schande eines Mißlingens hatte keinen Eindruck auf Wildtöter, der es immer als einen Ehrenpunkt betrachtete, wie ein Weißer, nicht wie ein Indianer zu denken und zu empfinden, und der es als eine Art von Pflicht ansah, zur Rettung seines Lebens alles mögliche zu versuchen, was nur keine Untreue gegen einen Grundsatz in sich schloß. Dennoch zögerte er, den Versuch zu machen; denn er fühlte auch, daß er die Möglichkeit des Gelingens vor sich sehen mußte, ehe er sich auf das Wagestück einließ.

Mittlerweile schien das Geschäft im Lager seinen regelmäßigen Gang zu gehen. Die Häuptlinge berieten sich abgesondert und ließen nur Sumach an ihrer Beratung teilnehmen; denn diese, die Witwe des gefallenen Kriegers, hatte ein ausschließliches Recht, bei einer solchen Gelegenheit gehört zu werden. Die jungen Männer schlenderten in träger Gleichgültigkeit herum, mit indianischer Geduld das Ergebnis abwartend, während die Frauen das Festmahl zubereiteten, welches den Beschluß der Angelegenheit verherrlichen sollte, mochte diese nun gut oder schlimm für unsern Helden endigen. Niemand verriet irgendeine Empfindung, und ein gleichgültiger Beobachter hätte wohl an keiner außerordentlichen Bewegung oder

Aufregung, außer der scharfen Wachsamkeit der Schildwachen, den wahren Stand der Dinge erraten. Zwei oder drei alte Weiber steckten die Köpfe zusammen, und zwar, wie es schien, in einem für Wildtöters Aussichten ungünstigen Sinne, nach ihren scheelen Mienen und zornigen Gebärden zu schließen; eine Gruppe indianischer Mädchen dagegen war sichtlich von andern Gesinnungen beseelt, wie man aus verstohlenen Blicken sah, welche Mitleid und Bedauern aussprachen. Unter solchen Verhältnissen und Zuständen im Lager verstrich eine Stunde.

Bange Ungewißheit ist vielleicht unter allen Empfindungen die unerträglichste. Als Wildtöter landete, war er völlig darauf gefaßt, binnen wenigen Minuten, von indianischer Rachgier ersonnene Martern zu erdulden, und bereit, seinem Schicksal männlich entgegenzutreten; aber der Aufschub wurde für ihn eine weit härtere Probe als das nahe Bevorstehen der Qualen, und das mutmaßliche Opfer begann allen Ernstes auf einen verzweifelten Fluchtversuch zu denken, gleichsam aus reiner Ungeduld, der Szene ein Ende zu machen, als er plötzlich wieder vor das Angesicht seiner Richter gefordert wurde, die die Bande schon wieder in der frühern Ordnung versammelt hatten, bereit ihn zu empfangen.

»Töter des Wildes«, begann Rivenoak, sobald sein Gefangner vor ihm stand, »meine älteren Männer haben weisen Worten zugehört; sie sind bereit zu sprechen. Ihr seid ein Mann, dessen Väter von jenseits der aufgehenden Sonne gekommen sind; wir sind Kinder der untergehenden Sonne; wir wenden unser Angesicht den großen süßen Seen zu, wenn wir nach unsern Dörfern schauen. Es mag ein weises Land sein und voll von Reichtümern, das nach Morgen zu liegt; aber das nach Abend zu ist ein sehr lustiges Land. Wir lieben am meisten, nach dieser Richtung hinzuschauen. Wenn wir nach Osten schauen, empfinden wir Furcht, weil Kanu auf Kanu mehr von Eurem Volk auf der Bahn der Sonne herüberbringt, als wäre ihr Land so voll, daß es überfließt. Die roten Männer sind schon wenige; sie bedürfen der Hilfe. Eine unsrer besten Hütten ist kürzlich leer geworden durch den Tod ihres Herrn; es wird lange Zeit anstehen, bis sein Sohn groß genug wird, an seinem Platze zu sitzen. Hier ist seine Witwe; es wird ihr an Wildbret fehlen, sich und ihre Kinder zu sättigen; denn ihre Söhne sind noch wie die Jungen des Rotkehlchens, ehe sie aus dem Neste fliegen. Durch Eure

Hand hat sie diese große Trübsal betroffen. Sie hat zwei Pflichten: eine gegen den Loup-cervier und eine gegen ihre Kinder. Skalp um Skalp, Leben um Leben, Blut um Blut – ist ein Gesetz; ihre Jungen zu füttern, ein anderes. Wir kennen Euch, Töter des Wildes. Ihr seid ehrlich; wenn Ihr etwas sagt, ist es so. Ihr habt nur *eine* Zunge, und die ist nicht gabelförmig wie die der Natter. Euer Kopf ist nie versteckt im Gras, alle können ihn sehen. Was Ihr sagt, das tut Ihr auch. Ihr seid gerecht. Wenn Ihr unrecht getan habt, so ist Euer Wunsch, wieder recht zu tun, sobald Ihr könnt. Da ist Sumach; sie ist allein in ihrem Wigwam, mit Kindern um sie her, die nach Brot schreien; dort ist eine Büchse, sie ist geladen und zum Abfeuern fertig. Nehmt das Gewehr! Geht hinaus und schießt ein Wild, bringt das Wildbret und legt es vor die Witwe des Loup-cervier hin, füttert ihre Kinder, nennt Euch ihren Gatten. Darnach wird Euer Herz nicht mehr delawarisch, sondern huronisch sein; die Ohren Sumachs werden nicht mehr das Schreien ihrer Kinder hören: mein Volk wird die gehörige Anzahl von Kriegern zählen.«

»Ich fürchtete das, Rivenoak«, antwortete Wildtöter, als der andere zu sprechen aufhörte, »ja, ich besorgte, daß es dazu kommen werde. Indes, die Wahrheit ist bald gesagt, und sie wird allen Erwartungen in diesem Punkt ein Ende machen. Mingo, ich bin weiß und als Christ geboren; es würde mir übel anstehen, ein Weib mit Rothautgebräuchen unter den Heiden zu nehmen. Was ich nicht in friedlichen Zeiten und unter einer glänzenden Sonne täte, würde ich noch weniger tun hinter Wolken, um mein Leben zu retten. Ich heirate wahrscheinlich nie; vermutlich war es die Absicht der Vorsehung, als sie mich hier in die Wälder hinsetzte, daß ich ledig und ohne eigne Hütte bleiben sollte; aber sollte doch jenes einmal geschehen, so soll mir nur ein Weib von meiner Farbe und meinen Gaben die Türe meines Wigwams beschatten. Was das anlangt, die Jungen Eures toten Kriegers zu füttern, so würde ich das mit Freuden tun, könnte es ohne Unehre geschehen; aber das kann nicht sein, sintemal ich nie in einem huronischen Dorf leben kann. Eure eignen jungen Männer müssen Sumach mit Wildbret versorgen, und wenn sie das nächstemal heiratet, laßt sie einen Mann nehmen, dessen Beine nicht so lang sind, daß sie in ein Gebiet hinüberspringen, das ihm nicht gehört. Wir haben einen ehrlichen Kampf gekämpft, und er fiel; daran ist nichts, als was ein Tapferer erwartet und bereit ist zu erdulden. Und was das Mingoherz betrifft, ebensogut mögt Ihr erwarten, graue Haare auf dem Kopf eines Knaben oder Brombeeren auf einer Fichte wachsen zu sehen. Nein, nein, Hurone, meine Gaben sind weiß, was Weiber betrifft; sie sind delawarisch in allen Dingen, die mit Indianern zusammenhängen.«

Diese Worte waren kaum aus Wildtöters Munde, als ein allgemeines Murmeln die Unzufriedenheit verriet, womit sie vernommen wurden. Die alten Weiber besonders legten in lauten Ausdrücken ihr Mißfallen an den Tag, und die holde Sumach selbst, ein Weib, alt genug, um unseres Helden Mutter zu sein, war nicht die Gelindeste in ihren Verwünschungen und Schmähungen. Aber alle anderen Kundgebungen von Mißvergnügen und Verdruß wurden durch die wilde Erbitterung des Panthers zurückgedrängt und überboten. Dieser grimmige Häuptling hatte es als eine Herabwürdigung betrachtet, seine Schwester überhaupt das Weib eines Bleichgesichts von den Yengeese werden zu lassen, und nur mit Widerstreben seine Zustimmung zu der – bei den Indianern übrigens keineswegs ungewöhnlichen – Auskunft und Anordnung auf das lebhafte Zureden der des Gatten beraubten Witwe hin gegeben, und es wurmte ihn entsetzlich, seine Herablassung geringgeschätzt, die Ehre, die zu bewilligen, er mit so großem Verdruß sich hatte bereden lassen, verachtet zu sehen. Das Tier, von welchem er seinen Namen hatte, stiert nicht mit fürchterlicherer Wildheit, als seine Augen auf den Gefangenen funkelten, seine beabsichtigte Beute an; auch blieb sein Arm nicht zurück, die heftige Erbitterung und Wut, die beinahe seine Brust verzehrte, zu betätigen.

»Hund von einem Bleichgesicht!« rief er auf irokesisch, »geh und belle unter den Kötern deiner schlimmen Jagdreviere!«

Die Verwünschung war von einer entsprechenden Tathandlung begleitet. Noch während er sprach, erhob er den Arm, und der Tomahawk ward geschleudert. Zum Glück hatte der laute Ton des Redenden Wildtöters Auge auf ihn hingezogen, sonst hätte dieser Augenblick wahrscheinlich seiner Laufbahn ein Ende gemacht. So groß war die Gewandtheit, womit diese gefährliche Waffe geworfen ward, und so tödlich die Absicht, daß sie den Schädel des Gefangenen gespalten haben würde, hätte er nicht einen Arm vorgestreckt und die Handhabe an einer ihrer Krümmungen mit einer ebenso merkwürdigen Behendigkeit gefaßt, wie die Geschicklichkeit war, womit die Waffe geschleudert worden war. Dennoch war die Wurfkraft so groß, daß, als Wildtöters Arm nach der Waffe gegriffen, seine Hand rückwärts hinter seinen Kopf hinaufgerissen ward, gerade in der Stellung, die zur Erwiderung des Angriffs erforderlich. Es ist nicht gewiß, ob der Umstand, daß er sich so unerwartet bewaffnet, in dieser drohenden Stellung fand, den jungen Mann versuchte, Gleiches mit Gleichem zu vergelten, oder ob plötzliche Erbitterung seine Geduld und Klugheit übermannte. Aber sein Auge funkelte, und ein kleiner roter Fleck zeigte sich auf jeder Wange, während er alle Kraft in der Anstrengung seines Armes aufbot und die Waffe auf den Angreifer zurückschleuderte. Das Unerwartete dieses Wurfs trug zum Erfolg mit bei, da der Panther weder einen Arm aufhob noch sich bückte, um ihm auszuweichen. Das scharfe kleine Beil traf das Opfer in senkrechter Linie mit der Nase, gerade zwischen den Augen, und schlug ihm im buchstäblichen Sinne das Hirn ein. Vorwärts stürzend, wie die Schlange im Augenblick noch, wo sie die Todeswunde empfängt, auf ihren Feind losschießt, fiel dieser Mann von gewaltiger Körperkraft der Länge nach auf den offenen Platz hin, den der Kreis bildete, im Todeskampf zuckend. Ein allgemeines Beispringen ihm zu Hilfe entledigte den Gefangenen für einen Augenblick des ganzen Haufens; entschlossen, einen verzweifelten Versuch zur Rettung seines Lebens zu wagen, rannte er mit der Flüchtigkeit eines Hirsches davon. Es dauerte nur *einen* atemlosen Augenblick, bis die ganze Bande, alt und jung, Weiber und Kinder, den entseelten Leichnam des Panthers liegen lassend, wo er lag, das Lärmgeschrei erhoben und ihm verfolgend nacheilten.

So plötzlich das Ereignis gekommen war, welches Wildtöter veranlaßte, diesen verzweiflungsvollen Versuch durch eilige Flucht zu machen, sein Geist war doch nicht gänzlich unvorbereitet für das fürchterliche Spiel um sein Leben. Während der verflossenen Stunde hatte er die Aussichten bei einem solchen Wagestück wohl erwogen und alle einzelnen Punkte für Gelingen und Fehlschlagen schlau berechnet. Daher folgte gleich beim ersten Sprung sein Körper ganz der Leitung eines Verstandes, der alle Anstrengungen und Kräfte desselben aufs beste zu nutzen verstand und in dem wichtigen Augenblick des Entspringens nicht das mindeste Besinnen, nicht die mindeste

Unentschiedenheit aufkommen ließ: dem allein verdankte er den ersten großen Vorteil, den, daß er unverletzt durch die Linie der Schildwachen durchkam. Die Art und Weise, wie dies geschah, verdient, obwohl einfach genug, eine Beschreibung.

Obgleich die Küsten des Vorsprungs nicht mit Gebüsch besetzt waren wie die meisten andern um den See, rührte dies doch ganz von dem Umstand her, daß der Platz so häufig von Jägern und Fischern benutzt worden war. Dieser Saum begann dann mit dem eigentlichen Land und war so dicht wie sonst überall, in langen Linien nach Norden und Süden sich erstrekkend. In der letztern Richtung schlug denn Wildtöter seinen Weg ein, und da die Schildwachen etwas außerhalb des Anfangs dieses Dickichts standen, hatte der Fliehende sein Versteck gewonnen, ehe sie den Alarm und seine Ursache recht wahrgenommen hatten. In dem Gebüsch jedoch weiterzulaufen, davon konnte nicht die Rede sein, und Wildtöter setzte seine Flucht etwa vierzig bis fünfzig Schritte weit in dem Wasser fort, das nur knietief war und der Eile seiner Verfolger ein ebenso großes Hindernis in den Weg legte wie der seinigen. Sobald sich ein günstiger Platz zeigte, stürzte er sich durch die Linie des Gebüsches und eilte in die offenen Wälder.

Einige Büchsen wurden auf Wildtöter abgefeuert, während er im Wasser war, und noch mehrere folgten, als er auf das ihn vergleichungsweise mehr bloßstellende Gebiet des eigentlichen Waldes kam. Aber die Richtung der Linie, in der er floh, welche teilweise die des Feuers kreuzte, die Hast, mit der gezielt wurde, und die allgemeine Verwirrung, die im Lager herrschte, dies alles machte, daß er unversehrt blieb. Kugeln pfiffen an ihm vorbei, und manche rissen neben ihm Zweige von den Bäumen, aber keine streifte auch nur seine Kleider. Der durch diese fruchtlosen Versuche verursachte Verzug war von großem Nutzen für den Flüchtling, der selbst den vordersten der Huronen mehr als hundert Schritte Vorsprung abgewonnen hatte, ehe irgendeine Ordnung und Übereinstimmung in die Verfolgung kam. Ihn mit der Büchse in der Hand zu verfolgen, davon konnte keine Rede sein. Nachdem die besten Läufer unter den Indianern ihre Gewehre abgefeuert, in unbestimmter Hoffnung, den entlaufenen Gefangenen zu verwunden, warfen sie sie weg und riefen den Weibern und Knaben zu, sie so schnell als möglich aufzunehmen und wieder zu laden.

Wildtöter erkannte das Verzweifelte des Kampfes, in dem er begriffen war, zu gut, um auch nur einen der kostbaren Augenblicke zu verlieren. Er wußte auch, daß seine einzige Hoffnung darauf beruhte, daß er geradeaus lief; denn sobald er sich wandte oder umbog, machte die überlegene Zahl der Verfolger sein Entkommen unmöglich. Er verfolgte daher seinen Weg in schräger Richtung die Anhöhe hinan, die auf dieser Seite des Berges weder sehr lang noch sehr steil war, aber doch mühsam genug für einen um sein Leben Kämpfenden, um ihn entsetzlich zu erschöpfen. Hier aber ließ er in seiner Eile nach, um aufzuatmen, und legte die schwierigeren Teile des Weges in raschem Schritt oder in langsamerem Trab zurück. Die Huronen hinter ihm hüpften und sprangen, aber dies beachtete er nicht, wohl wissend, daß auch sie die hinter ihm liegenden Schwierigkeiten überwinden mußten, ehe sie die von ihm schon gewonnene Höhe erreichten. Der Gipfel des ersten Hügels war jetzt ganz nahe, und er sah aus der Formation des Landes, daß eine tiefe Schlucht dazwischenlag, ehe man den Fuß des zweiten Hügels erreichen konnte. Bedächtig den Gipfel hinansteigend, schaute er sich nach allen Richtungen begierig um, nach einem Versteck suchend. Keines bot sich dar auf dem Boden; aber ein gefallener Baum lag in seiner Nähe, und verzweifelte Lagen erheischen verzweifelte Auskunftsmittel. Dieser Baum lag in einer Parallellinie mit der Schlucht: auf den Gipfel des Hügels hinaufspringend und dann seinen Körper so dicht als möglich unter dessen niedere Seite schmiegen und drängen, war das Werk eines Augenblicks. Ehe jedoch Wildtöter dem Auge seiner Verfolger entschwand, stellte er sich auf der Höhe hin und stieß ein Triumphgeschrei aus, als juble er über den Anblick des vor ihm liegenden Abhangs. Im nächsten Augenblick lag er unter dem Baum hingestreckt.

Sobald der junge Mann diese List ausgeführt, überzeugte er sich auch, wie verzweifelt seine Anstrengungen gewesen, durch die Heftigkeit, womit alles in ihm pulsierte. Er hörte sein Herz klopfen, und sein Atem war wie das Arbeiten eines Blasebalgs in heftiger Bewegung. Indes gewann er den Atem wieder, und das Herz hörte bald auf, so zu klopfen, als wenn es seine Haft und Schranken durchbrechen wollte. Man hörte jetzt die Fußtritte derer, welche sich auf der andern Seite der Anhöhe heraufarbeiteten, und bald kündigten Stimmen und Tritte die Ankunft der Verfolger an. Die vordersten jauchzten, als sie die Höhe erreichten; dann fürchtend, ihr Feind werde ihnen, begünstigt durch den Abhang, entrinnen, sprang jeder auf den gefallnen Baum und stürzte sich in die Schlucht, in der Hoffnung, des Verfolgten ansichtig zu werden, ehe er die Tiefe erreiche. So folgte Hurone auf Hurone, bis Natty anfing zu hoffen, es wären alle an ihm vorbei. Aber andere folgten, bis wohl vierzig über den Baum gesprungen waren, und dann zählte er sie, als sicherstes Mittel zu erfahren, wie viele noch zurück sein konnten. Bald waren alle in der Tiefe der Schlucht, volle hundert Fuß unter ihm; und einige hatten sogar schon einen Teil des gegenüberliegenden Hügels erstiegen, als deutlich ward, daß man eine Nachforschung wegen der von ihm eingeschlagenen Richtung anstellte. Das war der kritische Moment, und ein Mann von weniger festen Nerven oder von minder sorgfältiger Schule und Zucht würde ihn benutzt haben, um aufzustehen und zu fliehen. Nicht so Wildtöter. Er blieb noch immer ruhig liegen, beobachtete mit eifersüchtiger Wachsamkeit jede Bewegung drunten und gewann schnell seinen Atem wieder.

Die Huronen glichen jetzt einer Meute von Hunden auf falscher Fährte. Wenig ward gesprochen, aber jeder rannte umher und untersuchte die abgestorbnen Bäume, wie der Hund nach der verlornen Witterung spürt. Die große Menge von Mokassins, welche des Weges gekommen, machte die Untersuchung schwierig, obgleich die Spur eines indianischen Fußes leicht zu unterscheiden war von dem freiern und weitern Schritt eines weißen Mannes. Im Glauben, daß keine Verfolger mehr zurück seien, und in der Hoffnung, sich ungesehen wegstehlen zu können, schwang sich Wildtöter plötzlich über den Baum hinüber und fiel auf dessen höherliegende Seite. Dies Manöver schien glücklich ausgeführt worden zu sein, und Hoffnung machte das Herz des Flüchtlings hoch klopfen. Auf Hände und Füße sich erhebend, nachdem er einen Augenblick den Tönen in der Schlucht gelauscht, um sich zu überzeugen, ob man ihn nicht gesehen, kletterte der junge Mann zunächst den höchsten Punkt des Hügels hinan, eine Strecke von nur zehn Schritten, in der Hoffnung, den Gipfel zwischen sich und seine Verfolger zu bekommen und so gegen ihr Auge gedeckt zu sein. Auch dies ward ausgeführt, und er richtete sich jetzt auf und lief rasch, aber sicher den höchsten Bergrücken entlang, in einer Richtung entgegengesetzt der, in welcher er zuerst geflohen. Die Art und Weise der Rufe in der Schlucht machte ihn jedoch bald unruhig, und er sprang wieder auf den Gipfel, um zu rekognoszieren. Sobald er die Höhe erreicht hatte, ward er auch gesehen, und die Jagd begann von neuem. Da auf dem ebnen Grund besser fortzukommen war, vermied Wildtöter jetzt die Seite des Hügels und setzte seine Flucht dem Bergrücken entlang fort, während die Huronen, von der allgemeinen Formation des Landes schließend, erkannten, daß der Bergrücken bald in die Schlucht sich verlieren würde, und der letztern zueilten, um auf die leichteste Weise dem Flüchtling zuvorzukommen. Zugleich wandten sich einige wenige südlich, um ihm die Flucht nach dieser Richtung abzuschneiden, während andere ihm die Richtung zum Wasser abschnitten, um ihn zu hindern, am See hin seinen Rückzug zu nehmen, und auch nach Süden zu liefen.

Die Lage Wildtöters war jetzt kritischer, als sie je gewesen. Er war in der Tat von drei Seiten eingeschlossen, und auf der vierten hatte er den See. Aber er hatte alle Aussichten wohl überlegt und ergriff, selbst während der eiligsten Flucht, seine Maßregeln mit kaltem Blute. Wie es bei kräftigen Grenzmännern gewöhnlich der Fall war, konnte er es jedem einzelnen Indianer unter seinen Verfolgern im Laufen zuvortun, und sie waren ihm hauptsächlich furchtbar wegen ihrer großen Zahl und der Vorteile, die ihnen ihre Stellung verschaffte; und er würde sich nicht besonnen haben, in gerader Linie, auf jedem gegebenen Punkt auf und davon zu rennen, hätte er nur erst wieder die ganze Bande ordentlich hinter sich gehabt. Aber eine solche Aussicht zeigte sich nicht und konnte sich nicht zeigen. Als er merkte, daß er durch die Senkung des Bergrückens gegen die Schlucht hinabkam, bog er rasch in einem rechten Winkel mit seiner bisherigen Bahn um, und rannte mit ungeheurer Geschwindigkeit den Abhang hinunter der Küste zu. Einige seiner Verfolger kamen, in gerader Linie ihm nachjagend, keuchend den Hügel herauf, während die meisten sich immer noch in der Schlucht hielten, bei deren Ausgang sie ihm zuvorzukommen gedachten.

Wildtöter hatte jetzt einen andern, obwohl verzweifelten, Plan im Auge. Jeden Gedanken aufgebend, durch die Wälder zu entkommen, eilte er, was er konnte, dem Kanu zu. Er wußte, wo es lag; konnte er es erreichen, so hatte er nur die Gefahr einiger Schüsse zu bestehen, und dann war der Erfolg sicher. Keiner von den Kriegern hatte die Waffen behalten, was ihre Schnelligkeit gehemmt haben würde, und die Gefahr kam entweder von den unsichern Händen der Weiber oder von denen eines halberwachsenen Knaben, obwohl von den letztern die meisten schon in heißer Verfolgung begriffen waren. Alles schien der Ausführung dieses Plans günstig, und da sein Weg jetzt fortwährend abwärts ging, flog der junge Mann mit einer Geschwindigkeit über den Boden hin, welche ein baldiges Ende seiner Drangsale hoffen ließ.

Als Wildtöter sich dem Vorsprung näherte, kam er an einigen Weibern und Kindern vorbei, aber obgleich jene ihm dürre Zweige zwischen die Beine zu werfen versuchten, war doch der Schrecken, welchen seine kühne Wiedervergeltung an dem gefürchteten Panther verbreitet hatte, so groß, daß niemand wagte, ihm nahe genug zu kommen, um ihn ernstlich zu gefährden. Er lief an allen triumphierend vorbei und erreichte den Saum von Gebüschen. Sich durch diese hindurchzwängend, sah sich unser Held wieder im See und nur fünfzig Fuß vom Kanu entfernt. Hier hörte er auf zu laufen; denn er begriff wohl, daß jetzt sein Atem das Wichtigste für ihn war. Er bückte sich sogar im Weiterschreiten und kühlte seinen ausgetrockneten Mund, indem er mit der Hand Wasser zum Trinken schöpfte. Doch drängten die Augenblicke, und bald stand er neben dem Kanu. Der erste Blick zeigte ihm, daß die Ruder weggebracht worden waren. Das war nach allen seinen Anstrengungen ein harter Schlag für seine Hoffnungen, und einen Augenblick dachte er daran; umzukehren und seinen Feinden die Stirne zu bieten, indem er mit Würde wieder in die Mitte des Lagers schritte. Aber ein höllischer Schrei, wie ihn allein die amerikanischen Wilden ausstoßen können, verkündigte das rasche Herankommen seiner Verfolger, und der Instinkt des Lebens siegte. Sich gehörig anschickend und dem Bug des Kanus die rechte Richtung gebend, sprang er in das Wasser, trieb das Kanu vor sich her, bot alle seine Kraft und Geschicklichkeit zu einer letzten Anstrengung auf und ließ sich dann vorwärts auf den Boden des leichten Fahrzeugs fallen, so daß er seinem Lauf keinen wesentlichen Eintrag tat. Hier blieb er auf dem Rücken liegen, sowohl um wieder zu Atem zu kommen, als auch um sich gegen die tödlichen Büchsen zu decken. Die Leichtigkeit, welche beim Rudern der Kanus so vorteilhaft war, wirkte jetzt ungünstig. Das Material war so federleicht, daß das Boot keine Wucht hatte: sonst hätte es der Stoß auf diesem ruhigen und glatten Wasser in eine Entfernung von der Küste getrieben, bei der man sicher mit den Händen hätte rudern können. Hätte er es einmal so weit gebracht, so hoffte Wildtöter, weit genug zu kommen, um die Aufmerksamkeit Chingachgooks und Judiths auf sich zu ziehen, die ihm unfehlbar mit andern Kanus zu Hilfe kommen würden, wo er sich dann alles Gute versprechen konnte. Wie der junge Mann auf dem Boden des Kanus lag, beobachtete er dessen Bewegungen, indem er die Wipfel der Bäume am Berg studierte und aus der Zeit und dem Grad der Bewegung auf seine Entfernung vom Lande schloß. Die Stimmen an der Küste wurden jetzt zahlreich, und er hörte davon sprechen, das Floß zu bemannen, das zum Glück für den Flüchtling in ziemlicher Entfernung auf der andern Seite des Vorsprungs lag.

Vielleicht war Wildtöters Lage heute noch nie kritischer gewesen als in diesem Augenblick, und sicher nie halb so voll tantalischer Qual. Er lag zwei bis drei Minuten vollkommen ruhig, einzig auf sein Ohr sich verlassend, da er hoffte, das Geräusch im See zu vernehmen, falls jemand heranzuschwimmen wagte. Ein paarmal bildete er sich ein, das Wasser werde durch die vorsichtige Bewegung eines Armes aufgerührt, bemerkte aber dann, daß es das Anspülen des Wassers an den Kieseln des Strandes war; denn es ist selten, daß diese kleinen Seen, den Ozean nachäffend, so gänzlich ruhig sind, daß sie nicht an ihren Küsten ein leises Sichheben und Senken des Wassers hätten. Plötzlich verstummten alle Stimmen, und eine Todesstille herrschte auf dem Platze, ein so tiefes Schweigen, als ob alles in der Ruhe unbeseelten Lebens daläge. Mittlerweile war das Kanu so weit hinausgetrieben, daß Wildtöter, auf dem Rücken liegend, nichts mehr sehen konnte als den leeren blauen Raum und einige wenige jener helleren Strahlen, welche aus dem vollen Sonnenglanz hervorbrechend, dessen Nähe bezeichnen. Diese Ungewißheit lange auszuhalten, war nicht möglich. Der junge Mann wußte wohl, daß die tiefe Stille Unheil weissagte; denn die Wilden sind nie so schweigsam, als wenn sie im Begriff stehen, einen Schlag zu führen – dem verstohlenen Schleichen des Panthers ähnlich, ehe er seinen Satz macht. Er zog ein Messer heraus und war im Begriff, ein Loch durch die Rinde zu schneiden, um einen Blick auf die Küste zu gewinnen, als er wieder innehielt, aus Furcht, bei diesem Vorhaben gesehen zu werden, wodurch die Feinde ein Ziel für ihre Kugeln bekommen würden. In diesem Augenblick aber ward schon eine Büchse abgefeuert, und die Kugel schlug durch beide Seiten des Kanus, achtzehn Zoll von der Stelle, wo sein Kopf lag. Das war ein gefährlicher Handel, aber unser Held hatte zu kürzlich erst noch Gefährlicheres durchgemacht, um die Fassung zu verlieren. Er lag noch eine halbe Minute ruhig da, und dann sah er den Wipfel einer Eiche langsam in seinen engen Horizont kommen.

Wildtöter, der sich diese Veränderung nicht zu erklären vermochte, konnte jetzt seine Ungeduld nicht mehr zügeln. Mit der äußersten Vorsicht sich hinaufschiebend, hielt er sein Auge an das durch die Kugel geschlagene Loch und bekam zum Glück eine leidliche Ansicht des Vorsprungs. Das Kanu hatte sich, infolge einer jener unmerklichen, als Zufall erscheinenden Fügungen, die so oft über das Schicksal der Menschen wie über den Gang der Dinge entscheiden, südlich gewendet und glitt langsam den See abwärts. Es war ein Glück, daß ihm Wildtöter einen hinlänglich kräftigen Stoß gegeben hatte, um es am Ende des Vorsprungs vorbeitreiben zu lassen, ehe es in diese Abweichung geriet, sonst hätte es wieder an die Küste kommen müssen. Auch so trieb es noch so nahe vorüber, daß, wie schon erwähnt, die Wipfel von zwei oder drei Bäumen in das Gesichtsfeld des jungen Mannes fielen, und kam der äußersten Spitze des Vorsprungs wirklich so nahe, daß es nicht mehr ganz außer Gefahr war. Die Entfernung konnte nicht viel über hundert Fuß betragen, doch begann zum Glück eine leise Luftströmung von Südwest, es langsam von der Küste wegzutreiben.

Wildtöter empfand jetzt die dringende Notwendigkeit, ein Mittel zu ersinnen, um sich von seinen Feinden zu entfernen und womöglich seine Freunde von seiner Lage in Kenntnis zu setzen. Die Entfernung machte letzteres schwierig, während die Nähe des Vorsprungs jenes zur unerläßlichen Notwendigkeit machte. Wie gewöhnlich in solchen Fahrzeugen, befand sich je ein großer, runder, glatter Stein an beiden Enden des Kanus, zu dem doppelten Behufe, als Sitze und als Ballast zu dienen: einen von diesen konnte er mit den Füßen erreichen. Diesen Stein wußte er so weit zwischen seinen Beinen heraufzuarbeiten, daß er ihn mit den Händen fassen konnte, und dann gelang es ihm, denselben neben den andern im Bug hinzuwälzen, wo die beiden jetzt dienten, das Gleichgewicht des leichten Bootes zu erhalten, während er sich selbst so weit als möglich nach dem Hinterteil arbeitete. Ehe er die Küste verließ, und sobald er bemerkte, daß die Ruder fort waren, hatte Wildtöter ein Stück von einem abgestorbnen Zweig in das Kanu geworfen, und diesen konnte er mit dem Arm erreichen. Er nahm die Mütze, die er trug, ab, steckte sie auf diesen Stecken und hob sie über den Rand des Kanus empor, so weit als möglich von sich entfernt. Diese List war kaum in Ausführung gebracht, als der junge Mann sich überzeugte, wie sehr er die Einsicht und Schlauheit seiner Feinde unterschätzt hatte. Dem so leicht zu durchschauenden und gewöhnlichen Kunstgriff zum Trotz ward durch einen andern Teil des Kanus eine Kugel geschossen, welche ihn wirklich an der Haut streifte. Er ließ die Mütze sinken und hielt sie sich sofort zum Schutz über den Kopf. Es konnte scheinen, als ob dieser zweite Kunstgriff unbemerkt bleibe; wahrscheinlich aber war, daß die Huronen, überzeugt, ihres Gefangenen wieder habhaft zu werden, ihn lebendig in ihre Hände zu bekommen wünschten.

Wildtöter lag noch einige Minuten regungslos da, sein Auge jedoch an dem Kugelloch, und war nicht wenig erfreut, zu sehen, daß er allmählich immer weiter und weiter von der Küste wegtrieb. Als er emporschaute, waren die Baumwipfel verschwunden, aber er bemerkte bald, daß das Kanu sich langsam wandte, so daß er durch sein Guckloch nichts mehr als nur die beiden Enden des Sees sehen konnte. Jetzt dachte er an den Stecken, welcher gekrümmt war und sich nicht übel zum Rudern eignete, ohne daß er nötig hatte aufzustehen. Das Experiment gelang beim Versuch sogar besser, als er gehofft hatte, obwohl die große Verlegenheit jetzt die war, das Kanu in gerader Richtung zu erhalten. Daß dies neue Manöver gesehen worden, ward bald klar aus dem Geschrei auf der Küste, und eine am Hinterteil des Kanus eindringende Kugel fuhr der Länge nach hindurch, pfiff zwischen den Armen unsers Helden hin und drang am Vorderteil hinaus. Dies überzeugte den Flüchtling, daß er sich mit ziemlicher Geschwindigkeit entfernte, und spornte ihn an, seine Anstrengungen zu verdoppeln. Er ruderte noch kräftiger als zuvor, als ein neuer Bote von dem

Vorsprung den Stecken außen zerschmetterte und ihn seines Ruders beraubte. Da aber der Ton der Stimmen immer ferner und ferner zu werden schien, beschloß Wildtöter, alles dem Treiben des Wassers zu überlassen, bis er sich außer dem Bereich der Kugeln glaubte. Das war eine harte Nervenprobe, aber es war das klügste Auskunftsmittel, das sich darbot, und der junge Mann fühlte sich ermutigt, dabei zu bleiben, durch den Umstand, daß er im Gesicht das Fächeln der Luft spürte, ein Beweis, daß der Wind etwas stärker wehte.

Achtundzwanzigstes Kapitel

Nicht der Witwe Trän', nicht der Waisen Weh
Hält die wilden Stürmer auf;
Nicht dräuender Himmel, nicht schwellende See
Hemmt des Piraten Lauf;
Von Selbstsucht gestählt zu vermessenem Mut,
Wandeln sie hin durch Raub und Blut;
An Leumund und Schande bange Gedanken
Machen im Frevel sie nimmer wanken;
Macht und Schätze durch Untat zu häufen nicht laß,
Verlachen der Mitmenschen Furcht sie und Haß.

Congreve

Wildtöter befand sich jetzt zwanzig Minuten in dem Kanu und harrte nachgerade mit einiger Ungeduld auf Zeichen des Beistands von seinen Freunden. Die Stellung des Bootes hinderte ihn noch immer, in einer andern Richtung als den See auf- oder abwärts zu sehen, und obwohl er wußte, daß seine Gesichtslinie nur hundert Schritte von dem Kastell ablag, überschritt sie doch in der Tat diese Entfernung, von der westlichen Seite der Gebäude aus gerechnet. Die tiefe Stille beunruhigte ihn auch, denn er wußte nicht, ob er sie auf die Rechnung des zunehmenden Abstandes von den Indianern oder die einer neuen List schreiben sollte. Endlich, ermüdet von dem fruchtlosen Harren, kehrte sich der junge Mann auf seinem Rücken um, schloß die Augen und erwartete das Weitere in gefaßter Ergebung und Ruhe. Wenn die Wilden ihren Rachedurst so völlig zu bemeistern vermochten, so war er entschlossen, sich ebenso ruhig zu verhalten wie sie und sein Schicksal dem Einfluß der Strömungen und der Luft anzuvertrauen.

Etwa zehn weitere Minuten mochten verflossen sein, während beide Teile sich so ruhig verhielten, als Wildtöter ein leises Geräusch zu hören glaubte, wie wenn etwas an dem Boden des Kanus rieb. Er öffnete natürlich die Augen in der Erwartung, das Gesicht oder den Arm eines Indianers aus dem Wasser sich erheben zu sehen, und fand, daß ein Laubdach gerade über seinem Kopf hing. Er sprang auf, und das erste, was sein Auge erblickte, war Rivenoak, welcher dem langsamen Vorrücken des

Bootes nachgeholfen und es an den Vorsprung herangezogen hatte. Das Anstreifen auf dem Strand war der Ton gewesen, welcher unsern Helden zuerst aufgeschreckt hatte. Der Wechsel in der Richtung des Kanus rührte überhaupt nur von der Unbeständigkeit der Luftströmungen und einigen Strudeln des Wassers her.

»Kommt«, sagte der Hurone, mit einer ruhig gebietenden Gebärde seinen Gefangenen auffordernd, ans Land zu steigen, »mein junger Freund ist herumgesegelt, bis er müde geworden ist; er wird es verlernen, wieder zu laufen, wenn er nicht seine Beine gebraucht.«

»Ihr habt den Vorteil davon, Hurone«, versetzte Wildtöter, ruhig aus dem Kanu tretend und seinem Führer geduldig auf den offenen Platz des Vorsprungs folgend, »die Vorsehung hat Euch in unerwarteter Weise geholfen. Ich bin wieder Euer Gefangener, und Ihr werdet, hoff' ich, gestehen, daß ich ebenso tüchtig darin bin, aus der Haft zu brechen, als Urlaube zu halten.«

»Mein junger Freund ist ein Elch!« rief der Hurone. »Seine Beine sind sehr lang, sie haben meinen jungen Männern Mühe gemacht. Aber er ist kein Fisch, er kann seinen Weg im See nicht finden. Wir schossen ihn nicht; Fische fängt man in Netzen und tötet sie nicht mit Kugeln. Wenn er wieder ein Elch wird, wird er wie ein Elch behandelt werden.«

»Ja, schwatzt nur, Rivenoak, rühmt und benutzt Euren Vorteil. Es ist Euer Recht, denke ich, und ich weiß, es ist Eure Gabe. Über den Punkt werden wir nicht weiter Worte wechseln; denn alle Menschen dürfen und müssen ihren Gaben folgen. Indessen, wenn Eure Weiber anfangen, mich zu necken und zu schmähen, was, wie ich glaube, bald geschehen wird, so mögen sie bedenken, daß, wenn ein Bleichgesicht sich um sein Leben wehrt, solang es recht und mannhaft ist, er auch mit Anstand es fahrenzulassen weiß, wenn er fühlt, daß die Zeit gekommen. Ich bin Euer Gefangener, tut Euren Willen an mir!«

»Mein Bruder hat einen langen Lauf gemacht auf den Bergen und eine angenehme Fahrt auf dem Wasser«, versetzte Rivenoak milder und lächelte dabei in einer Art, die, wie der andere wußte, friedliche Absichten verriet. »Er hat die Wälder gesehen, er hat das Wasser gesehen: wo gefällt es ihm am besten?

Vielleicht hat er genug gesehen, um seinen Sinn zu ändern und geneigt zu werden, Vernunft zu hören.«

»Sprecht, Hurone, Ihr habt etwas in Gedanken, und je eher es gesagt ist, um so eher habt Ihr meine Antwort.«

»Das ist gerade herausgesprochen! In den Reden meines Freundes, des Bleichgesichts, sind keine krummen Windungen, obwohl er ein Fuchs ist im Laufen. Ich will zu ihm sprechen! Seine Ohren sind jetzt weiter offen als zuvor, und seine Augen sind nicht verschlossen. Die Sumach ist ärmer als je. Früher hatte sie einen Bruder und einen Gatten. Sie hatte auch Kinder. Die Zeit ging hin, und der Gatte brach auf nach den glücklichen Jagdrevieren, ohne Lebewohl zu sagen; er ließ sie allein mit seinen Kindern. Das konnte er nicht ändern, sonst hätte er es nicht getan; Loup-cervier war ein guter Gatte. Es war lustig, das Wildbret und die wilden Enten und Gänse und Bärenfleisch zu sehen, das winters in seiner Hütte hing. Es ist jetzt dahin; es hält sich nicht bei warmen Wetter. Wer soll es wieder bringen? Manche dachten, der Bruder werde seiner Schwester nicht vergessen, und er werde im nächsten Winter sorgen, daß die Hütte nicht leer bleibe. Wir glaubten dies, aber der Panther brüllte und folgte dem Gatten auf dem Pfade des Todes. Sie wetteifern jetzt, wer zuerst die glücklichen Jagdreviere erreiche. Einige meinen, der Luchs könne am schnellsten laufen, und einige, der Panther könne am weitesten springen. Sumach meint, beide werden so schnell und so weit reisen, daß keiner je zurückkomme. Wer soll sie und ihre Kinder ernähren? Der Mann, der ihren Gatten und ihren Bruder ihre Hütte verlassen hieß, damit für ihn Raum würde, hineinzugehen! Er ist ein großer Jäger, und wir wissen, daß das Weib nie Mangel leiden wird.«

»Ja, Hurone, das ist bald abgemacht nach Euren Begriffen; aber den Gefühlen eines weißen Mannes geht es leidig gegen den Strich. Ich habe von Männern gehört, welche ihr Leben auf diese Weise retteten, und ich habe solche gekannt, die den Tod einer solchen Art von Gefangenschaft vorziehen würden. Was mich betrifft, ich suche mein Ende nicht, aber ich suche auch die Ehe nicht.«

»Das Bleichgesicht wird sich dies bedenken, während meine Leute sich zur Beratung anschicken. Man wird ihm sagen, was geschehen wird. Er bedenke, wie hart es ist, einen Gatten und einen Bruder zu verlieren! Geht! Wenn wir Euch vor uns sehen wollen, wird man den Namen Wildtöter rufen.«

Dies Gespräch war ohne alle Zeugen in der Nähe der beiden Männer geführt worden. Von der ganzen Bande, von welcher vor kurzem der Platz wimmelte, war nur Rivenoak sichtbar. Die übrigen schienen den Ort völlig verlassen zu haben. Selbst die Geräte, Kleider, Waffen und sonstiges Zubehör des Lagers waren gänzlich verschwunden, und die Stelle wies keine andern Merkmale von dem Schwarm, der sich darauf vor einer Stunde noch herumgetrieben, auf als die Spuren von den Feuern und Ruheplätzen und die zerstampfte Erde, die noch ihre Fußstapfen zeigte. Eine so plötzliche und unerwartete Veränderung erregte in nicht geringem Grade Wildtöters Erstaunen und Unruhe; denn so etwas war ihm während seiner ganzen Erfahrung unter den Delawaren nicht vorgekommen. Er vermutete jedoch, und mit Recht, daß ein Wechsel des Lagers beabsichtigt werde und daß man das Geheimnisvolle dieser Bewegung zu Hilfe nehme, um auf seine Seele durch Furcht zu wirken.

Rivenoak schritt den Gang zwischen den Bäumen dahin, sobald er gesprochen hatte, und ließ Wildtöter allein. Der Häuptling verschwand hinter dem Dickicht des Waldes, und ein Neuling in solchen Szenen hätte wähnen können, der Gefangene sei nunmehr ganz den Eingebungen seiner Klugheit überlassen. Aber der junge Mann kannte, während er einigermaßen über den dramatischen Anstrich der Dinge betroffen war, seine Feinde zu gut, um sich frei und in seinen Bewegungen ungehemmt zu glauben. Doch wußte er noch nicht, wie weit die Huronen ihre Täuschungen zu treiben beabsichtigten, und er beschloß, die Frage so bald als tunlich zur Entscheidung zu bringen. Eine Gleichgültigkeit zur Schau tragend, die er keineswegs fühlte, schlenderte er auf dem Platz herum und kam allmählich immer näher zu der Stelle, wo er gelandet war, als er plötzlich seinen Schritt beschleunigte, obwohl er sorgfältig jeden Schein der Flucht vermied, und die Büsche auseinanderreißend, auf den Kiesplatz schritt. Das Kanu war weg, und er sah auch keine Spuren davon, nachdem er zum nördlichen und südlichen Rand des Vorsprungs geschritten war und in beiden Richtungen die Küste besichtigt hatte. Es war offenbar an einen

Ort gebracht worden, der ihm unbekannt und unzugänglich war, und unter Umständen, welche zeigten, daß dies die Absicht der Wilden gewesen.

Wildtöter verstand jetzt seine wirkliche Lage besser. Er war ein Gefangener auf der schmalen Landzunge, ohne Zweifel sorgfältig bewacht und ohne andere Mittel als durch Schwimmen zu entkommen. Er dachte wieder an dies letzte Auskunftsmittel, aber die Gewißheit, daß man ihm das Kanu zur Verfolgung nachschicken werde, und die geringe Aussicht dieses verzweifelten Versuchs auf Erfolg schreckten ihn davon ab. Am Strand stieß er auf eine Stelle, wo die Büsche abgeschnitten und auf einen kleinen Haufen zusammengeworfen worden waren. Als er einige der obern Zweige wegnahm, fand er darunter den Leichnam des Panthers. Er wußte, daß er aufbewahrt wurde, bis die Wilden einen Begräbnisplatz fänden, wo er außer dem Bereiche des Skalpiermessers wäre. Er blickte gedankenvoll nach dem Kastell hinüber, aber dort schien alles still und öde; ein Gefühl von Einsamkeit und Verlassenheit überfiel ihn, das den düstern Ernst des Augenblicks noch erhöhte.

»Gottes Wille geschehe!« murmelte der junge Mann, indem er bekümmert von dem Strand sich entfernte und wieder unter die Bogen des Waldes trat. »Gottes Wille geschehe auf Erden wie im Himmel! Ich hoffte, meine Tage würden nicht so bald gezählt sein; aber es trägt am Ende wenig aus. Einige Winter und einige Sommer mehr, so wäre es nach dem Lauf der Natur doch vorüber gewesen. Ach, jawohl! Die Jungen und Rüstigen denken selten an die Möglichkeit des Todes, bis er ihnen ins Angesicht grinst und ihnen ankündigt, daß ihre Stunde gekommen ist!«

Während dieses Selbstgesprächs trat der Jäger auf den freien Platz, wo er zu seinem Erstaunen Hetty allein stehen sah, allem Anschein nach auf seine Zurückkunft wartend. Das Mädchen trug die Bibel unter dem Arm, und ihr Antlitz, über welchem gewöhnlich ein Schatten sanfter Schwermut lag, schien jetzt traurig und niedergeschlagen. Wildtöter trat ihr näher und sprach zu ihr:

»Arme Hetty«, sagte er, »in dieser Zeit ist es so unruhig zugegangen, daß ich Euch ganz vergessen hatte; wir treffen uns jetzt gleichsam, um zu trauern über das, was kommen wird. Ich bin verlangend zu wissen, was aus Chingachgook und Wah! geworden ist!«

»Warum habt Ihr den Huronen getötet, Wildtöter?« versetzte das Mädchen in vorwurfsvollem Tone. »Kennt Ihr Eure Zehn Gebote nicht, welche sagen: ›Du sollst nicht töten?‹ Sie sagen mir, Ihr habet jetzt des Weibes Gatten und Bruder erschlagen?«

»Es ist wahr, meine gute Hetty, – es ist wahr wie das Evangelium, und ich will nicht leugnen, was geschehen ist. Aber Ihr müßt bedenken, Mädchen, daß manches erlaubt ist im Krieg, was unerlaubt wäre im Frieden. Der Gatte ward erschossen in offenem Kampfe, oder offen, soweit es mich betraf, während er eine ungewöhnlich gute Deckung hatte; – und der Bruder zog sich selbst seinen Tod zu, indem er seinen Tomahawk nach einem unbewaffneten Gefangenen warf. Seid Ihr Zeugin der Tat gewesen, Mädchen?«

»Ich sah sie, und es tat mir leid, daß sie vorfiel, Wildtöter; denn ich hoffte, Ihr würdet nicht Schlag mit Schlag, sondern Böses mit Gutem vergelten.«

»Ach, Hetty, das mag angehen unter den Missionaren, aber in den Wäldern würde das ein unsicheres Leben machen. Den Panther gelüstete nach meinem Blut, und er war töricht genug, mir Waffen in die Hände zu geben, in dem Augenblick, wo er darnach trachtete. Es wäre gegen die Natur gewesen, bei einer solchen Versuchung nicht eine Hand zu erheben, und es hätte meiner Erziehung und meinen Gaben Unehre gebracht. Nein, nein, ich bin so bereit als einer, jedem das Seinige zu lassen und zu geben, und dies, hoffe ich, werdet Ihr bezeugen gegen diejenigen, die Euch etwa über das befragen, was Ihr heute gesehen habt.«

»Wildtöter, gedenkt Ihr, Sumach zu heiraten, nunmehr sie weder Gatten noch Bruder mehr hat, sie zu ernähren?«

»Sind das Eure Ideen vom Ehestand, Hetty? Soll der Junge die Alte zum Weibe nehmen – das Bleichgesicht die Rothaut – der Christ die Heidin? Es ist gegen Vernunft und Natur, und das werdet Ihr einsehen, wenn Ihr es einen Augenblick bedenkt.«

»Ich habe immer Mutter sagen hören«, erwiderte Hetty, ihr Gesicht wegwendend, mehr aus weiblichem Instinkt als in irgendeinem Bewußtsein von Unrecht – »daß die Leute nie heiraten sollten, als wenn sie einander mehr liebten als Brüder und Schwestern, und ich denke, das ist's, was Ihr meint. Sumach ist alt, und Ihr seid jung.«

»Ja, und sie ist rot, und ich bin weiß. Zudem, Hetty, setzt den Fall, Ihr wäret jetzt ein Weib und hättet einen jungen Mann von Euren Jahren, Stand und Farbe geheiratet – Hurry Harry zum Beispiel« – Wildtöter wählte dies Beispiel einfach deswegen, weil er der einzige beiden bekannte junge Mann war – »und er wäre gefallen auf einem Kriegspfad: würdet Ihr wünschen, an Eure Brust als Gatten den Mann zu nehmen, der ihn erschlagen?«

»Oh! nein, nein, nein!« antwortete das Mädchen schaudernd. »*Das* wäre sündhaft, ebenso wie herzlos! Kein christliches Mädchen könnte oder wollte das tun, Ich werde nie Hurrys Weib werden, das weiß ich; aber wäre er mein Gatte, kein Mann sollte es je wieder nach seinem Tode werden!«

»Ich dachte, auf das würde es hinauskommen, Hetty, wenn Ihr erst die Umstände recht begriffen. Es ist eine moralische Unmöglichkeit, daß ich je Sumach heirate; und obgleich bei indianischen Heiraten keine Priester sind und wenig Religion, kann doch ein weißer Mann, der seine Gaben und Pflichten kennt, sich das nicht zunutze machen und so im geeigneten Augenblick sich retten. Ich glaube, der Tod wäre natürlicher und willkommener als Ehe mit diesem Weibe.«

»Sagt das nicht zu laut«, unterbrach Hetty ungeduldig. »Ich glaube, sie würde das nicht gern hören. Ich bin gewiß, Hurry würde eher sogar mich heiraten als Martern ausstehen, obwohl ich schwachsinnig bin, und es würde mich gewiß töten, wenn ich denken müßte, er würde lieber den Tod wählen als mein Gatte werden!«

»Ja, Mädchen, Ihr seid nicht Sumach, sondern eine hübsche, junge Christin mit einem guten Herzen, anmutigem Lächeln und freundlichen Augen. Hurry dürfte stolz darauf sein, Euch zu bekommen, und das nicht, wenn er im Elend und Kummer wäre, sondern in seinen besten und glücklichsten Tagen. Indes nehmt meinen Rat und sprecht mit Harry nie von diesen Dingen! Er ist im besten Falle doch eben ein Grenzer.«

»Ich möchte es ihm um die Welt nicht sagen!« rief das Mädchen und sah sich ganz entsetzt und errötend um, sie wußte selbst nicht, warum. »Mutter sagt immer, Mädchen sollten nicht keck und vorlaut sein und ihre Gesinnungen nicht aussprechen, ehe man sie frage, – oh! ich vergesse nie, was Mutter mir gesagt hat. Es ist schade, daß Hurry so schön ist, Wildtöter, ich glaube, ohne das würden ihn weniger Mädchen gern haben und er würde eher sein eigenes Gemüt kennenlernen.«

»Armes Mädchen, armes Mädchen! Es ist klar genug, wie es steht; aber der Herr wird ein Geschöpf von so einfältigem Herzen und so freundlichem Gemüt nicht außer acht lassen! Wir wollen nicht weiter von diesen Dingen sprechen; wenn Ihr Vernunft hättet, würdet Ihr Euch bekümmern, andre so Euer Geheimnis haben durchschauen zu lassen. Sagt mir, Hetty, was ist aus all den Huronen geworden, und warum lassen sie Euch auf dem Vorsprung herumwandeln, als ob Ihr auch eine Gefangene wäret?«

»Ich bin keine Gefangene, Wildtöter, sondern ein freies Mädchen, und gehe, wohin und wann es mir gefällt. Niemand darf mir ein Leid tun! Wenn sie es täten, würde Gott zürnen, wie ich ihnen in der Bibel zeigen kann. Nein – nein – Hetty Hutter fürchtet sich nicht: *sie* ist in guten Händen. Die Huronen sind dort in den Wäldern drüben und haben ein scharfes Auge auf uns beide, dafür steh' ich; denn alle Weiber und Kinder halten Wache. Einige begraben den Leichnam des armen Mädchens, das in der vorigen Nacht erschossen wurde, damit der Feind und die wilden Tiere ihn nicht finden können. Ich sagte ihnen, Vater und Mutter lägen im See, aber ich ließ sie nicht wissen, in welcher Gegend; denn Judith und ich brauchen niemand von ihrer heidnischen Gesellschaft auf unserem Begräbnisplatz.«

»Ach weh! Nun, es ist in der Tat eine grausame Aufgabe, hier zu stehen, lebend und zornig, mit aufgeregten, wütenden Gefühlen, in der einen Stunde, und dann in der nächsten weggeführt und in einer Grube in der Erde dem Anblick der Menschenkinder entrückt zu werden! Niemand weiß, was ihm auf einem Kriegspfad widerfahren mag, das ist gewiß!«

Hier unterbrachen das Rauschen des Laubes und das Krachen von dürren Zweigen das Gespräch und setzten Wildtöter von der Annäherung seiner Feinde in Kenntnis. Die Huronen schlossen um den Platz, der für die nun kommende Szene eingerichtet worden war und in dessen Mitte das ausersehene Opfer jetzt stand, einen Kreis – und die bewaffneten Männer waren so unter die schwächern Glieder der Bande verteilt, daß keine Lücke frei war, wo der Gefangene durchbrechen konnte. Aber er dachte jetzt nicht mehr an Flucht; der letzte Versuch hatte ihn von der Unmöglichkeit überzeugt, zu entkommen, wenn er von einer großen Menge so scharf verfolgt ward. Im Gegenteil hatte er all seine Kräfte aufgeboten, um dem Schicksal, das ihn erwartete, mit einer Ruhe entgegenzugehen, welche seiner Farbe und Mannhaftigkeit Ehre machen sollte, – ebenso entfernt von feiger und schimpflicher Angst wie von der Prahlerei der Wilden.

Als Rivenoak wieder in dem Kreis erschien, nahm er seinen alten Platz oben auf der Szene ein. Einige der älteren Krieger standen in seiner Nähe, aber jetzt, nachdem Sumachs Bruder gefallen, war kein anerkannter Häuptling mehr anwesend, dessen Einfluß und Ansehen mit dem seinigen in eine gefährliche Nebenbuhlerschaft hätte treten können. Dennoch ist wohl bekannt, daß wenig Monarchisches oder Despotisches in irgendeinem Sinne in der politischen Verfassung der nordamerikanischen Stämme sich fand, obgleich die ersten Kolonisten, in diese Hemisphäre die Begriffe und Meinungen ihrer Länder mitbringend, die angesehensten Männer dieser dem Urzustand nahestehenden Nationen häufig mit den stolzen Titeln von Königen und Fürsten bezeichneten. Erblicher Einfluß existierte allerdings, aber man hat allen Grund zu glauben, daß er eher als eine Folge von erblichem Verdienst und erworbnen Eigenschaften denn als Geburtsrecht bestand. Rivenoak jedoch hatte nicht einmal diesen Anspruch – denn er war zu Ansehen emporgestiegen einzig durch die Macht von Talenten, Scharfsinn und, wie Bacon es ausspricht im Hinblick auf alle ausgezeichneten Staatsmänner: »durch eine Vereinigung großer und gemeiner Eigenschaften«, – eine Wahrheit, für welche die Laufbahn des tief denkenden Engländers selbst einen so einleuchtenden Beleg liefert.

Nächst den Waffen ebnet Beredsamkeit die große Bahn zur Volksgunst, sei es im zivilisierten oder im wilden Leben, und Rivenoak hatte es so weit gebracht – wie so manche vor ihm! – ebensosehr dadurch, daß er seinen Zuhörern falsche Sätze und Trugschlüsse einleuchtend zu machen wußte, als durch tiefe und gelehrte Auseinandersetzung der Wahrheit oder durch die Schärfe seiner Logik. Dennoch besaß er Einfluß und war auch gar nicht ohne gerechte Ansprüche darauf. Wie die meisten Menschen, welche mehr überlegen als fühlen, war der Hurone kein Freund davon, die bloß wilden und trotzigen Leidenschaften seines Volkes zu üben und zu hegen; man fand ihn gewöhnlich auf der Seite der Barmherzigkeit bei all den Szenen erbitterter Peinigung und Rachgier, die in seinem Stamme vorgekommen, seit er zur Macht gelangt war. Im jetzigen Fall sträubte er sich, es aufs äußerste kommen zu lassen, obwohl die Reizung und Herausforderung so groß war; aber es ging über seinen Scharfsinn, ein Mittel zu entdecken, diese Alternative glücklich zu vermeiden. Sumach empfand ihre Verschmähung bitterer als den Tod von Gatten und Bruder, und es war wenig Wahrscheinlichkeit, daß das Weib dem Manne verzeihen werde, der so unumwunden den Tod ihren Umarmungen vorgezogen hatte. Ohne ihre Verzeihung war kaum zu hoffen, daß der Stamm sich bewegen lassen werde, seinen Verlust zu übersehen; selbst dem zur Verzeihung so geneigten Rivenoak schien das Schicksal unsers Helden jetzt hoffnungslos besiegelt.

Als die ganze Bande versammelt war, erfüllte ein ernstes Schweigen, nur um so drohender bei seiner tiefen Ruhe, den Platz. Wildtöter bemerkte, daß die Weiber und Knaben Splitter aus den fetten Fichtenwurzeln gefertigt hatten, die ihm, wie er wohl wußte, ins Fleisch gesteckt und angezündet werden sollten, während zwei oder drei der jungen Männer die Stricke von Bast hielten, mit denen er gebunden werden sollte. Der Rauch von einem fernen Feuer kündigte an, daß die Brände schon in Bereitschaft waren, und einige von den ältern Kriegern fuhren mit den Fingern über die Schneide ihrer Tomahawks, um ihre Schärfe und Feinheit zu erproben. Selbst die Messer schienen schon gelockert in ihren Scheiden, ungeduldig der blutigen, unbarmherzigen Arbeit harrend, die beginnen sollte.

»Töter des Wildes«, begann wieder Rivenoak, allerdings ohne alle Zeichen von Sympathie oder Mitleid in seinem Wesen, obwohl mit Ruhe und Würde: »Töter des Wildes, es ist Zeit, daß meine Leute ihre Gesinnung erkannten. Die Sonne steht nicht mehr über unsern Häuptern; müde, über den Huronen zu weilen, hat sie angefangen, sich gegen die Fichten auf dieser Seite des Tales zu senken. Sie wandert schnell dem Lande unsrer französischen Väter zu – um ihre Kinder zu warnen, daß ihre Hütten leer stehen, und daß sie zu Hause sein sollten. Der streifende Wolf hat seine Höhle, und er sucht sie auf, wenn er seine Jungen zu sehen wünscht. Die Irokesen sind nicht ärmer als die Wölfe. Sie haben Dörfer und Wigwams und Kornfelder, die guten Geister werden müde sein, sie allein zu bewachen. Meine Leute müssen zurückgehen und nach ihren Angelegenheiten sehen. Es wird Freude herrschen in den Hütten, wenn sie unsern Ruf von dem Walde her hören! Es wird ein kummervoller Ruf sein; wenn man ihn verstanden, wird Gram ihm folgen. Es wird ein Skalpruf erschallen, aber nur *einer*. Wir haben den Pelz der Bisamratze: sein Leichnam ist unter den Fischen. Wildtöter muß sagen, ob noch ein Skalp auf unserm Pfahl sein soll. Zwei Hütten sind leer: ein Skalp, lebendig oder tot, ist erforderlich für jede Türe!«

»Dann nehmt ihn tot, Hurone«, erwiderte der Gefangene fest, aber ohne theatralische Prahlerei. »Meine Stunde ist gekommen, glaube ich, und was sein muß, muß sein. Wenn Ihr auf die Martern versessen seid, so will ich mein möglichstes tun, sie mannhaft zu ertragen, obgleich kein Mensch sagen kann, wieweit seine Natur Schmerzen aushalten kann, bis es zur Probe gekommen ist.«

»Der Bleichgesichtshund fängt an, den Schwanz zwischen die Beine zu nehmen!« schrie ein junger, geschwätziger Wilder, der den passenden Titel Corbeau Rouge führte, ein *sobriquet,* das er von den Franzosen wegen seiner Fertigkeit bekommen, zur Unzeit Geräusche zu machen, und wegen einer ungebührlichen Neigung, seine eigne Stimme zu hören. »Er ist kein Krieger; er hat den Loup-cervier getötet, hinter sich blickend, um nicht den Blitz seiner eignen Büchse zu sehen. Er grunzt schon wie ein Schwein; wenn die Huronenweiber anfangen, ihn zu quälen, wird er schreien wie das Junge der Pantherkatze. Er ist ein delawarisches Weib, gekleidet in die Haut eines Yengeese!«

»Schwatzt, wie Ihr wollt, junger Mann, schwatzt, wie Ihr wollt«, versetzte Wildtöter unbeweglich, »Ihr versteht es nicht besser, und ich kann es übersehen. Schwatzen mag Weiber belustigen, aber kann schwerlich Messer schärfen, Feuer heißer oder Büchsen sicherer machen.«

Rivenoak legte sich jetzt dazwischen, verwies der Roten Krähe ihre voreilige Einmischung und wies dann die geeigneten Personen an, den Gefangenen zu binden. Diese Maßregel ward nicht aus Besorgnis ergriffen, er möchte entfliehen, oder sofern man jetzt schon die Notwendigkeit davon erkannt hatte, weil er nicht imstande gewesen wäre, die Martern mit freien Gliedern auszuhalten, sondern mit der sinnreichen Absicht, ihm seine Hilflosigkeit recht fühlbar zu machen und seine Entschlossenheit dadurch allmählich zu lähmen, daß man sie sozusagen Schritt für Schritt untergrub. Wildtöter widersetzte sich nicht. Er bot seine Arme und Beine willig, wenn auch nicht freudig, den Bastseilen dar, welche auf Befehl des Häuptlings so darum gebunden wurden, daß sie möglichst wenig Schmerzen verursachten. Diese Anweisungen waren geheim und in der Hoffnung gegeben, der Gefangene würde sich am Ende jede ernste körperliche Marter durch seine Einwilligung ersparen, die Sumach zum Weibe zu nehmen. Sobald Wildtöter hinlänglich mit Bast gebunden war, um ein lebhaftes Gefühl von Hilflosigkeit in ihm zu erwecken, ward er an einen jungen Baum im buchstäblichen Sinne geschleppt und daran so angebunden, daß er sich in der Tat ebensowenig rühren als fallen konnte. Die Hände wurden flach an die Beine gelegt und überall Seile darüber gezogen, dergestalt, daß der Gefangene mit dem Baume wie verwachsen schien. Dann ward ihm seine Mütze abgenommen, und er blieb dann in einer Lage – halb stehend, halb von seinen Banden gehalten, um der kommenden Szene, so gut er konnte, die Stirne zu bieten.

Ehe man irgend zum Äußersten schritt, war es Rivenoaks Wunsch, seines Gefangnen Entschlossenheit durch Erneuerung des Versuchs zu einem gütlichen Vergleich auf die Probe zu stellen. Dies konnte nur auf *eine* Weise geschehen, da die Einwilligung Sumachs unerläßlich war, wenn es zu einem Vergleich über ihr Recht auf Rache kommen sollte. In dieser Absicht ward denn zunächst das Weib aufgefordert, vorzutreten und selbst sein Interesse zu wahren, da man annehmen konnte, daß niemand bei dieser Negoziation eine wirksamere Rolle spielen können würde als die Hauptperson selbst. Die Indianerinnen sind als Mädchen gewöhnlich mild und unterwürfig, mit musikalischem Ton, angenehmen Stimmen und lustigem Lachen; aber Mühseligkeiten und Leiden berauben sie der meisten dieser Vorzüge, bis sie nur ein Alter erreichen, das Sumach schon lange überschritten hatte. Ihre Stimmen rauh zu machen, erforderte, so mochte es scheinen, lebhafte, bösartige Leidenschaften, obwohl in der Aufregung ihr Kreischen zu einem hinlänglichen Grade von gellendem Mißton sich erheben kann, um ihre Ansprüche auf den Besitz dieser unterscheidenden Eigentümlichkeit des schönen Geschlechts sicherzustellen. Sumach war jedoch nicht ganz ohne weibliche Reize und hatte noch vor so kurzer Zeit unter ihrem Stamme für schön gegolten, daß sie die Wirkungen, welche Zeit und Mühseligkeit bei Männern so gut wie bei Frauen hervorbringen, noch nicht in ihrem ganzen Umfang erkannt hatte. Auf Rivenoaks Veranstaltung hatten einige der Weiber um sie her sich die ganze Zeit über Mühe gegeben, die einsam stehende Witwe zu bereden, es sei noch Hoffnung, den Wildtöter zu vermögen, lieber in ihren Wigwam als in die Welt der Geister einzuziehen, und dies mit einem Erfolg, den frühere Symptome kaum hätten erwarten lassen. Alles dies war die Folge eines Entschlusses von seiten des Häuptlings, kein geeignetes Mittel unversucht zu lassen, um den größten Jäger, der nach allgemeiner Annahme damals in der ganzen Gegend lebte, für seine Nation, sowie auch einen Gatten für ein Weib zu gewinnen, das, wie er wohl fühlte, sehr lästig und beschwerlich werden konnte, wenn man ihre Ansprüche auf die Aufmerksamkeit und Vorsorge des Stammes irgend übersah.

Diesem Plan gemäß war die Sumach insgeheim angewiesen worden, in den Kreis vorzutreten und den Gerechtigkeitssinn des Gefangenen anzusprechen, ehe die Bande zu dem letzten Versuch schritt. Das Weib willigte nicht faul ein; denn es lag ein ähnlicher Reiz darin, das Weib eines unter den Frauen der Stämme berühmten Jägers zu werden, wie ihn etwa die Schönen in einem mehr verfeinerten Zustand empfinden, wenn sie ihre Hand reichen Männern geben. Da die Pflichten einer Mutter als alle andre Rücksichten aufwiegend galten, empfand die Witwe bei dem Vortrage ihrer Ansprüche nichts von der Verlegenheit, deren selbst eine Glücksjägerin unter uns sich doch nicht erwehren würde. Wie sie daher vor der ganzen Truppe vortrat, rechtfertigten die Kinder, die sie an der Hand führte, alles, was sie tat, vollkommen.

»Ihr seht mich vor Euch, grausames Bleichgesicht«, begann das Weib, »Euer Geist muß Euch mein Anliegen sagen. Ich habe *Euch* gefunden: ich kann nicht finden den Loup-cervier noch den Panther. Ich habe sie gesucht im See, in den Wäldern, in den Wolken. Ich weiß nicht zu sagen, wohin sie gegangen sind.«

»Niemand weiß es, gute Sumach, niemand weiß es«, fiel der Gefangene ein. »Wenn der Geist den Körper verläßt, geht er in eine Welt über, welche jenseits unsrer Erkenntnis liegt, und das klügste für die Zurückgebliebenen ist: das Beste zu hoffen. Ohne Zweifel sind Eure beiden Krieger nach den glücklichen Jagdrevieren gegangen, und seinerzeit werdet Ihr sie wiedersehen in ihrem bessern Zustand. Das Weib und die Schwester von Tapfern muß einem solchen oder ähnlichen Schluß ihrer Laufbahnen auf Erden entgegengesehen haben.«

»Grausames Bleichgesicht, was hatten meine Krieger getan, daß Ihr sie erschluget? Sie waren die besten Jäger und die kühnsten jungen Männer ihres Stammes; der Große Geist wollte, daß sie leben sollten, bis sie verwitterten gleich den Zweigen der Tanne und durch ihre eigne Wucht abfielen.«

»Nein, nein, gute Sumach«, unterbrach sie der Wildtöter, dessen Wahrheitsliebe zu unbezwinglich war, um geduldig solchen Hyperbeln zuzuhören, selbst wenn sie aus dem zerrissenen Herzen einer Witwe kamen, – »nein, nein, gute Sumach, das heißt die Vorrechte der Rothäute etwas übertreiben. Ein junger Mann war keiner, so wenig als Ihr eine junge Frau genannt werden könnt; und was des Großen Geistes Willen anlangt, daß sie hätten auf eine andere Weise fallen sollen, als sie fielen, so ist das ein trauriger Irrtum, sintemal, was der Große Geist will, ganz gewiß in Erfüllung geht. Und dann weiter ist es zwar ganz klar, daß keiner Eurer Freunde mir ein Leid tat; ich erhob aber meine Hand gegen sie wegen dessen, was sie mir zu tun *trachteten,* und nicht, was sie mir taten. Das ist natürliches Gesetz: seine Hand gebrauchen, damit man nicht der Hand des andern erliege.«

»Es ist so. Sumach hat nur eine Zunge, sie kann nur eine Geschichte erzählen. Das Bleichgesicht erschlug die Huronen, damit nicht die Huronen ihn erschlügen. Die Huronen sind eine gerechte Nation, sie werden es vergessen, die Häuptlinge werden ihre Augen schließen und sich stellen, als hätten sie es nicht gesehen. Die jungen Männer werden glauben, der Panther und der Luchs seien auf ferne Jagden gezogen; und Sumach wird ihre Kinder bei der Hand nehmen, und in die Hütte des Bleichgesichts gehen und sagen: Seht, das sind *Eure* Kinder – sie sind auch die meinigen; ernährt uns, und wir wollen bei Euch wohnen.«

»Die Bedingungen sind nicht annehmbar, Weib, und sosehr ich Eure Verluste bedaure, welche hart zu tragen sein müssen, können doch die Anträge nicht angenommen werden. Euch Wildbret zu schaffen, falls wir nahe genug beieinander wohnten, das wäre keine so große Aufgabe, aber Euer Mann zu werden und der Vater von Euren Kindern, dazu fühle ich, ehrlich mit Euch gesprochen, keinen Beruf in mir.«

»Seht diesen Knaben an, grausames Bleichgesicht! Er hat keinen Vater, der ihn lehren könnte, das Wild zu töten oder Skalpe zu nehmen. Seht dies Mädchen! Welcher junge Mann wird kommen, um sich ein Weib zu suchen in einer Hütte, die kein Haupt hat? Noch mehrere sind unter meinem Volke in den Kanus, und der Töter des Wildes wird so viele Mäuler zu füttern finden, als sein Herz wünschen mag.«

»Ich sage Euch, Weib«, rief Wildtöter, dessen Phantasie keineswegs die Aufforderung der Witwe unterstützte und der bei den lebhaften Gemälden, welche sie entwarf, ungeduldig und städtisch zu werden anfing, »das alles ist mir nichts. Das Volk und die Verwandten müssen sich ihrer Vaterlosen annehmen und die, die keine Kinder haben, ihrer Einsamkeit überlassen. Was mich betrifft, ich habe keine Sprößlinge und begehre kein Weib. Jetzt geht Eures Weges, Sumach, laßt mich in den Händen Eurer Häuptlinge; denn meine Farbe und Gaben und meine Natur selbst schreien gegen die Idee, Euch zum Weib zu nehmen.«

Es ist unnötig, weitläufig über die Wirkungen dieser unumwundnen Ablehnung der Vorschläge des Weibes zu sein. Wenn etwas wie Zärtlichkeit in ihrem Busen war – und vielleicht entbehrte kein Weib je ganz diese weibliche Eigenschaft –, so verschwand dies ganz bei dieser einfachen Erklärung. Rachsucht, Wut, gekränkter Stolz und ein Vulkan von Zorn brachen in *einem* Erguß los, und verwandelten sie wie mit einer Zauberrute in eine Art Wahnsinnige. Ohne ihn einer Antwort in Worten zu würdigen, machte sie die Wölbungen des Waldes von ihrem Gekreische erdröhnen und dann stürzte sie auf ihr Opfer los und ergriff es bei den Haaren, die sie ihm mit den Wurzeln auszureißen entschlossen schien. Es dauerte einige Zeit, bis man es von ihr losmachen konnte. Zum Glück für den Gefangenen war ihre Wut blind; denn seine gänzliche Hilflosigkeit hätte ihn ihr völlig preisgegeben: wäre sie besonnener gewesen, so hätte sie ihm den Tod bringen können, ehe zu Hilfe zu eilen möglich war. So aber gelang es ihr nur, ihm ein paar Hände voll Haare auszuraufen, ehe die jungen Männer sie von ihrem Opfer weg-rissen.

Die Sumach widerfahrene Beschimpfung galt als eine Beleidigung des ganzen Stammes, jedoch nicht sowohl wegen der Achtung, die man für das Weib hegte, als in Betracht der verletzten Ehre der huronischen Nation. Sumach selbst galt allgemein für so herb und so sauer wie die Beere, von der sie ihren Namen hatte, und jetzt, nachdem ihre großen Beschützer, ihr Gatte und ihr Bruder, beide dahin waren, gaben sich wenige mehr Mühe, ihre Abneigung gegen sie zu verbergen. Dagegen war es ein Ehrenpunkt geworden, das Bleichgesicht zu strafen, das ein huronisches Weib verschmähte, und zumal einen, der ganz kaltblütig lieber sterben als dem Stamme die Last einer Witwe und ihrer Kinder abnehmen wollte. Die jungen Männer zeigten eine Ungeduld, mit der Marter zu beginnen, welche Rivenoak verstand, und da seine älteren Genossen keine Neigung verrieten, einen längeren Aufschub zu gestatten, sah er sich genötigt, das Zeichen zum Anfang des höllischen Werkes zu geben.

Neunundzwanzigstes Kapitel

> Den zottigen Bär focht nicht an der Pfahl
> Und nicht das Zerren der grausamen Meute;
> Still lag der Hirsch in dem umbuschten Tal,
> Der schäumende Eber nicht den Jagdspieß scheute;
> Alles war still in Wildnis, Busch und Hag.
>
> *Lord Dorset*

Es war einer der gewöhnlichen Gebräuche der Wilden bei solchen Gelegenheiten, die Nerven ihrer Opfer auf die härtesten Proben zu stellen. Andrerseits war es ein Ehrenpunkt indianischen Stolzes, keine Anwandlung von Furcht und keine Schmerzempfindung zu verraten; der Gefangene mußte aber seine Feinde zu solchen Mißhandlungen herauszufordern suchen, welche am ehesten den Tod zur Folge hatten. Man wußte von manchem Krieger, dem, seine Qualen abzukürzen, durch höhnische Vorwürfe und eine beschimpfende Sprache gelungen war, wenn er merkte, daß seine physische Organisation unter dem Schmerz von Martern zu erliegen drohte, ausgesonnen durch eine teuflische Erfindsamkeit, die wohl alles verdunkeln mochte, was man von den höllischen Grausamkeiten religiösen Verfolgungseifers gesagt hat. Dies glückliche Auskunftsmittel jedoch, gegen die Wildheit seiner Feinde ihre Leidenschaften selbst zu Hilfe zu rufen, war Wildtöter durch seine eigentümlichen Begriffe von der Pflicht eines weißen Mannes versagt; er hatte den männlich festen Entschluß gefaßt, lieber alles zu erdulden, als seiner Farbe Schande zu machen.

Sobald die jungen Männer merkten, daß ihnen freistand, anzufangen, sprangen einige der kühnsten und dreistesten unter ihnen auf den Platz vor, den Tomahawk in der Hand. Hier schickten sie sich an, diese gefährliche Waffe zu schleudern, wobei die Absicht war, den Baum so nahe als möglich am Kopf des Opfers zu treffen, ohne doch dieses selbst zu verletztzen. Dies war ein so gewagtes Experiment, daß nur die als die Erfahrensten in Handhabung dieser Waffe Anerkannten überhaupt auftreten durften, damit nicht ein früher Tod der erwarteten Unterhaltung ein vereitelndes Ende mache. Selten, selbst unter der sichersten Hand, entging der Gefangene bei diesen Prüfungen aller Verletzung, und oft war der Tod die Folge, wenn dies gar nicht der Zweck der Schleudernden war. Im jetzigen Fall, bei unserem Helden fürchteten Rivenoak und die älteren Krieger, das Beispiel von des Panthers Schicksal möchte für hitzige Geister ein Beweggrund werden, dessen Überwinder rasch zu opfern, jetzt, wo die Versuchung locken konnte, es gerade in derselben Weise, und vielleicht gar mit derselben Waffe, durch welche der Krieger gefallen war, zu tun. Dieser Umstand machte an sich schon die Probe mit dem Tomahawk doppelt bedenklich für Wildtöter.

Es schien jedoch, daß alle, welche jetzt in die Schranken traten, wenn man so sagen kann, mehr darauf dachten, ihre eigne Geschicklichkeit zur Schau zu stellen, als den Tod ihrer Kameraden zu rächen. Alle schickten sich zu dem Versuche mehr mit den Gefühlen des Wetteifers als mit Durst nach Rache an, und die ersten paar Minuten hatte die Sache für den Gefangenen nur soviel Bedeutung, als aus dem Interesse entsprang, welches eine lebendige Zielscheibe notwendig erregte. Die jungen Männer waren lebhaft und munter, aber nicht erbittert, und Rivenoak glaubte noch, aus einigen Anzeichen schließen und hoffen zu dürfen, er könne vielleicht noch das Leben des Gefangenen retten, wenn erst die Eitelkeit der jungen Männer befriedigt sei; vorausgesetzt natürlich, daß es nicht vorher bei den damit anzustellenden kitzligen Experimenten geopfert wurde.

Der erste Jüngling, der sich zu dem Versuch stellte, hieß der Rabe, da er bis jetzt noch nicht Gelegenheit gehabt, ein kriegerischer lautendes *sobriquet* zu erlangen. Er zeichnete sich mehr durch große Anmaßung als durch Geschicklichkeit oder Taten aus, und die, die seinen Charakter kannten, glaubten den Gefangenen in drohender Gefahr, als er seinen Stand einnahm und den Tomahawk schwang. Jedoch der junge Mann war gutmütig, und in seiner Seele herrschte kein andrer Gedanke als der Wunsch, einen bessern Wurf zu tun als irgendeiner seiner Genossen. Wildtöter bekam dadurch eine Ahnung von dem geringen Ruf dieses Kriegers, daß die Ältern ihn dringend ermahnten und warnten; sie würden sich in der Tat widersetzt haben, daß er überhaupt auf dem Plan auftrete, wäre nicht der Einfluß seines Vaters ihm zustatten gekommen, eines bejahrten Kriegers von großem Verdienst, der damals in den Hütten des Stammes sich befand. Dennoch behauptete unser Held die Miene gefaßter Selbstbeherrschung. Er hatte sich darein ergeben, daß seine Stunde gekommen sei, und es wäre eine Wohltat, nicht ein Unglück gewesen, durch die Unsicherheit der ersten Hand, die sich gegen ihn erhob, zu fallen. Nach einer ansehnlichen Menge von Schwenkungen und Gestikulationen, die weit mehr versprachen, als er zu leisten vermochte, ließ der Rabe den Tomahawk seiner Hand entgleiten. Die Waffe schwirrte mit den gewöhnlichen Umdrehungen durch die Luft, schnitt einen Splitter von dem jungen Baum, woran der Gefangene gebunden war, einige Zoll von seiner Wange entfernt, und fuhr in eine große, einige Schritte weiter hinten stehende Eiche. Dies war ein entschieden schlechter Wurf, und ein allgemeines Hohnlächeln erklärte es dafür, zur bittern Kränkung des jungen Mannes. Anderseits erhob sich ein allgemeines, aber gedämpftes Murmeln der Bewunderung über die Standhaftigkeit, womit der Gefangene die Probe bestand. Der Kopf war das einzige, was er bewegen konnte, und diesen hatte man absichtlich freigelassen, damit zur Belustigung der Peiniger der Gemarterte die Schande der Schwäche zu erdulden hätte, wenn er sich duckte oder sonstwie der Waffe auszuweichen suchte. Wildtöter vereitelte diese Hoffnungen durch eine Herrschaft über seine Nerven, die seinen ganzen Leib so unbeweglich machte wie der Baum, an den er gebunden war. Nicht einmal die natürliche und gewöhnliche Erleichterung, die Augen zu schließen, benutzte er, und der älteste und kühnste Krieger unter den roten Männern hatte niemals mit größerer Selbstverleugnung diese Wohltat, unter ähnlichen Umständen, verschmäht.

Sobald der Rabe seinen unglücklichen und kindischen Versuch gemacht hatte, folgte ihm Le Daim-Mose oder: der Elch, ein Krieger von mittlerem Alter, der besonders geschickt war in der Handhabung des Tomahawks, und von dessen Auftreten die Zuschauer sich mit Zuversicht eine nicht geringe Befriedigung versprachen. Dieser Mann hatte nichts von der Gutmütigkeit des Raben, sondern würde den Gefangenen seinem Haß gegen die Bleichgesichter überhaupt gern geopfert haben, hätte nicht das Interesse an einem glücklichen Erfolg im Handhaben einer Waffe, in deren Gebrauch er besonders geschickt war, überwogen. Er nahm ruhig, aber mit zuversichtlichem Wesen, seinen Stand, schwang sein kleines Beil nur einen Augenblick, trat rasch einen Schritt vor und schleuderte. Wildtöter sah die scharfe Waffe auf sich zu schwirren und glaubte, es sei jetzt aus mit ihm; aber er ward gar nicht verletzt. Der Tomahawk hatte in der Tat den Kopf des Gefangenen an den Baum gepreßt, indem er einen Busch seines Haares gefaßt hatte und tief in die weiche Rinde eindrang. Ein allgemeiner gellender Ruf verkündigte die Freude der Zuschauer, und der Elch fühlte sein Herz sich etwas gegen den Gefangenen erweichen, dessen Nervenstärke allein ihm möglich gemacht hatte, diese Probe seiner vollendeten Geschicklichkeit abzulegen.

Auf den Elch folgte der Hüpfende Junge oder: Le Garçon qui bondit, der hüpfend in den Kreis kam wie ein Hund oder eine spielende Ziege. Es war dies einer jener elastischen Jünglinge, deren Muskeln in immerwährender Bewegung zu sein scheinen und der sich, mochte es nun Affektation oder wirkliche, fixierte Gewohnheit sein, gar nicht mehr anders bewegte als in der bezeichneten gauklerischen Weise. Trotzdem war er sowohl tapfer als geschickt und hatte sich die Achtung seines Volkes sowohl durch Taten im Krieg als durch Glück auf der Jagd erworben. Ein weit edlerer Name hätte ihm längst zuteil werden müssen, hätte ihm nicht ein Franzose von Rang dieses *sobriquet* unabsichtlich gegeben, das er nun gewissenhaft beibehielt, als von seinem Großen Vater kommend, der jenseits des großen Salzsees wohne. Der Hüpfende Junge tanzte vor dem Gefangenen herum und drohte ihm jetzt von dieser, jetzt von jener Seite, dann wieder von vorn mit dem Tomahawk, in der eiteln Hoffnung, durch diese Gefahrvorspiegelung ihm ein Zeichen von Furcht abzupressen. Endlich wurde Wildtöters Geduld durch all diese Gaukelei erschöpft, und er sprach zum erstenmal, seit die Prüfung wirklich angefangen hatte.

»Werft zu, Hurone!« rief er, »oder Euer Tomahawk vergißt seine Aufgabe. Warum tanzt Ihr denn immer so herum wie ein Hirschkalb, das seiner Mutter zeigen will, wie gut es hüpfen kann, da Ihr doch selbst ein vollgewachsener Krieger seid und ein vollgewachsener Krieger Euch und all Euren läppischen Sprüngen Trotz bietet? Schleudert, oder die huronischen Mädchen werden Euch ins Gesicht lachen!«

Diese letzten Worte entflammten, sowenig der Redende eine solche Wirkung beabsichtigte, den »Hüpfenden« Krieger zur

Wut. Dieselbe Nervenerregbarkeit, die ihn körperlich so beweglich machte, erschwerte es ihm, seine Empfindungen zurückzuhalten, und kaum waren jene Worte aus Wildtöters Mund, als der Tomahawk der Hand des Indianders entfuhr. Auch war er nicht ohne guten Willen und den grimmigen Vorsatz, zu töten, geschleudert. Wäre die Absicht weniger tödlich, so wäre die Gefahr vielleicht größer gewesen. Er zielte unsicher, und die Waffe zuckte an der Wange des Gefangenen vorbei und schnitt ihm bei ihren Umdrehungen leicht in die Schulter. Dies war das erstemal, daß eine andre Absicht, als die den Gefangnen zu ängstigen und die eigne Geschicklichkeit zu zeigen, an den Tag gelegt worden war; der Hüpfende Junge ward sogleich von dem Platz weggeführt und mit Wärme wegen seiner ungezügelten Hitze gescholten, die beinahe alle Hoffnungen der Bande vereitelt hätte.

Auf diesen reizbaren Mann folgten einige andere junge Krieger, die nicht nur den Tomahawk, sondern auch das Messer – ein viel gefährlicheres Experiment – mit rücksichtsloser Gleichgültigkeit schleuderten; doch zeigten sie alle eine Geschicklichkeit, welche den Gefangenen vor ernstlichen Verletzungen bewahrte. Einige Male zwar wurde Wildtöter geritzt, aber nie erhielt er eine eigentliche Wunde. Die unbeugsame, unerschütterliche Festigkeit, womit er seinen Angreifern die Stirne bot, zumal in der Art von Kurzweil, womit diese Prüfung endete, erregte bei den Zuschauern tiefe Achtung; als die Häuptlinge erklärten, der Gefangene habe die Probe mit dem Messer und dem Tomahawk gut ausgehalten, da war nicht *eine* Seele unter der Truppe, die wirklich eine feindliche Gesinnung gegen ihn gehegt hätte, mit Ausnahme Sumachs und des Hüpfenden Jungen. Diese beiden mißvergnügten Geister taten sich allerdings zusammen, gegenseitig ihren Zorn schürend, aber bis jetzt waren ihre boshaften Gefühle großenteils auf sie selbst beschränkt, obwohl zu befürchten stand, daß binnen kurzem auch die andern durch ihre Anstrengungen zu jenem dämonischen Zustand aufgeregt würden, der gewöhnlich alle solche Szenen unter den roten Männern begleitete.

Rivenoak sagte jetzt seinen Leuten, das Bleichgesicht habe sich als ein Mann bewährt. Er möge unter den Delawaren leben, aber er sei nicht ein Weib geworden mit diesem Stamme. Er wünschte zu wissen, ob es der Wille der Huronen sei, noch weiter zu gehen. Aber auch die Sanftesten unter den Weibern hatten bei den bisherigen Prüfungen zuviel Befriedigung empfunden, um ihren Aussichten auf ein ergötzliches Schauspiel zu entsagen, und daher wurde mit *einer* Stimme verlangt, daß man fortfahre. Der politische Häuptling, der ein ähnliches Verlangen empfand, einen so berühmten Jäger in seinen Stamm aufzunehmen, wie ein europäischer Minister nach einem neuen einträglichen Mittel der Besteuerung, suchte alle irgend scheinbaren Gründe geltend zu machen, um der Sache noch zu rechter Zeit Einhalt zu tun; denn er wußte wohl: wenn man es einmal so weit kommen ließ, daß die wilderen Leidenschaften der Peiniger aufgeregt wurden, dann war es ebensoleicht, die Wasser der großen Seen in seiner Heimat zu dämmen, als ihnen in ihrem blutigen Treiben Einhalt zu tun. Daher berief er vier oder fünf der besten Schützen zu sich und gebot ihnen, den Gefangenen der Büchsenprobe zu unterwerfen, wobei er sie zugleich an die Notwendigkeit erinnerte, durch die gemessenste Aufmerksamkeit bei der Art, wie sie ihre Geschicklichkeit zeigten, ihren Ruf aufrechtzuerhalten.

Als Wildtöter die erlesenen Krieger, ihre Waffen in schußfertigem Stand, in den Kreis treten sah, empfand er eine Gemütserleichterung, wie sie etwa ein Dulder, der lange die Qualen der Krankheit ertragen, bei dem sichern Herannahen des Todes empfinden mag. Beim Zielen mit dieser furchtbaren Waffe wurde leicht jede kleine Abweichung tödlich; denn da der Kopf die Zielscheibe war oder vielmehr der Punkt, den man ohne wirkliche Verletzung streifen sollte, mußten ein Zoll oder zwei Unterschied in der Schußlinie auf einmal die Frage über Leben und Tod entscheiden.

Bei der Tortur mit der Büchse war nicht einmal soviel Spielraum freigegeben wie selbst in dem Fall mit Geßlers Apfel; denn ein Haarbreit war in der Tat die äußerste Grenze, die sich ein erfahrener Schütze bei einer solchen Gelegenheit gestattete. Häufig wurde das Opfer von zu hitzigen und ungeschickten Händen durch den Kopf geschossen und oft geschah es auch, daß der Schütze, erbittert durch die Seelenstärke und die Herausforderung der Gefangenen absichtlich in einem Augenblick unbändiger Aufregung ihm den Tod zusandte. Alles das wußte Wildtöter wohl; denn mit dem Erzählen von Überlieferungen solcher Szenen, wie von den Schlachten und Siegen ihres Volkes, vertrieben sich die alten Männer die langen Winterabende in ihren Hütten. Er erwartete jetzt mit Bestimmtheit das Ende seiner Laufbahn und empfand eine Art von schwermütiger Freude bei dem Gedanken, daß er durch eine so geliebte Waffe wie die Büchse fallen solle. Eine kleine Unterbrechung jedoch trat noch ein, ehe die Sache vor sich gehen konnte,

Hetty Hutter war Zeugin von allem, was vorging, und das Schauspiel hatte zuerst auf ihren schwachen Geist völlig lähmend gewirkt; jetzt aber hatte sie sich erholt, und ihr Gemüt empörte sich über die unverdienten Leiden, womit die Indianer ihren Freund quälten. Obwohl bei manchen Gelegenheiten schüchtern und scheu wie das Junge einer Hirschkuh, war doch dies Mädchen von richtigem Gefühl immer unerschrocken, wenn es die Sache der Menschlichkeit galt; die Lehren ihrer Mutter, und die Antriebe ihres eigenen Herzens – vielleicht dürften wir sagen: die Eingebungen jenes unsichtbaren, reinen Geistes, der immer ihre Handlungen zu bewachen und zu leiten schien – vereinigten sich, die weibliche Furchtsamkeit niederzuhalten und sie zu kühner Entschlossenheit zu kräftigen. Sie erschien jetzt in dem Kreis, sanft, weiblich, sogar verschämt in ihrem Wesen, wie gewöhnlich, aber ernst in ihren Worten und Mienen und redend wie eine, die sich durch die erhabene Macht Gottes unterstützt weiß.

»Warum martert Ihr den Wildtöter, rote Männer?« fragte sie. »Was hat er getan, daß Ihr mit seinem Leben spielt? Wer hat Euch das Recht gegeben, seine Richter zu sein? Setzt den Fall, eins Eurer Messer oder ein Tomahawk hätte ihn getroffen: welcher Indianer unter Euch allen könnte die Wunde heilen, die Ihr gemacht? Überdies, wenn Ihr Wildtöter ein Leid tut, verletzt Ihr Euern Freund; als Vater und Hurry auf Eure Skalpe auszogen, weigerte er sich, daran teilzunehmen, und blieb allein im Kanu. Ihr martert Euren Freund, wenn Ihr diesen jungen Mann martert!«

Die Huronen hörten sie mit ernster Aufmerksamkeit an, und einer unter ihnen, der Englisch verstand, übersetzte das Gesagte in die Sprache ihrer Heimat. Sobald Rivenoak den Sinn ihrer Ansprache vernommen, beantwortete er sie in seiner Sprache, und der Dolmetscher übersetzte es dem Mädchen ins Englische.

»Meiner Tochter steht es frei zu sprechen«, sagte der finstre, alte Redner und gebrauchte so sanfte Töne und lächelte so freundlich, als spräche er mit einem Kind – »die Huronen hören gern ihre Stimme; sie lauschen allem, was sie sagt. Der Große Geist redet oft zu den Menschen mit solchen Zungen. Diesmal sind ihre Augen nicht weit genug offen gewesen, um alles zu sehen, was vorgefallen ist. Wildtöter ist nicht gekommen, unsere Skalpe zu nehmen, das ist wahr: warum kam er nicht? Hier sind sie, auf unsern Häuptern; die Kriegslocken sind bereit, daß man sie packen kann; ein kühner Feind soll seine Hand ausstrecken, sie zu fassen. Die Irokesen sind eine zu große Nation, um Männer zu strafen, welche Skalpe nehmen. Was sie selbst tun, das sehen sie gern auch an andern. Meine Tochter möge sich umsehen und meine Krieger zählen. Hätte ich so viele Hände als vier Krieger, ihre Finger wären weniger, als mein Volk war, als wir in Eure Jagdgründe kamen. Jetzt fehlt eine ganze Hand. Wo sind die Finger? Zwei sind abgeschnitten worden von diesem Bleichgesicht; meine Huronen wünschen zu sehen, ob er dies getan hat in Kraft eines männlichen Herzens oder durch Verrat: wie ein schleichender Fuchs oder wie ein springender Panther.«

»Ihr wißt selbst, Huronen, wie einer davon fiel. Ich habe es gesehen und Ihr alle auch. Es war zu blutig, um hinzuschauen, aber es war nicht Wildtöters Schuld. Euer Krieger trachtete nach seinem Leben, und er verteidigte sich. Ich weiß nicht, ob das gute Buch sagt, daß dies recht gewesen, aber alle Menschen werden es sagen. Kommt, wenn Ihr wissen wollt, wer von Euch am besten schießen kann: gebt Wildtöter eine Büchse, und dann werdet Ihr sehen, wieviel erfahrener er ist als irgendeiner Eurer Krieger, ja, als alle zusammen!«

Hätte jemand eine solche Szene unbefangen und gleichgültig beobachten können, so hätte er durch den Ernst belustigt werden müssen, womit die Wilden die Verdolmetschung dieses ungewöhnlichen Verlangens anhörten. Kein Hohn, kein Lächeln mischte sich in ihr Erstaunen; denn Hettys Wesen hatte einen zu geheiligten Charakter, als daß ihre Schwäche der Gegenstand des Spottes der Trotzigen und Rohen hätte werden dürfen. Im Gegenteil, man antwortete ihr mit achtungsvoller Aufmerksamkeit.

»Meine Tochter redet nicht immer wie ein Häuptling am Beratungsfeuer«, erwiderte ihr Rivenoak, »sonst würde sie das nicht gesagt haben. Zwei meiner Krieger sind gefallen von der

Hand unsers Gefangenen; ihr Grab ist zu klein, einen dritten aufzunehmen. Die Huronen häufen nicht gern ihre Toten aufeinander. Wenn noch ein Geist im Begriff steht, nach der fernen Welt aufzubrechen, so darf es nicht der Geist eines Huronen sein, es muß der Geist eines Bleichgesichts sein. Geht, Tochter, und setzt Euch zu Sumach, die in Trauer ist; laßt die Huronenkrieger zeigen, wie gut sie schießen können; laßt das Bleichgesicht zeigen, wie wenig es sich um ihre Kugeln kümmert.«

Hettys Geist war der Fortführung einer Erörterung nicht gewachsen. Gewohnt, sich den Anweisungen Älterer zu unterwerfen, tat sie, wie ihr geboten, setzte sich willenlos auf einen Stamm neben Sumach und wandte ihr Antlitz ab von dem peinlichen Schauspiel, das innerhalb des Kreises aufgeführt wurde.

Die Krieger nahmen, sobald diese Unterbrechung beseitigt war, ihre Sitze wieder ein und schickten sich an, ihre Geschicklichkeit glänzen zu lassen, wobei sie einen doppelten Zweck im Auge hatten: den, die Standhaftigkeit des Gefangenen auf die Probe zu stellen, und den weiteren, zu zeigen, wie stet und sicher die Hand der Schützen unter aufregenden Umständen sei. Die Entfernung war klein, und in einem gewissen Sinne Sicherheit versprechend. Aber je kleiner der von den Peinigenden genommene Abstand war, um so mehr wurde die Probe für die Nerven des Gefangenen wesentlich gesteigert. Wildtöters Gesicht war in der Tat nur eben weit genug von dem Ende der Gewehre entfernt, um von der Explosion des Pulvers nicht gefährdet zu werden, und sein festes Auge konnte gerade in die Mündungen ihrer Büchsen hineinsehen, gleichsam im voraus schon den tödlichen Boten erschauend, der aus jeder hervorbrechen sollte. Die schlauen Huronen hatten diesen Umstand wohl berechnet; kaum einer erhob sein Gewehr, ohne es zuerst so scharf als möglich auf die Stirne des Gefangenen anzulegen, in der Hoffnung, seine Seelenstärke werde ihn verlassen und die Bande werde den Triumph genießen, ein Opfer unter ihrer sinnreichen Grausamkeit zucken und sich winden zu sehen. Dennoch hüteten sich sämtliche Schützen wohl, ihn zu treffen, da die Schmach, ihn vor der Zeit zu töten, nur der nachstand, das Ziel ganz zu verfehlen. Schuß um Schuß fiel; alle Kugeln schlugen ganz nahe bei Wildtöters Kopf ein, ohne ihn zu berühren. Aber noch konnte niemand auch nur das Zucken eines Muskels von seiten des Gefangenen oder das leiseste Blinzeln seines Auges wahrnehmen. Diese unbezwingliche Entschlossenheit, welche so weit alles Ähnliche übertraf, was irgendein Anwesender je zuvor gesehen, konnte von drei besonderen Ursachen abgeleitet werden. Die erste war: Ergebung in sein Schicksal, verbunden mit natürlicher fester Haltung und Fassung; denn unser Held hatte es ruhig mit sich abgemacht, daß er sterben müsse, und zog diese Todesart jeder andern vor; die zweite war seine vertraute Bekanntschaft gerade mit dieser Waffe, wodurch sie für ihn alles Schreckliche verlor, was sich gewöhnlich schon an die bloße Form der Gefahr knüpft; und die dritte war ebendiese auch praktisch erprobte Bekanntschaft, die so weit und fein ausgebildet war, daß das beabsichtigte Opfer bis auf den Zoll den Fleck anzugeben wußte, wohin jede Kugel treffen müsse; denn er berechnete ihr Ziel, indem er gerade ins Rohr hineinsah. So genau war Wildtöters Berechnung der Schußlinie, daß am Ende sein Stolz die Oberhand über seine Ergebung gewann, und er, nachdem fünf oder sechs ihre Kugeln in den Baum geschossen, sich nicht enthalten konnte, seine Verachtung über ihren Mangel an sichrer Hand und sichrem Auge auszusprechen.

»Ihr mögt dies Schießen nennen, Mingos!« rief er, »aber wir haben Weiber unter den Delawaren, und ich habe holländische Mädchen gekannt am Mohawk, die Eure größten Kunststücke zuschanden machen konnten. Macht diese meine Arme los, gebt mir eine Büchse in die Hand, und ich will die dünnste Kriegslocke in Eurer Truppe an jeden Baum nageln, den Ihr mir bezeichnet, und das auf hundert Schritte; ja, oder auf zweihundert, wenn man das Ziel sehen kann, neunzehn Schüsse unter zwanzig oder meinetwegen zwanzig unter zwanzig, wenn das Gewehr preiswürdig und zuverlässig ist!«

Ein leises, drohendes Gemurmel folgte auf diesen kalten, herausfordernden Hohn; der Zorn der Krieger entzündete sich, als sie einen solchen Vorwurf aus dem Munde eines Mannes hörten, der ihr Beginnen so verächtlich ansah, daß er nicht einmal blinzelte, wenn man eine Büchse so nahe vor seinem Gesicht abschoß, als man konnte, ohne es ihm zu versengen. Rivenoak bemerkte, daß der Augenblick kritisch war und, noch immer die Hoffnung nicht aufgebend, einen so ausgezeichneten Jäger für seinen Stamm zu gewinnen, legte sich der schlaue, alte Häuptling, vermutlich zur rechten Zeit, ins Mittel, um zu verhüten, daß man nicht augenblicklich zu dem Teil der Marter schritt, der notwendig durch äußerste körperliche Qual, wenn nicht in andrer Weise, den Tod zur Folge haben mußte. Er trat mitten unter die gereizte Gruppe, redete sie mit seiner gewohnten schlauen Logik und seiner gefälligen, gewinnenden Art an und unterdrückte sogleich die heftige Bewegung, die schon begonnen hatte.

»Ich sehe, wie es ist«, sagte er. »Wir sind gewesen wie die Bleichgesichter, wenn sie bei Nacht ihre Türen schließen aus Furcht vor den roten Männern. Sie brauchen so viele Riegel, daß das Feuer auskommt und sie verbrennen, ehe sie hinauskönnen. Wir haben den Wildtöter zu fest gebunden. Die Bande hindern seine Glieder zu zittern und seine Augen, sich zu schließen. Lockert sie ihm! Laßt uns sehen, aus welchem Stoffe sein eigner Körper wirklich besteht!«

Es ist oft der Fall, wenn wir uns in einem Lieblingsplan getäuscht sehen, daß wir gerne zu jedem Auskunftsmittel, mag es auch noch so wenig Aussicht auf Erfolg verbürgen, greifen, ehe wir unsern Zweck ganz aufgeben. So war es bei den Huronen. Der Vorschlag des Häuptlings fand augenblicklich Beifall, und mehrere Hände waren sofort geschäftig, die Bastseile vom Leib unsers Helden wegzureißen und zu schneiden. Nach einer halben Minute stand Wildtöter so frei von Banden da, wie er eine Stunde zuvor seine Flucht am Berg hin begonnen hatte. Ein wenig Zeit brauchte es, bis er den Gebrauch seiner Glieder wieder erlangte; denn der Umlauf des Blutes war durch die Festigkeit der Bande gehemmt worden. Diese Frist ward ihm von Rivenoaks Politik bewilligt unter dem Vorwand, daß sein Körper für Furcht und Schrecken empfänglicher sein würde, wenn er seine rechte Stimmung wiedergewonnen habe; eigentlich aber war seine Absicht, den heftigen wilden Leidenschaften, die in der Brust seiner jungen Männer rege geworden waren, Zeit zu lassen, sich wieder zu legen. Diese List gelang, und Wildtöter stellte, indem er sich die Glieder rieb, mit den Füßen stapfte und sich Bewegung machte, bald den Umlauf des Blutes wieder her und gewann seine ganze physische Kraft so vollständig wieder, als wenn sie gar nichts gestört und geschwächt hätte.

Selten denken die Menschen an den Tod in dem stolzen Gefühl ihrer Gesundheit und Stärke. So war es bei Wildtöter. Nachdem er hilflos gebunden und, wie er allen Grund gehabt zu glauben, so ganz kürzlich erst am Rande der andern Welt gewesen war, wirkte jetzt das, daß er sich so unerwartet befreit, im Besitz seiner Kraft, und völlig Herr seiner Glieder sah, auf ihn wie eine plötzliche Wiederlebung und fachte in ihm wieder Hoffnungen an, die er zuvor schon ganz aufgegeben hatte. Von diesem Augenblicke an änderten sich alle seine Pläne. Hierin gehorchte er einfach einem Gesetz der Natur; denn wenn wir unsern Helden als in sein Schicksal ergeben darzustellen wünschten, war es doch entfernt nicht unsere Absicht, ihn als nach dem Tode verlangend zu schildern. Von dem Augenblick an, wo sein Kraftgefühl frisch wieder auflebte, waren seine Gedanken lebhaft auf die verschiedenen Entwürfe gerichtet, die sich ihm darboten, um mittelst ihrer den Anschlägen seiner Feinde sich zu entziehen; er wurde wieder der besonnene, sinnreiche und entschlossene Waldmann, der sich aller seiner Kräfte und Hilfsquellen bewußt und sie zu benutzen bereit war. Der Wechsel war so groß, daß auch sein Geist wieder seine Spannkraft gewann; nicht mehr an Unterwerfung denkend, verweilte er nur bei den Listen und Anschlägen der Art von Kriegführung, in die er jetzt verwickelt war.

Sobald Wildtöter losgebunden war, verteilte sich die Bande in einen Kreis um ihn her, um ihn einzuhegen; der Wunsch, seinen Mut und Geist zu brechen, wuchs in ihnen, je mehr Beweise von der Schwierigkeit, ihn zu beugen, sie sahen. Die Ehre der Truppe stand jetzt bei dem Ausgang auf dem Spiel, und selbst das schöne Geschlecht verlor all sein Mitgefühl mit menschlichem Leiden über dem Wunsch, die Ehre des Stammes gerettet zu sehen. Die Stimmen der Mädchen, sanft und melodisch, wie die Natur sie geschaffen, hörte man mit den Drohungen der Männer sich mischen; die Sumach widerfahrenen Unbilden nahmen plötzlich den Charakter von kränkenden Leiden an, die jedes huronische Weib betroffen. Diesem sich erhebenden Tumult nachgebend, zogen sich die Männer ein wenig zurück, den Weibern bedeutend, daß sie den Gefangenen eine Weile in ihren Händen ließen; denn es war bei solcher Gelegenheit ein gewöhnlicher Kunstgriff, daß die Weiber durch ihre Verhöhnungen und Schmähungen das Opfer in einen Zustand von Wut zu versetzen suchten und es dann plötzlich den Männern überlieferten, in einem Gemütszustand, der wenig günstig war, den Qualen körperlicher Peinigung Widerstand zu leisten. Auch war diese Gesellschaft nicht ohne die geeigneten Werkzeuge, einen solchen Zweck zu erreichen. Sumach hatte einen großen Ruf als Keiferin und Schreierin, und ein paar alte Weiber, wie die Bärin, waren mit der Truppe ausgezogen, höchstwahrscheinlich als Wächterinnen des Anstands und der moralischen Disziplin; denn dergleichen kommt im wilden so gut wie im zivilisierten Leben vor. Es ist unnötig, alles zu wiederholen, was Wildheit und Unwissenheit zu diesem Behuf zu ersinnen vermochten; der einzige Unterschied zwischen diesem Ausbruch weiblichen Zorns und einer ähnlichen Szene unter uns bestand nur in den Redefiguren und den Prädikaten; – die huronischen Weiber benannten ihren Gefangenen mit den Namen der niedrigsten und verachtetsten Tiere, die ihnen bekannt waren.

Aber Wildtöters Geist war zu sehr beschäftigt, als daß er durch das Schimpfen erbitterter Hexen hätte sollen gestört werden; da ihre Wut notwendig mit seiner Gleichgültigkeit stieg sowie seine Gleichgültigkeit mit ihrer Wut, wurden die Furien bald durch das Übermaß unfähig, weiter fort zu machen. Die Krieger traten, als sie bemerkten, daß dieser Versuch gänzlich fehlgeschlagen, ins Mittel und machten der Szene ein Ende; dies um so mehr, da man jetzt ernstliche Vorbereitungen machte zu dem Anfang der wirklichen Martern, derjenigen, welche die Seelenstärke des Dulders auf die Probe heftiger körperlicher Schmerzen stellen sollten. Eine plötzliche, unvorhergesehene Meldung jedoch, die einer der ausgestellten Kundschafter, ein Knabe von zehn oder zwölf Jahren, brachte, hemmte für einen Augenblick das ganze Beginnen. Da diese Unterbrechung in engem Zusammenhang mit dem dénouement unserer Geschichte steht, wollen wir sie in einem besondern Kapitel berichten.

Dreißigstes Kapitel

So meinst du – wie wohl jeder meint
Das Gleiche, weil's dem Aug' so scheint;
Doch andre Ernte sank,
Als die des Bauern Sichel fällt,
Von härtrer Hand auf diesem Feld,
Durch Speer' und Klingen blank.

Scott

Es ging über Wildtöters Vermögen zu erfahren, was den plötzlichen Stillstand in den Bewegungen seiner Feinde veranlaßt hatte, bis die Sache sich im ordentlichen Verlauf der Ereignisse offenbarte. Er bemerkte, daß große Unruhe besonders unter den Weibern herrschte, während die Krieger in einer Art würdevoller Erwartung auf ihre Waffen gelehnt blieben. Es war klar, daß kein Alarm entstanden, obwohl nicht ebenso augenfällig war, daß ein erwünschtes Ereignis die Verzögerung herbeiführte. Rivenoak war sichtlich von allem unterrichtet, und durch eine Bewegung seines Arms schien er dem Kreise zu bedeuten, er solle unaufgelöst bleiben, und jedes solle den Ausgang der Sache in der Stellung abwarten, in der es sich gerade befinde. Es bedurfte nur ein paar Minuten, um die Erklärung dieser sonderbaren und geheimnisvollen Pause zu bringen, welche bald dadurch ihr Ende erreichte, daß Judith hinter der Linie von Huronen erschien und sofort in den Kreis eingelassen wurde.

Wenn Wildtöter über diese unerwartete Ankunft erstaunt war, da er wohl wußte, daß das gescheite und geistesgegenwärtige Mädchen keineswegs auf die Befreiung von den Leiden und Folgen der Gefangenschaft Ansprüche hatte, die man ihrer schwachsinnigen Schwester so gerne bewilligte, so war er nicht minder über den Aufzug, worin sie erschien, betroffen. Ihr ganzer gewöhnlicher Waldanzug, so sauber und passend dieser in der Regel war, war mit dem schon erwähnten Brokatkleid vertauscht worden, das schon einmal an ihrer Person eine so große und zauberhafte Wirkung hervorgebracht hatte. Dies war noch nicht alles. Gewöhnt, die Ladys der Garnison in der förmlichen

Galatracht des Tages zu sehen, und vertraut mit den feinern, genauern Zierlichkeiten in diesen Dingen, hatte das Mädchen ihren Anzug dergestalt zu vervollständigen gewußt, daß kein auffallender Mangel im Detail sichtbar wurde und nicht einmal ein Mangel an Übereinstimmung hervortrat, der einer in die Geheimnisse der Toilette Eingeweihten hätte auffallen müssen. Kopf, Füße, Arme, Hände, Büste und Faltenwurf – alles, was man damals am weiblichen Anzug reizend und harmonisch fand, war in Harmonie, und das Vorhaben, auf das sie ausging, nämlich den ungelehrten, sinnlichen Wilden zu imponieren, indem sie sie glauben machte, ihr Besuch sei eine Frau von hohem Stand und Bedeutung, hätte ihr gar leicht bei solchen gelingen können, die vermöge ihrer Lebensgewohnheiten zwischen den Personen derlei Unterschiede zu machen gelernt hatten. Neben ihrer seltenen, natürlichen Schönheit besaß Judith eine ausgezeichnete Grazie in ihrem Wesen, und ihre Mutter hatte ihr genug von ihrer Haltung und ihrem Anstand beigebracht, um aus ihrem Benehmen jeden anstößigen oder auffallenden Zug von Gemeinheit zu verbannen, so daß, die Wahrheit zu gestehen, der prächtige Anzug beinahe in jedem andern Falle übler an seinem Platze gewesen wäre. In einer Hauptstadt hätten ihn tausend tragen können, ehe sich *eine* gefunden, die den lebhaften Farben, dem schimmernden Atlas und den reichen Spitzen mehr Ehre gebracht hätte als das schöne Wesen, dessen Person er jetzt schmücken half.

Die Wirkung einer solchen Erscheinung war nicht übel berechnet. Im Augenblick, wo Judith sich innerhalb des Kreises befand, ward sie einigermaßen für die furchtbare persönliche Gefahr, der sie sich aussetzte, durch den unzweideutigen Eindruck von Überraschung und Bewunderung entschädigt, den ihre Erscheinung hervorbrachte. Die grimmigen alten Krieger ließen ihren Lieblingsruf: »Hugh!« hören. Die jüngern Männer waren noch stärker hingenommen, und selbst die Weiber blieben nicht zurück, ihr Wohlgefallen durch offene Äußerungen kundzugeben. Nur selten hatten diese rohen Kinder des Waldes andere weiße Frauen als solche der niedrigsten Klasse gesehen, und was Kleider betrifft, so hatte ihr Auge noch nie soviel Glanz und Schimmer erblickt. Die lustigsten Uniformen von Franzosen und Engländern erschienen matt, verglichen mit dem schillernden Brokat, und während die seltne körperliche Schönheit der Trägerin die Wirkungen der Farben noch erhöhte, verfehlte der Anzug nicht, diese Schönheit noch hervorzuheben in einer Art, welche selbst die Hoffnungen des Mädchens übertraf. Wildtöter selbst war ganz verblüfft, und dies ebensosehr über das glänzende Bild, welches das Mädchen darbot, als über die Gleichgültigkeit gegen die Folgen, womit sie der Gefahr des getanen Schrittes trotzte. Unter solchen Umständen warteten alle ab, bis der Besuch seine Absicht erklären würde, die den meisten der Zuschauer ebenso unbegreiflich schien wie dessen Erscheinung.

»Welcher von diesen Kriegern ist der vornehmste Häuptling?« fragte Judith den Wildtöter, sobald sie merkte, daß man von ihr die Eröffnung der Unterredung erwartete, »mein Auftrag ist zu wichtig, um an einen von niedrigerem Rang bestellt zu werden. Zuerst erklärt den Huronen, was ich sage; dann gebt mir Antwort auf die Frage, die ich getan.«

Wildtöter gehorchte ruhig, und seine Zuhörer horchten begierig auf die Verdolmetschung der ersten Worte aus dem Mund einer so außerordentlichen Erscheinung. Das Verlangen schien vollkommen im Charakter einer Person, die selbst allem Anschein nach einem hohen Stand angehörte. Rivenoak erteilte eine geeignete Antwort, indem er sich seinem schönen Besuch in einer Art vorstellte, die keinen Zweifel übrigließ, daß er zu all der Achtung berechtigt sei, die er in Anspruch nahm.

»Ich kann das glauben, Hurone«, begann Judith wieder und spielte ihre angenommene Rolle mit einer Festigkeit und Würde, die ihrem Nachahmungstalent Ehre machte; denn sie war bemüht, ihrem Benehmen die herablassende Artigkeit zu verleihen, die sie einmal bei der Gattin eines Generals bei einer ähnlichen, obwohl friedlicheren, Szene beobachtet hatte. »Ich kann glauben, daß Ihr die wichtigste Person dieser Truppe seid; ich sehe in Eurem Angesicht die Züge des Nachdenkens und der Besonnenheit. An Euch also muß ich meine Mitteilung richten.«

»Möge die Blume der Wälder sprechen«, erwiderte der alte Häuptling höflich, sobald ihre Anrede so verdolmetscht war, daß alle sie verstehen konnten. »Wenn ihre Worte so lieblich sind wie ihr Aussehen, werden sie nie meine Ohren verlassen; ich werde sie noch hören, lange nachdem der Winter von Kanada alle Blumen des Sommers getötet und alle seine Reden erstarren gemacht hat.«

Diese Bewunderung schmeichelte Judith bei der ihr eignen Gemütsart und trug ebensoviel dazu bei, ihr ihre Selbstbeherrschung zu erleichtern, als sie ihre Eitelkeit befriedigte. Sie lächelte unwillkürlich oder trotz ihrem Vorsatz, zurückhaltend zu erscheinen, und fuhr nun weiter in ihrer Rolle fort.

»Nun, Hurone«, sprach sie, »hört meine Worte! Eure Augen sagen Euch, daß ich kein gewöhnliches Weib bin. Ich will nicht sagen, daß ich die Königin dieses Landes sei; *die* ist weit weg von hier, in einem fernen Lande; aber unter unsern großmächtigen Monarchen sind viele Abstufungen des Ranges, und eine davon nehme ich ein. Welches dieser Rang sei, ist unnötig, so genau anzugeben; denn Ihr würdet es doch nicht verstehen. Euch darüber zu belehren, müßt Ihr Euern sehenden Augen überlassen. Ihr *schaut,* was ich bin; Ihr müßt fühlen, indem Ihr meine Worte hört, daß Ihr eine hört, die Eure Freundin oder Eure Feindin zu sein vermag, je nachdem Ihr sie behandelt.«

Dies ward ganz angemessen vorgetragen, mit gebührender Rücksicht auf ihr Benehmen und mit einer sichern Festigkeit des Tones, die in der Tat in Betracht aller Umstände des Falles überraschend war. Auch ward diese Rede gut, obwohl einfach, in die indianische Sprache übersetzt und mit einem Ernst und einer Achtung aufgenommen, die für den Erfolg des Mädchens nur Gutes weissagten. Aber die Gedanken der Indianer lassen sich nicht so leicht bis auf die innerste Quelle ergründen. Judith wartete mit ängstlicher Spannung auf die Antwort, ebensosehr von Hoffnung als von Zweifel erfüllt. Rivenoak war ein fertiger Sprecher und antwortete so rasch, als sich mit den Begriffen von indianischem Wohlstand vertrug; denn dies eigentümliche Volk scheint eine kurze Verzögerung der Antwort für ein Zeichen der Achtung zu halten, sofern dadurch an den Tag gelegt wird, daß man die vernommenen Worte auch gebührend erwogen hat.

»Meine Tochter ist schöner als die wilden Rosen am Ontario; ihre Stimme ist lieblich für das Ohr wie der Gesang des Zaunkönigs«, antwortete der vorsichtige und schlaue Häuptling, der allein unter der ganzen Bande sich nicht ganz von der prächtigen und ungewöhnlichen Erscheinung Judiths hinnehmen ließ und bei seiner Verwunderung doch noch Mißtrauen hegte.

»Der Kolibri ist nicht viel größer als die Biene, und doch sind seine Federn so glänzend wie der Schweif des Pfauen. Der Große Geist verleiht manchmal sehr prächtige Kleider sehr kleinen Tieren. Und doch bedeckt er den Elch auch mit groben Haaren. Diese Dinge gehen über das Verständnis von armen Indianern, die nur begreifen können, was sie sehen und hören. Ohne Zweifel hat meine Tochter einen sehr großen Wigwam irgendwo in der Nähe des Sees, die Huronen haben ihn nicht gefunden in ihrer Unwissenheit.«

»Ich habe Euch gesagt, Häuptling, es wäre unnütz, meinen Rang und meinen Aufenthaltsort zu nennen, da Ihr davon doch nichts verstehen würdet. Ihr müßt Euern Augen glauben, was diese Kunde betrifft; welcher rote Mann ist hier, der nicht sehen könnte? Dies Tuch, das ich trage, ist nicht das Tuch einer gewöhnlichen Squaw; diese Schmucksachen sind von der Art, wie nur die Frauen und Töchter der Häuptlinge darin erscheinen. Jetzt horcht auf und vernehmt, warum ich allein unter Euer Volk gekommen bin, und achtet auf das Anliegen, das mich hierhergeführt hat. Die Yengeese haben junge Männer, so gut wie die Huronen, und zwar haben sie deren genug; das wißt Ihr wohl!«

»Der Yengeese sind so viele als Blätter auf den Bäumen! das weiß und fühlt jeder Hurone.«

»Ich verstehe Euch, Häuptling. Hätte ich eine Truppe mit mir genommen, so hätte Euch das in Unruhe setzen können. Meine jungen Männer und die Eurigen würden einander zornig angeschaut haben, zumal wenn meine jungen Männer dies Bleichgesicht gesehen hätten, das Ihr zu Martern bestimmt habt. Es ist ein großer Jäger und sehr geliebt von allen Garnisonen in der Nähe und Ferne. Es hätte einen Kampf um ihn gegeben, und der Weg der Irokesen heim nach den Kanadas wäre mit Blut bezeichnet worden.«

»Es ist schon soviel Blut darauf«, versetzte der Häuptling finster, »daß es unsre Augen blendet. Meine jungen Männer sehen, daß es alles Blut von Huronen ist.«

»Ohne Zweifel, und noch mehr Huronenblut würde vergossen werden, wenn ich umgeben von Bleichgesichtern gekommen wäre. Ich habe von Rivenoak gehört und habe gedacht, es würde besser sein, ihn im Frieden in sein Dorf heimzuschicken, daß er seine Weiber und seine Kinder daheim ließe; wenn er dann Lust hätte, unsre Skalpe zu holen, würden wir ihm entgegentreten. Er liebt Tiere, aus Elfenbein gemacht, und kleine Büchsen. Seht, ich habe einige mitgebracht, sie ihm zu zeigen. Ich bin seine Freundin. Wenn er diese Dinge zu seinen Gütern gepackt hat, wird er nach seinem Dorfe aufbrechen, ehe einer von meinen jungen Männern ihn einholen kann; und dann wird er seinem Volke in Kanada zeigen, welche Schätze sie hier suchen können, jetzt nachdem unsre großen Väter über dem Salzsee einander die Kriegsaxt zugeschickt haben. Ich will zurück mit dem großen Jäger, dessen ich bedarf, um mein Haus mit Wildbret zu versorgen.«

Judith, mit der indianischen Phraseologie hinlänglich vertraut, bemühte sich, ihre Gedanken in der diesem Volke eignen sentenziösen Weise auszudrücken, und es gelang ihr sogar über ihre eigne Erwartung. Wildtöter ließ ihr in seiner Verdolmetschung alle Gerechtigkeit widerfahren, und das um so bereitwilliger, als das Mädchen sich sorgfältig hütete, eine eigentliche Unwahrheit vorzubringen, – eine Huldigung, die sie der ihr bekannten Abneigung des jungen Mannes gegen Lügen zollte; denn diese hielt er für eine der Gaben eines weißen Mannes ganz unwürdige Niederträchtigkeit. Das Anbieten der zwei noch übrigen Elefanten und der früher erwähnten Pistolen, deren eine freilich durch den Unfall vor kurzem ziemlich gelitten hatte, brachte eine lebhafte Aufregung unter den Huronen im ganzen hervor; Rivenoak aber nahm es kalt auf, trotz des Entzückens, womit er zuerst die Wahrscheinlichkeit der Existenz einer Kreatur mit zwei Schwänzen entdeckt hatte. Mit einem Wort: dieser kühle und scharfsichtige Wilde ließ sich nicht so leicht imponieren wie seine Genossen. Mit einem Ehrgefühl, das die Hälfte der zivilisierten Welt übertrieben gefunden haben würde, lehnte er die Annahme einer Bestechung ab, die er nicht gemeint war durch Erfüllung der Wünsche der Geberin zu verdienen.

»Behalte meine Tochter ihr zweischwänziges Schwein, es zu essen, wenn es an Wildbret fehlt«, antwortete er trocken, »und auch das kleine Gewehr mit zwei Mündungen. Die Huronen werden Wild töten, wenn sie hungrig sind; sie haben lange Büchsen, damit zu kämpfen. Dieser Jäger kann jetzt meine jungen Männer nicht verlassen: sie wünschen zu wissen, ob er so tapfern Herzens ist, als er prahlt.«

»Das leugne ich, Hurone«, unterbrach ihn Wildtöter mit Wärme, »ja, das leugne ich schnurstracks, da es gegen Wahrheit und Vernunft ist. Kein Mensch hat gehört, daß ich prahle, und soll es auch keiner, und wenn Ihr mich auch lebendig schindet und dann das zuckende Fleisch röstet mit Euren höllischen Tücken und Grausamkeiten! Ich bin wohl niedrig und unglücklich und Euer Gefangener, aber ich bin kein *Prahler;* schon vermöge meiner Gaben.«

»Mein junges Bleichgesicht *prahlt*, er sei kein Prahler«, versetzte der schlaue Häuptling, »er *muß* recht haben. Ich höre einen seltsamen Vogel singen. Er hat sehr prächtige Federn. Kein Hurone hat je solche Federn gesehen! Sie werden sich schämen, zurückzukehren in ihr Dorf und ihrem Volke zu sagen, sie hätten ihren Gefangenen ziehen lassen wegen des Gesanges dieses fremden Vogels, ohne imstande zu sein, den *Namen* dieses Vogels anzugeben. Sie wissen nicht zu sagen, ob es ein Zaunkönig ist oder ein Katzenvogel. Das wäre eine große Schmach; man würde meine jungen Männer nicht in die Wälder ziehen lassen, ohne daß sie ihre Mütter mitnähmen, ihnen die Namen der Vögel zu sagen!«

»Ihr könnt Euren Gefangnen nach meinem Namen fragen«, versetzte das Mädchen. »Er ist Judith, und es steht viel von der Geschichte der Judith in der Bleichgesichter bestem Buch, der Bibel. Wenn ich ein Vogel mit schönen Federn bin, so habe ich auch meinen Namen.«

»Nein«, antwortete der schlaue Hurone, seine lange geübte List und Verstellung verratend, indem er mit ziemlicher Richtigkeit englisch sprach, »ich nicht Gefangenen fragen. Er ermüdet, der Ruhe bedürfen. Ich fragen meine Tochter mit dem schwachen Geist. Sie die Wahrheit sprechen. Kommt her, Tochter! Ihr antworten. *Euer* Name Hetty?«

»Ja, so nennt man mich«, antwortete das Mädchen, »obwohl er in der Bibel Esther geschrieben ist.«

»Es ihn auch in die Bibel schreiben! Alles in die Bibel schreiben. Einerlei – was *ihr* Name?«

»Der ist Judith, und er ist so in der Bibel geschrieben. Das ist meine Schwester Judith, Thomas Hutters Tochter – Thomas Hutters, den Ihr Bisamratze nanntet, obgleich er keine Bisamratze war, sondern ein Mensch wie Ihr – er wohnte in einem Haus auf dem Wasser, und das war genug für *Euch*!«

Ein triumphierendes Lächeln blitzte über das hartgefurchte Gesicht des Häuptlings, als er sah, wie vollständig ihm der Versuch gelungen, die wahrheitsliebende Hetty zum Sprechen zu bringen. Judith selbst erkannte, im Augenblick, als ihre Schwester befragt wurde, daß alles verloren war; denn kein Winken, kein Bitten selbst hätte das redlich gesinnte Mädchen vermocht, eine Lüge zu reden. Daß der Versuch, eine Tochter der Bisamratze vor den Wilden als eine Fürstin oder als eine vornehme Dame auszugeben, mißlingen mußte, wußte sie und sah ihren kecken und sinnreichen Einfall zur Befreiung des Gefangenen durch eine der einfachsten und natürlichsten Ursachen, die man sich denken konnte, scheitern. Sie richtete daher ihr Auge auf Wildtöter, ihn gleichsam anflehend, sich der Sache anzunehmen, um sie beide zu retten.

»Es wird nicht gehen, Judith«, sagte der junge Mann, auf diese stumme Aufforderung antwortend, die er wohl verstand, aber als fruchtlos erkannte, »es wird nicht gehen. Es war eine kecke Idee und passend für eine Generalsfrau; aber der Mingo dort–« Rivenoak hatte sich in einige Entfernung zurückgezogen, so daß er ihn nicht verstehen konnte – »aber der Mingo dort ist kein gewöhnlicher Mann und nicht zu täuschen durch unnatürliche Listen. Die Dinge müssen in rechter Ordnung vor ihn kommen, um eine Wolke vor *seinem* Auge zu verbreiten! Es war zuviel, ihm vorspiegeln zu wollen, daß eine Königin oder vornehme Lady in diesen Bergen lebe, und ohne Zweifel denkt er, die schönen Kleider, die Ihr tragt, seien von dem Raube Eures Vaters – oder wenigstens dessen, der für Euren Vater galt; was auch gern wahrscheinlich ist, wenn alles wahr ist, was man sagt.«

»In jedem Falle, Wildtöter, wird meine Anwesenheit hier Euch eine Zeitlang retten. Sie werden schwerlich versuchen, Euch vor meinen Augen zu martern!«

»Warum nicht, Judith? Meint Ihr, sie werden mit einem Weib von den Bleichgesichtern zärtlicher verfahren als mit ihren eignen? Es ist wahr, Euer Geschlecht wird Euch selbst höchstwahrscheinlich gegen die Martern schützen, aber Euch nicht Eure Freiheit und Euren Skalp sichern. Ich wollte, Ihr wäret nicht gekommen, meine gute Judith; es kann mir keinen Vorteil, aber Euch großes Unheil bringen!«

»Ich kann Euer Schicksal teilen«, antwortete das Mädchen

mit großherzigem Enthusiasmus. »Sie sollen Euch kein Leid tun, solange ich dabei bin, wenn es in meiner Macht steht, es zu verhindern – zudem –«

»Zudem, was, Judith? Welche Mittel habt Ihr, indianischer Grausamkeit Einhalt zu tun oder indianische Teufeleien abzuwenden?«

»Vielleicht keine, Wildtöter«, versetzte das Mädchen mit Festigkeit, »aber ich kann mit meinen Freunden leiden – mit ihnen sterben, wenn's nötig ist.«

»Ach! Judith – leiden werdet Ihr vielleicht, aber sterben werdet Ihr nicht, als bis die vom Herrn bestimmte Stunde kommt. Es ist unwahrscheinlich, daß eine von Eurem Geschlecht und Eurer Schönheit ein härteres Schicksal trifft, als daß sie das Weib eines Häuptlings wird, wenn anders Eure weißen Neigungen sich zur Ehe mit einem Indianer bequemen. Es wäre besser, Ihr wäret in der Arche oder im Kastell geblieben, aber was geschehen ist, ist geschehen. Ihr wolltet etwas sagen, als Ihr stocktet bei: zudem –?«

»Es möchte nicht geraten sein, es hier auszusprechen, Wildtöter!« antwortete das Mädchen hastig, wie nachlässig an ihm vorbeigehend, um leise reden zu können, »eine halbe Stunde gilt uns alles. Keiner Eurer Freunde ist müßig.«

Der Jäger antwortete nur mit einem dankbaren Blick. Dann wandte er sich zu seinen Feinden, seine Bereitwilligkeit zeigend, den Martern wieder die Stirn zu bieten. Eine kurze Beratung war zwischen den Ältern der Bande gepflogen worden, und mittlerweile hatten sie ihre Entscheidung gefaßt. Die milde Gesinnung Rivenoaks war durch Judiths List sehr geschwächt worden, welche statt ihren wahren Zweck zu erreichen, gerade die entgegengesetzten Ergebnisse von den beabsichtigten zu liefern drohte. Dies war natürlich; denn zum übrigen kam noch die Erbitterung eines Indianers, der sah, wie nahe er daran gewesen, sich von einem unerfahrenen Mädchen überlisten zu lassen. Inzwischen hatte man Judiths wahre Verhältnisse vollkommen erkannt, und der weitverbreitete Ruf ihrer Schönheit trug zu der Entdeckung bei. Was den ungewöhnlichen Anzug betrifft, so wurde er mit dem tiefen Geheimnis der zweischwänzigen Tiere in Verbindung gebracht und verlor für den Augenblick allen Einfluß.

Als daher Rivenoak den Gefangenen wieder ins Auge faßte,

war der Ausdruck seines Gesichts sehr verändert. Er hatte den Wunsch, ihn zu retten, aufgegeben und war nicht mehr geneigt, die ernsten Martern noch länger zu verschieben. Diese veränderte Stimmung hatte sich in ihrer Wirkung den jungen Männern mitgeteilt, welche schon rüstig ihre Vorbereitungen für die beabsichtigte Szene trafen. Stücke trocknen Holzes wurden rasch um den jungen Baum her gesammelt – die Splitter, die man dem Opfer ins Fleisch stoßen und dann anzünden wollte, waren alle gesammelt, und die Bastseile schon in Bereitschaft, um ihn wieder an den Baum zu binden. Dies alles geschah in tiefem Schweigen; Judith beobachtete jede Bewegung mit atemloser Erwartung, während Wildtöter selbst anscheinend so unbeweglich dastand wie eine der Fichten auf den Bergen. Als jedoch die Krieger, um ihn zu binden, vortraten, warf der junge Mann Judith einen Blick zu, wie fragend, ob Widerstand oder Ergebung das Ratsamste sei. Durch eine bedeutungsvolle Gebärde riet sie zur letztern, und in einer Minute war er wieder an den Baum gebunden, eine hilflose Zielscheibe jeder Schmähung oder Mißhandlung, die man ihm bieten mochte. So eifrig waren jetzt alle zu handeln, daß kein Wort gesprochen wurde. Sofort ward der Scheiterhaufen angezündet, und mit gespannter Erwartung sah man dem Ende von allem entgegen.

Es war nicht die Absicht der Huronen, ihrem Opfer mittelst des Feuers geradezu das Leben zu nehmen. Sie beabsichtigten nur, seine physische Kraft und Ausdauer auf die härteste Probe zu stellen, die sie, ohne ganz zu erliegen, ertragen könnte. Am Ende hatten sie den Plan, seinen Skalp mit sich in ihr Dorf zu nehmen, aber sie wünschten vorher, seine Entschlossenheit zu brechen und ihn zum klagenden Dulder zu erniedrigen. Zu diesem Behufe war der Haufen von Zweigen und Gestrüpp in einer geeigneten Entfernung aufgetürmt worden, wo, wie man berechnete, die Hitze bald unerträglich werden würde, ohne geradezu auch schon gefährlich und tödlich zu sein. Aber wie es bei solchen Gelegenheiten oft geschah, die Entfernung war nicht richtig berechnet, und die Flammen begannen schon dem Opfer so nahe ins Gesicht zu züngeln, daß der nächste Augenblick den Tod hätte bringen können, wenn nicht Hetty durch den Haufen gedrungen wäre, mit einem Stecken bewaffnet, und den lodernden Scheiterhaufen nach allen Richtungen auseinander geschleudert hätte. Mehr als eine Hand erhob sich, um die anmaßende Störerin zu Boden zu schlagen; aber die Häuptlinge verhinderten eine Mißhandlung und erinnerten ihre aufgebrachten Leute an ihren Geisteszustand. Hetty selbst war sich der Gefahr, die sie lief, nicht bewußt, und sobald sie diese kecke Tat vollbracht, stand sie da und sah sich mit finsterm Mißfallen und Unwillen um, als wollte sie dem Schwarm der sie aufmerksam betrachtenden Wilden ihre Grausamkeit vorrücken.

»Gott segne dich, liebste Schwester, für diese mutige und besonnene Tat!« flüsterte Judith, selbst so abgespannt, daß sie zum Handeln unfähig war. »Der Himmel selbst hat dich mit seinem heiligen Auftrag gesandt!«

»Es war gut gemeint, Judith«, fiel das Opfer ein, »es war trefflich gemeint, und es kam zur rechten Zeit, obwohl es am Ende doch unzeitig gewesen sein mag. Was eintreten soll, muß bald eintreten, sonst wird es in kurzem zu spät sein. Hätte ich beim Atmen einen Mundvoll von dieser Flamme eingesogen, so könnte keine menschliche Macht mein Leben retten, und Ihr seht, sie haben mir diesmal die Stirne so fest gebunden, daß mein Kopf nicht die mindeste Freiheit und Wahl hat. Es war gut gemeint, aber es wäre vielleicht eine größere Barmherzigkeit gewesen, die Flammen ihr Werk vollenden zu lassen.«

»Grausame, herzlose Huronen!« rief die noch immer empörte Hetty, »wolltet Ihr einen Mann, einen Christen verbrennen, wie ein Scheit Holz? Lest Ihr nie in Euren Bibeln oder meint Ihr, Gott werde solche Dinge vergessen?«

Eine Gebärde Rivenoaks gebot, die zerstreuten Brände wieder zu sammeln; frisches Holz ward gebracht, und selbst Weiber und Kinder waren eifrig und geschäftig, trockene Stecken herbeizuschaffen. Die Flamme loderte eben zum zweitenmal auf, als eine *Indianerin* durch den Kreis sich drängte, auf den Haufen zuschritt und mit dem Fuß noch zu rechter Zeit die brennenden Zweige beiseite stieß, um das Aufflammen des Ganzen zu verhindern. Ein gellender Schrei folgte auf diese zweite Störung; aber als die Täterin sich gegen den Kreis wandte und Hists Angesicht erkannt wurde, erfolgte ein allgemeiner Ausruf der Freude und Überraschung. Eine Minute lang blieb jeder Gedanke, das vorliegende Geschäft fortzusetzen, vergessen, und alt und jung drängte sich hastig um das Mädchen, eine Erklärung ihrer plötzlichen, unerwarteten Zurückkunft begehrend. In diesem kritischen Augenblick sprach Hist mit leiser Stimme zu Judith, gab ihr einen kleinen Gegenstand ungesehen in die Hand und wandte sich dann, um die Begrüßungen der huronischen Mädchen zu erwidern, bei denen sie persönlich sehr beliebt war. Judith gewann ihre Fassung wieder und handelte rasch. Das kleine, scharf schneidende Messer, das Hist ihr in die Hand gedrückt hatte, ward von Judith in die Hand Hettys befördert, als der sichersten und am wenigsten verdächtigen Vermittlerin an Wildtöter. Aber der schwache Verstand der letztern vereitelte die wohlbegründeten Hoffnungen von allen dreien. Statt zuerst die Hände des Opfers loszumachen und ihm dann heimlich das Messer in die Kleider zu stecken, damit er im günstigsten Augenblick sich desselben bedienen könnte, machte sie sich selbst mit Ernst und Einfalt ans Werk, die Seile zu zerschneiden, welche seinen Kopf gebunden hielten, damit er nicht wieder in Gefahr komme, Flammen einzuatmen. Natürlich sah man dies bedächtige Beginnen und tat Hettys Händen Einhalt, ehe sie mehr als den obern Teil von des Gefangenen Leib, die Arme unter den Ellbogen nicht miteingeschlossen, befreit hatte. Diese Entdeckung erweckte sofort Mißtrauen gegen Hist, und zu Judiths Erstaunen zeigte dies kluge Mädchen, als man sie darüber zur Rede setzte, keine Neigung, ihre Teilnahme an dem, was vorgegangen war, zu leugnen.

»Warum sollte ich dem Wildtöter nicht helfen?« fragte das Mädchen im Ton eines Weibes von festem Willen und Gemüt. »Er ist der Bruder eines Delawarenhäuptlings; mein Herz ist ganz delawarisch. Kommt hervor, erbärmlicher Briarthorn, und wascht die Irokesenbemalung von Eurem Angesicht; stellt Euch vor die Huronen hin als die Krähe, die Ihr seid; Ihr würdet eher das Aas Eurer eignen Toten essen als Hunger leiden. Stellt ihn Wildtöter gegenüber, Stirn gegen Stirn, Häuptlinge und Krieger! Ich will Euch zeigen, welch einen großen Schurken Ihr in Eurem Stamme geduldet habt.«

Diese kühne Rede, in ihrer eigenen Sprache und mit dem zuversichtlichsten Benehmen vorgetragen, machte einen tiefen Eindruck unter den Huronen. Verräterei zieht immer Mißtrauen nach sich, und obgleich der Überläufer Briarthorn, dem Feinde gut zu dienen sich bestrebt hatte, hatten seine Bemühungen und sein Eifer ihm doch wenig mehr als Duldung gewonnen. Sein Wunsch, Hist zum Weibe zu bekommen, hatte ihn zuerst veranlaßt, sie und sein eigenes Volk zu verraten; aber ernste Nebenbuhler in betreff seines ersten Zweckes waren unter seinen neuen Freunden erstanden, deren Sympathie für den Verräter nun noch geringer wurde. Mit einem Wort, man hatte Briarthorn nur noch im Huronenlager sich aufzuhalten gestattet, wo er so genau und eifersüchtig wie Hist selbst bewacht wurde; er ließ sich selten vor den Häuptlingen blicken und hielt sich geflissentlich ferne von Wildtöters Augen, der bis auf diesen Augenblick gar nichts von seiner Anwesenheit gewußt hatte. So aufgefordert aber konnte er sich unmöglich mehr im Hintergrund halten. »Die Irokesenbemalung von seinem Gesicht abwaschen« – das tat er nicht; denn als er inmitten des Kreises dastand, war er durch die neuen Farben so entstellt, daß ihn der Jäger anfänglich nicht erkannte. Er nahm aber doch eine trotzige, herausfordernde Miene an und fragte hochmütig, wer irgend etwas gegen Briarthorn sagen könne.

»Das fragt Euch selbst«, fuhr Hist lebhaft fort, obwohl ihr Benehmen etwas minder gesammelt erschien; ein Anflug von Zerstreutheit oder Abwesenheit wurde Wildtöter und Judith, wo nicht auch andern, bemerklich. »Fragt das Euer eignes Herz, kriechendes Wiesel der Delawaren, tretet nicht hier auf mit der Miene eines unschuldigen Mannes! Geht, schaut in die Quelle, seht die Farben Eurer Feinde auf Eurer lügenden Haut; dann kommt zurück und prahlt, wie Ihr Eurem Stamme entflohen seid und das Tuch der Franzosen zu Eurer Bekleidung machtet! Malt Euch immerhin so bunt an wie der Kolibri, Ihr bleibt doch schwarz wie die Krähe!«

Hist war während ihres Aufenthalts unter den Huronen so gleichmäßig sanft gewesen, daß sie jetzt ihre Sprache mit Erstaunen anhörten. Dem Angeschuldigten selbst kochte das Blut in den Adern; es war gut für die hübsche Sprecherin, daß es nicht in seiner Macht stand, die Rache auszuüben, die er, trotz seiner vorgeblichen Liebe, ihr anzutun, vor Begierde brannte.

»Wer will etwas von Briarthorn?« fragte er finster. »Wenn das Bleichgesicht des Lebens überdrüssig ist, wenn es indianische Martern fürchtet, so sprecht, Rivenoak! Ich will ihn den Kriegern nachsenden, die wir verloren haben.«

»Nein, Häuptling, nein, Rivenoak«, unterbrach ihn Hist lebhaft. »Wildtöter fürchtet nichts, am allerwenigsten eine Krähe! Bindet ihn los – zerschneidet die Bastseile – stellt ihn Stirn gegen Stirn diesem krächzenden Vogel gegenüber: dann laßt uns sehen, wer des Lebens überdrüssig ist!«

Hist machte eine rasche Bewegung vorwärts, als wollte sie einem jungen Mann ein Messer aus der Hand nehmen und in eigner Person dem Gefangenen jenen Dienst leisten, aber ein bejahrter Krieger verhinderte es auf einen Wink Rivenoaks. Dieser Häuptling beobachtete mit Mißtrauen alles, was das Mädchen tat; denn während sie mit der entschlossensten Haltung die prahlerische Sprache führte, war in ihrem Wesen doch etwas Unsichres und Erwartungsvolles, was einem scharfen Beobachter nicht entgehen konnte. Sie spielte ihre Rolle gut, aber zwei oder drei von den ältern Männern waren gleicherweise überzeugt, daß es nur eine Rolle war. Daher ward ihr Vorschlag, Wildtöter loszubinden, verworfen; die in ihren Erwartungen getäuschte Hist sah sich in dem Augenblick von dem Baume zurückgewiesen, wo sie schon ihr Vorhaben gelungen wähnte. Zur gleichen Zeit ward der Kreis, der nachgerade wirr und eng geworden, wieder erweitert und in Ordnung gebracht. Rivenoak verkündigte jetzt die Absicht der alten Männer, weiter im Werke zu schreiten, da die Verzögerung jetzt lange genug gedauert habe und zu keinem Ergebnis führe.

»Halt, Hurone! Halt, Häuptling!« rief Judith, kaum wissend, was sie sagte, oder warum sie sich dareinlegte, als etwa um Zeit zu gewinnen, »um Gottes willen, nur noch eine Minute –«

Die Worte wurden ihr im Munde abgeschnitten durch eine neue und noch außerordentlichere Unterbrechung. Ein junger Indianer kam durch die Reihen der Huronen gesprungen und hüpfte mitten in den Kreis hinein, in einer Weise, welche die höchste Zuversicht oder eine an Tollkühnheit grenzende Verwegenheit bezeichnete. Fünf oder sechs Schildwachen standen noch am See an verschiedenen und entfernten Punkten, und es war der erste Gedanke Rivenoaks, einer von diesen sei mit wichtigen Zeitungen angekommen. Aber die Bewegungen des Ankömmlings waren so hastig, und sein Anzug, der ihm kaum mehr Gewandung ließ, als eine antike Statue hat, hatte so wenig Auszeichnendes, daß es auf den ersten Anblick unmöglich war, zu bestimmen, ob er ein Feind oder Freund sei. Drei Sprünge brachten diesen Krieger an Wildtöters Seite, dessen Seile in einem Nu zerschnitten waren, mit einer Sicherheit und Genauigkeit, welche den Gefangenen sogleich zum freien Herrn seiner

Glieder machte. Ehe dies vollbracht, warf der Ankömmling keinen Blick auf einen andern Gegenstand; dann wandte er sich und zeigte den erstaunten Huronen die edle Stirne, die schöne Gestalt und das Adlerauge eines jungen Kriegers in der Bemalung und Waffenrüstung eines Delawaren. Er hielt in jeder Hand eine Büchse, die Kolben berührten den Boden, während an der einen seine Tasche und sein Horn hingen. Diese war Killdeer, den er, während er sich keck und mit herausforderndem Trotz im Kreise umsah, in die Hände seines wahren Herrn fallen ließ. Die Gegenwart zweier Bewaffneten, obwohl in ihrer Mitte, machte die Huronen betroffen. Ihre Büchsen standen ringsumher zerstreut an verschiedene Bäume gelehnt, und ihre einzigen Waffen waren ihre Messer und Tomahawks. Doch hatten sie zuviel Selbstbeherrschung, um Furcht zu verraten. Es war wenig wahrscheinlich, daß eine so kleine Macht eine so starke Bande angreifen werde, und jeder erwartete, ein außerordentlicher Vorschlag werde auf einen so entschiedenen Schritt folgen. Der Fremde schien geneigt, ihren Erwartungen zu entsprechen. Er schickte sich an zu reden.

»Huronen«, sagte er, »diese Erde ist sehr groß, die großen Seen sind auch geräumig; jenseits derselben ist Platz für die Irokesen, diesseits ist Platz für die Delawaren. Ich bin Chingachgook, der Sohn des Unkas, der Vetter Tamenunds. Diese ist meine Verlobte, das Bleichgesicht ist mein Freund. Mein Herz war schwer, als ich ihn vermißte; ich folgte ihm in Euer Lager, zu sehen, daß ihm kein Leid geschehe. Alle Delawarenmädchen warten auf Wah! Sie wundern sich, daß sie so lange ausbleibt. Kommt, laßt uns Lebewohl sagen und unserer Wege gehen.«

»Huronen, das ist Euer Todfeind, die Große Schlange von denen, die Ihr haßt!« schrie Briarthorn. »Wenn er entkommt, werden die Fußtapfen Eurer Mokassins blutig sein von hier bis nach den Kanadas. Ich bin *ganz* Hurone!«

Wie er die letzten Worte sprach, schleuderte der Verräter sein Messer nach der nackten Brust des Delawaren. Eine rasche Bewegung Hists, die in der Nähe stand, mit dem Arm lenkte den Wurf ab, und die gefährliche Waffe fuhr mit der Spitze in eine Fichte. Im nächsten Augenblick zuckte eine gleiche Waffe aus der Hand der Schlange und zitterte im Herzen des Überläufers. Kaum eine Minute war verflossen von dem Augenblick an, da Chingachgook in den Kreis gesprungen war, bis zu dem, da Briarthorn tot wie ein Klotz auf dem Platze niederstürzte. Die Schnelligkeit der Ereignisse hatte die Huronen nicht zur Tat kommen lassen, aber diese Katastrophe erlaubte keinen längeren Verzug. Ein allgemeiner Aufschrei folgte, und die ganze Bande war in Bewegung. In diesem Augenblick ward ein in den Wäldern nicht gewöhnlicher Ton vernommen, und alle Huronen, Männer und Weiber, standen horchend stille, mit angestrengtem Ohr und erwartungsvollen Gesichtern. Der Ton war regelmäßig und dumpf, wie wenn mit Klöppeln auf den Boden gestampft würde. Jetzt zeigten sich Gegenstände zwischen den Bäumen im Hintergrund, und man sah eine Schar Truppen im Taktschritt anrücken. Sie zogen zum Angriff fertig daher, und der Scharlach der königlichen Uniformen glänzte durch das hellgrüne Laub des Waldes.

Die jetzt folgende Szene ist nicht leicht zu schildern. Wilde Verwirrung, Verzweiflung und wahnsinnige Anstrengungen waren dabei so durcheinander gemengt, daß alle Einheit und Klarheit des Handelns vernichtet wurde. Ein allgemeiner, gellender Ruf entfuhr den eingeschlossenen Huronen, darauf folgte das herzhafte freudige Jauchzen der Engländer. Doch ward noch keine Muskete oder Büchse abgefeuert, obgleich der stetige, taktmäßige Schritt fortwährend vernommen wurde und man die Bajonette vor einer Linie, die etwa sechzig Mann zählte, glänzen sah. Die Huronen wurden in entsetzlich ungünstiger Stellung überfallen. Auf drei Seiten war Wasser, während auf der vierten ihre furchtbaren, wohlgeübten Feinde ihnen die Flucht abschnitten. Jeder Krieger rannte nach seinen Waffen, und dann suchten alle auf dem Vorsprung Befindlichen, Männer, Weiber und Kinder, hastig ein Versteck. In dieser Szene der Verwirrung und des Entsetzens jedoch ging nichts über die Kaltblütigkeit und kluge Besonnenheit Wildtöters. Seine erste Sorge war, Judith und Hist hinter Bäume zu bringen, und er sah sich nach Hetty um, aber sie war von einem Schwarm Huronenweiber mit fortgerissen worden. Dann warf er sich auf eine Flanke der zurückziehenden Huronen, welche sich nach dem südlichen Rande des Vorsprungs wandten, in der Hoffnung, durch das Wasser zu entkommen. Wildtöter wartete seine Gelegenheit ab, und als er zwei seiner bisherigen Peiniger in Schußweite vor sich fand, brach seine Büchse zuerst die Stille der schrecklichen Szene. Die Kugel streckte beide auf einmal nieder. Dies veranlaßte ein allgemeines Feuern der Huronen, und man hörte die Büchse und das Kriegsgeschrei der Schlange in dem Getümmel. Noch aber erwiderten die disziplinierten Truppen mit keiner Salve, und man vernahm nur das Jauchzen und die Büchse Hurrys, der neben ihnen herzog, und das kurze, rasche Befehlshaberwort und die schweren, drohenden Taktschritte. Bald jedoch folgten die Verwünschungen und das Kreischen und Stöhnen, welche gewöhnlich die Anwendung des Bajonetts begleiten, Diese schreckliche, tödliche Waffe schwelgte jetzt in Rache. Die nun folgende Szene war eine von denjenigen, die so häufig auch in unseren Zeiten vorkommen, wo weder Alter noch Geschlecht eine Ausnahme von dem Schicksal eines barbarischen wilden Kriegsgebrauchs begründet.

Einunddreißigstes Kapitel

Die Blume, die heute lacht,
Ist morgen verblüht;
Was gern wir ewig gedacht,
Lockt uns und flieht.
Was ist die Lust der Welt?
Ein Blitz, der spottend erhellt
Die Nacht und glänzt und fällt

Shelley

Das Bild, welches zunächst die von den unglücklichen Huronen zu ihrem letzten Lagerplatz gewählte Landspitze darbot, braucht kaum dem Auge des Lesers vorgeführt zu werden. Zum Glück für die zarter Fühlenden und Furchtsameren, hatten die Baumstämme, das Laub und der Pulverdampf viel von dem, was vorging, verborgen, und bald darauf zog die Nacht ihren Schleier über den See und die ganze, dem Anschein nach grenzenlose Wildnis, die sich, kann man sagen, mit entfernten und unwesentlichen Unterbrechungen von den Ufern des Hudsons bis an die Küsten des Stillen Ozeans erstreckte. Unsere Aufgabe führt uns zu dem folgenden Tage, wo das Licht auf die Erde wiederkehrte, so sonnig und lächelnd, als wäre nichts Außerordentliches vorgefallen.

Als am nächsten Morgen die Sonne sich erhob, waren alle Anzeichen von Feindseligkeit und Kriegslärm von dem Becken des Glimmerglas verschwunden. Das entsetzliche Ereignis des vorigen Abends hatte keine Spuren auf dem friedlichen Wasserspiegel zurückgelassen, und die unermüdlichen Stunden verfolgten ihren Lauf in der harmlosen Ordnung, die ihnen von der mächtigen Hand, welche sie in Bewegung setzt, vorgezeichnet war. Die Vögel schwammen wieder auf dem Wasser oder schwebten, von ihren Schwingen getragen, hoch über den Wipfeln der höchsten Fichten der Berge, lustig ihre Bahnen auf und nieder beschreibend, gehorsam den unwiderstehlichen Gesetzen ihrer Natur. Mit einem Wort: nichts als die Art und Weise des Treibens und Lebens, das in dem Kastell und darum her herrschte, war verändert. Hier war in der Tat ein Wechsel eingetreten, der dem mindest scharfen Auge auffallen mußte. Eine Schildwache in der Uniform eines königlichen leichten Infanterieregiments schritt mit gemessenen Schritten auf der Plattform hin und her, und einige zwanzig Mann von demselben Korps lungerten in dem Gebäude herum oder saßen in der Arche. Ihre Waffen waren unter dem Auge ihres wachthaltenden Kameraden aufgestellt. Zwei Offiziere standen da und untersuchten die Küste mit dem oft erwähnten Schiffsglas. Ihre Blicke waren nach dem verhängnisvollen Landvorsprung gerichtet, wo man noch Scharlachröcke zwischen den Bäumen durchschlüpfen sah, und wo die Vergrößerungskraft des Instruments auch Spaten zeigte, womit gearbeitet und die traurige Pflicht der Beerdigung erfüllt wurde. Einige der Gemeinen trugen Zeichen an ihrem Leibe, daß ihre Feinde nicht ganz ohne Widerstand überwältigt worden waren; der jüngere von den zwei Offizieren auf der Plattform trug einen Arm in der Schlinge. Sein Genosse, der die Truppe kommandierte, war glücklicher gewesen. Er war es, der das Glas handhabte bei den Rekognoszierungen, welche beide anstellten.

Ein Sergeant näherte sich, um einen Rapport zu machen. Er redete den älteren der Offiziere als Kapitän Warley an, während der andere als Mr. – gleichbedeutend mit Fähnrich – Thornton angesprochen wurde. Der erstere war, wie der Leser sich erinnern wird, der Offizier, welcher bei dem Abschiedsgespräch zwischen Judith und Hurry mit so großer Lebhaftigkeit und Aufregung genannt worden war. Es war in der Tat das Individuum, mit welchem die lästernde Nachrede der Garnisonen den Namen dieses schönen, aber unvorsichtigen Mädchens am freisten und kecksten in Verbindung gebracht hatte. Er war ein Mann von harten Zügen und rotem Gesicht, von etwa fünfunddreißig Jahren, aber von militärischer Haltung und Benehmen und mit einem Anstrich von vornehmer Lebensart, welcher der Phantasie eines mit der Welt so unbekannten Mädchens, wie Judith war, wohl imponieren konnte.

»Craig überhäuft uns mit Segenswünschen«, bemerkte dieser Mann gegen seinen jungen Fähnrich mit einem gleichgültigen Wesen, indem er das Glas zumachte und es seinem Diener aushändigte, »und die Wahrheit zu sagen, nicht ohne Grund; es ist gewiß angenehmer, hier der Miß Judith Hutter aufzuwarten, als Indianer auf einem Landvorsprung am See zu begraben, wie romantisch auch die Lage und wie glänzend der Sieg sein mag. Ei, beiläufig bemerkt, Wright, lebt Davis noch?«

»Er ist vor etwa zehn Minuten gestorben, Euer Ehren«, versetzte der Sergeant, an den diese Frage gerichtet war. »Ich wußte, daß es so kommen würde, sobald ich fand, daß die Kugel den Magen berührt hatte. Ich habe nie von einem Mann gehört, der es lang ausgehalten, wenn er ein Loch im Magen hatte.«

»Nein, er ist dann gar zu ungeeignet, um etwas sehr Nahrhaftes fortzuschaffen«, bemerkte Warley gähnend. »Das Wachen und Aufsein zwei Nächte hintereinander, Artur, spielt den Kräften eines Mannes übel mit. Ich bin so dumm wie einer von den holländischen Pfaffen am Mohawk. Ich hoffe, Euer Arm schmerzt Euch nicht, mein guter Junge?«

»Er erpreßt mir einige Grimassen, Sir, wie Ihr wohl bemerken werdet«, antwortete der Jüngling und lachte in demselben Augenblick, wo sich sein Gesicht vor Schmerz etwas verzog. »Aber es ist schon zu ertragen. Ich denke, Graham kann bald ein paar Minuten erübrigen, um nach meiner Verletzung zu sehen.«

»Es ist eigentlich doch ein anmutiges Geschöpf, diese Judith Hutter, Thornton, und es soll nicht mein Fehler sein, wenn sie nicht in den Parks gesehen und bewundert wird!« begann Warley wieder, der sich wenig um seines Genossen Wunde kümmerte. – »Euer Arm, he? Ganz wahr! Geht in die Arche, Sergeant, und sagt Dr. Graham, ich wünschte, er möchte nach Mr. Thorntons Verletzung sehen, sobald er mit dem armen Kerl mit dem gebrochenen Bein fertig ist. Ein liebliches Geschöpf! und sie sah aus wie eine Königin in dem Brokatkleid, worin wir sie trafen. Ich finde hier alles verändert: Vater und Mutter beide tot, die Schwester sterbend, wo nicht tot, und keines von der Familie übrig als die Schöne! Das ist ein glücklicher Streifzug im ganzen gewesen und verspricht einen bessern Ausgang als gewöhnlich Scharmützel mit Indianern.«

»Darf ich vermuten, Sir, daß Ihr gesonnen seid, Eure Fahnen in dem großen Korps der Junggesellen zu verlassen und den Feldzug des Ehestandes anzutreten?«

»Ich, Tom Warley, ein Benedikt werden! Wahrlich, mein lieber Junge, Ihr kennt das Korps wenig, von dem Ihr sprecht, wenn Ihr Euch solche Dinge einbildet! Ich denke, es gibt Frauen in den Kolonien, die ein Kapitän von der leichten Infanterie nicht zu verschmähen braucht; aber sie sind nicht hier auf einem Gebirgssee zu finden oder auch drunten an dem holländischen Fluß, wo wir postiert sind. Es ist wahr, mein Oheim, der General, erwies mir einmal die Gunst, eine Frau für mich zu wählen, in Yorkshire; aber sie war ohne Schönheit – und ich würde nicht eine Fürstin heiraten, wenn sie nicht hübsch wäre.«

»Aber eine Bettlerin, wenn sie hübsch wäre?«

»Ja, das sind die Begriffe eines Fähnrichs! Liebe in einer Hütte – mit Türen und Fenstern – die alte Geschichte zum hundertstenmal! Das Zwanzigste heiratet nicht! Wir sind kein heiratendes Korps, mein lieber Junge. Da ist jetzt der Oberst, der alte Sir Edwin – – Obgleich ein kompletter General, hat er doch nie an ein Weib gedacht, und wenn ein Mann es zum Leutnantgeneral bringt, ohne Ehestand, so ist er ganz sicher. Dann der Oberstleutnant ist *konfirmiert,* wie ich meinem Vetter, dem Bischof, zu sagen pflege. Der Major ist ein Witwer, der es in seiner Jugend einmal zwölf Monate mit dem Ehestand versucht hat, und wir betrachten ihn jetzt als einen unsrer zuverlässigsten Männer. Unter den zehn Kapitänen ist nur einer in dem bösen Dilemma, und er, der arme Teufel, wird immer beim Hauptquartier des Regiments zurückbehalten, als eine Art von *memento mori* für die jungen Leute, wenn sie eintreffen. Von den Subalternen hat noch nicht einer die Keckheit gehabt, davon zu sprechen, ein Weib im Regiment einzuführen. Aber Euer Arm macht Euch Schmerzen, und wir wollen selbst gehen und sehen, was aus Graham geworden ist.«

Der Wundarzt, der die Truppe begleitet hatte, war ganz anders beschäftigt, als der Kapitän vermutete. Als der Angriff vorüber war und die Toten und Verwundeten zusammengesucht wurden, fand man unter den letzteren die arme Hetty. Eine Büchsenkugel war ihr durch den Leib gegangen und hatte ihr eine Verletzung beigebracht, die man auf den ersten Blick als tödlich erkannte. Wie sie diese Wunde erhalten, wußte niemand; wahrscheinlich war es einer jener Zufälle, wie sie immer Szenen von der Art der im letzten Kapitel geschilderten begleiten. Sumach, alle älteren Weiber und einige von den Huronenmädchen waren durch das Bajonett gefallen, entweder in der Verwirrung des Handgemenges oder wegen der Schwierigkeit, bei solcher Einfachheit des Anzugs die Geschlechter zu unterscheiden. Bei weitem der größere Teil der Krieger war auf dem

Platz geblieben; einige wenige jedoch waren entkommen, und zwei oder drei waren unverletzt gefangen. Bei den Verwundeten ersparte das Bajonett dem Wundarzt viele Mühe. Rivenoak war mit dem Leben und ganzen Gliedern davongekommen, war aber verwundet und gefangen.

Als Kapitän Warley und sein Fähnrich in die Arche traten, kamen sie an ihm vorbei, der in würdevollem Schweigen am einen Ende der Fähre saß, Kopf und Fuß verbunden, aber durch kein sichtbares Anzeichen Niedergeschlagenheit oder Verzweiflung verratend. Daß er über den Verlust seines Stammes trauerte, ist gewiß, aber er tat es in der Weise, die einem Krieger und Häuptling am besten geziemte.

Die beiden Soldaten fanden ihren Wundarzt in dem Hauptgemach der Arche. Er verließ eben das Bett Hettys mit einem Ausdruck kummervollen Bedauerns in seinen harten, pockennarbigen schottischen Zügen, die hier zu sehen, etwas Seltnes war. Alle seine Bemühungen waren fruchtlos gewesen, und er sah sich genötigt, widerstrebend der Hoffnung zu entsagen, das Leben des Mädchens noch einige Stunden gefristet zu sehen. Dr. Graham war gewöhnt an Sterbeszenen, und gewöhnlich machten sie keinen großen Eindruck auf ihn. Er war in allem, was die Religion betrifft, einer von den Geistern, die infolge davon, daß sie viel über materielle Dinge mit scharfer und bündiger Logik nachdenken und forschen und den gänzlichen Mangel an sichern Voraussetzungen und Ausgangspunkten übersehen, der einer solchen Theorie jederzeit anhaften muß, weil es ihr immer an einer bewegenden und beseelenden Urkraft fehlt, – skeptisch werden; es blieb ihm nur eine unbestimmte, schwankende Meinung über die Entstehung der Dinge, die bei hohen anmaßenden Ansprüchen, Philosophie zu sein, im ersten aller philosophischen Prinzipien, in Grund und Ursache, im dunkeln tappte. Ihm erschien religiöses Abhängigkeitsgefühl als eine Schwäche, aber als er ein so zartes und junges Wesen wie Hetty mit einem Geist, der sich nicht zu dem gewöhnlichen Maß ihrer Gattung erhob, in einem solchen Augenblick aufrechterhalten sah durch diese frommen Gefühle, und zwar in einer Weise, daß mancher tapfere, derbe Krieger und gepriesene Held sie mit Neid hätte betrachten dürfen, da fühlte er sich von diesem Anblick in einem Grade berührt, daß er sich halb geschämt haben würde, es sich selbst zu gestehen. Edinburgh und Aberdeen lieferten damals, wie jetzt, dem britischen Dienst einen nicht geringen Teil seiner Ärzte, und Dr. Graham war, wie sein Name und Gesicht gleicherweise anzeigten, von Geburt ein Nordbrite.

»Das ist etwas Außerordentliches für eine in Wäldern Lebende und nur halb mit Vernunft Begabte«, bemerkte er mit entschieden schottischem Akzent, als Warley und der Fähnrich eintraten. »Ich hoffe nur, Gentlemen, daß, wenn wir drei vom Zwanzigsten abberufen werden, wir dann so darein ergeben seien, zum Halbsold eines andern Daseins überzugehen, wie dies arme unkluge Mädchen!«

»Ist keine Hoffnung, daß sie davonkomme?« fragte Warley, sein Auge auf die blasse Judith richtend, auf deren Wangen jedoch, sobald er eingetreten war, zwei große roten Flecken erschienen waren.

»So wenig als für Charlie Stuart! Tretet selbst näher und urteilt, Gentlemen! Ihr werdet ein Beispiel von Glauben sehen in einer außerordentlichen und wunderbaren Weise. Es ist eine Art von *arbitrium* zwischen Leben und Tod in wirklichem Kampf in des armen Mädchens Gemüt, das sie zu einem interessanten Studium für einen Philosophen macht. Mr. Thornton, ich stehe jetzt zu Euren Diensten; wir können den Arm gleich im nächsten Gemach besichtigen, während wir, soviel uns beliebt, über die Operationen und die verschlungenen Eigenschaften des menschlichen Geistes spekulieren.«

Der Wundarzt und der Fähnrich entfernten sich, und Warley hatte Gelegenheit, sich mit mehr Muße und mit besserem Verständnis für die Eigentümlichkeit und die Gefühle der in der Kajüte versammelten Gruppe umzusehen. Die arme Hetty war auf ihr eigenes einfaches Bett gebracht worden und lag in halbsitzender Stellung da, die Zeichen des herannahenden Todes in ihrem Antlitz, jedoch eigentümlich gemildert durch den Glanz eines Ausdrucks, in welchen alle Intelligenz ihres Wesens zusammengedrängt schien. Judith und Hist waren in ihrer Nähe: die erstere saß da, in tiefer Betrübnis; die letztere stand, bereit, ihr die zarte Aufmerksamkeit weiblicher Sorgfalt und Pflege zu widmen. Wildtöter stand zu Füßen des Lagers, auf Killdeer gelehnt; er war ganz unverletzt geblieben; all das schöne kriegerische Feuer, das vor kurzem auf seinem Angesicht geglüht, hatte wieder der gewohnten ehrlichen und wohlwollenden Miene

Platz gemacht, – ein Ausdruck, der jetzt mit männlicher Wehmut und Mitgefühl sich sanft mischte. Die Schlange stand im Hintergrund der Szene, aufrecht und regungslos wie eine Statue, aber so aufmerksam und beobachtend, daß nicht ein Zukken des Auges ihrem scharfen Blicke entging. Hurry vervollständigte die Gruppe; er saß auf einem Stuhl in der Nähe der Türe, als fühle er sich in einer solchen Szene nicht am Platze und schäme sich doch, sich unaufgefordert zu entfernen.

»Wer ist der im Scharlach?« fragte Hetty, sobald ihr Auge auf die Uniform des Kapitäns fiel. »Sage mir, Judith, ist es der Freund Hurrys?«

»Es ist der Offizier der Truppen, die uns alle aus den Händen der Huronen befreit haben«, war die leise Antwort der Schwester.

»Bin ich auch befreit? – Ich meinte, sie sagten, ich sei erschossen und dem Tode nahe. Mutter ist tot und Vater auch, aber du lebst, Judith, und so auch Hurry. Ich fürchtete, Hurry werde getötet werden, als ich ihn unter den Soldaten schreien hörte.«

»Laß es gut sein – laß es gut sein – liebe Hetty«, unterbrach sie Judith, ängstlich besorgt um die Bewahrung von ihrer Schwester Geheimnis, und vielleicht in diesem Augenblick mehr als je sonst. »Hurry ist wohl, und Wildtöter ist wohl und der Delaware auch.«

»Warum schossen sie ein armes Mädchen, wie ich bin, und ließen so viele Männer unverletzt durchkommen? Ich wußte nicht, daß die Huronen so ruchlos seien, Judith!«

»Es war ein Zufall, arme Hetty, ein trauriger Zufall war es! Niemand hätte *dir* absichtlich ein Leid zugefügt!«

»Das freut mich. – Es kam mir sonderbar vor; ich bin schwachsinnig, und die roten Männer haben mir nie zuvor ein Leid angetan. Es würde mich bekümmern, wenn ich denken müßte, sie hätten ihren Sinn geändert. Es freut mich auch, daß sie Hurry nicht verletzt haben. Wildtöter, glaube ich, wird Gott von niemand ein Leid widerfahren lassen. Es war ein großes Glück, daß die Soldaten gerade in dem Augenblick kamen; denn das Feuer *muß* brennen.«

»Es war in der Tat ein Glück, meine Schwester! Gottes heiliger Name sei immerdar gepriesen für diese Barmherzigkeit!«

»Ich glaube fast, Judith, du kennst einen oder den andern von den Offizieren; du kanntest ja immer so viele!«

Judith antwortete nicht: sie verbarg ihr Gesicht in den Händen und stöhnte. Hetty schaute sie verwundert an, aber natürlich voraussetzend, ihr eigener Zustand sei der Grund dieser Betrübnis, suchte sie ihre Schwester freundlich zu trösten.

»Sei meinetwegen unbekümmert«, sagte das gefühlvolle und herzensreine Geschöpf. »Mir widerfährt nichts Schlimmes, wenn ich sterbe, sind ja Vater und Mutter beide tot, und was *ihnen* geschah, mag *mir* immerhin auch geschehen. Du weißt, es ist an mir weniger gelegen als an einem von der Familie; daher werden wenige an mich denken, wenn ich einmal im See liege.«

»Nein, nein, nein – arme, liebe, liebe Hetty!« rief Judith in einem unbezähmbaren Ausbruch von Jammer. – »Ich wenigstens werde immer an dich denken, und freudig, oh! wie freudig würde ich mit dir tauschen, um das reine, herrliche, sündenlose Geschöpf zu sein, das du bist!«

Bis jetzt hatte Kapitän Warley an die Türe der Kajüte gelehnt gestanden; als dieser Ausbruch von Schmerz und vielleicht von Reue das schöne Mädchen übermannte, schritt er langsam und nachdenklich weg und ging selbst an dem Fähnrich, der eben die Behandlung des Wundarztes zu erdulden hatte, vorüber, ohne ihn zu beachten.

»Ich habe meine Bibel hier, Judith!« erwiderte ihre Schwester mit triumphierender Stimme. »Es ist wahr, ich kann nicht mehr lesen; es ist etwas vor meinen Augen; *du* erscheinst mir fern und dämmernd – und so auch Hurry, wenn ich ihn jetzt anblicke; – ei, ich hätte nie geglaubt, daß Henry March so matt und grau aussehen könnte! Was mag der Grund sein, Judith, daß ich heute so schlecht sehe? Ich, von der Mutter immer sagte, ich hätte die besten Augen in der ganzen Familie? Ja, das war es, mein Geist war schwach – was die Leute halbklug nennen – aber meine Augen waren so gut.«

Judith stöhnte wieder; diesmal war es kein auf sie selbst Bezug habendes Gefühl, kein Rückblick in die Vergangenheit, was sie schmerzlich ergriff. Es war der reine, herzinnige Jammer schwesterlicher Liebe, erhöht durch das Gefühl von der sanften Demut und vollkommenen Wahrhaftigkeit des Wesens, das vor ihr lag. In diesem Augenblick hätte sie gern ihr eignes Leben hingegeben, um das Hettys zu retten. Da aber dies außer dem Bereich menschlicher Macht lag, fühlte sie, daß ihr nichts übrigbleibe als Trauer und Kummer. In diesem Augenblick kam Warley wieder in die Kajüte zurück, gezogen von einem geheimen Antrieb, dem er nicht widerstehen konnte, obgleich es ihm eben jetzt zumute war, als würde er gern den amerikanischen Kontinent für immer verlassen, wenn es tunlich wäre. Statt an der Tür stehenzubleiben, trat er jetzt so nahe an das Lager der Leidenden, daß er ihr deutlicher sichtbar wurde. Hetty konnte noch größere Gegenstände unterscheiden, und ihr Blick heftete sich bald auf ihn.

»Seid Ihr der Offizier, der mit Hurry kam?« fragte sie. »Wenn Ihr es seid, so sind wir Euch alle Dank schuldig; denn wenn ich auch verwundet bin, ist doch das Leben der übrigen gerettet. Hat Euch Harry March gesagt, wo wir zu finden und wie bedürftig wir Eurer Hilfe seien?«

»Die Nachricht von der Bande Huronen kam uns durch einen gutgesinnten Eilboten zu«, versetzte der Kapitän, froh, seinen Gefühlen durch diesen Anschein von freundschaftlicher Mitteilung Luft machen zu können, »und ich ward augenblicklich abgeschickt, um sie abzuschneiden. Gewiß war es ein Glück, daß mir Hurry Harry begegnete, wie Ihr ihn nennt; denn er diente uns zum Führer, und nicht minder war es ein Glück, daß wir ein Feuern hörten, das, wie ich jetzt erfahren, bloß ein Schießen nach dem Ziele war; denn es beschleunigte nicht nur unsern Marsch, sondern führte uns auch auf die rechte Seite des Sees. Der Delaware sah uns an der Küste durch das Fernglas, wie es scheint, und er und Hist, wie diese Squaw, so höre ich, heißt, taten uns treffliche Dienste. Es war in der Tat ein ganz glückliches Zusammentreffen von Umständen, Judith.«

»Sprecht mir nichts vom Glück und glücklichen Umständen, Sir«, erwiderte das Mädchen mit dumpfer Stimme und verbarg wieder sein Antlitz. »Mir ist die Welt voll Elend und Jammer. Ich wünschte, nie wieder von Ziel noch von Büchsen noch Soldaten noch Männern zu hören.«

»Kennt Ihr meine Schwester?« fragte Hetty, ehe der zurückgewiesene Soldat Zeit hatte, sich zu einer Erwiderung zu sammeln. »Woher wißt Ihr denn, daß ihr Name Judith ist? Ihr habt recht, Judith ist ihr Name, und ich bin Hetty, – Thomas Hutters Töchter.«

»Um's Himmels willen, teuerste Schwester, um *meinet*willen, geliebte Hetty«, fiel Judith flehend ein, »sprich nicht mehr hiervon!«

Hetty schien erstaunt; aber an Gehorsam gewöhnt, ließ sie von ihren ungelegenen und peinlichen Fragen an Warley ab und richtete ihre Augen auf die Bibel, die sie noch in ihren Händen hielt, wie etwa einer an ein Kästchen mit Edelsteinen bei einem Schiffbruch oder Brand sich anklammern würde. Ihr Geist kehrte jetzt zur Zukunft zurück und verlor die Szenen der Vergangenheit zum größten Teil aus dem Gesicht.

»Wir werden nicht lange getrennt bleiben, Judith«, sagte sie. »Wenn du stirbst, mußt du auch im See neben der Mutter begraben werden.«

»Wollte Gott, Hetty, daß ich schon jetzt dort läge!«

»Nein, das kann nicht sein, Judith. Die Leute müssen sterben, ehe sie das Recht haben, begraben zu werden. Es wäre eine Sünde, dich zu begraben, oder gar wenn du dich selbst begraben wolltest, solange du noch lebst. Einmal dachte ich daran, mich selbst zu begraben; Gott bewahrte mich vor dieser Sünde.«

»Du! – Du, Hetty Hutter, an eine solche Tat denken!« rief Judith, in nicht zu bemeisterndem Erstaunen aufschauend; denn sie wußte wohl, daß kein Wort, das nicht gewissenhaft wahr gewesen wäre, über den Mund ihrer streng redlichen Schwester kam.

»Ja, ich, Judith, aber Gott hat es vergessen – nein, er *vergißt* nichts, aber er hat es vergeben«, erwiderte das sterbende Mädchen mit dem zerknirschten Wesen eines reuigen Kindes. »Es war nach der Mutter Tod; ich fühlte, daß ich die beste Freundin auf der Erde verloren hatte, wo nicht die *einzige* Freundin. Es ist wahr, du und Vater, Ihr wart freundlich gegen mich, Judith, aber ich war so schwachsinnig; ich wußte, ich würde Euch nur Unlust machen; und dann schämtet Ihr Euch so oft einer solchen Schwester und Tochter, und es ist hart, in einer Welt zu leben, wo alle einen als unter ihnen stehend ansehen. Ich dachte damals, wenn ich mich an der Mutter Seite begraben könnte, würde ich glücklicher sein im See als in der Hütte.«

»Vergib mir – verzeih mir, liebste Hetty, auf meinen Knien liegend, bitte ich dich, mir zu verzeihen, süße Schwester, wenn irgendein Wort oder eine Handlung von mir dich zu einem so wahnsinnigen und grausamen Gedanken trieb!«

»Steh auf, Judith, knie vor Gott – knie nicht vor mir. Geradeso war mir zumute, als Mutter starb. Es fiel mir alles ein, womit ich sie in Worten und Werken betrübt hatte, und ich hätte ihr die Füße küssen können, ihre Vergebung zu erlangen. Ich glaube, es ist so bei allen Sterbenden; doch, wenn ich mich besinne, so erinnere ich mich nicht, solche Empfindungen bei Vater gehabt zu haben.«

Judith stand auf, verhüllte ihr Gesicht in ihrer Schürze und weinte. Eine lange Pause – von mehr als zwei Stunden – trat nun ein, während welcher Warley verschiedene Male in der Kajüte aus und ein ging; es war ihm sichtlich unbehaglich, wenn er weg war, und doch vermochte er nicht zu bleiben. Er erteilte verschiedene Befehle, welche seine Leute sofort vollzogen; es war eine unruhige Bewegung unter der Truppe, zumal da Mr. Craig, der Leutnant, mit der unangenehmen Pflicht, die Toten zu beerdigen, fertig geworden war und von der Küste um Instruktionen nachsuchte und zu wissen verlangte, was er mit seinen Leuten tun solle. Während dieser Zeit schlief Hetty ein wenig, und Wildtöter und Chingachgook verließen die Arche, um sich miteinander zu besprechen. Aber nach Verlauf der genannten Frist trat der Wundarzt auf die Plattform; mit einer Gemütsbewegung, die seine Kameraden noch nie an einem Mann von seiner Art und seinem Beruf gesehen hatten, kündigte er an, daß die Leidende ihrer Auflösung rasch entgegengehe. Auf diese Nachricht hin versammelte sich die Gruppe wieder; die Neugier, Zeugen eines solchen Todes zu sein – oder auch ein edleres Gefühl, – zog Männer, die erst vor so kurzer Zeit handelnd aufgetreten bei einer Szene, welche dem Anschein nach von so unendlich wichtigerem Interesse war – nach jener Stelle. Judith hatte inzwischen vor Betrübnis jede Tätigkeit aufgegeben, und Hist allein besorgte die kleinen Dienste weiblicher Aufmerksamkeit, welche am Krankenbette so sehr am Platze sind. Bei Hetty selbst war keine andere sichtbare Veränderung als jene allgemeine Schwäche eingetreten, welche das Herannahen der Auflösung verkündigte. Was sie von Geisteskräften besaß, war so klar als nur je, und in mancher Hinsicht war vielleicht ihr Geist kräftiger als gewöhnlich.

»Betrübe dich nicht so sehr um mich, Judith«, sagte die sanfte Dulderin, nachdem sie eine Zeitlang nicht gesprochen, »ich werde bald Mutter sehen; ich glaube, ich sehe sie *jetzt;* ihr

Angesicht ist geradeso hold und lächelnd, wie es immer war! Vielleicht gibt mir Gott, wenn ich gestorben bin, meinen ganzen Verstand, und ich werde dann eine passendere Gesellschaft für Mutter, als ich ehemals war.«

»Du wirst ein Engel im Himmel sein, Hetty«, schluchzte die Schwester, »kein Geist wird seines heiligen Aufenthalts würdiger sein!«

»Ich verstehe es nicht ganz, doch weiß ich, es muß alles wahr sein; ich habe es in der Bibel gelesen. Wie dunkel es wird! Kann es so bald schon Nacht sein? Ich kann dich kaum mehr sehen; wo ist Hist?«

»Ich hier, armes Mädchen, warum Ihr mich nicht sehen?«

»Ich sehe Euch, aber ich konnte nicht unterscheiden, ob Ihr es wäret oder Judith. Ich glaube, ich werde Euch nicht lange mehr sehen, Hist!«

»Mir leid tun das, arme Hetty. Bekümmert Euch nicht darüber; Bleichgesichter einen Himmel haben für Mädchen wie für Krieger.«

»Wo ist Schlange? Laßt mich mit ihr sprechen – gebt mir ihre Hand – so, ich fühle sie. Delaware, Ihr werdet diese junge Indianerin lieben und hegen; ich weiß, wie zärtlich sie *Euch* liebt, und Ihr müßt auch *sie* lieben. Behandelt sie nicht so, wie manche von Eurem Volk ihre Weiber behandeln; seid ihr ein rechter Gatte! Jetzt bringt Wildtöter zu mir her, gebt mir *seine* Hand!«

Dies Verlangen ward erfüllt, und der Jäger stand neben dem ärmlichen Lager, mit der Willigkeit eines Kindes den Wünschen des Mädchens sich fügend.

»Ich fühle, Wildtöter«, begann sie wieder, »obgleich ich nicht angeben könnte, warum – aber ich fühle, daß Ihr und ich nicht für immer scheiden. Es ist ein sonderbares Gefühl! Ich hatte es nie früher, ich möchte wissen, woher es kommt.«

»Es ist Gott, der Euch in der letzten Not stärkt, Hetty; als solches muß es gehegt und geachtet werden. Ja, wir *werden* uns wiedersehen, obgleich noch lange Zeit vorher vergehen mag, und in einem weit entfernten Lande!«

»Denkt Ihr auch, in dem See begraben zu werden? Wenn dies ist, so könnte es dies Gefühl erklären.«

»Das ist wenig wahrscheinlich, Mädchen, das ist nicht wahrscheinlich; aber es gibt ein Reich für christliche Seelen, wo es weder Seen noch Wälder gibt, wie sie sagen; wiewohl ich mir nicht erklären kann, warum die letztern nicht da sein sollten, angesehen, daß es doch um Friede und Lustsamkeit zu tun ist. Mein Grab wird im Walde sein, höchstwahrscheinlich, aber ich hoffe, mein Geist wird nicht fern sein von dem Eurigen!«

»So muß es also sein. Ich bin zu schwachsinnig, um diese Sachen zu verstehen, aber ich *fühle,* daß Ihr und ich uns wiedersehen werden. Schwester, wo bist du? Ich sehe jetzt nichts mehr als Finsternis. Es muß gewiß Nacht sein!«

»Oh! Hetty, ich bin hier, an deiner Seite; das sind meine Arme, die dich umschlingen«, schluchzte Judith. »Sprich, Teuerste! Hast du etwas zu sagen, wünschest du etwas in diesem Augenblick?«

Inzwischen war Hettys Sehkraft ganz erloschen. Dennoch nahte der Tod nicht mit seinen gewöhnlichen Schauern, als wollte er ein geistig nur halb begabtes Wesen zarter behandeln. Sie war bleich wie eine Leiche, aber ihr Atem war leicht und ununterbrochen, während ihre Stimme, obwohl fast zu einem Flüstern herabsinkend, klar und vernehmlich blieb. Als aber ihre Schwester diese Frage an sie tat, ergoß sich eine Röte über das Angesicht des sterbenden Mädchens, so zart jedoch, daß sie kaum wahrnehmbar war, – mehr jenem Rosenfarb ähnlich, das man für das Symbol der Bescheidenheit nimmt, als der Glut dieser Blume in ihrer üppigeren Blüte. Niemand außer Judith bemerkte dies Zeichen eines innern Gefühls – eine der leisen Offenbarungen weiblicher Erregbarkeit noch in der Nähe des Todes. Ihr aber blieb es nicht verborgen, und sie verhehlte sich auch den Grund davon nicht.

»Hurry ist hier, liebste Hetty«, flüsterte die Schwester und beugte sich so nahe über das Gesicht der Leidenden hin, daß kein andres Ohr die Worte vernahm. »Soll ich ihm sagen, daß er herantrete und deine Segenswünsche empfange?«

Ein leiser Druck der Hand beantwortete die Frage bejahend, und jetzt ward Hurry an das Lager geführt. Vermutlich hatte sich dieser hübsche, aber rohe Waldmann noch nie zuvor in einer so peinlichen Lage befunden, obwohl die Neigung, welche Hetty für ihn fühlte (eine Art von geheimer Nachgiebigkeit gegen die Instinkte der Natur mehr als ein unziemlicher Trieb einer ungeordneten Einbildungskraft), zu rein und zurückhaltend war, als daß die geringste Ahnung davon in seiner Seele geweckt worden wäre. Er ließ Judith seine harte, kolossale Hand in Hettys Hände legen und stand in verlegenem Stillschweigen, des Ergebnisses harrend, da.

»Das ist Hurry, Teuerste«, flüsterte Judith, sich über ihre Schwester beugend, sich schämend, die Worte auch nur so laut auszusprechen, daß sie selbst es hörte: »sprich zu ihm und entlaß ihn dann.«

»Was soll ich ihm sagen, Judith?«

»Ha, was dir immer dein reiner Geist eingibt, meine Liebe! Vertraue dem, so brauchst du nichts zu fürchten.«

»Lebt wohl, Hurry«, flüsterte das Mädchen und drückte sanft seine Hand. – »Ich wünschte, Ihr versuchtet es und würdet mehr Wildtöter ähnlich.«

Diese Worte sprach sie mit Mühe; eine schwache Röte folgte dann, die nur einen Augenblick währte; dann ließ sie die Hand fahren, und Hetty wandte ihr Angesicht ab, als sei sie mit der Welt fertig. Das geheimnisvolle Gefühl, das sie an den jungen Mann gebunden hatte, eine so leise Empfindung, daß sie sich ihrer kaum bewußt geworden war, und die gar nicht hätte bestehen können, wenn ihre Vernunft mehr Herrschaft über ihre Sinne gehabt hätte, verlor sich für immer in Gedanken höherer, obwohl kaum reinerer Art.

»Was denkst du, meine süße Schwester?« flüsterte Judith, – »sag es mir, damit ich dir beistehen kann in diesem Augenblick.«

»Mutter – ich sehe Mutter jetzt, und glänzende Wesen um sie her im See. Warum ist Vater nicht dort? – Es ist seltsam, daß

ich Mutter sehen kann, während ich *dich* nicht sehen kann! – Fahre wohl, Judith!«

Die letzten Worte wurden nach einer Pause gesprochen, und ihre Schwester hatte sich einige Zeit in angstvoller Beobachtung über sie hingebeugt, ehe sie bemerkte, daß der sanfte Geist entflohen war. So starb Hetty Hutter, – eines der rätselhaften Wesen, die Kettenglieder gleichsam zwischen der materiellen und immateriellen Welt, die – während sie so viel zu entbehren scheinen, was für diesen Zustand des Daseins wertvoll und notwendig ist, der Wahrheit, Reinheit und Einfalt eines andern so nahekommen und ein so schönes Bild, eine so rührende Anschauung davon gewähren!

Zweiunddreißigstes Kapitel

»Du kannst nicht mit! Hör an, ich bitt',
Hör an und laß es sein!
Was ist der Wald für Aufenthalt
Für dich, du Mädchen fein!
In Frost und Schnee, in Durst und Weh,
In Hunger, Furcht und Schmerz;
Nein, Mädchen, nein! es kann nicht sein,
Bleib hier und still dein Herz!
Was wird die Stadt, die Zungen hat,
So scharf wie Spieß und Schwert,
Für bittre Schmach dir reden nach,
Wenn sie die Flucht erfährt?«

Das nußbraune Mädchen
(nach Herders Bearbeitung)

Der noch übrige Tag ward ein sehr melancholischer, obgleich es nicht an lebhafter Tätigkeit fehlte. Die Soldaten, welche vor kurzem beschäftigt gewesen, ihre Opfer zu beerdigen, hatten jetzt die Aufgabe, ihre eigenen Toten zu bestatten. Die Szene des Morgens hatte einen trüben Eindruck bei all den Gentlemen der Truppe zurückgelassen, und die übrigen empfanden den Einfluß einer ähnlichen Stimmung in verschiedener Weise und infolge verschiedener Ursachen. Stunde um Stunde schleppte sich hin, bis der Abend anbrach, und dann kamen die letzten traurigen Pflichten zu Ehren der armen Hetty Hutter. Ihr Leichnam ward in den See versenkt, neben dem der Mutter, die sie so geliebt und geehrt hatte; der Wundarzt bequemte sich, obwohl in der Tat ein völliger Ungläubiger, so weit dem hergebrachten Anstand und Brauch, daß er über ihrem Grabe das Leichengebet las, wie er es früher schon über dem Grabe der anderen gefallenen *Christen* getan hatte. Es war gleichgültig, – das allsehende Auge, das in den Herzen liest, wußte dennoch wohl zu unterscheiden zwischen den Lebendigen und den Toten, und die sanfte Seele des unglücklichen Mädchens war über die Irrtümer oder Täuschungen irgendeines menschlichen Rituals schon weit erhaben und entrückt. Es fehlte jedoch diesen einfachen Bräuchen nicht ganz an geziemender Begleitung und Zutat. Die Tränen Judiths und Hists flossen ungehemmt, und

Wildtöter starrte in das klare Wasser, das jetzt über einer wogte, deren Geist noch reiner sogar als seine eignen Gebirgsquellen war, mit glänzenden Augen. Selbst der Delaware wandte sich ab, seine Rührung zu verbergen, während die gemeinen Soldaten der Zeremonie mit staunenden Augen und ernsteren Empfindungen zusahen.

Mit dieser frommen Pflichterfüllung schloß das Geschäft des Tages. Auf Befehl des kommandierenden Offiziers begaben sich alle früh zur Ruhe; denn es war der Plan, mit Tagesanbruch den Rückmarsch wieder anzutreten. Eine Abteilung, welche die Verwundeten, die Gefangenen und die Trophäen mit sich führte, hatte wirklich schon im Laufe des Tages unter Hurrys Führung das Kastell verlassen, mit der Absicht, in kürzeren Märschen das Fort zu erreichen. Sie war auf dem oft erwähnten Vorsprung, den wir auf den ersten Blättern beschrieben haben, ans Land gesetzt worden; als die Sonne unterging, lagerte sie schon auf der Höhe der lang hingestreckten, unterbrochenen, unebnen Hügel, die gegen das Tal des Mohawks hin abfielen. Der Abmarsch dieser Abteilung hatte die Pflichten des folgenden Tages sehr vereinfacht, indem er den Marsch um das Gepäck und die Verwundeten erleichterte und überhaupt dem Befehlshaber größere Freiheit in seinen Bewegungen ließ.

Judith sprach nach dem Tode ihrer Schwester mit niemandem als mit Hist, bis sie sich für diese Nacht zur Ruhe begab. Man hatte ihren Kummer geachtet und die beiden Mädchen mit dem Leichnam bis auf den letzten Augenblick ungestört allein gelassen. Das Rasseln der Trommeln unterbrach die Stille dieses friedlichen Wassers, und man vernahm so bald nach dem Schluß der Zeremonie das Echo des Zapfenstreichs in den Bergen, daß man keine Störung zu besorgen hatte. Der Stern, welcher Hists Führer gewesen war, stieg über einer so stillen Szene auf, als ob die Ruhe der Natur nie durch das Treiben oder die Leidenschaften der Menschen gestört worden wäre. Eine einfache Schildwache, zuzeiten abgelöst, schritt die Nacht über auf der Plattform hin und her; der Morgen ward, wie gewöhnlich, durch das kriegerische Schlagen der Reveille eingeleitet.

Militärische Genauigkeit war jetzt an die Stelle des unsteten, fahrigen Treibens der Grenzmänner getreten, und als ein hastiges und frugales Frühstück eingenommen war, begann die Truppe nach der Küste mit einer Regelmäßigkeit und Ordnung aufzubrechen, welche weder Lärm noch Verwirrung aufkommen ließ. Von allen Offizieren blieb nur Warley. Craig führte die vorangegangene Abteilung; Thornton war bei den Verwundeten, und Graham hatte natürlich seine Kranken begleitet. Auch Hutters Schrank nebst allen seinen wertvolleren Habseligkeiten war weggebracht worden und nichts zurückgeblieben, was sich der Mühe des Transports verlohnte. Judith war froh zu bemerken, daß der Kapitän ihre Gefühle achtete und sich ganz mit den Pflichten seines Kommandos beschäftigte, während er sie ihren Empfindungen und ihrer eignen Einsicht und Klugheit überließ. Es war die allgemeine Voraussetzung, daß der Platz ganz verlassen werden solle; aber außerdem wurden Aufklärungen weder verlangt noch gegeben.

Die Soldaten schifften sich auf der Arche ein, ihren Kapitän an ihrer Spitze. Er hatte Judith befragt, in welcher Weise sie zu reisen wünschte, und als er ihren Wunsch vernahm, mit Hist bis zum letzten Augenblick zu bleiben, belästigte er sie weder mit Bitten, noch verletzte er sie durch Erteilung von Rat. Es führte nur *ein* sichrer und bekannter Weg an den Mohawk; er zweifelte nicht, daß sie sich dort zur geeigneten Stunde in guter Freundschaft, wo nicht in erneuertem vertrautem Verkehr, wieder begegnen würden.

Als alle an Bord waren, wurden die Ruder besetzt, und die Arche bewegte sich in ihrer schwerfälligen Weise dem fernen Landvorsprung zu. Wildtöter und Chingachgook zogen jetzt zwei der Kanus aus dem Wasser und brachten sie in das Kastell. Türen und Fenster wurden dann verriegelt, und das Haus wurde mittelst der Falltüre auf die schon beschriebene Weise verlassen. Beim Verlassen der Palisaden sah man Hist in dem letzten Kanu, wo der Delaware sich alsbald zu ihr gesellte und fortruderte, so daß Judith allein auf der Plattform stehenblieb. Infolge dieser raschen Bewegungen fand sich Wildtöter allein mit der schönen und noch immer weinenden Leidtragenden. Zu unbefangen, um irgendeinen Verdacht zu hegen, ruderte der junge Mann sein leichtes Boot herum und nahm darin seine Herrin auf, worauf er dieselbe Richtung wie sein Freund einschlug.

Die Fahrt nach dem Vorsprung führte schräg, und zwar in nicht großer Entfernung, an den Gräbern der Toten vorbei. Als das Kanu dort vorüberglitt, redete Judith, zum erstenmal diesen Morgen, mit ihrem Begleiter. Sie sprach nur wenig, – sie tat nur die einfache Bitte an ihn, ein paar Minuten zu halten, ehe er die Stelle verließe.

»Ich sehe diesen Platz vielleicht nie wieder, Wildtöter«, sagte sie, »und er enthält die Leichen meiner Mutter und meiner Schwester! Ist es nicht möglich, was meint Ihr, daß die Unschuld des einen dieser beiden Wesen in den Augen Gottes für das Heil beider Geltung habe?«

»Ich verstehe es nicht so, Judith, aber ich bin kein Missionar und nur dürftig unterrichtet. Jeder Geist steht ein für seine eignen Fehltritte, obwohl eine herzliche Reue Gottes Gesetzen genügen kann.«

»Dann *muß* meine arme, arme Mutter im Himmel sein! – Bitter – bitter hat sie ihre Sünden bereut, und gewiß, es sollten ihre Leiden in diesem Leben etwas von ihren Leiden im andern abziehen!«

»Alles das geht über meine Einsicht, Judith. – Ich bestrebe mich, hier recht zu handeln, als das sicherste Mittel, im künftigen Leben alles recht und tröstlich zu finden. Hetty war ein ungewöhnliches Wesen, wie alle gestehen müssen, die sie kannten, und ihre Seele war in der Stunde, wo sie ihren Körper verließ, so geeignet, mit Engeln zu verkehren, als die irgendeines Heiligen in der Bibel!«

»Ich glaube, Ihr laßt ihr nur Gerechtigkeit widerfahren! – Ach! ach! daß es so große Unterschiede geben soll zwischen solchen, die an derselben Brust genährt wurden, in demselben Bett schliefen, unter demselben Dache wohnten! Doch lassen wir das – führt das Kanu etwas weiter östlich, Wildtöter; die Sonne blendet meine Augen so, daß ich die Gräber nicht sehen kann. Das ist Hetty, zur rechten Seite meiner Mutter?«

»Gewiß – Ihr verlangtet das von uns, und alle freuen sich, Eure Wünsche zu erfüllen, Judith, wenn Ihr wünscht, was recht ist.«

Das Mädchen starrte ihn beinahe eine Minute in schweigender Aufmerksamkeit an, dann wandte es seine Augen rückwärts nach dem Kastell.

»Dieser See wird bald ganz verlassen sein«, sagte sie – »und das in einem Zeitpunkt, wo er ein sichrerer Aufenthaltspunkt sein wird als je. Was ganz kürzlich vorgefallen ist, wird die Irokesen auf lange Zeit hinaus von einem neuen Besuch abschrekken!«

»Das wird es! – ja, das kann man als ausgemachte Sache behaupten. Ich gedenke nicht, wieder des Weges zu kommen, solange der Krieg dauert; denn nach meiner Meinung wird kein Huronen-Mokassin seine Spuren den Blättern dieses Waldes mehr eindrücken, bis ihre Überlieferungen vergessen haben, ihren jungen Männern von ihrer Schande und Vernichtung zu erzählen.«

»Und habt Ihr eine solche Freude an Gewalttat und Blutvergießen? Ich hatte besser von *Euch* gedacht, Wildtöter – hatte Euch für einen Mann gehalten, der sein Glück in einer ruhigen, heimlichen Häuslichkeit finden könnte, mit einem ergebenen, liebenden Weib, das bereit wäre, auf alle Eure Wünsche zu achten, und gesunden, pflichtmäßigen Kindern, bestrebt, in Eure Fußtapfen zu treten und so redlich und gerecht wie Ihr selbst zu werden!«

»Herr Gott, Judith, was für eine Zunge wißt Ihr zu führen! Sprache und Schönheit gehen Hand in Hand, gleichsam, und was die eine nicht kann, das leistet desto gewisser die andere! Ein solches Mädchen könnte in einem Monat den mannhaftesten Krieger in der Kolonie verderben!«

»Und irre ich mich denn so sehr? Liebt Ihr wirklich den Krieg mehr, Wildtöter, als den häuslichen Herd und die zärtlichen Gefühle?«

»Ich verstehe Eure Meinung, Mädchen – ja, ich verstehe, glaube ich, was Ihr meint, obwohl Ihr *mich,* so denke ich, nicht ganz versteht. Einen Krieger darf ich mich jetzt nennen, denke ich; denn ich habe gekämpft nicht nur, sondern auch gesiegt, und das ist genug, um diesen Namen zu führen; auch will ich nicht leugnen, daß ich eine Neigung für den Beruf habe, der männlich sowohl als ehrenvoll ist, wenn man ihn übt nach natürlichen Gaben; aber ich habe kein Verlangen nach Blut. Indes, Jugend ist Jugend, und ein Mingo ist ein Mingo. Wenn die jungen Männer dieser Gegend müßig ständen und die Vagabunden das Land überschwemmen ließen, ha! so könnten wir ebensogut alle auf einmal Franzmänner werden und Land und Leute preisgeben. Ich bin kein Feueresser, Judith, oder einer, der den Kampf um des Kampfes willen liebt; aber ich kann keinen großen Unterschied sehen zwischen dem, daß man das Land abtritt vor einem Krieg, aus Furcht vor einem Krieg, und dem, daß man es abtritt nach einem Krieg, weil man nicht anders kann – wenn nicht der, daß letzteres das Mannhaftere und Ehrenhaftere ist.«

»Kein Weib würde je wünschen, zu sehen, daß ihr Gatte oder Bruder ruhig dastände und sich Schimpf und Hohn gefallen ließe, Wildtöter, wie sehr sie auch darüber trauerte, wenn er in die Gefahren der Schlacht sich stürzte. Aber Ihr habt schon genug getan, diese Gegend von den Huronen zu säubern; denn Euch vornehmlich verdankt man den Ruhm unseres letzten Sieges. Jetzt hört mich geduldig an und antwortet mir mit der angeborenen Redlichkeit, welche bei einem von Eurem Geschlecht zu sehen, ebenso erfreulich als selten ist.«

Judith hielt inne; denn jetzt, wo sie gerade auf dem Punkte stand, sich zu erklären, behauptete natürliche Sittsamkeit ihre Macht, trotz der ermutigenden Zuversicht, welche die große Unbefangenheit und Treuherzigkeit von ihres Gesellschafters Charakter ihr einflößte. Ihre Wangen, die erst noch so bleich gewesen, flammten, und ihre Augen leuchteten fast wieder mit ihrem frühern Glanze. Ihre Gemütsbewegung gab ihrem Angesicht Ausdruck und ihrer Stimme Weichheit und machte sie, die immer so schön war, dreifach einnehmend und verführerisch.

»Wildtöter«, begann sie wieder nach einer ansehnlichen Pause, »dies ist nicht ein Augenblick für Verstellung, Täuschung oder Unoffenherzigkeit irgendeiner Art. Hier, über meiner Mutter Grab und über dem Grabe der wahrheitsliebenden Hetty scheint alles versteckte, unredliche Verfahren nicht am Platze. Ich will daher ohne Zurückhaltung und ohne alle Furcht, mißverstanden zu werden, zu Euch sprechen. Ihr seid mir nicht ein Bekannter von einer Woche her, sondern es ist mir, als kennte ich Euch seit Jahren. So viel und soviel Wichtiges ist in dieser kurzen Zeit vorgefallen, daß die Bekümmernisse und Gefahren und Rettungen eines ganzen Lebens in wenige Tage sich zusammengedrängt haben; die miteinander bei solchen Szenen gelitten und gehandelt haben, dürfen sich einander nicht fremd fühlen. Ich weiß, daß, was ich zu sagen im Begriff bin, von den meisten Männern mißverstanden werden würde; aber von Euch hoffe ich eine großmütige Auslegung meiner Handlungsweise. Wir befinden uns hier nicht inmitten der Künste und Täuschungen der Ansiedlungen, einander in irgendeiner Weise oder Form zu betrügen. Ich hoffe, ich rede verständlich.«

»Gewiß, Judith, wenige konversieren besser als Ihr, und wohl keine angenehmer. Eure Worte sind so gefällig wie Euer Aussehen.«

»Die Art und Weise, wie Ihr dies Aussehen so oft gerühmt habt, ist es, was mir Mut gibt fortzufahren. Dennoch, Wildtöter, ist es nichts Leichtes für eine von meinem Geschlecht und meinen Jahren, alle Lehren ihrer Kindheit, all ihre Angewöhnungen und ihre natürliche Schüchternheit zu vergessen und offen herauszusagen, was ihr Herz fühlt!«

»Warum nicht, Judith? Warum sollten nicht Frauen so gut wie ein Mann offen und redlich mit ihren Mitmenschen verkehren? Ich sehe keinen Grund, warum Ihr nicht so geradeheraus sprechen solltet wie ich, wenn Ihr etwas wirklich Wichtiges zu sagen habt.«

Die unüberwindliche Bescheidenheit, welche den jungen Mann noch immer die Wahrheit nicht ahnen ließ, würde das Mädchen ganz entmutigt haben, wäre nicht ihre Seele wie ihr ganzes Herz entschlossen und begierig gewesen, einen verzweifelten Versuch zu wagen, um sich vor einer Zukunft zu retten, welche sie mit einem Abscheu fürchtete, der nicht minder lebhaft war als die deutliche Sicherheit, womit sie dieselbe vorherzusehen wähnte. Dieser Beweggrund nun erhob sie über alle gewöhnlichen Rücksichten, und sie blieb bei ihrem Vorhaben, zu ihrem eigenen Erstaunen, wo nicht zu ihrer großen Beschämung.

»Ich will – ich *muß* so offen mit Euch sprechen, wie ich es mit der armen, lieben Hetty täte, wäre das süße Kind noch am Leben«, fuhr sie fort und wurde blaß statt rot; denn die kühne Entschlossenheit, von der sie getrieben wurde, hielt die sichtbare Wirkung, welche ein solcher Schritt in der Regel bei einer ihres Geschlechts hätte hervorbringen müssen, zurück. »Ja, ich will alle anderen Gefühle in dem einen ersticken, das jetzt das mächtigste in mir ist. Ihr liebt die Wälder und das Leben, das wir hier in der Wildnis führen, fern von den Wohnungen und Städten der Weißen?«

»Wie ich meine Eltern liebte, Judith, als sie noch lebten! Dieser Platz wäre mir wie die ganze Schöpfung, wäre nur einmal dieser Krieg ordentlich vorüber und hielten sich die Ansiedler entfernt!«

»Warum ihn also verlassen? Er hat keinen Eigentümer – wenigstens keinen, der ein besseres Recht als das meinige geltend machen kann, und *das* trete ich Euch freiwillig ab. Wäre es ein Königreich, Wildtöter, ich glaube, ich würde mit Freuden dasselbe sagen. Laßt uns dann dahin zurückkehren, nachdem wir erst den Priester im Fort aufgesucht haben, und ihn nie wieder verlassen, bis Gott uns in jene Welt abruft, wo wir die Geister meiner armen Mutter und Schwester finden werden.«

Eine lange nachdenkliche Pause trat nun ein; Judith hatte ihr Gesicht mit beiden Händen bedeckt, nachdem sie sich gezwungen, einen so offenen Antrag auszusprechen, und Wildtöter sann ebenso bekümmert als erstaunt über die Meinung der Sprache, die er soeben gehört hatte, nach. Endlich brach der Jäger das Schweigen und sprach in einem Tone, der durch seinen Wunsch, nicht zu beleidigen, bis zur Zartheit gedämpft war.

»Ihr habt das nicht wohl bedacht, Judith«, sagte er – »nein, Eure Gefühle sind aufgeregt durch alles, was sich jüngst zugetragen, und weil Ihr Euch ohne Verwandte und Freunde in der Welt glaubt, seid Ihr allzu hastig, jemand zu finden, der die Stellen der Verlorenen ausfülle.«

»Lebte ich in einem ganzen Schwarm von Freunden und Verwandten, Wildtöter, ich würde dennoch denken, wie ich jetzt denke – sagen, was ich jetzt sage«, erwiderte Judith, die noch immer mit den Händen ihr liebliches Angesicht verhüllte.

»Dank' Euch, Mädchen, dank' Euch von Grund meines Herzens. Indessen, ich bin nicht der Mann, der den Vorteil eines schwachen Augenblicks benutzen sollte, wo Ihr Eure eigenen großen Vorteile vergeßt und meint, die Erde mit allem, was sie enthält, sei in diesem kleinen Kanu. Nein – nein – Judith, es wäre ungroßmütig von mir; was Ihr mir angeboten habt, kann nie in Erfüllung gehen!«

»Es kann wohl, und das, ohne daß eines Ursache zur Reue hätte«, versetzte Judith mit einer Heftigkeit des Gefühls und Benehmens, die sie auf einmal die Hände von den Augen wegziehen machte. »*Wir* können die Soldaten veranlassen, unsere Habseligkeiten auf dem Weg zurückzulassen, bis wir zurückkehren, wo wir sie dann leicht ins Haus schaffen können; der See wird nicht mehr vom Feind heimgesucht werden, während dieses Krieges wenigstens; alle Eure Häute könnt Ihr leicht bei der Garnison verkaufen. Dort könnt *Ihr* die wenigen uns notwendigen Lebensbedürfnisse einkaufen; denn ich wünsche, jenen Ort nie wieder zu betreten; und, Wildtöter«, fuhr das Mädchen fort und lächelte mit einer Holdseligkeit und Natürlichkeit, daß es dem jungen Mann schwer wurde, ihr zu widerstehen, – »zum Beweis, wie gänzlich ich die Eurige bin und zu sein wünsche, wie gänzlich ich wünsche, nichts zu sein als Euer Weib, soll gleich das erste Feuer, das wir nach unsrer Rückkehr anmachen, mit dem Brokatkleid angezündet und mit allen Sachen unterhalten werden, die ich besitze, und die Ihr für das Weib, mit dem Ihr zu leben wünscht, nicht passend findet!«

»Ach, weh! – Ihr seid ein einnehmendes und liebliches Geschöpf, Judith, ja, das alles seid Ihr, und niemand kann das leugnen, der Wahrheit unbeschadet. Diese Bilder sind den Gedanken gefällig, aber sie möchten nicht so glücklich ausfallen, wie Ihr jetzt meint. Vergeßt daher alles und laßt uns Schlange und Hist nachrudern, als ob von der Sache gar nicht die Rede gewesen wäre.«

Judith war tief gekränkt, und was mehr ist, tief betrübt. Es lag eine Ruhe und Festigkeit in Wildtöters Benehmen, welche ihre Hoffnungen gänzlich erstickte und ihr zeigte, daß diesmal ihre außerordentliche Schönheit doch verfehlt hatte, die Bewunderung und Huldigung zu erwecken, die ihr sonst immer entgegenkamen. Man sagt, Frauen vergäben denen selten, die ihr Entgegenkommen mißachten, aber dies hochsinnige und heftige Mädchen hegte nie, weder damals noch später, auch nur einen Schatten von Erbitterung gegen den offenen und freimütigen Jäger. Im Augenblick war das vorwiegende Gefühl der Wunsch, sich zu vergewissern, ob kein Mißverständnis obwalte. Nach einer weitern, peinlichen Pause brachte sie daher die Sache durch eine Frage, die zu einfach war, um eine Mißdeutung zuzulassen, zu Ende.

»Gott verhüte, daß wir uns fürs spätere Leben Reue bereiten, durch einen Mangel an Offenheit jetzt«, sagte sie. »Ich hoffe, wir verstehen einander wenigstens. Ihr wollt mich nicht zum Weib nehmen, Wildtöter?«

»Es ist besser für beide, wenn ich mir Eure unüberlegte Hast nicht zunutze mache, Judith. Wir können uns nimmermehr heiraten.«

»Ihr liebt mich nicht, – Euer Herz ist vielleicht nicht imstande, mich zu achten, Wildtöter!«

»Alles und jedes in guter Freundschaft, Judith – alles, meine

Dienste und mein Leben selbst. Ja, ich wollte so viel für Euch wagen, in diesem Augenblick, als für Hist selbst; und das ist so viel gesagt, als ich nur zugunsten einer Tochter des Weibes sagen kann. Ich glaube, ich fühle mich gegen keine von beiden so gesinnt – merkt es, Judith, ich sage *keine*! – als möchte ich Vater und Mutter verlassen – wenn Vater und Mutter noch lebten, was jetzt nicht der Fall ist – aber wenn beide noch lebten, so fühle ich mich gegen kein Weib so gesinnt, daß ich jene verlassen möchte, um *ihr* anzuhängen.«

»Das ist genug«, antwortete Judith mit beschämter und erstickter Stimme. »Ich verstehe ganz, was Ihr meint. Heiraten könnt Ihr nicht ohne Liebe, und diese Liebe fühlt Ihr für mich nicht. Antwortet nicht, wenn ich recht habe; denn ich verstehe Euer Schweigen. *Dies* schon allein wird peinlich genug sein.«

Wildtöter gehorchte und antwortete nicht. Länger als eine Minute hielt das Mädchen ihre glänzenden Augen auf ihn geheftet, als wollte sie in seiner Seele lesen, während er im Wasser spielend dasaß wie ein gestrafter Schulknabe. Dann senkte Judith selbst ihre Ruderschaufel ins Wasser und trieb das Kanu von der Stelle weg, mit einer so widerstrebenden Bewegung wie die Gefühle, welche sie dazu veranlaßten. Wildtöter jedoch unterstützte ruhig ihre Anstrengung, und bald waren sie auf der spurlosen Bahn, die der Delaware eingeschlagen.

Auf der Fahrt nach dem Vorsprung ward kein Wort mehr zwischen Wildtöter und seiner schönen Begleiterin gewechselt. Da Judith im Vorderteil des Kanus saß, wandte sie ihm den Rücken zu, sonst hätte vermutlich der Ausdruck ihres Gesichts ihn veranlaßt, einige begütigende, tröstende Worte der Freundschaft und Achtung gegen sie zu wagen. Was man kaum hätte erwarten sollen – sie empfand noch immer keine Bitterkeit gegen ihn, obwohl ihre Farbe häufig von der flammenden Röte der kränkenden Beschämung zur Blässe der getäuschten Erwartung überging. Kummer, tiefer herzinniger Kummer jedoch war das vorwaltende Gefühl, und dieser verriet sich auch in einer nicht zu mißdeutenden Weise.

Da keines von beiden sich sehr mit Rudern anstrengte, war die Arche schon angekommen und die Mannschaft ausgeschifft, ehe das Kanu mit den zwei Nachzüglern den Vorsprung erreichte. Chingachgook war ihr zuvorgekommen und befand sich schon in einiger Entfernung waldeinwärts auf einer Stelle, wo die beiden Pfade, der nach der Garnison und der zu den Dörfern der Delawaren führende, sich trennten. Auch die Soldaten hatten sich schon in Marschlinie gestellt, nachdem sie zuvor die Arche hatten wegtreiben lassen, gänzlich gleichgültig gegen ihr Schicksal. Alles das sah Judith, aber sie beachtete es nicht. Der Glimmerglas hatte keine Reize mehr für sie, und als sie den Fuß ans Land gesetzt, schlug sie sogleich den Pfad der Soldaten ein, ohne einen einzigen Blick hinter sich zu werfen. Selbst an Hist ging sie vorbei, ohne von ihr Kunde zu nehmen, und dies bescheidene junge Geschöpf scheute vor Judiths abgewandten Gesicht zurück, wie wenn sie selbst eines Unrechts sich schuldig wüßte.

»Wartet Ihr hier, Schlange«, sagte Wildtöter, der dem Schatten der niedergeschlagenen Schönheit folgte, als er an seinem Freund vorbeikam. »Ich will nur Judith zu ihrer Gesellschaft geleiten und Euch dann wieder treffen.«

Hundert Schritte hatten das Paar dem Auge sowohl der Voranziehenden als der Nachkommenden entzogen, als Judith sich umwandte und sprach.

»Das wird genügen, Wildtöter«, sagte sie traurig. »Ich verstehe Eure Güte und Freundlichkeit, werde ihrer aber nicht bedürfen. In wenigen Minuten werde ich die Soldaten erreichen. Da Ihr nicht mit mir die Reise des Lebens antreten wollt, wünsche ich nicht, daß Ihr mich auf dieser länger begleitet. Doch halt! ehe wir scheiden, möchte ich Euch noch *eine* Frage vorlegen. Und ich verlange von Euch, wie Ihr Gott fürchtet und die Wahrheit ehrt, daß Ihr mich mit Eurer Antwort nicht täuscht. Ich weiß, Ihr liebt keine andere: und ich sehe nur *einen* Grund ab, warum Ihr mich nicht lieben könnt, nicht lieben *wollt*. Sagt mir also, Wildtöter«, – das Mädchen stockte, und die Worte, die sie zu sagen im Begriff war, schienen sie ersticken zu wollen. Dann, all ihre Entschlossenheit aufbietend, fuhr sie mit einem Angesicht, in welchem flammende Röte und Blässe mit jedem Atemzuge wechselten, fort: »Sagt mir also, Wildtöter, ob nicht vielleicht etwas Leichtfertiges, was Henry March von mir gesagt, Einfluß auf Eure Gefühle gehabt haben mag?«

Die Wahrheit war Wildtöters Polarstern, den er immer im Auge behielt, und es war ihm beinahe unmöglich, das Aussprechen derselben zu vermeiden, selbst wenn die Klugheit Schweigen gebot. Judith las seine Antwort in seinem Angesicht; mit einem Herzen, das beinahe durch das Bewußtsein unverdienten Unrechts brach, winkte sie ihm ein Lebewohl zu und begrub sich in den Wäldern. Einige Zeit war Wildtöter unschlüssig, was er tun solle, am Ende aber wandte er seine Schritte rückwärts und schloß sich wieder an die Delawaren an. In dieser Nacht kampierten die drei an den obern Wassern ihres Stromes, und am folgenden Abend langten sie in dem Dorf des Stammes an: Chingachgook und seine Verlobte im Triumph, ihr Begleiter geehrt und bewundert, aber mit einem Kummer, welchen zu vertilgen es Monate der rüstigsten Tätigkeit brauchte.

Der Krieg, der damals begonnen, war heftig und blutig. Der Delawarenhäuptling stieg in seinem Volke so hoch empor, daß sein Name nie ohne Lob und Ruhm genannt wurde, während ein neuer Unkas, der letzte seines Stammes, der langen Linie von Kriegern sich anschloß, welche diesen ausgezeichneten Namen trugen. Wildtöter machte seinerseits unter dem *sobriquet* »Falkenauge« seinen Ruf weit und breit bekannt, bis das Krachen seiner Büchse den Mingos so furchtbar wurde wie die Donner Manitus. Seine Dienste wurden bald von den Offizieren der Armee in Anspruch genommen, und er schloß sich im Feld insbesondere an einen an, mit dessen späterem Leben er in einem engen und wichtigen Verhältnis stand.

Fünfzehn Jahre waren verstrichen, ehe Wildtöter wieder Gelegenheit fand, den Glimmerglas zu besuchen. Friede hatte inzwischen geherrscht, und es war am Vorabend eines neuen, noch wichtigeren Krieges, als er und sein beständiger Freund Chingachgook nach den Forts eilten, um sich ihren Verbündeten anzuschließen. Ein junges Bürschchen begleitete sie; denn Hist schlummerte schon unter den Fichten der Delawaren, und die drei Überlebenden waren jetzt unzertrennlich geworden. Sie erreichten den See gerade, als die Sonne unterging. Hier war alles unverändert, der Fluß rauschte noch durch sein Gewölbe von Bäumen dahin; der kleine Fels verwitterte allmählich unter dem langsam wirkenden Einfluß des Wassers, das ihn seit Jahrhunderten bespülte; die Berge standen an ihrem natürlichen dunkeln, reichen und geheimnisvollen Gewande da, während der See in seiner Einsamkeit schimmerte, ein schöner Edelstein des Waldes.

Am folgenden Morgen entdeckte der Jüngling eines von den Kanus, das ans Ufer getrieben und im Zustand des Verfalls war.

Einige Arbeit stellte es in dienstfähigen Stand her, und alle schifften sich ein, um den Platz in Augenschein zu nehmen. An allen Vorsprüngen fuhren sie vorbei, und Chingachgook bezeichnete seinem Sohn die Stelle, wo sich die Huronen zuerst gelagert hatten, und den Punkt, von dem es ihm gelungen war, seine Braut wieder zu entführen. Hier landeten sie auch, aber alle Spuren des früheren Besuchs waren verschwunden. Sodann begaben sie sich nach dem Schauplatz der Schlacht, und hier fanden sie einige der Spuren, welche längere Zeit an solchen Lokalitäten zu treffen sind. Wilde Tiere hatten viele Leichname herausgewühlt, und Menschenknochen bleichten in dem Sommerregen. Unkas betrachtete sich alles mit Ehrfurcht und Rührung, obwohl die Überlieferungen seinen jungen Geist schon mit dem Ehrgeiz und Trotz des Kriegers aufregend erfüllten.

Von dem Vorsprung aus nahm das Kanu seinen Weg nach der Sandbank, wo die Überreste des Kastells noch sichtbar waren, eine malerische Ruine. Die Winterstürme hatten längst das Haus seines Daches beraubt, und Fäulnis hatte die Stämme angefressen. Alle Bande und Riegel waren unversehrt, aber die Jahreszeiten trieben ihr Spiel in dem Hause, des Versuchs, sie auszuschließen, gleichsam spottend. Die Palisaden verfaulten, wie auch die Pfeiler, und es war augenscheinlich, daß noch ein paar Winter, noch einige Stürme und Gewitter alles in den See fegen und das Gebäude von der Oberfläche dieser prächtigen Einsamkeit wegwischen würden. Die Gräber waren nicht zu finden. Entweder hatten die Elemente ihre Spuren verwischt, oder die Suchenden hatten die genauere Lage derselben in der langen Zeit vergessen.

Die Arche ward entdeckt, gestrandet an der östlichen Küste, wohin sie längst von den vorherrschenden Nordwestwinden getrieben war. Sie lag auf dem sandigen Endpunkte eines langen, niedern Landvorsprungs, etwa zwei Meilen von der Ausströmung gelegen, der selbst durch die Wirkung der Elemente rasch verschwindet. Die Fähre war mit Wasser angefüllt, die Kajüte ohne Dach und das Holz in Verfall. Einiges von dem roheren Geräte war noch vorhanden, und Wildtöters Herz schlug höher, als er ein Band Judiths an einem Holzbock flattern sah. Es erinnerte ihn an alle ihre Schönheit und, dürfen wir hinzusetzen, an all ihre Fehler. Obwohl das Mädchen sein Herz nie eigentlich gerührt hatte, war doch Falkenauge, denn so müssen wir ihn jetzt nennen, ein aufrichtiges und inniges Interesse an ihrem Schicksal geblieben. Er riß das Band weg und machte daraus eine Schleife am Schaft seiner Büchse Killdeer, welche ihm das Mädchen selbst geschenkt hatte.

Einige Meilen weiter aufwärts am See entdeckten sie ein weiteres Kanu, und auf dem Ausläufer, wo die Gesellschaft am Ende landete, fand man die hier an der Küste zurückgelassenen. Das, in welchem die gegenwärtige Fahrt gemacht wurde, und das an der östlichen Küste gefundene waren durch den zerstörten Boden des Kastells durchgebrochen, waren an den zusammenfallenden Palisaden vorbeigetrieben und als herrenlose Sachen an den Strand geworfen worden.

Aus allen diesen Anzeichen wurde wahrscheinlich, daß der See seit den Vorfällen der letzten Szene unserer Erzählung nicht mehr besucht worden war. Zufall oder Überlieferung hatten ihn wieder zu einem der Natur geheiligten Platz gemacht, und die häufigen Kriege und die schwache Bevölkerung der Kolonien beschränkten die Ansiedlungen noch auf enge Grenzen. Chingachgook und sein Freund verließen den Platz mit schwermütigen Gefühlen. Es war die Gegend ihres ersten Kriegspfades gewesen und rief den Seelen beider das Bild zärtlicher, rührender Szenen und Stunden des Triumphes zurück. Sie setzten jedoch schweigend ihren Weg nach dem Mohawk fort, um sich in neue Abenteuer zu stürzen, so merkwürdig und aufregend wie diejenigen, welche den Anfang ihrer Laufbahn an diesem lieblichen See begleitet hatten.

Zeit und Umstände haben einen undurchdringlichen Schleier über alles geworfen, was mit dem Schicksal der Familie Hutter zusammenhängt. Sie lebten, irrten, starben und sind vergessen. Keine der mit ihnen in Berührung Gekommenen haben soviel Anteil an den mit Unehre Bezeichneten genommen, um den Schleier zu lüften, und ein Jahrhundert verwischt bald das Gedächtnis selbst ihrer Namen. Die Geschichte des Verbrechens ist immer empörend und es ist ein Glück, daß wenige gerne bei ihren einzelnen Begebenheiten länger verweilen. Die Sünden der Familie sind längst vor den Richterstuhl Gottes gezogen worden oder sind eingetragen für die furchtbare Abrechnung des letzten großen Tages.

Dasselbe Schicksal erwartete Judith. Als Falkenauge die Garnison am Mohawk erreichte, erkundigte er sich angelegentlich nach diesem lieblichen, aber irregeleiteten Geschöpf. Niemand wußte von ihr – selbst einer Person ihres Namens erinnerte man sich nicht mehr. Andere Offiziere waren zu wiederholten Malen an die Stelle der Warleys, Craigs und Grahams gerückt, aber ein alter Sergeant der Garnison, der kürzlich von England gekommen, war imstande, unserem Helden die Nachricht zu geben, daß Sir Robert Warley auf seinen väterlichen Gütern lebe und eine Dame von seltner Schönheit in dem Landhaus sich befinde, welche großen Einfluß auf ihn ausübe, obwohl sie nicht seinen Namen trage. Ob dies Judith war, zurückgefallen in ihre frühere Verirrung, oder ein anderes Opfer des Soldaten, erfuhr Falkenauge nie; auch wäre eine Nachforschung weder angenehm noch ersprießlich gewesen. Wir leben in einer Welt der Übertretungen und der Selbstsucht, und keine Gemälde, die sie uns anders darstellen, sind wahr, obwohl zum Glück für die menschliche Natur Strahlen jenes reinen Geistes, nach dessen Bilde der Mensch erschaffen ist, sichtbar sind, welche ihre Mißgestaltungen verhüllen und mindern und ihre Verbrechen mildern, wenn nicht entschuldigen.

Anhang

Vorrede Coopers

Dieses Buch wurde nicht ohne manche Besorgnisse wegen seiner mutmaßlichen Aufnahme geschrieben. Einen und denselben Charakter durch fünf verschiedene Werke hindurchzuführen, konnte als allzu kecke Zumutung an die Gutmütigkeit des Publikums erscheinen, und manche möchten mit Grund dies als ein Unterfangen ansehen, das an sich schon zur Mißbilligung herausfordere. Auf diesen sehr natürlichen Vorwurf kann der Verfasser nur erwidern, daß, wenn er in diesem Falle einen schweren Fehler begangen, seine Leser selbst einigermaßen die Verantwortung dafür auf sich haben. Die günstige Aufnahme, welche den späteren Schicksalen und dem Tode *Lederstrumpfs* zuteil wurde, hat der Seele des Verfassers wenigstens es zu einer Art von Notwendigkeit gemacht, auch von seinen jüngeren Jahren Nachricht zu geben. Kurz, die Gemälde seines Lebens, wie sie nun einmal sind, waren schon so vollständig, daß sie wohl einiges Verlangen erwecken konnten, die Gesamtzeichnung zu sehen, nach welcher sie alle gemalt wurden.

Die »Lederstrumpferzählungen« bilden jetzt eine Art von fünfaktigem Drama, vollständig, was den Inhalt und den Plan betrifft, wenn auch vermutlich sehr mangelhaft in der Ausführung. So, wie sie sind, hat sie die Lesewelt vor sich. Der Verfasser hofft, sie werde, entschiede sie auch dahin, daß der hier vorliegende Akt, der letzte in der Ausführung, obwohl der erste in der natürlichen Ordnung der Lektüre, nicht der beste der ganzen Reihenfolge sei, doch das Urteil fällen, daß er auch nicht eben der schlechteste sei. Mehr als einmal hat er sich versucht gefühlt, sein Manuskript zu verbrennen und sich zu einem andern Gegenstand zu wenden, obwohl er im Verlaufe seiner Arbeit eine Aufmunterung von so eigentümlicher Art erhielt, daß es sich verlohnt, sie zu erwähnen. Ein anonymer Brief aus England, von der Hand einer Dame, wie ihn deucht, kam ihm zu, worin er dringend aufgefordert wurde, ungefähr eben das zu tun, was er schon mehr als halb ausgeführt hatte, – ein Wunsch, den er sehr gerne als ein Zeichen deutet, daß sein Versuch teilweise werde verziehen, wo nicht entschieden gebilligt werden.

Wenig braucht er über die Charaktere und die Szenerie dieser Erzählung zu sagen. Jene sind natürlich der Dichtung; diese ist der Natur so treu, als nur immer die vertraute Bekanntschaft mit dem jetzigen Aussehen der geschilderten Gegend und Vermutungen über ihren früheren Charakter, so wahrscheinlich, als die Einbildungskraft sie an die Hand gab, den Verfasser instand setzten, sie zu schildern. See, Berge, Tal und Wald sind insgesamt, wie er glaubt, genau genug dargestellt, während Fluß, Fels und Küste treue Abzeichnungen der Natur sind. Selbst die einzelnen vorspringenden Punkte existieren, etwas verändert durch die Zivilisation, aber doch so entsprechend den Schilderungen, daß jeder, der mit der Szenerie der fraglichen Gegend vertraut ist, sie leicht erkennt.

Was die historische Treue bei den Ereignissen dieser Erzählung im ganzen und im einzelnen betrifft, so ist der Verfasser gesonnen, hier auf seinem Recht zu bestehen und darüber nicht mehr zu sagen, als was er für notwendig erachtet. Bei dem großen Streit um Wahrheit, der zwischen Geschichte und Fiktion waltet, ist der Vorteil so oft auf der Seite der letzteren, daß er sehr geneigt ist, den Leser auf seine eigenen Forschungen zu verweisen, um über diesen Punkt ins reine zu kommen. Sollte es sich bei genauer Untersuchung zeigen, daß ein anerkannter Historiker, daß öffentliche Urkunden oder Lokaltraditionen den Angaben dieses Buches widersprechen, so ist der Verfasser bereit zuzugestehen, daß der Umstand seiner Aufmerksamkeit gänzlich entging, und seine Unwissenheit zu bekennen. Andererseits, sollte sich's finden, daß die Annalen Amerikas nicht eine Silbe enthalten, die dem, was hier der Welt vorgelegt wird, widerspräche, – wie er denn fest glaubt, daß die Forschung dies ausweisen werde – so wird er für seine Erzählung genausoviel Glaubwürdigkeit in Anspruch nehmen, als sie verdient.

Es gibt eine ansehnliche Klasse von Romanlesern – ansehnlich ebenso wegen ihrer Zahl als in jedem andern Betracht, – die man oft mit dem Mann verglichen hat, der »singt, wenn er liest, und liest, wenn er singt«. Diese Leute sind über die Maßen phantasiereich in allem Tatsächlichen und so buchstäblich pedantisch wie die Übersetzung eines Schulknaben in allem, was zur Poesie gehört. Zum Nutz und Frommen aller solcher Leute wird hiermit ausdrücklich erklärt, daß Judith Hutter eben Judith Hutter ist und keine andere Judith; und überhaupt, daß, wenn irgendwo bei einem Taufnamen oder bei der Farbe des Haares eine Ähnlichkeit, ein Zusammentreffen sich findet, nichts weiter gemeint ist, als was für den Unbefangenen in der Gleichheit des Taufnamens oder der Haarfarbe liegt. Lange Erfahrung hat den Verfasser belehrt, daß dieser Teil seiner Leser der bei weitem am schwersten zu befriedigende ist, und er möchte ihnen, zum Besten beider Parteien, den ehrerbietigen Rat geben, den Versuch zu machen und Werke der Einbildungskraft so zu lesen, als wären es Erzählungen positiver Tatsachen. Ein solches Verfahren könnte sie vielleicht instand setzen, an die Möglichkeit der Dichtung zu glauben.

Nachwort

Hier am Schlusse seien dieser neuesten deutschen Ausgabe von Coopers Lederstrumpfromanen noch einige Worte über den Verfasser, das Werk selbst und dessen Entstehung angefügt.

Die Vorfahren Coopers stammten aus Stratford am Avon, dem Geburtsorte Shakespeares. Im Jahre 1679 wanderte von dort ein *James Cooper* nach Amerika aus; seine Nachkommen waren, soviel man weiß, Farmer, und einer von ihnen, *William Cooper,* nahm in späteren Jahren seinen Wohnsitz in *Burlington* im Staate New Jersey. Hier wurde ihm am 15. September 1789 als elftes von zwölf Kindern ein Sohn geboren, der nach seinem Ahnherrn James genannt ward; dies war der spätere Romandichter und Verfasser des *Lederstrumpf.* William Coopers Frau hieß mit ihrem Mädchennamen Elisabeth Fenimore, und um deren Familiennamen beizubehalten, nannte sich der Verfasser späterhin *James Fenimore Cooper.*

William Cooper war nach Beendigung des Unabhängigkeitskrieges (1782) in den Besitz ausgedehnter Länderstrecken gelangt, die sich längs des Oberlaufes des Susquehanna und am Ufer des Otsegosees ausbreiteten. Diesen stattete er im Jahre 1785 seinen ersten Besuch ab, und der Bericht, den er hiervon später gab, liest sich fast wie ein Abschnitt aus dem Lederstrumpf selbst. Er sagte: »Im Jahre 1785 besuchte ich die wilde und hügelige Gegend am Otsego, die gänzlich unbewohnt war; ich war allein, dreihundert Meilen von meinem Heimatsort entfernt, ohne Brot, Fleisch oder sonstige Vorräte; Feuer und Fischangel waren meine einzigen Unterhaltsmittel. Ich fing Forellen in den Bächen und briet sie an der Asche. Mein Pferd graste auf den Wiesen am Rande des Wassers. Ich legte mich, in meinen Rock gehüllt, zum Schlafe nieder, nichts als die unwirtliche Wildnis um mich her. Auf diese Weise erforschte ich die Gegend, machte meine Pläne für zukünftige Ansiedlungen und sann nach über die Lage, wo ich später eine Handelsstation oder ein Dorf gründen wollte. Im Mai 1786 eröffnete ich den Verkauf von 4000 Acker Land, die innerhalb 16 Tagen von Leuten aus der ärmsten Klasse übernommen wurden. Bald darauf errichtete ich ein Vorratshaus, zog hin und wohnte allein unter den Ansiedlern bis zum Jahre 1790, in welchem ich auch meine Familie dahin verbrachte.« Auf diese Weise gründete er den nach ihm benannten Ort Cooperstown, dem Cooper in seinem Ansiedler-Roman bekanntlich den Namen Templeton gegeben hat.

Als William Cooper mit seiner Familie dahin kam, war der junge James erst 14 Monate alt. Hier in der Wildnis, fernab vom Getriebe der großen Welt, verbrachte er seine Jugendjahre, gerade zu der Zeit, als sich die Zivilisation allmählich über jene Landstriche verbreitete. Alles, was er hier sah, war geeignet, seine Phantasie zu erregen und tiefe Eindrücke in ihm zu hinterlassen. Die unermeßlichen Urwälder zogen sich bis zu seiner Wohnung hin, und die Axt der Ansiedler hatte kaum hier und da ihr geheimnisvolles Dunkel gelichtet. Der kleine See, von dem er in seinen späteren Jahren so entzückende Bilder in seinen Romanen entwarf, lag umrahmt von majestätischen, uralten Baumriesen, deren Wipfel sich in seinen klaren Fluten widerspiegelten. Mehr aber als alle Schönheiten der Natur, die sich ringsumher dem Blicke offen darboten, zogen ihn die Geheimnisse der noch unerforschten, unergründlichen Wildnis an, die noch in ihrem Schoße verborgen lagen. Niemand wagte sich ohne hinreichenden Schutz in die Urwälder, in denen die Indianer noch hausten, deren feindliche Überfälle schon mancher Ansiedlung an der Grenze verhängnisvoll geworden waren.

In solcher Umgebung wuchs der Knabe auf. Allmählich wurde die neue Ansiedlung größer, ein Bethaus und eine Schule wurden errichtet, und in dieser erhielt er seinen ersten Unterricht. Zu seiner weiteren Ausbildung kam er dann nach Albany und von hier bezog er im Alter von 13 Jahren die Yale Universität in New Haven. Infolge eines durchaus harmlosen Jugendstreiches mußte er diese nach etwa 3 Jahren wieder verlassen. Sein Vater, der bei diesem Vorfalle Partei für den Sohn ergriff, brachte ihn nach Neuyork, auf ein Schiff, da er den Seemannsberuf für ihn geeignet hielt. Darin hatte er sich auch, wie sich bald zeigte, nicht getäuscht.

Da es damals (1806) noch keine Seemannsschulen in Amerika gab, so war es Brauch, daß die jungen Leute, die sich zu Seeoffizieren ausbilden wollten, auf Kauffahrteischiffen eine Art Lehrzeit durchmachten. So sehen wir den nun etwa 16jährigen Cooper als Schiffsjungen und Matrosen vor dem Mast auf dem Segler »Sterling«. Auf diesem machte er seine erste Seereise, die ihn nach England und Spanien führte. Näheres darüber kann man in der 38 Jahre später von Cooper herausgegebenen See-Erzählung *»Ned Myers«* nachlesen, in der Cooper selbst als handelnde Person auftritt. Schon auf dieser Fahrt lernte er die Gefahren und Abenteuer des Seelebens kennen. Vierzig Tage war das Schiff von Amerika nach England unterwegs und hatte mit Stürmen und widrigen Winden zu kämpfen. Auch die Weiterreise nach Spanien war wild bewegt, und manche Begebenheiten ereigneten sich auf dieser Fahrt, die er späterhin in seinen Seeromanen zu den spannendsten Episoden ausgestaltete. Seine seemännische Laufbahn, deren letzten Teil er auf den amerikanischen Binnengewässern, besonders auf dem Ontariosee zubrachte, dauerte etwa 6 Jahre – bis zum Jahre 1811. Seine mannigfaltigen Erlebnisse während dieser Zeit, die Erfahrungen und Kenntnisse, die er sammelte, und nicht zum mindesten auch die Menschen, die er kennenlernte, gaben ihm in späterer Zeit, als er dem Seemannsberuf entsagt und sich der literarischen Laufbahn zugewandt hatte, den Hintergrund und die Charaktere zu seinen zahlreichen und großartigen Seeromanen. Es mag hier gleich noch hinzugefügt werden, daß Cooper neben Frederick Marryat (1792-1848) als der eigentliche Schöpfer des Seeromanes zu gelten hat – ein Gebiet, auf dem er wohl bald zahlreiche Nachfolger fand, deren keiner aber nur im entferntesten an ihn heranreichte.

Im Alter von etwa 21 Jahren heiratete Cooper eine Miß De Lancey, mit der er bis zu seinem Ende in glücklicher Ehe lebte. Da seiner Frau die häufigen langen Trennungen von ihrem Manne unlieb waren, gab er, auf ihren Wunsch hin, seinen Seemannsberuf auf. Während der nächsten Jahre führte er ein wenig seßhaftes Leben. Er wohnte an verschiedenen Orten in der Nähe von Neuyork, meistens an der Seeküste, damit er Ausblick hatte auf das von ihm so sehr geliebte Meer und die kommenden und gehenden Schiffe. Eine Zeitlang war er Teilhaber an einem Walfischboot. Auch in Cooperstown, seinem Heimatsort am Otsego, an dem er mit ganzem Herzen hing, war er während dieser Jahre eine Zeitlang ansässig: »Er pflanzte Bäume, trieb Landwirtschaft, baute Scheunen, trocknete Sümpfe aus, legte Wiesen an – das einzige was er nicht tat, war

Schreiben« – wie sein erster Biograph Thomas R. Lounsbury bemerkte. Große Veränderungen hatten inzwischen in seiner Familie stattgefunden; seine Eltern waren gestorben und ihm mehrere Töchter geboren worden, deren zweite, Susan, die sich späterhin selbst schriftstellerisch hervortat, in seinen vorgerückten Jahren seine Sekretärin und Vertraute wurde. Sie wäre auch die berufene Biographin ihres Vaters geworden, hätte sie nicht ein auf dem Sterbebette von ihm geäußerter Wunsch hieran gehindert. Später folgten noch zwei Söhne, und von einem derselben lebt heute noch ein Sohn, also ein Enkel Coopers, der den gleichen Namen wie sein Großvater führt, in Albany.

Cooper war mittlerweile 30 Jahre alt geworden, ohne überhaupt daran zu denken, sich der Schriftstellerei zuzuwenden. Nur durch einen äußeren Anlaß kam er dazu.

Eine eigentliche amerikanische Literatur gab es in der damaligen Zeit (etwa 1820) noch nicht, abgesehen von einigen Werken wie etwa Washington Irvings »Skizzenbuch« oder den Romanen von Charles Brockden Brown. Die durch die Schiffe von England nach Amerika gebrachten literarischen Neuerscheinungen wurden deshalb von den gebildeten Kreisen des damaligen Amerika stets mit Spannung erwartet, und Cooper pflegte die neuen Werke seiner Frau vorzulesen. Eines Tages legte er das Buch, das er gerade in der Hand hatte, das aber offenbar seinem Geschmack nicht entsprach, beiseite und sagte: »Ich glaube, ich könnte selbst ein besseres Buch schreiben.« Seine Frau nahm ihn beim Wort, er machte sich an die Arbeit, und am 10. November 1820 erschien in Neuyork sein erster Roman »Precaution«. Merkwürdigerweise wählte er dazu keinen amerikanischen Stoff, sondern ließ diese Erzählung in den aristokratischen Kreisen Londons spielen. Großen Erfolg hatte er mit dem Buche (das übrigens auch 1826 unter dem Titel »Moseley Hall« in deutscher Übersetzung erschien) nicht. Von der Großartigkeit und der hohen Kunst der Darstellung, die er in seinen unmittelbar darauf folgenden Werken entfaltete, ist hier noch wenig wahrzunehmen. Aber gleich sein nächster Roman, der im folgenden Jahre erschienene »Spion« (The Spy) zeigte ihn bereits auf der vollen Höhe seiner Meisterschaft und begründete seinen Ruhm. Der große Erfolg, den er mit diesem Werke hatte, und seine nun dauernde literarische Tätigkeit nötigten ihn 1822 nach Neuyork überzusiedeln. Von dieser Zeit an bis kurz vor seinem Tode flossen jährlich große, umfangreiche Werke aus seiner nimmer rastenden Feder. Seine schriftstellerische Laufbahn erstreckt sich über rund 30 Jahre, und nur mit Staunen kann man sein überreiches Lebenswerk betrachten. Cooper schrieb während dieser Zeit 32 Romane, 6 Bände Reiseskizzen, in denen er seine siebenjährige Reise durch Europa schildert, mehrere Bücher politischen und philosophischen Inhalts, eine Geschichte der Seemacht der Vereinigten Staaten, einige kurze Erzählungen, zahlreiche Aufsätze für Zeitungen und Magazine und gegen Ende seines Lebens auch ein Lustspiel »Upside Down or Philosophy in Pettycoats«, das zwar einigemal aufgeführt, aber nie gedruckt wurde. Es wäre interessant, die Entstehung der einzelnen Werke in Zusammenhang mit dem äußeren Ablauf seines Lebens zu betrachten, doch würde dies hier zu weit führen. Deshalb seien hier nur die Titel seiner Hauptwerke nebst der Zeit ihres Erscheinens angegeben, während die Entstehung der 5 Lederstrumpfromane im folgenden ausführlich behandelt werden soll.

Auf die in den Jahren 1820 und 1821 erschienenen beiden ersten Romane »Precaution« und »The Spy« folgten 1823 The Pioneers und zwei kurze Erzählungen »Tales for Fifteen«. – 1824 The Pilot – sein erster Seeroman – 1825 Lionel Lincoln. – 1826 The Last of the Mohicans. – 1827 The Prairie und The Red Rover. – 1828 Notions of the Americans. – 1829 The Wept of Wish-ton-Wish (The Borderers). – 1830 The Water Witch (Die Erstausgabe erschien in Dresden während Coopers dortigem Aufenthalt). – 1831 The Bravo. – 1832 The Heidenmauer. – 1833 The Headsman. – 1835 The Monikins (eine Satire). – 1836 Sketches of Switzerland. – 1837 Gleanings in Europe – France und England. – 1838 Italy; The American Democrat; The Chronicles of Cooperstown, Homeward Bound und Home as Found. – 1839 The History of the United States of America. – 1840 The Pathfinder und Mercedes of Castile. – 1841 The Deerslayer. – 1842 The Two Admirals und Wing and Wing. – 1843 The Autobiography of a Pocket Handkerchief, The Battle of Lake Erie, Wyandotté und Ned Myers. – 1844 Ashore and Afloat und Miles Wallingford (beide gehören zusammen). – 1845 Satanstoe. – 1846 The Chainbearer und The Redskins. – Diese 3 gehören zusammen und bilden den Zyklus der Anticenter-Romane. 1847 The Crater. – 1848 Jack Tier und Oak Openings (The Bee-Hunter). – 1849 The Sea Lions. – 1850 The Ways of the Hour. – Upside Down, or Philosophy in Pettycoats. – The Towns of Manhattan, wovon nur die Einleitung erhalten blieb und unter dem Titel »New York« im Jahre 1930 in einem Neudruck herausgegeben wurde, und The Lake Gun – eine kurze allegorische Erzählung, die ursprünglich in einer Zeitschrift erschien und 1932 mit einer Einleitung von Robert E. Spiller zum erstenmal in Buchform herausgegeben wurde. Coopers frühere Biographien erwähnen das Werk überhaupt nicht.

Coopers Werke wurden alsbald nach ihrem Erscheinen in alle Kultursprachen übersetzt, einzelne sogar ins Persische. Eine vollständige Gesamtausgabe seiner Werke ist bis jetzt leider noch nicht vorhanden. Die in den Jahren 1826-1850 bei J. D. Sauerländer in Frankfurt a. M. erschienene Cooper-Ausgabe ist mit 38 Werken immer noch die umfassendste und übertrifft damit sogar die bändereichsten amerikanischen und englischen Ausgaben[27].

Während der Jahre 1826-1833 machte Cooper mit seiner Familie eine siebenjährige Reise nach Europa, die ihn nach England, Frankreich, in die Schweiz, nach Italien und auch nach Deutschland führte, wo er unter anderem einige Wochen in Dresden wohnte. Die Gestalten seiner Indianer-Romane begleiteten ihn im Geiste auch in die Alte Welt: in Paris beendete er 1827 den bereits in Amerika begonnenen dritten seiner Lederstrumpfromane »Die Prärie«. Von seinen auf dieser Reise sonst noch entstandenen Werken sei hier nur noch auf »Die Heidenmauer« hingewiesen, da dies der einzige seiner Romane ist, der in Deutschland spielt; es ist dies eine Erzählung mit geschichtlichem Hintergrund aus der Zeit des beginnenden 16. Jahrhunderts. Der Schauplatz der Handlung ist Dürkheim in der Pfalz, das benachbarte Kloster Limburg und die nahebei liegende Hartenburg.

Nach seiner Rückkehr nach Amerika ließ er sich dauernd in Cooperstown nieder. Hier, in seinem stattlichen Wohnhause »Otsego Hall«, verbrachte er, von gelegentlichen Reisen abgesehen, den Rest seines Lebens. Er starb in Cooperstown am Tage vor der Vollendung seines 62. Lebensjahres, am 14. September 1851.

Cooper war ein tief religiös veranlagter Mann, dabei aber eine starke Kämpfernatur und ein scharfer Kritiker. Die Wahrheit ging ihm über alles, und als glühender Patriot scheute er sich auch nicht, diese seinen Landsleuten in mitunter scharfer Weise zu sagen. Dies geschah stellenweise in seinen Reiseskizzen, seinen europäischen Romanen und gelegentlich in den Vorreden zu einzelnen seiner Werke. Die Folge davon war, daß auch er von verschiedenen Seiten heftig angefeindet wurde, namentlich von der Presse, mit der er in eine große Anzahl höchst unerquicklicher Fehden verwickelt ward, die ihm zuweilen das Leben recht sauer machten; aber aus all diesen Streitigkeiten ging er ausnahmslos als Sieger hervor. Trotzdem und trotz all seiner hohen Verdienste um die amerikanische Literatur wurde er aber in seiner Heimat unbeliebt. Darunter hatte er fast bis an sein Lebensende zu leiden. Ein Gegengewicht dafür war ihm der ungestörte Friede seines Hauses, sein ruhiges Privatleben und sein Familienglück in seiner von ihm über alles geliebten Heimat am Otsego. Sein Schaffenstrieb blieb ungehemmt bis in sein letztes Lebensjahr hinein; zur Zeit seines Ablebens hatte er noch ein Werk »*The Towns of Manhattan*« unter der Feder, das er aber nicht vollenden konnte.

Wer sich näher über Coopers Leben und Schaffen unterrichten will, sei hier auf die Biographien von *Thomas R. Lounsbury* und von *Mary E. Phillips* hingewiesen; diese Verfasserin bereitet zur Zeit eine wesentlich erweiterte Neubearbeitung vor. Eine vortreffliche *Cooper-Bibliographie,* worin sämtliche Ausgaben von Coopers Werken in Amerika, England, Deutschland und Frankreich genau angegeben sind, ward 1934 von *Robert E. Spiller* herausgegeben, dessen Buch »Fenimore Cooper, Critic of His Time« ebenfalls sehr empfehlenswert ist.

Wenden mir uns nun der Entstehung der Lederstrumpfromane zu!

Die erzählende Literatur des Auslandes hat sicherlich nur wenige Werke aufzuweisen, die sich bei uns in Deutschland in weitesten Kreisen von jeher einer solchen Beliebtheit erfreuten und auch heute noch erfreuen, wie gerade der Lederstrumpf. Die Helden dieser Erzählungen und ihre Namen sind uns fast ebenso bekannt wie die beliebtesten Gestalten unserer eigenen Literatur und haben sich gewissermaßen das Ehrenbürgerrecht bei uns erworben.

Die Lederstrumpfromane gehören zu den Erzählungen, die sich dem Gedächtnis des Lesers dauernd einprägen; wer sie einmal gelesen hat, wird sie nicht so leicht vergessen. Dies bewirkt die Lebendigkeit und Anschaulichkeit in der Schilderung der Vorgänge und der Szenerien. Ebenweil Cooper vieles, was er erzählt und schildert, selbst erlebt und gesehen hat und in den geschilderten Verhältnissen aufwuchs, tragen seine Werke den Stempel der Wahrhaftigkeit; es sind großenteils Gemälde nach der Natur.

Die Titel dieser Romane sind bekanntlich folgende: 1. »Der Wildtöter« (The Deerslayer), 2. »Der letzte Mohikaner« (The Last of the Mohicans), 3. »Der Pfadfinder« (The Pathfinder), 4. »Die Ansiedler oder die Quellen des Susquehanna« (The Pioneers or the Sources of the Susquehanna) und 5. »Die Prärie« (The Prairie). In dieser Reihe folgen sie dem Inhalt und den Zeitangaben nach aufeinander, und es liegt deshalb die Annahme nahe, daß sie in dieser Reihenfolge auch entstanden seien, und zwar um so mehr, als sie, wenn auch jede einzelne Erzählung ein in sich abgeschlossenes Werk bildet, dennoch in einem inneren Zusammenhang mit einander stehen. Alle haben sie den Hauptheldеn, eben den Lederstrumpf, gemeinsam, der in den einzelnen Werken in verschiedenen Altersstufen vorgeführt wird. Wir sehen ihn im »Wildtöter« als Jüngling auf dem ersten Kriegspfade; als Mann in den besten Jahren tritt er uns im »Letzten Mohikaner« und im »Pfadfinder« entgegen. In den »Ansiedlern« finden wir ihn wieder als alten Mann und schließlich als hochbejahrten Greis in der »Prärie«; dieser Roman endigt mit seinem Tode. Sein Charakter bleibt sich in den Grundzügen gleich und ändert sich nur insofern, als sich in seinen Lebensanschauungen mit seinem fortschreitenden Alter naturgemäß eine Wandlung vollzieht.

Besonders diese Umstände erwecken die Vermutung, daß die Lederstrumpfromane in der chronologischen Reihenfolge, wie eben angegeben geschrieben worden seien, doch ist dies keineswegs der Fall. Cooper gab sie vielmehr in ganz bunter Folge heraus; ihre Entstehung erstreckt sich über einen Zeitraum von 19 Jahren, und man muß sich wundern, wie daraus am Ende doch ein so in sich abgerundetes Ganzes, gleichsam ein Drama in 5 Akten, entstand.

Von diesen fünf Romanen erschien als erster »Die Ansiedler

oder die Quellen des Susquehanna«, am 1. Februar 1823. In diesem Roman versetzt der Verfasser den Leser an den Schauplatz, wo er seine Jugendjahre verbrachte, und sein Inhalt ist fast wörtlich aus dem Leben gegriffen. Wirft man einen Blick auf die Verhältnisse, in denen Cooper aufwuchs, so findet man genau dieselben Zustände, die er in dem Ansiedlerroman so anschaulich und anziehend geschildert hat.

Wie bei allen Kolonien an der amerikanischen Grenze war auch die ursprüngliche Bevölkerung von Cooperstown eine bunt zusammengewürfelte Gesellschaft. Repräsentanten vieler Nationen fanden sich hier zusammen: Engländer, Franzosen, Deutsche, Polen zogen hin und bauten sich an. Das vorherrschende Element aber waren Neuengländer, die der Ausrodung des Waldes oblagen und in der Person des Billy Kirby trefflich gezeichnet sind. Über dieses Gemeinwesen herrschte der ursprüngliche Besitzer von Grund und Boden, Coopers Vater, als eine Art Feudalherr, allerdings mehr durch moralische Eigenschaften als durch ein verbrieftes Recht. Den Ortsnamen Cooperstown änderte der Verfasser in »Templeton« um, und der Richter Temple der Erzählung hat mit Coopers Vater gar manchen Zug gemeinsam.

Unschwer erkennt man die Szenerien und Verhältnisse und teilweise auch die Charaktere wieder, die Cooper in dem Ansiedlerroman vor Augen führt. Dessen Hauptheld, der alte Lederstrumpf Natty Bumppo ist, wie der Verfasser verschiedentlich selbst versicherte, eine von ihm erdichtete Persönlichkeit, obgleich er auch hierfür, seinen eigenen Äußerungen nach, unter den ursprünglichen Bewohnern seines Heimatortes ein Vorbild hatte.

Während Cooper seine Jugendjahre in der kleinen Kolonie zubrachte, lebte in den Bergen und Wäldern am Otsego ein alter Jäger mit Namen Chipman, der häufig im Hause des Richters Cooper vorsprach und dort seine Jagdbeute anbot. Die halbwilde Ausrüstung dieses Jägers, seine Hunde und seine Büchse erregten das Interesse des Knaben in hohem Maße. Als das Wild durch das häufige Krachen der Büchse und die Holzaxt der Ansiedler verscheucht und immer seltener wurde, war Chipmans Bleiben nicht länger am Otsego; mit mehreren anderen Jägern verließ er die Gegend und zog weiter nach Westen.

Soweit stimmt also die Schilderung des äußeren Lebenslaufes Natty Bumppos mit demjenigen dieses Jägers Chipman in den Hauptpunkten ziemlich überein. Die Charakterzeichnung Nattys aber, die uns diesen schlichten Mann der Wälder so sympatisch macht, ist Coopers eigenste Schöpfung.

Carl Suesser (Neuyork) hat aber neuerdings darauf aufmerksam gemacht, daß als Vorbild Lederstrumpfs auch ein Deutscher in Betracht kommen kann. Nicht weit von Coopers Jugendaufenthalt liegt das heute noch deutsch besiedelte Städtchen Herkimer am Mohawk. Dort verbrachte ein geborener Pfälzer, der Indianerkämpfer Johann Adam Hartmann seinen Lebensabend: zweiundneunzigjährig starb er dort 1836. Möglicherweise hat Cooper auch von ihm Berichte über sein abenteuerliches Leben gehört, was man um so mehr annehmen kann, als er in den »Ansiedlern« den alten deutschen Major Fritz Hartmann auftreten läßt, der mit dem Großvater Oliver Effinghams an den Indianerkämpfen während der Kolonialkriege teilgenommen hatte. Die Hauptänderung gegenüber dem historischen Boone (s. u.), der ein richtiger amerikanischer Demokrat war, und ebenso dem Deutschen Hartmann, liegt darin, daß Cooper seinen Helden mit einer loyalen Anhänglichkeit an England ausgestattet hat, wie besonders von Major Dr. Georg Friderici betont worden ist.

Vereinzelt kamen auch zu längerem oder kürzerem Aufenthalt Indianer in die Ansiedlung, die in dem alten Chingachgook, oder wie er hier auch genannt wird, »John Mohegan«, ihren Vertreter gefunden haben.

Groß war der Erfolg, den Cooper mit den »Pioneers« hatte, und so ward dieser Roman zum Pionier für die ganze Serie der Lederstrumpfromane, die seitdem zur Weltberühmtheit gelangten.

Auf die »Ansiedler« folgte nach Verlauf von drei Jahren *»Der letzte Mohikaner«,* der vielfach als Coopers Meisterwerk bezeichnet wird. Die erste Anregung zu diesem Roman war eine Reise, die der Verfasser im Sommer 1825 in Gesellschaft einiger Freunde nach dem St.-George-See, dem er in seinem Werk den Namen »Horikan« gab, machte. Die Weiterreise führte nach den berühmten Glennfällen. Die finsteren, starren Felsen, über die sich brausend und schäumend das Wasser mit donnerndem Getöse herabstürzt, machten den tiefsten Eindruck auf Cooper und seine Gefährten, und während sie sich in den Höhlen unterhalb der Felsen befanden, meinte einer seiner Begleiter, dies sei eine großartige Szenerie für einen Roman. Cooper versprach, eine Erzählung zu schreiben, in der die Glennfälle mit ihrer wilden Umgebung ihre Stelle finden sollten, und verlegte dann eine der spannendsten Begebenheiten im »Letzen Mohikaner« hierher.

Bei dieser Gelegenheit kam ihm zum ersten Male der Gedanke an einen Roman, in dem die Indianer die Hauptrolle spielen sollten. In seiner Jugend am Otsego und auch später noch während seines längeren Aufenthaltes am Ontario-See – wovon noch die Rede sein wird – hatte er häufig Gelegenheit, die Ureinwohner des Landes genau kennenzulernen. Damals kamen von Zeit zu Zeit noch kleinere Horden Oneidas und anderer Stämme der einst so mächtigen Irokesen in die Wälder am Otsego, um dort zu jagen. Sie schlugen ihre Wigwams unter den Bäumen des Urwaldes am Seeufer auf, und der Rauch ihrer Feuer stieg empor durch die Baumkronen. Auch Mohikaner und Delawaren waren häufig Gäste in der Umgebung seines Heimatdorfes, mit denen er teilweise persönlich bekannt war, wie er überhaupt ein warmes Interesse für die Ureinwohner des Landes hatte. Daß er gerade einen Mohikaner zum Helden seines Romanes machte, lag ziemlich nahe, da dieser Stamm in früherer Zeit die Gegend seiner engeren Heimat bewohnte. Der Name Unkas, den er seinem Helden beilegte, war unter den Mohikanern als eine Art Titel sehr gebräuchlich; während einer langen Reihe von Jahren vererbte sich dieser Name von einem Sachem auf den anderen, und eine Begräbnisstätte dieser Familie der Unkas befindet sich noch in der Nähe von Norwich in Connecticut.

Wie »Die Ansiedler«, so erzielte auch »Der letzte Mohikaner« sofort einen bedeutenden Erfolg, der dank der Neuheit des Inhaltes in Europa noch größer war als in Amerika. Dem Beispiel des berühmten schottischen Romandichters Walter Scott folgend, gab Cooper diesem Roman einen geschichtlichen Hintergrund. Er verlegte ihn in die Zeit der Kolonialkriege, die um die Mitte des 18. Jahrhunderts zwischen England und Frankreich in Amerika geführt wurden und in denen auf beiden Seiten verschiedene Indianerstämme eine bedeutende Rolle spielten. Unserem Freunde, dem Lederstrumpf, begegnen wir hier unter dem Namen Hawk-eye (Falkenauge) als Kundschafter auf englischer Seite; er und die beiden Mohikaner Chingachgook und Unkas stehen im Mittelpunkt der Handlung.

Mit der Veröffentlichung dieses Romans stand Cooper auf dem Höhepunkt seines Ruhmes; das Werk fand allgemeine Bewunderung.

Obgleich er es nun schon für sehr gewagt gehalten hatte, dieselben Personen, die er in den »Ansiedlern« auftreten ließ, auch in dem »Letzten Mohikaner« wieder einzuführen, so war doch einesteils der Erfolg, den er mit diesen beiden Werken erzielte, ein so großartiger, und andernteils hatte er sich in diese Charaktere selbst so hineingelebt, daß er beschloß, den Lederstrumpf zum Helden eines dritten Romanes zu machen. Dieser erschien bereits im folgenden Jahre – am 17. Mai 1827 – unter dem Namen The Prairie (Die Prärie). Seiner ganzen Anlage nach ist dieser Roman von seinem Vorgänger grundverschieden; es tritt ein vollständiger Wechsel in der Szenerie ein. Aus den Urwäldern wird der Leser in die endlosen Prärien und Steppen des Westens jenseits des Mississippi versetzt. Hier findet er den Lederstrumpf in hohem Alter und in ganz neuen Verhältnissen wieder. Vor der stetig nach Westen vordringenden Kultur ist auch er westwärts gewichen, da er das Ausroden des ihm teuren Urwaldes nicht mitansehen mochte. Dem Inhalte nach erscheint diese Erzählung, in einem gewissen Sinne wenigstens, als eine Fortsetzung des Ansiedlerromans, der bekanntlich mit der Schilderung von Nattys Abschied von Templeton endet. »Er war der erste in der Schar der Ansiedler, welche der Volkswanderung den Weg quer durch unser Festland zeigten«, heißt es hier am Schluß, und man weiß aus Coopers eigenen Worten, daß ihm bei diesen Schilderungen die tatsächliche Laufbahn des berühmten Daniel Boone, des ersten Ansiedlers in Kentucky, vorschwebte. Also nach diesem Vorbilde hat Cooper, wenigstens teilweise, auch den alten Lederstrumpf in der »Prärie« gezeichnet.

Zwar hatte dieser Roman nicht den Welterfolg wie der vorausgegangene »Letzte Mohikaner«, aber es ist vielleicht unter all den zahlreichen Werken Coopers keines zu finden, das ihm hinsichtlich der poetischen Gestaltung gleichkommt. Das ganze Bild trägt ein ernstes Gepräge und findet mit der ergreifenden Erzählung vom Heimgang des alten Jägers in dem Dorfe seiner neuen Freunde, der Pawnees, einen wirksamen Abschluß.

Mit diesen drei Werken war vorerst die Reihe der Lederstrumpfromane abgeschlossen; die Entstehung der beiden übrigen Erzählungen dieser Serie: *»Der Pfadfinder«* und *»Der Wildtöter«* fällt in eine spätere Schaffensperiode Coopers. Zwischen der »Prärie« und den letztgenannten beiden Werken liegt ein Zeitraum von 13 bzw. 14 Jahren. In diese Zeit fallen die bereits erwähnten Fehden, die Cooper mit der Presse auszufechten hatte, in deren Folge jetzt alle seine Werke sofort bei ihrem Erscheinen auf heftige Anfeindungen stießen. Auch dem »Pfadfinder« und dem »Wildtöter«, die beide zu seinen hervorragendsten Schöpfungen zählen, ward kein besserer Empfang zuteil, was aber natürlich den schließlichen Erfolg beider Werke nicht beeinträchtigen konnte.

Von beiden erschien zuerst »Der Pfadfinder« – am 14. März 1840. Auch zu diesem Werk erhielt Cooper die erste Anregung durch eine Episode aus seinem eigenen Leben, obgleich sie zur Zeit, als er diesen Roman schrieb, schon weit zurücklag. Cooper war im Jahre 1808, als er noch im Seedienste tätig war, mit einer Abteilung Seeleute unter dem Befehl eines Leutnants nach dem Ontariosee gesandt worden, wo ein größeres Kriegsfahrzeug zum Schutze jener Gegend erbaut werden sollte. Man befürchtete damals kriegerische Verwicklungen zwischen den Vereinigten Staaten und England. Dieses Schiff, bei dessen Bau er beschäftigt war, wurde zwar vollendet, mittlerweile hatte sich jedoch die drohende Kriegswolke verzogen, und so wurde es einer anderen Bestimmung übergeben.

Für Cooper selbst war aber dieser Aufenthalt am Ontario von weit größerer Bedeutung als der Bau jenes Schiffes; denn wir verdanken ihm das lebhafte Gemälde und die hochpoetischen Naturschilderungen, die er später von diesem Binnensee und der ihn damals umgebenden Urwaldwildnis im »Pfadfinder« entwarf. Natty Bumppo erscheint in dem Roman in der für ihn schwierigen Rolle des Liebhabers der anmutigen Tochter des Sergeanten Dunham. Daß der Verfasser auch in dieser Erzählung den »Lederstrumpf« wieder auftreten läßt, beweist, wie sehr er selbst diese Gestalt liebgewonnen hatte.

Nach Verlauf von ungefähr anderthalb Jahren erschien – am 27. August 1841 »Der Wildtöter«. Dasjenige Werk also, das dem Inhalte nach den Anfang der ganzen Romanreihe bildet, entstand zuletzt.

Mit welcher Liebe der Verfasser an seiner Heimat am Otsego hing, zeigt sich darin, daß er auch den Schauplatz dieser Erzählung die er in seinem 52. Lebensjahr schrieb, wieder hierher verlegte.

An einem Sommerabend des Jahres 1804 machte er, wie er es oftmals zu tun pflegte, mit seiner Tochter Susan einen Ausflug in die den See umgebenden Wälder. An einer Stelle lichtete sich der Wald, und die klare Wasserfläche, umrahmt von einem malerischen Hügelkranz, lag ruhig und friedlich im Glanze der Abendsonne vor ihm. Lange schaute er sinnend auf dies schöne Bild, als ob alte Erinnerungen in seiner Seele wach würden. Nach einer Weile sagte er zu seiner Begleiterin: »Ich muß noch ein Buch über unseren See schreiben«, und setzte dann seinen Weg fort, ohne den Gegenstand weiter zu berühren. Wenige Tage darauf waren bereits die ersten Kapitel des »Wildtöter« geschrieben, und der jugendliche Natty Bumppo erblickte zum ersten Male bei seinem Austritt aus den Wäldern den »Glimmerglas«, wie der Otsego in dieser Erzählung genannt wird.

An der Stelle, wo Cooper die angeführte Äußerung tat, erhebt sich jetzt das Lederstrumpfdenkmal, eine Säule, auf der Natty Bumppo steht, den Blick spähend nach dem See gerichtet, im Begriff, seine lange Büchse zu laden; ein Hund, das Abbild seines Hektor, kauert sprungbereit zu seinen Füßen.

Mit dem »Wildtöter« war die Reihe dieser Erzählungen vollendet, denn die spätere Absicht Coopers, noch weitere »Lederstrumpfromane« zu schreiben, ist leider nicht zur Ausführung gekommen. Als Ganzes genommen bildet dieser Zyklus den Höhepunkt von Coopers dichterischem Schaffen und zugleich eine Zierde der ganzen amerikanischen Literatur. –

Zu den einzelnen Lederstrumpfromanen, wie auch zu seinen sämtlichen Seeromanen, schrieb Coopers Tochter Susan, die mit dem geistigen Schaffen ihres Vaters aufs innigste vertraut war, nach seinem Tode umfangreiche, hochinteressante Einleitungen, die nie ins Deutsche übersetzt wurden und somit auch in keiner der vorhandenen deutschen Ausgaben enthalten sind. In der Einleitung zum »Wildtöter« findet sich eine Stelle, die von Natty Bumppos mutmaßlicher Herkunft – so wie man sie sich vorstellen kann – und von seiner und Chingachgooks Jugend handelt. Dieser Abschnitt ist ganz im Geiste und der Art Coopers geschrieben, und man möchte beinahe glauben, er rühre von ihm selber her, wenn auch nur insofern, als die Tochter die Gedanken des Vaters niedergeschrieben hat. Da diese Schilderungen das Lebensbild Nattys vervollständigen, gewissermaßen abrunden, so sollen sie hier in Übersetzung wiedergegeben werden.

Die Verfasserin gibt zunächst einen kurzen Bericht über die früheren deutschen und irischen Einwanderungen in die dem Otsego benachbarten Gegenden bis zum Jahre 1741 und fährt dann fort:

»Dies ist der für das Erscheinen von Natty und Harry March an dem stillen Ufer des Otsegosees gewählte Zeitpunkt; damals waren See und Tal noch von ununterbrochener Waldwildnis umgeben. Es ist anzunehmen, daß Natty und Hurry Harry sich dem See von der kleinen Kolonie am Schoharie aus näherten, die 30 Jahre früher von den »Pfälzern«, wie sie genannt wurden, gegründet worden war.

Über das Tal am Schoharie war nicht die Gegend von Nattys frühestem Waldleben; es war vielmehr in den Bergen weiter südlich an den Ufern des Susquehanna und des oberen Delaware, daß der junge Blaßgesichts-Jäger von den »Lenni-Lennapi« den Namen »Wildtöter« empfing. Hier war der Knabe in irgendeiner rohen Blockhütte aufgewachsen, und hier hatte er von den rothäutigen Burschen, seinen Kameraden, gelernt, leicht auf das Moos zu treten und den Spuren des Wildes über den Winterschnee zu folgen. Und bei dem hellen Feuer des Hickory-Stammes oder bei einer Kienfackel, die sein ehrliches Gesicht beleuchtete, hatte er auf die wilden Legenden und Abenteuer der Lenni-Lennapi gelauscht, bis seine jugendliche Phantasie davon angeregt wurde. Niedergestreckt zur Nacht, bedeckt mit Fellen, die dem Panther und dem Wolf als Trophäen abgezogen worden waren, träumte er aufregende Träume von kühnen Taten und männlicher Ausdauer, und wie er seinen rothäutigen Freunden zeigen wolle, was ein weißer Krieger tun und erdulden könne.

Und wenn er frühmorgens erwachte, sah er seine christliche Mutter in der Hütte mit häuslichen Verrichtungen beschäftigt – eine Frau, unbekannt mit der Art der Welt, eine gütige Natur, einfach, treu und warmherzig. Auf ihr Geheiß erhob er sich. Im Gegensatz zu den jungen Indianern war er seiner Mutter gerne behilflich, holte Wasser aus der Quelle, pflanzte Kartoffeln und

Mais und hackte Holz für das Feuer. Dies waren häusliche Arbeiten, auf die sicherlich der junge Panther und die junge Schlange mit kalter Verachtung blickten. Sein Vater – ein Blaßgesichts-Jäger und ein angesehener Trapper – starb an einem schrecklichen Jagdunglück; er ward, wie gesagt wurde, von einem aufgestörten wütenden Hirsch totgetreten. Daraufhin übernahm es der junge Natty, die Hütte seiner Mutter mit Nahrung zu versehen; er schulterte seines Vaters Büchse, und ehe zwei Tage vergangen waren, brachte er einen Elch heim. Von da an fehlte es niemals mehr an Wildbret in seiner Waldheimat. Häute für die hübschen Mokassins, wie sie seine junge Schwester trug, und für seine rauhen Lederhosen waren in Fülle vorhanden. Ja, mehr als einmal fanden irgendeine arme Indianerwitwe, irgendein kranker oder verwundeter Jäger ein Geschenk von Vorräten heimlich an die Türen ihrer Hütten gelegt, durch eine gütige Hand, wie man annahm – von der seinigen. Unter all den Jünglingen der Gegend hatte keiner ein so sicheres Auge, keiner eine so feste Hand wie das junge Blaßgesicht »Geradezunge«, wie sie ihn anfänglich wegen seiner Wahrheitsliebe nannten.

»Nach einiger Zeit bemerkte man, daß ich schnellfüßig war, und da nannte man mich, ›die Taube‹, welche, wie ihr wißt, einen schnellen Flug hat und in gerader Linie fliegt.

Vom Überbringen von Botschaften und Auffinden undeutlicher Spuren brachte ich es endlich dahin, den Jägern folgen zu dürfen, da man glaubte, ich sei rascher und sicherer in der Auffindung des Wildes als die meisten jungen Burschen, und da nannten sie mich ›Schlappohr‹, weil ich, wie sie sagten, mit dem Scharfsinn des Hundes begabt sei. Und als es sich dann bald zeigte, daß ich einen Wigwam mit Wildbret versorgen konnte, gab man mir nach einiger Zeit den Namen ›Wildtöter‹, den ich jetzt noch führe« – wie es Natty im vierten Kapitel des »Wildtöter« der Hetty Hutter erzählt. Bald nachher, nachdem er sich an einem Jagdzuge der Delawaren in den Bergen am Susquehanna beteiligt hatte und mit reicher Beute heimkam, empfing er bei einem großen Feste des Stammes in einer Rede von Chingachgooks Vater feierlich den Namen »Wildtöter«.

Die fromme Mutter wurde alt, ihr Haar war ergraut, seit ihr Mann von dem Hirsch getötet worden war. Wenn der Jüngling nach der Hütte zurückkehrte, hörte er sie oft irgendein frommes Lied, einen Psalm oder eine Hymne singen, die sie in ihrer Jugend gelernt hatte. Morgens und abends sah er sie knien und hörte ihr einfaches, ernstes Gebet. Lesen konnte sie nicht, niemals hatte sie eine Bibel oder ein Gebetbuch in der Hand gehabt, aber einige Stellen aus dem Heiligen Buche wußte sie auswendig. Die rothäutigen Krieger kamen nicht mehr mit ihren Erzählungen von Kriegen und ihren wilden Überlieferungen an den Herd der Hütte wie früher, als der Jäger noch lebte. Aber nun erzählte die Mutter ihren Kindern oft die heiligen Geschichten, die sie in ihrer Jugend gelernt hatte: von Noah und der Arche, von David und Goliath und vor allem die frohe Botschaft des Evangeliums und die Lehren der Bergpredigt. Aufmerksam hörten die Kinder zu, und der Jüngling nahm in sein unschuldiges junges Herz manches Wort auf, das er sich späterhin zur Richtschnur dienen ließ.

Dann und wann kam wohl auch, um dem Stamme zu predigen, ein Missionar, der in der Hütte der Witwe Aufenthalt nahm.

Die Mutter wurde krank, ihr Herz sehnte sich nach ihrer Verwandtschaft und den Niederungen, wo sie geboren war. Die Indianerinnen waren freundlich gegen sie, sie nahm ihre Heiltränke, aber wenn der Medizinmann kam, schauderte sie. Sie verlangte nach einem christlichen Seelsorger. Mit seiner Büchse auf der Schulter begleitet von seinem Freunde Chingachgook, machte sich der junge Wildtöter frühmorgens auf den Weg, ging 100 Meilen über Berg und Tal, und als die Sonne sich zum dritten Male senkte, kam er mit einem Mährischen Bruder ans Bett seiner Mutter. Feierliche Worte wurden gesprochen. Die gute Frau war ihrem Ende nahe; sie bat ihren Sohn, sein Leben lang seiner christlichen Herkunft eingedenk zu sein, sich das Herz eines Christen, eine gerade Zunge und eine reine Hand bis an sein Ende zu bewahren, und feierlich beauftragte sie ihn, seine junge Schwester in die Niederungen zu ihren Verwandten zu bringen. Froh wäre sie gewesen, wenn er ihr versprochen hätte, Farmer zu werden und unter seinen Landsleuten zu leben, aber sie wußte, daß er die Wälder und das Leben in der Wildnis geradeso liebte wie sein Vater; drum solle er nur stets ein braver, guter und wahrhaftiger Mensch sein, und ihr Segen würde mit ihm sein, ob er im Walde oder in den Ansiedlungen lebte.

Sie starb, und ihr Sohn schloß ihr die Augen. Der Mährische

Bruder blieb da, um ihr ein christliches Begräbnis zu geben. Ihr Leichnahm wurde in einem Kanu über den Fluß in den Wald gebracht und dort zur Seite ihres Mannes bestattet. Die Delawaren und Mohikaner, unter denen sie gelebt hatte, folgten und erhoben ihre Klage- und Trauergesänge.

Am nächsten Tage bei Sonnenaufgang machte sich Wildtöter mit seiner jungen Schwester, dem Mährischen Bruder und Chingachgook als Begleiter auf den Weg durch die Wälder zu den Niederungen. Dort lebte eine Tante, die das junge Mädchen gerne bei sich aufnahm und Mutterstelle an ihm vertrat. Die Verwandten drängten sich um den jungen Natty und suchten auch ihn zu bewegen, bei ihnen zu bleiben. Seine Schwester klammerte sich an ihn und wollte ihn nicht fortlassen; Chingachgook sah kalt und stoisch zu, aber sein Herz schlug, als er zuhörte. Natty zögerte; hatte ihn nicht seine Mutter gebeten, es mit dem Leben eines Farmers zu versuchen? Den Versuch wollte er wenigstens machen.

Mit der jungen Schlange ging er in den Wald; er sagte seinem Freunde, ihm sei das Herz schwer, aber der Geist seiner Mutter bäte ihn, es mit dem Leben in den Ansiedlungen zu versuchen, und er könne auch seine junge Schwester jetzt noch nicht verlassen. Da es gerade Pflanzzeit sei, wolle er bei seinen Verwandten bleiben, bis der Mais in Kolben stünde und dann, wenn ihm das Leben mit Spaten und Pflug nicht zusage, könne er mit reinem Gewissen nach dem Delawarendorf zurückkehren, und wenn er dann am Grabe seiner Mutter vorüberkäme, würde ihm sein Herz keine Vorwürfe machen, daß er ihre Worte vergessen habe. Chingachgook hörte kalt zu.

»Es ist gut«, sagte er mit etwas wie Verachtung und Bitterkeit. Seinen Gürtel fest um die Hüfte ziehend, wandte sich der junge Krieger um und ging zum Wigwam seines Vaters zurück. Natty stand wie angewurzelt auf dem Fleck, auf seine Büchse gelehnt und den Blick fest auf seinen Freund gerichtet, solange er dessen schlanke Gestalt sehen konnte; dann setzte er sich zwischen den Büschen nieder, und Tränen kamen ihm in die Augen. –

Als die Sonne am nächsten Morgen aufging, sah sie Natty hinter dem Pflug, aber flach und ungleichmäßig waren die Furchen, die er zog. Man versuchte es mit ihm in der Gärtnerei, aber Mais, Bohnen und Kürbisse waren die einzigen Pflanzen, die er kannte. Sie gaben ihm eine Peitsche in die Hand und schickten ihn mit einem Ochsengespann aufs Feld, aber auch zum Viehtreiben war er nicht geeignet; Brindle und Dobbin brachten es geradesogut fertig ohne ihn. Er war freundlich mit a!l den unvernünftigen Geschöpfen und bedauerte sie wegen ihres zahmen und einförmigen Lebens. – Man ließ ihn ein Pferd besteigen und schickte ihn zur Mühle, um einen Sack Mehl zu holen. Das Pferd war alt, und der Sack schwer, und Natty hielt es für unmännlich, auf dem armen Tier zu reiten, zumal ihn die Vorsehung mit langen, gesunden Beinen ausgestattet hatte. Er stieg ab und führte sein Pferd zum Ergötzen des Müllers und seiner Leute am Zaum. Die Farmersleute lachten über ihn, über seine Wäldlersart und Wäldlersprache. Lange ehe der Mais seine Quasten hatte, hatte ihm sein Onkel schon gesagt, daß niemals ein rechter Farmer aus ihm würde. Der Jüngling selbst war herzkrank vor Sehnsucht nach seinem früheren freien Waldleben. Eines Morgens nahm er seine Büchse und sagte seinen Verwandten mit dem ihm eigenen stillen Lachen, daß er das Leben in der Ansiedlung nicht länger aushalten könne; freundlich nahm er von ihnen allen Abschied, und mit sehnsüchtigem Herzen und leichten Schritten wandte er sich dem Lande der Delawaren zu. In wenigen Stunden erreichte er den Rand des Waldes. Er warf sich nieder, um aus einer Quelle zu trinken, dann lehnte er sich an einen alten Baum, saß dort in stiller Glückseligkeit und blickte auf nach dem Himmel durch das schattige Laubdach, das er so sehr liebte. Eichhörnchen spielten um ihn herum; eine Walddrossel begrüßte ihn mit ihrem Lied. Ein Zweig knackte neben ihm; er blickte auf, und da stand der junge Chingachgook vor ihm. Groß war Nattys Freude.

»Ich wußte, daß mein Bruder kommen würde« waren die einzigen Willkommworte, die der junge Mohikanerkrieger an ihn richtete. Wochenlang hatte er sich am Rande des Waldes aufgehalten und seinen Freund erwartet. Mit eiligen Schritten machten sich beide auf den Weg, und ehe eine Woche vergangen war, war Natty ein gastfreundlicher Empfang in dem Indianerdorf zuteil geworden. In aller Form wurde er von dem Vater der jungen Schlange als Sohn aufgenommen und in feierlicher Weise dem Stamme einverleibt.« – – Hieran schließt sich dann inhaltlich der Wildtöter an. Auf die anderen Lederstrumpf-

Einleitungen Susan Fenimore Coopers einzugehen, fehlt hier leider der Raum. –

Einen ganz besonderen Reiz der Lederstrumpfromane bilden, abgesehen von der großartigen Behandlung des ganzen Stoffes, die darin enthaltenen herrlichen Naturschilderungen; auf diesem Gebiete brachte es Cooper zu vollendeter Meisterschaft. Kein Geringerer als Balzac hat das neidlos anerkannt. Von Kind auf liebte Cooper die Natur, er betrachtete sie mit den Augen eines Malers, und seine Landschaftsbilder sind so anschaulich, daß man sie geradezu zu zu sehen glaubt. Welchem aufmerksamen Leser des »Wildtöter« wären jemals die prächtigen Bilder entgangen, die er vom Otsegosee und seiner waldigen Umgebung in diesem Werke entwirft? Beispiele dieser Art findet man bei ihm überall: im »Mohikaner« die Schilderung der Glennfälle, im »Pfadfinder« die herrlichen Bilder von der weiten Wasserfläche des Ontariosees, in den »Ansiedlern« die wahrhaft poetische Beschreibung Nattys von den Cattskill-Bergen und in der »Prärie« das mit dem ganzen Inhalt dieser Erzählung so übereinstimmende Gemälde der unabsehbaren, schweigenden Wildnis des fernen Westens, in das er den alten, seinem Grabe nahen Jäger hineinstellt; ein Bild von packender Größe. Geradezu unübertrefflich sind auch die Seegemälde in seinen zahlreichen Seeromanen; auch hier war er so ganz in seinem Element.

Bis in die jüngste Zeit hinein haben sich Maler und Zeichner immer wieder mit dem Lederstrumpf beschäftigt. Eine besonders wertvolle künstlerische Bereicherung der vorliegenden Lederstrumpf-Ausgabe bildet die darin enthaltene Wiedergabe der Originalzeichnungen des klassischen Cooper-Illustrators *O.C. Darley* (geb. 1822 zu Philadelphia, gest. 1888 zu Claymont). Darleys Zeichnungen zu Coopers Werken erschienen zum erstenmal in einer Ausgabe von 1859-1861. Cooper selbst hat sie also gar nicht gekannt; wäre dies der Fall gewesen, so hätten ohne Zweifel diese fein ausgeführten Kunstwerke seinen vollen Beifall gefunden, zumal er selbst für Gemälde und Zeichnungen ein sehr gutes Auge hatte. Dem Zeichner ist es gelungen, sich ganz in den Geist seiner Werke einzufühlen, die charakteristischen Gestalten so natürlich und lebenswahr zu entwerfen, daß man sie sich gar nicht anders vorstellen kann, und die Szenerien, die Landschaften, die Vorgänge und alle

Einzelheiten lassen erkennen, mit welcher Liebe der Künstler bei der Sache war.

Coopers Einfluß auf die zeitgenössische und spätere erzählende Literatur aller Länder war außerordentlich stark; überall fand er Nachahmer, und auch in der deutschen Literatur treffen wir vielfach auf seine Spuren. Der greise Goethe hat Coopers Bedeutung sofort erkannt und seine Romane, soweit er sie noch kennenlernte gelesen. Man hat sogar in seiner »Novelle« Beeinflussung durch die »Ansiedler« zu erkennen geglaubt. Diesen Roman las Goethe gerade, als ihn Grillparzer besuchte. Wilh. Hauff gab in der Vorrede zu seinem 1826 entstandenen »Lichtenstein« die Anregung durch Cooper und Walter Scott ohne weiteres zu. Auch in Adalbert Stifters Natur berührten Coopers Werke eine artverwandte Saite. Er nennt ihn zwar nirgends, aber seine Naturschilderungen haben es ihm offenbar angetan. Man braucht nur den »Hochwald« zu lesen, um dies zu erkennen. Der alte Jäger Gregor in dieser Erzählung hat eine auffallende Ähnlichkeit mit Natty, und genau wie dieser »lehnt er sich auf seine lange Büchse«.

Der Stifterforscher August Sauer hat über diese Beziehungen zwischen der nordamerikanischen und der deutschen Literatur 1904 auf dem Internationalen Kongreß für Kunst und Wissenschaft in St. Louis einen sehr aufschlußreichen Vortrag gehalten und darin besonders die Übereinstimmung in der Schilderung der Seelandschaft und der Waldromantik betont. Zusammenfassend sagt Sauer: »Dem stummen Bewunderer der Natur löst der beredte fremde Dichter die Zunge.«

Johannes Scherr ist gleichfalls bei Cooper in die Schule gegangen, was man in seinem Roman »Die Pilger der Wildnis« beobachten kann. Hier ist der alte holländische Trapper, Groot Willem, genau wie Natty Bumppo gekleidet, hat in seinem langen Umgang mit den Indianern viel von deren Lebensweise angenommen, steht sinnend und unbeweglich auf seine Büchse gelehnt, hängt wie der alte Trapper in der »Prärie« Erinnerungen an alte Zeiten nach, und auf ähnliche Weise wie Natty im »Pfadfinder« verschwindet er im Dunkel der Wälder.

Dem Einflusse Coopers konnte sich auch der Österreicher Carl Postl, mit seinem Schriftstellernamen Charles Sealsfield nicht entziehen. Er war wohl der erste, der einen deutschen Indianerroman nach dem Vorbilde Coopers schrieb: »Der Legitime und die Republikaner.« Der Indianer-Häuptling dieser Erzählung ist eine ähnliche Gestalt wie Chingachgook, und sein »Nathan, der Squatter-Regulator« in den »Lebensbildern aus beiden Hemisphären« ist geradezu das Ebenbild Nattys, dessen Namen er sogar trägt.

Beispiele dieser Art ließen sich beliebig vermehren. Der heute so ziemlich vergessene Armand Strubberg, Friedrich Gerstäcker, Balduin Möllhausen und wie sie alle heißen, segelten sämtlich mehr oder weniger in Coopers Fahrwasser. Und wie in Deutschland, so war es auch in Amerika und in England: Paulding, Bird, Murray, Marryat, der Ire Capt. Mayne-Reid sind in gewissen Beziehungen Nachahmer Coopers gewesen, genau so wie in Frankreich Gabriel Ferry mit seinem »Waldläufer« und Gustave Aimard mit seinem »Fährtensucher«. Alle diese Schriftsteller hatten sich Cooper zum Vorbild genommen, und ohne dieses wäre die große Anzahl der Indianer-, Urwald- und Abenteurerromane gar nicht denkbar. –

Durch Coopers meisterhafte poetische Schilderungen sind der Otsegosee, der Susquehanna, der Ontariosee und die Steppen des fernen Westens in der ganzen Welt so berühmt geworden, wie durch Walter Scotts Feder die schottischen Hochlande mit ihren Seen und Heiden, und wie der Hohentwiel und der Säntis durch Scheffels Ekkehard. Cooper hat den Urwald mit seinen Geheimnissen und Gefahren, das Leben der Grenzer und die Indianer in die Dichtung eingeführt und damit ein ganz neues Feld betreten, auf dem er, wie vorstehend dargetan, in allen Ländern bald zahlreiche Nachahmer fand; von diesen allen aber hat ihn keiner auf seinem ureigensten Gebiet erreicht oder gar übertroffen. Namentlich sein Lederstrumpf ist ein Meisterwerk, das zum eisernen Bestand der Weltliteratur gehört. Es wird die Erinnerung an seinen Namen durch alle Zeiten wach erhalten; denn wenn ein literarisches Werk ein volles Jahrhundert überdauern konnte, ohne an seinem Reiz und seinem Wert zu verlieren, so wird es auch in Zukunft seinen Ehrenplatz in der Weltliteratur behaupten. Cooper selbst sagte einst, daß, wenn irgendeines seiner Werke ihn überleben würde, es gewiß der Lederstrumpf sei, und wir wissen, daß er sich hierin nicht täuschte. Bewußt oder unbewußt hat Cooper seinen Natty Bumppo mit seinen eigenen hervorstechendsten Charakterzügen ausgestattet und eine Gestalt geschaffen, von der er selbst sagte, daß er an ihr einen so warmen Anteil genommen, als ob sie selbst unter den Lebenden gewandelt hätte. So ist der Lederstrumpf in seinen Hauptzügen der geistige literarische Niederschlag seines eigenen Charakters geworden. Wenn Cooper selbst nicht ein Mann von so hohen und reinen Grundsätzen, solch tief religiösem Gefühl, solcher Lauterkeit und Wahrheit gewesen wäre, so hätte er niemals eine so sympathische Gestalt schaffen können wie seinen Lederstrumpf, der nach dem Urteil seines ersten Biographen Lounsbury einer der wenigen Original-Charaktere vielleicht überhaupt der einzige große Original-Charakter ist, den die amerikanische Dichtung der Weltliteratur geschenkt hat.

Hanau am Main, im Juni 1936 *Rudolf Drescher*

Anmerkungen

1 Etwa das provinzielle: Rausche Bausche.
2 Die Offiziere sagten, Hetty sei nicht compos mentis (ihrer Sinne mächtig). Hurry versteht kein Latein und denkt an den Kompaß.
3 Bisamratze.
4 Deutsch: Schwimmer. Squatter heißen solche, die sich ohne Besitztitel auf irgendeinem Stück Landes niederlassen, eine Blockhütte bauen und das Land urbar machen.
5 Brombeerdorn.
6 Diesen seltsamen Namen auch ins Deutsche zu übertragen, wäre ein gewagter und undankbarer Versuch: die Bedeutung ist: Bscht! oh! Bscht! – Aufforderung zum Schweigen. Hist-oh-!-Hist klingt freilich im Deutschen fatal, weil man es oft von Fuhrleuten hört.
7 Zerspaltene Eiche.
8 Wildtöter.

Erläuterungen

Abtrift, Abweichung vom Kurs
Achterdeck, Hinterdeck
Acker, etwas über 4000 Quadratmeter
Allston, Washington (1779-1843), amerikanischer Maler, Klassizist
Arrowhead, Pfeilspitze
Assiniboin, Stamm der Dakotas

back, zurück
Back, Aufbau auf dem Vorderdeck
Backbord, linke Schiffsseite
Bake, festes Seezeichen
Berkeley, George (1685-1753), englischer Philosoph
Besansegel, das Gaffelsegel am hintersten Mast
Beting, Gerüst zur Befestigung der Ankerketten
Big Serpent, Große Schlange
Billen, innere Planken am Heck
Bö, heftiger Windstoß
bonne bouche, Nachtisch
Bonnet, Streifen zur Verlängerung des unteren Segels
Bram, die von oben zweite Verlängerung der Segel
Brasse, Tau zum Stellen der Segel
Brigg, zweimastiges Segelschiff, das mit Rahen aufgetakelt wird
Buffon, Graf von (1707-1788), französischer Zoologe, berühmt durch seinen glänzenden Stil. Von ihm stammt das Wort: »Le style, c'est l'homme.« (Wie einer schreibt, so ist er.)
Bugspriet, der Baum, der über den Schiffsbug hervorragt
Bukanier, Freibeuter

chiente (Mischdialekt, halbfranzösisch), »Hundeloch«, schlechte Hütte
Chingachgook, Große Schlange
compos mentis, seiner Sinne mächtig, bei Verstande
Corbeau rouge, rote Krähe

deinsen, rückwärts gehen
Della crusca, Academia, florentinische Sprachreinigungsgesellschaft
dénouement, Lösung des Knotens
Dew-of-June, Junitau
Ducht, Querbank im Boote; auch das Kabelgarn, woraus die Taue zusammengedreht sind.
Dünung, Hochgehen der Wogen

Eau-douce, Süßwasser
Erin, Irland

Fallen, Taue
fieren, Tau ablaufen lassen, Segel niederlassen
Flip, Warmbier mit Branntwein und Zucker
Floating, Schwimmend: Floating Tom = schwimmender Tom (s. Wildtöter)
Fock, Vormast

Gaffel, Segelstange hinter dem Mast, dient oft dazu, die Flagge zu tragen
Gallone, Maß von viereinhalb Liter
Gatt, enger Durchgang
geien, Segel zusammenschnüren
gieren, vom geraden Kurs abweichen
Greenough, Horatio (1805-1852), amerikanischer Bildhauer, Schüler Thorwaldsens, stellte Washington als antike Gottheit dar. Cooper war der erste, der seine hohen Fähigkeiten erkannte und ihn seinen Landsleuten bekannt machte. Greenoughs letztes Werk war eine Büste Coopers.
Guinee, Goldmünze im Werte von etwa zwanzig Mark

Hawk-eye, Falkenauge
Heck, Schiffshinterteil
Helm, Ruderpinne, Steuer
Hieling, hinteres Ende des Kiels
Hintersteven, die Balken hinten am Schiff

Indianersommer, Spätsommer, warme Tage bei Herbstfärbung
Jolle, Boot mit einem Mast

June, s. Dew-of-June
Jury, Schwurgericht

Kabellänge, hundert Faden, etwas weniger als zweihundert Meter
Kaje, Deich; Mauerwerk zur Einfassung eines Hafens
Kalash, Damenkopfputz
Kalme, Windstille
Kastor, Biberhut
katten, den Anker hochziehen
Ketsche, Geschirr
Killdeer, Töter des Wildes
killen, Flattern der ungefüllten Segel
Klüse, Öffnung im Bug für die Ankerkette
Klüver, dreieckiges Vorsegel
Koje, Schlafstelle
Kühlte, frischer Wind

Lalla Rookh, Tulpenwange, Gedicht von Thomas Moore
La Longue Carabine, die Lange Büchse
Lateinisches Kreuz, ein solches, bei dem der untere Teil länger ist als die drei anderen Arme
Le Balafré, der Benarbte, Beiname des Herzogs Franz von Guise (1519-1563) und seines ältesten Sohnes Heinrich (1550 bis 1588). In der »Prärie« Name eines alten Sioux-Häuptlings.
Lecke, Stelle, wo Tiere Salz lecken
Lee, Seite, wohin der Wind weht
Legerwall, die bei stürmischem Winde im Lee vom Schiffe befindliche Küste
lenzen, mit gerefften Segeln vor dem Sturme laufen
Liek, Einfassung des Segels
Lily, Lilie
Log, Instrument zur Bestimmung der Fahrtgeschwindigkeit
Logbuch, Schiffstagebuch
Lomme oder Lumme, Vogel der Regenpfeiferart
Loup-cervier, der Luchs
Lugger, Küstensegelschiff
Luv, Windseite, Gegensatz von Lee
luvwärts, dem Winde zugekehrt

Mährische Brüder, eine böhmische Sekte, die Kriegsdienst und Eid verweigerte
Majordomo, der Verwalter
Marlpfriem, Eisenstab zum Splissen von Tauwerk
Mars (Mastkorb), ein Gerüste an den Mastbäumen zum Halten gewisser Taue und zur Bequemlichkeit der auf den Masten befindlichen Matrosen
Meile, englische, etwas mehr als anderthalb Kilometer
Mêlée, Handgemenge
Minstrel, Spielmann, Sänger
Mokassin, lederner Halbschuh der Indianer

Nahten, Fugen zwischen den Planken
Nock, Ende der Rahe

Paley, William, Verfasser der Grundsätze der Moralphilosophie (1785)
Patois, Mundart
Pool, Teil der Themse unterhalb Londons
preien, ein Schiff anrufen

rara avis, seltener Vogel, Seltenheit
Reep, Seil
Renard Subtil, Schlauer Fuchs
Reni, Guido (1575-1642), italienischer Maler
Rivenoak, gespaltene Eiche
Rodney (1719-1792), englischer Admiral, Eroberer der französischen Besitzungen in Westindien
Rosa, Salvator (1615-1673), italienischer Maler

Sachem, Häuptling
Sanglier, Eber
Schandeck, Plankengang an der Bordwand
scheren, mit dem Vorderteil aus der Kursrichtung kommen
Schlup, Segeljacht; kleines, zum Rudern eingerichtetes Fahrzeug
Schnau, zweimastiges Fahrzeug
Schoner, zweimastiges Segelschiff
Schote, Segelleine
Schotten, hölzerne Scheidewände

Schwabber, Schiffsbesen
Scud, Windwolke
Seising, Tau
sobriquet, Spitzname
Solander, Daniel (1736-1782), schwedischer Botaniker, der Cook auf seiner Weltumseglung begleitete
Spake, Hebebaum
Spiere, Rundholz, Ersatzrahe
Spill, Ankerwinde
spleißen, Tauenden verflechten
Spring, zum ausgeworfenen Anker führende Trosse
Squaw, Indianerfrau
Stenge, Verlängerung des Mastes
Stern, Schiffshinterteil
Steuerbord, rechte Schiffsseite
Stopper, Tauende
Sumach, Essigbaum
Supererogation, übergebührliche Leistung

Tachechana, Hindin
taljen, aufwinden
Taljereep, dünnes Tau am unteren Ende der Wanten, um stärkere straffer anzuspannen
Tomahawk, Streitaxt
Topp, oberes Ende des Mastes
Totem, Bild des Tieres, von dem eine indianische Sippe ihre Abstammung herleitet
Trageplatz, Stelle, wo die Boote über die Stromschnellen getragen werden
Trageweg, s. Trageplatz
triftig, treibend
»Tristram Shandy«, humoristischer Roman von Lawrence Sterne (1713-1768)
Troß, starkes Tau

überholen, nachprüfen
Unze, Jaguar

vis inertiae, Macht der Trägheit
Vorsteven, Balken vorn am Schiff

Wah-ta!-Wah, Still, oh! Still!
Wakonda, Gott der Indianer; anderer Name für Manitu
Wampum, Schnur mit aufgereihten kleinen Muschelscheiben
Wanten, Stütztaue
warpen, durch Schleppanker fortbewegen
Wish-ton-wish, Ziegenmelker (Vogel)

Yahoos, Rasse in Swifts satirischem Roman »Gullivers Reisen«
Yengeese, Engländer

Inhalt